SIMON PARKIN

Die Insel der außergewöhnlichen Gefangenen

aufbau

SIMON PARKIN

Die Insel der außergewöhnlichen Gefangenen

DEUTSCHE KÜNSTLER IN CHURCHILLS LAGERN

Aus dem Englischen von
Henning Dedekind und Elsbeth Ranke

aufbau

Die Originalausgabe unter dem Titel
The Island of Extraordinary Captives
erschien 2022 bei Sceptre, an imprint of Hodder & Stoughton, London.

MIX
Papier | Fördert
gute Waldnutzung
FSC® C083411

ISBN 978-3-351-03998-1

Aufbau ist eine Marke der Aufbau Verlage GmbH & Co. KG

1. Auflage 2023

www.aufbau-verlage.de
10969 Berlin, Prinzenstraße 85

Einbandgestaltung zero-media.net, München
Satz LVD GmbH, Berlin
Druck und Binden CPI books GmbH, Leck, Germany
Printed in Germany

Für Klaus Hinrichsen,
einen Kunsthistoriker,
der Kunstgeschichte schrieb

In einem Teichlein
so klein, dass ich darübersteigen konnte,
sah ich gespiegelt den ganzen
Himmel.
Und ich sagte zu mir selbst:
Wie kann ich dieses bisschen Wasser am besten messen?
Nach der Erde, die es hält?
Oder nach dem Himmel darin?

»Short Hills«, Kurt Schwitters,
Hutchinson Camp, 1940[1]

Inhalt

Teil drei

Vorbemerkung des Autors

Die Insel der außergewöhnlichen Gefangenen ist ein erzählendes historisches Sachbuch. Die in diesem Buch geschilderten Ereignisse sind weder erfunden noch geschönt, sondern stammen aus Tagebüchern, Briefen, Memoiren, mündlichen Überlieferungen, Zeitungsberichten und anderen Primärquellen, die sich aus den Erinnerungen der verschiedenen Akteure und Protagonisten speisen. Zitate und Dialoge, an die sich Zeugen viele Jahre nach dem betreffenden Ereignis erinnerten, sind eher als Eindrücke denn als wörtliche Wiedergabe zu verstehen. Bei Diskrepanzen zwischen einzelnen Quellen wurde diejenige Version verwendet, die dem geschilderten Ereignis zeitlich am nächsten lag. Eine vollständige Liste der Fundstellen und Quellen findet sich am Ende des Textes.

I.

Matinee hinter Stacheldraht

Die Insel
7. September 1940

Als sich der Tag allmählich seinem Ende neigte, sah Peter Fleischmann zu, wie der Musiker das Podium in der Mitte des Rasenplatzes bestieg und sich am Flügel niederließ. Bevor Peter aus Berlin geflohen war, hatte der 18-jährige Waisenjunge Silberbesteck in einem Garten am Rande der Stadt vergraben. Seine Sammlung seltener Briefmarken hatte ihm ein Nazi-Kontrolleur im Zug abgenommen, mit dem er Deutschland fluchtartig verlassen musste. Sein einziger Schatz war eine silberne Libellenbrosche seiner Mutter, die er nie gekannt hatte. Peter war mittellos. Normalerweise hätte er sich keine Eintrittskarte für den Auftritt eines berühmten Pianisten leisten können, der bei Königen und Präsidenten beliebt war.

Klare, warme Luft, ein strahlend blauer Himmel: Der Tag war einer der schönsten des Jahrhunderts gewesen, ein flirrender Samstag, der an die trägen Sommer der Kindheit erinnerte.[1] So schön, dass Deutschland an diesem Tag zum ersten Mal seine Flugzeuge zur Bombardierung Londons entsandte – ein Blitzkrieg, der die nächsten acht Monate andauern sollte. Doch hier auf der nebelverhangenen Isle of Man, Hunderte Meilen von Englands Hauptstadt entfernt, wäre das Publikum bei jedem Wetter gekommen. Hier, mitten in der Irischen See, gab es kaum etwas anderes zu tun.

Hinter dem Pianisten sah Peter eine Kulisse aus adretten edwardianischen Gästehäusern. Die Gebäude wirkten unscheinbar: Hotels für

Urlauber aus der Mittelschicht, die das Flair des Überseetourismus ohne die damit verbundenen Mühen und Kosten genießen wollten. Bei näherer Betrachtung entdeckte man ungewöhnliche Details. Jedes Fenster war mit einer dunklen Folie bedeckt.[2] Das Polymermaterial, das als Notlösung verwendet wurde, nachdem ein deutsches U-Boot das Schiff versenkt hatte, welches Verdunklungsmaterial zur Insel transportierte,[3] löste sich ab, wenn man es mit einer Rasierklinge zerschnitt. Im Lager waren Scherenschnitte in Mode gekommen: Zootiere, Einhörner und Figuren aus der griechischen Mythologie schmückten die Fenster im Erdgeschoss. Nachts, von der Straße aus betrachtet, leuchteten die Bilder im Licht der luftschutzsicheren, bordellroten Glühbirnen im Inneren – eine neuartige Kulisse für den berühmten Pianisten.

Vor dem Klavier, in einem Halbkreis aus hölzernen Stühlen, saßen eine Reihe britischer Armeeoffiziere, lachend und rauchend neben ihren Frauen. Dahinter, unter den umherschwirrenden Mücken, saßen Hunderte von Männern, meist Flüchtlinge, in ungeordneten Reihen auf der Wiese. Aus den offenen Fenstern der umliegenden Häuser, deren Schlafzimmer in der Dämmerung lagen, lehnten andere Männer, deren glimmende Zigarettenenden wie Glühwürmchen im schwindenden Licht wirkten.[4] Wenn Peter sich umdrehte, konnte er den Hafen von Douglas hinter sich sehen, wo Boote tuckerten und pufften und auf dem glitzernden Meer ihre Kielwellen zogen. Irgendwo oberhalb der Gesprächsfrequenz war das ferne Wellenrauschen auf dem Kies zu hören, wie ein Besen, der Glasscherben aus einem zerbrochenen Schaufenster zusammenfegt.

Eine Absperrung aus Stacheldraht trennte die Männer vom Hafen und markierte die Grenze dessen, was offiziell »P-Camp« oder von den Männern schlicht »Hutchinson« genannt wurde. Außerhalb des Stacheldrahtzauns hatte sich eine Gruppe Einheimischer versammelt.[5] Sie spähten hinein, in der Hoffnung, einen Blick zu erhaschen und zu verstehen, was dort vor sich ging – der einzige offensichtliche Hinweis darauf, dass es sich heute Abend um ein Publikum aus Kriegsgefangenen handelte.

Acht Wochen zuvor, am Samstag, dem 13. Juli 1940,[6] hatte Captain Hubert Daniel, ein freundlicher, trinkfreudiger 48-jähriger Armeeoffizier,[7] das Lager für eröffnet erklärt. Hutchinson war das siebte von zehn Internierungslagern auf der Isle of Man, einer Insel, die so weit von den benachbarten Küsten entfernt lag, dass sie sich ideal dafür eignete.[8] Inselbewohner, die ein Boot besaßen, waren angewiesen worden, nachts die Ruder zu verstauen und die Zündkerzen aus den Motoren ihrer Wasserfahrzeuge zu entfernen.[9] Selbst wenn ein Flüchtling ein geeignetes Boot besteigen konnte, blieb die Reise zum Festland gefährlich. Wenn man erst einmal hier war, saß man also fest.

In Hutchinson befanden sich derzeit etwa 1200 Gefangene, überwiegend Flüchtlinge aus Nazi-Deutschland, die zum Zeitpunkt ihrer Verhaftung friedlich in Großbritannien gelebt hatten. Seit mehreren Monaten kursierten Gerüchte, dass eine Fünfte Kolonne – eine britische Wortneuschöpfung, die heute allgemein als Bezeichnung für im Asylland lebende Verräter verstanden wird – an der Besetzung der Niederlande durch die Nazis beteiligt gewesen sei. Die Zeitungen hatten die nationale Paranoia mit der Behauptung geschürt, dass in Großbritannien ein ähnliches Netz von Spionen lauerte.

Schon vor Ausbruch des Krieges wurde Scotland Yard, das mit dem britischen Inlandsgeheimdienst MI5 zusammenarbeitete, mit Hinweisen auf verdächtige Flüchtlinge und Ausländer überhäuft. Die Polizei nahm einen Mann fest, in dessen Tagebuch man den Eintrag fand: »Tausche britische Königin gegen italienische Königin.« Die Ermittler vermuteten, er hätte ein faschistisches Komplott gegen die Krone aufgedeckt. In Wirklichkeit war der Mann ein Imker, der nur den Sturz der kleinen Monarchin plante, die über seinen Bienenstock herrschte.[10]

Auf einen der Lagerinsassen von Hutchinson, den jungen Kunsthistoriker Dr. Klaus Hinrichsen,[11] und seine Verlobte Greta wurde die Polizei erstmals aufmerksam, als ein Nachbar meldete, er habe das Paar beim Liebesspiel gehört. Der misstrauische Nachbar vermutete, das rhythmische Klopfen auf dem Bett könnte eine verschlüsselte Botschaft beinhalten. Es sei schwierig zu beweisen, meinte Klaus, dass man das Morsealphabet nicht beherrsche.[12]

Angesichts der kürzlich erfolgten deutschen Besetzung Frankreichs schien ein Invasionsversuch nicht nur plausibel, sondern unmittelbar bevorzustehen. Wenige Tage nach seinem Amtsantritt als Premierminister genehmigte Winston Churchill die Verhaftung von Tausenden sogenannter feindlicher Ausländer. In den chaotischen Razzien, die darauf folgten, wurden Tausende aus Nazi-Deutschland geflohener Juden – darunter auch einige Jugendliche wie Peter, die mit den berühmten Kindertransportzügen gekommen waren –, von eben jenen Menschen verhaftet, denen sie vertraut hatten. Ein Albtraum. Die Flüchtlinge, die an jenem Abend den Großteil des Publikums ausmachten, hatten ein kollektives Trauma erlebt: Von seinen Befreiern inhaftiert zu werden, bedeutet eine verstörende, ungerechte Umkehrung der zeitlichen Abfolge.

Status und Klasse, die ansonsten stets zuverlässigen Waffen des Privilegs, hatten keinen Schutz geboten. Oxbridge-Dons, Chirurgen, Zahnärzte, Anwälte und eine Reihe berühmter Künstler wurden festgenommen. Die Polizei verhaftete Emil Goldmann,[13] einen 67-jährigen Professor der Universität Wien, auf dem Gelände des Eton College, Großbritanniens führender Eliteschule.[14] An der Universität Cambridge wurden Dutzende von Mitarbeitern und Studenten in der Guild Hall festgenommen, darunter Friedrich von Hohenzollern, auch bekannt als Prinz Friedrich von Preußen, ein Enkel von Königin Victoria.[15] Fast wären in jenem Jahr die juristischen Abschlussprüfungen abgesagt worden, weil einer der internierten Professoren die Prüfungsunterlagen in seinem Schreibtisch eingeschlossen und keine Zeit mehr gehabt hatte, jemandem den Schlüssel zu geben.

Die Polizei holte Peter in den frühen Morgenstunden und ohne Vorwarnung ab, eine Art der Verhaftung, die ihn an die nächtlichen Razzien der Gestapo und an die unsichere Welt der Angst und des Misstrauens erinnerte, der er gerade entkommen war.[16]

In den Wochen nach seiner Eröffnung strotzte Hutchinson vor kreativer Energie, und seine Bewohner organisierten – ähnlich wie an jenem Abend – Veranstaltungen, die von den besonderen Begabungen der ungewöhnlichen Häftlinge zeugten. Dennoch konnte sich niemand der demoralisierenden Tatsache entziehen, dass die Begriffe »Internierter« und »Internierungslager« – ja sogar »Konzentrationslager«, wie Hutchinson und die anderen Insellager zu jener Zeit manchmal genannt wurden[17] – beschönigend waren: Peter und alle anderen Männer hier waren in jeder Hinsicht Gefangene, verhaftet ohne Anklage oder Prozess, ohne Urteil in einem Gefangenenlager eingesperrt, das sie nicht verlassen durften. Ungeachtet ihres Alters oder ihres Standes hatte die geopolitische Entwicklung schonungslos in das Leben eines jeden Einzelnen eingegriffen.

Dennoch war Peter begeistert, Teil dieser Menge zu sein. Da die Männer nicht wegen ihrer Identität oder ihrer Taten, sondern aufgrund ihrer Herkunft inhaftiert worden waren, bot Hutchinson einen schillernden Querschnitt der Gesellschaft. Dass sich so viele herausragende Persönlichkeiten in diesem Lager befanden, war dabei allein dem Zufall geschuldet. Zusammen bildeten sie eine der ungewöhnlichsten und außergewöhnlichsten Gefängnispopulationen der Geschichte. Es gab zwar keine Smokings oder Ballkleider, keine Champagnerflöten oder Kronleuchter für die heutige Veranstaltung, aber Peter saß inmitten einer Schar angesehener Koryphäen aus Kunst, Mode, Medien und Wissenschaft – ein außergewöhnliches Publikum, selbst dann, wenn man die Umstände außer Acht ließ.

Von klein auf hatte Peter den Wunsch gehabt, ein großer Künstler zu werden. Die internationalen und nationalen Ereignisse hatten sich zunächst gegen seine Ambitionen verschworen, und sein Traum vom Künstlerdasein zerplatzte im Exil. Dann trugen ihn die Strömungen der Geschichte in die Umlaufbahn seiner Helden: Er teilte das Lager mit einer Reihe bedeutender Künstler, darunter Kurt Schwitters, der 53-jährige Pionier des Dadaismus, vor dessen »entarteten« Werken der gescheiterte Maler Adolf Hitler sarkastisch posiert hatte. Die Künstler wiederum nahmen den schmächtigen, bebrillten Außenseiter in ihre Obhut.

Marjan Rawicz, der Interpret des heutigen Abends, litt seit seiner Ankunft in Hutchinson unter Depressionen.[18] Die Internierung hatte seinen vollen Terminkalender für den Sommer über den Haufen geworfen. Am 3. Mai 1940 spielten er und sein musikalischer Partner Walter Landauer[19] ein Benefizkonzert im Londoner Palladium zugunsten von Varietékünstlern. Ironischerweise wurde der Auftritt des Duos, das bald wegen des Verdachts auf Nazi-Spionage verhaftet werden sollte, von einem Radiosender für die britischen Streitkräfte übertragen. Drei Wochen später, am 23. Mai, bestritten die beiden nachmittags um halb vier eine Live-Vorführung eines Welmar-Flügels im zweiten Stock des britischen Luxuskaufhauses Harrods.[20] Einige Wochen später verhaftete die Polizei die Musiker in Blackpool, wo sie gerade eine ausverkaufte Konzertreihe begonnen hatten.

Seine Welt brach zwar zusammen, doch die Gewohnheit blieb. Rawicz war ein Musiker, und Musiker müssen auftreten. Seine einzige Bedingung war, dass der heutige Abend ein Solokonzert wäre, dass er das Programm frei gestalten und einen Flügel spielen könnte – und zwar einen Steinway. Hauptmann Daniel hatte den Musiker darauf hingewiesen, dass im Inventar der Häuser bereits elf Klaviere aufgeführt seien, die sich im Lager befänden.

»Können Sie nicht einen von denen nehmen?«, fragte der Kommandant und fügte hinzu, dass es sich als schwierig erweisen könne, eine offizielle Genehmigung für einen gemieteten Flügel zu erhalten, wenn man, nun ja, die Gesamtumstände bedenke.[21]

Widerstrebend willigte Rawicz ein. Eine kleine Menschenmenge folgte dem Musiker, als er durch die Häuser zog und jedes Instrument auf seine Tauglichkeit überprüfte. Rawicz, der sein Publikum niemals vernachlässigte, amüsierte es mit sarkastischen Witzen und Kritik.

»Selbst ein Tauber würde bei diesem Instrument Schmerzen empfinden«, scherzte Rawicz, als er ein vernachlässigtes Exemplar ausprobierte. Als sich ein Zuhörer verwundert über die Kürze seiner Finger äußerte, schoss Rawicz zurück: »Mein Freund, ich bin Pianist und kein Gynäkologe.«[22]

Ein Klavier brach unter der Wucht von Rawicz' Spiel zusammen.[23] Schaulustige bauten das Instrument kurzerhand auseinander und entfernten die Tasten, Bretter und das Drahtgewirr. Ein Holzschnitzer,

Ernst Müller-Blensdorf, übernahm die Mahagoni-Seitenteile. Der Tierfänger Johann »Brick« Neunzer[24], Löwenbändiger im Burnt Stubb Zoo – dem späteren Chessington Zoo –, holte sich die Elfenbeintasten, um daraus Zahnprothesen zu schnitzen, während die Techniker unter den Internierten den Draht einsammelten, um elektrische Heizungen zu bauen.

Rawicz hatte seinen Standpunkt klar gemacht. Hauptmann Daniel lenkte ein. Die Instandhaltungsabteilung des Lagers rollte einen gemieteten Steinway auf ein stabiles Podium, das eigens für diesen Anlass gebaut worden war. Ein Termin wurde festgelegt, und der Kommandant, der die Überlegenheit seines Lagers demonstrieren wollte, verschickte Einladungen an die anderen Offiziere auf der Insel.[25]

Als der Applaus des Publikums zu einem gelegentlichen Räuspern und Rascheln verstummte und Rawicz zu spielen begann, gab es keine Partitur, die der Wind hätte davonwehen können. Der Pianist hatte ein breit gefächertes Programm vorbereitet und spielte – von Walzern bis Rhapsodien, vom Radetzky-Marsch bis Bach, von Showmelodien wie »Smoke Gets in Your Eyes« bis zur Eigenkomposition »Spinning Wheel«[26] – alles aus dem Gedächtnis. Die Zuhörer bedachten jedes Stück mit stürmischem Applaus, fühlten sie sich doch zurückversetzt in die Berliner, Wiener und Prager Konzertsäle der Vorkriegszeit. Es war eine Ablenkung von der eigenen prekären Situation, dem Risiko der Deportation oder einer drohenden Invasion der Nazis. Der Auftritt jenes Abends war, so brachte es ein Zuhörer auf den Punkt, »unvergesslich«.[27]

Für das Finale hatte Rawicz zwei Stücke ausgewählt, die einen Schleier ironischer Dissonanz über die Szene legen sollten. Er überging die Klassiker kontinentaleuropäischer Komponisten und entschied sich stattdessen für das Volkslied »Greensleeves« aus dem 16. Jahrhundert – eine durch und durch englische Melodie – dem er eine besondere Version der britischen Nationalhymne folgen ließ. Peter und die anderen Insassen erhoben sich und sangen.

May he defend our laws, And ever give us cause,
To sing with heart and voice, God save the King.

Möge er unsere Gesetze verteidigen und uns stets Anlass geben
Mit Herz und Stimme zu singen: Gott schütze den König.

Der Platz hallte von dem in unterschiedlich starken Akzenten vorgetragenen Chorgesang wider, eine Hochachtungsbekundung für das Land, das den Männern Zuflucht gewährt hatte, um sich dann später gegen sie zu wenden. Rawicz' bewusst getroffene Wahl unterstrich die qualvolle Absurdität der Situation. Hunderte, die vor der Unterdrückung durch die Nazis geflohen waren, gelobten einem Land und einem König die Treue, unter dessen Regentschaft man sie unter dem bloßen Verdacht der Spionage ohne Anklage oder Gerichtsverfahren verhaftet hatte. Ergriffen von der Stimmung des Abends ließen dennoch nur wenige ihre Blicke wandern, um zu sehen, ob es jemand vorgezogen hatte, zu schweigen.

Teil eins

Quocunque Jeceris Stabit –
»Wohin du ihn auch wirfst, er wird stehen.«
Das Motto der Isle of Man

II.

Fünf Schüsse

Paris
Zwei Jahre früher

Kurz nachdem die Sonne aufgegangen war, die Schatten kürzer wurden und das Treiben des Tages begann, öffnete Madame Carpe die eisernen Fensterläden ihres Ladens im fünften Arrondissement von Paris. »Ich möchte eine Waffe kaufen«, hörte sie eine Stimme hinter sich rufen. Die Frau wandte sich um und erblickte einen schlaksigen Jungen mit traurigen Augen, der einen Anzug mit breitem Revers, eine Krawatte und einen weiten Mantel trug. Sie rief nach ihrem Mann, Leopold, der in der Tür erschien. Es war 8.35 Uhr am Morgen des 7. November 1938. À la fine lame (Zur feinen Klinge) war zwar noch nicht geöffnet, doch der Ladenbesitzer, der sich auf den Beginn des Tagesgeschäfts freute, winkte seinen ersten Kunden gern herein. »Wozu brauchst du eine Waffe?«, fragte er den Jungen, der die schwer beladenen Regale an den Wänden betrachtete. Der Junge öffnete sein Portemonnaie, in dem ein Bündel Geldscheine steckte, und erklärte, dass er etwas zum Schutz benötige, da sein Vater ihn oft damit beauftrage, große Geldsummen zu überbringen. Die Erklärung war sowohl ausreichend als auch überflüssig. Nach französischem Recht konnte ein Waffenhändler den Verkauf an einen Kunden nur dann verweigern, wenn er die Person für unzurechnungsfähig hielt. Der Junge war mürrisch und erschöpft. Er hatte in der vorangegangenen Nacht kaum geschlafen, da er dreimal von Nachtschwärmern wachgerüttelt worden war und sein Herz so schnell schlug, dass er eine Hand auf seine Brust legen musste, um sich zu beruhigen. Doch wenn sein Kunde Anzeichen von Erschöpfung zeigte, sah sich Carpe nicht veranlasst, weitere Fragen zu stellen. Der Junge wirkte angespannt, aber nicht beunruhigt.

Der Ladenbesitzer legte eine Auswahl an Waffen auf den Tresen. Sein Kunde blickte ausdruckslos von einer zur anderen. Monsieur Carpe erkannte das Zögern des Neulings, widerstand aber vorerst dem Drang, ihn zu belehren. Schließlich fragte der Junge, ob Carpe eine Pistole des Kalibers 45 vorrätig habe, das er aus amerikanischen Filmen kenne.[1]

Dies sei leider eine schlechte Wahl für die genannte Aufgabe, erklärte der Ladenbesitzer: zu schwer, zu sperrig. Besser wäre ein 6,35-Millimeter-Revolver, eine Waffe, die klein genug sei, um sie verdeckt zu tragen, leicht genug, um sie schnell zu ziehen, und dennoch bedrohlich genug, um einen Dieb abzuschrecken.

Carpe demonstrierte, wie man die Waffe lud, abfeuerte und entlud. Der Junge beobachtete die geschmeidigen, gut geübten Bewegungen des Verkäufers. Schließlich legte Carpe eine Schachtel mit 25 Patronen auf den Ladentisch und erklärte, dass er vor dem Verkauf der Waffe einen Ausweis sehen müsse. Der junge Mann schob seinen Reisepass über den Tresen. Carpe las einen ausländischen Namen auf dem Dokument: Herschel Grynszpan.

Am Abend zuvor hatte Herschel das Geschäft À la fine lame entdeckt. Der 17-Jährige war ziellos umhergestreift, erregt von einem vorangegangenen heftigen Streit. Er war aus dem Haus gestürmt, in dem er mit seinem Onkel und seiner Tante lebte. Angeblich war es bei dem Streit um Geld gegangen, aber er hatte sich durch unausgesprochene und unbenannte Vorbehalte und Frustrationen sowie durch Umstände, auf die keiner der Beteiligten Einfluss hatte, noch verschärft.

Herschel war ein Einwanderer ohne Papiere. Zwei Jahre zuvor hatte er seine engste Familie in seiner Heimatstadt Hannover zurückgelassen, war nach Frankreich gekommen und bei seinen Verwandten eingezogen. Herschels Vater hatte erfolgreich 3000 Francs aus Deutschland geschmuggelt, um den Unterhalt seines Sohnes zu finanzieren.

Nun wollte der Junge dieses Geld an seine Familie zurückgeben, die er in Lebensgefahr wähnte.

Seine Eltern besaßen eine kleine Schneiderei in Hannover. Seit Adolf Hitler fünf Jahre zuvor an die Macht gekommen war, hatten sie enorme wirtschaftliche Schwierigkeiten erdulden müssen. Die Hoffnung, dass sich der Antisemitismus auf eine Minderheit von verrückten, eingefleischten Parteianhängern beschränkte, wurde zunichte gemacht, als ein örtlicher Polizeibeamter ihnen Auslieferungspapiere überreichte: Zusammen mit etwa 12 000 anderen polnischen Juden, die in Deutschland lebten, sollten sie aus dem Land zwangsausgewiesen werden, das sie ihre Heimat nannten. Auf der trostlosen Fahrt zum Bahnhof, wo sie einen Zug zur polnischen Grenze besteigen sollten, waren die Straßen gesäumt von Menschen, die riefen: »Juden raus!«[2]

Die Deportation war chaotisch und grausam. Nachdem sie in Zbąszyń an der polnischen Grenze ausgestiegen war, wurde Herschels Familie über die deutsche Grenze gejagt und danach von den polnischen Grenzposten zurückgewiesen. Die Männer und Frauen schleppten sich zurück auf deutsches Gebiet, um auch dort wieder abgewiesen zu werden. Erst als die Nazis Hunde auf die Gruppe hetzten, lenkten die polnischen Grenzer ein und ließen die erschöpften Menschen ins Niemandsland, wo sie in Scheunen und Schweineställen übernachteten. Zu Beginn der Woche hatte Herschel eine Postkarte von seiner älteren Schwester Esther erhalten, die ihm die Situation schilderte und mit einer Erklärung über die Mittellosigkeit der Familie endete: »Wir haben keinen Pfennig.«

Onkel Abraham – wie sein Bruder ein Schneider – wusste, dass sich die Ereignisse bald überschlagen würden. Es wäre unverantwortlich, Geld in ein Chaos zu schicken, erläuterte Abraham seinem Neffen. Klüger wäre es, die weitere Entwicklung abzuwarten. Herschel, der zu Wutausbrüchen neigte, die oft in Selbstmorddrohungen gipfelten, nahm das Zögern seines Onkels als Beweis dafür, dass sich außer ihm niemand für die Lage seiner Eltern interessierte. Die Anschuldigung verletzte Abraham.

»Ich habe schon so ziemlich alles für dich getan, was ich konnte«, sagte er zu seinem Neffen. »Wenn du nicht zufrieden bist, kannst du ja gehen.«[3]

Herschel riss seinen Mantel aus dem Griff seiner Tante, die ihn schluchzend von der Tür zurückhalten wollte.

«Ich gehe«, sagte Herschel. »Auf Wiedersehen.«

Abraham drückte dem Jungen noch 200 Francs in die Hand, bevor er ging. Herschel verbrachte den Rest des Tages schmollend und widerstand allen Bemühungen seines Freundes Naftali Kaufmann – besser bekannt als Nathan –, ihn aufzumuntern. Nathan hatte den Streit mitbekommen und begleitete seinen Freund von der Haustür an. Er versicherte Herschels Tante und Onkel, dass er ihren Neffen unversehrt zurückbringen werde.

Nachdem sie den Rest des Nachmittags mit Freunden verbummelt hatten, besprachen die beiden jungen Männer am frühen Abend im Licht, das durch die Fenster des Rathauses nach draußen fiel, die Ereignisse des Tages. Nathan drängte seinen Freund sanft, in die Wohnung zurückzukehren. Herschels Wut flammte wieder auf.

»Lieber sterbe ich wie ein Hund, als meine Entscheidung rückgängig zu machen«, sagte er. Herschel erläuterte seinen Plan für die Nacht: Er wollte in seinem Lieblingscafé zu Abend essen[4] und dann in einem billigen Hotel unterkommen. Die beiden trennten sich.

Herschel ging die Rue du Faubourg Saint-Denis hinab und erblickte dort das Schaufenster des Waffengeschäfts.

Waffe und Patronen kosteten zusammen 245 Francs. Herschel zahlte mit den 200 Francs seines Onkels und beglich die Differenz mit Kleingeld aus seiner eigenen Tasche. Ohne das Preisschild zu entfernen, das an einem Stück roter Schnur vom Abzugsbügel hing, wickelte der Ladenbesitzer die Waffe und die Munition in braunes Papier und verschnürte das Paket.

Herschel war gesetzlich verpflichtet, seinen Kauf bei den Behörden zu registrieren. Als er den Laden verließ, schlug er daher den Weg zur nächstgelegenen Polizeistation ein. Der Junge ging weiter, bis er sicher war, dass er außer Sichtweite war. Dann bog er von der Hauptstraße ab und ging zurück zum Café Tout va bien, wo er am Abend zuvor seinem Freund gesagt hatte, dass er dort essen wolle.

Um 8:55 Uhr stand Herschel vor dem Spiegel in der Toilette des Cafés. Er schnürte das Paket auf und holte die Waffe aus ihrem Futteral. In seiner Hand spürte er das kalte Gewicht der Entscheidungen, die er am Morgen getroffen hatte, und derer, die noch folgen würden. Er lud fünf Patronen in die Kammer und steckte die Waffe in die linke Innentasche seiner Anzugsjacke. Zehn Minuten später stieg er die Stufen zur Metrostation Strasbourg-Saint-Denis hinab und nahm einen Zug der Linie 8 in Richtung La Madeleine.

Sollten Herschel während der Fahrt doch noch Zweifel oder Bedenken bezüglich seines Plans gekommen sein – eines Plans, der auf den verschlungenen Pfaden der Geschichte das Leben von Millionen von Menschen verändern sollte –, so stand sein Entschluss fest, als er zurück ins Pariser Sonnenlicht trat. Kurz nach halb zehn erreichte Herschel sein Ziel in der Nähe des Seine-Ufers: die deutsche Botschaft in der Rue de Lille 78.

Unsicher und unvorbereitet wandte sich Herschel an einen der diensthabenden Polizeibeamten vor dem Gebäude und fragte, welchen Eingang er nehmen solle.

»Was ist der Zweck Ihres Besuchs?«, wollte der Gendarm François Autret wissen.[5]

Konzentriert darauf, dass seine Stimme seine Nervosität nicht verriet, teilte Herschel dem Beamten mit, dass er ein deutsches Visum benötige.[6] »Dazu müssen Sie aufs Konsulat, nicht zur Botschaft«, erklärte Autret. Der Polizist winkte Herschel in Richtung des öffentlichen Eingangs zur Botschaft, bevor er dem Teenager und der ersten lästigen Anfrage des Tages den Rücken zukehrte.

Zwei Stunden zuvor hatte Herschel in seinem gemieteten Zimmer im Hotel de Suez eine Postkarte geschrieben, um seiner Schwester zu antworten, nachdem er eine Nacht lang mit alptraumhaften Visionen von der Misshandlung seiner Eltern gerungen hatte.

»Gott muss mir verzeihen«, lautete seine Nachricht, die in einer Mischung aus Hebräisch und Deutsch verfasst war. »Mein Herz blutet, wenn ich an unsere Tragödie und die der 12 000 Juden denke. Ich muss auf eine Weise protestieren, die von der ganzen Welt gehört wird, und das habe ich vor. Ich bitte Dich um Verzeihung.«

Herschel hatte die Nachricht auf dem Weg zum Waffenladen aufgeben wollen, hatte dies jedoch versäumt, da er zu sehr mit seiner Mission beschäftigt gewesen war. Was als private Bitte um Verzeihung gedacht gewesen war, wurde nun zu einem Geständnis, das er bei sich trug. Herschel war in die Botschaft gekommen, um einen leitenden Mitarbeiter zu erschießen. Damit wollte er gegen die Behandlung seiner Eltern und des gesamten jüdischen Volkes durch die Nazis protestieren. Als Herschel die Tür öffnete, trat ein vornehmer 60-jähriger Mann heraus. Ohne dass Herschel es wusste, handelte es sich um Graf Johannes von Welczeck, den deutschen Botschafter in Frankreich, der gerade seinen täglichen Spaziergang durch das Viertel antrat. Kein Ziel war besser geeignet als Welczeck, der damals ranghöchste deutsche Diplomat in Paris, um die Aufmerksamkeit der Weltpresse auf sich zu ziehen. Der Mann und der Attentäter gingen schweigend aneinander vorbei. Dabei überschritten beide eine unsichtbare Schwelle zwischen Ländern und Schicksalen.

Im Inneren des Gebäudes begegnete Herschel Madame Mathis, der Frau des Franzosen, der als Concierge in der Botschaft arbeitete. Ihr Mann hatte gerade den Ofen im Keller repariert und kurz die Rezeption verlassen, um sich umzuziehen.

»Ich muss einen Herrn von der Botschaft sprechen«, sagte Herschel auf Französisch.[7] »Ich möchte ihm einige wichtige Papiere vorlegen.«

Die Lüge war gut gewählt. Die deutsche Botschaft war, wie ein Journalist damals schrieb, eine Brutstätte für Spionage-Intrigen: »Man musste sich nur als Geheimagent ausgeben, um problemlos empfangen zu werden.«[8] Herschels Behauptung, er sei im Besitz geheimer Dokumente von nationaler Bedeutung, war also der sicherste Weg, um eine Audienz bei einem hochrangigen Botschaftsmitarbeiter zu erhalten. Derartige Angelegenheiten lagen deutlich über Madame Mathis' Gehaltsklasse. Sie wies Herschel den Weg zum Treppenhaus, wo der

Junge, so sagte sie, im ersten Stock den diensthabenden Rezeptionisten antreffen werde.

Durch seine Fortschritte ermutigt, sagte Herschel dem Rezeptionisten Wilhelm Nagorka, dass er im Besitz eines »vertraulichen und sehr wichtigen Dokuments« sei.[9] Nagorka bot an, das Dokument weiterzuleiten. Nein, sagte Herschel, die Sache sei zu wichtig, er müsse das Dokument »jemandem mit Geheimwissen« persönlich übergeben. Nagorka lenkte ein. Es war noch früh, und in der Botschaft war wenig los. Außerdem wollte Nagorka nicht derjenige sein, der den Teenager behinderte, wenn dieser tatsächlich wichtige Informationen zu übermitteln hätte. Er bot Herschel an, im Wartesaal Platz zu nehmen.

Wenige Minuten später kehrte Nagorka zurück und begleitete den Jungen in das Büro eines 29-jährigen Diplomaten, der unter seinen Kollegen dafür bekannt war, dass er sich nicht scheute, derlei Besucher zu empfangen.

Um 9:45 Uhr betrat Herschel das Büro des Diplomaten Ernst Eduard Adolf Max vom Rath. Rath saß hinter seinem Schreibtisch und blickte aus dem Fenster, mit dem Rücken zur Tür. Er drehte seinen Stuhl um eine Vierteldrehung nach links, um Herschel gegenüberzusitzen.

»Nun«, sagte Rath, schmallippig, aber statuenhaft gutaussehend. »Lassen Sie mich das Dokument sehen.«

Herschel zog den Revolver aus der linken Innentasche seiner Anzugjacke und richtete den Lauf auf Rath. Das Preisschild baumelte an seiner roten Schnur.

»Sie sind ein *sale boche* (ein dreckiger Deutscher)«, sagte er. »Im Namen 12 000 verfolgter Juden, hier ist Ihr Dokument.«[10]

Herschel gab fünf Schüsse ab. Obwohl sich die beiden Männer sehr nahe waren, verfehlten drei davon ihr Ziel. Einer blieb in der Garderobe stecken. Ein anderer schlug in die Wand ein. Beide hinterließen Löcher, die etwa einen Meter über dem Boden lagen.

Zwei Schüsse aber trafen ihr Ziel und drangen von der linken Seite in Raths Körper ein. Einer durchschlug die Brusthöhle und blieb in der rechten Schulter stecken. Der andere zerriss Raths Milz, durchlöcherte seinen Magen und verletzte die Bauchspeicheldrüse, was die Ärzte und

Chirurgen, die sich bald um das Opfer kümmern würden, am meisten besorgte.

»Dreckiges Judenvolk«, schrie Rath, dem es trotz seiner Verletzungen gelang, seinem Angreifer einen Kinnhaken zu verpassen. Daraufhin taumelte der Diplomat nach vorn und riss seine hölzerne Bürotür auf. »Hilfe!«, rief er hinaus in den Flur.

Nagorka sprang von seinem Schreibtisch auf und rannte in Richtung des Tumults, der sich etwa 30 Meter von ihm entfernt abspielte.

»Ich bin verwundet«, sagte Rath unnötigerweise.

Herschel ließ sich in dem Büro auf einem Stuhl nieder. Die Waffe, die der Teenager zornig nach Rath geworfen hatte, nachdem ihm dieser ins Gesicht geschlagen hatte, lag auf dem Fußboden.[11] Später behauptete Herschel, er habe seine Taten an jenem Morgen in einer Art Trancezustand begangen. Die nicht aufgegebene, an seine Schwester adressierte Postkarte in seiner Brieftasche ließ jedoch anderes vermuten.

In den frühen Morgenstunden des 8. November trafen Hitlers Leibarzt, Dr. Karl Brandt,[12] und der Direktor der Chirurgischen Klinik der Universität München, Dr. Georg Magnus, mit dem Zug in Paris ein. Die Reise der beiden Männer hatte sowohl praktische als auch symbolische Gründe. In erster Linie sollten sie Rath, der sich inzwischen von einer Operation und einer Bluttransfusion erholt hatte, fachmännisch versorgen. Außerdem sollten sie die deutsche Regierung zuverlässig über Raths Zustand auf dem Laufenden halten. Ihre rasche Entsendung sollte der Weltöffentlichkeit zudem zeigen, welche Fürsorge das NS-Regime seinen Beamten zukommen ließ, und die Bedeutung des Vorfalls unterstreichen, ja, überhöhen.

Gegen 10:30 Uhr untersuchten Brandt und Magnus den jungen Diplomaten. Beim Verlassen des Krankenhauses bezeichneten sie die chirurgische Behandlung, welcher man Rath unterzogen hatte, als »ausgezeichnet«, hielten den Zustand des Patienten aber dennoch für »äußerst ernst«.

In Deutschland blieb Adolf Hitler ungewohnt schweigsam. Er hielt keine Rede und gab keine Erklärung zu den Schüssen in Paris ab. Das Propagandaministerium riet der nationalsozialistischen Presse zwar, das Attentat »in größter Form herauszustellen«, doch war die offizielle Position lediglich eine Richtlinie, nicht verbindlich: Die Tat, so hieß es vom Ministerium, müsse »die schwersten Folgen für die Juden in Deutschland haben«.[13]

Am nächsten Tag verschlechterte sich Raths Zustand. Kurz nach drei Uhr am Nachmittag des 9. November 1938 fiel er ins Koma. Neunzig Minuten später war der Diplomat tot.

An jenem Abend saß Hitler in einem rauchgeschwängerten Saal in München, umgeben von einer illustren Schar seiner treuesten und ältesten Anhänger, der Sturmabteilung, auch bekannt als Braunhemden. Die Männer drängten sich und jubelten bei der Feier dessen, was als bedeutendstes Datum in der Geschichte der Partei galt: der Jahrestag des sogenannten Bürgerbräu-Putschs von 1923.

Auf den Tag 15 Jahre zuvor hatten Hitler und etwa 600 seiner paramilitärischen Kämpfer versucht, die Regierung zu stürzen. Der Putsch scheiterte. Hitlers Trupp aus Schlägern und verbitterten Veteranen wurde von etwa 100 bewaffneten Polizeibeamten leicht zurückgeschlagen, wenngleich es ein paar Opfer gab. Sechzehn Nazis und drei Polizeibeamte kamen bei dem Zusammenstoß ums Leben. Hitler wurde verhaftet, angeklagt, verurteilt und ins Gefängnis gesteckt, wo er seine berüchtigte Hetzschrift *Mein Kampf* verfasste.

Hitlers Propagandisten verdrehten die Niederlage bald zu einer Geschichte von Ehre und Triumph. Der Jahrestag wurde zum Mythos der NSDAP, die den 9. November zum nationalen Feiertag, dem »Tag der Bewegung«, erklärt hatte. Jedes Jahr wurde der Marsch nachgestellt, und zum Gedenken an die 16 Gefallenen wurden Kränze niedergelegt. Anschließend verbrachte Hitler den Abend mit etwa 500 der ranghöchsten Parteimitglieder beim traditionellen Abendessen der »Alten Kämpfer« im Alten Rathaus. Dieser Abend, bei dem reichlich Alkohol floss, gipfelte um Mitternacht in einer ausgelassenen Zeremonie, bei der die neuen Rekruten der SS, der militärischen Abteilung der Partei, »Gehorsam bis in den Tod« schworen.

Gegen neun Uhr abends betrat ein Bote den Saal, wo die Feierlichkeiten in vollem Gange waren, und flüsterte etwas in Hitlers Ohr.[14] Der Führer wandte sich an Josef Goebbels, seinen Propagandaminister, und man sah, wie sich die beiden Männer eingehend und leise unterhielten.[15] Ein Gast berichtete, er habe den Satz gehört: »Die Braunhemden sollen sich austoben dürfen.«[16]

Daraufhin verließ Hitler die Versammlung. Normalerweise wandte er sich mit einer mitreißenden Rede an seine Anhänger, aber an jenem Abend sprach Goebbels an seiner Stelle.

»Ernst vom Rath war ein guter Deutscher, ein treuer Diener des Reiches, der in unserer Botschaft in Paris für das Wohl unseres Volkes arbeitete«, begann er, während die Menge verstummte. »Soll ich Ihnen sagen, was mit ihm geschehen ist? Er wurde niedergeschossen! In Ausübung seiner Pflicht wollte er unbewaffnet und ahnungslos mit einem Besucher der Botschaft sprechen, und wurde von zwei Kugeln durchbohrt. Jetzt ist er tot.«[17] Nachdem die Tatsachen offengelegt waren, wandte sich Goebbels dem Thema Schuld und Vergeltung zu.

«Muss ich Ihnen sagen, welcher Rasse das Dreckschwein angehört, das diese schmutzige Tat begangen hat?«, fragte er und wiederholte damit das von Rath während des Attentats verwendete Epitheton. »Ein Jude!« Der Saal brach in alkoholisierte Beifallsstürme aus.

»Heute Abend sitzt er in Paris im Gefängnis und behauptet, er hätte allein gehandelt, er hätte keine Anstifter zu dieser schrecklichen Tat gehabt. Aber wir wissen es besser, nicht wahr? Kameraden, wir können nicht zulassen, dass dieser Angriff des internationalen Judentums unerwidert bleibt.«

Und so verlagerte Goebbels mit der präzise kalibrierten Rhetorik, für die er bekannt werden sollte, den Schuldvorwurf vom Einzelnen auf die Gemeinschaft. Die Schlussfolgerung war klar: gemeinsame Schuld bedeutete gemeinsame Konsequenzen. Die Vergeltung könnte willkürlich erfolgen. Wenn es zu Vergeltungsmaßnahmen kommen sollte, so stellte Goebbels klar, seien diese »dort, wo sie spontan entstehen, nicht zu verhindern.«[18]

Das Crescendo der Gewalt, das sich seit der Machtübernahme der

NSDAP 1933 gegen die Juden aufgebaut hatte, sollte endlich seinen Höhepunkt erreichen. In Paris wartete Herschel Grynszpan auf seinen Prozess wegen Mordes. Das Urteil würde lange vor der endgültigen Entscheidung der Geschworenen gefällt werden. So viel war klar, als die Zwischenrufe im Saal zu einem Kampfgebrüll anschwollen.

Hitlers Abgang war bezeichnend und folgte einem Verhaltensmuster, das in den letzten Jahren zur Regel geworden war: Privat gab der Parteiführer Befehle für Gewalt gegen jüdische Gemeinden aus oder unterzeichnete sie; in der Öffentlichkeit blieb er stoisch stumm oder, wie im Falle des heutigen Abends, auffällig abwesend, um so sicherzustellen, dass sein Name nicht mit Gewalttaten in Verbindung gebracht werden konnte. In seinem Tagebuch legte Goebbels die Wahrheit über die Situation dar: »[Der Führer] bestimmt: Demonstrationen weiterlaufen lassen. Polizei zurückziehen. Die Juden sollen einmal den Volkszorn zu verspüren bekommen.«[19]

Ein Jugendlicher hatte den Vorwand für eine staatlich sanktionierte Gewaltorgie geliefert, den Startschuss, auf den ein angespanntes Regime lange gewartet hatte. So begann eine Nacht der Gewalt gegen Geschäfte und Wohnungen, Synagogen und Friedhöfe, Künstler und Waisen, ein Kapitel, das nicht nur mit der Inhaftierung Unschuldiger in ganz Deutschland, sondern auch mit der Inhaftierung Unschuldiger in Großbritannien enden sollte.

III.

Feuer und Kristall

Den anderen Kindern im Auerbach'schen Waisenhaus in Berlin schien es, als gewänne Peter Fleischmann niemals einen Kampf. Auch, als begänne er niemals einen. Im gnadenlosen Universum des Spielplatzes war der kleine Junge mit dem welligen Haar und der ovalen Brille offenbar das typische Opfer. Die Angestellten bahnten sich ihren Weg durch den Halbkreis der Schaulustigen, um die Jungen voneinander zu trennen, und Peter humpelte dabei stets als Besiegter davon. Die Wahrheit war jedoch viel komplizierter. Inmitten allen Gerangels, der zusammengebissenen Zähne und Schwitzkästen, des staubigen Getümmels war Peter immer sicher, dass er mindestens einen harten Schlag landen wurde. Er mochte den Kampf verlieren, aber solange er unbemerkt dennoch Schmerz verursachte, würde sich der andere Junge danach sicher fernhalten.[1]

Jedes Waisenkind ist ein Überlebender. Eines Sommers, Wochen, Monate oder vielleicht auch Jahre nach seiner Geburt – niemand erzählte ihm je die ganze Wahrheit – waren Peters Eltern zusammen mit seiner Tante und seinem Onkel in der Nähe des Wannsees in Berlin unterwegs, als das Auto einen Lenkungsfehler hatte. Der Fahrer verlor die Kontrolle, und der Wagen stürzte ins Wasser. Als Passanten das Fahrzeug entdeckten, waren alle Insassen bereits ertrunken. Es gab keine Augenzeugen.

Wie der neun Monate ältere Herschel Grynszpan machte Peter die

Nazis für sein Unglück verantwortlich. Sein Vater, Moritz, war Reporter für *Die Freie Meinung!* gewesen – eine Wochenzeitung, die im Januar 1919 von Peters Onkel Hugo gegründet worden war. Von ihrem Büro in Breslau aus dokumentierten die Brüder Fleischmann das Stadtleben in all seiner düsteren Fülle. Hugo, der unter dem Pseudonym Hans Hantada-Fleischmann schrieb,[2] glaubte mit dem Eifer eines fundamentalistischen Predigers an die moralische Verpflichtung des Journalisten, die Mächtigen zur Rechenschaft zu ziehen. Außerdem musste er Zeitungen verkaufen, und im Breslau der 1920er Jahre verkaufte sich nichts so gut wie Klatsch und Tratsch. Die Berichterstattung der *Freien Meinung!* umfasste anzügliche Berichte über schmuddelige, lokale Sünden. (Eine regelmäßig erscheinende Kolumne trug den Titel »Aus den düstersten Winkeln Breslaus«.) Rasch machten sich die Fleischmanns Feinde in einflussreichen Positionen. In einem Artikel, der 1922 in einem Konkurrenzblatt erschien, verleumdete der Stadtrat Max Gruschwitz Hugo als »gemeinen Verleumder« und, mit antisemitischem Unterton, als »Brunnenvergifter«.[3]

Im Polizeibericht wurde der Tod der Fleischmanns als Folge eines Autounfalls aufgrund technischen Versagens dargestellt. Regelmäßige Leser der *Freien Meinung!* vermuteten etwas anderes. Der Mord blieb zwar unbewiesen, doch die Geschichte, die man Peter als Erklärung für die abgrundtiefe Leere in seinem Leben anbot, lautete, dass seine Familie ermordet worden sei, wahrscheinlich von Nazi-Sympathisanten. Was auch immer die genauen Umstände des Verschwindens seiner Eltern gewesen sein mochten, Tatsache war, dass Peter Fleischmann im Alter von drei Jahren zur Vollwaise wurde.

Peters Großvater, ein pensionierter Bankier namens Dr. Alfred Deutsch, sorgte fortan für Stabilität und finanzielle Sicherheit. Peter zog in seine palastartige Wohnung mit zwei Bädern und elf Schlafzimmern – viel zu viele für Alfred und seine Haushälterin Elizabeth Altenhain – in der vornehmen Aschaffenburger Straße.[4] Alfred kümmerte sich um Peter, als wäre er der Vater des Jungen, und Elizabeth, als wäre sie seine Mutter – ein seltsames, aber wohlmeinendes Paar. Dennoch brauchte der

Junge eine Ausbildung, und so schickte Alfred ihn, als Peter fünf Jahre alt war, in das Auerbach'sche Waisenhaus, wo er die Woche über blieb; sonntags kehrte er zu seiner ungewöhnlichen Familie zurück.

Das Schicksal war jedoch noch nicht ganz fertig mit dem überlebenden Fleischmann. Bald türmten sich weitere Probleme auf. Im Oktober 1929 entzog der Börsenkrach in den USA der Weimarer Nachkriegswirtschaft den Boden unter den Füßen. Die Kreditgeber weigerten sich, neue Kredite zu vergeben, und kündigten die bestehenden. Wie Millionen anderer Deutscher verlor Peters Großvater sein Geld. Alfred behielt die Wohnung, aber an den Wochenenden waren er und Peter gezwungen, durch die Straßen Berlins zu ziehen, in Suppenküchen zu essen und Pferdemist zu sammeln, den sie trockneten und anstelle von Kaminholz verwendeten.[5] Alfreds Klage war nur eine Stimme unter vielen im Chor des Elends. In den zwölf Monaten zwischen September 1929 und September 1930 hatte sich die Arbeitslosigkeit in Deutschland auf drei Millionen mehr als verdoppelt. Peter und sein Großvater waren privilegiert: Sie besaßen ein Haus und verfügten über die damit verbundenen Sicherheiten, doch Alfred überlebte seinen jähen Absturz in die Not nicht. Er verstarb innerhalb eines Jahres. Die Haushälterin zog aus und begann ein neues Leben in einem Bauernhaus in Dahlewitz, südlich von Berlin. Im Alter von zwölf Jahren hatte Peter keine Familie mehr, zumindest keine, von der er wusste. Die Illusion menschlicher Stabilität war dahin. Der Junge wurde ganztags im Auerbach'schen Waisenhaus untergebracht, wo er lernte, sich zu prügeln.[6]

In den Schulferien kehrten die Erinnerungen an Peters früheres, privilegiertes Leben in relativem Wohlstand zurück. Bevor Alfred sein Geld verlor, ging er mit seinem Enkel in das berühmteste Restaurant der Stadt, das Kempinski am Kurfürstendamm 27, das zu einer hochklassigen und profitablen Kette von Geschäften und Restaurants gehörte, die sich seit dem späten 19. Jahrhundert über die Stadt ausgebreitet hatte. Das riesige Restaurant war prächtig ausgestattet: weinrote Teppiche, Mahagonimöbel, blitzblankes Besteck, weiße Servietten. Im Erdgeschoss befand sich ein Delikatessengeschäft, in dem Verkäuferinnen in schwarzen Uniformen mit weiß-gerüschten Schürzen und Haarreifen von silbernen Tabletts mit silbernen Zangen kandierte Ananas servierten.

Bei seinen Besuchen dort erkundete Peter das Gebäude und die Bereiche, die normalerweise für die Öffentlichkeit gesperrt waren. Einmal lernte er den Inhaber des Weinimportgeschäfts kennen, welches das Restaurant belieferte. Der Mann wirkte auf Peter freundlich und gut gelaunt und spielte mit ihm zwischen den Säulen und Regalen Verstecken. Es sollte noch einige Zeit dauern, bis Peter herausfand, dass es sich bei seinem unerwarteten Spielkameraden um Joachim von Ribbentrop gehandelt hatte, den späteren Außenminister der Nazis.[7]

In dem Restaurant lernte Peter auch Elisabeth Kohsen kennen, die Erbin des Kempinski-Imperiums, eine temperamentvolle Gesellschaftslöwin mit zwei eigenen Kindern, die nur wenig jünger waren als Peter selbst. Echen, wie sie von ihren Freunden genannt wurde, war trotz der außergewöhnlich günstigen Umstände ihrer Geburt empathisch und mitfühlend geblieben. Sie spendete Geld, um die Arbeit des Auerbach'schen Waisenhauses zu unterstützen.[8] Nach Alfreds Tod lud Echen Peter ein, die Ferien bei ihrer Familie zu verbringen, und bezahlte in einem Winter auch den gemeinsamen Skiurlaub in der Schweiz. Als Peter einmal krank wurde, finanzierte sie ihm einen Erholungsaufenthalt auf dem Lande, weit weg von den anderen Waisenkindern.

Echen wurde für Peter zu einer Art Ersatzfamilie. Wenn er ihre geräumige und luxuriöse Wohnung im dritten Stock eines Hauses im mondänen Berliner Viertel Charlottenburg besuchte, wollte sie, dass er sie als »Tante« ansprach, und wies ihre beiden Töchter an, ihn »Cousin« zu nennen.[9] Seine Besuche waren für Peter bald wie ein Traum. Vor dem Abendessen sah er zu, wie Echen lebende Hummer aus einer niedrigen Spüle nahm und sie scharf zischend in einen Topf mit kochendem Wasser fallen ließ, wo sich ihre schwarzen Panzer leuchtend rot färbten.[10] Im Esszimmer hing ein rosafarbener venezianischer Glaslüster über einem riesigen hellgrünen und purpurroten Teppich. Durch das Fenster beobachteten Peter und die Schwestern manchmal den

Vorbeimarsch junger Nazi-Braunhemden oder warfen Münzen zu einem örtlichen Leierkastenmann und seinem Affen hinab. Ein paar Wochen lang erlebte Peter hier und da kurze Ausflüge in das entschwundene Leben, das er einst bei seinem Großvater genossen hatte, bevor er zu den Pflichten und der Routine des Waisenhauses zurückkehren musste.

Abgesehen von den Kämpfen auf dem Spielplatz war das Auerbach'sche Waisenhaus ein Ort relativen Friedens und Überflusses. Das Waisenhaus glich nicht den Arbeitshäusern bei Dickens mit ihren Schüsseln dünnen Haferschleims und unbarmherzigen Aufseherinnen. Das Gebäude war alt und solide. Mit ihren weißen Metallbetten und identischen Decken erinnerten die Schlafsäle zwar an Krankenstationen, waren aber gemütlich eingerichtet. Der Spielplatz war von Bäumen umstanden, und das Gelände wurde von einem Hausmeister, Herrn Gross, sorgfältig gepflegt.[11] Peter lebte mit etwa 80 anderen jüdischen Kindern zusammen, sowohl Jungen als auch Mädchen, vom Vorschulalter bis zum Schulabgang.

Nicht alle Bewohner waren »Vollwaisen«, wie diejenigen, die beide Elternteile verloren hatten, lapidar genannt wurden. Auch Alleinerziehende schickten ihre Kinder als Wochengäste ins Auerbach'sche Haus. Jede Familie zahlte, was sie sich leisten konnte.[12] Eine mit Barren, Sprungpferden und Ringen ausgestattete Turnhalle trennte die Jungen- und Mädchenschlafsäle, und nach den täglichen Hausaufgaben trafen sich die Schüler im Hof, um sich an den Händen zu berühren und heimlich ein Küsschen zu ergattern. Beschäftigungsmöglichkeiten gab es in Hülle und Fülle: Radiogeräte und Schachspiele, Tischtennisplatten, Spielkarten, kleine Holzküchen und einen Sandkasten im Freien, der so breit und tief war wie ein Schwimmbecken, in dem die jüngeren Kinder Burgen und Wehrgräben bauen konnten.[13]

Es gab tägliche Aufgaben – Schuhe putzen, Stufen schrubben, Geländer polieren – und einige jahreszeitlich bedingte Härten: Im Winter froren die Wasserhähne im Kutschenhaus unten im Garten gelegentlich ein, und die Kinder mussten das Eis aus den Waschbecken hacken, bevor sie sich waschen konnten.[14] Im Großen und Ganzen aber war das Leben angenehm für die Kinder, die von den Spenden vermögender Wohltäter wie dem Bankier und Philanthropen Eugen Landau profitierten, von welchem eine Büste über den Speisesaal wachte. Am Samstagmorgen erhielten Peter und die anderen Schüler zur Feier des Schabbat ein Stück Kuchen und einen Löffel Lebertran. Zu Chanukka erhielt jeder Junge einen neuen Anzug.[15]

Jonas Plaut, ein jovialer, breitschultriger Mann Mitte vierzig, und seine zehn Jahre jüngere Frau Selma leiteten seit 1922 das Waisenhaus. Zur Betreuung der Kinder stellte das Ehepaar fortschrittliche Praktikantinnen ein, junge Leute, denen es vor allem um die Förderung ihrer Schützlinge ging. Eine Erzieherin gab den Schülern häufig Geld aus ihrer eigenen Tasche, damit sie ins Kino gehen oder die Bäckerei nebenan besuchen konnten.[16] Selma Plaut neigte zwar dazu, bestimmte Kinder zu bevorzugen, was diejenigen, denen ihre Aufmerksamkeit nicht zuteil wurde, entsprechend verärgerte,[17] doch gelang es dem Ehepaar, eine Erlebniswelt zu schaffen, an die die meisten gern zurückdachten.

Gemäß den Wünschen des Gründers des Waisenhauses, Baruch Auerbach, wollten die Plauts, dass ihre Einrichtung nicht nur die körperlichen und seelischen Bedürfnisse der Waisenkinder befriedigte, sondern auch ihren geistigen und kulturellen Wünschen nachkam.[18] Daher inszenierten die Waisenkinder klassische Theaterstücke, die sie in voller Kostümierung aufführten.[19] Ein Abend in der Woche war für klassische Musik reserviert, während die Betreuer den jüngeren Kindern in ihren Betten vorlasen, bis die Lichter gelöscht wurden.[20] Gastlehrer gaben Klavierstunden oder lehrten Holzarbeiten und Buchbinderei.

Der Gründer der Einrichtung hatte betont, wie wichtig es sei, sich um das seelische Wohlbefinden der Kinder ebenso zu kümmern wie um ihre körperlichen Bedürfnisse. »Wenn es seinem wahren Zweck entsprechen soll«, schrieb Auerbach einmal, »muss das Waisenhaus ein Elternhaus für Waisen sein.«[21] Es herrschte zwar Disziplin, aber die Kinder wurden nie geschlagen.[22] Gewaltlosigkeit wurde auch auf implizite Weise gefördert: Die Schüler benutzten aus dem Ersten Weltkrieg übrig gebliebene Gewehrschäfte als Hockeyschläger, und eine Statue Friedrichs III., Deutschlands ausgesprochen pazifistischem Kaiser, überblickte den Hof in der Mitte des Geländes. Das Auerbach'sche Haus war ein Zufluchtsort, wenngleich es bei 16 Kindern pro Schlafsaal nicht gerade viel Privatsphäre bot.[23]

Außerhalb der mächtigen Tore des Gebäudes, das seit der Jahrhundertwende in der Schönhauser Allee 162 stand,[24] herrschten im Berlin der Weltwirtschaftskrise Obdachlosigkeit und Hunger, Streiks und Straßenkämpfe.[25] Der britische Schriftsteller Christopher Isherwood, der damals in Berlin lebte, berichtete von jungen Männern, die an einem »weiteren arbeitslosen, leeren Tag« in einer trostlosen Stadt erwachten und ihre Zeit damit verbrachten, »Schnürsenkel zu verkaufen«, »an Pissoirs herumzuhängen« und aus dem Rinnstein aufgesammelte Zigarettenstummel miteinander zu teilen.[26] Als der Würgegriff der nationalsozialistischen Unterdrückung immer enger wurde, erlangte das Waisenhaus, das eine kleine, liberale Synagoge beherbergte, den Ruf, einer der sichersten Orte für junge jüdische Kinder zu sein.[27] Es war eine Oase in einer ansteigenden Flut von Schmutz. Wie viele Zufluchtsorte in Zeiten großer Not, wurde auch das Auerbach'sche Waisenhaus zu umkämpftem Terrain.

Um 23 Uhr am Abend des 9. November, wenige Stunden nachdem die Ärzte Rath in Paris für tot erklärt hatten, trat Hugo Moses, ein 44-jähriger Angestellter der Oppenheimer-Bank, aus einer Besprechung im Zentrum der deutschen Kleinstadt, in der er und seine Familie lebten, hinaus auf eine leere Straße. In den örtlichen Kneipen tummelten sich noch immer die Nazis, aber Hugos Heimweg zu seiner Wohnung, wo seine Frau und seine Kinder bereits im Bett lagen, verlief ruhig. Bald war auch er eingeschlafen, bis ihn das penetrante Klingeln der Türglocke aus dem Schlaf riss. Moses ging zum Fenster, zog den Vorhang zurück und sah, dass die Straßenlaternen gelöscht worden waren. Gegen den fast schwarzen Himmel erkannte er die unheilvolle Silhouette eines Transportfahrzeugs und die Umrisse von Männern, die entweder ausstiegen oder sich bereits vor seiner Haustür versammelten.

»Hab keine Angst«, rief er seiner Frau im Schlafzimmer zu. »Es sind Männer von der Partei; bleib ruhig.«[28]

Noch im Schlafanzug öffnete Moses die Eingangstür. Er roch seine Angreifer, bevor er sie sah: eine Welle von Alkohol, gefolgt von einem festen Stoß gegen die Brust, als der erste der Männer, aufgeputscht vom Alkohol und der elektrisierenden Aussicht auf Gewalt, sich an ihm vorbeidrängte und das Telefon aus der Wand riss. Der Anführer, ein SS-Mann, baute sich vor Hugo auf. In der Dunkelheit schimmerte sein Gesicht grün und wirkte bedrohlich. Er spannte demonstrativ seinen Revolver.

»Weißt du, warum wir hierhergekommen sind?«, fragte er und hob die Waffe. Er drückte das Ende des kalten Laufs gegen Moses' Stirn.[29]

«Nein«, antwortete Moses.

«Wegen der ungeheuerlichen Tat in Paris, an der auch du schuld bist. Wenn du auch nur versuchst, dich zu bewegen, werde ich dich abknallen wie ein Schwein!«

Moses antwortete nicht. Er stand mit den Händen hinter dem Rücken an die Wand gepresst. Novemberluft wehte durch die offene Tür in den Flur und blies die kalte Gegenwart in die Vergangenheit, das Undenkbare in die Realität. Moses hörte, wie die Männer in schweren Stiefeln durch die Wohnung polterten. Er hörte das Schlagen und Rascheln, als sein Schreibtisch ausgeräumt wurde, das leise Klirren vom Glas gerahmter Fotos, die auf den Boden fielen, die häusliche Manifestation eines Angriffs auf die Identität.

»Was wollen Sie von meinen Kindern?«, hörte er seine Frau aus dem Nebenzimmer schreien. »Sie werden meine Kinder nur über meine Leiche anfassen.« Plötzlich blies der Mann, der Hugo den Revolver an den Kopf hielt, kräftig in eine Pfeife. Die Plünderer trampelten durch den Flur und stürmten auf die Straße hinaus. Als die letzten Männer gingen, nahm ihr Anführer die Mündung von Hugos Stirn, richtete die Waffe an die Decke und gab zwei Schüsse ab. Moses glaubte, seine Trommelfelle wären geplatzt, und blieb regungslos stehen. Dann schlug der Mann Moses mit dem Stock, mit dem er die Bilder zerschlagen hatte, seitlich auf den Kopf.

»Da hast du's, du jüdische Sau«, schrie er, während der draußen geparkte Lastwagen stotternd zum Leben erwachte. »Viel Spaß noch.«

Ähnliche Szenen ritueller Einschüchterung, Erniedrigung, Demütigung und Übergriffe spielten sich zu diesem Zeitpunkt in vielen deutschen Städten ab. Wenige Stunden nach Goebbels' Rede, in der er zu gewaltsamen Protesten gegen Juden aufgerufen hatte, verfasste Reinhard Heydrich, Leiter der Gestapo, ein Telegramm an sämtliche Polizeidienststellen und Nachrichtendienste des Landes.

«Auf Grund des Attentats gegen den Leg. Sekr. v. Rath in Paris sind im Laufe der heutigen Nacht … im ganzen Reich Demonstrationen gegen die Juden zu erwarten«, schrieb Heydrich.[30]

Er gab stichpunktartig eine Reihe von Anweisungen, wie die Staatspolizei die bevorstehende Welle der Gewalt einzudämmen hätte, die darauf abzielten, Kollateralschäden zu minimieren und zu gewährleisten, dass die Gewalt präzise und selektiv war.

»Synagogenbrände« seien nur zu dulden, »wenn keine Brandgefahr für die Umgebung« bestehe, lautete Heydrichs Anweisung. »Geschäfte und Wohnungen von Juden dürfen nur zerstört, nicht geplündert werden. […] Ausländische Staatsangehörige dürfen – auch wenn sie Juden sind – nicht belästigt werden.« Letzteres gab vor, wie man mit den deutschen Juden verfahren sollte. Heydrichs Telegramm deckte sich mit den Anweisungen, welche die in München versammelten Sturmbannführer einige Stunden zuvor an ihre jeweiligen regionalen Abteilungen telefonisch durchgegeben hatten. Offenbar war in Erwartung von Raths Tod ein Plan ausgearbeitet worden.

In Wittlich, einer Kleinstadt im Westen Deutschlands, warfen Nazi-Anhänger Möbel durch das kunstvolle Bleikristallfenster über der Eingangstür der Synagoge, sodass der Bürgersteig mit bunten Glasscherben übersät war. Ein Mann kletterte auf das Dach.

»Wischt euch den Arsch damit ab, ihr Juden«, schrie er, während er Torarollen in die Luft warf, die sich wie Luftschlangen entrollten.[31]

In der deutschen Hauptstadt wurden die Gewalttaten bis zwei Uhr morgens hinausgeschoben. Dann kappten speziell ausgebildete Einsatzkräfte die Telefonleitungen zu den jüdischen Gebäuden und schalteten Strom und Heizung ab.[32] Die Polizei leitete den Verkehr aus den am stärksten betroffenen Gebieten Berlins um – ein Maß an Kalkül, das die Behauptung widerlegt, die nächtlichen Übergriffe seien die Manifestation eines spontanen »Volkszorns« gewesen.

Die großen Gotteshäuser waren die ersten Ziele der Razzia. Goebbels ordnete ausdrücklich die Zerstörung der größten Synagoge in der Fasanenstraße an.[33] In der Nähe des Berliner Zoos gelegen, hatte Kaiser Wilhelm II. am 26. August 1912 an der Eröffnungsfeier teilgenommen. Vierundzwanzig Jahre später erzwangen die Nationalsozialisten 1936 ihre Schließung. Das Gebäude wurde jedoch von Magnus Davidsohn, dem Oberkantor, weiter unterhalten. Davidsohn war ein Nachbar der Eltern des ermordeten Rath. Bevor der Diplomat in Paris seinen Verletzungen erlag, hatte Davidsohn das Ehepaar besucht, um das Mitgefühl der jüdischen Gemeinde auszudrücken.

»Mein lieber Herr Kantor«, hatte Raths Vater zu Davidsohn gesagt. »Weder Sie noch sonst ein Jude ist dafür verantwortlich.«[34]

Als die Flammen in der Synagoge immer höher schlugen, flehte Davidsohn den Feuerwehrhauptmann an, den Brand zu löschen.

«Ich kann nicht helfen«, sagte der Hauptmann. »Wir sind gekommen, um die Nachbargebäude zu schützen.«

Der Pförtner der Synagoge kam in den Innenhof, sein Nachthemd war blutverschmiert. Als er sich geweigert hatte, die Schlüssel für das Heiligtum herauszugeben, hatten die Sturmtruppen die Türen aufgebrochen, die Orgel mit ihren 78 Registern über die Empore geworfen, die heiligen Texte, Gewänder und Gebetsbücher zerrissen und auf den Wittenbergplatz geworfen. Anschließend übergossen die Männer die Holzbänke mit Benzin und beschleunigten so die Geschwindigkeit und Intensität des Brandes.

Davidsohn und der Pförtner sahen zu, wie die Gruppe die Gegenstände und Dokumente der Synagoge zu einem Scheiterhaufen auftürmte, diesen in Brand steckte und dann um die Flammen herumtanzte. Im Auerbach'schen Waisenhaus kletterten einige der älteren Jungen auf das Dach des Gebäudes und sahen von dort aus, wie die Funken des fernen Feuers den Himmel färbten.[35] Derweil stiegen die Täter in

30 Taxis, die bereitstanden, um sie zu den jüdischen Krankenhäusern der Stadt, zu den Altersheimen und den Waisenhäusern zu bringen.

Nach der Machtübernahme durch die Nationalsozialisten im Jahre 1933 dauerte es nicht lange, bis die Auerbach-Kinder merkten, dass sich die Welt veränderte. Keine acht Wochen nach der Machtergreifung wurden deutsche staatliche Schulen angewiesen, die Zahl der jüdischen Schüler auf weniger als fünf Prozent der Gesamtschülerzahl zu begrenzen. Die Lehrer begannen, nicht-arische Schüler von ihren Mitschülern wegzusetzen und sie mit rassistischen Beinamen wie »Judenjunge« anzureden.[36] Manche Lehrer zogen jüdischen Schülern, die während des Unterrichts redeten oder eine falsche Antwort gaben, wenn sie aufgerufen wurden, die Hosen hoch und schlugen ihnen mit einem Stock auf die Oberschenkel – eine Strafe, die ihre Mitschüler nie zu fürchten hatten.

Im Alter von zehn Jahren wurde jedes Kind des Waisenhauses nach seinen individuellen Begabungen und Neigungen an einer weiterführenden Schule angemeldet. Kinder, die sich in Sprachen, Mathematik oder Naturwissenschaften besonders hervortaten, besuchten die Königstädtische Oberrealschule,[37] die für den hohen Turm auf ihrem Gelände bekannt war, der ganz oben ein mächtiges Teleskop beherbergte. Diejenigen, die eine Begabung für geisteswissenschaftliche Fächer an den Tag legten, kamen auf das Heinrich-Schliemann-Gymnasium.

Peter war ein mittelmäßiger Schüler. Er hatte Schwierigkeiten mit der Rechtschreibung und tat sich schwer mit Sprachen. Er pendelte zwischen den Klassen hin und her, während seine Lehrer versuchten, ein Fach zu finden, in dem er, wenn schon nicht glänzen, so doch aufblühen könnte. Die Kunst war Peters Rettung. Er war ein geborener Zeichner und verbrachte die Unterrichtsstunden damit, endlos zu skizzieren und zu kritzeln, mit Formen, Farben und Typografie zu spielen. Anstatt Peter in Richtung der Hauptfächer zu lenken, förderten die Lehrer am Auerbach'schen Waisenhaus die Leidenschaft ihres Schützlings und besorgten ihm einen Platz an der Königlichen Kunstschule zu Berlin.[38] Nachdem er seinen Platz gefunden hatte, entwickelte sich Peter prächtig, lernte Mal-, Radier- und Stichtechniken und zeigte dabei so großes Talent, dass er freiberufliche Aufträge zur Gestaltung von Reise- und Filmplakaten erhielt.[39] Die Unterstützung durch die Lehrer hatte tiefgreifende Wirkung.

»Damals beschloss ich, Künstler zu werden«, sagte er.[40] Die Auerbach-Mitarbeiter lenkten ihre Schützlinge zwar behutsam in eine Richtung, die ihren Begabungen und Interessen entsprach, konnten sie aber nicht vor den eskalierenden Grausamkeiten der Außenwelt schützen. Ältere Kinder wie Peter verließen das Waisenhaus gemeinsam gegen 7.30 Uhr,[41] bevor sie sich je nach Zielort in kleinere Gruppen aufteilten. Für die meisten war der Schulweg ein mindestens 40-minütiger Fußmarsch, ein Weg, auf dem die Kinder im Laufe der Monate immer häufiger zur Zielscheibe von Schikanen wurden.

Eines Tages erspähte eine Gruppe Auerbach-Schüler eine Bande von Hitlerjungen, die ihnen offenbar am Wegesrand auflauerte. »Bleibt zusammen«, sagte einer, als sich die Gruppe den Uniformierten näherte. »Tut nichts, was sie irritieren könnte.«[42]

Der Versuch war erfolglos. Die älteren Jungen begannen, Steine auf die Kinder zu werfen. Ein Geschoss traf einen Auerbach-Schüler am Kopf und verursachte eine Platzwunde.

»Seht euch nur das jüdische Blut an!«, rief ein Mitglied der Bande. Bald wurden die Schikanen zum festen Bestandteil des Schulalltags.[43] Selbst, als man die jüdischen Kinder schließlich von den staatlichen Schulen verwiesen und das Auerbach-Personal begonnen hatte, sie in der 30 Minuten zu Fuß entfernten Rosenstraße zu unterrichten, wurden die Waisenkinder regelmäßig von Mitgliedern der Hitlerjugend mit Gürteln und Schnallen angegriffen.[44]

Die Übergriffe wurden von älteren Parteimitgliedern inszeniert, um bei jungen Hitler-Anhängern die Hemmschwelle zu senken, Gewalttaten an Juden zu verüben. Diese jungen Anhänger waren es auch, die in den frühen Morgenstunden des 10. November 1938 auf halber Strecke ihrer lustvollen Zerstörungstour zum Auerbach'schen Waisenhaus kamen, an das Eingangstor klopften und Einlass verlangten.

In den Monaten vor dem Attentat auf den deutschen Diplomaten Rath in Paris hatten sich bereits die Anzeichen dafür verdichtet, dass das Schicksal Peter erneut heimsuchen würde. Am 27. Juli wurden mehrere Berliner Straßen, die Namen von Juden trugen, umbenannt. Am 27. September wurde jüdischen Rechtsanwälten die Berufsausübung untersagt. Am 5. Oktober wurden die Reisepässe aller Juden eingezogen und mit einem rot gestempelten »J« neu ausgestellt. Kurz bevor der Mob am Auerbach'schen Waisenhaus eintraf, klopfte ein Polizeibeamter in Zivil an das Eingangstor.

»Die Gestapo ist auf dem Weg«, sagte er. »Sie kommen, um Peter Fleischmann zu holen.«[45]

Offenbar hatte die Geheimpolizei endlich die »Überbleibsel« der Familie Fleischmann aufgespürt, die ansonsten ausgelöscht worden war.[46]

Jonas Plaut fragte Peter: »Wo willst du denn hin?«

Sechs Wochen vor seinem 17. Geburtstag – dem Zeitpunkt, an dem er sich vom Auerbach'schen Waisenhaus, der Institution, die ihm in den Wirren seines jungen Lebens Halt gegeben hatte, würde verabschieden müssen – wusste Peter Fleischmann, wie man überlebte: unauffällig. Es gab zwei Personen, bei denen er Zuflucht suchen konnte: seine »Tante« Echen Kohsen, Erbin des Kempinski-Vermögens, und die Haushälterin seines Großvaters, Elizabeth Altenhain. Obwohl beide Frauen nicht mit ihm verwandt waren, hatte er zu beiden eine enge Bindung. Peter entschied sich für die Haushälterin, deren bescheidenes Bauernhaus in dem Vorort Dahlewitz lag, weit weg von der Stadt.

Peter packte seine Habseligkeiten zusammen – ein paar Kleider, eine Geige und eine Mappe mit seinen Zeichnungen – und sagte Lebewohl. So kam es, dass Peter Fleischmann sich in der Nacht, in der der deutsche Diplomat Rath starb und der Mob der Nazi-Anhänger vor den Toren des Auerbach'schen Waisenhauses aufmarschierte, im Keller eines Bauernhauses versteckte, das der Haushälterin seines verstorbenen Großvaters gehörte, 25 Kilometer südlich von seinem leeren Waisenhausbett.

Der Waisenhausleiter Jonas Plaut öffnete knarrend das Tor und erblickte eine Schar junger Männer, manche in Uniform, andere in Zivil.[47]

Er hatte gewusst, dass der Mob unterwegs war. Der Polizist in Zivil hatte ihn schon früher am Abend gewarnt, er solle die Kinder woanders hinbringen.[48] Aber wo sollte man 80 junge Menschen unbemerkt verstecken?[49] Es erschien sicherer, an Ort und Stelle zu bleiben und zu beten, dass die Plünderer vorbeiziehen würden – eine nachvollziehbare Fehleinschätzung.

Jonas Plaut befürchtete, die jungen Männer wären wegen der Kinder gekommen. Tatsächlich aber waren sie wegen des Gebäudes da. Im Jahre 1923 hatte ein örtlicher Seminarlehrer, Hermann Falkenberg, auf dem Gelände des Waisenhauses eine Liberale Synagoge eingerichtet. In diesem Gotteshaus, der sogenannten Synagoge Nord, feierten die Kinder unter der Leitung des dortigen Kantors Kurt Jakubowski, der die Jungen auch auf ihre Bar-Mizwa-Zeremonien vorbereitete, die jüdischen Feiertage. Die Auerbach-Synagoge war der Geheimpolizei gut bekannt, deren Mitglieder gelegentlich an Zeremonien auf dem Gelände teilnahmen.[50] Die Auerbach-Synagoge stand, wie es schien, auf der Liste der Ziele jener Nacht.[51]

»Ihr müsst jetzt gehen«, sagte einer der Eindringlinge. »Wir wollen das Gebäude in Brand setzen.«[52]

Walter Frankenstein, ein scharfsinniger 14-jähriger Waisenjunge und Maurerlehrling, wies darauf hin, dass jedes Feuer wahrscheinlich auf andere Gebäude in der Straße übergreifen werde.

Vielleicht erinnerten sie sich an Heydrichs Anweisung, nur solche Synagogen niederzubrennen, bei denen keine Gefahr bestand, dass das Feuer auf benachbarte Gebäude übergriff. Jedenfalls beherzigten die Sturmtruppen die Warnung des Jungen und änderten ihre Pläne.

»Beeilt euch«, sagte einer der Männer, der kaum älter zu sein schien als manche der Kinder.[53] »Beeilt euch … Alle in die Synagoge.«[54] Die Sturmtruppen führten die Bewohner in den Saal, wo sie sich zwischen den Sitzbänken vor dem verhüllten Toraschrein zusammendrängten. Die Kinder hörten, wie die Tür von außen verschlossen wurde, dann begann eines der Waisenkinder zu husten.

Seit den 1880er Jahren wurde Erdgas in Deutschland odoriert, das heißt, es wurde eine Mercaptan-Verbindung zugesetzt, um Leckagen über den Geruch erkennen zu können. Als Walter den immer stärker werdenden Geruch im Raum wahrnahm, erkannte er, dass einer der Eindringlinge auf dem Weg nach draußen die ewige Flamme ausgeblasen und den Gashahn vor dem Aron Kodesch geöffnet hatte, dem Prunkschrank der Synagoge, in dem die Torarollen aufbewahrt wurden. Der Raum füllte sich mit Dämpfen.

Frankenstein tastete nach dem Hahn und drehte das Ventil zu. Der Geruch von Gas hing schwer im Raum. Während einige der jüngeren Kinder weinten, machten andere Vorschläge, wie sie sich einen Weg nach draußen bahnen könnten. Ein älterer Junge vermutete, dass die Angreifer vor der Tür warteten, bereit, jeden zu erschießen, der entkommen wollte. Die Kinder hörten das Brummen eines Lkw-Motors, das immer hochfrequenter und leiser wurde, als das Fahrzeug davonfuhr. Plötzlich krachte es: Ein älterer Junge schleuderte einen Stuhl durch eines der Buntglasfenster der Synagoge, um eine lebensrettende Luftzufuhr zu schaffen.[55]

Nachdem Peter und die anderen Waisenkinder alle auf ihre Weise die Nacht überlebt hatten, ging die Sonne über einer veränderten Stadt auf. Die zerstörten Straßen Berlins waren mit materiellen und symbolischen Trümmern übersät. Glas knirschte auf den Bürgersteigen, die Scherben, die dem Grauen später seinen Namen gaben: Reichskristallnacht.

Der letzte Rest Hoffnung, dass die eskalierende Verfolgung der deutschen Juden durch das NS-Regime noch rückgängig gemacht werden könnte, war mit dem Sonnenaufgang verflogen. Peter Fleischmann war zwar der Katastrophe entgangen, doch eine Schwelle war überschritten worden. Keines der Waisenkinder wusste es, aber ihr Überleben hing nun von ihrer Flucht ab.

IV.

Die Retter

Als die graue Morgendämmerung über einem veränderten und schwelenden Berlin aufstieg, und die ersten Berichte über die nächtlichen Gewalttaten ihren Weg nach Großbritannien fanden, saß Bertha Bracey in ihrem Londoner Büro und wühlte in einem Stapel Papierkram. Gegenüber von Euston Station gelegen, an einer der verkehrsreichsten Straßen Londons, ging es in Drayton House inzwischen so hektisch zu wie in dem Bahnhofsgebäude auf der anderen Straßenseite. Hier befand sich das Nervenzentrum einer chaotischen, aber emsig betriebenen Operation, deren Ziel es war, Einzelpersonen und Familien – meist nicht praktizierende Juden[1] – von Nazi-Deutschland nach Großbritannien zu bringen.[2] Im Jahre 1933, dem ersten Jahr der Operation, bearbeiteten Bertha und ihre Teilzeitassistentin gerade einmal 18 Fälle. Jetzt, fünf Jahre später, beschäftigte das Germany Emergency Committee[3] insgesamt 59 Mitarbeiter – überwiegend Frauen, die meisten von ihnen Quäker –, und die Zahl der Fälle belief sich auf mehr als 14 000.

Klein, zierlich und unscheinbar, verbarg Berthas zierliche Statur ihre unerschöpfliche Energie. Um ihre Petitionen zu unterstützen, hatte sie eine Reihe von Korrespondenzen mit den Büros verschiedener hochrangiger Nazifunktionäre aufgenommen, so auch mit Reinhard Heydrich, dem Drahtzieher der nächtlichen Gewalttaten, dem Offizier, den Hitler bekanntlich als »Mann mit eisernem Herzen« bezeichnete.[4] Sie schrieb Briefe an Hermann Göring, Joachim von Ribbentrop[5] – den

Weinhändler, mit dem Peter Fleischmann einst in den Kempinski-Kellern gespielt hatte, und der inzwischen Außenminister der Nationalsozialisten war – und sogar an Hitler selbst, um die Freilassung einer von den Nazis inhaftierten deutschen Sozialpädagogin zu fordern.[6] Die Arbeit war befriedigend, aber auch erdrückend. Aus ihrem Büro strömten verschiedenste Unterlagen und Formulare in die engen Flure des Gebäudes, wo nun Dutzende von mittellosen und verängstigten Männern, Frauen und Kindern saßen und geduldig auf einen Termin warteten.[7] Allerorten herrschte Bedarf: an Auswanderungspapieren, an einer Unterkunft, an Sprachkursen, an einer Beschäftigung.[8] Zusammen mit Otto Schiff, ihrem Kollegen beim Jewish Refugees Committee, war Bertha zu einer zentralen Figur in einem Netzwerk geworden, das sich darum bemühte, Komplikationen bei Flüchtlingsanträgen vorzubeugen und Verzögerungen zu vermeiden, die sich in Anbetracht der Ereignisse der vergangenen Nacht als fatal erweisen konnten.

Es war nicht leicht, einen Menschen aus Deutschland zu retten. Berthas Freundin und Mitarbeiterin, die Politikerin Eleanor Rathbone, verglich die Arbeit in einem Artikel im *New Statesman* damit, mit winzigen Feilen an den Gitterstäben eines Gefängnisses zu kratzen, bevor man schließlich die gepeinigten Männer, Frauen und Kinder, einen nach dem anderen, durch die Lücken zerrte.[9] Flüchtende sahen sich mit einer Reihe enormer Hindernisse konfrontiert: dem Bestreben der Nazis, sie um ihr Geld zu bringen, bevor sie das Land verließen; der Schwierigkeit, ein Land zu finden, das bereit war, eine Person aufzunehmen, die nicht in der Lage war, zu den Kosten der Umsiedlung beizutragen;[10] der Halsstarrigkeit einer britischen Regierung, die befürchtete, dass sie durch die Aufnahme von Geflüchteten Antisemitismus und Neidgefühle bei den Arbeitslosen schüren oder, wie Rathbone es kurz und bündig ausdrückte, »andere Nationen dazu ermutigen könnte, ihre Juden bei uns abzuladen«.[11]

Der Widerstand der Gewerkschaften gegen die Einwanderung hatte die Regierung zu einer restriktiveren Politik veranlasst, ebenso wie die landesweite Befürchtung, dass ein Zustrom von Flüchtlingen sowohl die nationale Stabilität als auch die Identität gefährden könnte. Am problematischsten für jüdische Flüchtlinge, die aus Deutschland zu entkommen versuchten, war jedoch, dass die britische Regierung das »jüdische Problem« als Randthema der NS-Politik betrachtete. Britische Beamte wollten schlicht nicht glauben, dass Hitler einen derart kostenintensiven Aufwand für die Vernichtung der jüdischen Rasse in ganz Europa betrieb. Folglich entsprach die Reaktion nicht dem Ausmaß der Bedrohung; selbst ausgezeichnet vernetzte Einzelpersonen benötigten Hilfe bei der Planung und Durchführung ihrer lebensverändernden Reise.

Für viele war Drayton House – und, als die dortigen Räumlichkeiten nicht mehr ausreichten, dessen Nachfolger Bloomsbury House – die wichtigste Anlaufstelle, um Auswanderungspapiere für Angehörige in Deutschland zu erwirken.[12] Bertha wusste, dass sie für viele die einzige Hoffnung war, die gütige, unsichtbare Kraft, nach der sich alle Menschen in Augenblicken einer tiefen Krise sehnen. Dies galt besonders für jemanden in Peter Fleischmanns Lage, der sich vor der Gestapo in einem Keller versteckt hielt und nur wenige Verbindungen und keine Familie hatte, die sich für ihn einsetzen konnte.

Nur wenige waren für diese schwierige Aufgabe besser gerüstet. Bertha hatte einen Großteil ihrer Zwanziger in Österreich und Deutschland gelebt und sprach fließend Deutsch. Sie hatte in der Hilfe für Familien gearbeitet, die durch den Ersten Weltkrieg verarmt waren, und den Aufstieg des Faschismus hautnah miterlebt. Ihre Mission wurde von ihrem Quäker-Glauben angetrieben, einer kleinen, aber offenen christlichen Konfession, die mehr Wert auf soziale Gerechtigkeit als auf Dogmen legte. Bertha nahm diesen Glauben in ihrer Jugend an, als sie neben den dampfenden Schornsteinen der Cadbury-Schokoladenfabrik lebte, wo ihr Vater als Tischler arbeitete.[13]

Nach ihrem Abschluss an der Universität Birmingham nahm Bertha eine Stelle als Lehrerin an der Luton High School for Girls an. Ihren ersten Sommerurlaub verbrachte sie 1922 als Freiwillige in Österreich,[14] wo sie Hilfsgüter für bedürftige Familien sammelte und verteilte. Schon bald erkannte sie, welchen Einfluss sie auf das Leben der Menschen haben konnte, wenn sie den Mut aufbrachte, an die richtigen Türen zu klopfen. Durch ihre Arbeit baute sie systematisch ein beachtliches Netzwerk von Freunden und Kollegen in ganz Österreich und Deutschland auf, die sich alle gleichermaßen für die Wohlfahrt und mit der Zeit auch für die Rettung engagierten.

Von ihrer Warte an der Seite des notleidenden Proletariats aus erlebte Bertha, wie die allgemeine Meinung umschlug und die Spannungen in Deutschland zunahmen. Während eines zweijährigen Aufenthalts in Nürnberg Mitte der 1920er Jahre beobachtete sie ungläubig, wie Männer, die zuvor als extremistische Spinner gegolten hatten, in Machtpositionen aufstiegen. Julius Streicher, jener erbitterte Rassist, der die wöchentliche Boulevardzeitung *Der Stürmer* gegründet hatte, die, wie Bertha sagte, »abscheuliche antisemitische Äußerungen und entsetzliche jüdische Karikaturen« druckte, saß nun im Stadtrat. Bertha beobachtete, wie andere wegschauten, in der Hoffnung, dass sich solche unliebsamen Gestalten nach einer gewissen Zeit der Verantwortung wieder zurückziehen würden. »Doch das Gift verbreitete sich.«[15]

Bei ihrer Rückkehr nach England im April 1934 hielt Bertha eine Rede vor der Religious Society of Friends in Swarthmoor Hall, in der sie ihre Zuhörer davor warnte, dass die Bitterkeit und der Groll der Nachkriegszeit in Deutschland zu einer giftigen Ideologie geronnen waren.

»Was wir jetzt sehen«, sagte sie zu den Anwesenden, »ist eine überzogene, hitzköpfige, großköpfige Form des Nationalismus, die Angst vor dem Internationalismus hat.« Es sei die Pflicht des englischen Volkes, »der herannahenden Flut von Faschismus und Diktatur und all ihrer Formen zu widerstehen«. Dann wies sie diejenigen unter den Zuhörern, die sich möglicherweise moralisch überlegen fühlten, darauf hin, dass solche Tyranneien »mit Sicherheit auch hier in unserem Land gedeihen«.[16]

In Wahrheit war die Einstellung der Briten gegenüber Juden derjenigen in Deutschland erschreckend ähnlich. Home Intelligence, eine Abteilung des britischen Informationsministeriums, sammelte Aussagen von Bürgern über jüdische Mitbürger. Diese Kommentare waren erschreckend zu lesen. Juden, so erklärte einer, »haben heute offenbar jede Menge Geld«. Ein anderer behauptete, Juden könnten sich »immer aus allem herauswinden«, während ein weiterer Befragter die »niedrige Geschäftsmoral« anprangerte. Ein Mitarbeiter des Verfassungsschutzes kam zu dem Schluss: »Viele haben das schleichende Gefühl, dass Hitler und andere, ähnlich denkende Leute zu allen Zeiten Recht hatten.«[17]

Der Antisemitismus in all seinen verschiedenen und komplexen Formen kam in Großbritannien nicht erst mit dem Zustrom jüdischer Exilanten vor der Naziherrschaft auf. Wie im übrigen Europa herrschte auch hier der jahrhundertealte Glaube vor, die Juden als Volksgruppe wären gegen Christus gewesen – wobei übersehen wurde, dass Jesus selbst ein Jude war, der in rabbinischer Tradition praktizierte. In Großbritannien waren Juden zwar nicht gezwungen, in Ghettos zu leben oder rassistische Erkennungszeichen an ihrer Kleidung zu tragen, doch waren sie Gegenstand einer Vielzahl von Vorurteilen, die von Fremdenfeindlichkeit und Sorge um Arbeitslosigkeit bei der Arbeiterklasse bis hin zu Ängsten vor kultureller Überfremdung innerhalb der Intelligenz reichten.

In Großbritannien drückte sich der Antisemitismus nicht in erster Linie in physischer Gewalt aus, sondern in reflexhaften Reaktionen und Witzen. Der Diplomat Sir Harold Nicolson brachte eine in der britischen Bildungsschicht weit verbreitete Haltung zum Ausdruck, als er sagte: »Ich verabscheue zwar den Antisemitismus, aber die Juden mag ich trotzdem nicht.«[18]

Am Morgen des 10. November 1938, als die ersten Berichte über die Ereignisse der Pogromnacht in Großbritannien eintrafen, wurde Berthas Voraussicht bestätigt und die alte und beharrliche Insulanermentalität der Briten – dass das Land nicht in der Lage sei, Ausländer aufzunehmen, ungeachtet ihrer Notsituation – scharf in Frage gestellt. Dies war der unstrittige Beweis dafür, dass antisemitische Gewalt von Anfang an grundlegend für die Ziele des Naziregimes gewesen war. Bertha war jedoch kein Mensch, der sich freute, recht behalten zu haben. Es war auch keine Zeit dafür. Die Ereignisse überschlugen sich, was von Bertha, ihrem Team und den jüdischen Hilfsorganisationen, mit denen sie zusammenarbeiteten, eine völlig neue Form von Engagement verlangte.

Mit dem Licht der Morgendämmerung fand die Gewalt der Nacht noch kein Ende. Der »Mann in Berlin« der britischen Regierung, George Ogilvie-Forbes, verließ früh das Haus und trat hinaus in einen trümmerübersäten Morgen. Er begann mit einem Erkundungsgang durch die Friedrichstraße, die Haupteinkaufsstraße der Stadt. Um ihn herum gingen die Plünderungen und Zerstörungen weiter. Grinsende Menschenmengen liefen den Plünderern hinterher, gafften und steckten manchmal heimlich Wertsachen ein, die auf den Bürgersteig fielen. Die Polizeibeamten, so schrieb Ogilvie-Forbes in einem Telegramm, das er später am Tag an seine Vorgesetzten in Whitehall schickte, nahmen davon keine Notiz.[19]

Ausländische Journalisten, die sich in Berlin aufhielten, bestätigten seinen Bericht. Ein Reporter des *News Chronicle* sah, wie Juden »von jungen Nazis durch die Straßen gejagt, verprügelt und niedergeschlagen wurden«.[20] Ein anderer ausländischer Reporter stellte fest, dass »der durchschnittliche Deutsche entweder teilnahmslos oder erstaunt zusah«. Während viele über die Ereignisse der Nacht entsetzt waren, beteiligten sich andere eifrig, wenn nicht an der Gewalt, so doch am Diebstahl; das Berliner Juweliergeschäft Margraf etwa meldete einen Verlust von 1,7 Millionen Mark.[21]

Um fünf Uhr nachmittags gab Joseph Goebbels, der Initiator des Pogroms, den Befehl zur Beendigung der Gewalttaten: »Die berechtigte und verständliche Empörung des deutschen Volkes« über den »Meuchelmord an einem deutschen Diplomaten« habe sich in der vergangenen Nacht »in umfangreichem Maße Luft geschafft«, hieß es in seiner Botschaft, die über Radiosender im ganzen Land verbreitet wurde.[22] »Von allen weiteren Demonstrationen und Aktionen gegen das Judentum« sei sofort abzusehen. »Die endgültige Antwort auf das Attentat wird auf dem Weg der Gesetzgebung beziehungsweise der Verordnung dem Judentum erteilt werden.«

Im November 1938 war den deutschen Juden der Gebrauch von Rundfunkgeräten verboten worden; Goebbels' Botschaft wäre also bei der Bevölkerungsgruppe, die sie angeblich schützen sollte, ungehört geblieben. Selbst bei den Aggressoren hatte der Befehl keine unmittelbare Wirkung: »Nicht einmal die heute Nachmittag und heute Abend ausgestrahlte Proklamation des Propagandaministers Dr. Goebbels, in der er die Einstellung der Pogrome anordnete, konnte den Wahnsinn des Mobs bremsen«, schrieb ein Journalist. Das Einzige, was die Gewalt schließlich eingedämmt und dann beendet habe, sei gewesen, »dass man keinen weiteren Schaden mehr anrichten konnte«.[23]

Am Ende wurden 7500 jüdische Wohnungen und Geschäfte geplündert, 267 Synagogen und Gemeindehäuser zerstört, darunter 30 in Berlin, und landesweit mindestens 91 Jüdinnen und Juden ermordet. In den nächsten Tagen würden 40 000 Juden in die Gefangenenlager Dachau, Buchenwald oder Sachsenhausen deportiert, wo man die Männer zwang, stundenlang zu stehen oder Turnübungen zu absolvieren und dabei die auf eine Tafel gemalten Worte zu wiederholen: »Wir haben Sekretär vom Rath getötet.«[24]

Die Nachricht von der mutwilligen Zerstörung kam in Whitehall nicht unerwartet. In den Stunden zwischen Raths Erschießung und seinem Tod hatten die jüdischen Führer Deutschlands die britische Regierung in einem verzweifelten Appell gebeten, »einen prominenten nichtjüdischen Engländer auszuwählen, der sich sofort nach Berlin begibt«, um die drohende Gewalt zu verhindern.[25] Die Behörden hatten jedoch beschlossen, dass ein Eingreifen zu diesem Zeitpunkt bedeuten würde, in ein »Wespennest« zu stechen.[26] Man mischte sich lieber nicht ein.

Die Morde, Plünderungen und Festnahmen wurden von allen Teilen der britischen Regierung, Öffentlichkeit und Presse verurteilt. Die Berichte über die Geschehnisse in Deutschland »gingen durch Großbritannien wie eine Art elektrischer Strom«, erinnerte sich ein Beobachter. »Jede kleine Stadt, jedes Dorf in England sagte: ›Wir müssen die Kinder retten.‹«[27]

In einem am 12. November veröffentlichten Brief an die Londoner *Times* schrieb der Erzbischof von Canterbury, Cosmo Gordon Lang, der sich seit langem für die Freundschaft zwischen Großbritannien und Hitler-Deutschland einsetzte: »Welche Provokation auch immer die beklagenswerte Tat eines einzelnen jüdischen Jugendlichen gewesen sein mag, sind doch Repressalien von solchem Ausmaß, so heftig, grausam und rachsüchtig, unmöglich zu rechtfertigen.« Diese »Exzesse des Hasses und der Bosheit«, schrieb Lang, »stellen eine beinahe unerträgliche Belastung für die Freundschaft dar, die wir anzubieten bereit sind«.

Es ist bezeichnend, dass der Schwerpunkt von Langs Brief auf den negativen Folgen der Reichspogromnacht für die internationalen Beziehungen liegt, und die Opfer kaum berücksichtigt werden. Der Erzbischof schloss jedoch mit der Bitte an die Gemeinden, für die Opfer der Verfolgung zu beten, deren Zukunft »sehr düster und hoffnungslos zu sein scheint«.

Eine pragmatischere Herangehensweise blieb somit anderen überlassen. Kurz nach der Pogromnacht schrieb Wilfrid Israel, ein jüdischer Geschäftsmann und Inhaber des Kaufhauses Nathan Israel, einem der größten in Berlin, einen Brief an Bertha Bracey. Israel, ein Nachfahre des ersten Oberrabbiners Großbritanniens, Hermann Adler, war gut vernetzt – sein Freund Albert Einstein sagte später über ihn, er sei in seinem »ganzen Leben keinem so edlen, starken und selbstlosen Menschen begegnet … ein lebendes Kunstwerk«.[28]

Israel hatte bereits damit begonnen, sich für die Freilassung von Juden einzusetzen, die während des Pogroms verhaftet worden waren. Dazu schickte er Geld an den Kommandanten von Sachsenhausen, dem Konzentrationslager, in dem jüdische Männer gezwungen wurden, die Schuld an der Ermordung Raths auf sich zu nehmen.[29]

Nun wollte Israel die Rettung jüdischer Kinder bis zum Alter von 17 Jahren organisieren und einen Weg finden, sie nach Großbritannien zu bringen. Israel wusste, dass er dringend Unterstützung brauchte, um einen solchen Plan in die Tat umzusetzen, aber britischen Juden war es verboten, Berlin zu besuchen. Seit sie sich in Nürnberg kennengelernt hatten, war er mit Bertha in Kontakt geblieben. Bertha war gerade in ihrem Büro bei Euston Station, als sie von ihrem alten Freund die Einladung erhielt, ihn in Berlin zu besuchen.

Die Quäker, eine Glaubensgemeinschaft, die in Großbritannien damals nur 23 000 Mitglieder zählte, durften ohne Einschränkungen nach Nazi-Deutschland ein- und wieder ausreisen. Diese großzügige Haltung resultierte aus der humanitären Arbeit der Gruppe nach dem Ersten Weltkrieg, der sogenannten Quäkerspeisung – einem Programm, das in den Nachwehen von Krieg und Rezession fünf Millionen deutscher Kinder mit Nahrung versorgt hatte.

Viele Kinder, die von dieser philanthropischen Arbeit profitierten, wuchsen zu hochrangigen NS-Funktionären heran; die Erinnerung an die Wohltätigkeit der Quäker blieb jedoch über alle nationalen und politischen Grenzen hinweg bestehen. Im Jahre 1936 enthielt ein nationalsozialistisches Wörterbuch für Kinder nur drei Einträge für kirchliche Konfessionen: Protestanten, Katholiken und Quäker. In der Definition für Quäker hieß es, die Gruppe habe sich »nach dem Ersten Weltkrieg aufopferungsvoll um notleidende Kinder in Deutschland gekümmert«.[30] Infolgedessen gestattete das NS-Regime den Quäkern, ihre philanthropische Arbeit relativ ungehindert fortzusetzen.

In den Tagen nach der Reichspogromnacht reiste Bertha mit einer Delegation von fünf Kollegen nach Berlin, um sich mit Wilfrid Israel darüber zu beraten, wie man Kinder möglichst schnell nach Großbritannien evakuieren könnte.[31] Bei ihrer Ankunft versuchte Bertha, ihre Anwesenheit in der Stadt geheim zu halten, da sie befürchtete, dass die in der Stadt lebenden deutschen Quäker Repressalien ausgesetzt würden, sollten die Pläne der Gruppe bekannt werden.[32] Diese Pläne, die ursprünglich von dem deutsch-jüdischen Sozialpolitiker und Flüchtlingsaktivisten Salomon Adler-Rudel stammten und dann in Zusammenarbeit mit dem Jewish Refugees Committee ausgearbeitet wurden, waren ein Meisterstück internationaler Kooperation und Organisation.[33]

Gefährdete deutsche Kinder bis zum Alter von 17 Jahren sollten mit dem Zug von Deutschland in die Niederlande fahren, die sich am Tag nach der Reichspogromnacht bereit erklärt hatten, einer unbegrenzten Zahl deutscher und österreichischer Kinder vorübergehend Aufenthalt zu gewähren. Von Holland aus sollten sie dann mit der Fähre nach Großbritannien übersetzen, um dort von einer gastfreundlichen Familie aufgenommen zu werden. Die Trennung der Kinder von ihren Eltern wäre unvorstellbar schmerzhaft, da sie nicht wüssten, ob und wann sie sich wiedersehen würden, doch der Plan schien besser als jede Alternative. Als sie nach Großbritannien zurückkehrte, wusste Bertha, dass ohne Rückendeckung durch die britische Regierung – die die Einwanderungsgenehmigungen ausstellen müsste – ihr Vorhaben zum Scheitern verurteilt wäre.

Premierminister Neville Chamberlain war unschlüssig, wie seine Regierung auf die aktuellen Ereignisse reagieren sollte. Als sich die Nachrichten aus Deutschland verbreiteten, hatte sich die vorherrschende öffentliche Meinung gewandelt: Die nationalen Ängste vor Asylbewerbern wurden, so schien es, durch den Drang, auf der internationalen Bühne Mitgefühl zu zeigen, aufgewogen und sogar noch übertroffen. Die Empörung hatte schließlich die ungeheuren Ausmaße angenommen, die für ein Handeln notwendig waren.

Chamberlain erklärte vor dem Unterhaus, seine Regierung werde »jede Möglichkeit in Betracht ziehen, wie wir diesen Menschen helfen können«.[34] Eine Politik der »offenen Türen« kam jedoch nicht in Frage, nicht zuletzt wegen der Befürchtung, die Geflüchteten könnten in einer Zeit hoher Arbeitslosigkeit eine Konkurrenz auf dem Arbeitsmarkt darstellen. Selbst prominente jüdische Vertreter schienen gegen die Aufnahme von Juden in großem Stil zu sein, da sie offenbar Angst hatten, dadurch den Antisemitismus in Großbritannien zu schüren.[35]

Vier Tage nach den Anschlägen wurden auf einer Sitzung des Kabinettsausschusses für Außenpolitik mögliche Reaktionen erörtert. Der aus einer Quäkerfamilie stammende Innenminister Sir Samuel Hoare schlug vor, einen Teil des britischen Jahreskontingents von 60 000 Einwanderern, von dem bisher nur etwa ein Viertel ausgeschöpft worden war, für die unter der Unterdrückung durch die Nazis leidenden deutschen Juden bereitzustellen.[36] Im September zuvor hatte Winston

Churchill in einem offenen Brief im *Evening Standard* Hitler aufgefordert, seine Judenverfolgung einzustellen; nun schlug er vor, Flüchtlinge in einer Kolonie wie Britisch-Guayana anzusiedeln.[37] Die Diskussion endete ohne Beschluss.

Am Morgen des 21. November, elf Tage nach den Gewalttaten der Reichspogromnacht, traf Bertha Bracey mit dem Innenminister zusammen, begleitet von fünf weiteren Vertretern humanitärer Organisationen. Unter ihnen war auch Ben Greene, der erst am Morgen von einer Reise nach Deutschland zurückgekehrt war. Die Mitglieder dieser interreligiösen Gruppe, die sich »Movement for the Care of Children from Germany«[38] nannte, entwarfen einen Plan, der, wie Hoare bald erkannte, genau die Art von großer Geste darstellen könnte, die die britische Öffentlichkeit benötigte.

Hoare äußerte anfangs Zweifel daran, dass Eltern ihre Kinder freiwillig allein in ein fremdes Land und zu fremden Familien schicken würden. Greene erklärte, dass er in Berlin diese Frage jüdischen Familien persönlich gestellt habe.

»Fast alle waren bereit, sich von ihren Kindern zu trennen«, sagte Greene zu dem Politiker. Die meisten Eltern hätten befunden, es sei besser, das Risiko einzugehen, dass ihre Kinder in ein fremdes Land gebracht wurden, als sie den unberechenbaren Gefahren zu Hause auszusetzen.[39]

Bewegt von Berthas tragischen Schilderungen aus Berlin, herausgefordert von ihrer Demonstration des gelebten Quäker-Glaubens und zweifellos inspiriert von dem, was wie ein PR-Coup wirkte, entschloss sich Hoare schließlich zu einer bestimmten Vorgehensweise: Unter der Voraussetzung, dass sie einen Bürgen hätten, der für Essen, Unterkunft und die Heimreisekosten aufkäme, wären »Transmigrant«-Kinder, wie sie später genannt wurden, in Großbritannien willkommen. Auf Visa und Ausländerausweise wurde zugunsten einer neuen Genehmigung verzichtet, die den Namen des Kindes und dessen Eltern trug.[40]

Am selben Abend löste Hoare sein Versprechen ein. In einer Debatte im Unterhaus verkündete er, dass das Flüchtlingsproblem zwar »ein internationales Problem« sei, welches »kein Land allein lösen kann«, dass Großbritannien aber bereit sei, seinen Beitrag dazu zu leisten.

»Ich glaube, dass wir in diesem Land für eine sehr große Zahl [von Kindern] ein Zuhause finden könnten, ohne unserer eigenen Bevölkerung zu schaden«, fuhr er fort. Man wolle dafür sorgen, »dass Kinder ungehindert hierherkommen können«, versprach Hoare.[41]

Es gab viel zu tun. Neben den logistischen Herausforderungen, die mit der Beförderung unbegleiteter Minderjähriger quer durch Europa verbunden waren, galt es auch, britische Gastfamilien ausfindig zu machen und zu überprüfen, die eine sichere Unterbringung bieten könnten. Im Idealfall wären diese Personen auch in der Lage, die psychische Belastung der Kinder durch die Trennung von ihren Eltern zu lindern. Es mussten regionale Gremien eingerichtet werden, um Pflegeeltern zu gewinnen und die Unterbringung zu organisieren.[42]

Außerdem stellte sich die Frage, wie die Plätze vergeben werden sollten, denn der Bedarf überstieg das Angebot bei Weitem. Vorrang hatten Kandidaten aus der Mittelschicht, da man annahm, dass sie sich am schnellsten an ein neues Land anpassen könnten. In düsterer Parallele zur Vorliebe der Nazis für arisch aussehende Kinder wurden zudem blonde Mädchen bevorzugt, da potenzielle britische Pflegeeltern und Bürgen eher dazu neigten, sie anhand von Fotos auszuwählen.[43]

Dennis Cohen, Vorsitzender der Auswanderungsabteilung des Jewish Refugees Committee, reiste mit seiner Frau am 28. November 1938 nach Berlin, um die Vereinbarungen mit der deutschen Regierung zu treffen und sich mit den Wohlfahrtsverbänden zu beraten, die für die Auswahl aus den mehr als 600 bereits eingegangenen Anträgen zuständig waren – der Reichsvertretung in Deutschland und der Kultusgemeinde in Österreich.[44]

Die Kinder sollten auf verschiedenen Wegen aus Deutschland herausgebracht werden, hauptsächlich mit der Bahn, in einigen Fällen aber auch mit dem Flugzeug. Der Vorschlag wurde von den deutschen Eisenbahnbehörden schlicht als *Kindertransport* bezeichnet.[45]

Die Nazis waren mit dem Plan einverstanden: Solange kein Geld oder Wertgegenstände aus Deutschland mitgenommen würden und die Auswanderung diskret und ohne Kosten für den Staat abgewickelt würde, hatte die Partei nichts dagegen, jüdische Kinder nach Großbritannien zu schicken. Die SS organisierte zusätzliche Waggons für die Flüchtlinge, die an reguläre Züge angehängt wurden. Die Flüchtlinge sollten von einer Mindestanzahl erwachsener Aufsichtspersonen begleitet werden, in der ersten Zeit etwa ein Erwachsener auf 25 Kinder. Die britische Wohltätigkeit war jedoch an Bedingungen geknüpft: Von allen aufgenommenen Jugendlichen wurde erwartet, dass sie Großbritannien innerhalb von zwei Jahren, vorzugsweise innerhalb eines Jahres, verließen und in einem neuen Asylland Zuflucht suchten.[46]

Die Plätze für die ersten Kinder, die nach England geschickt wurden, waren für die Schwächsten reserviert: diejenigen, die keine Familie hatten und daher am ehesten für eine Pflegefamilie in Frage kamen. Die Auerbach'schen Waisenkinder entsprachen diesem Profil. Hinzu kamen Evakuierte aus drei anderen Berliner Einrichtungen: dem Kinderheim Fehrbellinerstraße, dem Waisenhaus Reichenheim und dem Waisenhaus Ahawah, in dessen Räumlichkeiten später die Gestapo die Deportation der Juden in die Vernichtungslager verwaltete.[47] Der erste Kindertransport verließ Berlin am 30. November 1938 und beförderte zunächst Kinder aus anderen deutschen Städten, darunter Hannover und Leipzig. Die Berliner Kinder wurden dem zweiten Zug zugeteilt, der die Stadt am nächsten Tag, dem 1. Dezember, verließ.

Drei Wochen vor seinem 17. Geburtstag erhielt Peter Fleischmann die Nachricht, dass sein Name auf der Liste stand, obwohl er die Altersgrenze für die Rettung fast erreicht hatte. Peter benötigte ein Passfoto und ein ärztliches Attest, aus dem unter anderem hervorging, dass er »frei von Ungeziefer« war.[48] Ansonsten musste er nur noch einen einzigen Koffer packen – das Freigepäck für jedes Kind, das Berlin verließ – und bis Mittwoch, dem 30. November, dem Abend vor der geplanten Reise, ins Waisenhaus zurückkehren.[49]

Als der Morgen kam, stand Peter im Hof des Waisenhauses mit seinen winterlichen Bäumen und dem verlassenen Sandkasten. In der einen Hand hielt er eine Tasche, in der er die wenigen Familienschätze versteckt hatte, die ihm noch geblieben waren – ein paar silberne Messer und Gabeln, eine Libellenbrosche mit winzigen Diamanten auf den Flügeln, die seiner Mutter gehört hatte, und seine kostbare Briefmarkensammlung – und unter dem anderen Arm eine unhandliche Kunstmappe mit seinen Plakaten und Bildern.

In Begleitung von Rafael und Max Plaut,[50] Bruder und Neffe des Auerbach-Direktors Jonas Plaut, stiegen Peter und die anderen Kinder vor dem Waisenhaus, das seit seinem fünften Lebensjahr ein Ort der Zuflucht und Stabilität in seinem wechselhaften Leben gewesen war, in einen Bus.[51] Es war eine 20-minütige Fahrt zum Anhalter Bahnhof, einem der belebtesten Bahnhöfe Berlins.[52] Dort schlossen sich die Auerbach-Kinder den anderen Berlinern an, mit denen sie die Zugfahrt zur deutschen Grenze und nach Holland antraten, wo sie das Schiff erwartete, das sie nach Großbritannien bringen würde. Für Peter war auf die Katastrophe eine Chance gefolgt, zumindest für den Augenblick.

V.
Zugfahrt bei Sonnenuntergang

Mit ihren prall gefüllten Tornistern und Mänteln sahen die Waisenkinder aus wie Schulkinder, die sich auf einen Tagesausflug freuten. Peter war mit seinen knapp 1,65 Metern klein für sein Alter, aber er überragte die jüngeren Aussiedler, welche den größten Teil der Gruppe ausmachten, die in der prächtigen Halle des Anhalter Bahnhofs stand. Die Gestapo-Beamten, die gekommen waren, um die Kinder mit den unpatriotischen dunklen Haaren und braunen Augen auf ihrer Pionierreise aus der Stadt zu beobachten, hätten den älteren Jungen im hellbraunen Regenmantel leicht für eine Aufsichtsperson halten können.

In den kommenden Wochen und Monaten bildeten die Berliner Bahnhöfe die Kulisse für Szenen unvorstellbaren Leids, wenn Eltern sich von ihren Kindern trennten, ohne zu wissen, ob und wann sie sich wiedersehen würden. Manche Eltern legten ihre Hände sanft auf den Kopf ihres Kindes, um den jüdischen Segen zu sprechen. Andere weinten vor Kummer. Ein Vater änderte in letzter Minute seine Meinung und zerrte seine Tochter an den Handgelenken durchs Fenster, als der Zug den Bahnhof verließ.[1] Kurz bevor sich die Türen schlossen, schob eine andere Mutter, die entweder nicht über die erforderlichen Papiere für ihre Kinder verfügte oder ihnen keinen Platz in einem Zug hatte sichern können, einen Wäschekorb in den Waggon; darin lagen unter einer Decke zwei kleine Zwillingsmädchen.

Die Verabschiedungen waren so chaotisch und erschütternd, dass es den Eltern später an den meisten Bahnhöfen verboten wurde, auf dem Bahnsteig zu stehen, um den zahlenden Fahrgästen diese Szenen der Verzweiflung zu ersparen. Die Reaktion der Kinder auf ihre Reise hing vom jeweiligen Naturell und oft auch vom Verhalten der sie umgebenden Erwachsenen ab.

»Ich erinnere mich, dass ich bitterlich weinte und sagte: ›Bitte, Mama, schick mich nicht weg‹«, erinnerte sich ein Evakuierter im Erwachsenenalter. Ein anderer reagierte genau umgekehrt: »Meine Mutter bestand darauf, mich immer und immer wieder zu küssen, und ich wurde ungeduldig, weil ich nicht wusste, dass dies der endgültige Abschied sein würde.«[2] Für manche war es ein großes Abenteuer.[3] Andere, denen man gesagt hatte, dass ihre Eltern bald zu ihnen nach England kämen, waren verwirrt, warum diese so sehr weinten. Viele Kinder hatten keine Fotos ihrer Familie oder andere Erinnerungsstücke bei sich, da ihre Eltern darauf achteten, dass sie nichts mitnahmen, was auf einen endgültigen Abschied hindeuten könnte.[4]

Einige waren sich der Schaulustigen angstvoll bewusst und drängten ihre Eltern, ihren Kummer zu zügeln, um keine Aufmerksamkeit zu erregen.[5] Andere saßen still und in sich gekehrt da, wohl wissend, dass ihnen eine einschneidende Veränderung in ihrem Leben bevorstand, aber unfähig, deren wahre Bedeutung zu erfassen. Die Abruptheit der Trennung führte dazu, dass dieses Ereignis, unabhängig von der unmittelbaren Reaktion, später zu einem lebenslangen, prägenden Trauma wurde.

Am 1. Dezember 1938 waren nur wenige Erwachsene anwesend, um die Waisenkinder der ersten Stunde zu verabschieden. Die Atmosphäre auf dem Bahnsteig – einem von sechs des Anhalter Bahnhofs, der Berlin mit Städten wie Paris und Moskau verband – war, wie eines der Kinder es formulierte, »seltsam ruhig«.[6] In diesem ersten Kindertransport für Berliner gab es nicht genügend Plätze, um alle Kinder aus den bedrohten Waisenhäusern der Stadt unterzubringen. Daher hatten die Leiter des Auerbach'schen Waisenhauses, Jonas und Selma Plaut, zunächst die »Vollwaisen« für die Gruppe ausgewählt, also jene Kinder, die wie Peter am wenigsten Grund hatten, in Berlin zu bleiben.[7] Ohnedies hatte Peter inzwischen beschlossen, sich den Schikanen der Vorsehung zu fügen, die sein Leben bis dahin bestimmt hatten. Das erzwungene Exil war kein Routineereignis, aber es widersprach auch nicht dem Muster seines Daseins.

Unter dem gewölbten Bahnhofsdach, das von paarweise angeordneten Bogenelementen aus schlankem Stahl getragen wurde, kam der Zug zum Stillstand und stieß einen lauten Seufzer aus. Bei späteren Evakuierungen fuhren manche Eltern mit dem Taxi von Bahnhof zu Bahnhof und winkten an jeder Station, ein Akt der Liebe, der je nach Kind entweder als willkommene Zuneigungsbekundung oder als hingezogene Irritation empfunden wurde.[8] Bei diesen ersten Kindern wollte niemand den Abschied in die Länge ziehen.

Am Bahnhof von Osnabrück, also noch auf deutscher Seite, stießen die Berliner Waisenkinder zu den anderen Evakuierten, die über verschiedene Städte in Richtung Holland unterwegs waren.[9] Von dort fuhr der Zug weiter nach Bad Bentheim, der letzten Station in Deutschland, wo er kurz vor vier Uhr nachmittags eintraf. Es war der spannendste Moment der Reise, als SS-Offiziere an Bord kamen, um die Habseligkeiten der Passagiere zu kontrollieren. Im Bewusstsein, dass dies vielleicht das letzte Mal war, dass die Kinder den Druck der Naziherrschaft zu spüren bekämen, schienen die Beamten darauf bedacht, einen bleibenden Eindruck zu hinterlassen. Bei späteren Fahrten wurden manche Kinder hier, nur wenige Kilometer von der Freiheit entfernt, gnadenlos aus dem Zug geholt.

Peter hatte Wertgegenstände in seiner Kleidung versteckt, um das finanzielle Limit von zehn Reichsmark zu umgehen, das für jedes Kindertransportkind galt. In England wollte er die in seiner Wäsche versteckten silbernen Messer und Gabeln bei Bedarf verkaufen. Auch sein Briefmarkenalbum konnte zur Geldbeschaffung genutzt werden, da es einen Satz der ersten deutschen Briefmarken enthielt, darunter eine schwarze Ein-Kreuzer-Marke,[10] das deutsche Äquivalent des Penny Black. Peter hoffte jedoch, die Sammlung möglichst vollständig erhalten zu können.

Johnny Eichwald, ein vier Jahre jüngerer Schüler aus Kappeln, hatte ebenfalls seine Briefmarkensammlung dabei. Der Kontrolleur durchwühlte Johnnys Tasche, holte dann das Album heraus und legte es neben den Jungen auf den Sitz. Als der Mann begann, die Sachen eines anderen Kindes zu durchsuchen, zog Johnny sein Briefmarkenalbum heimlich zu sich heran und setzte sich darauf. Der Kontrolleur bemerkte die Bewegung, drehte sich um und verpasste dem Jungen eine Ohrfeige.

»Du kannst eine neue Sammlung anlegen, wenn du in England bist«, sagte er.[11]

Auch Peters Briefmarkensammlung entging der Durchsuchung nicht. Als der Kontrolleur seine Sammlung mit den ordentlichen Reihen seltener Briefmarken erblickte, sagte er unverblümt: »Die nehme ich.«[12] Die silberne Libellenbrosche, die Peter in Kleidungsstücke eingewickelt hatte, blieb dafür verborgen.

Auch nachdem der Zug aus dem Bahnhof gefahren war, konnten sich die Kinder und ihre Begleiter nicht entspannen. An der Grenze kam Peters Wagen mit quietschenden Bremsen zum Stehen. Vom Fenster aus beobachteten die Fahrgäste die Marschierübungen der deutschen Soldaten. Nach einer gefühlten Ewigkeit setzte sich der Zug endlich wieder in Bewegung, und die Kinder überquerten unmerklich die Grenze.

Unter einem Regime zu leben, das einen selbst und die eigene Familie ausbeuten, unsichtbar machen oder gar töten will, übt einen bedrückenden und verstörenden psychischen Druck auf die menschliche Seele aus – das Gefühl, dass die Realität in gewisser Weise der eigenen Existenz entgegensteht. Als der Zug von einem Land zum nächsten fuhr, wich die psychische Belastung, unter der die Kinder gelitten hatten. Ihre Zukunftsaussichten hatten sich nun radikal verändert, und ihre Gespräche wurden leichter.

Die Szenerie draußen verstärkte die Freude über die gelungene Flucht. Von seinem Platz in einem der hinteren Waggons beobachtete Peter, wie die Grachten im roten Schein der untergehenden Sonne glänzten. Der Zug neigte sich in eine Kurve und dampfte weiter der Freiheit entgegen.

Peter erinnerte sich später an diesen überwältigenden Augenblick: »Der graue Rauch vorne, der Sonnenuntergang, die Orange- und Rottöne, die sich bei Einbruch der Dunkelheit zeigten ...« Der Anblick löste in ihm ein Gefühl von fast unbändiger Freude aus. »Das Bild hat mich nie verlassen. Das Verlassen der deutschen Grenze, die Gestapo, der Sonnenuntergang über Holland. Man konnte meilenweit sehen.«

Ein Unterdrücker kann einen Traum aufhalten und zum Scheitern bringen, aber solange der Unterdrückte lebt, überlebt der Traum. Als die Farben des Winters am Fenster vorbeizogen, erneuerte Peter Fleischmann sein geheimes Versprechen, dass er Künstler werden würde, egal wo er auch landete, damit er in Momenten solcher Pracht auf die Leinwand bringen könnte, was er nicht in Worte fassen konnte.[13]

Der Kontrast zwischen der bedrückenden Abreise der Kinder aus Bentheim und ihrer Ankunft in der niederländischen Stadt Oldenzaal, dem ersten Halt des Zuges in Holland, hätte schärfer nicht sein können. Eine Menschenmenge begrüßte die Fahrgäste wie Helden, eine Schar von Pressefotografen stand bereit, um den Moment der sicheren Durchreise festzuhalten – eine Szene, welche die seltene Gelegenheit bot, eine Flüchtlingsgeschichte zu erzählen, bei der die Weltöffentlichkeit gleichsam mitfühlen und mitfiebern konnte.[14]

Frauen hatten auf dem Bahnsteig Tische aufgestellt, auf denen Töpfe mit Gemüse und koscherem Fleisch standen.[15] Erwachsene halfen den Kindern, ihre Uhren auf holländische Zeit um eine Stunde zurückzustellen,[16] und druckten den Kleineren Stoffpuppen in die Hand. Gratulanten drängten sich, um den Evakuierten Sprudel und Limonade, Schokoladentafeln und Körbe mit Brötchen und Äpfeln zu schenken.[17]

Im holländischen Hafen von Hoek van Holland stiegen Peter und die anderen 195 Kinder, die aus ganz Deutschland zusammengekommen waren, aus dem Zug und gingen zu dem Schiff, mit dem sie die letzte Etappe ihrer Reise antreten würden.

Seit ihrem Stapellauf im November 1929 war die TSS *Prague* als Nachtfähre auf der Strecke Hoek van Holland und Harwich im Einsatz.

Mit einer Länge von rund 120 Metern und zwei Schornsteinen bot das Schiff einen stattlichen Anblick. Als die Kinder an Bord gingen, warfen sie ihre Habe auf einen rasch wachsenden Gepäckhaufen, der anschließend verstaut wurde.[18] Für Rafael und Max Plaut und die anderen sechs Erwachsenen, die die Evakuierten nach England begleiteten, war es nur ein kurzer Hauch von Freiheit. Sobald das Schiff den Hafen von Harwich erreichte, waren sie verpflichtet, unverzüglich nach Deutschland zurückzukehren. Andernfalls hätten sie sämtliche weiteren Kindertransporte aufs Spiel gesetzt.[19]

Für die meisten Passagiere war es die erste Schiffsüberfahrt. Sie wurden zu ihren Kojen geführt, zwei pro Kabine. Es gab nicht genug Platz für alle, daher verbrachten Peter und etwa 50 der älteren Kinder die Reise zusammengekauert in einem der Schiffssalons, der zum Schlafsaal umfunktioniert worden war.[20] Um 23 Uhr in der Nacht zum 1. Dezember fuhr die TSS *Prague* in die Dunkelheit hinein und auf die britische Küste zu. Ihre einzigen Passagiere waren die Kinder und ihre acht Betreuer.

Die See war rau, eine von den Nordseestürmen gepeitschte Raserei weißer Gischt.[21] Das Schaukeln und Schwanken wirkte sich sofort auf die Kinder aus, von denen viele schwer seekrank wurden, klagend nach ihren Angehörigen riefen oder versuchten, ihre jüngeren Geschwister zu trösten. Für alle Kinder, die etwas zu essen und zu trinken vertrugen, gab es zwei ungewohnte englische Köstlichkeiten: geschnittenes Weißbrot und Tee mit viel Milch.

In dem überfüllten Salon herrschte jedoch eine Stimmung ausgelassener Freiheit.

»Wir brauchten nicht über unsere Schultern zu schauen oder unsere Stimme zu senken«, erinnerte sich eines der Kinder. »Die Erkenntnis, dass wir ungestraft sagen konnten, was wir wollten, erzeugte eine Atmosphäre enormer Fröhlichkeit.«[22]

Um 5:30 Uhr am Morgen des 2. Dezember 1938, zwei Stunden vor Sonnenaufgang, durchbrach das Schiff den Nebel über dem Wasser und legte am Parkeston Quay in Harwich an der Küste von Essex an.[23]

Schläfrig packten Peter und die anderen Kinder ihre Sachen zusammen und begaben sich dann in den Aufenthaltsraum des Schiffes, den Major Geoffrey Langdon, ein Geschäftsmann und ehemaliger Offizier der britischen Armee, in ein provisorisches Büro verwandelt hatte. Er war vom Jewish Refugees Committee damit beauftragt, die Evakuierten in Empfang zu nehmen und darauf zu achten, dass ihre Papiere in Ordnung waren.

Langdon rief die Namen auf seiner Liste auf. Jedes Kind trat der Reihe nach vor und nahm seinen Hut ab, damit ein Helfer ihm ein Namensschild um den Hals binden konnte.[24] Bei fast 200 Personen dauerte diese Prozedur mehr als vier Stunden. Als die Kinder endlich an Deck erschienen, baumelten die Namensschilder von ihren Mänteln, als wären sie menschliche Gepäckstücke, die für ein neues Ziel bestimmt waren. Sie gingen den Landungssteg hinab. Hinter den Wolken zeigte sich die Sonne und tauchte das Dock in das dünne, milchige Licht eines englischen Winters.

Fotografen, Journalisten und ein Filmteam von Pathé News begrüßten die Kinder, die inzwischen daran gewöhnt waren, im Mittelpunkt des Medieninteresses zu stehen.[25] Für die versammelten Pressevertreter war es ein reizvolles Bild. Der Anblick der unbegleiteten Evakuierten, von denen viele weinten, vermenschlichte die Berichte über die Situation der deutschen Juden, die den ganzen November über die Schlagzeilen beherrscht hatten. Die Waisenkinder boten das ideale Bild eines Flüchtlings: Es weckte Mitgefühl und vermochte sogar die kollektiven Schuldgefühle eines Landes zu lindern, dem der gescheiterte Versuch seiner Regierung, die Nazis zu beschwichtigen, noch in den Knochen steckte. Obendrein stellten Flüchtlingskinder keine Bedrohung für die britische Arbeiterschaft dar, auch Peter nicht. In seinem langen Mantel und mit seiner lehrerhaften Brille wirkte er zwar älter als seine 16 Jahre, aber er profitierte davon, dass er Teil einer nicht bedrohlichen Gruppe war.

Viele Journalisten berichteten über das Ereignis in einem höchst pathetischen Ton. »Aus dem Nordseenebel kamen sie … als tragische Fracht, wie sie noch niemals übers Meer in ein fremdes, neues Land aufgebrochen war«, schrieb ein Reporter des *Gloucester Citizen.* »Deutschland ist eine düstere Erinnerung: Viele der Kinder sind vater- und mutterlos; lebhaft erinnern sie sich noch an das Waisenhaus, in dem sie in Berlin untergebracht waren und das über ihren Köpfen in Flammen aufging, und an ihre hastige Flucht, um zu überleben.«

Ein anderer beschrieb die Menge als »traurig blickend« und »verfolgt von den Schatten ungesehenen Leids«. Sie »seufzten«, schrieb er, »als sie englischen Boden betraten«.[26] Zahlreiche Reporter bemerkten den neunjährigen Jungen aus Breslau, der eine Geige in einem ramponierten Koffer umklammerte und zu einem Journalisten sagte: »Ich bin froh, dass ich die hier mitnehmen durfte. Vielleicht werde ich in unserem Lager Musik machen?«

An Land wurde jedes Kind von einem Zollbeamten durchsucht. Der tragische Anblick der Kinder, die vom Naziregime ihrer Wertsachen beraubt worden waren und nun den britischen Behörden ihre spärlichen Habseligkeiten vorlegten, entging den Reportern nicht.

»Während die Beamten sie tätschelten und versuchten, die Kinder mit Lächeln und Worten in gebrochenem Deutsch zu beruhigen, leerten die ersten von ihnen zaghaft ihre Taschen«, schrieb ein Journalist, der die Szene beobachtet hatte. »Auf den langen Tischen fand sich ein seltsames Sortiment von Füllern, Bleistiften, billigen Taschenlampen und Schuljungenkram – ihr einziger Besitz neben den Kleidern, die sie am Leib trugen, und den wenigen Kleidungsstücken, die in die Rucksäcke gestopft waren.«[27]

Als ihm die Einreise nach England genehmigt wurde, überquerte Peter schließlich die Bahngleise, um in einen Doppeldeckerbus zu steigen. Dieser brachte ihn zu einem Ferienlager, das für die nächsten Tage sein Zuhause werden sollte.

Neben der Erleichterung, sicher in England angekommen zu sein, war Peter auch dankbar, dass das Wetter in Großbritannien im Vergleich zu der bitteren Berliner Kälte mild schien. Aus dem Busfenster sah er zu seinem Erstaunen junge Mädchen, die im Dezember anscheinend Sommerkleider trugen.[28] Noch erstaunlicher war der unfassbare Anblick eines Mädchens im Teenageralter, das nicht nur eine, sondern zwei Zigaretten gleichzeitig rauchte – ein schamloser Akt von Dekadenz und Rebellion. Nicht alle im Bus waren so begeistert. Eine von Peters Reisegefährtinnen erblickte unterwegs im Schaufenster einer Buchhandlung eine Ausgabe von *Mein Kampf*.

»Mein Gott«, dachte sie bei sich. »Wo bin ich nur hingeraten?«[29]

Der Bus hielt am Ferienlager Dovercourt Bay, zehn Autominuten vom Ankunftshafen Harwich entfernt. In den Sommermonaten konnten Urlauber hier Hütten für zwei Pfund pro Woche mieten.[30] Das Ferienlager bestand aus schmuddeligen Chalets mit Kieselstein-Fassaden und Veranden im Tudor-Stil, ein billiger Abklatsch von Reichtum und Wohlstand, der den ansonsten rudimentären Wohnkomfort kaschieren sollte. Es gab weder eine Heizung noch eine Oberflächenentwässerung – unnötiger Luxus, da das Lager meist nur in den Sommermonaten belegt war. Bis Heizöfen installiert werden konnten,[31] mussten sich die Flüchtlingskinder mit Wollsocken und Pullovern begnügen, die sie nachts über ihren Schlafanzügen trugen.

Nach dem langwierigen Einwanderungsprozess waren die Kinder erleichtert, als sie ihre erste Mahlzeit in England einnehmen konnten, ein Frühstück, das an langen, mit weißen Tüchern gedeckten und mit Blumenvasen geschmückten Tischen serviert wurde.[32] Sie aßen Haferbrei, Bücklinge, Brot, Butter und Marmelade auf weißem Porzellan und tranken Tee oder Kakao aus Tassen.[33] Manche verfassten Briefe und Postkarten an ihre Lieben in Deutschland und schrieben *Unsere Adresse* – die Absenderadresse des Lagers – von einer Tafel ab. Noch während des ersten Frühstücks überraschte eine Gruppe von etwa einem Dutzend Kindern das Personal, als sie mit Handtüchern und Badesachen auftauchten. Dann rannten sie los und sprangen in das eiskalte Wasser des Lagerfreibads.

An diesem Morgen wurden die Kinder Anna Essinger vorgestellt, der hochgewachsenen und stattlichen Lagerkommandantin, die kurzfristig mit der Leitung der Operation beauftragt worden war.[34] Die mit Bertha Bracey befreundete Essinger, eine zum Quäkertum konvertierte Jüdin, war die ehemalige Leiterin des Landschulheims Herrlingen, eines konfessionslosen Internats in Süddeutschland. Im April 1933 wurde ihre Einrichtung Gegenstand einer Ermittlung der Nazis: An dem Tag, an dem das Regime anordnete, dass sämtliche öffentliche Einrichtungen in Deutschland die Hakenkreuzfahne hissen sollten, machte Essinger mit der gesamten Schule einen Ausflug; die Fahne wehte aus Protest über einem leeren Gebäude.[35] Als die Nazis drohten, einen Inspektor in der Schule zu installieren, verfiel Essinger auf einen ehrgeizigen Plan: Die Schule und ihre Schüler sollten von Deutschland nach England verlegt werden.

Sie bat die britischen Quäker um Hilfe bei der Beschaffung von Mitteln für die Verlegung der Schule. Dank dieser Mittel konnte Anna Essinger Bunce Court, ein in Kent gelegenes Herrenhaus aus dem 16. Jahrhundert mieten und später kaufen, wohin sie 65 ihrer Schüler brachte. Ihre Kenntnisse sowohl des deutschen als auch des englischen Schulsystems machten Essinger zur idealen Besetzung für die Leitung von Dovercourt Bay.

Dennoch war sie frustriert über die Geschwindigkeit, mit der die Vorbereitungen getroffen werden mussten. »Niemand von uns wird diese herzzerreißenden Tage je vergessen«, erinnerte sie sich später. »Tausende von Kindern wurden gerettet, aber es handelte sich notwendigerweise um übereilte Maßnahmen; vielleicht war es nur natürlich, dass schwerwiegende Fehler nicht zu vermeiden waren.«[36]

Der Aufenthalt der Kinder hatte definitionsgemäß etwas Fegefeuerhaftes: Es handelte sich um ein Provisorium, bis jeder Junge und jedes Mädchen erfasst und untergebracht werden konnte, entweder bei einer Pflegefamilie, die sich auf eine der Zeitungsanzeigen gemeldet hatte, oder in einer der verschiedenen Quäker- oder jüdischen Schulen oder Herbergen, die Essen und Unterkunft anboten. Viele Kinder freuten sich nichtsdestotrotz über die urlaubsähnliche Atmosphäre.

Zwei Tage nach ihrer Ankunft besuchte ein Vertreter des *Jewish Chronicle* das Lager und schilderte Szenen entspannter Freizeitgestaltung: Tischtennis, Darts, Klavierspiel. Für einen zufälligen Betrachter schien die Belegschaft des Lagers aus zufriedenen Schulkindern zu bestehen. Doch bemerkte der Autor auch unterschwellige Hinweise darauf, dass nicht alles so leicht war, wie es den Anschein hatte – etwa die »drei kleinen Mädchen, die ganz still in einer Ecke sitzen«, oder den »Jungen, der sich heimlich die Augen reibt«.[37]

Als die Medien ausgiebig über die Ankunft der Kinder berichteten, wurde das Lager mit Hilfsangeboten überschwemmt. Was sich bis dahin wie eine ferne Tragödie angefühlt hatte, nahm für die Zuschauer menschliche Gestalt und Dimension an. Für Mitgefühl brauchte man nun nicht mehr viel Phantasie. Angebote für Pflegekinder wurden an den zuständigen Verwaltungsausschuss in London weitergeleitet, doch Spenden und Geschenke wurden vor Ort entgegengenommen.

Ein Mann fuhr über 60 Kilometer weit, um den Kindern einen Zentner Süßigkeiten zu bringen.[38] Ein örtlicher Zahnarzt bot an, einen Zahncheck durchzuführen, und nach dem Wochenende organisierten Freiwillige eine Reihe von Kursen, in denen die englische Sprache und britische Bräuche vermittelt wurden. Die jüngeren Kinder, von denen viele Mühe hatten, »Harwich« korrekt als »Ha'rich« auszusprechen, lernten Lieder wie »Daisy Bell« und »The Chestnut Tree«.[39] Für Peter waren die per Lautsprecher übertragenen Nachrichten und Stundenpläne ein sanfter Vorgeschmack auf alles, was noch kommen sollte. Mit seinen 16 Jahren war er ein unerwünschter Kandidat für die meisten Pflegeeltern, die ein junges, anpassungsfähiges Kind wollten, das sich in die bestehenden häuslichen Rhythmen und Routinen einfügte.

Trotzdem meldete sich ein Ehepaar aus Bournemouth auf eine Anzeige und erklärte sich bereit, den 16-Jährigen bei sich aufzunehmen. Peter packte seine Sachen und fuhr mit einer kleinen Gruppe anderer Kinder 320 Kilometer von Harwich zum Rotary Club in Swanage, ein paar Kilometer südlich von Bournemouth an der Südküste Englands.

Jetzt, kurz vor seinem 17. Geburtstag, erwartete Peter, dass ihn seine neuen Eltern abholten; stattdessen wurde er in einen anderen Zug gesetzt. Die anschließende Fahrt war seltsamerweise viel länger, als er gedacht hatte. Bournemouth, so hatte man ihm gesagt, lag nur wenige Kilometer von Swanage entfernt. Warum fuhren sie dann so lange durchs Land? Als sein Waggon in den Bahnhof Liverpool Street einfuhr, fragte Peter, was los sei. Die Begleiterin erklärte ihm, dass es eine

Planänderung gegeben habe. Peter sei nun auf dem Weg in den Norden Englands. Die Behörden hätten dort einen Onkel ausfindig gemacht, der einige Jahre zuvor nach Großbritannien gekommen sei. Es gab in dieser Angelegenheit keine Wahl. Der Teenager musste dort einziehen, ganz gleich, was die Beteiligten von dieser Lösung hielten.

VI.
Das Untergeschoss und der Richter

In der verregneten Stadt Manchester im Norden des Landes erwartete Peter weder ein herzlicher Empfang noch ein freudiges Wiedersehen. Peters Onkel – der ältere Bruder seiner verstorbenen Mutter Alice – war von Natur aus streng und professoral, doch er wirkte gegenüber dem Teenager auch unerklärlich kalt, ja sogar feindselig. Er stellte keine Fragen zu den Interessen seines Neffen oder zu Peters Flucht aus Deutschland. Stattdessen wurde Peter unwirsch in das Gästezimmer geführt und darüber belehrt, dass er beim Besuch des Badezimmers nicht die Toilettenpapierrollen der Familie anrühren dürfe, sondern stattdessen die alten Zeitungsblätter benutzen solle, die für ihn bereitlagen.[1] Der Faschismus breitet sich schleichend aus, Schritt für Schritt, in Stufen der Tyrannei, die gerade klein genug sind, um von denjenigen ignoriert zu werden, die zu viele Jahre und zu viel von ihrem Wohlstand investiert haben und deren verwandtschaftliche und emotionale Bindungen zu eng sind, um der Situation zu entfliehen. Peters Onkel, Walter Deutsch, war einer der ersten, der die psychologischen und administrativen Hürden des Exils überwunden hatte.

Im Jahre 1933, kurz nach Hitlers Machtergreifung, verließ Walter mit seiner Familie Deutschland. Als Dozent für Physiologie an der Medizinischen Akademie Düsseldorf[2] gehörte Walter zu den ersten, die ihren Arbeitsplatz verloren, als die Nazis am 7. April 1933 das »Gesetz zur Wiederherstellung des Berufsbeamtentums« erließen.[3] Dieses Gesetz, der erste Schritt der sogenannten »Säuberung« deutscher Universitäten, ermöglichte es der Partei, Akademiker aus einem von drei fadenscheinigen Gründen aus ihren Positionen zu entfernen: »unzureichende Ausbildung«, »politische Unzuverlässigkeit« oder ganz einfach, weil sie »nicht arischer Abstammung« waren – definiert als Personen, die einen jüdischen Eltern- oder Großelternteil hatten.[4]

Die Säuberungsaktion, die Bertha Bracey als »absolute Blasphemie« bezeichnete,[5] begann umgehend. Innerhalb von sechs Wochen wurden 64 Lehrkräfte entlassen, oder sie legten aus Protest ihre Ämter nieder.[6] Da Walter Deutsch seinen Arbeitsplatz bereits früh verloren hatte, gab es für ihn nur noch wenig, was ihn mit Deutschland verband.

Die Flucht seiner Familie wurde durch eine zufällige Begegnung des jungen ungarischen Physikers Leo Szilard – ein enger Freund des Physikers Albert Einstein – und Sir William Beveridge, Direktor der London School of Economics, im Mai 1933 ermöglicht. Szilard war aus Deutschland nach Österreich geflohen und hatte sich in einem Wiener Hotel einquartiert. Bei seiner Ankunft überprüfte er die Gästeliste, um zu sehen, ob er einen seiner Mitbewohner kannte, und entdeckte Beveridges Namen.[7] Es war genau die Art von glücklichem Zufall, auf die Szilard gehofft hatte; er hinterließ an der Rezeption eine Notiz für Beveridge mit der Bitte um ein Gespräch. Als sich die beiden trafen, unterbreitete der Ungar Beveridge einen ehrgeizigen Vorschlag: Er wollte eine Universität gründen, die ausschließlich von geflüchteten Wissenschaftlern geleitet werden sollte – eine raffinierte Methode, um jüdische Akademiker aus Deutschland herauszuholen und ihnen Arbeit zu verschaffen.

Beveridge zeigte sich verständnisvoll, aber realistisch, was die Herausforderungen beim Aufbau einer solchen Einrichtung aus dem Nichts betraf. Bei seiner Rückkehr nach England war er entschlossen, zu prüfen, ob es nicht möglich wäre, den vertriebenen Wissenschaftlern stattdessen Stellen an bestehenden britischen Universitäten anzubieten.

Beveridge war sehr überzeugend und sicherte sich bald die Unterstützung zahlreicher Universitätsrektoren, die sich gemeinsam verpflichteten, freie Stellen für die entlassenen Professoren zu finden. Die Organisatoren des Programms bezogen zwei Büroräume im Gebäude der Royal Society, und am 23. Mai 1933 erschien eine Pressemitteilung in der *Times*,[8] in der die Gründung des Academic Assistance Council[9] angekündigt wurde, einer Gruppe, die zwischen 1933 und 1939 mehr als 1000 Wissenschaftler nach Großbritannien bringen sollte, zehn Prozent der 11 000 Flüchtlinge, die vor dem Krieg nach Großbritannien kamen[10] – darunter auch Peters Onkel, Walter Deutsch.

Als Peter bei seinem Onkel eintraf, hatte Walter bereits fünf Jahre in Manchester verbracht, einer liberalen Stadt, die mehr Flüchtlinge aufnahm als die meisten anderen. Er hatte seinen Familiennamen von dem unvorteilhaft-germanischen »Deutsch« in das weichere »Dale« geändert und arbeitete abwechselnd als Dozent an der Universität Manchester und als Biochemiker am Christie Hospital und am Holt Radium Institute.[11] Die unerwartete Ankunft dieses mageren, entfremdeten jüdischen Jungen mit heftigem Akzent und schlechten Englischkenntnissen bedrohte die sorgfältig gepflegte Aura der Seriosität der Dales. Walter verbarg sein Desinteresse nicht.

»Er wollte mich nicht kennen«, sagte Peter.[12]

Peter wollte unbedingt etwas über seine Mutter erfahren, an die er sich nicht erinnerte, und stellte Fragen, um Einzelheiten über die Persönlichkeiten und das Schicksal seiner Eltern zu erfahren. Walter war ausweichend. Peter war zwar sicherer als im Waisenhaus, aber paradoxerweise fühlte er sich hier, im Kreise seiner Verwandten, noch isolierter als zuvor. Was anfangs wie eine glückliche Gelegenheit erschien, wurde zu einer erneuten, verletzenden Zurückweisung.

Ohne Einkommen und nur mit etwas Silberbesteck in seinem Besitz war Peter auf das Wohlwollen seines Onkels angewiesen. Da er in einer Stadt, die er nicht kannte, und in der die Einheimischen ein Englisch sprachen, das er nur mit Mühe verstand, kaum etwas anderes zu tun hatte, begann er, wöchentlich Briefe nach Deutschland zu schreiben, um die wenigen Menschen zu erreichen, von denen er wusste, dass sie sich um ihn sorgten: Echen, die Erbin des Kempinski-Imperiums; Jonas und Selma Plaut, die Leiter des Auerbach'schen Waisenhauses; und die Haushälterin seines Großvaters, die ihn vor der Gestapo versteckt hatte. Walter versprach, die Briefe zu frankieren und abzuschicken. Wenn Peter ihm den Rücken zukehrte, warf er sie weg.[13]

Die Ereignisse der Reichspogromnacht hatten das Interesse der britischen Öffentlichkeit hinsichtlich der Reaktion ihres Landes auf die deutsche Judenverfolgung geweckt. Bertha Bracey wollte Mitgefühl in Engagement verwandeln und schlug einen Spendenaufruf vor. Es sollten 5000 Pfund gesammelt werden, um die verschiedenen Organisationen zu unterstützen, die sich um die Rettung von weiteren Kindern und Familien bemühten. Am 8. Dezember 1938, weniger als eine Woche, nachdem der erste Kindertransport in England eingetroffen war, veröffentlichte der damalige Premierminister Lord Baldwin im Radio Berthas Aufruf, der nun seinen Namen trug und »The Baldwin Appeal« hieß. Das britische Volk, so forderte er, müsse spenden, um den Bedürftigsten »einen Unterschlupf vor dem Wind und eine Zuflucht vor dem Sturm« zu bieten.[14] Die Resonanz übertraf sämtliche Erwartungen. Mehr als eine Million Spender brachten über 500 000 Pfund zusammen. Im Vergleich zu ihrem ursprünglichen Ziel sei dies, so Bertha, »eine ziemlich schöne Entwicklung« gewesen.[15]

Ein Teil des Geldes wurde unmittelbar darauf verwendet, die verschiedenen Flüchtlingsorganisationen, die sich jeweils an bestimmte Gruppen von Geflüchteten richteten, in einem einzigen Gebäude unterzubringen, wo sie sich gegenseitig besser unterstützen könnten. Bertha und die Leiter der anderen Flüchtlingsorganisationen wählten hierfür das Palace Hotel in der Bloomsbury Street in London, in der Nähe des British Museum. Der Mietvertrag ermöglichte eine Namensänderung: Bloomsbury House.[16] Bertha und ihre Mitarbeiter machten sich nun an die anspruchsvolle Aufgabe, ihre 18 000 Fallakten in den dritten Stock des neuen Gebäudes zu transportieren, welches etwas über eineinhalb Kilometer entfernt lag.[17]

Die Politiker, die darauf bedacht waren, dass ihre Politik der öffentlichen Stimmung entsprach, zogen aus dem Aufruf zur nationalen

Großzügigkeit durchaus gegensätzliche Schlussfolgerungen. Premierminister Chamberlain, der das jüdische Volk in einem Brief an seine Schwester einmal als »reich, klug und nicht liebenswert« bezeichnet hatte,[18] meinte, der Erfolg des Appells zeige, dass das britische Volk weitere Flüchtlinge aufnehmen wollte. Innenminister Sir Samuel Hoare behauptete das Gegenteil. Es entbrannte eine Debatte darüber, wie angesichts der wachsenden Zahl in Großbritannien lebender deutscher und österreichischer Staatsangehöriger die humanitären Verpflichtungen Großbritanniens mit der zunehmenden Besorgnis der für die Landessicherheit Verantwortlichen am besten in Einklang zu bringen seien.

Im Sommer 1938, wenige Monate vor Peters Ankunft in Großbritannien, landeten versiegelte Umschläge auf den Schreibtischen von Polizeichefs und Einwanderungsbeamten im ganzen Land. Auf jedem Umschlag stand die unheilvolle Anweisung, sie nur im Falle eines unmittelbar bevorstehenden Kriegs zu öffnen. Sie enthielten eine Liste mit den Namen in Großbritannien lebender Personen, die nach Ansicht des britischen Inlandsgeheimdienstes MI5 eine ernsthafte Bedrohung für die Sicherheit darstellten. Im Kriegsfalle, so hieß es in dem Schreiben, sollten diese Personen sofort verhaftet und ohne Gerichtsverfahren inhaftiert werden.

Die Liste, auf der sich die Namen von Männern befanden, die nachweislich faschistisch oder kommunistisch orientiert waren, hatte das Büro von Sir Vernon Kell zusammengestellt. Kell, ein ehemaliger Hauptmann der Armee, inzwischen Mitte sechzig, war während des Boxeraufstands als Geheimdienstoffizier in Schanghai tätig gewesen und hatte nebenbei als Auslandskorrespondent für die Zeitung *Daily Telegraph* berichtet. In den Monaten vor dem Ersten Weltkrieg arbeiteten er und ein kleiner Stab mit einer Spezialabteilung der Metropolitan Police zusammen, um mutmaßliche ausländische Agenten zu identifizieren.

Am Tag vor dem Eintritt Großbritanniens in den Ersten Weltkrieg leiteten Kell und sein Team die Verhaftung von mindestens 20 Spionen, von denen viele verurteilt und anschließend hingerichtet wurden.[19] Die Operation wurde als großer Erfolg gepriesen; das Innenministerium rühmte sich, sie habe eine »Spionageorganisation [zerschlagen], die vor dem Krieg aufgebaut wurde«.[20] Unabhängig vom Wahrheitsgehalt dieser Aussage sicherte die Operation sowohl Kells Ruf als auch den seines im Entstehen begriffenen Geheimdienstes.

Die Identifizierung in Großbritannien ansässiger Personen, die eine potenzielle Bedrohung darstellten, oblag nun erneut dem Mitbegründer des MI5, der mit seinen neu gewonnenen Ressourcen den Aufgabenbereich der Behörde von der Spionageabwehr in Richtung einer Art Massenüberwachung ausdehnen konnte. Jede Gruppe, die als politisch gefährlich eingestuft wurde, geriet ins Visier des MI5, was dazu führte, dass eine umfangreiche Kartei angelegt wurde, in der die Namen und Adressen verdächtiger Personen in Großbritannien verzeichnet waren.

Diese Liste bildete die Grundlage für die Briefe, die im Sommer 1938 an Polizeidienststellen in ganz Großbritannien geschickt wurden. Die darin enthaltenen Namen repräsentierten die unterschiedlichsten Gruppen: Journalisten, Teilnehmer an Hungermärschen, Pazifisten, Menschen, die Petitionen gegen die Buchzensur in Großbritannien unterzeichnet hatten, Geschäftsleute, die man verdächtigte, mit den Nazis zu sympathisieren. Die meisten hatten eines gemeinsam: Sie waren Ausländer. Die Anweisungen des Schreibens waren simpel: Im Falle eines Krieges sollten die namentlich genannten Personen kurzerhand verhaftet und ins Gefängnis gebracht werden. Von dort aus sollten sie anschließend in eines der 27 Internierungslager gebracht werden, die zur Unterbringung potenzieller Spione eingerichtet worden waren.[21]

Bei vielen Namen waren die Gründe für ihre Erfassung fragwürdig. Während eines Besuchs in Großbritannien im Jahre 1933 verfasste George Gercke einen glühenden Anti-Nazi-Artikel für die Zeitung *The Independent*, in welchem er vorausschauend schrieb: »Ein echter Nazi würde eher sämtliche Kommunisten, Sozialisten und Juden ausrotten, anstatt die Macht aus der Hand zu geben.«[22] Fünf Jahre später kehrte er mit seiner heimwehkranken englischen Frau nach England zurück.

Der *Daily Mirror* brachte dazu ein kurzes Porträt über Gercke, der in einer Zeit weit verbreiteter Arbeitslosigkeit als Eisverkäufer auf einem Dreirad seinen Lebensunterhalt bestritt. Der Artikel erwähnte beiläufig, dass Gerckes Vater im letzten Krieg U-Boot-Kommandant gewesen sei. Die Tatsache, dass Gercke sich in der britischen Presse gegen die Nazis geäußert hatte, konnte ihn nicht vor einem Platz auf der Liste des MI5 bewahren.

Es war nicht das erste Mal, dass in Großbritannien bei der Vorbereitung einer Internierung fragwürdige Entscheidungen getroffen wurden. Es handelte sich um ein Instrument, das die Regierung in Kriegszeiten zum Schutz ihrer Bürger vor Ausländern mit feindlicher Nationalität einsetzte.[23] Während des Ersten Weltkriegs wurden insgesamt 29 000 deutsche und österreichische Männer verhaftet und in Internierungslager auf der Isle of Man gebracht, einer Insel in der Irischen See, die 1916 – nach den Worten einer Beobachterin – zu einem »einzigen riesigen Lager für feindliche Gefangene« geworden war.[24] Das Projekt, das die Inselverwaltung in der Hoffnung auf einen Profit in Angriff genommen hatte, war mit Irrtümern und Fehleinschätzungen behaftet.

Zwei Wochen lang wurde aus von Käferlarven befallenen Kartoffeln eimerweise widerlicher Eintopf gekocht, den die Internierten unter dem Zwang ihrer Aufseher essen mussten. Das Winterwetter führte dazu, dass Zelte weggeweht wurden, Baracken verrotteten und Unterkünfte unter Wasser standen, was das Elend Tausender Männer noch verschlimmerte. Am 19. November 1914 protestierten die Internierten des Lagers Douglas nach dem Mittagessen im Speisesaal, indem sie Geschirr zerschlugen, Tische umwarfen und das Küchenpersonal anpöbelten und ausbuhten. Das Ganze war zwar nicht gefährlich, dennoch luden die Reservisten und Freiwilligen, die die Männer bewachten, ihre Gewehre und schossen wahllos in den vollen Saal. Fünf Insassen wurden sofort getötet, ein weiterer starb später an seinen Verletzungen.[25]

Als im September 1919 die letzten Internierten die Isle of Man verließen, gelobten die Regierungsstellen, die an dem skandalösen Chaos beteiligt gewesen waren, dass sich eine solche Katastrophe niemals wiederholen solle. Deportation, nicht Internierung, beherrschte künftig die Politik der Regierung. Noch im September 1938 wies das Innenministerium die Polizeipräsidenten an, ihre Dienststellen darüber zu informieren, dass man »im Falle einer akuten Kriegssituation« hoffe, dass »so viele Ausländer wie möglich das Land verlassen«.[26]

Nach der Reichspogromnacht war die Angelegenheit jedoch komplizierter geworden. Tausende dieser »feindlichen Ausländer« – ein Begriff, der die Betroffenen entfremdete und sie als anders und nicht zugehörig erscheinen ließ – waren Flüchtlinge, die nach Großbritannien gekommen waren, um der Verfolgung zu entgehen. Die Vorstellung, dass diese Personen und Familien im Falle eines Krieges entweder deportiert oder inhaftiert werden sollten, war unerträglich. Freilich müsste man die vom MI5 als gefährlich identifizierten Männer internieren. Aber es würde einen öffentlichen Aufschrei geben, wenn die Regierung Personen wie Peter Fleischmann, dem wenige Monate zuvor noch Zuflucht im Lande gewährt worden war, in Lager steckte.

Das Innenministerium schlug einen Kompromiss vor: Zwar sollten Flüchtlinge im Falle eines Krieges weiterhin als »feindliche Ausländer« eingestuft werden, doch beschloss man, dass bei den meisten »davon ausgegangen werden kann, dass sie diesem Land gegenüber wohlwollender eingestellt sind als gegenüber denjenigen, die sie gezwungenermaßen verlassen mussten«.[27] Daher sollte jeder feindliche Ausländer über sechzehn die Möglichkeit erhalten, seinen Fall vor einem Gericht darzulegen. Diejenigen, die nachweisen könnten, dass sie keine Gefahr für Großbritannien darstellten, sollten bleiben dürfen.

Der MI5 war verärgert. Im Sommer 1939 standen dem Direktor der Spionageabwehr, Guy Liddell, im Kampf gegen den deutschen Nachrichtendienst ganze 36 Beamte zur Verfügung.[28] Liddell rechnete vor, dass seine Mitarbeiter mindestens acht Monate brauchen würden, um jeden in Großbritannien lebenden Deutschen und Österreicher zu befragen und seine Loyalität gegenüber Großbritannien zu überprüfen.

»Unterdessen«, so schrieb er, »haben die Deutschen reichlich Gelegenheit, feindliche Ausländer in diesem Land auszuheben und sie zu einer Art Nachrichtendienst zu organisieren.«[29]

Die Internierung, das unvollkommene, aber wirksame Instrument des Ersten Weltkriegs, war für Liddell die schnellste, einfachste und wirksamste Lösung. In seinem Tagebuch schrieb er: »Aus Sicht des MI5 wäre es weitaus besser, [alle feindlichen Ausländer] wegzusperren.«[30]

Komplizierte Verfahren, Ausweisung oder Internierung: Das Schicksal von Peter Fleischmann und Zehntausenden anderer hing in hohem Maße von der öffentlichen Meinung ab. Vorsichtshalber wies das Innenministerium das Kriegsministerium an, die Zahl der möglichen Internierten auf 18 000 zu erhöhen. Vernon Kell, der Gründer des MI5, schickte seine Namenslisten an Polizeistationen im ganzen Land, damit der Staatsapparat im Kriegsfall entsprechend vorbereitet war.

Peter Fleischmann, der sich in Manchester nicht wohl fühlte, wollte unbedingt weg und weiterziehen. Walter war ebenso erpicht darauf, dass sein Neffe das Haus der Familie verließ, damit Peter nicht noch einen seiner gewagten Witze beim Abendessen vor Besuchern erzählte.[31] Zunächst brauchte Peter eine Arbeit, vorzugsweise eine, die in irgendeiner Weise mit seiner Berufung zu tun hatte, und vorzugsweise eine, die ihm genug Geld einbrachte, um ein gewisses Maß an Unabhängigkeit zu erlangen. Wie bei allen Kindern, die nach England kamen, waren Peters Aussichten durch die Bestimmungen seiner Einwanderungserlaubnis begrenzt, die eine bezahlte oder unbezahlte Beschäftigung während seines Aufenthalts im Vereinigten Königreich untersagte.[32]

Seinem Onkel lag ebenso viel daran, dass der Teenager, den man zwangsweise bei ihm einquartiert hatte, sich finanziell selbst versorgen konnte. Wie Peter später sagte, kämpfte sein Onkel »erbittert« dafür, dass der Junge so bald wie möglich ausziehen konnte.[33] Am 16. Januar 1939, drei Wochen nach seiner Ankunft in Manchester und kurz nach seinem 17. Geburtstag, verließ Peter entweder das Haus, das ihm für kurze Zeit eine Familie versprochen hatte, oder er wurde aus dem Haus verwiesen. Allein in einem fremden Land und mit nur dürftigen Englischkenntnissen war er schutzlos. Er bezog eine Reihe von Unterkünften, zunächst in der Maple Street Nr. 5, einem heruntergekommenen Haus in einem Armenviertel von Manchester, und dann, einige Monate später, in einer Herberge für junge jüdische Flüchtlinge in der Balliol Street in Crumpsall.[34]

Eines der Paradoxe in Peters Leben war, dass er durch die Umstände seiner Herkunft und Kindheit in der Lage war, sich zwischen den Welten extremen Reichtums und extremer Armut zu bewegen. Die Erfahrungen, die er bei seinem Großvater und später bei der Erbin Echen und ihren Kindern gemacht hatte, verliehen Peter die äußerst nützliche, aber oft übersehene Gabe, sich in den verschiedensten sozialen Situationen zurechtzufinden. Dennoch stellten die Verhältnisse in der Balliol Street, einem berüchtigten Elendsviertel, für ihn eine neue Kategorie von Armut dar.

»Ich sah Szenen, von denen ich noch nicht einmal in Büchern gelesen hatte«, sagte er. »Dinge, von denen man hört oder die man in Filmen sieht, wurden hier lebendig.«

Das Haus war ohne Dachrinnen gebaut worden, so dass bei Regen das Wasser in Strömen auf den Boden floss. Die Zimmer waren nicht mit Betten, sondern mit Decken ausgestattet; die gesamte Straße teilte sich eine einzige Außentoilette.

Peter war nicht allein mit seiner Ansicht, dass die britische Armut besonders krass war. Bevor sie ihren Universitätsabschluss machte, arbeitete Bertha Bracey als Freiwillige im Sozialwesen.

»Die britische Armut jener Zeit stank«, sagte sie. »Sie war zerlumpt. Sie war schmutzig. Sie war ungepflegt. Sie war übelriechend.«[35] Als sie später nach Wien kam, um verarmten Familien zu helfen, war Bertha erstaunt, dass die österreichischen Häuser sauber, ordentlich und gepflegt waren, kein Vergleich zu den desolaten Zuständen in der Heimat.[36] Obwohl sein Lebensstandard gesunken war, verspürte Peter in seinem neuen Zuhause dennoch den Hauch jugendlicher Freiheit, der den ersten Schritt eines jeden Menschen in Richtung Selbstbestimmung begleitet. Sein neues Leben stank, aber wenigstens war es sein eigenes.

Peter erfuhr, dass es um die Ecke ein Unternehmen namens Progress Limited gab,[37] eines von zwei britischen Ateliers, die sich auf eine besondere Art künstlerischen Schaffens spezialisiert hatten, die ganz dem Zeitgeist entsprach. Der Inhaber, ein 30-jähriger Geschäftsmann namens Albert Ripkin, klopfte an die Türen von Familien, von denen bekannt war, dass sie im Ersten Weltkrieg einen Angehörigen verloren hatten, und erkundigte sich, ob die Familie Fotos des Verstorbenen im Haus habe. Im Ersten Weltkrieg hatten unzählige junge Männer ihr Leben gelassen, und häufig war den Familien nur ein Porträt in Uniform geblieben. Ripkin bot dann an, das Schwarzweißbild mitzunehmen, um es in Farbe umzuwandeln.

Als Albert Peters Mappe mit Auftragsarbeiten sah und die Gelegenheit witterte, eine billige Arbeitskraft zu bekommen, stellte er den jungen Berliner sofort ein – nicht nur als Kolorist, sondern auch für die Retusche. Diese wurde vorgenommen, damit die Porträtierten durch Nachzeichnen des Mundes oder Auffüllen der Wangen hübscher oder markanter wirkten.

Als Peter zu seinem ersten Arbeitstag in der Cheetham Hill Road eintraf, waren die Bedingungen »unbeschreiblich«, wie er sich später erinnerte. Die Mitarbeiter saßen in einem düsteren Keller, im Halbdunkel über Tische gebeugt, um den Fotografien Farbe zu verleihen, und das einzige Geräusch waren die Ratten, die auf den Balken und im Schatten »herumhopsten«. Dass man ihn als »Fotokünstler« bezeichnete, fand Peter lächerlich. Die Arbeit bestand darin, direkt auf das Foto zu malen, um ein »rahmenloses« Erinnerungsstück für die Hinterbliebenen zu schaffen. Das hatte wenig mit Kunst zu tun. Dennoch bot ihm seine Tätigkeit zwei wesentliche Vorteile. Je nachdem, wie viele Arbeiten er fertigstellte, erhielt Peter mindestens sechs Pfund pro Woche – heute etwa 340 Pfund. Das war mehr, als die meisten Jungen in seinem Alter verdienen konnten.

Mit dem Job war außerdem eine Wohngelegenheit verbunden. Ripkin lud seinen neuen Mitarbeiter ein, bei ihm und seiner Frau Gertrude in Downham Crescent in Prestwich einzuziehen, einem freistehenden zweistöckigen Haus am Rande des malerischen Heaton Park. Mit dem

Gefühl, dass sich seine Lebensumstände verbesserten, traf Peter mit seiner Tasche und einer Mappe mit Malutensilien unter dem Arm im Haus seines neuen Arbeitgebers ein. Die Ripkins waren Siebenten-Tags-Adventisten, und es schien, als ob sie Peter nicht nur als vergleichsweise billige Arbeitskraft, sondern auch als potenziellen Konvertiten gewinnen wollten.

Am 1. September 1939, zwei Tage vor der Kriegserklärung Großbritanniens an Deutschland, erhielten die Polizeikräfte im ganzen Land den Befehl, die vom MI5 versandten Schreiben zu öffnen und die darin genannten Personen zu verhaften.[38] In London begleiteten die Beamten die Internierten zur Olympia-Ausstellungshalle in Hammersmith, wo ein Auffangzentrum eingerichtet worden war, und zwangen die Männer sogar, für die Taxifahrt zu bezahlen. Am Ende der Woche waren landesweit 350 Personen verhaftet und in das Internierungslager Nr. 4 gebracht worden, ein zur Wintersaison geschlossenes Seebad in Clacton-on-Sea in Essex, keine 25 Kilometer vom Kindertransportlager in Harwich entfernt.[39]

Trotz monatelanger Ermittlungen und Planungen war diese erste Verhaftungswelle, die nur die gefährlichsten Nazi-Sympathisanten und überzeugten Kommunisten erfassen sollte, von Fehlern und Missverständnissen geprägt. Eugen Spier, Alex Nathan und Dr. Bernhard Weiss[40] – allesamt Juden und überzeugte Antifaschisten – gehörten zu den ersten Verhafteten und wurden nach Hammersmith gebracht, wo man sie zusammen mit echten Nazis wie dem ehemaligen Hitlerfreund Ernst Hanfstaengl festhielt. Weiss war der ehemalige Berliner Polizeipräsident und in Deutschland dadurch berühmt geworden, dass er Hitlers Propagandaminister Joseph Goebbels mehr als 40 Mal wegen Verleumdung verklagt und jedes Mal gewonnen hatte. Man konnte sich kaum jemanden vorstellen, der weniger verdächtig war, ein Nazi-Spion zu sein.[41]

Nachdem die vom MI5 als besonders gefährlich eingestuften Personen interniert worden waren, stellte sich sogleich die Frage, was mit den Tausenden anderer »feindlicher Ausländer«, die in Großbritannien lebten, geschehen sollte. Am 4. September richtete sich der Abgeordnete Arthur Greenwood im Unterhaus an Innenminister Sir John Anderson, der erst einen Tag im Amt war: »Welche Maßnahmen gedenken Sie in Kriegszeiten im Hinblick auf Ausländer zu ergreifen?«, wollte er wissen.[42]

Zum ersten Mal erläuterte Anderson öffentlich die Pläne der Regierung: »Eine Reihe von Ausländern, deren verdächtige Aktivitäten beobachtet wurden, befinden sich bereits in Haft«, erklärte Anderson.[43] Andere, so fuhr er fort, müssten sich nun bei der Polizei melden und Genehmigungen für Wohnsitzwechsel, Reisen und den Besitz von Gegenständen wie Kameras und Kraftfahrzeugen einholen.

»Ein großer Teil der Deutschen und Österreicher, die sich zur Zeit in unserem Land aufhalten, sind Flüchtlinge, und ich bin sicher, dass der allgemeine Wunsch besteht, diejenigen, die dem Land, das ihnen Asyl gewährt hat, freundlich gesinnt sind, nicht als Feinde zu behandeln«, fuhr Anderson fort. »Gleichzeitig muss darauf geachtet werden, dass Personen ausgesiebt werden, die zwar behaupten, Flüchtlinge zu sein, tatsächlich aber diesem Land gegenüber nicht unbedingt freundlich gesinnt sind.«

Hierin lag der Kern des Problems, mit dem die britische Regierung konfrontiert war. In einem Brief an den Außenminister erklärte Sir John Anderson, dass »es falsch wäre, Flüchtlinge als Feinde zu behandeln, die dem Naziregime gegenüber feindlich gesinnt sind, die wahrscheinlich nichts tun, um dem Feind zu helfen, und die oft bestrebt sind, dem Land zu helfen, das ihnen Asyl gewährt hat«.[44] Dennoch bestand die Gefahr, dass sich Feinde als Flüchtlinge ausgaben, Spione, die bereits unter dem Deckmantel des Asyls nach Großbritannien gekommen waren.

Am 29. September schickte der amerikanische Außenminister Cordell Hull ein Telegramm an die amerikanische Botschaft in London, in dem er vor den moralischen Gefahren einer Politik der Masseninternierung warnte. Hull verwies auf die Lehren des Ersten Weltkriegs, als »die rigorose … Internierung feindlicher Ausländer […] für Tausende unschuldiger Menschen großes Leid« verursacht habe, was »offensichtlich unnötig« gewesen sei. Kopien des Telegramms wurden auch an die amerikanischen Botschaften in Berlin und Paris gesandt, ein deutliches Zeichen für die Neutralität der USA in dieser Phase des Krieges.

Für den Augenblick jedoch schien die Gefahr einer Masseninternierung sowohl gering als auch durch die geplanten Gerichtsverfahren gemindert, bei denen von Oktober 1939 bis März 1940 nicht weniger als 73 353 Fälle verhandelt wurden, darunter auch der von Peter Fleischmann.[45] Bei den meisten handelte es sich um Flüchtlinge, bei den anderen um langjährige Einwohner oder Personen, die sich bei Kriegsausbruch zufällig in Großbritannien aufgehalten hatten. Dennoch wurde die Zuverlässigkeit und Loyalität jedes Einzelnen von einem Gremium überprüft. Blieb ein Verdacht bestehen, wurden sie interniert.

Nicht jeder billigte ein solch großmütiges Vorgehen. Guy Liddell, ab 1940 Leiter der Spionageabwehr des MI5, fasste seine Meinung über die Entscheidung, auf eine Masseninternierung zu verzichten, mit einem einzigen Wort zusammen: »Farce.«[46]

Am 14. November 1939, elf Monate nach seiner Ankunft in Großbritannien, begab sich Peter zu dem Gerichtsverfahren, das über sein Schicksal entscheiden sollte. Er war optimistisch. Nicht nur, dass das Waisenhaus, wo er in Berlin gelebt hatte, von den Nazis verwüstet worden war – er war auch mit dem Kindertransport nach England gekommen und galt somit als besonders gefährdet.

Als Peter zu seinem Gerichtstermin kam, erwartete ihn dort allerdings der unheilvolle Anblick von Lord Chief Justice Rayner Goddard, einem der ranghöchsten Richter an den Gerichten von England und Wales. Der 62-jährige Goddard hatte den Ruf, das Gesetz sehr streng auszulegen. Er zog regelmäßig eine schwarze Mütze auf, bevor er einen Mann zum Tode verurteilte, und nach Aussage seines langjährigen Gerichtsschreibers war er bei der Verkündung eines Todesurteils manchmal so erregt, dass er eine neue Hose brauchte.[47]

Goddard, der wie alle 122 Vorsitzenden des Tribunals für jede halbtägige Sitzung zweieinhalb Guineen erhielt,[48] musste durch eine Kombination aus Befragung und Beweisprüfung herausfinden, welche der drei vom Innenministerium vorgegebenen Kategorien am besten auf Peter passte. Bei seiner Entscheidung sollten ihm die Unterlagen der Freiwilligenorganisationen helfen, denen die Regierung auferlegt hatte, in aller Eile Berichte über die Zehntausenden von Personen zu erstellen, die auf diese Weise überprüft werden sollten.[49]

Diejenigen, die ein erhebliches Risiko für die Nation darstellten – etwa Personen, die eine offensichtliche Sympathie für die Nazi-Ideologie an den Tag legten, ehemalige oder aktive deutsche Armeeoffiziere waren oder über besondere Kenntnisse im Bereich Munition und Bombenbau verfügten – wurden in die Kategorie A eingestuft und waren unverzüglich zu verhaften und zu internieren. Personen, die keine ernsthafte Bedrohung für Großbritannien darstellten, aber dennoch verdächtig waren, wurden in eine Kompromissklasse, die sogenannte Kategorie B, eingestuft – sie wurden nicht interniert, aber es war ihnen verboten, ein Auto, eine Kamera oder eine große Landkarte zu besitzen oder sich mehr als acht Kilometer von ihrem Wohnort zu entfernen.

Diejenigen, die als Flüchtlinge vor der nationalsozialistischen Unterdrückung galten oder die bereits seit einiger Zeit in Großbritannien lebten und »Beweise für charakterliche Verbundenheit und loyale Gesinnung« vorlegen konnten, wurden in die Kategorie C eingestuft. Sie durften weiterhin frei in Großbritannien leben, unterlagen jedoch ab Mitternacht einer strengen Ausgangssperre.[50]

Trotz umfangreicher Leitlinien für die Vorsitzenden der Gerichte gab es genügend Spielraum zur Interpretation, sodass regional recht unterschiedliche Ergebnisse für Ausländer in ansonsten vergleichbaren Situationen zustande kamen. Reigate und Leeds stuften die meisten Ausländer in die Kategorie B ein. In Croydon entschieden sich die Gerichte fast durchgängig für die Kategorie C.

Man konnte sich jedoch auf nichts verlassen. Die Leiter der Verfahren waren zwar juristisch versiert, doch kam eine staatliche Untersuchung später zu dem Schluss, dass sie aufgrund ihrer »mangelnden Kenntnisse kontinentaler Verhältnisse, Gesetze und Politik [sowie] des Sinns des Krieges, seiner Gründe und Geografie«[51] für die zu bewältigende Aufgabe denkbar schlecht gerüstet gewesen seien.[52]

Ein Zeuge erinnerte sich, dass ihn Ronald Burrows K. C., der Vorsitzende des in London tagenden »Aliens Tribunal No. 8«, fragte: »Warum haben Sie Deutschland im April 1933 verlassen, [wenn] Juden dort noch 1933 und 1934 weiterleben konnten?« Außerdem, so Burrows weiter, »haben die Juden nicht den Aufstieg Hitlers an die Macht befürwortet?«

In ihren Äußerungen und Beurteilungen waren die Richter wenig feinfühlig, oft verletzend und nicht selten voreilig.

»Sehr oft hörte der Vorsitzende dem Betroffenen gar nicht zu und verurteilte ihn nach zwei Minuten zur Internierung«, schrieb ein Augenzeuge. Nicht nur, dass die Gerichte regelmäßig Personen aus fadenscheinigen Gründen in die »Kategorie A« einstuften, weil sie etwa »Freunde des anderen Geschlechts hatten, ohne mit ihnen verheiratet zu sein« – die Untersuchung ergab zudem, dass ihnen die Erfahrung fehlte, um einen echten Gestapo-Agenten zu enttarnen.[53]

Es waren nicht nur Subjekte dieser Verfahren, die den Vorwurf der Nachlässigkeit äußerten. Lionel Birch, englischer Redakteur der Zeitschrift *Picture Post*, begleitete den jüdischen Filmproduzenten Fred Weiss aus Wien, um beim Verfahren seines Freundes ein Leumundszeugnis abzulegen. Weiss' Charakter war unanfechtbar: Im Jahre 1930 hatte er den Anti-Nazi-Film *Der Vagabund* produziert, hatte in den Vereinigten Staaten Vorträge gegen die Nazi-Ideologie gehalten, war mit einer Schottin verheiratet und hatte in seiner Gesäßtasche eine schriftliche Empfehlung des Filmzensors Lord Tyron.

Entsprechend verblüfft war Birch, als der Vorsitzende des Gerichts sich weigerte, das Schreiben zu verlesen, und verkündete, er wolle von Birch nichts hören.[54]

»Die wahren Nazi-Sympathisanten hatten neutrale Pässe oder waren mit englischen Frauen verheiratet«, sagte der Kunsthistoriker Klaus Hinrichsen, den ein Nachbar angezeigt hatte, in der Annahme, dass das rhythmische Klopfgeräusch beim Liebesspiel eine geheime Morsebotschaft enthielt. »Ganz bestimmt liefen sie nicht mit einem Pass mit einem ›J‹ darin herum. Es wäre viel zu viel Arbeit gewesen, echte Flüchtlingsgruppen zu infiltrieren.«[55]

Eva Neurath, Mitbegründerin des Buchverlags Thames & Hudson, deren zweiter und dritter Ehemann beide zur Internierung im Hutchinson-Lager bestimmt waren, brachte es auf den Punkt: »[Die Richter] waren überfordert.«[56]

Peters Fall wurde zusammen mit drei anderen verhandelt. Den Männern wurde kein Rechtsbeistand gewährt, aber sie konnten einen einzigen Freund mitbringen und beliebig viele Beweise in Form von Empfehlungsschreiben von Wohlfahrtsverbänden oder angesehenen britischen Staatsbürgern vorlegen, um ihren Fall zu stützen.[57] Peter ging allein.

Trotz des Rufs, den sich Goddard später erwarb, wirkte der Richter an diesem Tag freundlich.

«Er sprach mit mir wie ein Onkel oder ein Verwandter«, erinnerte sich Peter. »Ich war ja noch ein Jugendlicher, ein Junge.«

Goddards Entscheidung fiel rasch und wohlwollend aus. Die Meldebescheinigung des Teenagers wurde mit folgendem Vermerk versehen: »Flüchtling vor der nationalsozialistischen Unterdrückung. Der Inhaber dieser Bescheinigung ist bis auf Weiteres von der Internierung befreit.«[58]

Wie die anderen 64 243 »feindlichen Ausländer«, von denen man annahm, dass sie keine Gefahr für Großbritannien darstellten, war Peter also vorerst frei.[59]

In Whitehall war der auch für den Heimatschutz zuständige Innenminister John Anderson der Ansicht, dass es ihm zwar vorerst gelungen sei, ein ausgewogenes Gleichgewicht zwischen der Landessicherheit und der Wahrung von Grundrechten Einzelner herzustellen, dass diese Situation aber möglicherweise nicht dauerhaft sei. Würden die britischen Bürger im Falle einer Invasion weiterhin akzeptieren, dass Zehntausende von Ausländern frei unter ihnen lebten?[60]

»In Kriegszeiten ist es sehr einfach, Panik zu verbreiten«, schrieb Anderson in einem Brief an seinen Vater. »Die Menschen lassen sich leicht aufstacheln, und eine Spionageangst lässt sich jederzeit als ›Kunststück‹ inszenieren.«[61]

VII.
Spionagefieber

Hilde Marchant, Starreporterin des *Daily Express*, zweifelte zunächst an der Geschichte des Matrosen. Zwei Nächte zuvor, so erklärte der Mann, habe er an Deck seines Schiffes gestanden, das mit britischen Staatsangehörigen auf dem Weg nach England unterwegs gewesen sei, und beobachtet, wie ein Konfettiregen von Fallschirmen über den Rotterdamer Hafen getrieben sei. An jeder einzelnen Silhouette hätten deutsche Soldaten gehangen, die nicht in Nazi-Uniformen, sondern in Frauenröcken und -blusen gekleidet gewesen seien, versicherte der Seemann.

Hilde, als Tochter eines englischen Vaters und einer deutschen Mutter[1] in Hamburg geboren, war im Norden Englands aufgewachsen, bevor sie nach London zog, um als Journalistin Karriere zu machen. Ihr Scharfsinn und ihre beachtliche Erfahrung wurden von den Kollegen in der Fleet Street allgemein anerkannt – auch wenn sie aus Neid und Snobismus ständig mit gönnerhaften Bemerkungen bedacht wurde. Zu einer Zeit, als die meisten Journalistinnen von ihren Chefredakteuren angehalten wurden, über Mode zu berichten, reizten Hilde vor allem Konflikte. Im Vorfeld des Krieges hatte sie als Auslandskorrespondentin in Spanien, Frankreich, Polen, Schweden und Finnland gearbeitet und dabei gelernt, Kaugummi zu kauen, um bei Luftangriffen die Nerven zu beruhigen.[2] Später wurden ihre Augenzeugenberichte über den Blitzangriff auf Coventry, während dem sie den Turm der schwelenden Kathedrale der Stadt bestieg, auf Anweisung von Winston Churchill an britische Botschaften in aller Welt geschickt.[3]

Von einem Redakteur als »beste Reporterin, die je in der Fleet Street gearbeitet hat« bezeichnet, war Hilde vom Herausgeber des *Express* abgeworben worden, der für ihren Wechsel 30 Guineen pro Woche plus Spesen geboten hatte, fünf Guineen mehr, als der Chefreporter der Zeitung verdiente. Mit 20 Jahren gehörte sie zu den bestbezahlten Journalisten Londons, egal ob Mann oder Frau.[4] Zur Zeit des Einmarsches der Nazis in Holland war Hilde darin geübt, Fakten von Beschönigungen zu unterscheiden.

Sie befragte andere Augenzeugen, um die Geschichte des Matrosen zu überprüfen. Diese bestätigten nicht nur, dass auch sie als Frauen verkleidete Nazi-Fallschirmspringer gesehen hätten, sondern lieferten weitere skurrile Details. Einige der Fallschirmjäger seien als Priester verkleidet gewesen, sagte einer. Einer anderen Quelle zufolge war nicht klar, ob es sich bei den Fallschirmjägern in Röcken um verkleidete Männer oder um Frauen gehandelt habe, die als »Lockvögel« geschickt worden seien. Auf jeden Fall habe jede von ihnen eine Maschinenpistole bei sich gehabt.

Ein Zeuge behauptete, er habe beobachtet, wie ein als Polizist verkleideter Fallschirmjäger gelandet sei und dann eine Gruppe niederländischer Soldaten in eine benachbarte Straße gelenkt habe. Als die Soldaten um die Ecke gebogen seien, hätten deutsche Truppen sie mit Maschinengewehrfeuer niedergemäht. Am beunruhigendsten war die Aussage eines Überlebenden, der angab, Anwohner in deutschen Uniformen aus ihren Häusern schleichen gesehen zu haben. Diese verräterischen Individuen, so der Zeuge, seien zuvor als Flüchtlinge registriert worden.

Etwaige Zweifel der Reporterin an solchen Berichten über Flüchtlingsspione und Nazis in Damenblusen wurden sicherlich durch den Umstand wettgemacht, dass Hilde wusste, wie gut sich diese Aussagen für einen reißerischen Artikel eignen würden. Am 13. Mai 1940, zwei Tage nach Beginn der Invasion in den Niederlanden, veröffentlichte der *Daily Express* Hildes Geschichte mit der Schlagzeile

»DEUTSCHE SCHICKEN WEIBLICHE FALLSCHIRMJÄGER ALS LOCKVÖGEL«.

Um den guten Ruf zu wahren, fügten die Zeitungsmitarbeiter in kleiner Schrift einen Hinweis an, der sicherlich dazu diente, Hilde von den Behauptungen in ihrer Geschichte zu distanzieren: »Engländer, die bei der Ausreise aus Holland bombardiert wurden, berichten von …«[5]

In Hildes Geschichte, die es auf Seite drei schaffte, tauchte immer wieder der Begriff »Fünfte Kolonne« auf – Worte, die nur wenige Monate zuvor dem Großteil ihrer Leserschaft nicht geläufig gewesen wären. Hilde war eine der ersten, die sich diesen Begriff zu eigen machte, der während des Spanischen Bürgerkriegs 1936 als Kurzform für »Verräter, die bereit sind, eine feindliche Invasion von innen heraus zu unterstützen« geprägt worden war. Sie hatte während der Belagerung Madrids vor Ort berichtet und somit aus erster Hand erfahren, welche Verwüstungen ein solcher Feind anrichten konnte. In seinem 1938 erschienenen Stück über die Belagerung, *Die Fünfte Kolonne*, machte der amerikanische Schriftsteller Ernest Hemingway den Begriff später unsterblich. Die britischen Zeitungen hatten den Ausdruck nach dem deutschen Einmarsch in Norwegen Anfang April 1940 übernommen, als Berichte kursierten, wonach Fünfte Kolonnen im Lande installiert worden seien, um die deutsche Invasion zu unterstützen.[6] Zu der Zeit, als Hildes Geschichte erschien, gab es keinen Leser in Großbritannien, der den Begriff oder seine Bedeutung nicht kannte.

Die in der Reportage aufgestellten Behauptungen über Verrat – die am folgenden Tag um Gerüchte über vergifteten Wein und vergiftete Schokolade erweitert wurden – erwiesen sich jedoch als übertrieben. Dennoch blieb das Bild des betrügerischen Einwanderers unauslöschlich, und zwar nicht nur beim Zeitungspublikum. Der bevollmächtigte Gesandte der britischen Regierung in den Niederlanden, Sir Nevile Bland, wurde ebenfalls Zeuge der Landung der deutschen Fallschirmjäger, bevor er, wie Hildes Matrosen, per Schiff das Land verließ. Als Bland am 14. Mai, dem Tag nach dem Erscheinen von Hildes Geschichte, in London eintraf, wurde er vom Außenminister Lord Halifax gebeten, einen Bericht über seine Beobachtungen zu verfassen. Blands Schilderungen waren ebenso anschaulich und beängstigend wie die am Vortag veröffentlichten und wurden zu wahrhaft mythischen Dimensionen aufgebauscht.[7]

Bland überschrieb seinen Bericht mit »Die Bedrohung durch die Fünfte Kolonne«.[8] Der Titel verdeutlichte die übergreifende These des Textes: dass die Fallschirmjäger jeweils eine Liste mit Namen von Beamten und Sympathisanten der Alliierten bei sich trugen, die »bei Sichtkontakt« zu erschießen waren – eine Todesliste, die von einem geheimen Netzwerk niederländischer Einwohner geliefert wurde, die Informationen an die Deutschen weitergegeben hatten. »Jeder deutsche oder österreichische Bedienstete, wie charmant und ergeben er auch erscheinen mag, ist eine echte und ernste Bedrohung«, schrieb Bland. Großbritannien müsse sich auf Ähnliches gefasst machen. »Wenn das Signal zur Invasion Großbritanniens gegeben wird«, so Bland weiter, »wird es im ganzen Land Satelliten des Monsters geben, die sofort mit umfangreichen Sabotageaktionen und Angriffen auf die Zivilbevölkerung beginnen werden.« Großbritannien, so schloss Bland, »kann es sich nicht leisten, dieses Risiko einzugehen. Zumindest sollten ALLE Deutschen und Österreicher sofort interniert werden.«

Der hochemotionale Bericht machte rasch in Whitehall die Runde, wo ein Kollege feststellte, dass es sich um »verdammt gutes Material« handele.[9] Ein Exemplar erreichte König George VI, der den Innenminister, Sir John Anderson, zu einer Besprechung in den Buckingham Palace bestellte.

»Sie müssen unverzüglich gegen politische Fünfte Kolonnen und andere Staatsfeinde vorgehen«, soll er zu Anderson gesagt haben. »Männer wie Frauen.«[10]

Nachdem der Inhalt von Blands Bericht die höchsten Ebenen des britischen Establishments erreicht hatte, wurde er als Nächstes von der BBC ausgestrahlt, was den Gerüchten den Glanz einer Bestätigung durch die staatlichen Medien verlieh. Die Nachricht hatte eine unmittelbare und tiefgreifende Auswirkung auf die Haltung der britischen Öffentlichkeit gegenüber Flüchtlingen und insbesondere gegenüber

Juden, welche bis dahin im Wesentlichen durch eine fragile Toleranz gekennzeichnet gewesen war.

Vor Mai 1940 verdächtigte niemand, der von der Meinungsforschungsgruppe Mass Observation befragt wurde, die Flüchtlinge der Spionage oder sprach sich für deren Inhaftierung oder Internierung aus.[11] Bis zu diesem Zeitpunkt waren lediglich 569 Personen interniert worden, entweder im Zuge der ersten Razzien des MI5 oder als Ergebnis von Gerichtsverfahren. Einige Kritiker hatten indes stets darauf beharrt, dass Andersons Politik zu schwach sei. Im April 1940 fragte Oberst Henry Burton, konservativer Abgeordneter für Sudbury, die Mitglieder des Unterhauses, ob es nicht »viel besser wäre, den ganzen Haufen zu internieren und dann die Guten herauszupicken«.[12] Diese Ansicht hatte sich unter den konservativen Hinterbänklern verbreitet und wurde nun, angesichts der Nachrichten aus Holland, von den Zeitungen aufgegriffen, sodass der Ruf nach Masseninternierungen laut wurde.

»Handelt! Handelt! Handelt! Tut es jetzt!«, forderte ein Artikel von G. Ward Price in der *Daily Mail* vom 24. Mai, in dem es hieß, dass »das Aufspüren feindlicher Agenten nicht mehr in den ungeschickten Händen lokaler Gerichte liegen darf« und »alle Flüchtlinge … unverzüglich in einen abgelegenen Teil des Landes gebracht und unter strenge Aufsicht gestellt werden sollten«. »Sie [die Regierenden] begreifen nicht«, schrieb Ward giftig, »dass jeder Deutsche ein Agent ist.«

Am 26. Mai brachte der *Sunday Chronicle* unter der Überschrift »Die Fünfte Kolonne« eine Geschichte, in der es hieß: »Wir hätten sie alle internieren sollen. Wir haben nichts dergleichen unternommen … Die Briefe, die Leser über Deutsche schreiben, die in ihrem eigenen Bezirk frei herumlaufen, könnten einem die Haare zu Berge stehen lassen. Besonders den Frauen.«[13]

Die Berichte über die verkleideten holländischen Fallschirmjäger und die Fünfte Kolonne beschleunigten und verfestigten einen bereits stattfindenden Meinungsumschwung. Sie hatten eine »unmittelbare und alarmierende Wirkung« auf die öffentliche Meinung:

Jetzt ist der Feind in unserer Mitte leicht zu erkennen. Die stets latent vorhandene Abneigung gegen das Fremde und Ausländische begann aufzuflammen. Fast jeder Mensch ist, wie frühere Untersuchungen gezeigt haben, latent ein wenig antisemitisch und ein wenig ausländerfeindlich. Normalerweise ist es aber nicht üblich, solche Gefühle öffentlich zu äußern. Durch die Nachrichten aus Holland wurde es mit einem Mal salonfähig.[14]

Die allgemeine Unkenntnis über die tatsächliche Zahl der Ausländer, denen Großbritannien Asyl gewährt hatte, beschleunigte den Wandel der öffentlichen Meinung. In einer Umfrage wurden die britischen Bürger gebeten, die Zahl der Flüchtlinge zu schätzen, die in den vergangenen sechs Jahren aus Nazi-Deutschland nach Großbritannien gekommen waren. Die Befragten schätzten die Zahl auf zwei bis vier Millionen. Tatsächlich waren es aber nur 73 500.[15]

Der Antisemitismus trug auch zur restriktiven Politik der Vereinigten Staaten gegenüber Flüchtlingen vor der nationalsozialistischen Unterdrückung bei. Dort kam ein Gesetzentwurf zur Aufnahme von 20 000 europäischen Kindern nicht über einen Kongressausschuss hinaus, weil dort das Argument vorgebracht wurde, die Aufnahme von Flüchtlingen ohne ihre Eltern verstoße gegen die Gesetze Gottes. Solche Entscheidungen hatten katastrophale Auswirkungen. Im Jahre 1939 verweigerte Präsident Franklin Roosevelt einem Ozeandampfer aus Hamburg, der *MS St. Louis*, die Landungserlaubnis. Heute weiß man, dass 254 der 937 Passagiere an Bord – fast ausnahmslos Flüchtlinge vor den Nazis – später im Holocaust ermordet wurden.

In Großbritannien räumten die meisten Bürger die mit der Masseninternierung verbundene Ungerechtigkeit ein, hielten sie aber dennoch für eine angemessene und vertretbare Maßnahme.

»Man kann nicht sagen, was gut und was schlecht ist«, sagte ein Teilnehmer einer anderen Umfrage, der zufolge mehr als die Hälfte der Bevölkerung die Internierung aller feindlichen Ausländer befürwortete.[16] »Manche von ihnen sind sehr nette Leute, aber es ist am sichersten, sie alle zu internieren.«

Die Hysterie erstickte jegliche Logik. Die meisten Flüchtlinge sprachen Englisch mit starkem Akzent, waren nicht an britische Gepflogenheiten gewöhnt und hätten schlechte Spione abgegeben. Wenn es überhaupt eine Fünfte Kolonne gab, war es wahrscheinlicher, dass sie sich aus den Reihen der britischen Faschisten rekrutierte. Der Labour-Politiker Herbert Delaunay Hughes schrieb damals unter Pseudonym: »Es ist bedauerlich, wie schnell die Menschen offenbar vergessen haben, wer genau die Flüchtlinge sind und wie sie in dieses Land gekommen sind.«[17]

Major Victor Cazalet, konservativer Abgeordneter für Chippenham, war noch unverblümter. Es gebe, so stellte er trocken fest, »eine enorme öffentliche Forderung nach der Internierung praktisch aller Personen, deren Familie nicht seit hundert Jahren hier lebt«.[18]

Wie jeder andere Ortswechsel in Peter Fleischmanns jungem Leben verlief auch der Einzug bei seinen neuen Arbeitgebern weder reibungslos noch gut. Das Einfamilienhaus der Ripkins in Downham Crescent war geräumig und komfortabel, verglichen mit seinen früheren Zimmern in den Slums von Manchester. Der weitläufige Heaton Park auf der anderen Straßenseite bot Peter eine Möglichkeit zum Spazierengehen. Nach den langen Tagen, die er im düsteren Keller verbracht und auf alte Fotos gestarrt hatte, war es ein Ort, wo er sich im abendlichen Sonnenlicht erholen konnte.

Es war jedoch offenkundig, dass die Ripkins, obwohl sie die Arbeit ihres neuesten Mitarbeiters schätzten, in Bezug auf Peters Seele eher desillusioniert waren. Vor ihrer ersten gemeinsamen Mahlzeit neigten Albert und Gertrude Ripkin ihre Häupter zu einem Dankesgebet für die Speisen. Peter brach das Schweigen, um zu verkünden, dass er nicht an Gott glaube und nicht am Tischgebet teilnehmen werde.[19] Ebenso, wie er während seines kurzen Aufenthalts im Haus seines Onkels mit unzüchtigen Witzen die Stimmung am Esstisch getrübt hatte, führte nun seine Glaubenslosigkeit zu Verstimmungen bei seinen Arbeitgebern. Als die Wochen vergingen und Albert und Gertrude merkten, dass sie Peter wohl kaum bekehren könnten, wurden die ihm angebotenen Essensportionen immer kleiner, wenngleich sie seine Fähigkeiten am Arbeitsplatz weiterhin ausnutzten.

Derartige Erfahrungen mit schwindender Freundlichkeit waren bei den Mädchen und Jungen der Kindertransporte keine Seltenheit, da die Aufnahmefamilien regelmäßig versuchten, ihre Schützlinge zur eigenen christlichen Strömung zu bekehren.[20] Angst, Einsamkeit und der Wunsch nach Zugehörigkeit brachten viele jüdische Kinder dazu, zu konvertieren, obwohl Bertha Bracey und die Quäker feinfühliger waren und darauf achteten, dass ihre Wohltätigkeit nicht an Bedingungen geknüpft war.[21]

Mangelnder Glaube war nicht das einzige Problem, mit dem Peter zu kämpfen hatte. Er wusste es nicht, doch hatten ihn seine Arbeitgeber als Ersatz für einen teureren Künstler in der Firma angestellt, um Kosten zu sparen. Als der verärgerte Mitarbeiter erfuhr, dass man ihn durch einen deutschen Flüchtling ohne Arbeitserlaubnis ersetzt hatte, zeigte er Peter bei der Polizei an, in der Hoffnung, dass der Berliner vielleicht abgeschoben würde. Peter hatte zwar begonnen, mit einem starken Lancashire-Akzent Englisch zu sprechen, aber dem Beamten war klar, dass er keineswegs fließend sprach und ausgenutzt wurde. Am 23. Dezember 1939, an Peters 18. Geburtstag, stempelte das Arbeitsamt in Manchester sein Dokument mit der Erlaubnis ab, in dem Beruf zu arbeiten, den er bereits einen Großteil des Jahres ausgeübt hatte.[22]

Peter erhielt zwar die offizielle Arbeitsgenehmigung, doch war ihm die Arbeit inzwischen verhasst – trotz der anständigen Bezahlung. »Ich würde lieber für 25 Schilling pro Woche Ladenschilder malen«, schimpfte er bei seinen Kollegen.[23]

Das Elend in Peters Privat- und Arbeitsleben wurde durch eine neue Freundschaft ausgeglichen, die sein ganzes Leben prägen sollte. In der Dickens'schen Düsternis des Kellers plauderte Peter gern mit einem ein oder zwei Jahre älteren englischen Jungen namens Donald Midgley. Als dieser Peters Geschichte hörte – der Tod seiner Eltern, seine Flucht aus Berlin, die Zurückweisung durch seinen Onkel, die strafenden Blicke während der Abendessen bei den Ripkins –, bekam er Mitleid mit dem bebrillten Künstler und lud ihn ein, die Wochenenden bei seiner Familie in der Stadt Halifax in Yorkshire zu verbringen.

Die Midgleys waren nicht wohlhabend. Aber sie waren großzügig und vermittelten dem jungen Flüchtling zum ersten Mal, seit er das Haus der Haushälterin am Rande Berlins verlassen hatte, ein wenig familiäre Geborgenheit. Doch wie so viele glückliche Wendungen in Peters Leben war auch diese Zeit nur von kurzer Dauer. Als Donald zum Wehrdienst einberufen wurde, begleitete Peter ihn zum Rekrutierungszentrum, um zu sehen, ob auch er zur Luftwaffe gehen könnte.[24] Er war zu jung. Die Wege der beiden Männer trennten sich. Wieder einmal war Peter Fleischmann allein, ein Flüchtling ohne Freunde und ohne Beziehungen, der in einem Land lebte, das gegenüber Menschen wie ihm von Woche zu Woche feindseliger wurde.

In seiner ersten Kabinettssitzung als Premierminister, drei Tage nach der folgenschweren Parlamentsdebatte, die zum Sturz seines Vorgängers geführt hatte, stimmte Winston Churchill der Internierung sämtlicher männlichen feindlichen Ausländer zwischen 16 und 60 Jahren zu,[25] die gegenwärtig in den britischen Küstenregionen lebten.[26] Diese »Schutzzone« war der Bereich, in dem ein Spion im Falle einer Nazi-Invasion erheblichen Schaden anrichten könnte. Die Männer sollten unabhängig von der Kategorie, die ihnen wenige Monate zuvor durch die Gerichte zugeteilt worden war, interniert werden. Am folgenden Tag, dem Sonntag, 12. Mai 1940, verließ eine ganze Fahrzeugkolonne das Polizeipräsidium von Scotland Yard. Viele der Beamten, die an jenem Tag mit den Verhaftungen beauftragt waren, erfuhren von ihrer Aufgabe erst, als sie morgens zum Dienst erschienen.

»Die Verhaftungen erfolgten so plötzlich, dass die betroffenen Männer keine Gelegenheit hatten, Vorkehrungen zu treffen«, berichtete der *Daily Telegraph*.[27] Bei dieser ersten Massenverhaftung wurden rund zweitausend Flüchtlinge in Gewahrsam genommen und den Militärbehörden zur Internierung übergeben.

Drei Tage später, am Morgen des Mittwoch, 15. Mai, trat Churchills Kriegskabinett in der Downing Street 10 zusammen, um über die Ausweitung der Maßnahmen auf andere Gebiete zu beraten. Der letzte Punkt auf der Tagesordnung lautete schlicht: »Invasion Großbritanniens: Gefahr durch Fallschirmspringer und Elemente der Fünften Kolonne.«

Außenminister Lord Halifax schilderte Einzelheiten aus Nevile Blands Bericht über »die ausgeklügelte Organisation der Zusammenarbeit zwischen deutschen Fallschirmspringern und Elementen der Fünften Kolonne in den Niederlanden«.[28]

»Eine deutsche Frau, die als Dienstmädchen angestellt und nach Deutschland zurückgekehrt war, wurde zusammen mit einer Gruppe von Männern per Fallschirm abgesetzt, mit dem ausdrücklichen Ziel, diese zu einem bestimmten Haus zu führen«, berichtete Halifax.

Innenminister John Anderson lehnte eine Masseninternierung nach wie vor ab und hoffte, diese Position beibehalten zu können, »sofern der Krieg nicht ungünstig verläuft«. In seinem Bericht mit dem Titel »Invasion Großbritanniens: Mögliche Mitwirkung einer Fünften Kolonne« betonte er, dass die Mehrheit der 73 000 in Großbritannien lebenden Deutschen und Österreicher gegen Hitler eingestellte Flüchtlinge seien. Im Hinblick auf eine drohende feindliche Invasion und angesichts der Zeitungsberichte über ausländische Spione und Fünfte Kolonnen, die geduldig auf den richtigen Moment warteten, sah er sich jedoch veranlasst, einzuräumen, dass es »verschiedene Strukturen und Personengruppen in diesem Land gibt, gegen die Maßnahmen ergriffen werden müssen« – darunter auch Flüchtlinge.

Die Angst drohte nun die Vernunft zu übertönen. Durch die von Anderson eingerichteten Schiedsgerichte waren nicht weniger als 55 457 der Verhörten als Flüchtlinge vor der Naziunterdrückung eingestuft und ihre Opferrolle vom Staat bestätigt worden.[29] Nun schien es, dass diese vertriebenen, schutzlosen Männer und Frauen, von denen viele ihren Besitz und ihre Lebensgrundlage verloren hatten, Gefahr liefen, ohne weiteres Verfahren inhaftiert zu werden. Selbst der *Manchester Guardian*, normalerweise ein entschiedener Verfechter bürgerlicher Freiheiten, schloss sich dem Ruf nach Masseninternierungen an und erklärte: »Keine halben Sachen!«[30]

In der Kabinettssitzung an diesem Tag hörte Churchill seinen Ministern schweigend zu, bevor er seine Meinung dazu kundtat.

»Es sollte eine umfangreiche Zusammenziehung von Ausländern und verdächtigen Personen in diesem Land stattfinden«, erklärte er. Die Internierung wäre, so fügte er hinzu, »wahrscheinlich auch für alle deutschsprachigen Personen selbst weitaus sicherer, da die öffentliche Stimmung in diesem Land derart ist, dass diese Personen in großer Gefahr wären, wenn man sie in Freiheit ließe«.[31]

Dieses Argument – dass die Internierung im besten Interesse der Internierten sei – entsprach exakt dem, womit die NS-Funktionäre einige Jahre zuvor die Verhaftung ihrer politischen Gegner gerechtfertigt hatten. In einer Pressemitteilung vom März 1933, kurz vor der Eröffnung des ersten nationalsozialistischen Konzentrationslagers in Dachau, sprach Heinrich Himmler von einer »Schutzhaft« und erklärte: »Wir haben diese Maßnahme ohne jede Rücksicht auf kleinliche Bedenken getroffen in der Überzeugung, damit zur Beruhigung der nationalen Bevölkerung und in ihrem Sinne zu handeln.«[32]

Der von den Nazis gewählte, euphemistische Begriff der »Schutzhaft« für diese Art der Verhaftung fand nun auch auf die britische Politik im Umgang mit Juden Anwendung. Für Männer und Frauen, die eine Inhaftierung in Deutschland überlebt hatten, um dann in Großbritannien erneut interniert zu werden, war die Internierungskampagne besonders grausam und schmerzhaft. Manche, wie der österreichische Politiker Emil Maurer, hatten nicht nur eines, sondern gleich zwei deutsche Lager – Dachau und Buchenwald – überlebt, bevor sie von ihren vermeintlichen Rettern auf die Isle of Man geschickt wurden.

Nachdem die Regierung zugelassen hatte, dass die Boulevardpresse Hurrapatriotismus und Hass schürte, anstatt eine aufgeklärte Haltung einzunehmen, nutzte sie nun die »öffentliche Meinung« als Rechtfertigung für strenge Maßnahmen. Die Bedrohung der nationalen Sicherheit durch die sogenannten »feindlichen Ausländer« in Großbritannien schien real. Ein Aufwallen der öffentlichen Meinung in Verbindung mit der drohenden feindlichen Invasion vernebelte jeden Sinn für moralische Klarheit. Unter den Londonern hatte »eine Art Neurose um sich gegriffen«, wie Klaus Hinrichsen feststellte. »Alle Deutschen wurden als Nazis betrachtet.«[33] Die Flüchtlingsorganisationen waren so verzweifelt, den Flüchtlingen bei der Eingliederung zu helfen, dass sie ein Buch mit Ratschlägen herausgaben, in welchem sie die Menschen aufforderten, »auf der Straße kein Deutsch zu sprechen«, nicht darauf hinzuweisen, »wie viel besser dies oder jenes in Deutschland gemacht wird« (auch wenn »das vielleicht stimmt«), und es zu vermeiden, »durch ihr Verhalten oder ihre Kleidung aufzufallen«.[34] Das war freilich nicht genug, und es kam zu immer mehr Maßnahmen gegen die Flüchtlinge.[35]

Am 15. Mai ordnete Anderson die Verhaftung sämtlicher männlichen feindlichen Ausländer zwischen 16 und 60 Jahren an, die von den Gerichten in die Kategorie B eingestuft worden waren, unabhängig von ihrem Aufenthaltsort.[36] Sieben Tage später, am 22. Mai, fügte die Regierung der Defence Regulation 18B einen Absatz hinzu, der dem Innenminister die Befugnis verlieh, jedwede Personen zu internieren, von denen anzunehmen sei, dass sie mit dem Feind sympathisierten. An jenem Abend verhaftete die Polizei Oswald Mosley, den Führer der British Union of Fascists, und 35 seiner Anhänger – Personen, die Hitlers Einmarsch in Großbritannien mit Sicherheit im Inland unterstützt hätten. In diesem Fall wurden die von Anderson erlangten Befugnisse in vertretbarer Weise genutzt. Sie ebneten zugleich den Weg zur Masseninternierung; diejenigen, die einen neuen Kurs hätten einschlagen können, waren nun nicht mehr zu beeinflussen.

Die strategische Lage Großbritanniens war inzwischen prekär bis katastrophal. Am 26. Mai begann die Evakuierung der britischen Expeditionsstreitkräfte aus Dünkirchen, und mit der deutschen Besetzung der Kanalhäfen bestand für England zum ersten Mal seit Napoleon die Gefahr eines direkten Angriffs. Unter dem Druck des Kriegsministeriums stimmte Anderson am nächsten Tag der Verhaftung aller Frauen der Kategorie B zu (»Ist das Weibchen einer Spezies nicht generell gefährlicher als das Männchen?«, hatte Sir Thomas Moore drei Tage zuvor im Unterhaus gefragt). Derweil legten die Stabschefs eine Liste mit 14 weiteren Empfehlungen vor, darunter die Aufforderung zur Internierung aller im Lande ansässigen Inhaber eines deutschen oder österreichischen Passes.[37]

Am 28. Mai kapitulierte Belgien vor den Nazis. Ein Versuch, in Großbritannien einzumarschieren, schien sowohl wahrscheinlich als auch unmittelbar bevorzustehen. Während auf dem Kontinent ein hilfloser Rückzug stattfand, konzentrierten sich die Stabschefs nun auf diejenigen Deutschen, über die sie noch unangefochtene Macht besaßen: die Flüchtlinge.

Am selben Tag billigte das Kabinett den Vorschlag, dass Chamberlain ein Komitee zur Wahrung der inneren Sicherheit einrichten sollte. Viscount Swinton leitete diese geheime Arbeitsgruppe, die als »Home Defence (security) Executive« bekannt wurde und im Namen der Landesverteidigung nahezu uneingeschränkte Befugnisse genoss. Die Entscheidungen über das Schicksal der Flüchtlinge wurden dem Kabinett, dem MI5 und dem Kriegsministerium entzogen und in die Hände einer kleinen Gruppe nicht gewählter Beamter gelegt, die außerhalb des Rahmens demokratischer Rechenschaftspflicht standen.[38]

Am 31. Mai teilte das Innenministerium den örtlichen Polizeidienststellen in einem Schreiben mit, dass sie nun befugt seien, alle Deutschen und Österreicher der Kategorie C zu verhaften und zu inhaftieren. Die sorgfältige Arbeit der Gerichte im vorangegangenen Winter war damit ebenso zunichte wie das jahrhundertelange Festhalten Großbritanniens am Habeas-Corpus-Prinzip – dem Recht, nicht ohne Gerichtsverfahren inhaftiert zu werden. Niemand in Großbritannien war mehr sicher vor einer sofortigen Verhaftung und unbefristeten Inhaftierung aufgrund von Nationalität, ethnischer Zugehörigkeit, Religion oder politischer Überzeugung.

Am Sonntag, dem 4. Juni, hielt Winston Churchill, der seit weniger als einem Monat Premierminister war, eine Rede vor dem Unterhaus, um die neuen Befugnisse der Regierung zu verkünden.

Es gibt noch eine andere Klasse … für die ich nicht die geringste Sympathie empfinde. Das Parlament hat uns die Befugnisse übertragen, die Aktivitäten der Fünften Kolonne mit harter Hand zu unterbinden, und wir werden von diesen Befugnissen ohne das geringste Zögern Gebrauch machen, bis wir davon überzeugt sind, und zwar mehr als überzeugt, dass dieses Übel in unserer Mitte wirksam ausgemerzt worden ist.[39]

Churchill räumte ein, dass die Anordnungen »eine große Anzahl von Menschen« beträfen, »die leidenschaftliche Feinde Nazideutschlands sind«. Er sagte, dass man diesbezüglich leider nichts tun könne. »Es tut mir sehr leid für sie, aber wir können nicht alle Unterscheidungen treffen, die wir gerne treffen würden.«

Eine Woche später, am Tag nach der Kriegserklärung Italiens an Großbritannien, wies der britische Premierminister die Polizei an, »schnellstmöglich alle feindlichen Ausländer zu verhaften«. Die Zeit der Ausflüchte sei vorüber.[40] Personen unter 16 und über 70 Jahren sowie Gebrechliche seien ausgenommen. Ansonsten sei die Polizei gehalten, »alle miteinander dingfest zu machen«.[41] Die Internierung war, für die meisten, die Strafe für das Exil.

Damit waren die Flüchtlinge endgültig von Asylbewerbern zu feindlichen Verdächtigen geworden. Aus vereinzelten Festnahmen wurde eine Flut von Verhaftungen. Unter den Betroffenen befand sich auch der Schriftsteller Rene Levy.[42] Nach einer elenden Woche auf dem Kempton Park Racecourse, umgeben von einer »üppigen Vegetation aus Stacheldraht«, verbrachte er den Rest des Jahres auf der Isle of Man. Natürlich war das Spionagefieber die treibende Kraft hinter den Verhaftungen, aber Levy merkte an, dass diese Maßnahmen auch dazu beitrügen, die britische Regierung entschlossen und stark erscheinen zu lassen: »Die Gefangenen, die bei den erfolgreichen Einsätzen gegen feindliche Stellungen in Hampstead und Golders Green gemacht wurden, waren der größte Fang, den die Briten bis dahin gemacht hatten«, schrieb er süffisant.[43]

Als Hitler von der Masseninternierung erfuhr, nutzte er die Gelegenheit, um zu zeigen, dass sich Deutschland und Großbritannien im Grunde gar nicht so unähnlich seien. Die Feinde Deutschlands seien nun auch die Feinde Großbritanniens, sagte er. Die Briten hätten genau die Menschen in Konzentrationslagern festgehalten, die man zuvor selbst habe inhaftieren müssen. Wo, so frage er sich, seien denn die viel gepriesenen demokratischen Freiheiten, derer sich die Engländer rühmten?[44]

Downham Crescent war noch dunkel und leer, als in den frühen Morgenstunden des 5. Juli ein Einsatzfahrzeug der Polizei, eine »Black Mariah«, vor dem Haus von Albert und Gertrude Ripkin hielt.[45] Das dumpfe Zuschlagen der Autotür war das einzige Geräusch in der schlafenden Straße, als die beiden Polizeibeamten auf das Haus zuschritten. Peter Fleischmann erwachte durch ein energisches Klopfen, jenes entschlossene und unheilvolle Geräusch, das die Macht der Obrigkeit ankündigte. Er kannte es aus Nazideutschland, nicht aus Manchester.

Albert Ripkin war noch nicht aufgestanden, also stolperte Peter die Treppe hinab, um die Tür zu öffnen. Die Anweisung des Beamten war knapp und barsch.

»Ziehen Sie sich an«, befahl er. »Kommen Sie mit uns.«[46]

Andere, die in dieser Nacht verhaftet wurden, bekamen ein oder zwei Stunden Zeit, um ihre Sachen zusammenzusuchen. Ein solcher Luxus war Peter Fleischmann nicht vergönnt.

Peter, weder Soldat noch Verbrecher, war einer von 90 Ausländern und Flüchtlingen, die an diesem Morgen von der Polizei in Salford verhaftet wurden; ihm wurden die Bürgerrechte verweigert, die selbst Verurteilte genossen: keine Anklage, kein Prozess, keine Kaution. Seine Geschichte spielte überhaupt keine Rolle – nicht die Tatsache, dass ihn das Naziregime zum Waisen und Obdachlosen gemacht hatte. Auch nicht, dass er als mittelloses Kind nach England gebracht worden war, oder dass ihn einer der obersten Richter des Landes eingehend befragt hatte und zu dem Schluss gelangt war, dass er kein Sicherheitsrisiko für sein Gastland darstelle.

In dieser neuen Realität, die den Panikmaßnahmen der britischen Regierung unterlag, hatte allein Peters Staatsangehörigkeit – dieselbe Staatsangehörigkeit, welche die Nazis allen deutschen und österreichischen Juden entziehen wollten – zu seiner nächtlichen Verhaftung geführt. Der Teenager saß hinten in einem britischen Polizeiwagen, der auf dem Weg zum Gefängnis von Oldham war. Auf einer verschlungenen Straße, als Spielball der geopolitischen Geschichte, war Peter wieder einmal entwurzelt, unerwünscht und heimatlos.

VIII.

Der Alptraum von Warth Mills

Major Alfred James Braybrook blickte über die feuchte Schar, während ihm ein Wärter eine Holzkiste, die einmal zum Transport von Orangen verwendet wurde, vor die Füße stellte. Der 40-jährige pensionierte Armeeoffizier, dessen Wirkungsbereich bis vor Kurzem nicht weiter reichte als bis zu dem Zeitungsladen, der ihm in einem Londoner Vorort gehörte, hätte ohne dieses behelfsmäßige Podium Mühe gehabt, von der Menge der deprimierten Männer gesehen zu werden, die vor ihm standen. Braybrook kletterte auf die Kiste, die auf dem schmierigen Boden wackelte, klemmte sich seinen Marschierstab unter den Arm, streckte die Brust heraus und holte tief Luft.

Peter Fleischmann beobachtete das Geschehen mit stiller Belustigung. Es war, als wäre eine Karikatur aus der Zeitschrift *Punch* in diese stillgelegte Baumwollspinnerei in Nordengland gehüpft.[1] Die Kulisse des Bildes war indes alles andere als karikaturistisch: Die riesige, verfallene und verlassene Warth Mills zeichnete am Horizont von Lancashire eine brutale Silhouette. Zehn Jahre zuvor hatten die Eigentümer den 1891 am Ufer des Flusses Irwell errichteten Komplex infolge der Rezession aufgeben müssen.[2]

Man hatte Warth Mills hastig aufgegeben: Der Boden, eine Mischung aus Pflastersteinen und Holz, war schmierig und glitschig von altem Maschinenöl, dessen Geruch sich mit dem beißenden, in der Kehle klebenden Gestank des Kanals vermischte, der neben dem Gebäude verlief.[3] Treibriemen hingen wie Galgenstricke von den Dachsparren. Kurbelwellen, teilweise demontiert, baumelten herab wie Damoklesschwerter. Klumpen verrottender, schimmeliger Baumwolle bedeckten den Fußboden, und wellenförmige Spinnweben ließen vermuten, dass krabbelnde Untiere die Schatten beherrschten. Eine Reihe gusseiserner Säulen mit filigranen korinthischen Kapitellen stützte hoch oben im Gewölbe ein Glasdach, die einzige Lichtquelle im Inneren des Gebäudes. Zahllose Scheiben waren zerbrochen und ließen den Nieselregen ins Innere.[4]

Der in einem Teilbereich dreistöckige Gebäudekomplex stand bis zum Einzug der britischen Armee am 5. Juni 1940 leer und verwahrloste. Dann sollte Warth Mills ein Durchgangslager für Internierte werden. Sieben Tage später trafen die ersten Männer ein. Sie hatten reichlich Zeit, sich mit der schäbigen Fassade ihres neuen Zuhauses vertraut zu machen. Vom Bahnhof Bury aus ließ man sie die knapp sieben Kilometer lange Manchester Road zum Gelände marschieren.[5] Es war ein beschämender Gang; feindselige Schaulustige beobachteten die Männer, von denen die meisten zum ersten Mal in der Öffentlichkeit als Gefangene vorgeführt wurden.

»Wie ein verdammter Kriegsgefangener an den gaffenden Menschen vorbeimarschieren zu müssen, das tat wirklich weh«, erinnerte sich Peter Katz, ein Pfarrer Mitte fünfzig, der zu den ersten Ankömmlingen gehörte. »Ich fühlte mich erniedrigt.«[6]

Als Peter Fleischmann vier Wochen später eintraf, war Warth Mills voll mit Internierten. Dutzende von Männern lungerten hinter zwei Reihen Stacheldraht in dem kleinen Laufgang, der als Bewegungsmöglichkeit um die Mauern herum angelegt worden war.[7] Während bewaffnete Wachen des Lancashire-Regiments Peter und die anderen durch den mit Müll übersäten Eingang führten,[8] zogen die Männer hinter dem Draht Grimassen und riefen laut. Das Ganze war, wie Peter es ausdrückte, »ein Alptraum«.[9]

In der 50 mal 40 Meter großen Spinnhalle,[10] die Platz für 500 Personen bot, wurden Peter und die Anderen in Gruppen zu je 25 Personen aufgestellt, um Braybrooks Ansprache zu lauschen.[11] Der Kommandant erläuterte, was von den Internierten erwartet wurde, sowie den allgemeinen Zweck des Lagers, das als vorübergehender Aufbewahrungsort fungiere, während die Internierten für die Weiterleitung in permanente Lager vorbereitet würden. Ein Dolmetscher übersetzte das Gesagte ins Deutsche.[12] Eingepfercht, verwirrt und schwitzend unter der Last ihres Gepäcks fielen einige der Zuhörer in Ohnmacht und mussten von den Umstehenden wachgerüttelt und wieder auf die Beine gestellt werden. Als Braybrooks Rede zu ihrem lautstarken Abschluss kam, spürte Peter, wie sich ein Arm auf seine Schulter legte.

»Mach dir keine Sorgen«, sagte eine Stimme. Peter drehte sich um und sah, dass der Sprecher anders gekleidet war als die übrigen herumlungernden Flüchtlinge. Die meisten trugen Anzüge und Jacken. Dieser Mann schien ein Seemann zu sein, ein Mitglied einer gefangenen deutschen U-Boot-Besatzung, wie Peter vermutete.[13] Durch einen der zahllosen Verwaltungsfehler, die bald die gesamte Organisation der Masseninternierung kennzeichneten, schien es, dass deutsche Kriegsgefangene unter die Angestellten und Bäcker, die Landarbeiter und Köche geraten waren.

»Wir werden den Krieg bald gewinnen«, versicherte der Mann dem jungen Juden, »und dich wieder befreien.«[14]

Eine Phalanx britischer Armeeoffiziere saß an einer Reihe von Tischen, bereit, die Habseligkeiten der Männer zu überprüfen.[15] Die Internierten stellten sich hinter Seilen auf. Alle rochen den Gestank von starkem Desinfektionsmittel und horchten auf die Geräusche im Lager, während sie darauf warteten, nach vorne gerufen zu werden. Als Peter an der Reihe war, trat er vor. Ein Soldat griff nach seiner Tasche und kippte den Inhalt auf den Tisch. Während der Soldat Peters Habseligkeiten durchsuchte, blätterte ein sitzender Offizier in seiner Brieftasche. Peter nahm an, dass die Männer nach Gegenständen suchten, die als Waffen verwendet werden könnten, aber es wurde schnell klar, dass schlicht alles von Wert beschlagnahmt wurde. Wie bereits die Nazis viele dieser Männer systematisch ihrer Wertsachen beraubt hatten, so nahmen nun die britischen Offiziere Schokolade, Zigaretten, Schreibpapier und Schreibmaschinen an sich und verteilten diese Gegenstände vor den Augen der Geplünderten untereinander.

Die Konfiszierung von Rasiermessern war vertretbar, und auch die Beschlagnahme von Goldsovereigns, um den Schwarzmarkthandel zu unterbinden, ließ sich möglicherweise begründen. Andere Entscheidungen hingegen schienen unhaltbar: Uhren, Bücher, Medikamente. Ein Soldat nahm einem Diabetiker das Insulin ab.[16] Für einige Internierte war dies eine vertraute Erfahrung: Viele hatten Ascot und Kempton Park durchlaufen, Lager, die ebenfalls von Major Braybrook geleitet worden waren. In Kempton Park hatte der junge Schneider Kurt Treitel sowohl seine Uhr als auch sein Geld an diebische Offiziere verloren.[17]

Die Verletzung der Privatsphäre offenbarte nicht nur, was die einzelnen Internierten in den hektischen Augenblicken ihrer Verhaftung für so wichtig befunden hatten, dass sie es einpackten, sondern auch die Bandbreite der Berufe, die unter den Gefangenen vertreten waren. Ärzte sahen fassungslos zu, wie die Soldaten ihre Stethoskope einsteckten.[18] Wissenschaftler versuchten durchzusetzen, dass sie ihre Lehrbücher behalten durften.[19] Künstler baten, dass man ihnen ihr Zeichenpapier ließ. Es war klar, dass die neu eingeführte Internierungspolitik weder Status noch Leistung respektierte. Hier, auf dem schmierigen Boden, war der Oxford-Professor denselben Demütigungen ausgesetzt wie der elternlose Lehrling.[20]

Für viele Männer war die Plünderung der Tiefpunkt einer kurzen Zeit, die ihre Sicht auf Großbritannien und ihren Platz in der britischen Gesellschaft tiefgreifend zum Negativen verändert hatte.

»Wir atmeten Ungerechtigkeit und fühlten uns wegen aller möglichen Dinge sehr schlecht«, schrieb Hirsch Uri, der zusammen mit einer Reihe anderer junger orthodoxer Juden verhaftet wurde, von denen die meisten über das Kindertransport-Programm nach England gekommen waren.[21] »Da Trübsinn stets die Redseligkeit steigert, wurden [wir] bald unerträglich für uns selbst.«[22]

Manche der Männer in Warth Mills hatten bereits eine dramatische Flucht nach England hinter sich. Zwei Tage nach Kriegsausbruch gelang es Gottfried Hülsmann, als Gemüsehändler getarnt mit einem Lieferwagen voller Gemüse die deutsch-niederländische Grenze zu überqueren.[23] Nach solch waghalsigen Unternehmungen vom Land ihrer Rettung interniert zu werden, war schmerzlich; von denjenigen beraubt zu werden, in die sie ihr Vertrauen gesetzt hatten, war unerträglich.

»Ich erinnere mich ganz deutlich, dass ich mich beleidigt fühlte«, notierte Claus Moser, der später Vorsitzender des Royal Opera House wurde. »Das war der vorherrschende Gedanke. Die ganze Operation war panisch und grausam.«[24]

Die Wachen führten Peter und die anderen Internierten durch schummrige Treppenhäuser und die katakombenartigen Gänge der Fabrik zu einer Halle im Erdgeschoss, die man zu einer Küche umfunktioniert hatte. Dort erhielten sie zunächst Haferbrei und Tee in Blechgefäßen, dann befahlen die Wachen ihnen, ihre Betten zu beziehen. Peter bekam eine Rosshaardecke,[25] die so verlaust und von Ungeziefer zerfressen war, dass sie kaum noch zu gebrauchen war.[26] Einige Männer baten um Zeitungen, die sie sich um Arme und Beine wickeln wollten, weil sie glaubten, so besser gegen die Kälte geschützt zu sein.[27] Als den Internierten dann gesagt wurde, dass sie auf alten Holzdielen liegen sollten, brach ein Streit aus.

»Wir lassen uns nicht wie Kriminelle behandeln«, rief einer der aufgebrachten Internierten und verlangte, dass die Männer einige der überzähligen Strohmatratzen aus dem Krankenrevier holen dürften.[28] Schließlich lenkte einer der Offiziere ein, führte die Männer in einen mit Strohsäcken gefüllten Lagerraum und befahl ihnen, drei davon mitzunehmen.

Mit seiner Decke unter dem einen und seiner Tasche unter dem anderen Arm suchte Peter nach einem freien Platz im Hauptsaal, um sein Nachtlager aufzuschlagen – streng beobachtet von etwas abseits stehenden Wachposten mit aufgesetzten Bajonetten.[29] Er erspähte einen freien Platz, gleich neben einem auffällig aussehenden Mann mit kantigem Gesicht und riesigen Händen, der mit langsamen, geduldigen

Bewegungen die Leisten aus seinem Bett entfernte. Peter quetschte sich durch den schmalen, 35 Zentimeter breiten Spalt zwischen den Bettreihen und sah ihm zu.[30]

Zunächst nahm Peter an, dass der Mann, der wie ein Handwerker aus dem Mittelalter wirkte, die Leisten schärfte, um eine Waffe daraus anzufertigen. Als er bemerkte, dass der Teenager ihm bei der Arbeit zusah, stellte sich der Mann als Ernst Müller-Blensdorf vor. Der 44-jährige Sohn eines Arztes war ein angesehener Bildhauer. Er war nach Norwegen geflohen, nachdem Hitlers Regime die moderne Kunst ins Visier genommen hatte und jedes Werk, das nicht den ästhetischen Idealen der Nazis entsprach, als »entartet« bezeichnete. Künstler, die ihre Arbeit in einer Weise fortsetzen wollten, die von der Partei nicht gebilligt wurde, waren zur Emigration gezwungen. Müller-Blensdorfs Weg ins Exil wurde beschleunigt, als Anhänger der NSDAP seine Werkstatt zerstörten, wo er an einem Denkmal für den norwegischen Polarforscher Fridtjof Nansen gearbeitet hatte.[31]

Müller-Blensdorf war mit dem Leben in Gefangenschaft vertraut: Nach der Kaperung des Frachters, auf dem er als Matrose gefahren war, hatte er vier Jahre des Ersten Weltkriegs als Internierter in Südafrika verbracht.[32] Als überzeugter Pazifist vermied er bei seinen in Deutschland geschaffenen, steinernen Kriegsdenkmälern die Verherrlichung des Krieges und stellte stattdessen trauernde Mütter und Kinder dar – ein Werk, das die Hitlerjugend systematisch zertrümmerte und die Bruchstücke dann an verschiedenen Orten vergrub.

Peter sah dem Bildhauer zu, wie er mit den geschärften Werkzeugen aus den Metallleisten die Holzteile des Bettes bearbeitete. Die Arbeit war primitiv, aber in Müller-Blensdorfs gewaltigen Händen lag die unverwechselbare Handschrift eines Meisters.[33] Die Internierung mochte die Ambitionen des Waisen ausgebremst haben, doch sie hatte ihn in die Nähe eines echten Künstlers gebracht.

Jegliche Verwunderung und Überraschung darüber, dass sich unter den rund 2000 Insassen von Warth Mills künstlerisch begabte Männer befanden, wurde durch die erdrückenden Bedingungen im Gebäude und die nagende Ungewissheit über das eigene Schicksal getrübt. Um sicherzustellen, dass die Haut nicht mit den schmutzigen Decken in Berührung kam, zog sich niemand zum Schlafen aus. Die beklemmende Stimmung führte außerdem dazu, dass alle Insassen glaubten, jederzeit bereit sein zu müssen, um auf einen Notfall reagieren zu können.[34] Mit Einbruch der Dunkelheit erzeugte die stickige, widerhallende Atmosphäre ein Gefühl gespenstischer Unwirklichkeit.

In seiner ersten Nacht wurde der junge Schauspieler Otto Tausig durch die Schreie einer Gruppe deutscher Mönche geweckt, die vom Regenwasser, das durch die beschädigte Decke in das Gebäude eindrang, durchnässt worden waren.

»Wasser!«, rief einer der Mönche.

»Feuer!«, antwortete ein Witzbold von irgendwoher aus der Dunkelheit.

Dieser Ruf erschreckte einen Mann mit Lernschwierigkeiten, der eigentlich von der Internierung ausgenommen werden sollte. In Panik stand der Mann auf und rannte durch den Saal, wobei er auf den Betten und Körpern der am Boden Liegenden herumtrampelte. In dem darauffolgenden Chaos zündete ein älterer Internierter, der sich freiwillig bereiterklärt hatte, jeden, der auf die Toilette musste, auf den Flur zu begleiten, seine Kerze an.[35]

»Machen Sie das Feuer aus!«, schrie ein Wachmann.

Schwerkranke sollten von der Internierung ausgenommen werden, doch in Warth Mills waren mehr als 50 Männer untergebracht, die »schwer krank« waren, darunter Tuberkulose-, Diabetes- und Krebspatienten.[36] Ohne ihre Instrumente und Medikamente waren die deutschen Ärzte unter den Internierten kaum in der Lage, diese Männer zu behandeln oder ihre Beschwerden zu lindern.

Einer der berühmtesten Häftlinge des Lagers, Rudolf Olden, war kurz nach seiner Ankunft in der ehemaligen Spinnerei zusammengebrochen.[37] Als der Oxford-Professor Paul Jacobsthal eine Visite an Oldens Bett machte, war er über die Verwahrlosung des Krankenzimmers von Warth Mills entsetzt.

Olden war ein Jurist und Journalist, der in seiner früheren Funktion als politischer Redakteur des *Berliner Tageblatts*, einer der beiden führenden liberalen Zeitungen Deutschlands und Heimat einer Reihe von Starjournalisten, zu einer der wichtigsten Stimmen der deutschen Öffentlichkeit geworden war. Mitte der 1920er Jahre bezeichnete Kurt Tucholsky, ein Kommentator des intellektuellen Lebens der Weimarer Republik, Olden als eine von rund 200 »wirklich bedeutenden« Persönlichkeiten in Berlin.[38] Niemand in Warth Mills verkörperte die Absurdität und Impulshaftigkeit von Masseninternierungen besser. Olden hatte nicht nur derart vehement gegen die Nazis gewettert,[39] dass die Partei ihm die deutsche Staatsbürgerschaft entzogen hatte, sondern war zudem vor Ausbruch des Krieges vom britischen Geheimdienst angeworben worden, um Propagandaskripte zur Ausstrahlung in Deutschland zu verfassen.[40] Oldens Anwesenheit in dem heruntergekommenen Krankenzimmer von Warth Mills war, wie Jacobsthal in seinem Tagebuch schrieb, »mit Abstand der deprimierendste Anblick im Lager«.

In Warth Mills teilten sich 2000 Internierte eine einzige Badewanne und 18 Wasserhähne – eine Einschränkung, die schon bald dazu führte, dass fast alle Männer auf das Rasieren verzichteten[41] und manche schon um vier Uhr morgens aufstanden, um dem Massenansturm auf die Sanitäranlagen zu entgehen.[42] Wäsche konnte in einem leeren Raum gewaschen werden, aber ohne Seife oder Trocknungsmöglichkeiten blieben die Kleider und Decken oft so schmutzig wie zuvor. Es gab kein Abwassersystem, und die Toiletten bestanden aus 60 Eimern, die im Freien unter einem länglichen Zelt untergebracht waren.[43] Je weiter der Tag voranschritt, desto unerträglicher wurde der Gestank. Die Latrinen waren so verstopft, dass sich die Männer gegen Ende des Tages einfach in einer ruhigen Ecke erleichterten.[44] Jacobsthal schilderte, dass er »angesehene Europäer bei einem Akt sah, der normalerweise nicht in der Öffentlichkeit vollzogen wird«.

Die unwürdigen Toilettenanlagen zeigten, dass die Internierung ein großer Gleichmacher war: Die Hochgestellten mussten wie die Unbedeutenden leben. Die Soldaten von Braybrook setzten eine Belohnung für jeden aus, der sich freiwillig bereit erklärte, Schutzkleidung anzuziehen und den Inhalt der Latrineneimer in eine benachbarte Senkgrube zu befördern. Ernst Manasse, ein 35-jähriger Landarbeiter, der verhaftet und von der Wilcote Grange Farm in Oxfordshire zur Spinnerei gebracht worden war,[45] meldete sich freiwillig und erhielt im Gegenzug den Luxus eines Duschbads und einer besonderen Mahlzeit.[46] In dieser verkehrten Weltordnung hatte der Putzmann einen höheren Rang als der Professor. Die alten Hierarchien galten in dieser neuen Realität nicht mehr.

Die primitiven Hygienemaßnahmen wurden von den zahlreichen deutschen Ärzten unter den Häftlingen als unzureichend betrachtet, um Krankheiten abzuwehren. Sie verfassten und unterzeichneten ein Beschwerdeprotokoll an Major Braybrook. Dr. Simon Isaac, ein ehemaliger Professor der Universität Frankfurt,[47] der an der russischen Front Behelfskrankenhäuser geleitet hatte, schrieb, er habe noch nie einen Ort gesehen, der für die Unterbringung von Menschen weniger geeignet gewesen sei. Eine Woche später erhielten die Internierten Kalk, den sie in die Aborte schütten mussten, um einen Ausbruch von Ruhr zu verhindern.[48]

In Warth Mills, oder »Wrath Mill« (Zornfabrik), wie ein Internierter den Namen vielsagend falsch aussprach, blieben die meisten Männer nur eine Woche lang, bevor sie in eines der ständigen Lager verlegt wurden. Dennoch hinterließ diese Erfahrung einen unauslöschlichen Eindruck.

»Niemals habe ich eine Woche an einem Ort verbracht und ihn mit dem Gefühl verlassen, einen Monat dort gewesen zu sein«, schrieb Paul Jacobsthal. Der Hochschullehrer behauptete, er habe nie auch nur das »kleinste Detail« dieses »höllischen Labyrinths« vergessen, das ihn an die *Carceri d'Invenzione* des italienischen Künstlers Giovanni Piranesi erinnert habe, Kupferstiche imaginärer Gefängnisse mit unmöglichen Treppen und bedrohlich aufragenden Galgen.[49]

In einem Gebäude inhaftiert zu sein, »das nicht einmal für Tiere geeignet ist«, wie ein anderer Internierter schrieb, hatte eine tiefgreifende Wirkung darauf, wie die Männer das Land sahen, das ihnen Zuflucht gewährt hatte. »Viele [haben] aufgehört, an den britischen Geist der Menschlichkeit zu glauben, den sie zuvor hochgehalten hatten«, fuhr er fort.[50]

Die Demütigungen der Isolation von Freunden und Verwandten, die mageren Essensrationen, die nassen Strohsäcke, die Läuse und die unzureichenden sanitären Einrichtungen brachten viele Internierte dazu, Parallelen zwischen Warth Mills und den NS-Konzentrationslagern zu ziehen, vor denen sie geflohen waren. Ein ehemaliger Mitarbeiter des Auswärtigen Amtes, der in der Mühle inhaftiert war, behauptete, die Bedingungen seien viel schlimmer gewesen als in den berüchtigten französischen Vergeltungslagern für Kriegsgefangene, die er während des Ersten Weltkriegs erlebt habe. Einem offiziellen Bericht des Informationsministeriums zufolge starben zwei Männer, die beide zuvor in NS-Konzentrationslagern inhaftiert gewesen waren, durch Selbstmord.

Mit der bitteren Erkenntnis, dass sich die Briten zumindest in der Behandlung ihrer Gefangenen nicht allzu sehr von den Nazis unterschieden, akzeptierten viele Männer ihr Schicksal und verfielen in einen dumpfen Fatalismus. Es gab jedoch auch einige, die ein heftigeres Temperament hatten und gegen ihre Situation protestierten. Hermann Fechenbach war ein weiterer namhafter Künstler unter den Insassen von Warth Mills. Der Maler, der einer streng gläubigen Familie aus der Kleinstadt Bad Mergentheim entstammte und im Stil der sogenannten *Neuen Sachlichkeit* arbeitete,[51] hatte bereits viele Rückschläge erlitten, bevor er in der Spinnerei landete. Im Ersten Weltkrieg überlebte er als einziger deutscher Soldat einen Granatenangriff, der zur Amputation seines linken Beins führte.

Wesen und Umstände machten Fechenbach zu einem reizbaren Häftling,[52] der schnell wütend wurde, sich nur langsam beruhigte und, wie ein Mitgefangener es ausdrückte, »von fast jedem permanent beleidigt wurde«.[53] Anstatt sich mit seiner Lage abzufinden, kündigte der Maler einen Hungerstreik an, um gegen die Bedingungen zu protestieren. Es war nicht schwer, auf die kargen und miserablen Mahlzeiten des Lagers zu verzichten: Da es keinen Speisesaal gab, wurde in den großen Schlafsälen gegessen. Das Frühstück bestand aus Kaffee oder

Tee ohne Zucker und Brot ohne Marmelade. Mittags gab es meist Eintopf, Bohnen und Reis, gelegentlich auch Hering. Da keine Seife zum Waschen der Schüsseln verfügbar war, durchdrang der Heringsgeschmack das Essen des Folgetages.

»Wie sollte man den Geschmack aus der Metallschüssel loswerden, wenn man als einziges Reinigungsmittel nur Erde hatte?«, fragte sich der Warth-Mills-Häftling Otto Tausig.[54]

»Wir waren immer hungrig«, erinnerte sich ein anderer Häftling. Auch durstig: »Wir wurden gewarnt, nicht zu viel von dem Wasser zu trinken, da es kein Trinkwasser war.« Dennoch war Fechenbachs Entschluss, auf diese willkommene Unterbrechung der zermürbenden Alltagsroutine zu verzichten, mutig – wenn auch nur von kurzer Dauer. Um eine Ausbreitung der Meuterei zu verhindern, wurde er verhaftet und in eine Zelle in Liverpool gesteckt, wo er auf seine Verschiffung zur Isle of Man wartete.

Denjenigen, denen die Flucht aus Deutschland vor dem Krieg gelungen war, war das ganze Ausmaß und der Schrecken des Holocausts noch nicht voll bewusst. Und obwohl die britischen Internierungslager einen anderen Zweck verfolgten als die nationalsozialistischen Konzentrationslager, waren die Internierten nicht die einzigen, die Vergleiche zwischen den physischen Bedingungen beider Einrichtungen anstellten. Auch Dritte waren Zeugen der psychischen und materiellen Demütigungen, die den Flüchtlingen angetan wurden.

Die Masseninternierung hatte für die Flüchtlingsorganisationen im Bloomsbury House eine katastrophale Flut neuer Probleme ausgelöst. Über Nacht verlagerte sich ihr Schwerpunkt von der Suche nach Arbeit und Wohnraum für Flüchtlingsfamilien hin zu einer Vielzahl persönlicher Fragen, die sich aus der Internierung ergaben: Einlagerung von Möbeln, Weitergabe von Kleidung, Abwicklung von Geschäften, Begleichung kleiner Verbindlichkeiten und Beantwortung von Anfragen besorgter Eltern nach ihren Kindern.[55]

Um den neuen Anforderungen gerecht zu werden, schlossen sich die verschiedenen Flüchtlingsorganisationen zum Central Department for Interned Refugees zusammen, dessen Vorsitz Bertha Bracey übernahm. Das Komitee trat am 13. Juni 1940 erstmals zusammen.[56] Der Auftrag war einfach: für die internierten Flüchtlinge einzutreten, ungeachtet ihrer Herkunft oder ihres Glaubens, und dabei angemessene Bedingungen, ausreichende Versorgung und rasche Entlassungen zu erwirken.

Eine von Berthas ersten Aufgaben in ihrer neuen Funktion bestand darin, die Bedingungen zu überprüfen, unter denen die Internierten untergebracht waren. Am 10. Juli 1940, wenige Tage nach Peters Ankunft in Warth Mills, beauftragte Bertha ihren Freund und Kollegen William R. Hughes mit der Durchführung einer Inspektion. Hughes war wie kaum ein anderer in Großbritannien dafür prädestiniert: Im Jahre 1935 hatte er Sachsenburg besucht, ein Konzentrationslager der Nazis für Dissidenten, das in einer vierstöckigen ehemaligen Spinnfabrik in Sachsen eingerichtet worden war. Im selben Jahr hatte er einen Bericht für einen von Hitlers Sekretären verfasst, in welchem er die Freilassung der Internierten forderte.[57] Hughes war entsetzt über die sichtbaren Parallelen zwischen Warth Mills und den Nazi-Lagern und darüber, wie die Insassen an beiden Orten »in ihrem Unbehagen dahinvegetieren«.

Hughes unternahm einen fünfstündigen Rundgang durch das Lager. Er berichtete, dass abgesehen von der Gruppe deutscher Handelssegler die meisten der 1800 Internierten »freundlich gesinnte Ausländer der Klasse ›C‹« seien, die »vom sechzehnjährigen Pfadfinder bis zu älteren Oxford-Professoren und bekannten Männern wie Rudolf Olden« reichten. Hughes bewertete das Lager schonungslos als schmutzig, überfüllt und »sicherlich schlimmer als alles, was ich je gesehen habe«. Der heftige Regen in der vorangegangenen Nacht hatte die erbärmlichen Zustände noch verschlimmert, die Hughes als »grausam und strafend« bezeichnete.

Die Männer, mit denen er sprach – und die »keine Zeitung, kaum ein Buch bei sich hatten, keine Beschäftigung, keine Besuche, keine Möglichkeit, sich selbst zu helfen« – beschrieb der Quäker als »fast durchweg unglücklich und entrüstet«. Das Lager, so Hughes' Schlussfolgerung in seinem Bericht, solle »unverzüglich geräumt« und dauerhaft geschlossen werden.

Noch größer war Hughes' Entsetzen, als er erfuhr, dass zahlreiche Internierte von Warth Mills zuvor in Nazi-Lagern festgehalten worden waren. Ihre vermeintlichen Retter behandelten sie nun kaum besser.

»Ich habe Sie in Sachsenburg gesehen«, sagte ein Häftling, als er sich Hughes näherte. Mehrere andere behaupteten, die Bedingungen, die sie in Dachau erlebt hätten, seien »besser als in Bury« gewesen.[58]

Für Peter war das Elend von Warth Mills ebenso psychischer wie physischer Natur. Die Anwesenheit deutscher Seeleute ließ Spekulationen aufkommen, dass die Internierten als Kriegsgefangene eingestuft und somit gegen britische Gefangene in Deutschland ausgetauscht werden könnten. Der Gedanke, in das Land zurückgeschickt zu werden, aus dem er geflohen war, und zwar von genau den Behörden, die ihm wenige Monate zuvor Zuflucht und Schutz versprochen hatten, bereitete Peter und den anderen Flüchtlingen große Sorgen. Einige wandten sich mit dieser Frage sogar an einen Vertreter des Roten Kreuzes, der mit der Antwort des Kommandanten zurückkehrte, dass »die Angelegenheit noch nicht entschieden« sei.[59]

Major Braybrook witterte die Gelegenheit, die Besorgnis der Internierten über ihre Freilassung zu seinem Vorteil zu nutzen. Whitehall hatte zwar versprochen, die Fälle sämtlicher Internierter zu überprüfen, um diejenigen freizulassen, die bei allen begründeten Zweifeln keine Bedrohung für Großbritannien darstellten, aber es sollte noch Wochen, wenn nicht Monate dauern, bis die Mechanismen, Richtlinien und Formulare für die Einleitung solcher Verfahren vorlagen. Braybrook umging dieses verwaltungstechnische Vakuum und verkündete von seiner Orangenkiste, dass jeder Häftling, der einen Antrag auf Entlassung stellen wolle, dies auf jedem Stück Papier tun könne, das sich auftreiben lasse. Dieses Angebot löste eine hektische Betriebsamkeit aus. Manche Männer kritzelten ihre Argumente sogar auf Fetzen von Toilettenpapier. Das Ganze war jedoch nur ein böser Trick, um die Insassen zu beschäftigen. Braybrook warf jeden Antrag weg, der sein

Büro erreichte.[60] Sein Verhalten – für das er später zur Rechenschaft gezogen wurde – hatte allerdings einen kleinen positiven Effekt: »Nach Warth Mills war alles akzeptabel«, wie es ein Mann ausdrückte.[61]

In der zweiten Juliwoche 1940 wurde Peter aufgefordert, seine wenigen Habseligkeiten zusammenzupacken und sich beim diensthabenden Offizier zu melden. Alle Hoffnungen, dass nur ein schreckliches Missverständnis vorlag – dass die britischen Behörden voreilig gehandelt hatten und die Flüchtlinge von den Nazi-Sympathisanten isolieren, ihre Entscheidung rückgängig machen und jeden freilassen würden, der bereits von den Gerichten als unbedenklich eingestuft worden war – waren dahin. Die Frage lautete nur noch: Wohin jetzt? In ein anderes Lager mit einem anderen korrupten Kommandanten oder, noch schlimmer, in ein anderes Land auf Schiffen, die gezwungen wären, den Spießrutenlauf über den U-Boot-verseuchten Atlantik zu wagen, fern von Freunden und Verwandten, die irgendwo am Horizont zurückblieben?

Wieder einmal war das Glück dem Waisenjungen nicht hold. Man teilte ihm mit, dass er für ein weiteres provisorisches Auffanglager in der Nähe der Eisenbahnstadt Crewe bestimmt sei. Müller-Blensdorf, Fechenbach und eine Reihe anderer Künstler, die Peter gerade erst kennengelernt hatte, waren unterwegs zur Isle of Man, wo sie die ersten Insassen des neuesten Lagers auf der Insel werden sollten. Erneut war Peter von den Menschen getrennt worden, zu denen er sich hingezogen fühlte, abgeschnitten von der Berufung, die er in sich spürte. Von der Insel und allem, wofür sie einmal stehen sollte, wusste er freilich noch nichts.

Teil zwei

»Nie zuvor oder seitdem ist mir auf so kleinem Raum eine so außergewöhnliche Ansammlung von Menschen begegnet.«

Fred Uhlman

IX.
Die neblige Insel

Die Insel
12. Juli 1940

Wann immer ein fremdes Schiff in die Gewässer der Isle of Man gelangt, so die Legende, steht Manannán mac Lir, Sohn des Meeres, Geisterbeschwörer und oberster Herrscher, auf dem höchsten Berg und breitet seinen großen Mantel, die Féth Fíada, aus. Während sich das Gewand legt, verschwinden die Klippen und Küsten, die Hügel und Weiler der Insel aus dem Blickfeld, wie ein Foto, das sich zurückentwickelt. Weit unten, inmitten der weißen, tosenden Wellen, segelt der Schiffskapitän vorbei, und die Insel bleibt erneut von der Berührung fremder Füße verschont.[1]

An jenem Abend griff niemand zu einer solchen meteorologischen List. Das Schiff mit Klaus Hinrichsen, einem 28-jährigen Kunsthistoriker aus Lübeck, und etwa 100 weiteren Ausländern an Bord musste im Kielwasser eines Minensuchbootes Zickzack fahren und kam nur langsam voran. Eine Fahrt, die in Friedenszeiten etwas mehr als zweieinhalb Stunden dauerte, nahm an jenem Abend vier Stunden in Anspruch.[2] Es bestand kein Zweifel daran, wohin die Reise ging.

Auf dem Schiff herrschte Partystimmung. Jemand hatte eine Gitarre an Bord geschmuggelt, und auf dem Unterdeck sangen junge Männer die neuesten Schlager.[3] Nicht allen gefiel die ausgelassene Stimmung. Eine Gruppe älterer Männer warf den jungen Leuten vorwurfsvolle Blicke zu: Wie konnte man sich in einer so unwürdigen Situation so leichtfertig benehmen? Sie zogen es stattdessen vor, in wehmütiger Erwartung zu verharren.

Es war Hochsommer. In Liverpool hatten Hinrichsen und die anderen Passagiere in der Abenddämmerung das Schiff in Richtung Insel bestiegen. Seine Verhaftung ein paar Tage zuvor war eine Farce gewesen. Hinrichsen wohnte in einer Pension in Hampstead im grünen Norden Londons. Als die Polizei an die Vordertür klopfte, war er bei der Arbeit.

»Wir sind gekommen, um Walter Bergmann zu verhaften«, erklärte der Beamte Hinrichsens verblüffter Wirtin.[4] Bergmann war jedoch bereits am Vortag verhaftet worden.

«Wohnen hier noch andere Deutsche?«, fragte der Beamte mürrisch.[5] Die Wirtin nannte Hinrichsens Namen. Noch am selben Abend kamen die Beamten wieder, um ihn abzuholen.

Am Hafen von Liverpool schwanden alle Hoffnungen darauf, dass er lediglich wegen eines Schreibfehlers dort war und nicht aufgrund seines neuen, entwürdigenden Status als »feindlicher Ausländer« und möglicher Spion: Eine Gruppe junger Liverpooler begann zu schimpfen und Steine zu werfen. Sie bezichtigten Hinrichsen und die anderen, Mitglieder einer Fünften Kolonne zu sein. Auf dem Schiff schienen nur die Jugendlichen in der Lage zu sein, die Wut und die Enttäuschung darüber abzuschütteln, dass man sie als Feinde ihrer Wahlheimat behandelte.

Einer der jüngeren Wachleute nutzte die Zeit, um sein Gewehr auseinander zu nehmen und zu reinigen. Hinrichsen und einige andere sahen dem jungen Mann zu, der Mühe hatte, alles wieder zusammenzusetzen. Manche machten Vorschläge, bis schließlich einer der Flüchtlinge dem Wachmann behutsam die Waffe aus der Hand nahm, sie mit geübter Hand wieder zusammensetzte und dem Soldaten zurückgab. Dies war das erste von vielen Anzeichen dafür, dass die Beziehung zwischen Gefangenen und Bewachern auf dieser Insel alles andere als typisch sein sollte.

Als Hinrichsen das Schiff erkundete, bemerkte er einen auffälligen Mann mit stacheligem, mausgrauem Haar und randloser Brille, der sich unter eines der Rettungsboote gekauert hatte und eifrig in ein kleines rotes Notizbuch zeichnete.[6] Hinrichsen atmete die salzige Luft tief ein und sagte hallo.

Der Mann stellte sich als Erich Kahn vor, ein expressionistischer Maler aus Stuttgart.[7] Obwohl er gutaussehend war und jugendlich wirkte, schien der Künstler einen Weltschmerz in sich zu tragen, der weit über seine 35 Jahre hinausging. Es war eine scharfsinnige Beobachtung, denn Kahn, ein junges Wunderkind und Absolvent der Stuttgarter Kunstgewerbeschule, war erst vor Kurzem aus Welzheim, einem besonders brutalen »Schutzhaftlager« der Nazis, entlassen worden.[8] Nachdem er einem Unrecht entkommen war, plagte ihn nun die Angst vor dem nächsten. Kahn erklärte Hinrichsen, er habe sich bei den Rettungsbooten postiert, um sich im Falle eines Torpedoangriffs als Erster in Sicherheit bringen zu können.

Hinrichsen erwärmte sich für den ängstlichen Mann, aus dessen Skizze der Kunsthistoriker auf ein großes Talent schließen konnte.[9] Welche Koryphäen, so fragte er sich, könnten sich inmitten dieser hageren Schar noch befinden?

Gegen 22 Uhr lief das Schiff in den Hafen von Douglas ein. Sechs Wochen zuvor, am 27. Mai, hatte Bertha Bracey die Ankunft der ersten 823 Gefangenen beobachtet, der ersten Internierten, die man seit dem Ersten Weltkrieg auf die Insel geschickt hatte. Wie die wütenden Liverpooler, die Hinrichsen verabschiedet hatten, geizten viele Inselbewohner nicht mit Beschimpfungen. Manche warfen sogar Erdklumpen. Andere, die eine bevorstehende Invasion der Wehrmacht fürchteten, verfolgten einen eher eigennützigen Ansatz. Einer rief aus: »Seid nett zu uns, wenn die anderen kommen.«[10]

Selbst die Lagerkommandanten schienen noch nicht ganz zu begreifen, welche Art von Männern in ihre neu eingerichteten Lager geschickt worden waren. Einer von ihnen sagte verwundert zu seinem Adjutanten: »Ich wusste gar nicht, dass so viele Juden Nazis sind.«[11]

Das Verhalten der Inselbewohner spiegelte die Position ihrer Führung wider. Der Lokalpolitiker E. W. Fargner fasste den auf der Insel vorherrschenden Verdacht während einer Sitzung des Inselparlaments Tynwald zusammen: »Sie berufen sich auf Verfolgung; sie sagen uns, dass sie aus Deutschland fliehen mussten; sie versichern uns, dass sie jetzt gegen die Nazis sind. Und wir, die wir das leichtgläubigste Volk der Welt sind, glauben ihnen das.«[12] Der Gouverneur der Isle of Man schloss sich den Ausführungen seines Kollegen an und fügte theatralisch hinzu: »Es gibt nur einen guten Hunnen: einen toten Hunnen.«[13]

Aufgrund der späten Stunde und der wachsenden Vertrautheit mit einlaufenden Schiffen voller Ausländer war keine Menschenmenge versammelt, die Hinrichsen und die anderen beim Verlassen des Schiffs beobachtete und verspottete. In der Dämmerung bemühten sich die Internierten, ihre Habseligkeiten zu finden, und stapften dann die steile Straße hinauf in die Dunkelheit. Alles war wie ausgestorben.

Früher am Tag hatte der Gouverneur eine Verordnung erlassen, die den öffentlichen Zugang zu den Straßen rund um den Hutchinson Square untersagte.[14] Die Internierten marschierten durch menschenleere Straßen. Bald erreichten die Männer ein langes Stück Zaun aus zweiseitigem Stacheldraht,[15] das an einem hohen Tor an der Ecke Drury Terrace und Marathon Road endete. Im Scheinwerferlicht gingen sie hindurch, flankiert von Soldaten mit aufgepflanzten Bajonetten.[16]

Ein adrett uniformierter Mann trat aus der Dunkelheit hervor. Der Offizier, Regimental Sergeant Major Ambrose Harry Potterton, war ein ehemaliger Polizeibeamter der Metropolitan Police[17] und einst Hauptpförtner des vornehmen Londoner Wohnblocks Dolphin Square.[18] Mit seinem Messingstab gestikulierend – ein Geschenk indischer Eingeborener, wie er behauptete[19] – zählte Potterton eifrig die ersten Lagerinsassen, während sie an ihm vorbeigingen. Gelegentlich hielt er die Reihe an, um die Männer in kleinere Gruppen aufzuteilen.

Als die ungestümen Jugendlichen, die auf dem Schiff Lieder gesungen hatten, an Potterton vorbeigingen, verteilte sie dieser auf die anderen Gruppen, weil er jede Unruhestiftung möglichst vermeiden wollte. Hinrichsen rechnete aus, dass die Anzahl der Männer gerade einmal reichte, um drei der Häuser zu belegen[20] – mit etwa 35 Personen pro Gebäude.[21] Aus einem gewissen beruflichen Interesse, aber auch aus der natürlichen menschlichen Regung heraus, einem Mann zu helfen, der so verloren wirkte,[22] stellte sich der junge Kunsthistoriker in die Nähe von Erich Kahn. Die Rechnung ging auf: Sie wurden in dieselbe Gruppe eingeteilt und zusammen in Haus 3 einquartiert.

Aus jeder Gruppe wählte Potterton einen Mann aus, der als Hausvater fungieren sollte. In Hinrichsens Gruppe war dies der Auslandskorrespondent einer deutschen Zeitung, dessen eleganter Blazer und goldene Knöpfe offenbar nahelegten, dass er als Führungskraft in Frage kam.[23] Potterton verkündete, dass um Punkt 7.30 Uhr der Morgenappell abgehalten werde.[24] Anschließend würden die Internierten zur offiziellen Eröffnung des Lagers »P« dem Lagerkommandanten vorgestellt. Bewaffnete Soldaten eskortierten jede Gruppe zu dem ihr zugewiesenen Haus.

Als sie durch die Eingangstür traten, bemerkte Hinrichsen, dass es keine Vorhänge gab[25] und die meisten Glühbirnen entfernt worden waren.[26] Die verbliebenen waren mit roter Farbe angestrichen.

»Verflixt«, sagte einer seiner Hausgenossen. »Man hat uns in einem Bordell einquartiert.«[27]

Von den insgesamt 50 Unterkünften innerhalb des Stacheldrahtzauns um Hutchinson Camp waren 42 für die Unterbringung von Internierten vorgesehen. Sie waren ähnlich gebaut, mit jeweils neun kleinen Zimmern (einschließlich eines Schlafzimmers im Dachgeschoss), einem 15 mal 15 Quadratmeter großen Gemeinschaftsraum mit zwei Tischen,[28] einer Küche, einem Bad und einer Toilette.[29] Das Haus war etwas heruntergekommen und spärlich eingerichtet, aber bewohnbar, und es gab fließendes Wasser. Auf der Vorder- und Rückseite befand sich sogar ein kleiner Garten, ein erstaunlicher Luxus für die Männer, die aus Warth Mills kamen. Auf dem Tisch lagen Sandwiches, und bald wurde ein großer Kessel zum Kochen gebracht. Zunächst aber ging es um die Frage der Schlafmöglichkeiten. In den Zimmern im ersten und zweiten Stock hatte die Armee je zwei Doppelbetten für jeweils drei Männer aufgestellt. Es gab keine Bettwäsche; stattdessen erhielten die bis zu 55-jährigen Internierten jeweils zwei Pferdedecken, die über 55-Jährigen drei.[30] Wer wo schlief, blieb den Männern überlassen.

Es war sofort klar, dass der Journalist, den Potterton als Hausvater ausgewählt hatte, keinerlei Führungsqualitäten besaß. Ein älterer Österreicher folgte ihm durch das Haus und beschwerte sich, dass man ihm als ehemaligem Offizier nicht zumuten könne, sich mit jemandem ein Bett zu teilen. In der Zwischenzeit brachten die jüngeren Männer ohne Diskussion ihre Taschen in die Zimmer im Obergeschoss, bauten die Bettgestelle ab und legten die Teile in eine Nische auf dem Dachboden. Dann breiteten sie die Matratzen so auf dem Boden aus, dass sie einen durchgehenden Teppich bildeten, der sowohl zum Begehen als auch zum Schlafen und für Kissenschlachten geeignet war.

Während die anderen Bewohner noch darüber stritten, wer wo schlafen sollte, verkündete ein verstörter, älterer Arzt im Ruhestand kühn, dass er nach Hause gehen wolle. Er schritt aus dem Haus und zum Zaun, wo sich bei dem Versuch, die Drähte auseinanderzuziehen, sein weißer Bart in den Stacheln verhedderte.[31] Als sie den Tumult hörten, stürzten Hinrichsen und seine neuen Mitbewohner nach draußen. Anstatt dem gefangenen Arzt zu helfen, verwarnte der Hausvater den älteren Herrn jedoch dafür, dass er das Haus während der Ausgangssperre verlassen habe – vielleicht, weil er fürchtete, dass man ihn bestrafte, wenn er nicht für Ordnung sorgte. Einige der jungen Hausbewohner schnitten dem Mann den Bart ab, während die Wächter auf der anderen Seite des Zauns Fackeln hochhielten, um ihnen zu leuchten.

Hinrichsen lauschte auf das Knarren und Ächzen der Hausbalken. Als er gerade einschlafen wollte, ertönte erneut wildes Getöse. Frustriert von der vergeblichen Suche nach einer Schlaftablette hatte einer der Hausbewohner begonnen, mit einem Küchenmesser die rote Farbe von einer Glühbirne zu kratzen. Als die Luftschutzwächter den hellen Schein bemerkten, eilten sie zum Haus und schraubten die Glühbirne aus ihrer Fassung.

Schließlich kehrte Ruhe ein. Im obersten Stockwerk öffneten die jüngeren Männer das Dachfenster und blickten von ihrem Matratzenlager aus in den Sternenhimmel.[32] Für die jungen Männer hatten die

Ereignisse des Tages den Hauch eines unverhofften Urlaubs, ja, eines Abenteuers. Den älteren Männern, die die Unsicherheit und Unwägbarkeit ihrer Situation besser einschätzen konnten, fiel das Einschlafen schwerer – mit der ungeheuerlichen Anschuldigung, Mitglied des Regimes zu sein, das sie ins Exil getrieben hatte, waren sie ohne Anklage oder Gerichtsverfahren inhaftiert worden, und niemand wusste, wie lange sie festgehalten würden. Dies waren zwar Ferienhäuser, aber es war alles andere als Urlaub.

Der sanfte, eindringliche Ruf eines Horns, das Signal für den Morgenappell, weckte Hinrichsen um 7.30 Uhr.[33] Er schlurfte aus seiner Koje und stellte sich mit den anderen Hausbewohnern in ungeordneten Sechserreihen im Vorgarten auf. Der neu ernannte Hausvater, der immer noch seinen Blazer trug, zählte wiederholt die ihm unterstellten Männer und kam dabei jedes Mal auf eine andere Zahl.

»Fangen Sie damit an, dass Sie sich selbst zählen, dann zählen Sie sich am Ende noch einmal und ziehen eins wieder ab«, schlug einer der Jungen aus dem obersten Stockwerk vor, ein Mathematikstudent namens Werner.[34] Etwas skeptisch probierte der Hausvater die Methode aus und kam bei jedem Durchgang zuverlässig auf 30 Bewohner.

Bald darauf traf auch Regimental Sergeant Major Potterton vor Haus 3 ein, begleitet von einem Korporal mit einem Klemmbrett. Der Offizier ignorierte die Zählung des Hausvaters und begann mit seiner eigenen Zählung, während Potterton den Hausbewohnern erklärte, dass sich um Punkt 11 Uhr sämtliche Internierte am höchsten Punkt des viereckigen Komplexes zu versammeln hatten, um eine Ansprache des Kommandanten zu hören. Zufrieden mit ihrer Zählung zogen die Soldaten zum nächsten Haus weiter und überließen es Hinrichsen, die Gegebenheiten seiner neuen Heimat zu erkunden.

Hutchinson Camp bestand aus zwei parallelen Häuserzeilen an der Westseite einer großen, rechteckigen Rasenfläche und einer weiteren Zeile an deren Ostseite. Der angrenzende Bürgersteig befand sich innerhalb des Stacheldrahts, während die Straße außerhalb lag und den

Bewohnern der umliegenden Häuser zugänglich blieb.[35] Der Rasen fiel sanft zur Irischen See hin ab, von der ein gutes Stück jenseits der Reihen roter Ziegeldächer zu sehen war, die wie ein Küstenvorsprung zum Hafen von Douglas hinab führten. Dort ragte ein Leuchtturm auf, und dahinter war Conister Rock zu sehen, ein winziges Riff mit einer kleinen Festung darauf, die man errichtet hatte, um Schiffbrüchigen Schutz zu bieten – »ein Turm der Zuflucht«, wie William Wordsworth 1833 während seines Besuchs auf der Insel schrieb, »gebaut für diejenigen, die sonst verloren wären«.[36] An klaren Tagen konnte man gerade noch die Küste Irlands erkennen, ein verlockender Horizont für jeden Mann, der sich nach Flucht sehnte.

Blumenbeete, Sträucher und der eine oder andere einsame Baum säumten den terrassenförmig angelegten Rasen, der fast so lang und breit war wie ein Fußballfeld. Die Fläche war gepflegt, mit Steinsitzen und Holzbänken, einer Ordnung, die den leicht bedrohlichen Charakter eines englischen Mittelschichtgartens erkennen ließ.

Von den an den Platz angrenzenden Häusern waren 42 für die Unterbringung von Internierten vorgesehen, wenngleich die meisten davon leer standen. Die Nummern 34 und 35 dienten als Lagerkrankenhaus,[37] während vier weitere die Lagerwäscherei, die Kantine und die Kapelle, die Duschen (der sogenannte »Dekontaminationsblock«) und vor allem das Bürogebäude (das »Office House«) beherbergten, welches künftig die Funktion eines Postamtes, einer Bank, einer Bibliothek und vielem mehr erfüllen sollte.

Die Häuser stammten aus dem späten 19. Jahrhundert. In jedem Vorgarten blühten Hortensien, und es gab sogar Palmen, die dank der warmen Winde des Golfstroms hoch und blattreich aus dem Boden gewachsen waren.[38] In Friedenszeiten bot jedes Gebäude Platz für zehn Personen, eine Kapazität, die man für die Internierten ambitioniert verdreifacht hatte.

Die älteren Gebäudeeigentümer erinnerten sich noch an die chaotischen Verhältnisse bei der Internierung während des letzten Krieges. Sie sträubten sich dagegen, dass ihre Häuser in diesem Krieg erneut beschlagnahmt werden sollten. Andere wiederum begrüßten notgedrungen die Ankunft dieser neugierig dreinblickenden Ausländer, deren Unterkunft und Verpflegung von der britischen Regierung – wenn auch zu einem niedrigen Satz – bezahlt würde, was immerhin eine bescheidene Entschädigung für den kriegsbedingten Verlust des Fremdenverkehrs darstellte.

Seit dem ersten Rennen im Jahre 1907 war die Isle of Man gleichbedeutend mit der Tourist Trophy geworden, einer Motorradrennserie, die auf den serpentinenreichen öffentlichen Straßen der Insel stattfand. Die Veranstaltung zog sowohl Teilnehmer als auch zahlende Zuschauer aus der ganzen Welt an. Durch den Krieg wurde eine der wichtigsten und einträglichsten Wochen im Kalender gestrichen.

»Endlich ein begrüßenswertes Anzeichen, dass … ein Schritt unternommen wird, etwas von dem Verlust wettzumachen, der durch die Einstellung der Tourismusindustrie entstanden ist«, schrieb ein Lokaljournalist im Mai angesichts der Nachricht, dass die Insel erneut als Standort für Internierungslager herhalten müsse. Die Besitzer der Herbergen müssten zwar eine möblierte Unterkunft finden, in die sie umziehen könnten, aber zumindest, so fügte der Journalist naiv hinzu, »besteht nicht die Absicht, die groß angelegten Internierungen des Krieges von 1914–18 zu wiederholen«.[39]

Kurz vor 11 Uhr machte sich Hinrichsen auf den Weg zum oberen Ende des Rasens. Im Laufe des Vormittags waren offenbar weitere Internierte im Lager eingetroffen: Die versammelte Mannschaft zählte nun 415 Personen.[40] Durch den Stacheldrahtzaun, der entlang der Hutchinson Square Road verlief, konnte er das Büro des Kommandanten und rechts davon das Gebäude des Nachrichtenoffiziers sehen, die auf einem separaten Areal lagen. Der übrige Teil dieses abgetrennten Bereichs, der über das Nordtor des Lagers zugänglich war, wurde von Vorratsräumen belegt.

Punkt 11 Uhr marschierten RSM Potterton und eine Gruppe von Offizieren ins Lager, gefolgt von dem Lagerkommandanten, Captain Hubert Daniel. Die Internierten reckten ihre Köpfe, um den Mann zu sehen, der das Sagen hatte, denn jeder wusste, wie sehr die Persönlichkeit des Kommandanten die Kultur eines Lagers bestimmte. Hauptmann Daniel, von kompakter Statur und mittlerem Alter, hatte eine lockere, autoritäre Ausstrahlung. Während des Ersten Weltkriegs hatte er die Schützengräben an der Front mit Lebensmitteln beliefert. Dort, unter den ausgemergelten und verstörten Männern, hatte er sich die Pocken eingefangen. Er wurde von einer Frau aus dem Voluntary Aid Detachment gesund gepflegt, die er 1916 heiratete.[41] Da er nicht mehr kampffähig war, wurde Danny, wie er von seinen Freunden genannt wurde, Direktor des National Service und kümmerte sich um die Rekrutierung von Soldaten im Raum Manchester. Seine Fähigkeiten im Umgang mit Menschen machte er sich auch im Berufsleben zunutze, zunächst beim Papierimporteur Westwall und von 1922 an als selbstständiger Papierhändler.[42] Nach einer Tätigkeit bei der Werbefirma Lever Bros, wo er für das Wembley Exhibition Centre die Werbetrommel rührte und an Kampagnen für ein Meerwasseraquarium und den Pears Palace of Beauty mitarbeitete, leitete er eine Flotte von nicht weniger als 750 Eiscreme-Dreirädern in London. Captain Daniel war es also gewohnt, Menschen in großem Stil zu verwalten.

Bei Kriegsausbruch war er in die Welt der Werbung zurückgekehrt. Er arbeitete beim Konsumgüterriesen Unilever und pendelte von seinem Haus in Putney im Süden Londons zur Arbeit. Im Januar 1940 wurde er wieder zur Armee einberufen. Einige Monate später trafen Danny, seine Frau und ihre beiden Söhne auf der Insel ein. Seine Vorgesetzten waren der Auffassung, dass er aufgrund seines Organisationstalents bestens für den mit der Internierung einhergehenden Aufgabenbereich geeignet sei.

Ein weiterer Faktor, von dem seine Vorgesetzten nichts wussten, machte Daniel zur idealen Besetzung als Betreuer von Männern, die alles verloren hatten: Sein Vater war gestorben, als Daniel drei Jahre alt war, und seine Mutter, als er acht Jahre alt war (auch seine Ehefrau Margery war bereits eine Waise, als sie sich kennenlernten). Zwar hatten die tragischen Ereignisse auch zum gewohnheitsmäßigen Alkoholkonsum des Offiziers beigetragen, doch machte ihn die Sehnsucht nach Beziehungen menschlich und bedacht darauf, dass man ihn mochte. Wie die Männer bald feststellen sollten, regierte Captain Daniel das Lager Hutchinson nicht mit eiserner Faust, sondern mit offener Hand:

»Als leitender Offizier dieses Internierungslagers möchte ich Ihnen versichern, dass ich für Ihre Sicherheit und Ihr Wohlergehen verantwortlich bin, und dass Sie in Übereinstimmung mit der Genfer Konvention behandelt werden«, begann Hauptmann Daniel.[43] Da er bereits seit mehreren Wochen auf der Insel stationiert war, hatte er das Wesen des durchschnittlichen Internierten eingehender betrachtet als seine Vorgesetzten in Whitehall. Die Jungen in ihren Uniformen, die hinkenden älteren Menschen, die gut gekleideten Geschäftsleute, die zerzausten Intellektuellen, die religiösen Männer, die im Hochsommer Scheitelkappen oder Pelzmützen trugen: Entweder hatten die Nazis ihre Spione auf komisch einfallsreiche Weise verkleidet, oder, was viel wahrscheinlicher war, die britischen Behörden hatten Tausende von Männern verhaftet, die genau das waren, was sie zu sein schienen: Unschuldige, die ins Durcheinander der Geschichte verstrickt worden waren.

»Um nicht durch Müßiggang und Langeweile demoralisiert zu werden, ist es äußerst wichtig, körperlich und geistig aktiv zu bleiben«, sagte er. »Dieser Platz eignet sich hervorragend für sportliche Übungen und insbesondere zum Laufen über beliebige Strecken. Ich werde mich mit meinen Kollegen in den anderen Lagern auf dieser Insel in Verbindung setzen, um Fußballspiele zu organisieren.«[44] Anschließend empfahl der Kommandant, dass Internierte, die fließend Englisch sprächen, diejenigen unterrichten sollten, auf die dies nicht zutreffe, und wies darauf hin, dass es in den requirierten Häusern mehrere Klaviere gebe, so dass Musiker Auftritte organisieren könnten.

Daniels Einsicht, dass er nicht der Kommandant eines Lagers voller gefährlicher Aufwiegler war, hatte seine Rhetorik deutlich abgemildert. Den versammelten Internierten erschien ihr oberster Gefängniswärter sowohl »menschlich als auch aufrichtig«.[45]

»Es ist wichtig, dass man nicht in Apathie verfällt«, fuhr Daniel fort. »Sie müssen auf Ihr Äußeres Wert legen und sich um Ihre persönliche

Hygiene kümmern. Ich übergebe nun an Leutnant Jurgensen, den Nachrichtenoffizier des Lagers.«[46]

Caspar George Jurgensen,[47] ein 42-jähriger Norweger,[48] schien ganz anders zu sein als Potterton und die anderen britischen Offiziere, die Hinrichsen bisher kennengelernt hatte. Er wirkte, wie der Kunsthistoriker feststellte, »wie ein Zivilist in Uniform«. Da er während des Ersten Weltkriegs als Gefreiter im Middlesex Regiment gedient und als Dolmetscher bei der Londoner Hafenbehörde gearbeitet hatte, sprach Jurgensen auch einwandfreies Deutsch. Eine Tatsache, die viele Flüchtlinge beruhigte. »Ich hoffe, Sie haben sich von der gestrigen langen Schiffsreise erholt«, begann Jurgensen, bevor er die Männer einlud, sich auf den Rasen zu setzen.[49] Hatte Captain Daniel die Tugenden von Sauberkeit und Fleiß betont, so setzte Jurgensen stattdessen auf Empathie.

Er erklärte, dass er im Laufe des Vormittags mit einer Reihe von Internierten gesprochen und erfahren habe, dass sie zuvor in die Kategorie C eingestuft worden seien. Er verstehe ihre Frustration darüber, dass man sie dennoch verhaftet habe, obwohl sie eigentlich als Opfer der Naziunterdrückung gälten, die kein Sicherheitsrisiko darstellten.

Für viele der versammelten Männer war es die erste Anerkennung durch eine Autoritätsperson, dass sie nicht nur ohne eigenes Verschulden hier waren, sondern dass es auch gute Argumente dagegen gab, dass sie überhaupt hier waren.

»Er schien ein menschliches Wesen zu sein«, bemerkte Hinrichsen. »Möglicherweise sogar intelligent.«[50]

»Wir, die britische Armee, sind nur das Instrument zur Umsetzung dieser Entscheidung, ebenso wie die Polizei, als Sie verhaftet wurden«, fuhr Jurgensen fort. »Wir sind hier, um Sie zu bewachen, sonst nichts. Wir werden uns bemühen, dies auf verantwortungsvolle und humane Weise zu tun, aber dazu benötigen wir Ihre Mitarbeit.«

Jurgensen erläuterte, dass es den Internierten freistehe, die von RSM Potterton am Vorabend vorgenommenen Ernennungen ihrer Hausväter zu akzeptieren oder abzulehnen. Dann sollte jede der drei Straßen einen *Reihenvater*[51] und einen über diesem stehenden *Lagervater*[52] wählen, der die höchste Position in der sich herausbildenden Hierarchie des Lagers einnahm.[53]

»Wir werden uns so wenig wie möglich einmischen«, sagte er. »Die Soldaten werden das Lager nur zweimal am Tag zum Appell betreten. Sie verwalten sich vollständig selbst, treffen sich aber regelmäßig mit dem Kommandanten oder mir, um eventuelle Probleme zu klären. Es liegt an Ihnen, Vertreter zu wählen.«

Dieses System der Selbstverwaltung war von der britischen Armee entwickelt worden, um eine reibungslose Kolonisierung indigener Gruppen zu ermöglichen. Es war gezielt so konzipiert, dass eine Gemeinschaft in die geordnete und friedliche Organisation ihrer eigenen Gefangenschaft eingebunden wurde. Das System befähigte die Internierten nicht nur zur Selbstverwaltung, sondern minimierte auch den Kontakt zwischen den Internierten und ihren Bewachern; niemand durfte sich direkt an die Militärbehörden wenden; stattdessen mussten Wünsche oder Anfragen über die Hierarchie weitergeleitet werden.[54] Indem die Briten den Gefangenen die Autonomie der Selbstverwaltung zugestanden, konnten sie sich auf die Sicherheit und die Außenbeziehungen konzentrieren, während ihre Schützlinge sinnvoll beschäftigt blieben.

Anschließend erklärte Jurgensen, dass jeder Mann zwei Kartenvordrucke erhalte. Auf einem solle er seinen Namen und seine Adresse eintragen, um seine Angehörigen über seinen Aufenthaltsort zu informieren. Auf der anderen Karte sollten die Männer die Daten ihrer nächsten Angehörigen eintragen, um sie im Notfall zu benachrichtigen. Ferner erhielt jeder Insasse ein Blatt Briefpapier, auf das er nach den Vorschriften des Kriegsministeriums höchstens 24 Zeilen schreiben durfte. Jurgensen stellte klar, dass er jeden Brief, der aus dem Lager kam, lesen werde.

»Ich bin kein Freund des Rotstifts und werde nichts durchstreichen«, sagte Jurgensen. »Aber ich werde den Schreiber einbestellen, um etwaige Vorbehalte zu besprechen.« Das Papier, fügte er hinzu, sei chemisch behandelt worden, um unsichtbare Tinte sichtbar zu machen.[55]

Radiogeräte waren im Lager verboten.[56] Da Jurgensen klar war, dass die Männer begierig auf Nachrichten über den Fortgang des Krieges wären, an dem ihr aller Schicksal hing, erklärte er, dass bei den zuständigen Regierungsstellen Überlegungen im Gange seien, die Internierten mit Zeitungen zu versorgen.

»Nichts ist schlimmer als haltlose Gerüchte, die Panik oder Verzweiflung auslösen können«, fügte er hinzu.

Schließlich rief Jurgensen Übersetzer, Schreibkräfte, Buchhalter und Büroangestellte auf, sich zu melden.

»Wir können nur ein Pfund pro Woche zahlen«, sagte er, »und es gibt keinen bezahlten Urlaub. Aber manche von Ihnen wünschen sich vielleicht regelmäßige Arbeitszeiten und eine angenehme Tätigkeit. Ich hoffe für Sie und Ihre Familien, dass unsere Bekanntschaft nicht von langer Dauer sein wird.« Er schloss mit einer versöhnlichen Bemerkung: »Wenn Sie einmal frei sind, hoffe ich, dass Sie sich an die Internierung als Kriegsmaßnahme erinnern, in deren Rahmen Sie fair und mit Respekt behandelt wurden.«

Als die Offiziere den Rasenplatz verließen, herrschte in der Menge verblüfftes Schweigen. Hier war jemand, der offensichtlich erkannte, in welch problematischer Situation sich die Internierten befanden, der die Geschichte verstand, der Deutsch sprach und der wusste, was es mit Gerichten und Klassifizierungen und der grausamen Aufhebung von Urteilen auf sich hatte. Für Hinrichsen war Jurgensen der erste Mensch in einer Machtposition, der gegenüber seinen Schützlingen sowohl sachkundig als auch mitfühlend war.

Erleichterung mischte sich nun mit Wiedersehensfreude, als die Männer Freunde, Kollegen und sogar Verwandte in der Menge entdeckten. Der Berliner Rechtsanwalt Curt Sluzewski, der vor seiner Internierung als Völkerrechtler tätig gewesen war und den Vatikan zu seinen Mandanten gezählt hatte, erkannte zwei Freunde, mit denen er jahrelang in einem klassischen Trio gespielt und von denen er bis zu diesem Morgen geglaubt hatte, sie wären emigriert.[57] Über die Reden der Offiziere und die Tragweite des Gesagten wurde heftig diskutiert. Unter den Internierten befanden sich nicht nur praktizierende Juristen, sondern auch zahlreiche Rechtsgelehrte, etwa Dr. Max Grünhut, ehemaliger Rechtsprofessor an der Universität Bonn und seit Kurzem am All Souls College in Oxford tätig.[58] Captain Daniel hatte die Genfer Konvention erwähnt. Grünhut wies darauf hin, dass die zwischenstaatlichen Abkommen nur für Kriegsgefangene, nicht aber für Zivilinternierte gälten. Trotz der Beteuerungen von Captain Daniel gebe es keine Garantie dafür, dass die verschiedenen Bestimmungen und Schutzmaßnahmen, die einem gefangenen Nazi-Soldaten gewährt würden, auch auf einen internierten Flüchtling anwendbar seien.

Es war zwar klar, dass die Bewacher von Hutchinson wohlwollend waren, aber es bestand auch die Sorge, dass die Zusammenarbeit mit den Lagerbehörden eine Akzeptanz der Internierungsmaßnahmen signalisieren könnte. Einige Internierte erörterten die Frage, ob – neben dem Verfassen von Briefen – eine Verweigerung der Zusammenarbeit die Regierung dazu bewegen könnte, ihre Entscheidung rückgängig zu machen. Andere gaben zu bedenken, dass eine Nichtkooperation lediglich ihre Deportation beschleunigen könnte.

Der einbeinige Maler Hermann Fechenbach galt als Experte in solchen Fragen: Sein Hungerstreik in Warth Mills hatte sich als derart störend erwiesen, dass er aus dem Lager entfernt und in eine Gefängniszelle gesteckt worden war. Vielleicht, so schlug Fechenbach vor, könnten die Hutchinson-Internierten ihre Kooperationsverweigerung dadurch demonstrieren, dass sie sich weigerten, Englisch zu sprechen oder zu verstehen, dem Appell fernblieben, die nächtliche Ausgangssperre nicht einhielten, die Verdunkelungsvorschriften missachteten und sogar die Behälter mit den Tagesrationen in der Sonne verderben ließen?

»In diesem Fall brauchen wir keinen Hungerstreik: Wir werden ohnedies verhungern«, erwiderte ein Skeptiker.[59]

Viele Internierte teilten Fechenbachs Zorn über den Vertrauensbruch, doch kamen die meisten zu dem Schluss, dass es wenig Sinn hatte, dem Kommandanten seine Arbeit unnötig schwer zu machen, da er nicht befugt war, jemanden zu entlassen.

Während die dialektischen Diskussionen fortgesetzt wurden, wollte Hinrichsen sehen, ob die Internierungswelle noch andere namhafte Männer in dieses Gefängnis auf der Klippe verschlagen hatte. Er wurde nicht enttäuscht. Wie die deutsche Regierung in den letzten acht Jahren Hunderte bedeutender Wissenschaftler aus ihren Positionen verdrängt hatte, waren auch Tausende von Künstlern, Musikern, Architekten, Schriftstellern, Fotografen, Modedesignern und Kritikern gezwungen, ihre Arbeit aufzugeben und ins Exil zu flüchten. In Deutschland waren sie verpflichtet gewesen, sich bei der Reichskulturkammer registrieren zu lassen. Wer Kunstwerke herstellen, ausstellen oder verkaufen wollte, musste Mitglied werden, was nur gegen Vorlage eines sogenannten »Ariernachweises« möglich war. Dieser strukturelle Ausschluss der Juden von der Kultur war beabsichtigt: Die Nazis waren der Ansicht, dass die verschiedenen Strömungen der modernen Kunst, die überwiegend von jüdischen Künstlern angeführt wurden, einen Angriff auf die deutsche Zivilisation darstellten.

Nach dem Verlust ihrer Arbeitsmöglichkeiten kamen viele nach Großbritannien. Einige wurden vom Artists' Refugee Committee unterstützt, einer von dem surrealistischen Künstler Roland Penrose kurz nach der Reichspogromnacht mitbegründeten Gruppe, die für geflüchtete Kunstschaffende Gastfamilien und Arbeitsplatzgarantien vermittelte, die für die Erteilung von Einwanderungsvisa erforderlich waren.[60] Diana Uhlman, die Tochter des Parlamentsabgeordneten Sir Henry Page Croft,[61] war die erste Sekretärin der Organisation.[62]

Auch wenn es eine gezielte Verfolgungspolitik war, die mindestens 300 Maler, Bildhauer und Grafiker zur Flucht nach Großbritannien zwang, so war es doch der Zufall, der eine ungewöhnlich große Zahl dieser Kulturgrößen im Hutchinson Camp zusammenbrachte.[63] Diana Uhlman hatte ein besonderes Interesse an den inhaftierten Männern. Zehn Tage vor der Eröffnung des Lagers hatte sie ihr erstes Kind zur Welt gebracht. Der Vater des Kindes, Manfred[64] – von seinen Freunden kurz Fred genannt – war ein 39-jähriger ehemaliger Rechtsanwalt und Künstler aus Stuttgart, der kurz vor der Geburt verhaftet worden war. Wie so viele Exilkünstler war auch er nach Hutchinson gebracht worden.

Neben Fred Uhlman, dem traumverlorenen Erich Kahn und Ernst Müller-Blensdorf, dem Bildhauer mit den Riesenhänden aus Warth Mills, entdeckte Hinrichsen auf dem Rasen zahlreiche bekannte Gesichter, sowohl aufstrebende Talente als auch etablierte Koryphäen der deutschen und österreichischen Kunstwelt, die nun allesamt auf den Status eines verwirrten Gefangenen reduziert waren. Unter den Versammelten befanden sich die österreichischen Bildhauer Siegfried Charoux,[65] dessen monumentale Barockskulpturen in vielen Städten Österreichs standen und später die Besucher der Royal Courts of Justice und der Royal Festival Hall in London begrüßten,[66] und Georg Ehrlich,[67] der 1937 auf der Weltausstellung in Paris mit der Goldmedaille ausgezeichnet worden war und dessen Werk »Die jungen Liebenden« im Garten der St. Paul's Cathedral zu bewundern ist.[68] Beide Männer waren 43 Jahre alt und in fast benachbarten Häusern in Hammersmith festgenommen worden.

Ein anderer Hutchinson-Insasse war Paul Hamann, der an der Kunstgewerbeschule in Hamburg und bei Auguste Rodin in Paris studiert hatte, bevor er 1936 auf Einladung des englischen Diplomaten Harold Nicolson nach London kam.[69] Vor seiner Internierung entwickelte Hamann ein Verfahren zur Herstellung von »Lebensmasken« von lebenden Modellen und schuf die Abbilder bekannter englischer Persönlichkeiten wie des Schriftstellers Aldous Huxley, des Dramatikers Noël Coward und – bemerkenswert angesichts seiner derzeitigen Lage – der Frau von Premierminister Winston Churchill, Clementine.

Neben dem hungerstreikenden Maler Fechenbach, der Hinrichsen auf Anhieb nicht mochte,[70] gehörten zu der illustren Schar auch Hellmuth Weissenborn, ehemaliger Professor an der Leipziger Akademie für Graphische Künste und ein Meister der Druckgraphik, sowie Carl Felkel, ein Gesellschaftsporträtist, der sich lange vor Hitlers Machtübernahme in England niedergelassen hatte.

Zahlreiche Persönlichkeiten aus anderen kreativen Bereichen bevölkerten den Rasen, darunter der berühmte Bühnenbildner Ernst »Este« Stern,[71] der häufig mit den Theaterregisseuren Max Reinhardt und Noël Coward zusammengearbeitet hatte und dessen Arbeit für die Charell Revues den Expressionismus sowohl im Theater als auch im Film definiert hatte. Da war der Modeschöpfer Otto Haas-Heye,[72] Gründer des erfolgreichen Berliner Salons Alfred-Marie, dessen Kleidung in den 1920er Jahren Trends gesetzt hatte. Da war Harald Mahrenholz,[73] der mit Pablo Picasso, Christian Dior und Gabrielle »Coco« Chanel befreundet war und in seinem Modehaus in Mayfair später unter anderem Ihre Königliche Hoheit Prinzessin Margaret, die Royal-Ballet-Tänzerin Margot Fonteyn und die Hollywood-Schauspielerin Vivien Leigh zu seinen Kunden zählte.[74]

Auch Dutzende von Schriftstellern und Journalisten befanden sich unter den Anwesenden, darunter zwei ehemalige Mitarbeiter der Berliner *Vossischen Zeitung*. Rudolf Kästner[75], ein Freund des Komponisten Gustav Mahler[76] und Neffe von Thomas Mann,[77] hatte als Musikkritiker für die Zeitung gearbeitet.[78] Sein Kollege Leo Freund – der seit seiner Ankunft in Großbritannien den anglophileren Namen Michael Corvin führte – war Kulturreporter für dieselbe Zeitung gewesen. Eine Dichtergröße war Graf Franz Josef von Matuschka,[79] ein ehemaliger Profi-Tennisspieler, dessen zwei veröffentlichte Gedichtbände als »das Vorzüglichste, was in den letzten Jahren geschrieben wurde« bezeichnet worden waren.[80]

Daneben gab es Filmregisseure und Schauspieler wie Philo Hauser, der später an der Seite von »James Bond« Roger Moore in zwei Episoden von *Simon Templar* mitspielte,[81] und Wolf Frees, der die Nazis, vor denen er geflohen war, in *Die Kanonen von Navarone* darstellte und in Alfred Hitchcocks *Der Mann, der zu viel wusste* oder in David Leans *Doktor Schiwago* vor die Kamera trat.[82] Es gab Architekten wie Karl Franck – später Carl –,[83] der in der renommierten Firma Tecton dazu beitrug, die Silhouette britischer Städte zu verändern,[84] aber auch führende Ärzte und Chirurgen wie Oskar Fehr, der Pionierarbeit bei der Korrektur von Netzhautablösungen leistete.[85] Zu den Internierten gehörte sogar ein junger Athlet, der ein olympisches Trikot trug und behauptete, er sei bei den Spielen in Berlin vier Jahre zuvor als Vertreter Großbritanniens angetreten.[86]

Es war, als hätte ein Tsunami eine Schar prominenter europäischer Männer auf diesem obskuren Fleckchen Gras mitten in der Irischen See angespült. Es waren jene »angesehenen« Persönlichkeiten, von denen der Abgeordnete Osbert Peake drei Tage zuvor im Unterhaus gesprochen hatte, in einer Debatte über die derzeitige Lage Tausender Kriegsflüchtiger, die für die britischen Kriegsanstrengungen von Nutzen sein könnten. »Wann immer wir eine allgemeine Internierungsmaßnahme in die Wege geleitet haben«, sagte er, »haben wir stets festgestellt, dass wir sehr schnell für die Freilassung derjenigen sorgen mussten, die in einer Weise zu unseren Kriegsanstrengungen beitrugen, die niemand sonst ersetzen konnte.«[87]

Im Augenblick jedoch lungerten die Koryphäen von Hutchinson auf dem Rasen herum. Ungeachtet ihrer früheren Leistungen hatten sie nun alle denselben armseligen Status eines »internierten feindlichen Ausländers«, der seines Platzes und seiner Aufgabe innerhalb der Gesellschaft beraubt war.

Hinrichsen kam zu dem Schluss, dass im Hutchinson Camp die vielleicht außergewöhnlichste Gruppe von Gefangenen untergebracht war, die es je gegeben hatte. Die Absurdität der Politik hatte sie dort zusammengeführt. Es war absurd, aber auch ein wenig tröstlich. Die Prominenz der Gefangenen vermittelte ein Gefühl der Sicherheit. Bestimmt würde die britische Regierung eine so brillante, offensichtlich nützliche Gruppe nicht lange einsperren.

In Whitehall teilten nur wenige diesen Optimismus. Eleanor Rathbone hatte es nur drei Tage zuvor im Unterhaus trocken formuliert: »Einen Mann aus einem Internierungslager herauszuholen, ist etwa so einfach, wie ein Kamel durch ein Nadelöhr zu ziehen.«[88]

X.

Universität hinter Stacheldraht

Peter Fleischmann wurde durch das Grollen und Krachen ferner Bombeneinschläge aus seinem Stoffzelt gelockt und sah zu, wie der Nachthimmel vom Feuerschein erhellt wurde. Die Abspannseile fingen das Licht wie Leuchtspurfeuer ein. Der Teenager musste noch ein paar Wochen aushalten, bevor er und etliche seiner Kameraden zu Klaus Hinrichsen und den anderen hervorragenden Männern auf der Isle of Man stoßen würden. Fürs Erste war sein Zuhause hier in Prees Heath, einem provisorischen Zeltlager auf einer von Wald umgebenen Wiese, etwa 25 Kilometer südwestlich von Crewe, einer Stadt, die gerade angegriffen wurde. Einige Wochen zuvor hatten Tausende von Soldaten, erschöpft von ihrer Evakuierung aus dem brennenden Dünkirchen, die Bürgersteige der Stadt bevölkert und auf die Weiterreise von einem der verkehrsreichsten Bahnhöfe Großbritanniens gewartet. Als Peter eintraf, waren die Soldaten bereits fort, als wären sie von den deutschen Piloten vertrieben worden, die nun fast jede Nacht die Bahngleise überflogen, auf der Suche nach den Fabriken, in denen die Motoren für die britischen Flugzeuge gebaut wurden. Ein nahe gelegener, von den Internierten ausgehobener Graben versprach dürftigen Schutz, sollten die Luftangriffe Prees Heath zu nahe kommen. Im Augenblick jedoch blickten die Männer mit vom Mondlicht beschienenen Gesichtern nach oben, horchten auf das Grollen der Geschütze und spürten, wie der Boden in der Ferne bebte.

Nach den Demütigungen von Warth Mills und seinem diebischen Kommandanten entfaltete das Lager in Prees Heath Common – in Friedenszeiten ein bevorzugtes Ausflugsziel für örtliche Picknickfreunde – einen ländlichen Charme. Inmitten des erholsamen Grüns der Wälder waren hier, zwischen Bäumen und Fauna, während des Ersten Weltkriegs mehr als 20 000 Männer für den Grabenkrieg ausgebildet worden, bevor sie an die französische Front zogen.[1] Zwei Jahrzehnte später hatte sich der Zweck des Camps von einem Ausbildungs- zu einem Auffanglager gewandelt.

Acht Männer schliefen in Zelten, die für vier Personen konzipiert waren, und lagen mit aus dem Zelt herausragenden Füßen »wie Kuchenstücke« nebeneinander, wie ein Internierter schrieb.[2] Für diejenigen Lagerinsassen, die der Campingromantik noch etwas abgewinnen konnten, war das Leben im Zelt durchaus reizvoll.[3] Für Personen mit eingeschränkter Mobilität oder Rückenproblemen bedeutete das Fehlen grundlegender Annehmlichkeiten und Einrichtungen eine zwar neue, aber nicht minder beschwerliche Situation als in Warth Mills.

Die Männer wurden entsprechend ihrem mutmaßlichen Gefahrenpotenzial in Gruppen eingeteilt. Gefangene Handelsseeleute wurden einer Sektion zugeteilt, zivile Internierte einer anderen.[4] Hätte ein vorbeifliegender deutscher Pilot einen Blick nach unten geworfen, hätte er die Planen gesehen, die inmitten des grünen Laubes ein Archipel von Inseln bildeten, ähnlich wie auf einem Sommercampingplatz. Am Boden jedoch umgab ein Stacheldraht die Siedlung, die im Inneren durch Zäune in verschiedene Bereiche unterteilt war.[5] Trotz des schönen Wetters, der sauberen Luft und des ungehinderten Blicks auf die Sterne war dies somit nur ein weiteres Gefängnis für Männer, die noch nicht angeklagt oder verurteilt worden waren: die elementarsten Rechtsgrundlagen für Festnahme und Freiheitsentzug in einer rechtsstaatlichen Demokratie.

Als Peter eintraf, waren in Prees Heath kaum noch ältere Männer untergebracht.[6] Der Kommandant des Lagers, Captain Muirhead, hatte gegenüber seinen Vorgesetzten erfolgreich dargelegt, dass Zeltunterkünfte für die außerordentlich große Zahl von Internierten, die an Krankheiten oder Gebrechen litten, ungeeignet seien – Männer, die nach Regierungsrichtlinien niemals hätten interniert werden dürfen.[7] Dementsprechend hatte man die meisten über 50-Jährigen anderswohin verlegt.[8] Trotz des relativ jugendlichen Alters der Zurückgebliebenen, die von der Außenwelt abgeschnitten und in eine beklemmende Nähe zu Fremden gezwungen waren, war körperliches, emotionales und geistiges Elend jedoch an der Tagesordnung.

Die Zelte waren überfüllt und laut. Tagsüber war es warm, doch selbst in den Sommermonaten herrschte nächtliche Kälte, und die Männer brauchten dringend warme Kleidung, Strümpfe und Stiefel.[9] Hunderte von Internierten, hungrig und müde, streiften rastlos durch das Lager und hatten kaum etwas zu tun.[10] Manche beschäftigten sich mit Wäschewaschen, indem sie ihre Kleidung in eine große Metalltrommel legten, Seife und Wasser hinzufügten und dann mit langen Stöcken auf den Stoff einschlugen.[11] Um der schleichenden Gereiztheit entgegenzuwirken, die das enge Zusammenleben mit zu vielen Menschen hervorrief, führten manche Internierte einen Ruhezeitenplan ein. Besucher wurden durch höfliche, aber unmissverständliche Hinweise, die über dem Eingang angebracht waren, von den Zelten ferngehalten. Erste Anzeichen von Depressionen wurden erkennbar. In einem Brief an seine Frau, den er kurz nach seiner Ankunft in Prees Heath verfasste, schrieb Professor Ludwig Marx, der später in Hutchinson energiegeladene Vorlesungen halten sollte: »Meine Seele ist traurig.«[12] In der Woche darauf hatte sich seine Stimmung weiter verdüstert. »Nach den Wochen voll bitterer Erlebnisse erscheint das Leben so sinnlos.«[13]

Die friedliche Umgebung von Prees Heath regte bei manchen jedoch auch die Fantasie an. Eines Tages saß der Rechtsanwalt und Schriftsteller Walter Zander[14] – der bald zu einer Schlüsselfigur in Hutchinson wurde – »voller trauriger und sehnsüchtiger Gedanken« mit einer Gruppe von Freunden zusammen und beobachtete zwei junge Pferde, die auf der Wiese hinter dem Stacheldraht herumtollten. Ein anderer Mann zog aus seinem Koffer die Taschenpartitur von Brahms' Streichsextetten hervor. Instrumente waren zwar nicht zur Hand, doch es gab genug Notenleser in der Gruppe, um die Musik gemeinsam im Chor zu singen.[15]

Als der Gesang ertönte, bemerkte Zander, wie sich einer der Männer aus seiner Starre erhob. Leo Wurmser[16] hatte als Korrepetitor an den Opernhäusern in Dresden und Wien gearbeitet, bevor er 1938 nach Großbritannien emigrierte, wo er zum Zeitpunkt seiner Verhaftung bei der BBC als Begleitmusiker und Dirigent angestellt war.[17] Seiner Musik und Freiheit beraubt, war Wurmser in der Internierung verkümmert. Zander ergriff die Gelegenheit, seinen Freund zu unterstützen, und überredete noch am selben Tag einen Wachmann, Hefte aus der Schule seiner Tochter ins Lager zu schmuggeln. Der Aufseher besorgte tatsächlich einen Stapel blauer Schulhefte, und Zander begann, die Seiten mit leeren Notenlinien zu füllen. Zander überreichte Wurmser das handgezeichnete Manuskriptpapier. Was in einem anderen Kontext vielleicht als armseliges Geschenk erschienen wäre, hatte eine transformative Wirkung. Wurmser verbrachte die nächste Woche damit, Beethovens Oper *Fidelio* aus dem Gedächtnis in die Übungshefte zu übertragen.[18] Als er die Partitur fertiggestellt hatte, rief der junge Dirigent seine Freunde zusammen. Gemeinsam trugen sie vor den anderen Männern den schwermütigen, aber entschlossenen »Chor der Gefangenen« der Oper vor.

O welche Lust, in freier Luft
Den Atem leicht zu heben!
Nur hier, nur hier ist Leben!
Der Kerker eine Gruft.

Im Kontext des Lagers gewannen die Texte eine ganz neue Kraft. Der Auftritt, so Zander, sei nicht der beste gewesen, den er je gesehen habe, aber zweifellos der stärkste. Für den Musiker, der nach Zanders Einschätzung »einem völligen Zusammenbruch nahe« gewesen war, bedeutete er einen Wendepunkt. »Er erholte sich zusehends.«[19] Als die Internierten im selben Monat eine Freilichtaufführung von Shakespeares *Sommernachtstraum* inszenierten, komponierte Wurmser die Begleitmusik, die er später zu einem Werk für großes Orchester weiterentwickelte. Wurmser war mit seinem Engagement nicht allein. Einige Männer gründeten eine Theatergruppe. Ein Medizinprofessor hielt einen Vortrag.[20] Andere, wie der Geiger Peter Schidlof, spielten abends, bis es dunkel wurde und die Männer sich in ihre Zelte zurückzogen, wo sie ohne Strom[21] auf das Zischen und Pfeifen feindlicher Flugzeuge lauschten.

Angeregt und inspiriert durch das kreative Schaffen um ihn herum und nicht wissend, wie lange er noch inhaftiert wäre, begann auch Peter, seine Zeit mit künstlerischen Aktivitäten zu füllen. Nachdem er beobachtet hatte, wie der Bildhauer Ernst Müller-Blensdorf in Warth Mills mit Materialien improvisierte, bat er jeden Mann, der ein Paket von außerhalb des Lagers erhielt, um das braune Packpapier, welches er entknitterte, glättete und als Malgrund verwendete.[22] Prees Heath sollte noch vor Ende des Sommers geschlossen und viele Männer, darunter Zander und Wurmser, nach Hutchinson verlegt werden. Bis dahin bot es einen Vorgeschmack auf alles, was noch kommen sollte: sowohl auf die anhaltende Verzweiflung und Tristesse der Internierung als auch auf den kreativen Auftrieb, den sie bewirken konnte.

Klaus Hinrichsen erwachte, als der Geruch von Speck, Eiern und frischem Kaffee in sein Schlafzimmer zog. Seit seiner Verhaftung hatte er zum Frühstück nur grauen Haferbrei gegessen;[23] der Gedanke an ein gekochtes Frühstück erschien ihm wie ein alter Traum. Der Kunsthistoriker stapfte die Treppe hinunter und betrat die Gemeinschaftsküche, wo er zur selben Zeit wie der neu gewählte Hausvater von Haus 3 eintraf. Dieser hatte den glücklosen Journalisten mit den goldenen Knöpfen ersetzt, der in ein anderes Haus gezogen war.[24] Hinrichsen erblickte einen breitschultrigen Mann mit einem um den Hals drapierten Handtuch, der sich an einem der beiden Tische des Raumes zurücklehnte.[25] Über sein Gesicht beugte sich ein Barbier, während der Mann einen Brief diktierte, der von einem nüchtern gekleideten Insassen mittleren Alters, der in der Ecke der Küche stand, aufgenommen wurde. Auf dem

Tisch stand ein üppiger Teller mit unzulässigen Lebensmitteln: Würstchen, Speck und nicht nur einem, sondern zwei Eiern.[26]

»Was zum Teufel ist hier los?«, fragte der Hausvater.[27]

Mit einem Grinsen wies der Mann auf einen leeren Stuhl am Tisch.

Nur mit einem Trainingsanzug und Laufschuhen bekleidet, gab Ludwig Warschauer eine ganz andere Figur ab als die Anzug tragenden Wissenschaftler und die zerzausten Künstler im Lager.[28] Der 42-Jährige hatte das Gesicht und die Selbstsicherheit eines Preisboxers und verfügte offenbar auch über die entsprechenden finanziellen Mittel. Als er nach Captain Daniels Antrittsrede in Haus 3 einzog, trugen zwei Leibwächter – von ihm »Assistenten« genannt – Warschauers Gepäck ins Haus, wo er verlangte, dass ein Schlafzimmer für ihn und seine Begleiter frei gemacht würde.[29] Manche Bewohner protestierten; ein anderer witterte eine Gelegenheit und bot an, seinen Platz zu verkaufen. Er steckte eine Fünf-Pfund-Note ein und zog in ein anderes, überfülltes Schlafzimmer.

Warschauer zeigte keinerlei Anzeichen von Stress, sondern wirkte ausgelassen und fröhlich, als wäre er Teil eines Scherzes, den die anderen um ihn herum nicht verstanden. Er war erst am 12. Juli verhaftet worden und am folgenden Tag in Hutchinson eingetroffen.[30] Da er somit den Diebstählen und der ungeheuren Verwahrlosung in Warth Mills entgangen war, hatte er seine kurze Internierung als vergleichsweise sanft erlebt.

»Frühstück«, sagte Warschauer und zeigte auf den Teller. »Leisten Sie mir Gesellschaft.«

Der Hausvater schlug die Einladung aus und wollte stattdessen wissen, woher der Mann die Zutaten habe. Auf der Isle of Man herrschte zwar noch keine Rationierung, und Lebensmittel waren vergleichsweise reichlich vorhanden, aber Luxusgüter wie diese suchte man im Lager vergebens. Nach dem Mittagessen schickte jedes Haus ein Team von fünf »Eimerträgern« los, um die nächste Lebensmittelzuteilung abzuholen, die in großen Metallbehältern mit gut sichtbaren Hausnummern bereitgestellt wurde.[31] Die Männer trugen die Behälter in ihre jeweilige Küche und brachten die leeren Behälter bis 10 Uhr am nächsten Morgen zurück ins Lager, damit sie für den kommenden Tag gereinigt werden konnten. Eier und Würstchen gehörten nicht zur Zuteilung des Vortages.

»Jeder kann dieses Zeug bei den Soldaten und durch ein Loch im Zaun kaufen«, erklärte Warschauer. »Die Preise sind kaum höher als auf dem freien Markt.«

Tatsächlich war es nicht das erste Mal, dass in einem der Lager auf der Insel extravagante Lebensmittel gefunden wurden. Unter den ersten Internierten, die auf der Insel landeten, war ein 28-jähriger Student namens Graf von Lingen. Zum Zeitpunkt seiner Verhaftung war Lingen Geschichtsstudent an der Universität Cambridge und studierte bei dem angesehenen Historiker G.M. Trevelyan. Von einem Mitgefangenen als »Musterbeispiel an Korrektheit ... perfekt gepflegt, höflich und taktvoll« beschrieben, wich Lingen Fragen über seine Vergangenheit aus. Schon bald nach seiner Ankunft auf der Isle of Man erhielt er vom Londoner Nobelkaufhaus Fortnum & Mason luxuriöse Warenkörbe, die er mit seinen Mitgefangenen teilte.[32]

Skeptiker hegten zu Recht Zweifel an Lingens Vorgeschichte. Sein richtiger Name war nicht Graf von Lingen,[33] sondern Friedrich Georg Wilhelm Hohenzollern, auch bekannt als Prinz Friedrich von Preußen, ein Ururenkel von Königin Victoria. Hohenzollern war von seinem Großvater, Kaiser Wilhelm II., nach England geschickt worden, um Kontakte zwischen den Briten und dem ehemaligen deutschen Königshaus herzustellen. Den Decknamen »Graf Lingen«, so behauptete er selbst, habe ihm König George V. vorgeschlagen, und die Präsentkörbe seien von Königin Mary bezahlt und verschickt worden.[34]

Warschauers unerlaubtes Frühstück war jedoch etwas anderes. In seiner Eröffnungsansprache hatte Captain Daniel erklärt, dass Hutchinson ein Lager der Gleichheit sei: Ungeachtet seines Vermögens durfte niemand mehr als zehn Schillinge pro Woche abheben.[35]

»In diesem Lager wird der Oxford-Professor nicht besser behandelt als der Straßenkehrer«, sagte der Kommandant.[36] Schwarzmarktgeschäfte, wie sie Warschauer offenbar getätigt hatte, untergruben diesen Grundsatz.

Als Erklärung gab Warschauer an, dass er ein erfolgreicher Ingenieur und Inhaber einer Reihe von Patenten sei, darunter eines für ein leistungsstarkes Aufzeichnungsgerät, das für die britischen Kriegsanstrengungen von großem Wert sein könne. Seine Fähigkeiten seien so herausragend, dass seine Anwesenheit im Hutchinson Camp das Ergebnis eines Verwaltungsfehlers sein müsse.

»Ich muss lachen, wenn ich mir die Szene in London vorstelle«, prahlte Warschauer, »die brummenden Telefonleitungen zwischen dem Ministerium für Flugzeugproduktion, meine Freunde Brendan Bracken, Lord Beaverbrook und der Minister für Munition, die sich alle fragen: ›Wo ist Warschauer?‹ Ich genieße diesen Urlaub wirklich. Leider werde ich morgen um diese Zeit schon wieder auf dem Heimweg sein.«[37]

Hinrichsen war von Warschauers hochmütiger Art sofort abgestoßen – als ob er der Einzige wäre, der die Situation richtig einschätzte und die Regeln für ihn nicht gelten würden. Der Insasse, der während des Frühstücks den Brief für den Ingenieur geschrieben hatte, erklärte Hinrichsen später, dass er ein Drucker aus Bremerhaven sei, der wie so viele andere im Lager gezwungen gewesen sei, sein Geschäft aufzugeben und aus Deutschland zu fliehen. In England habe er eine kleine Druckerei gegründet. Warschauer habe versprochen, in seine Druckerei zu investieren und umfangreiche Aufträge weiterzuleiten, wenn der Drucker im Lager die Rolle seines Sekretärs übernehmen würde.[38]

Die Prahlerei des Ingenieurs war zwar provokant, aber durchaus begründet. Der Abgeordnete Sir Herbert Williams war kürzlich Vorsitzender des Unternehmens geworden, das die Entwicklung von Warschauers Aufzeichnungsgerät finanzierte. Williams hatte dem Kriegsministerium geschrieben, dass er »nicht den geringsten Zweifel an [Warschauers] vollständiger Aufrichtigkeit« habe.[39] Vor Warschauers Verhaftung hatte Sir John Anderson eigens das Büro des Ingenieurs besucht, um sich die Erfindung vorführen zu lassen.[40] Welchen besseren Kandidaten könnte es für eine Freilassung geben als einen Bekannten des Architekten der britischen Internierungspolitik?

Während die Gefangenen im ganzen Lager auf Neuigkeiten warteten, wie sie sich aus ihrer misslichen Lage befreien könnten, bot die Wahl des Lagervaters – des Mannes, der als Bindeglied zwischen den Internierten und ihren Aufsehern fungieren sollte – eine willkommene Abwechslung. Die Möglichkeit, einen Anführer zu wählen, hatte trotz ihrer relativen Bedeutungslosigkeit eine belebende Wirkung, denn die meisten Internierten waren von den Nazis als Juden aus den Wählerlisten gestrichen worden.[41] Selbst diejenigen, die erkannten, dass solche Wahlen hauptsächlich dazu dienten, Ordnung und Disziplin aufrechtzuerhalten, ließen sich in ihrem Wunsch nach Selbstbestimmung von der herrschenden Euphorie mitreißen.

Einige ältere Männer im Lager wollten ein Mindestwahlalter festsetzen, doch der ehemalige preußische Ministerialdirektor Friederich Wittelshöfer,[42] der in der Weimarer Zeit an der Organisation von Wahlen mitgewirkt hatte, bestand freimütig darauf, dass jeder Lagerinsasse, vom jüngsten bis zum ältesten, seinen Vertreter wählen dürfe.[43] Die Lobbyarbeit begann unverzüglich. Eine Fraktion sprach sich für eine politische Ernennung aus. Andere argumentierten, dass die Beherrschung der englischen Sprache für den Umgang mit den britischen Behörden von größter Bedeutung sei. Eine weitere Gruppe wünschte sich einen Geschäftsmann, der den Internierten eine bezahlte Arbeit verschaffen und ihnen vielleicht ein paar zusätzliche Annehmlichkeiten bieten könnte.

Die ursprüngliche Kandidatenliste schrumpfte bald auf zwei Männer zusammen: Rudolf Munster,[44] ein 37-jähriger Rechtsanwalt, und Friedrich Burschell,[45] ein Schriftsteller und ehemaliger Dozent an der Cambridge University. Burschell, ein enger Freund von Rudolf Olden, der sich in Warth Mills inzwischen so weit erholt hatte, dass man ihn nach Hutchinson verlegen konnte, war ehemaliger Privatsekretär des Nobelpreisträgers Thomas Mann[46] und sprach makelloses Englisch – »viel besser als Captain Daniel«, wie Hinrichsen bemerkte. Er war somit bestens geeignet, sich mit den britischen Machthabern auseinanderzusetzen, einer Gruppe, welcher er als leidenschaftlicher Pfeifenraucher mit unerschütterlichem Charakter bereits anzugehören schien.

Nach der Stimmenauszählung rief Wittelshöfer die Internierten auf der Rasenfläche zusammen und verkündete Burschell zum Wahlsieger. Der Don erschien an einem Fenster mit Blick auf den Rasen im ersten Stock des Verwaltungsgebäudes und winkte den Männern zu, die er nun vertrat.[47] Nach einer Besprechung mit Hauptmann Daniel – die bald zu einer täglichen Routine wurde – wies Burschell den einzelnen Räumen des Bürogebäudes Abteilungen zu und ernannte Abteilungsleiter, die den reibungslosen Betrieb der Lagerbank, des Postamts, der Wohlfahrtsabteilung (die Kleidung und Geld an die sogenannten »Mittellosen« im Lager verteilte)[48] und des Arbeitsamtes sicherstellten.[49] Um den Lagervater und seine Mitarbeiter vor dem Vorwurf der Untreue zu schützen, ernannte Burschell schließlich den 25-jährigen Wirtschaftsprüfer Robert Gold zum Buchprüfer des Lagers,[50] der sämtliche »offiziellen« Finanztransaktionen überwachte und protokollierte.

Jeder Funktionsträger erhielt ein Pfund pro Woche[51] und trug eine weiße Kunststoffrosette, die mit einer Sicherheitsnadel am Revers befestigt war.[52] Nur Burschell, der sich möglicherweise über solch krude Autoritätszeichen erhaben fühlte, verzichtete auf das Tragen des Abzeichens. Bald empfanden manche Internierte, darunter Hinrichsen, eine gewisse Abneigung gegenüber ihrem neu eingesetzten Anführer, der sich bisweilen in einer herrschaftlichen Pose gefiel.[53] »Er überschätzte die Verlässlichkeit seiner Freunde und unterschätzte die Verschlagenheit seiner Feinde«, urteilte sein Freund, der Journalist Michael Corvin, später über die erste Amtszeit des Lagervaters von Hutchinson.[54] Mit der Zeit bedauerte auch Burschell seine Entscheidung, für das Amt zu kandidieren: »Selbst ein Gott wäre nicht in der Lage, sämtliche Wünsche all dieser Menschen zu erfüllen«, schrieb er.[55] Fürs Erste jedoch war er seinen Pflichten rasch und effizient nachgekommen: Hutchinson hatte eine Verwaltung, die einer aufstrebenden Stadt würdig war. Ein Problem blieb. Was würden die Internierten mit der ganzen Zeit anfangen?

Am zweiten Tag beobachtete Hinrichsen, wie aus einer der Unterkünfte eine kleine Gruppe von Männern heraustrat, von denen jeder einen

Stuhl auf den terrassierten Rasen trug. Jeder suchte sich einen Platz aus, der weit genug von den anderen entfernt war, drückte seinen Stuhl in den weichen Boden und kletterte vorsichtig auf die Sitzfläche.[56] In ihren früheren Lagern hatten die Internierten einige Anstrengungen unternommen, um sich zu beschäftigen; die vorherrschende Atmosphäre war jedoch von demoralisierender Untätigkeit und Zeitverschwendung geprägt gewesen.

»[Wir] sehnen uns danach, etwas TUN zu können«, schrieb der Magister für moderne Sprachen der Rugby School in einem Brief an die *Times*, der am 13. Juli, dem Tag der Eröffnung von Hutchinson, veröffentlicht wurde.[57] Ohne Beschäftigung liefen die Männer Gefahr, in einen Zustand der »Desillusionierung und Verzweiflung« abzugleiten, wie es ein Beobachter formulierte, ein Gefühl der Mutlosigkeit, das jedem vertraut ist, der aus der Gesellschaft ausgeschlossen wurde.[58] Bei einer derart hohen Konzentration von Koryphäen in Hutchinson war ein kollektives Erkennen phantasievoller Möglichkeiten indes nicht nur wahrscheinlich, sondern unvermeidlich.

Jeder Redner stand auf seinem Stuhl und begann, über sein Spezialgebiet zu sprechen – von der griechischen Philosophie über die industrielle Nutzung von Kunstfasern bis hin zur Interpretation von Shakespeares Sonetten. Angelockt von diesem Stimmengewirr bildeten sich um jeden Redner Trauben von Menschen. Bald füllte sich der Platz mit zahlreichen Zuhörern, die zwischen den Attraktionen hin- und herwanderten – eine Szene, die an Speakers' Corner im Londoner Hyde Park erinnerte.

Hinrichsen stand neben Bruno Ahrends, einem seiner Mitbewohner in Haus 3, und gemeinsam beobachteten die beiden mit großem Interesse die sich entwickelnde Szene. Ahrends war ein Architekt, dessen Büro Salvisberg, Büning und Ahrends die richtungsweisenden Wohnsiedlungen der Berliner Moderne für die aus dem Ersten Weltkrieg heimkehrenden Soldaten entworfen hatte, darunter die schlichten, imposanten sechsstöckigen Türme der Weißen Stadt in Reinickendorf.[59] Als ehemaliger Direktor des Bundes Deutscher Architekten war der 62-Jährige zudem ein erfahrener Redner, der Vorlesungen am Bauhaus, der berühmten Dessauer Kunstschule, gehalten hatte.[60] Er wollte Wesen und Qualität dieser Gruppe von selbsternannten Lehrern beurteilen.

Bei so vielen renommierten Experten unter den Lagerinsassen stand das Fachwissen der Referenten außer Frage. Das Format war jedoch eine andere Sache. Am 15. Juli, zwei Tage nach der Eröffnung des Lagers, waren weitere 700 Männer in Hutchinson eingetroffen, womit sich die Zahl der Lagerinsassen auf 1100 erhöhte.[61] In einer derart großen Menschenmenge umschwärmten die Internierten einen Redner nur wenige Minuten lang, bevor sie zum nächsten Vortrag weiterzogen. Durch die große Zuhörerschaft ermutigt, begannen manche sogar mit Zwischenrufen. Professor Friedrich Heinemann,[62] Dozent für Philosophie am Manchester College in Oxford, erwies sich als besonderer Störenfried: Er lief umher und korrigierte mit »hämischem Gelächter« jeden, der einen Begriff falsch verwendete.[63] Das Ganze war völlig chaotisch.

Ahrends, der in seinem früheren Durchgangslager den Unterricht für die Schuljungen organisiert hatte, verspürte den professionellen Drang, Ordnung zu schaffen. Er bat Hinrichsen, ihn in das Büro von Captain Daniel zu begleiten und um die Erlaubnis zu bitten, einen offiziellen Unterrichtsplan zu erstellen. Die Idee gefiel Daniel, dessen militärische Ausbildung ihm die Überzeugung eingeimpft hatte, dass Ordnung Harmonie schuf. Es gab jedoch ein Problem: Könnten nicht einige dieser Männer, die auf seinem Rasen lautstark Vorträge hielten, Demagogen sein, welche die Gefangenen zu gewaltsamen Protesten gegen ihre Inhaftierung anstachelten, fragte er?[64]

Um Daniels Bedenken zu zerstreuen, schlug Ahrends vor, dass sämtliche Vorträge in englischer Sprache gehalten werden sollten, damit die britischen Offiziere auf Anzeichen einer Meuterei achten könnten. Der Kompromiss war ausreichend. Captain Daniel bot den beiden Männern einen Raum im ersten Stock des Verwaltungsgebäudes an, wo sie einen Zeitplan für die wöchentlichen Vorlesungen aufstellen, Theater- und Musikaufführungen organisieren und, was am dringendsten war, Unterricht für die 16- und 17-Jährigen im Lager organisieren konnten, um sie auf die Schulprüfungen vorzubereiten, die sie nach ihrer Entlassung hoffentlich ablegen würden.[65]

Ahrends gab der Einrichtung, die offiziell am 17. Juli 1940, vier Tage nach der Eröffnung von Hutchinson, gegründet wurde,[66] den Namen »Kulturabteilung«. Captain Daniel bestand jedoch auf der Bezeichnung »Hutchinson University«. Wenn er einen gewissen Besitzanspruch geltend machen wollte, sagte er »*meine* Hutchinson University«, eine Institution, als deren Vorsitzenden er sich selbstverständlich selbst sah.[67]

Hinrichsen und Ahrends forderten die Bewohner jedes Hauses auf, einen weiteren Vertreter zu ernennen, einen »Kulturwart«, der jeden Morgen an einer Sitzung teilnahm und dann seinen Mitbewohnern über die Pläne der Abteilung berichtete. Wie Burschell für die Lagerverwaltung Abteilungsleiter ernannt hatte, so ernannte Ahrends nun Kulturwarte für die einzelnen Bereiche der Bildung und Unterhaltung. Dr. Hans Rothfels,[68] Historiker am St. John's College in Oxford, wurde mit der Leitung der wissenschaftlichen Vorlesungen betraut.[69] Hinrichsen war für die sogenannten »populären Vorlesungen« zu leichteren Themen verantwortlich. Rabbiner Max Eschelbacher verantwortete das jüdische Kulturprogramm,[70] während der zweisprachige Heinfried »Heinz« Beran den Flüchtlingen, die auf eine dauerhafte Existenz in Großbritannien hofften, Englisch beibrachte.[71] Der Musikkritiker Rudolf Kästner[72] organisierte einen Spielplan für Musikaufführungen im Lager.[73] Den 27-jährigen Redakteur Ernst Sänger[74] ernannte Ahrends zum Spielleiter, dem die Ausrichtung von Schach-, Bridge- und Box-Turnieren oblag.[75] Kurt Böhm,[76] ein Lehrer an der St. Christopher's School in Letchworth, meldete sich freiwillig für die ausgefallene Rolle des Gymnastiklehrers.

Als Mitherausgeber des griechisch-englischen Lexikons von Liddell und Scott war Oxford-Professor Dr. Paul Maas[77] der ideale Kandidat für die Rolle des Bibliothekars der Hutchinson-Universität.[78] Er organisierte Bücher, die von der Oxford University Press, dem British Council, dem Londoner Verlag Victor Gollancz, lokalen Inselbibliotheken und sogar vom Sekretariat des Oberrabbiners gespendet wurden, der neunzig Exemplare zweier von ihm selbst verfasster Werke schickte.[79] In dieser Bibliothek gab es keine Mahagoni-Bücherschränke; Maas musste sich damit begnügen, die Bücher auf dem Boden zu ordnen, zumindest so lange, bis die Kantine ein paar leere Orangenkisten spendete, die als Regale genutzt werden konnten.[80]

Der elfte und letzte Posten im Komitee der Lageruniversität, die nebulöse Rolle des »Publikumsvertreters«, ging an Professor Heinemann, den zwischenrufenden Oxford-Philosophen. Jeder Internierte, der den Eindruck gewann, dass das Kulturprogramm in irgendeiner Weise unzureichend sei, würde, so schien es, bestimmt ein offenes Ohr für seine Beschwerden finden.[81]

Das Komitee arbeitete schnell, und schon bald hing an einer vor dem Postamt des Lagers aufgestellten Tafel ein wöchentlicher Stundenplan aus.[82] Die Vorträge reichten von mutig breit gefächerten (Dr. Cohn: »Die Kultur Chinas«[83]), über heftig spezialisierte (Dr. Simchowitz: »Radium und Röntgenstrahlen und ihre Anwendung in der Krebsbehandlung«[84]) bis hin zu offensichtlich zweckorientierten Themen (Dr. Renner: »Braun- und Weißbrot und ihre Geschichte«). Ungeachtet ihrer Interessen, ihres Fachgebiets und ihres beruflichen Status hatten die Flüchtlinge einen Ort, an dem sie ihre Erfahrungen, ihr Wissen und ihre Talente zum Wohle der Gemeinschaft weitergeben konnten.

»Es gab kein Thema auf der Welt, über das nicht gesprochen wurde«, sagte Fritz Hallgarten,[85] ein Rechtsanwalt und ehemaliger Weinhändler, der eine Vorlesung über Wein hielt.[86] Der Künstler Hellmuth Weissenborn drückte es so aus: »Durch das Wunder menschlichen Lebens- und Arbeitswillens wurde ein armseliges Gefangenenlager zu einer Art Universität.«[87]

Der Rasen – oder, wie er in den Wochenplänen etwas großspurig genannt wurde, das »Rasen-Amphitheater« – wurde zur »Keimzelle eines fast vergangenen Humanismus und einer fast vergessenen Kultur«, wie ein Häftling damals schrieb. Mit seinem ungehinderten Blick über den Stacheldraht auf das Meer war es in seiner immergrünen Neuheit ein Ort, an dem »man im hellen Sonnenschein schöne Märchenträume träumen konnte, weit entfernt von der Realität«.[88]

Bei so vielen Akademikern aus angesehenen Institutionen waren Rivalitäten jedoch unvermeidlich. Paul Jacobsthal, ein ehemaliger Professor für klassische Archäologie an der Universität Marburg, der nunmehr in Christ Church, Oxford, tätig war, traf am 17. Juli in Hutchinson ein, dem Tag, an dem die Kulturabteilung gegründet wurde.[89] Jacobsthal beurteilte die Mehrzahl der Vorlesungen als »billig« und »von Dilettanten gehalten«.[90] Zwar ließ er sich schließlich dazu überreden, selbst einen Vortrag zu halten, doch wollte er nicht zu den »geisterhaften Professoren gehören, die nach den Jahren, in denen sie mundtot gewesen waren, ihr altes deutsches Zeug wieder verkauften«.[91]

Besonders hart ging Jacobsthal mit den Vorträgen einiger Mitglieder des Komitees der Lageruniversität ins Gericht. In seinem Tagebuch, das er in seinem Zimmer im Obergeschoss des Hauses Nr. 24 führte, bezeichnete Jacobsthal die Einführungen von Professor Kästner zu musikalischen Darbietungen als »langweilig«, »dumm« und »unzulänglich«,[92] während er den Zwischenrufer Professor Heinemann als »eingebildet« bezeichnete und schonungslos auf das »schwindende Publikum« seines Kollegen abhob.[93]

Unabhängig davon, was der Einzelne von dem Kulturprogramm hielt, wurde der Rasen bald zum Omphalos des Lagers. An jedem beliebigen Tag konnte man Männer sehen, die Golfbälle einlochten,[94] ein Sonnenbad nahmen, als ob sie im Urlaub am Strand wären, oder sich um die umliegenden Blumenbeete kümmerten. Andere schlenderten plaudernd umher, saßen allein auf Bänken und lernten etwas, während eine Gruppe von Schachliebhabern, die ihre Beine über die Mauern baumeln ließ, zwei Spielern bei einer Partie zusah.[95]

Wenn eine Vorlesung begann, war das Interesse und das Engagement so groß wie vielleicht an keiner anderen Universität. Für Internierte, die ihren Bildungsweg notgedrungen abgebrochen hatten – oder von den Nazis an einer Fortsetzung gehindert worden waren – bot sich hier die Gelegenheit, von einigen der angesehensten Wissenschaftler Europas zu lernen, von Lehrern, die von ihren Studenten nichts weiter verlangten als offene Ohren und einen offenen Geist.

»Es war eine ziemlich anrührende Szene«, notierte Hinrichsen. »Erwachsene Männer, die vielleicht wegen der Inflation mit 16 Jahren die Schule verlassen hatten, um zu arbeiten und ihre Familien zu unterstützen«, hatten nun die Möglichkeit, »einen Wissensdurst zu stillen, den sie [bislang] nicht hatten stillen können«.[96]

Auch für die Professoren war dies ein spannendes Experiment – nicht nur die Möglichkeit, nach jahrelangem erzwungenem Schweigen ihre Landsleute zu unterrichten, sondern auch das belebende Wissen, dass ihre Zuhörer zwar in gewisser Weise gefangen waren, es ihnen aber auch freistand, sich zu entfernen, wenn der Unterricht nicht ihr Interesse weckte. Hutchinson gab jedem Professor eine ehrliche und unmittelbare Rückmeldung über seine Leistungen, unabhängig von seinem Status, seiner Position oder seiner formalen Qualifikation.

Bis Ende Juli wurden 14 »offizielle« Vorlesungen unter freiem Himmel gehalten, zu den unterschiedlichsten Themen von Philosophie über Geographie und Musik bis hin zu Rechtswissenschaften. Zu diesen Vorträgen kamen nicht weniger als 150 und bis zu 400 Zuhörer.[97] Vorträge mit kleinerem Publikum wurden in einzelnen Häusern gehalten. Egon Wellesz, ein aus Österreich geflohener Musikwissenschaftler und Komponist, der in Oxford lehrte, war überzeugt, dass niemand seinen Vortrag über byzantinische Musik hören wollte. Schließlich musste er seinen Vortrag dreimal wiederholen und sah erstaunt zu, wie Gruppen von Männern »eifrig über die Feinheiten« seines Nischenthemas diskutierten.[98]

Jeden Abend sah man ein Gewusel von Männern mit Stühlen aus den Häusern kommen, um sich auf dem Rasen zu versammeln.[99] Sonntags war Konzertabend, und neben der Möglichkeit, täglich unter bewaffneter Begleitung einen Spaziergang durch die Umgebung zu unternehmen, gab es zweimal wöchentlich Strandausflüge, bei denen die Internierten sogar schwimmen durften.[100] Für einen Außenstehenden erschien das Lager Hutchinson wie eine bescheidene Utopie.

Am 20. Juli, eine Woche nach seiner Eröffnung, empfing Hutchinson seinen ersten Inspektor: Rabbi Solomon Schonfeld, Direktor des Religious Emergency Council des Oberrabbiners, der an der Organisation des Kindertransports, mit dem Peter nach Großbritannien gekommen war, beteiligt gewesen war. Bereits zu diesem frühen Zeitpunkt hatte sich eine Rivalität zwischen den Kommandanten entwickelt, die Schonfeld beweisen wollten, dass ihr Lager das beste war. Captain Alexander, Kommandant des Lagers Mooragh, verwies auf die Qualität der Küche in seinem Lager als unumstößlichen Beweis für dessen Überlegenheit.[101] Diese Behauptung schien Schonfeld gerechtfertigt, bis er in Hutchinson ankam und dem »enthusiastischen« Captain Daniel begegnete, der den Rabbiner auf einen Rundgang durch das Lager mitnahm und ihm Ahrends' erstaunliches Kulturprogramm mit Plänen für Theateraufführungen, Marionettenshows und Live-Konzerte präsentierte.

Der Besuch erwies sich als überzeugend. In seinem Bericht schrieb Schonfeld, dass die Internierten von Hutchinson »bei der Organisation aller erdenklichen kulturellen, sozialen und bildenden Aktivitäten zusammenarbeiten«. Das Lager war, wie er hinzufügte, »eine vorbildliche Gemeinschaft«. Die Wahrheit war komplexer.

»Damit die ganze Situation nicht allzu rosig erscheint«, merkte Hinrichsen an, »möchte ich Ihnen versichern, dass sämtliche dieser hektischen Aktivitäten aufgenommen wurden, um von der allgegenwärtigen Wut über die Ungerechtigkeit der Internierung abzulenken, von der ständigen Sorge um die Frauen und Kinder, die ohne Ernährer und unter fast nächtlichem Bombardement in London und anderen Städten zurückgelassen wurden, von den dürftigen Kommunikationsmöglichkeiten und natürlich von der Enge der Wohnverhältnisse und der mangelnden Bewegungsfreiheit.«[102]

Hinter der hektischen Organisation und der Erstellung von Zeitplänen verbarg sich bei vielen ein unterschwelliges Gefühl von Angst, Betrogensein, Schmerz und Wut. Die fieberhafte Aktivität lenkte von dem zugrunde liegenden Zustand erzwungener Ziellosigkeit ab. Manche Insassen hatten mit einem zusätzlichen Trauma zu kämpfen: Zwei Wochen vor der Eröffnung des Lagers gingen mehr als 1000 Internierte und Kriegsgefangene – angeblich einige der gefährlichsten Männer, die sich in Großbritannien aufhielten – in Liverpool an Bord eines Schiffes nach Kanada, die zweite Ladung von Gefangenen, die Großbritannien abzuschieben versuchte.

Auf halber Strecke über den Atlantik wurde die SS *Arandora Star* von einem U-Boot angegriffen. Das Schiff erreichte sein Ziel nie. Hunderte starben. Als Hutchinson eröffnet wurde, war die Katastrophe auf dem besten Weg, ein Skandal für die britische Regierung zu werden, die krampfhaft bemüht war, die Wahrheit über den Vorfall herauszufinden. Manche Männer in Hutchinson verfügten über Wissen aus erster Hand. Sie waren dabei gewesen, im eiskalten Wasser, nur um zwei Wochen später auf der Isle of Man zu stranden.

XI.
Die Mahnwache

Michael Corvin[1] saß an einem Holztisch, zu beiden Seiten eine Reihe Kerzen. Es herrschte eine düstere Stimmung, als er im flackernden Licht die vor ihm liegenden Blätter durchsah. Anfang Juli hatte der ehemalige Journalist der *Vossischen Zeitung* aus erster Hand und mit dem Blick eines Reporters für Details die Tragödie gesehen, die sinnbildlich für die Grausamkeit der von der britischen Regierung verhängten Internierungsmaßnahmen und mit der Zeit zum Katalysator für den langen und mühsamen Prozess der Aufarbeitung dieses Chaos werden sollte. Corvin war einer der wenigen, die den Untergang der SS Arandora Star überlebt hatten und nun in Hutchinson inhaftiert waren.

Um seine Leidensgeschichte zu verarbeiten, folgte Corvin seinen beruflichen Gewohnheiten und schrieb alles, was er erlebt hatte, in akribischer Detailliertheit auf. Jegliches Verlangen, seinen Bericht für sich zu behalten, wurde nicht nur durch den angeborenen Instinkt eines Autors überwunden, die Gemeinschaft mit einer Leserschaft zu suchen, sondern auch durch das Wissen, dass er nicht der einzige Überlebende im Hutchinson Camp war. Vielleicht könnte sein Bericht anderen helfen, die Ungeheuerlichkeit dessen, was sie erlebt hatten, zu verarbeiten? Also wandte sich Corvin an den Sekretär der Kulturabteilung, Bruno Ahrends, und bat um die Erlaubnis, seinen Augenzeugenbericht im Rahmen des Lager-Kulturprogramms vorlesen zu dürfen.

Ahrends reservierte einen Raum und kündigte den Abend als »Michael Corvin liest aus eigenen Schriften«[2] an – ein unverfänglicher Titel für eine Veranstaltung, die den ersten Schlüssel zur ersehnten Freilassung der Internierten enthielt. Entweder als Zeichen der Solidarität oder aus morbidem Interesse hatten sich einige der Künstler, mit denen Corvin befreundet war, sowie ein paar weitere Überlebende eingefunden, um seiner Geschichte zu lauschen.

Es war nicht das erste Mal, dass Männer in einer ruhigen Ecke von Hutchinson begannen, ihre Sorgen miteinander zu teilen. Der Oxford-Professor Paul Jacobsthal hatte eine Gruppe von sechs orthodoxen Juden dabei beobachtet, wie sie sich im Vorgarten eines der koscheren Häuser versammelten, um sich abwechselnd die Ereignisse der Reichspogromnacht in Erinnerung zu rufen.[3] Als alle Männer ihre Schilderungen beendet hatten, sang die Gruppe unisono ein wehmütiges hebräisches Klagelied. Die heutige Versammlung wurde von einem Journalisten und nicht von einem Gläubigen geleitet, aber sie sollte nicht weniger ernst und, als Corvin begann, aus seinem Bericht zu lesen, nicht weniger bewegend sein.

Zwei Wochen vor der Eröffnung des Hutchinson Camps blickte Corvin[4] am Hafen von Liverpool in der Abenddämmerung zum Schiff hinauf, während sich seine Mitgefangenen in verschiedenen Akzenten und Sprachen unterhielten.[5] Keiner wusste, wohin die Reise ging. Auf der Fahrt nach Liverpool hatte Corvin gehofft, er würde auf die Isle of Man gebracht, wo sein Sohn Assar das Internat des King William's College besuchte. Als der Journalist nun aber das kolossale Schiff sah, wusste er, dass es für einen weiter entfernten Hafen bestimmt war.

Nachdem er aus der komfortablen Familienwohnung am Berliner Hohenzollerndamm geflohen war und den deutschen Schäferhund Prince sowie eine beneidenswerte Büchersammlung zurückgelassen hatte, war Corvin 1936 auf dem Seeweg von der spanischen Insel Ibiza nach England gelangt.[6] Er war es gewohnt, weite Strecken mit dem Schiff zurückzulegen, und konnte erkennen, dass die SS Arandora Star mit einer Länge von mehr als 160 Metern und nicht weniger als sieben

Decks ein Kreuzfahrtschiff war, das für die Überquerung von Ozeanen und nicht für Kanäle konzipiert war.

Tatsächlich war das 1927 in Cheshire gebaute Schiff häufig auf dem Pazifik und in der Karibik unterwegs, um wohlhabende Passagiere in die Wintersonne zu bringen. Mit elektrischen Aufzügen, einem Bordkino, einem Tennisplatz und einem Swimmingpool auf dem Oberdeck bot die SS Arandora Star ihren zahlenden Gästen Luxus auf höchstem Niveau. Zu den früheren Passagieren des als »reizvollstes Kreuzfahrtschiff der Welt« beworbenen Dampfers gehörten der Schriftsteller George Bernard Shaw, der Komiker Max Miller und König Carol von Rumänien.

Heute, am 30. Juni 1940,[7] versammelten sich mehr als 1000 Männer aus verschiedenen Lagern des Landes am Hafen – Männer, die man im Eilverfahren für dieses zweite Schiff zur Deportation von Internierten und Kriegsgefangenen ausgewählt hatte. Corvin war aus dem nur wenige Kilometer entfernten Lager Huyton hergebracht worden.[8] Einem anderen Gefangenen, dem BBC-Reporter Uberto Limentani, entfuhr ein Ausruf des Erstaunens, als er das Schiff erkannte: Jahre zuvor hatte er es in Venedig gegenüber dem Markusplatz liegen sehen und gedacht, wie schön es wäre, eine Kreuzfahrt mit einem solch prächtigen Schiff zu unternehmen.

Damals trug das Schiff wegen seines strahlend weißen Anstrichs und der blauen Wimpel den Spitznamen »Hochzeitstorte«. Bei ihrem heutigen Reiseantritt sah die SS Arandora Star jedoch ganz anders aus: Die karmesinroten Schornsteine mit schwarzer Spitze und den leuchtenden Sternen der Blue Star Line waren geblieben, aber der Rumpf war in Kanonenbootgrau gestrichen worden, die Bullaugen in einem unauffälligen Dunkelblau. Um die Decks und die Rettungsboote rankte sich bedrohlicher Stacheldraht, eine Maßnahme, die, wie Corvin vermutete, die Gefangenen davon abhalten sollte, einen Schwalbensprung in Richtung Freiheit zu wagen.[9] Auf dem Achterdeck ragte eine gewaltige Zwölf-Pfund-Flugabwehrkanone in den Himmel, und Soldaten, keine Stewards in weißen Anzügen, patrouillierten auf den Decks.[10]

Bereits am 24. Mai, noch bevor die britische Regierung die Masseninternierungspolitik einleitete, hatte Churchill im Kabinett geäußert, dass er die Deportation sämtlicher Internierter aus Großbritannien befürworte. Zu diesem Zweck hatte die Regierung versucht, ihre Handelspartner und Kolonien – Kanada, Australien und Neuseeland – zur Aufnahme der Gefangenen zu bewegen. Am 14. Juni erklärte sich Kanada bereit, 2633 deutsche Internierte der Kategorie A, 1823 Kriegsgefangene und 1500 pro-faschistische Italiener aufzunehmen.[11] Offiziell war jeder am Hafen ein politischer Extremist – ein glühender Nazi oder, in wenigen Fällen, ein Kommunist. Corvin, dessen Zeitung aufgrund ihrer oppositionellen Haltung von den Nazis eingestellt worden war, wusste, dass dies nicht stimmte.

Die Risiken für die transatlantische Schifffahrt waren beträchtlich, denn die deutschen U-Boote griffen die Schiffe der Alliierten mit wachsendem Erfolg an. Dennoch lief das erste Schiff mit Internierten, die *Duchess of York*, am 21. Juni in Richtung Kanada aus. Neun Tage später sollte die SS Arandora Star folgen, die ihre Fracht vermeintlich hochgefährlicher Nazis nach Neufundland bringen sollte.

Einer nach dem anderen gingen die wartenden Männer über den Landungssteg an Bord des Schiffes. Der langsame Rhythmus der Einschiffung gab Corvin die Gelegenheit, seine Reisegefährten in Augenschein zu nehmen. Die Corvins waren professionelle Berichterstatter; in Berlin war seine Frau als Gesellschaftsreporterin tätig gewesen – stets eine kleine Minox-Kamera zur Hand, um Schnappschüsse bekannter Persönlichkeiten zu machen. Er sah, dass sich die Männer am Hafen wie selbstverständlich nach ihrer Nationalität zusammengefunden hatten. Auch wenn es sich um politische Gegner handelte, kannten sich viele der 473 deutschen und österreichischen Passagiere[12] – darunter 123 deutsche Seeleute – aus den Gefangenenlagern, in denen sie bis dahin untergebracht gewesen waren. Die 86 deutschen Kriegsgefangenen hielten zusammen, ebenso wie die 734 italienischen Männer, die das größte Passagierkontingent bildeten.

Es war ein unordentlicher und mürrischer Haufen. Diese Männer sollten einige der gefährlichsten feindlichen Ausländer darstellen, die damals in Großbritannien lebten. Zweifellos waren auch Hitler-Anhänger darunter; das Kriegsministerium hatte für die heutige Fahrt eine Gruppe von Internierten der Risikoklasse A ausgewählt, die als »Gruppe R« oder »Rädelsführer« bezeichnet wurden.[13]

Die Auswahl war jedoch in großer Hast getroffen worden: Das Kriegsministerium hatte nur ganze sechs Tage Zeit gehabt, um zu entscheiden, wer von den Tausenden »feindlicher Ausländer«, die im ganzen Land interniert waren, deportiert werden sollte.[14] Um die Zahl der Deportierten zu erhöhen, waren Juden und andere Flüchtlinge vor der Naziherrschaft auf das Schiff verteilt worden, Männer, die nun gezwungen waren, noch enger als in den Lagern mit ihren Peinigern zusammenzurücken. Unter ihnen befanden sich Kurt Kaminski,[15] ein Jude, der im Konzentrationslager Sachsenhausen als Vorarbeiter gearbeitet hatte, bevor die Quäker ihm zur Flucht nach England verhalfen, der 19-jährige Ernst Seemann,[16] der vom British Czech Refugee Trust Fund nach Großbritannien gebracht worden war, sowie Willi Blumens, gegen dessen Internierung Vertreter des Jewish Refugees Committee vergeblich protestiert hatten,[17] und Karl Liebel,[18] ein Arztsohn, der mit einem Kindertransport nach Großbritannien gebracht und zwei Wochen nach seinem sechzehnten Geburtstag interniert worden war – »zu Ihrem eigenen Besten«, wie der Vorsitzende des Schiedsgerichts meinte.

Unter den Deportierten waren auch angesehene Männer wie Dr. Josef Ötvös, ein österreichischer Arzt mit doppelter britischer Staatsbürgerschaft, der viele der Kindertransportkinder als Aufsichtsperson begleitet hatte,[19] Dr. Kurt Regner,[20] ein jüdischer Rechtsanwalt und Flüchtling aus Österreich, und der Künstler Kurt Winkler,[21] der auch als »Kurwin« bekannt war und vor seiner Internierung das Porträt einer der königlichen Prinzessinnen für die Zeitschrift *The Queen* gemalt hatte.[22]

Ein Internierter beschrieb das traurige Sammelsurium von Deportierten, die am Kai standen, später folgendermaßen: »Die Märtyrer, die Opfer, die verfolgten Juden, Helfer dieses Landes, die geflohen sind, um Zuflucht zu finden, zusammengepfercht mit ihren Schlächtern.«

Auch die Italiener waren keineswegs eine homogene Gruppe von Faschisten. Es war keine Zeit gewesen, die Tausenden von Italienern, die in Großbritannien lebten, angemessen zu erfassen, so dass Irrtümer an der Tagesordnung waren. Italienische Faschisten mischten sich mit harmlosen Landsleuten und Chefköchen aus Londoner Spitzenrestaurants. Die uneinheitliche Passagierliste zeigte das gesamte Durcheinander der staatlichen Masseninternierungspolitik; das Auswahlverfahren für die Deportation an diesem Tag war ebenso fehlerbehaftet wie die ersten Gerichtsverfahren, die ein Mitglied des Oberhauses später mit den Worten »Missmanagement, Mangel an Voraussicht, Vorbedacht und Rücksichtnahme« beschrieb.[23]

Das Angebot Kanadas wurde in Westminster mit Freude aufgenommen, da viele hochrangige Beamte, vor allem im Innenministerium, der Meinung waren, dass es in Großbritannien viel zu viele Flüchtlinge gebe und man jede Gelegenheit nutzen solle, einen Teil davon in andere Länder abzuschieben.[24] Besonders bestrebt war man, Großbritannien von jenen Internierten zu befreien, die als größtes Risiko für die nationale Sicherheit eingestuft worden waren. Am 21. Juli brachte das erste Deportationsschiff, die SS Duchess of York, 2096 Internierte der »Kategorie A« und 529 Kriegsgefangene nach Kanada.

Es entstand ein gewisser Druck, weitere Kandidaten für die Deportation zu finden, und die Auswahl wurde in aller Eile und ohne ausreichende Überlegung getroffen.

Selbst die für die Verhaftungen zuständigen Polizeibeamten wussten, dass die Gründe hinter vielen Entscheidungen bestenfalls fadenscheinig, schlimmstenfalls sinnlos waren.[25] Robert Mark, ein Polizeibeamter aus Manchester, hatte wenige Tage zuvor das Haus von Ernani Landucci besucht,[26] eines Kellners, der in der Ruskin Avenue in Moss Side wohnte. Mark erzählte, Landucci sei verhaftet worden, und auch die Frau und die in Großbritannien geborene Tochter des Mannes seien zunehmend besorgt gewesen.

»Sogar für meine müden Augen sah dieser arme Kerl absolut harmlos aus«, erinnerte sich Mark.[27] Bevor er sich zum Polizeiauto führen ließ, bat Landucci die Beamten, ihn in seinen Keller zu begleiten. Dort holte er drei Gläser hervor, die er feierlich mit Weißwein füllte. Landucci verteilte die Drinks, hob sein Glas und brachte einen Toast aus: »Zum Teufel mit den Faschisten.«

Landuccis Frau und seine Tochter weinten, als Mark ihn bedrückt zu den Zellen fuhr.

»Es war eine unnötige Internierung«, sagte der Beamte später. Auf dem Revier erkundigte sich Mark nach dem Grund für Landuccis Verhaftung und erfuhr, dass der Gefangene ein kleines Stück Land in Süditalien besaß und eine Steuer an den italienischen Konsul zu zahlen hatte. Dies hatte offenbar ausgereicht, um seine Abschiebung zu erzwingen.

Als sie an Bord kamen, wurden die Männer von zwei Wachleuten an beiden Seiten des Zugangs gezählt, die erst kürzlich von den Schrecken Dünkirchens zurückgekehrt waren.[28] Die Einschiffung dauerte sechs Stunden. Die Arandora Star war nicht bis zu ihrer Kapazitätsgrenze, sondern törichterweise weit darüber hinaus belegt. In Friedenszeiten beförderte das Schiff normalerweise 450 Passagiere und 200 Besatzungsmitglieder. Heute bildeten italienische, deutsche und österreichische Internierte zusammen mit der Schiffsbesatzung und den britischen Bewachern eine menschliche Fracht von mehr als eineinhalbtausend Personen.

Das Schiff verließ Liverpool am Montag, dem 1. Juli, um vier Uhr in der Frühe.[29] Der Kapitän Edgar Moulton[30] befahl einen Zickzackkurs durch die Irische See.[31] Bei Tagesanbruch sahen die Frühaufsteher, wie das Schiff an der walisischen Küste und kurz darauf steuerbords an den sanften Hügeln der Isle of Man vorbeizog. Corvins Hoffnung, seinen Sohn dort wiederzusehen, wurde zerschlagen, als das Schiff auf den leeren Horizont zuhielt.

Hitler hatte noch keinen uneingeschränkten U-Boot-Krieg gegen Großbritannien erklärt, um das Land auszuhungern, indem er die Einfuhr von Lebensmitteln und Versorgungsgütern verhinderte.[32] Dennoch waren die ersten Kriegsmonate von zahlreichen U-Boot-Angriffen geprägt gewesen. Zwar gab es keinen Geleitschutz der Royal Navy, um mögliche Angreifer abzuwehren,[33] doch ein britisches U-Boot folgte der SS Arandora Star eine Zeit lang. Später überprüfte ein Flugboot das Vorankommen des Schiffes und führte per Lichtsignal einen Uhrenvergleich durch.

Viele der Internierten an Bord waren echte Flüchtlinge vor der nationalsozialistischen Gewaltherrschaft. Bei einigen von ihnen hatte man angeblich ihre Einstufung geändert, um sie für die Deportation zu qualifizieren. Aber es gab auch viele echte Nazi-Sympathisanten. Vor der Einschiffung hatte Wolfgang Kittel[34] im Lager Seaton eine Gruppe Internierter bei Märschen durch die Stadt und bei der Morgengymnastik pro-nazistische Lieder singen lassen (»Heute gehört uns Deutschland, morgen die ganze Welt«).[35] Kittel hatte nicht nur Nazigegner, Juden und gläubige Christen umgebracht, sondern prahlte damit, dass er zu den Mördern von Rosa Luxemburg gehöre, der revolutionären Antikriegsaktivistin, die 1919 von Mitgliedern einer paramilitärischen Gruppe deutscher Proto-Braunhemden erschossen wurde.

Unter den Flüchtlingen verbreitete sich die Nachricht, dass einige der im Ballsaal des Schiffes untergebrachten Handelsmatrosen eine Nazifahne aufgehängt und Parteihymnen gesungen hätten – ein Verhalten, das dazu führte, dass die Wachen die gesamte Gruppe aus dem Ballsaal führten und mit einer Gruppe von Italienern die Kojen tauschen ließen. Manche britischen Soldaten, die für die Aufrechterhaltung der Ordnung auf den Deportationsschiffen zuständig waren, fühlten sich jedoch stärker mit den Nazideutschen an Bord verbunden als mit den deutschen und österreichischen Juden. Lieutenant Colonel William Scott, der die Wache auf einem anderen Transportschiff befehligte, schrieb in einem offiziellen Bericht, er halte die Nazideutschen für »ehrlich, geradlinig und äußerst diszipliniert«. Die Juden, so fuhr er fort, »kann man nur als subversive Lügner, fordernd und arrogant bezeichnen [...] Man kann ihnen weder in Worten noch in Taten trauen.«[36]

Wie in Warth Mills wurden viele der Flüchtlinge depressiv, da sie befürchteten, dass die Anwesenheit von Personen wie Kittel und anderen Kriegsgefangenen an Bord bedeutete, dass sie mit großer Wahrscheinlichkeit nach Deutschland gebracht und gegen britische Gefangene ausgetauscht würden. Für den 33-jährigen Opernsänger Alfons Blumenthal wurde der Druck unerträglich.[37] Er erhängte sich an einer Schiffsreling. Als die Soldaten ihn abschnitten, war Blumenthal noch am Leben und stürzte ins Meer. Das Schiff hielt nicht an, um ihn zu bergen.[38]

Nach den vergangenen Wochen voller Stress und Unsicherheit – 88 der italienischen Passagiere waren direkt aus Warth Mills gekommen – boten das entspannte Tempo und die lockere Atmosphäre eine willkommene Abwechslung. In der leichten Brise rauchte der Schiffsarzt mit einigen der Internierten eine Zigarette. Am Abend des 1. Juli servierten die Stewards Pink Gin und Bier.[39]

Zu den Klängen des Grammophons, die aus dem Ballsaal in die Nacht hinausschallten, beobachtete Corvin, wie das Schiff Malin Head, die nördlichste Spitze Irlands, umrundete und Kurs nach Westen auf den Atlantik nahm.

In just diesem Augenblick tuckerte Günther Prien, das erste der sogenannten deutschen »U-Boot-Asse«, mit einer Geschwindigkeit von neun Knoten auf eine Lücke zwischen den Shetlands und den Färöer-Inseln zu, eine Route, die ihn nach Deutschland zurückführen sollte. Für die Besatzung von U-47 waren die vergangenen 30 Tage auf See, ihre sechste Feindfahrt in diesem Krieg, äußerst erfolgreich gewesen, denn man hatte insgesamt acht Schiffe versenkt. Von den 14 Torpedos des U-Boots waren 13 abgefeuert worden. Einer war übrig.

Am Morgen des 2. Juli um 6.29 Uhr britischer Sommerzeit sichtete Prien das Schiff in Richtung seiner Position. Das U-Boot, das an der Wasseroberfläche unterwegs war, tauchte ab und schaltete von seinem lauten Dieselmotor auf Elektroantrieb um. Fünfundzwanzig Minuten lang beobachtete Prien das Schiff durchs Sehrohr. Zunächst war anhand der Kennzeichnungen des Schiffes nicht klar, ob es sich um ein legitimes militärisches Ziel handelte. Das abrupte Wendemuster des Schiffes, bekannt als »Zickzack Nummer zehn«,[40] war schließlich der Hinweis, den Prien suchte. »An ihren Zickzackkursen erkenne ich sie als Feinde«, schrieb er in sein Logbuch.

Um zwei Minuten vor sieben feuerte Prien aus einer ambitionierten Entfernung von zweieinhalb Kilometern den letzten Torpedo von U-47 auf ein Schiff ab, auf dem sich, ohne dass er es wusste, Hunderte seiner Landsleute befanden, eine Mischung aus Anhängern und Opfern des Nazi-Regimes. Prien und seine Besatzung warteten 97 Sekunden lang auf die verräterische Wasserfahne, die einen Volltreffer signalisieren würde, eine Kerbe im Punktestand der Seekriegsführung und die damit verbundenen Tragödien.

Michael Corvin wurde in seiner Koje von einem Grollen, einem Beben und dem Klirren von berstendem Glas aus dem Schlaf gerissen. Seine Kabine war, wie jeder andere Raum auf dem Schiff, in Dunkelheit getaucht worden. Der letzte Torpedo von U-47 hatte die SS Arandora Star an der Steuerbordseite, am hinteren Ende des Maschinenraums, getroffen. Sowohl der Haupt- als auch der Notstromgenerator wurden sofort zerstört.[41] Der aus Glasgow stammende Chefmaschinist des Schiffes, Robert Connell, versuchte vergeblich, den verwüsteten Maschinenraum zu erreichen, in dem das Wasser innerhalb von zwei Minuten bis auf Meeresspiegelhöhe angestiegen war.[42]

Mit Hilfe seiner Taschenlampe lotste Connell Corvin und die anderen Männer in Sicherheit, weg vom Heck des Schiffs, das sich ins Wasser zu senken begann. Der Stress des späten Auslaufens und die Herausforderung, so viele ungleiche und gegensätzliche Gruppen von Männern zu organisieren, hatte zur Folge, dass niemand von der Schiffsbesatzung an den Notfallstationen geschult und weder das militärische Personal noch die Internierten im Gebrauch der Rettungswesten unterwiesen worden waren.[43] Es hatte keinerlei Übungen gegeben. Ohne einen koordinierten Plan, wo sie sich im Notfall versammeln sollten, drängten sich die meisten Internierten auf dem Oberdeck, eine Masse von Körpern, die das geordnete Besetzen und Aussetzen der Rettungsboote durch die Besatzung erschwerte.

Doch selbst unter Beachtung der entsprechenden Maßnahmen wäre die SS Arandora Star kaum für den Katastrophenfall gerüstet gewesen. An Bord befanden sich zwölf funktionstüchtige Rettungsboote[44] mit einer Gesamtkapazität von 1000 Personen – 500 weniger als das aktuelle Passagierkontingent. Der Torpedo hatte jedoch das Rettungsboot Nr. 7 zerstört, und die Stürze und Davits von Rettungsboot Nr. 5 waren beschädigt. Als die Wachen das Boot hinabließen, lösten sich die Beschläge, und das Rettungsboot stürzte ins Wasser, wobei die Insassen verletzt oder getötet wurden.[45]

Von den verbleibenden zehn Rettungsbooten befanden sich drei hinter Stacheldrahtabsperrungen und waren unzugänglich. Der Kapitän des Schiffes hatte sich in Liverpool über den Stacheldraht beschwert. Sein Argument, dass er die Besatzung bei ihrer Arbeit »stark behindere«, blieb unbeachtet.[46] Ohne Ausbildung wussten die Wachmannschaften nicht, dass es eine spezielle Methode gab, um Teile der Barrikade zu lockern und so Zugang zu den Rettungsbooten zu erhalten. Die Soldaten versuchten, die Klammern, die den Draht sicherten, mit Bajonetten und Gewehrkolben zu lösen, und rissen sogar mit bloßen Händen an dem Draht – ohne Erfolg.[47]

Die schiere Anzahl der Personen auf dem Oberdeck machte jeden Versuch einer geordneten Evakuierung zunichte. Etwa die Hälfte der 90 Rettungsflöße auf dem Oberdeck, die für Auftrieb im Wasser sorgen sollten, wurde über Bord geworfen. Die Besatzung forderte die gesunden Internierten auf, ihnen hinterherzuspringen, aber niemand machte freiwillig den Anfang.[48]

Um 8.15 Uhr britischer Sommerzeit, eineinviertel Stunden nach dem Torpedotreffer, verstärkte sich die Schlagseite nach Steuerbord dramatisch. Das Geschütz des Schiffes wurde aus seiner Verankerung gerissen und stürzte ins Meer, wobei es eine Spirale aus Stacheldraht hinter sich herzog, die sich verhakte und Opfer ins Wasser zerrte. Die stolzen Schornsteine brachen aus ihrer Befestigung und sackten ins Meer, während Corvin eine Reihe gedämpfter Explosionen hörte, als irgendwo tief im Rumpf die Kessel des Schiffes explodierten.

Kapitän Moulton bat ruhig um ein Glas Wasser, das er auf seinem Posten auf der von Stacheldraht umgebenen Brücke trank.[49] Selbst als das Schiff zu sinken begann, weigerten sich viele der älteren italienischen Internierten – Bewohner ländlicher, bergiger Gegenden Italiens, die nie schwimmen gelernt hatten – zu springen.[50] Als das Wasser bis zum Bug aufstieg, erhob sich der Schiffsarzt und salutierte seinem Kapitän. Plötzlich kenterte das Schiff. Der 48-jährige Major Christopher Bethell vom Royal Tank Regiment wurde gesehen, wie er einem Internierten seine Schwimmweste reichte und dann neben dem Kapitän Platz nahm – ein Akt der Freundlichkeit, den ein Überlebender als »das Schönste, was ich je gesehen habe« bezeichnete.[51]

Die letzten Männer, die an Deck gesehen wurden, waren der 54-jährige Kapitän Moulton, Pater Fracassi, ein internierter italienischer Priester, und Otto Burfeind, ein deutscher Kriegsgefangener, der acht Monate zuvor den Untergang seines Frachters, der SS Adolph Woermann, überlebt hatte.

Die SS Arandora Star sank mit dem Heck voran. Ein gewaltiger Balken riss sich los und fegte über die Schiffsseite, wobei er die Männer, die dort an Seilen baumelten, mit sich riss. Ein mechanisches Ächzen erklang, dann ein schäumendes Getöse. Ein Dampfgeysir schoss 30 Meter hoch in die Luft.[52] Dann herrschte Stille.[53]

In dem Durcheinander hatte Michael Corvin irgendwie sein Hemd verloren. Halbnackt gelang es ihm, sich an ein Rettungsfloß zu klammern, das weit genug von der Stelle entfernt war, an der das Schiff sank, um nicht mitgerissen zu werden. Das Wasser war kalt, aber nicht lebensgefährlich, und Corvin, der mit seinen 43 Jahren weder jung noch alt war, hatte genug Kraft, um seinen Kopf über Wasser zu halten. In der unheimlichen, traurigen Szene um ihn herum gaben andere erschöpft die Hoffnung und den Kampf auf und glitten unter das ölig schimmernde Wasser.

Schließlich kam ein Rettungsboot nahe genug an Corvin heran. Das träge Plätschern des Wassers kündigte seine Gegenwart an, und mit einer Mischung aus eigener Anstrengung und der Hilfe der Insassen kletterte er an Bord. Andere, die es schafften, an die Seite eines der Rettungsboote zu schwimmen, waren nicht so willkommen; Uberto Limentani brauchte zwei Stunden, um das Rettungsboot zu erreichen, das er am Horizont erspäht hatte. Als er sich schließlich an der Bordwand festhielt und auf Italienisch um Hilfe rief, sagte ihm einer der Passagiere, dass sie »nur britische Überlebende« aufnehmen könnten. Der 29-jährige Dritte Offizier der SS Arandora Star, W. H. Tulip, setzte sich darüber hinweg und befahl den anderen Passagieren, Platz zu machen.[54]

Für die Überlebenden begann eine Phase zitternder, trauriger Reflexion. Einer hatte gesehen, wie sich Männer an Seilen ins Wasser gleiten ließen, nur um dann loszulassen, als ihnen die Haut von den Händen gerissen wurde. Ihre gequälten Schreie wurden abrupt unterbrochen, als sie ins Wasser stürzten.[55] Für einen anderen Internierten war das Bild eines Mannes im Wasser beherrschend, der *Aiuto!* – Hilfe! – schrie, während sein Kopf auseinanderklaffte wie die »Seiten eines Buches«.[56]

Um 10.30 Uhr britischer Sommerzeit, zwei Stunden nachdem das Schiff im Wasser versunken war, hörten Michael und die anderen irgendwo am Himmel das nahende Tuckern eines Motors. Ein Sunderland-Flugboot der Royal Air Force warf Verpflegung, Erste-Hilfe-Material, Zigaretten und Streichhölzer in wasserdichten Beuteln ab.[57] Es dauerte weitere vier Stunden, bis der kanadische Zerstörer HMCS St. Laurent am Ort des Geschehens eintraf und begann, die durchnässten, erschöpften Überlebenden einzusammeln. Der Wind hatte die Trümmer über ein fünf Kilometer großes Gebiet westlich der Untergangsstelle getrieben. Inmitten der Wrackteile schwammen sowohl Überlebende als auch Leichen.[58] Nur wenige der im Wasser befindlichen Personen hatten die Kraft, sich selbst nach oben zu ziehen; sie mussten mit Leinen an Bord gezogen werden, wo jeder einen Schluck Rum, eine Decke und eine Zigarette erhielt. Die Arbeit ging »quälend langsam« vonstatten.[59] Als die Zahl der im Wasser verbliebenen Überlebenden immer geringer wurde, überflog das Flugzeug der Sunderland das Gebiet und zeigte die Männer an, die abgetrieben waren.

Um 16.55 Uhr britischer Sommerzeit waren die letzten Überlebenden an Bord, und die Sunderland trat den Rückflug an. Als eine Stunde später der britische Zerstörer HMS Walker vor Ort eintraf, fand die

Besatzung keine Lebenszeichen mehr vor. Mit Hilfe des Flugzeugs hatte die HMCS St. Laurent 850 Männer gerettet. Zwei internierte Ärzte – der Deutsche Dr. Ernst Ruhemann und der Österreicher Dr. Josef Ötvös, ein evangelischer Christ[60] – arbeiteten die ganze Nacht hindurch und versorgten die Überlebenden.[61]

Am Morgen des 3. Juli lief das Rettungsschiff in Greenock am Fluss Clyde ein. Vier Männer, die aus dem Wasser gezogen worden waren, starben, bevor sie Land erreichten. Diejenigen, die medizinische Hilfe brauchten, darunter Michael Corvin, wurden sofort ins Mearnskirk Hospital in der Nähe von Glasgow gebracht.[62] Die Rettungsaktion war einer der größten Seenotrettungseinsätze des Zweiten Weltkriegs und verzeichnete gleichzeitig einen der größten Verluste an Menschenleben: 46 Italiener, 17 Deutsche und 24 Österreicher wurden vermisst und waren vermutlich ertrunken. Fünf Männer unbekannter Nationalität starben, zusammen mit 58 Besatzungsmitgliedern und 95 britischen Soldaten im Alter zwischen 19 und 48 Jahren, von denen viele die Evakuierung von Dünkirchen nur wenige Wochen zuvor überlebt hatten. Unter den Toten befand sich auch der zu Unrecht als Faschist beschuldigte italienische Kellner Landucci, der bei seiner Verhaftung vier Tage zuvor mit den Beamten angestoßen hatte.

Die ersten Berichte über die Katastrophe erreichten die Öffentlichkeit am nächsten Morgen. Im Mittelpunkt der Erstmeldung in der *Times* stand nicht die vielschichtige Tragödie des Ereignisses, sondern das vermeintlich verwerfliche Verhalten der Internierten. »Deutsche und Italiener kämpfen um Rettungsboote«, lautete die Unterzeile, und im Haupttext schrieb der anonyme Verfasser, es habe »Panik unter den Ausländern« geherrscht, »vor allem bei den Deutschen, welche die Italiener bei ihren Versuchen, die Boote als Erste zu erreichen, zur Seite drängten«.[63]

Tags darauf wurde die Szene in einem zweiten Bericht weiterentwickelt: »Als die Deutschen in wilder Eile zu den Rettungsbooten stürmten und mit den Italienern um den Vortritt rangelten, wurden bei diesem Kampf zahlreiche Menschen über Bord gedrückt.« Britische

Offiziere seien gezwungen gewesen, die kämpfenden Männer zu trennen, wodurch »wertvolle Zeit verschwendet wurde, die für die Rettungsarbeiten hätte genutzt werden können«, so der Bericht weiter. Die Streitereien hätten bis nach Schottland angedauert, ein Beweis für den zweifelhaften Charakter derjenigen, die für die Deportation ausgewählt worden seien, falls es eines Beweises bedürfe.

Diese sensationslüsternen Behauptungen wurden umgehend durch die offiziellen Berichte aus erster Hand widerlegt, die von der Admiralitätsbehörde für Schifffahrtsunglücke bei überlebenden Offizieren eingeholt wurden.

»Die Aussage, dass deutsche Gefangene die Italiener aus dem Weg drängten, ist vollkommen unwahr, und ich habe auch selbst keinerlei Auseinandersetzungen zwischen Deutschen und Italienern bemerkt«, sagte Frederick Brown, Erster Offizier und ranghöchster Überlebender, gegenüber seinem Gesprächspartner.[64]

Ungeachtet dessen, was sich in den letzten Augenblicken an Deck des Schiffes zugetragen hatte, kamen die Minister auf einer Kriegskabinettsitzung am Morgen der Ankunft der HMCS St. Laurent in Schottland überein, dass die Tragödie in keiner Weise die Politik der Flüchtlingsabschiebung beeinträchtigen solle. Die Interniertentransporte über den Atlantik sollten mit den übrigen Schiffen fortgesetzt werden. Die Überlebenden sollten davon nicht ausgenommen sein, sondern wenige Tage später erneut deportiert werden, dieses Mal in Richtung Australien.[65]

Entweder durch einen glücklichen Zufall oder durch einen seltenen Fall bürokratischen Wohlwollens wurde Michael Corvin nicht wie die meisten anderen Überlebenden mit der HMT Dunera nach Australien geschickt, sondern auf die Isle of Man. Diese Entscheidung war ein Glücksfall. Als Bewohner des Hutchinson Camps war Corvin nicht nur in der Nähe seines Sohnes, sondern lernte auch eine Reihe einzigartiger Persönlichkeiten kennen, deren Freundschaft und Einfluss den Verlauf seines Lebens verändern sollten.

Das waren die Gesichter, die Corvin sah, als er seine Lesung beendete und aufblickte. Für Hinrichsen stand fest, dass Corvin von den

Schuldgefühlen eines Überlebenden geplagt war. Die Mahnwache war gewissermaßen ein Versuch, seine Reue darüber zum Ausdruck zu bringen, dass er überlebt hatte, während andere umgekommen waren. Nach und nach löschte Corvin alle Kerzen, bis nur noch eine Flamme auf dem Küchentisch brannte. In der fast vollständigen Dunkelheit weinten manche Zuhörer, die vielleicht befürchteten, dass ihre Söhne oder Freunde ein ähnliches Schicksal ereilt hatte. Andere Überlebende der Katastrophe saßen einfach nur schweigend da.[66]

XII.
Die Suizidberatung

Ohne Radio oder Zeitungen waren die Internierten von Hutchinson frustriert über ihre erzwungene Unwissenheit, nicht nur hinsichtlich der laufenden Debatten über ihr Schicksal im Parlament, sondern auch, was den allgemeinen Verlauf des Krieges anbelangte. Das Kriegsministerium plante die Herausgabe eines Nachrichtenbulletins, das in den Lagern verteilt werden sollte, doch die erste Ausgabe ließ auf sich warten.[1] In diesem Vakuum, das durch den Mangel an Informationen entstand, erblühten »grässliche Gerüchte und nagende Angst«, wie einer der Internierten schrieb.[2]

Ein Rückstau von Briefen in der Sortierstelle bedeutete, dass die meisten Internierten nicht wussten, was mit ihren Angehörigen geschah, von denen viele vor der Internierung vom Verdienst ihrer Ehemänner abhängig waren. Für Rene Elvin »waren die daraus resultierenden Ängste, Sorgen und … Katastrophen natürlich nicht beabsichtigt, aber im Grunde … [fast ebenso] grausam wie die vorsätzliche und systematische Brutalität der Gestapo«.

Viele suchten Trost in Büchern. Innerhalb von drei Wochen standen in der Lagerbibliothek mehr als 130 Titel zur Ausleihe bereit.[3] Manche wurden gespendet, andere, darunter Pelican-Ausgaben von H. G. Wells und George Bernard Shaw, wurden mit dem bescheidenen Budget der Bibliothek angeschafft und mit einem offiziellen Stempel als Lagereigentum gekennzeichnet.[4] Die Bibliothekare schätzten, dass etwa

60 Prozent der Internierten die Bibliothek nutzten, wobei zu den beliebtesten Texten Lewis Carrolls *Alice im Wunderland* und Daphne du Mauriers *Rebecca* gehörten.[5] Die Literatur bot die kostbare Möglichkeit der Weltflucht. Einer der Bibliothekare – der 18-jährige Schneider Kurt Treitel, der wie Peter mit einem Kindertransport nach Großbritannien geflohen war – fand in den Büchern, die von der deutschen Regierung geschickt worden waren, versteckte Nazi-Propaganda. Er warf die Pamphlete fort, doch zeigten sie deutlich, dass enorme Kräfte im Spiel waren, welche die Flüchtlinge erst nach Großbritannien gebracht hatten und sie nun in Gefangenschaft hielten.[6]

Selbst besonders optimistische oder vielbeschäftigte Insassen litten bis zu einem gewissen Grad unter dem Ausbleiben von Nachrichten.[7] Den meisten Männern war klar, dass der Grund für ihre Verhaftung die Gefahr einer deutschen Invasion war. An einem wolkenlosen Tag konnten Hutchinsons Internierte die Küste Irlands sehen. Im Lager machte das Gerücht die Runde, das Land sei an die Nazis gefallen, die sich nun anschickten, auch die Isle of Man zu erobern. Viele rechneten fest damit, eines Morgens aufzuwachen und festzustellen, dass ihre Bewacher nicht mehr Briten, sondern Deutsche waren.[8]

Selbst wenn Captain Daniel bei der Landung des Feindes die Tore weit aufstoßen würde, könnten die Gefangenen nirgendwo hingehen und hätten von der generell eher feindseligen Inselbevölkerung wenig Hilfe zu erwarten. Mit Sicherheit würde die Gestapo die Kontrolle über die Lager übernehmen, die von den Briten so hilfsbereit mit politischen und kulturellen Gegnern gefüllt worden waren. In den Hügeln der Insel gab es reichlich Platz für Massengräber. Es schien sicher, dass jeder, dessen Name im berüchtigten »Schwarzbuch« der Nazis stand, nach Deutschland zurückgebracht, gefoltert, vor Gericht gestellt und hingerichtet würde.[9]

Solche Befürchtungen waren durchaus berechtigt. Zwei Wochen vor der Eröffnung von Hutchinson, am 30. Juni, besetzten die Nazis die Insel Jersey, die wie die Isle of Man ein selbstverwaltetes britisches Kronbesitzgebiet war. Die auf der Insel lebenden Juden wurden sofort registriert, ihre Geschäfte und dann ihre Häuser enteignet. Schließlich wurden sie in die Konzentrationslager der Nazis deportiert. Inselbewohner, die nicht vor Ort geboren waren, wurden nach Deutschland gebracht, wo viele in Gefängnissen und Arbeitslagern starben, ebenso wie einige derjenigen, die sich der Besatzung widersetzten. In Hutchinson wurde viel darüber diskutiert, was jeder Einzelne tun würde, wenn er in eine vergleichbare Situation käme. Der Weinhändler Fritz Hallgarten und seine Freunde planten, den Stacheldraht zu durchtrennen, ein Boot zu stehlen und zu versuchen, über den Atlantik zu treiben. Sollte sich kein Wasserfahrzeug finden lassen, wollten sie kämpfen.

»Wir wollten nicht wie Ratten im Käfig gefangen sein«, sagte er. »Wir wären vielleicht auf der Isle of Man gestorben, aber wir wären im Kampf gestorben.«[10]

Manche zogen einen anderen Weg in Erwägung. In Deutschland war der Freitod inzwischen weit verbreitet, vor allem unter Juden, wo er zu einem Akt des Trotzes und nicht der Kapitulation geworden war. In den Tagen nach der Reichspogromnacht waren Selbstmorde so häufig, dass die Behörden der Stadt Mainz die Gaszufuhr zu jüdischen Häusern abstellten.[11] Der Gedanke, dass die Selbstvernichtung der staatlichen Vernichtung vorzuziehen sei, war mit den Flüchtlingen nach Großbritannien gekommen.

Zum Zeitpunkt der Eröffnung von Hutchinson Camp hatten sich bereits sechs Männer im Internierungslager Huyton in Liverpool erhängt,[12] dem Beispiel eines Herrn Schiff folgend,[13] der am 3. Juli in der Kleiderkammer des Lagers als Erster starb.[14] Die Polizei weigerte sich, einen anderen Flüchtling, einen 62-jährigen Chemieprofessor, anzuhören, als dieser erklärte, er arbeite an einem Verfahren zur Verwendung von Sisalabfällen in U-Booten und habe eine Ausnahmegenehmigung von der Internierung. Bevor sie zurückkehrten, um ihn abzuholen, schluckte er eine Giftampulle.[15] Der Bauunternehmer Arthur Just wurde auf der Fähre, die ihn auf die Insel brachte, vermisst; offenbar war er lieber ertrunken, als sich der Internierung zu stellen.[16]

Der Schriftsteller Heinrich Fraenkel gehörte zu den Männern in Hutchinson, die bereit waren, eine Internierung zu erdulden, nicht aber eine Invasion. An einem sonnigen Nachmittag auf dem Rasen räumte er ein, dass er für diesen Fall eine besonders scharfe Rasierklinge bereitgelegt habe. Wenn ihm unbedingt das Leben genommen werden müsste, meinte Fraenkel, dann würde er es sich selbst nehmen.

»Zum Teufel mit der Rasierklinge«, konterte ein Deutscher aus der Arbeiterklasse, der zuvor von der Gestapo gefoltert worden war. »Wenn diese Schweine mich noch mal erwischen sollten, würde ich nicht die Arbeit für sie erledigen. Ich würde sie verdammt noch mal dazu bringen, eine ihrer kostbaren Patronen für mich zu verwenden – und bei Gott, ich würde diese letzte Minute nutzen, ihnen zu sagen, was ich von ihnen halte.«[17]

Ein klinischer Pathologe und ein ehemaliger Leichenbestatter im Lager sahen es als ihre berufliche Pflicht an, den Männern in Hutchinson die wirksamste und einfachste Art der Selbsttötung zu erläutern, und gründeten eine Einrichtung mit dem Namen »Suizidberatung«. Die Gruppe, deren Existenz Lagervater Burschell und seinem Assistenten Wittelshöfer verborgen blieb,[18] bot allen Interessierten Anleitungen für die beste und schmerzloseste Art der Selbsttötung im Falle einer Invasion. Die beiden führten vor, wie man aus einer Wäscheleine oder einer verdrehten Hose eine zuverlässige Schlinge herstellen konnte,[19] was für einen Freiwilligen beinahe tödlich endete.[20]

Während die Männer in Hutchinson darüber nachdachten, wie sie das Lager um jeden Preis verlassen könnten, fanden in London andere, aber nicht weniger verzweifelte Diskussionen über die Freiheit statt.

Eine Woche, nachdem die Überlebenden der Arandora Star in Schottland gelandet waren, überquerte am Morgen des 10. Juli 1940 eine Gruppe von etwa 70 deutschen Flugzeugen die gleißenden Gewässer des Ärmelkanals und drang in den britischen Luftraum ein. Es war das erste Scharmützel in der sogenannten »Battle of Britain«, dem Kampf um die Vorherrschaft über Englands südlichen Luftraum und damit auch um die Zukunft der Nation. Im Unterhaus konzentrierte sich die Debatte jedoch nicht auf den Luftangriff, sondern auf das weitere Schicksal der Tausenden von Männern, Frauen und Kindern

– zumeist Flüchtlinge, zumeist Juden –, die derzeit hinter Stacheldraht festsaßen.

Die britische Internierungspolitik hatte sich bis dahin vom Untergang der Arandora Star, den Churchill später lediglich als »unerfreulichen Zwischenfall« bezeichnete, nicht beeindrucken lassen.[21] Obwohl die Aussagen der überlebenden Offiziere die sensationslüsternen Presseberichte über deutsche Internierte, die um ihre Rettung kämpften, widerlegten, hatte die Regierung guten Grund, die Toten zu verunglimpfen.

»Alle Deutschen an Bord waren Nazi-Sympathisanten und … keiner kam als Flüchtling in dieses Land«, versicherte Schifffahrtsminister Ronald Cross seinen Kollegen im Unterhaus.[22] Eine Unterstellung, die Michael Corvin und die anderen überlebenden Flüchtlinge überrascht hätte.[23] Cross behauptete fälschlicherweise, die Anzahl der Rettungsboote und -flöße sei »mehr als ausreichend gewesen, um sämtliche Passagiere und Besatzungsmitglieder aufzunehmen«. Demnach sei die hohe Zahl der Todesopfer allein auf das Fehlverhalten der Passagiere zurückzuführen.

Aus Angst vor einer drohenden Invasion und angesichts der zunehmenden Verluste von Handelsschiffen im Atlantik war die Vorstellung, dass britische Seeleute ihr Leben für die Beaufsichtigung von Nazis opfern sollten, verständlicherweise unpopulär. Dennoch ergab eine Umfrage zu Wochenanfang, dass nur 27 Prozent der britischen Bürger eine differenziertere Internierungspolitik wünschten; mehr als die Hälfte der Bevölkerung befürwortete nach wie vor Masseninternierungen.[24]

In Whitehall wurde man sich jedoch allmählich bewusst, dass in der Eile und Hysterie möglicherweise Details übersehen, Konsequenzen nicht bedacht und durch die Masseninternierung Ungerechtigkeiten verursacht wurden. Die Maßnahmen sollten Großbritannien vor einem inneren Feind schützen. Es wurde allerdings zunehmend deutlich, dass diese Politik die Stellung des Landes auf der Weltbühne zu beschädigen drohte. Die deutsche Propagandamaschinerie hatte keine Zeit verloren und behauptet, dass Großbritannien durch die Inhaftierung so vieler

Juden – 80 Prozent der Internierten – die Politik der Nazis bereitwillig übernommen habe. Als Reaktion darauf hatten mehrere amerikanische Zeitungen Artikel veröffentlicht, in denen sie »Großbritanniens Konzentrationslager« anprangerten.

Durch Berichte über die Misshandlung jüdischer Flüchtlinge in Großbritannien lief man Gefahr, mächtige potenzielle Verbündete zu verprellen – zumal der US-Außenminister schon vor Einführung der Masseninternierungspolitik ausdrücklich vor den damit verbundenen moralischen Gefahren gewarnt hatte. Obendrein stellte sich die Frage, ob dem Staat durch die Internierung der meisten hervorragenden Wissenschaftler und Akademiker, die Großbritannien in den letzten Jahren willkommen geheißen hatte, nicht eine wertvolle Ressource für die Kriegsanstrengungen verloren ging.

Dass diese Debatte in einer solch entscheidenden Kriegsphase stattfand, zeigte, dass sich die vorherrschende Meinung zur Masseninternierung langsam änderte. Doch während die Spitfires die deutschen Flugzeuge am Küstenhimmel bekämpften, herrschte im Unterhaus wenig Einigkeit.

»Wenn ein Mann Opfer der Nazi-Unterdrückung ist, ist er ein Freund dieses Landes«, sagte Rathbone während der Parlamentsdebatte und nannte eine Reihe von Fakten, die Tausende unschuldiger Männer vor der Internierung hätten bewahren sollen. »Erst wurde er sorgfältig vom Gericht überprüft, nachdem er monatelang und manchmal jahrelang von Flüchtlingsorganisationen beobachtet wurde, die ihn jede Woche sahen, und nachdem er in Wohnheimen unter zuverlässiger britischer Führung lebte und Bürgen beibringen konnte. Welche Garantien braucht man denn noch?«[25] Für den jungen konservativen Abgeordneten Major Victor Cazalet stand die Internierung von Flüchtlingen im Widerspruch zu den britischen Werten. Sie sei, wie er sagte, »vollkommen un-englisch«.

Die Demütigungen und Unannehmlichkeiten für die unschuldig Internierten seien ein vertretbarer Preis, wenn es um die nationale Sicherheit gehe, entgegnete der Labour-Parteipolitiker David Logan. »Was sollte uns beunruhigen, wenn einer oder zwei oder tausend Verdächtige interniert werden, solange unser Land sicher ist?«, fragte er. Tatsächlich aber waren manche Mitglieder des Parlaments und die britische Öffentlichkeit zunehmend beunruhigt.

»Wäre es nicht besser, erst einmal Untersuchungen anzustellen, anstatt die Menschen zu internieren und sie solchen Demütigungen auszusetzen?«, fragte der Abgeordnete Glenvil Hall unverblümt direkt.

»Es gab eine Zeit, da war die Stimmung im Lande und in diesem Haus ganz auf Seiten der Flüchtlinge«, wandte auch Osbert Peake ein. »Dieses Gefühl veränderte sich in den ersten Maitagen. Heute hat es sich ins Gegenteil gekehrt.«[26]

Peakes Analyse war scharfsinnig. Es waren jedoch die Beobachtungen eines jungen britischen Armeeoffiziers, die dieser später am selben Abend machte, welche die Stimmung vollends zugunsten von Peter Fleischmann und dem Rest der unschuldig Internierten umschlagen ließen.

Second Lieutenant Merlin Scott, ein 21-jähriger Oxford-Student, hatte schon immer einen guten Blick für Details gehabt. Als Hobby-Schmetterlingsforscher hatte er, bevor er sein Studium wegen des Militärdienstes abbrach, einen bekanntermaßen sehr scheuen Schmetterling, einen goldenen Scheckenfalter, entdeckt – es war die erste nachgewiesene Sichtung in Großbritannien seit 1864.[27] Am Abend des 10. Juli 1940, wenige Stunden nach der Debatte im Unterhaus, wurde Scott zum Hafen von Liverpool beordert, um die Einschiffung von mehr als 2000 Internierten zu überwachen. Wie die Arandora Star war das Schiff nach Übersee unterwegs.

Es war dunkel und nass, aber Scott konnte die Männer gut sehen, die niedergeschlagen über die Gangway des 11 000-Tonnen-Truppentransporters HMT Dunera mit Ziel Australien trotteten. Scott beobachtete, wie jedem Mann beim Überqueren der Planke von einem Wachmann der Koffer abgenommen wurde. Michael Corvin, der auf dem Weg zur Isle of Man war, waren die Grausamkeiten dieses Abends erspart geblieben. Den meisten Überlebenden der Arandora Star hingegen nicht. Schockiert und fassungslos kehrten die Männer mit dem

Zug nach Liverpool zurück und begaben sich dann auf das Schiff – empört und ungläubig.[28] Nachdem sie einen Torpedoangriff auf dem mittleren Atlantik überlebt hatten, sollten sie nun zu einer ähnlichen Reise mit ähnlichen Risiken gezwungen werden.

Jeder, der versuchte, seine Tasche festzuhalten, wurde mit einem Gewehrkolben gestoßen.[29] Soldaten, von denen einige offenbar angetrunken waren, steckten sich Uhren in die Taschen.[30] Es wurde wahllos geplündert: Brieftaschen, Brillen, Füllfederhalter, Toilettenartikel, alles wurde mitgenommen. Was nicht von den Wachleuten gestohlen wurde, wurde im Regen auf einen Sammelhaufen geworfen. Scott beobachtete, wie ein Polizeibeamter, der gekommen war, um die Abfahrt zu überwachen, aus dem feuchten Haufen Kleidungsstücke für sich selbst heraussuchte – vor den Augen der Besitzer, die darauf warteten, an Bord zu gehen.[31] Als ein Internierter die Soldaten höflich darum bat, seine Geige an einem trockenen Ort zu verstauen, wurde ihm das Instrument aus den Händen gezerrt und im anschließenden Handgemenge einer seiner Fingernägel abgerissen.[32] Es wurden keine Listen der Wertsachen geführt und keine Quittungen ausgestellt.

Als die letzten Internierten an Bord gingen, kehrte Scott in sein Zimmer zurück und verfasste in zorniger Fassungslosigkeit einen Brief an seinen Vater, einen Beamten des Außenministeriums namens Sir David Montagu-Douglas Scott. Er schilderte, was er gesehen hatte: die gewaltsamen Durchsuchungen, die Plünderungen, das Gejohle und die diebischen Polizisten.

»Es war«, so schloss sein Brief, »eine durch und durch üble Vorstellung.«[33]

Scotts Vater las den Brief seines Sohnes mit Bestürzung, dann berichtete er seinen Kollegen von dem Sachverhalt. Ganz abgesehen vom Verhalten der britischen Soldaten schien im Außenministerium auch niemand gewusst zu haben, dass zahlreiche Überlebende der Arandora Star keine zwei Wochen nach der Katastrophe erneut auf einen Truppentransporter eingeschifft und auf eine weitere gefährliche Reise über den Ozean geschickt worden waren. Ein Vertreter des Innenministeriums erklärte, dass auch sein Ministerium von dem Plan, Überlebende zu deportieren, keinerlei Kenntnis gehabt habe. In ihrer Bestürzung verfassten das Außen- und das Innenministerium gemeinsam ein an Sir John Anderson gerichtetes Beschwerdeschreiben, welches Einzelheiten aus Scotts Augenzeugenbericht enthielt.

Unabhängig davon, wer die Verantwortung trug, war es eine unumstößliche Tatsache, dass viele Regierungsmitglieder nicht wussten, welche Entscheidungen hinsichtlich der Internierung getroffen worden waren, oder dass Tausende von NS-Flüchtlingen gegenwärtig in britischen Lagern schmachteten. Ein Schreibfehler führte zu weiteren Grausamkeiten für die Familien der Betroffenen: Überlebende wurden als Verstorbene und Verstorbene als Überlebende registriert, was zur Folge hatte, dass manche Mütter um Söhne trauerten, die in Wirklichkeit noch lebten und interniert waren, während andere für das Überleben geliebter Menschen dankbar waren, die längst tot waren. Die Zweifel, die an der offiziellen Darstellung der Ereignisse geäußert wurden, schlugen nun rasch in Empörung um.[34]

Neben der Plünderung von Internierten, die auf der HMT Dunera nach Australien unterwegs waren, wurde nun auch über grobe Misshandlungen von Gefangenen an Bord des Schiffes berichtet. So sollten die Flüchtlinge geschlagen, nicht ausreichend verpflegt und auf engstem Raum unter unhygienischen Bedingungen zusammengepfercht worden sein.[35] Die britische Regierung hatte 5000 Internierte nach Kanada, Australien und in andere Dominion-Länder deportiert. Nach dem Auslaufen der Dunera wurden keine weiteren Internierten ins Ausland abgeschoben, doch der Ökonom John Maynard Keynes, ein Berater der Regierung, der sich um die Fälle mehrerer internierter Wirtschaftswissenschaftler gekümmert hatte, behauptete, er sei »sowohl innerhalb als auch außerhalb der Regierungsbehörden keiner Menschenseele begegnet, die nicht wütend darüber ist, was hier vor sich geht«.[36]

In Hutchinson wuchsen die Spannungen zwischen den Männern, die unmittelbar mit Fremden zusammenleben mussten, denen kein offizieller Weg offenstand, um ihre Unschuld zu beteuern, und die nicht wussten, wie lange sie inhaftiert bleiben würden. Menschen, deren Leben von der internationalen Politik bestimmt gewesen war, fanden sich nun auf innenpolitischer Ebene wieder. In Haus 2 erreichte ein Streit zwischen zwei Männern, die sich ein Bett teilen mussten, ein derartiges Ausmaß, dass die anderen Hausbewohner einen »Privy Court of House Arbitration«, einen Hausschiedsgerichtshof, einrichteten.

Es wurde vorgebracht, dass Georg Kohlberg,[37] ein 47-jähriger Textilkaufmann, nachts seinen Bettgenossen Alex Cohn[38] gegen die Wand stieß, um dessen Schnarchen zu unterbinden. Das darauffolgende wütende Geschrei machte die Schlafsituation der beiden Männer zu einem Problem für das ganze Haus, doch keiner der beiden Männer wollte freiwillig das Zimmer wechseln. Die Mitbewohner kamen schließlich überein, dass Kohlberg einen anderen Platz zum Schlafen finden müsse.[39]

Hellmuth Weissenborn, ein ehemaliger Professor für Grafikdesign an der Leipziger Akademie, war bei den meisten seiner Mitbewohner in Haus 28 sehr beliebt, da diese von seinen Fähigkeiten als Hauskoch profitierten. Weissenborn war, wie Hinrichsen es ausdrückte, in der Lage, »jeden Fisch in Lachs, jede Kartoffel in ein wunderschön serviertes kulinarisches Festmahl« zu verwandeln.[40] Auf die Frage, woraus ein bestimmtes Gericht bestand, antwortete Weissenborn gewöhnlich mit der Art von Selbstironie, die ihn bei vielen seiner Mitgefangenen so beliebt machte: »Ausgekochte Scheisse.« Doch nicht alle waren begeistert. Eines Morgens ging ein Mann, der Weissenborn nicht leiden konnte, zum Frühstück hinunter und rief beim Anblick seines Mitbewohners: »Scheisse!« Mit beneidenswerter Schlagfertigkeit verbeugte sich der Künstler von der Hüfte an und erwiderte in einer Art Scheinvorstellung: »Weissenborn.«[41]

Als aus den Tagen Wochen wurden, fanden die Internierten bald heraus, wo sie am besten hinpassten; im ganzen Lager bildeten sich Gemeinschaften, in denen Männer mit ähnlichen Interessen, Berufen, Religionen und sonstigen Freundschaft stiftenden Gemeinsamkeiten zusammenfanden. Der begabte Hobbykoch Weissenborn scharte nicht nur seine Mitbewohner um den Küchentisch, sondern brachte durch seine innovative Fensterkunst auch erstmals die Künstler im Lager zusammen.

Das Schiff, das Verdunklungsmaterial auf die Insel bringen sollte, wurde einem offiziellen Bericht zufolge bei einem Feindangriff versenkt.[42] Die Fenster in Hutchinson wurden daher entweder mit Polymerfolie abgedeckt oder einfach mit schwarzer oder blauer Farbe angestrichen,[43] was die Innenräume »äußerst deprimierend« machte, wie Bertha Bracey die Atmosphäre beschrieb, nachdem sie im Frühherbst das Lager besucht hatte.[44]

Eines Tages nahm Weissenborn eine Rasierklinge und schnitt eine mythologische Szene in eines der Fenster von Haus 28. Das Bild, ein umgekehrter Scherenschnitt, ließ Licht und Fantasie in die tristen Räume eindringen und weckte die Vorstellungskraft der verschlossenen, in sich gekehrten Gemüter. Als sich keiner seiner Mitbewohner beschwerte, schnitt Weissenborn weitere Bilder: Zentauren, ein Einhorn, einen Delphinreiter und im Küchenfenster Teller mit Speisen und Obst.[45]

Als eine im Nachbarhaus untergebrachte Gruppe orthodoxer Juden die Arbeit des Künstlers sah, bat sie Weissenborn, ein ähnliches Tableau an ihren Fenstern zu gestalten, diesmal allerdings mit Szenen aus der hebräischen Bibel. Weissenborns ungewöhnliche Kunstform verbreitete sich bald von Haus zu Haus und ermöglichte es den Bewohnern, ihr Gebäude mit Bildern zu versehen, die ihren kollektiven Charakter oder ihre Interessen zum Ausdruck brachten. In Haus 19 ritzte der Bildhauer Ernst Müller-Blensdorf, den Peter bei der Demontage eines Bettes in Warth Mills beobachtet hatte, zwei nackte Frauen, die am Strand lagen, während eine Möwe lasziv über ihren Köpfen schwebte.[46] Ein verwegener Künstler versuchte, einen Ausschnitt der Sixtinischen Kapelle nachzubilden; andere schmückten ihre Hausfenster schlicht mit weltlichen Sehnsuchtsobjekten: Whisky, Hummer, Zigarren.

Auch Amateure beteiligten sich. Anton Löwenthal,[47] ein 20-jähriger Textildesigner, schnitzte Bilder von Adam und Eva, die einen Apfel mit dem Preisschild 1 1/2d hielten, womit er offenbar die Lagerkantine der

Geschäftemacherei bezichtigte.[48] Der obere Teil der Fensterflügel zeigte eine Sonne und einen Halbmond, und wenn man sie öffnete, zeichnete sich Adam gegen die Sonne und Eva gegen den Mond ab. Johann Neunzer, ein 50-jähriger Tierfänger und zum Zeitpunkt seiner Verhaftung Löwenbändiger im Burnt Stub Zoo, schnitt ausdrucksstarke Wildtiere in die Erkerfenster von Haus 40 – ein Nashorn, eine Giraffe, ein Kamel und das Hinterteil eines Elefanten –, alle stilisiert und in scharfen Linien dargestellt. Nach Hinrichsens Ansicht war die Arbeit des Amateurs die beste im ganzen Lager.[49]

Die im Lager internierten Künstler sowie andere kunstinteressierte Schriftsteller und Dichter fühlten sich unweigerlich zueinander hingezogen. Dieses Gemeinschaftsgefühl wurde durch das Eintreffen einer echten Berühmtheit der Kunstwelt vier Tage nach Eröffnung des Lagers noch verstärkt.

Es war kurz nach dem Frühstück, als die Bewohner eines der Häuser in Hutchinson ein Klopfen an der Haustür vernahmen. Der Besucher war ein großer Mann in einem zugeknöpften grauen Dreiteiler mit Streifenmuster. Er hatte einen weichen, lockeren Mund und fein zerzaustes graues Haar, von welchem ein paar Strähnen bis zu einem Paar hellblauer Augen herabhingen.[50] Obwohl der Mann so groß und breitschultrig wie Warschauer war, hielt er seinen Körper nicht wie ein Straßenkämpfer, sondern eher wie ein gutmütiger Landstreicher,[51] was durch die alten, dicken Stiefel – mindestens eine Nummer zu groß – und die mit einer ganzen Galaxie von Löchern durchsetzten Socken noch verstärkt wurde.[52] In der Hand trug er einen Abfalleimer.

Wenige hätten die seltsame Gestalt als Kurt Schwitters erkannt, einen bekannten Vertreter des Dadaismus, jener avantgardistischen Kunstbewegung der 1920er Jahre, die den Unsinn und das Absurde zelebrierte, was ihren Akteuren als einzig angemessene künstlerische Reaktion auf die katastrophalen Verluste und Zerstörungen des Ersten Weltkriegs erschien. Schwitters war kein Jude, doch seine Werke wurden von den Nazis ausreichend verachtet, dass sie in der Ausstellung »Entartete Kunst« einen Platz fanden.

Hinrichsen hatte die Ausstellung besucht, die am 19. Juli 1937 in München eröffnet wurde und in der 650 von den Nazis geraubte Gemälde, Skulpturen, Grafiken und Bücher gezeigt wurden. Die Ausstellung war absichtlich chaotisch angelegt, um bei den Besuchern ein Gefühl von Verwirrung und Unordnung hervorzurufen.[53] Verächtliche Parolen – wie »Eine Beleidigung der deutschen Weiblichkeit« oder »Die Natur aus der Sicht kranker Geister« – begleiteten die Werke. Daneben fanden sich Preisschilder, die anzeigten, wie viel Geld die deutschen Museen für deren Erwerb ausgegeben hatten. Die Partei hoffte, dass diese monetären Fußnoten die Besucher wütend machen würden, die während der letzten Depression nur mit Mühe ihre Familien hatten ernähren können, während die künstlerische Elite Millionen für den Kauf dieser kruden, abartigen Werke ausgegeben hatte.

Eine von Schwitters' Collagen mit dem Titel *Merzbild 32 A*[54] wurde in der »Gruppe 9« der Ausstellung platziert,[55] eine Sektion mit dem Titel »Vollendeter Wahnsinn«, und in deutschen Zeitungen war ein Foto erschienen, auf dem man Hitler albern grinsend vor Schwitters' bewusst schief aufgehängtem Kunstwerk sah.

Im Türrahmen des Reihenhauses vom Hutchinson Camp gab Schwitters eine ganz andere Figur ab als der revolutionäre Künstler von Ruf. Er war gealtert und durch die schwierige Flucht aus Deutschland über Norwegen nach Edinburgh geschwächt, wo er seinen 53. Geburtstag zusammen mit anderen Flüchtlingen schlafend auf dem harten Boden eines Pubs verbracht hatte. Die Strapazen der Internierung, zunächst auf der Pferderennbahn in York, dann in Warth Mills, hatten mindestens einen schweren epileptischen Anfall ausgelöst, bevor der Künstler schließlich am 17. Juli, vier Tage nach Eröffnung des Lagers, in Hutchinson eintraf.

Schwitters' ungeheure Konzentrationsfähigkeit hatte es ihm schon immer ermöglicht, sich ein wenig von der physischen Welt zu distanzieren. Er vergaß oft, sich zu rasieren, und versäumte es, sich an einem kühlen Tag warm anzuziehen.[56] In einer Zeit von Jugend und Überfluss ging diese Selbstvernachlässigung als jene Exzentrizität durch, die allgemein als Begleiterscheinung künstlerischer Genialität wahrgenommen wurde. Heute, von den Mühsalen des Exils gezeichnet, wirkte Schwitters dagegen ausgezehrt.

»Habt ihr noch irgendwelche Reste?«, fragte Schwitters und nickte in Richtung des Eimers in seiner Hand.[57]

Es blieb immer etwas übrig. Für viele Flüchtlinge vom Kontinent erwies sich die Kunst der Haferbreibereitung als äußerst schwierig. Das Gerücht, dass die britischen Behörden den Hafer mit Bromid versetzten, um die sexuelle Begierde im Lager zu unterdrücken, schreckte zusätzlich ab.[58] Als ein Hausvater fragte, warum sich Schwitters denn ausgerechnet für den kalten Haferbrei interessiere, antwortete der Künstler, er wolle damit ein paar Löcher in der Wand stopfen.[59] Er füllte seinen Eimer und spazierte davon, zum nächsten Haus.

Der Schriftsteller Richard Friedenthal, der später den Vorsitz des PEN-Clubs deutschsprachiger Autoren im Ausland übernahm, war der Erste, der Schwitters erkannte, als dieser am Morgen nach seiner Ankunft in Hutchinson eine abstrakte Birkenholzskulptur schnitzte.[60] Friedenthal nahm den Künstler am Arm und stellte ihn im ganzen Lager als »den großen Dadaisten Kurt Schwitters« vor. Hinrichsen, der vom Studenten der Kunstgeschichte zum Zeugen der Kunstgeschichte wurde, schüttelte die Hand des Künstlers – »ein überraschend schlaffer Händedruck«[61] – und führte Schwitters durch das Lager.

»Sobald ich etwas Farbe und Leinwand in die Hände bekomme, werde ich das hier malen«,[62] sagte Schwitters zu Hinrichsen, als er den Blick vom Lager hinunter über die rotgedeckten Häuser und auf den kleinen Turm in der Bucht bemerkte.

Schwitters ging bedächtig und achtete auf den Boden, als hätte er Angst, aus Versehen auf den Schwanz einer Katze oder auf die Finger eines Kindes zu treten. Wenn er einen verirrten Käfer entdeckte, lenkte er ihn sicher vom Weg weg. Wenn er auf eine leere Zigarettenschachtel, einen aufgerissenen Briefumschlag mit einer Briefmarke oder die Verpackung eines Schokoriegels stieß, bückte er sich, betrachtete den Gegenstand liebevoll und steckte ihn dann in die tiefe Tasche seiner Lodenjacke.[63]

Diejenigen, die nicht förmlich vorgestellt wurden, wurden schon bald mit Nachdruck auf Schwitters' Anwesenheit im Lager aufmerksam gemacht. Eines Abends erschien der Stuttgarter Rechtsanwalt und Maler Fred Uhlman in Haus 19, um Schwitters zu besuchen, der gerade sein Porträt malte. Im Erdgeschoss stand ein älterer Wiener Geschäftsmann und bellte die Treppe hinauf zu Schwitters, der auf dem Treppenabsatz im obersten Stockwerk stand und herunter bellte.

»Wuff, wuff«, bellte der Geschäftsmann in einer Art und Weise, die Uhlman an eine Dogge erinnerte.

»Wuff, wuff, wuff«, antwortete Schwitters, der offenbar die Rolle eines Dackels einnahm.

Das Zwiegespräch ging weiter, ein regelrechtes Crescendo des Bellens, bis beide Männer müde wurden und der Geschäftsmann schließlich zu Bett ging.[64]

Das Bellen, das einmal dazu führte, dass britische Wachen das Lager betraten, um dem Lärm nachzugehen,[65] schien an frühere Auftritte in Freiheit anzuknüpfen, in diesem Fall an eine Dadaistenreise durch Holland, bei der Schwitters die Reden des niederländischen Künstlers Theo van Doesburg mit Tiergeräuschen unterbrochen hatte.

Es war offensichtlich, dass Hutchinson eine belebende Wirkung auf den Künstler hatte, der nun begann, sein Schlafzimmer auf dem Dachboden mit Collagen zu verschönern. Als Materialien dienten Zigarettenschachteln, Seetang, Muscheln, Korkstücke, Draht, Glas, Nägel und – als er begann, von seinen morgendlichen Rundgängen Eimer mit Resten zurückzubringen – auch aushärtende Hafergrütze.

Schwitters' Eintreffen und der Trend, Bilder in die Fenster zu ritzen, gaben den kunstsinnigen Internierten ein aufkeimendes Gemeinschaftsgefühl. Neben kommerziellen Künstlern wie Willy Dzubas,[66] der vorzügliche Jugendstil-Reiseplakate entwarf, und dem Karikaturisten Adolf »Dol« Mirecki gab es im Hutchinson Camp mehr als 20 professionelle Künstler und Bildhauer. Die Gruppe begann, sich selbst zu organisieren.

In den ersten Tagen des Lagers musste jeder Künstler, der ein Werk schaffen wollte, schnell lernen zu improvisieren. Toilettenpapier, das zur Freude derjenigen Internierten, welche die Widrigkeiten ihres neuen Lebens mit Humor zu nehmen wussten, mit der Aufschrift »Eigentum des Kriegsministeriums« versehen war, wurde »zu einer Art Bildhandschriftrollen erhoben«, wie Hinrichsen es ausdrückte.[67] Das Linoleum, mit dem in vielen Unterkünften die Küchen- und Korridorböden bedeckt waren, wurde für Linolschnitte verwendet, während Weissenborn, der sich durch seine Verdunklungskunst bereits als einer der rührigsten Künstler in Hutchinson erwiesen hatte, Pionierarbeit bei der Herstellung von Druckfarbe leistete, indem er zermahlenes Graphit aus Bleistiften mit Margarine mischte.[68]

Schwitters war es gewohnt, bei seinen Collagen mit unorthodoxen Materialien zu arbeiten. Er sammelte weggeworfene Zigarettenschachteln, Briefmarken und Bonbonpapier, zerlegte Teekisten in Sperrholzplatten und bemalte das Treppenhaus im Bürogebäude des Lagers. Diejenigen Künstler, die weniger umtriebig waren oder traditionellere Techniken anwandten, brauchten jedoch dringend Materialien.

Der ehemalige Berliner Kunsthändler Siegfried Oppenheimer[69] wurde zum inoffiziellen Sprecher der Gruppe und traf sich mit Captain Daniel, um den Offizier zu beschwatzen, sich als Kunstmäzen des Lagers zu begreifen – mit dem Ziel, den Künstlern Raum und Material für ihre Arbeit zu sichern.[70] Oppenheimer war ein herrischer, zu groben Übertreibungen neigender Zeitgenosse, der ständig Goethe zitierte und jeden Künstler mit »Meister« ansprach.[71]

»Wenn man ihm zuhörte, hätte man meinen können, dass es in der ganzen Geschichte nur zweimal eine derartige Häufung von Talenten gegeben hätte – in der Antike unter Perikles und im Florenz der Renaissance unter den Medici«, schrieb Hinrichsen.

»Wir haben hier eine Reihe sehr namhafter Künstler«, sagte Oppenheimer in seinem Eröffnungsschachzug. »Sie benötigen dringend Material.«[72] Captain Daniel brauchte jedoch nicht lange überredet zu werden. Der Offizier war selbst ein Amateurfotograf und seine Frau Margery eine passionierte Künstlerin. Als Teenager hatten ihr die Eltern die Aufnahme eines Kunststudiums mit der Begründung verwehrt, dieser Beruf entspreche nicht ihren Plänen für das Leben ihrer

Tochter.[73] Da Margery die Frustration erlebt hatte, ihre Kreativität nicht ausüben zu können, hatte sie Mitgefühl mit den Künstlern im Lager und ermutigte ihren Mann, Materialien zu besorgen und zu spenden, die dann von der Kulturabteilung verteilt wurden, sowie Atelierräume im obersten Stockwerk des Bürogebäudes zur Verfügung zu stellen, in denen Künstler arbeiten und später auch Kurse abhalten konnten.[74]

Im Gegenzug versprach Oppenheimer dem Kommandanten eine Kunstausstellung, wie es sie in einem britischen Internierungslager noch nie gegeben hatte – möglicherweise ein idealer Anlass, um seine Rivalen auf der Insel einzuladen, insbesondere den Kommandanten des Lagers Onchan, dessen Mannschaft Hutchinson unlängst beim Fußball geschlagen hatte.[75]

Die Künstler brauchten aber nicht nur Platz zum Arbeiten, sondern auch zur Pflege sozialer Kontakte. Eines Tages, kurz nach der Eröffnung des Lagers, erkannte Uhlman den Besitzer einer Konditorei in Hampstead Heath. Der Konditor war ein österreichischer Flüchtling, der in Wien ein erfolgreiches Café betrieben hatte, das von Schriftstellern und Künstlern besucht worden war.[76] Als Hitler Österreich annektierte, plünderten Nazi-Anhänger das Café; zwei Tage später floh der Mann aus Österreich nach England, wo er ein ähnliches Lokal in London zu eröffnen hoffte.

Als verarmter junger Künstler in Paris hatte Uhlman einen Großteil seiner Zeit im Café du Dome in Montparnasse verbracht; das Caféleben war mit seinem persönlichen kreativen Aufbruch romantisch verknüpft. Daher war Uhlman in London regelmäßiger Gast im neuen Café des Wiener Konditors gewesen.

Die beiden Männer begrüßten sich, erzählten, wie sie auf die Insel gekommen waren, und schwelgten in Erinnerungen an guten Kaffee und gepflegte Gespräche.

»Wie wäre es mit einem Café in Hutchinson?«, schlug Uhlman vor.[77]

Schon bald fanden die beiden eine geeignete Räumlichkeit: einen Anbau, der in den Garten von Haus 15, einem Reihenendhaus in der nordwestlichen Ecke des Lagers, abseits des Platzes, hineinragte und gegenwärtig als Waschküche genutzt wurde.[78] Mit seinen weiß getünchten Wänden und der blätternden Farbe, den Wasserhähnen und Waschbrettern hatte der Raum nichts von der Eleganz der kontinentalen Cafés, die Uhlman vorschwebten. Aber der Raum war geräumig und bot, nachdem man drinnen einige Spaliertische, Stühle und Hocker aufgestellt hatte, einen relativ behaglichen Ort für nachmittägliche Treffen, Gespräche und sogar Aufführungen. Das Lokal – das später den Namen Café Chez la dame absente erhielt – sollte, so beschloss Uhlman, ein Club für Mitglieder sein. Es gab keine Mitgliedskarten, keine Ausschlüsse und keine direkten Ablehnungen – jeder, der sich kreativ betätigte, war willkommen, sofern er von einem anderen Mitglied empfohlen wurde.[79] Die Regeln, die sich erst im Laufe der Zeit herausbildeten, waren spärlich, aber streng. Gespräche über »Entlassung«, »Heimweh« oder, später, über »Weihnachten« waren verboten, denn dies waren Themen, die nur allzu leicht Nostalgie und Trauer auslösten.[80] Das Café sollte stattdessen eine Rückzugsoase innerhalb des Lagers sein, wo sich niemand wegen einer Invasion sorgen, über Selbstmord nachdenken oder sich um das Schicksal seiner Angehörigen draußen den Kopf zerbrechen musste – zumindest für einen Augenblick.

Die Gruppe zog die unterschiedlichsten Persönlichkeiten aus einer Vielzahl von Disziplinen an: Neben den Malern Erich Kahn und Kurt Schwitters, den Bildhauern Paul Hamann und Ernst Müller-Blensdorf gehörten mindestens zwei Fotografen, drei Architekten, vier Musiker und fünf Schriftsteller zu den Mitgliedern. Bruno Ahrends, Leiter der Kulturabteilung, war unter den Gründern, ebenso wie die Journalisten Heinrich Fraenkel und Michael Corvin sowie der päpstliche Anwalt Curt Sluzewski.[81] Wie in jedem Club war eine gewisse Cliquenbildung unvermeidlich. Während einige der bekanntesten bildenden Künstler des Lagers, darunter der reizbare Hungerstreikende Fechenbach und Ludwig Meidner, sich entweder weigerten, dem Künstlerkollektiv beizutreten, oder zu spät eintrafen,[82] wurden viele andere Musiker, Komponisten und Schauspieler scheinbar nie eingeladen.[83]

Die Aussicht auf Kaffee und Gespräche mit Gleichgesinnten machte das Künstlercafé bald zu einem Ort fröhlicher Plaudereien. Wundersamerweise servierte der Cafébetreiber Kuchen und Gebäck nach österreichischer Art, bestreut mit Rosinen und Mandeln. Die Männer kamen aus unterschiedlichen Verhältnissen, aus verschiedenen Ländern und Kunstrichtungen und waren doch vereint in ihrer Exilerfahrung und ihrem Eifer, auch hinter Stacheldraht weiterzuarbeiten.

Sollte Schwitters eine gewisse Feindseligkeit gegenüber Michael Corvin empfunden haben – immerhin hatte der frühere Arbeitgeber des Journalisten, die *Deutsche Volkszeitung*, Schwitters' bekanntestes Gedicht »An Anna Blume« in einer Ausgabe von 1920 als »das widerlichste Stück Schriftstellerei unserer Zeit« bezeichnet[84] –, so trübte das seine Beziehung zu ihm keineswegs. Berufliche Eifersüchteleien verflüchtigten sich hier, in der großen Gleichheit der Internierung, wo ein Werk nach seiner Qualität und nicht nach den Beziehungen seines Urhebers beurteilt wurde.

Das Café war Treffpunkt für Pokerrunden[85] und wurde rasch auch zum Schauplatz denkwürdiger Darbietungen: Der Schriftsteller Richard Friedenthal rezitierte aus dem Gedächtnis Auszüge aus seinem 1931 erschienenen Buch *Die weißen Götter*, einem historischen Roman über die Eroberung Mexikos.[86] Fred Uhlman erzählte, wie er in Paris tropische Fische verkauft und eine Wasserknappheit seinen Lebendbestand vernichtet hatte. Bald begann auch Schwitters Hof zu halten – mit einer Mischung aus Anekdoten, die von magischem Realismus durchdrungen waren, absurden Geschichten und Rezitationen seiner Gedichte.

Wie das anarchische Berlin der 1920er Jahre bot Hutchinson seinen Künstlern eine lebendige Gemeinschaft, innerhalb derer ihr Interniertenstatus eine verbindende Perspektive darstellte: die Erkenntnis der Freiheit, eines unsichtbaren Zustands für alle außer denjenigen, denen sie genommen ist. Eine Szene – der notwendige Kontext für jede künstlerische Initiative – hatte sich herausgebildet. Der Nationalsozialismus hatte Peter Fleischmanns künstlerischen Werdegang blockiert. Nun hatten sich Schicksal und Politik verbündet, um ihm eine Gemeinschaft von Mentoren zu bieten, die weit jenseits seiner Möglichkeiten und Hoffnungen lag.

XIII.
Schmelztiegel

Der verdunkelte Waggon ratterte durch die fast vollständige Finsternis. Es war der Vorabend der dritten Bombardierung von Crewe durch die deutsche Luftwaffe.[1] Zuvor waren Peter Fleischmann und etwa 200 der verbliebenen Internierten von Prees Heath aufgefordert worden, ihre Sachen zu packen. Das Lager sollte auf Empfehlung von Rabbi Schonfeld geschlossen und Peter und die anderen umverteilt werden. In dieser Hektik blieb wenig Zeit, sich auf das Kommende vorzubereiten oder darüber nachzudenken, was man zurückließ. Ein Geschäftsmann mittleren Alters packte ein paar der etwa 30 Zentimeter langen Zeltheringe ein, mit denen sein Kuppelzelt am Boden befestigt gewesen war. Peters einzige Souvenirs waren die Zeichnungen, die er auf weggeworfene Briefumschläge gekritzelt hatte.

Die Fahrt nach Liverpool blieb Peter als Abfolge von Geräuschen und Standbildern in Erinnerung, als Szenen ins Gedächtnis eingebrannt wie das unterbrochene Aufflackern von Straßenlaternen durch ein Zugfenster.[2] Er hörte das Knarren von Holz, als sich der Wagen entschlossen in eine Kurve lehnte. Er sah die Gesichter seiner Mitreisenden, Gespenster im bläulichen Schein der Glühbirnen. Er sah das zerknitterte Stoffband, als ein Finger die Jalousien einen Spalt anhob, gefolgt von der augenblicklichen, zornigen Ermahnung der Mitreisenden. Aussteigen; salziger Wind; schlingernde Fähre. Das Getöse beim Anlegen am Hafen. Das Knarren der Seile in der Dunkelheit. Regen wie graue Bindfäden. Eine Reihe triefnasser Männer, die eine steile Straße hinaufstapften. Gittertore mit Stacheldraht. Grelle Fackeln. Ein Kommandostab mit Messinggriff. Und schließlich der Schritt in die staubige Wärme, über die Schwelle von Haus Nummer 1, Hutchinson Square.

Nach mehreren Schicksalsschlägen hatte Peter Fleischmann endlich einmal das Glück auf seiner Seite. Für einen Exil-Waisen mit künstlerischen Ambitionen in einem fremden Land gab es keinen besseren Ort als das Hutchinson Camp, wo der Zufall eine Gruppe der besten und einflussreichsten deutschen und österreichischen Maler zusammengeführt hatte. Am Montag, dem 26. August 1940,[3] endete eine Reise, die sich bis dahin wie ein Treppensturz angefühlt hatte, vorerst mit einer sanften Landung – einer großen Chance.

Am nächsten Morgen versammelten sich Peter, dessen Kleider immer noch unangenehm feucht waren, und seine neuen Mitbewohner vor ihrem neuen Zuhause und warteten im fahlen Licht auf den Zählappell. Nach dem Elend von Warth Mills und der Enge von Prees Heath erschien Hutchinson mit seinem von Blumen gesäumten Rasen, den Holzstühlen, Tischen, Betten, dem Geschirr, der anständigen Verpflegung und der teilweisen Autonomie wie eine »Rückkehr in die Zivilisation«, wie es ein anderer ehemaliger Insasse von Prees Heath ausdrückte.[4]

Hutchinson war sechs Wochen alt. Peter war in ein heranreifendes Universum eingetreten. Die Internierten hatten ihre täglichen Routinen entwickelt – die Lieblingstasse, die bevorzugte Toilettenkabine, der ideale Weg, um den Rasen zu überqueren – Gepflogenheiten, die einen geringen, aber lebenswichtigen Komfort boten. Die tägliche, unverrückbare Lagerroutine vermittelte ebenfalls den Eindruck einer stabilen Struktur. Für diejenigen, die sich nicht zur freiwilligen Morgengymnastik um 7 Uhr auf dem Rasenplatz aufraffen konnten,[5] gab es um 7.30 Uhr den obligatorischen Appell. Frühstück: 8.15 Uhr. Mittagessen: 12.30 Uhr. Abendessen: 19.00 Uhr.[6] Um 21.30 Uhr wurde dann noch ein letztes Mal durchgezählt.

Dank der Organisationstalente von Ahrends und Hinrichsen war auch das Angebot geistiger Erfrischung im Lager gewachsen und vielfältiger geworden. In der Woche, als Peter eintraf, standen nicht weniger als 40 Vorträge auf dem Kulturkalender von Hutchinson. Die Themen reichten von Philosophie über Buchhaltung und mittelalterliche Geschichte bis hin zu den ernährungsphysiologischen Vorteilen von Obst (Titel: »Frage: ›Warum sollten wir Orangen essen?‹, Antwort: ›Vitamine‹«). Daneben führte ein junger Absolvent des Royal College of Music, Hans Fürth, Werke von Brahms und Schubert auf, begleitet von dem impressionistischen Maler Fritz Salomonski auf der Violine.[7]

Für Internierte, die ihr Französisch auffrischen wollten, gab es einen wöchentlichen »Cercle Français«, der von Dr. Arthur Bratu geleitet wurde,[8] einem Lehrer, der aus Deutschland nach Belgien geflohen war, bevor er mit einem Fischkutter nach Großbritannien gelangte.[9] Wer sich für Fotografie interessierte, konnte an wöchentlichen Kursen teilnehmen, die von Paul Henning, einem Mitglied des Künstlercafés, angeboten wurden. Es gab Fußballspiele, Schachturniere, Boxkämpfe und Wanderungen durch die von Schilf und Kreuzkraut geprägte Landschaft der Insel, wenn auch unter bewaffneter Aufsicht. Nachmittags konnte Peter einer Art Proto-Aerobic auf dem Rasen zuschauen: Gymnastik zu Musik, angeleitet von dem Turnlehrer Kurt Böhm.[10] Für einen jungen Waisenjungen aus Berlin war das überwältigend.

»Künstler? Malerei? Konzerte? Umsonst? Jeden Tag? Das war unfassbar«, erinnerte sich Peter später.

Im Hutchinson Camp gab es keinen Mangel an Abwechslung. Es bestand sogar die Möglichkeit, einer bezahlten Arbeit nachzugehen. Die Lagerbank bestand aus einem Leiter und mehreren Angestellten; das Post- und Paketamt beschäftigte einen Postmeister und vier Angestellte. Sechzehn Männer bildeten die Feuerwehr und den Luftschutzdienst und übten regelmäßig den Umgang mit den tragbaren Wasserpumpen, den sogenannten Kübelspritzen. Hinzu kamen ein Arzt und zwölf Bahrenträger.[11]

In den sechs Wochen seit seiner Eröffnung hatte das Lagerbüro auch seine Dienstleistungspalette erweitert.[12] Diese umfasste nun zwei

Schuhmacher, eine Wäscherei, eine Schneiderei, einen Bügelservice, einen Hemdenflicker, zwei Friseure und vier Uhrmacher – Dienstleistungen, die es manchen Internierten ermöglichten, ihre Berufe wieder aufzunehmen, die sie zuvor in ihren Heimatländern hatten aufgeben müssen. Auf Vorschlag von William Hughes, Bertha Braceys Mann vor Ort, reparierten die Vertreter letztgenannter Berufsgruppe auch Uhren von Ortsansässigen außerhalb des Lagers zum Gewerkschaftstarif, allerdings unter der Bedingung, dass die Uhrmacher keine anderen Internierten ausbildeten – vermutlich, um die Existenzgrundlage britischer Handwerker nicht weiter zu gefährden.[13] Wer eine Beschäftigung im Freien vorzog, konnte sich als Holzhacker oder Landarbeiter bewerben.[14] Eine Gruppe junger Männer aus Hutchinson half beim Bau des Inselflughafens, indem sie Gräben aushoben und Kabel verlegten.[15]

Jedermann konnte in der Lagerkantine einkaufen, die von Hans Guttmann,[16] dem Leiter des Buchverlags Hammond, geführt wurde. Guttmann, der von vier Verkäufern unterstützt wurde, erlaubte zudem allen Internierten, Waren auf Kredit zu kaufen, sofern sie nachweisen konnten, dass sie ein Bankkonto außerhalb des Lagers besaßen.[17] Später wurde in allen Internierungslagern, einschließlich Hutchinson, eine maßgeschneiderte Währung eingeführt: einfache Banknoten mit dem Stempel des »Ausgabelagers«.[18]

Das Lager bot neue Möglichkeiten für Männer, die bestehende Fähigkeiten ausüben oder neue Talente entdecken wollten. Vermutlich hatten nur wenige Otto Haas-Heye erkannt, einen angesehenen Modeschöpfer, der mit seinem Berliner Salon Alfred-Marie die Mode der 1920er Jahre mitgeprägt hatte.[19] Als etwa ein Dutzend Männer seine Webschule besuchten und unter seiner Anleitung vorzügliche Teppiche herstellten, erkannte man jedoch seine Arbeit wieder.[20]

In einer Tischlerschule wurde das Arbeiten mit Holz unterrichtet, während eine andere Gruppe Kunstblumen und ausgestopfte Tiere herstellte. Manche Stücke waren von ausgesprochen hoher Qualität. Michael Corvin schrieb über Leon Kuhmerkers Talent zur Herstellung von Kunstblumen: »Die [Blumen] bestehen hauptsächlich aus feinem farbigem Leder, und ihr Aussehen ist erstaunlich lebensecht. [...] Keine Blume verlässt den kleinen Laden, die nicht perfekt in der Form und einzigartig in der Herstellung ist.« In Douglas wurde ein Laden eröffnet, in dem von den Internierten hergestellte Artikel verkauft wurden, darunter Teppiche aus der Webschule und von den Tischlern gefertigte Modellboote.[21] In ihrer Funktion als Vorsitzende des Central Department for Interned Refugees organisierte Bertha Bracey für die meisten Werkstätten und Schulen die erforderlichen Materialien.

Keine der bezahlten Arbeiten war jedoch für Peter von Interesse. Er gehörte zwar zu den wenigen »mittellosen« Fällen in Hutchinson,[22] die über keinerlei Einkommen oder Geld verfügten, um ihr Leben im Lager zu finanzieren,[23] aber er hatte dennoch erkannt, dass die aufkeimende künstlerische Aktivität, die er in Prees Heath gesehen hatte, nichts im Vergleich zu dem kreativen Zentrum gewesen war, in dem er sich nun befand. Kurz nach seiner Ankunft im Lager hatte Peter einen seltsam aussehenden Künstler in einer Ecke des Platzes sitzen sehen. Er beobachtete, wie dieser den Vorbeigehenden anbot, gegen Honorar in nur fünf Minuten ihr Porträt zu zeichnen.[24] Der Mann, der so geschäftstüchtig war wie ein Karikaturist am Times Square, der flanierende Touristen abfängt, verlangte für seine Porträts einen gestaffelten Preis: drei Pfund für Kopf und Schultern, vier Pfund für Kopf, Schultern und Arme und fünf Pfund für eine Halbfigur.[25]

Als Peter erfuhr, dass es sich bei dem Mann im Lodenmantel um den berühmten Dadaisten handelte, war er zwar etwas erstaunt über die Geradlinigkeit der Porträts,[26] meldete sich aber sofort zu den von Schwitters veranstalteten Zeichenkursen an, die bei denjenigen beliebt waren, die das Malen lernen oder den Prominenten einfach nur näher kennenlernen wollten. Unter Schwitters' Anleitung malte Peter Stillleben, die Gegenstände aus seiner unmittelbaren Umgebung zeigten: seine Schuhe, sein Messer, seine Gabel und seinen Teller, Blumen. Auch außerhalb des Unterrichts setzte er seine Arbeit fort und malte auf den Buchdeckeln, die er von den Büchern abriss, die er in der Lagerbibliothek ausgeliehen hatte.

»Ich wollte immer schon malen, und hier bot sich die Gelegenheit«, erinnerte sich Peter. »Endlich konnte ich jeden Tag, von morgens bis abends, malen und lernen.«[27]

Peter lernte schnell, und als er mit einem Bild von seinen Schuhen den ersten Preis in einem Kunstwettbewerb des Lagers gewann, erregte er bald die Aufmerksamkeit der anderen Künstler.

»Ich teilte die Überzeugung der älteren Künstler, dass er ein Naturtalent war, ein geborener Künstler, der einfach nicht aufhören konnte zu arbeiten und zu lernen«, stellte Hinrichsen fest.[28]

Die Nähe zu den Größen der deutschen und österreichischen Kunstszene verstärkte Peters Sehnsucht danach, was ihm zuerst durch die Nazis und dann durch die Briten verwehrt worden war: eine künstlerische Ausbildung. Hier schuf Hutchinson bald eine wertvolle, fast berufsvorbereitende Grundlage. In *Zentrum des Schreckens*, Graham Greenes Kriegsroman über einen Flüchtling, der sich als Spion entpuppt, geht es um die einzigartige Kameradschaft der Exilanten, die, vereint in ihrem tragischen Schicksal, »immer Freunde hatten«.[29] In Hutchinson erlebte Peter Fleischmann erstmals dieses wohlmeinende Netzwerk der Unterdrückten.

Sein jugendlicher Enthusiasmus und Eifer machten Peter zu einem nützlichen Lehrling für die älteren Künstler, die ihre Kenntnisse an ihn weitergaben. Er lernte, wie man mit Zahnpasta einen Malgrund vorbereitete, und wie man Mineralien fand und zerkleinerte, um sie anschließend mit dem Öl aus Sardinenbüchsen zu mischen und daraus Farben herzustellen. Er überredete mehrere Internierte mit buschigen Augenbrauen, ihm ein paar Haare zu überlassen, welche er zu Pinseln verarbeitete, die Fritz Kraemer später bei seinen zarten Porträts verwendete.[30]

Hellmuth Weissenborn, der die Begeisterung für Scherenschnitte ausgelöst hatte, brachte Peter bei, wie man Schuhcreme, Bleistiftpulver und Margarine zu Druckfarbe mischte. Weissenborn war es kurz vor seiner Verhaftung gelungen, seine Gravierwerkzeuge und einige Buchsbaumklötze einzupacken.[31] Um Drucke herzustellen, schnitt er kleine Stücke Linoleum vom Dachboden des Hauses zurecht,[32] dann zeigte er Peter, wie man eine Wäschemangel für den Linoldruck einstellte. Die Bildhauer Paul Hamann und Georg Ehrlich zeigten Peter, wie man Ton, den man bei einem bewachten Spaziergang in den örtlichen Hügeln ausgrub, zurück ins Lager schmuggelte – ein umgekehrtes Verfahren wie bei den Tunnelbohrern in den Kriegsgefangenenlagern, die ihre Erde aus den Hosenbeinen schüttelten. Die älteren Männer zeigten Peter, wie man Sandstein bearbeiten und Güsse anfertigen konnte, und von Ernst Müller-Blensdorf lernte er, wie man aus Brennholzblöcken Schnitzereien anfertigen konnte.[33] Die Ausbildung war praktisch und grundlegend.

»Alles, was danach kam«, sagte er, »war nur eine Wiederholung.«[34]

Der Teenager war nicht der Einzige, der angeregt wurde, sich kreativ auszudrücken. Andere, die sich nie für künstlerische Tätigkeiten interessiert hatten, fanden zu einfachen Formen der Selbstentfaltung. Inspiriert durch das Beispiel der Handwerker in seinem Haus, schnitzte Hans Gussefeld[35] aus den hölzernen Zeltheringen, die er als Souvenir aus Prees Heath mitgenommen hatte, Brieföffner in Form eines Krokodils. Ein junger Möbelbauer, Frank Herbert Jacob,[36] schnitzte eine Holzfigur eines tauchenden Mädchens, ein Stück, das von »bemerkenswertem Geschick« zeugte, wie ein Lagerkritiker es ausdrückte.[37] Jacob wurde ordnungsgemäß im Künstlercafé aufgenommen.

Peter hingegen verfügte über ganz andere Qualitäten – er war begabt genug, um zu erkennen, dass sein bisheriges Werk elementar und rein gegenständlich war.[38] Er strebte danach, nicht nur die rudimentäre Beziehung zwischen Objekten und Raum darzustellen, sondern zu erforschen, was diese Beziehung bedeuten könnte. Zu diesem Zweck lud Schwitters den jungen Künstler in sein Atelier auf dem Dachboden in Haus 19 ein, was selten vorkam.

Schwitters hatte keinerlei Vorbehalte, Peter in sein Allerheiligstes einzulassen, wo er sein weniger traditionelles, für Kritik anfälligeres Werk aufbewahrte. Sein 21-jähriger Sohn Ernst[39] war ebenfalls interniert, wurde aber erst im November 1940 zu seinem Vater nach Hutchinson verlegt. Als er dort eintraf, empfanden viele Mitglieder des Künstlercafés sofort eine Abneigung gegen den jüngeren Schwitters, den Hinrichsen als »arrogante und rechthaberische Göre, sichtlich neidisch und feindselig« charakterisierte.[40] Uhlman schrieb, dass Schwitters' »grässlicher Sohn« sich vielleicht sogar »für seinen Vater schämte«.[41] In Peter, der drei Jahre jünger war als Ernst, hatte Schwitters hingegen einen interessierten, dankbaren Jünger.

Peter fand eine anarchische Szenerie vor: Der Boden war ein Schlachtfeld aus abgestellten Tellern, altbackenen Brotstücken und verschimmelndem Käse. In einer Ecke hatte der Künstler unter einem Tisch eine Art Festung aus Decken gebaut, in der eine Matratze versteckt war. Anderswo im Raum standen Stockmännchen,[42] geschnitzt aus den Beinen des Klaviers, das der Musiker Rawicz zertrümmert hatte.[43] Peter war überrascht, eine mit Collagen geschmückte Mansarde zu sehen, die nichts mit den Porträts gemein hatte, die Schwitters auf dem Rasen des Lagers feilbot, und die er, vielleicht aus Angst vor dem Spott seiner Kollegen, nur den Wenigen zeigte, die er in sein Atelier einlud.[44]

Drei hohe, graue, seltsam riechende Türme beherrschten den Raum. Als Peter genauer hinsah, erkannte er, dass sie aus altem Haferbrei bestanden. Sie waren mit allerlei Fundstücken übersät: Briefmarken, Zigarettenschachteln, Nägeln, Kieselsteinen und Muscheln.[45] Gebaut aus den Resten, die Schwitters auf seinen Runden nach dem Frühstück in einem Eimer sammelte, hatten die Türme inzwischen regenbogenfarbene Schimmelflecken bekommen und verströmten einen leicht fauligen Geruch.

Schwitters ignorierte die Neugierde des Jungen und zeigte Peter, wie man Farben mischte. Auf Drängen seiner Frau hatte Captain Daniel den Künstlern zwar Material zur Verfügung gestellt; Schwitters hatte jedoch durch die Wirren der letzten Monate gelernt, nichts für gegeben zu halten, und fand deshalb, dass die Selbstversorgung eine nützliche Fähigkeit für jeden internierten Künstler sei. Er nahm einen losen Ziegelstein zur Hand, von welchem er ein rötliches Pulver abrieb. Sobald er genug Pulver gewonnen hatte, fügte er Leinöl hinzu, sodass eine farbige Paste entstand. Peter beobachtete den Künstler, der mehr als doppelt so alt war wie er, bei seiner Arbeit in der seltsamen, chaotischen Umgebung seiner provisorischen Wirkungsstätte.

Nicht alle waren von der Anwesenheit des Künstlers so angetan. Die Geduld der Mitbewohner in Haus 19, die Schwitters bereits durch sein Gebell auf eine harte Probe gestellt hatte, war am Ende, als die Rückstände des Breis durch die Decken in die unteren Stockwerke sickerten. Die Erfahrung, mit einem Exzentriker zusammenzuleben, erwies sich für die Männer als wenig beneidenswertes Arrangement.[46]

Kunst ist, unter anderem, oft das Streben nach Stille inmitten des Chaos – dieselbe Stille, die auch das Gebet im Auge des Sturms kennzeichnet, wie es der Schriftsteller Saul Bellow[47] einmal formuliert hat.[48] Für Peter war die künstlerische Ausbildung nicht nur Mittel zum Zweck, sondern ein Zugang zum innersten Bereich der Schöpfung, wo die Welt geordnet und gestaltet werden kann und in gewisser Weise auch aller Aufruhr verstummt.

Für die meisten Insassen von Hutchinson lag der Aufruhr näher unter der Oberfläche. Sobald die Männer erkannten, dass ihre unmittelbaren Bedürfnisse befriedigt wurden, zumindest für den Augenblick, ließen die Systeme der geistigen und körperlichen Anpassung nach – jene kurzfristigen Widerstandsfähigkeiten, die es einem Menschen ermöglichen, in akuten Stresssituationen zu überleben. An ihre Stelle traten die hartnäckigen und unangenehmen Ängste um alles im Leben, was über die Grundbedürfnisse nach Nahrung und Unterkunft hinausging. Kein noch so sonniger Tag und keine noch so angenehme Freizeitgestaltung konnte die Männer mit Ehefrauen, Kindern oder aufgegebenen Geschäften von der quälenden Erkenntnis ihrer Situation ablenken. Sie wussten nicht, wie ihre Familien ohne ihr Einkommen überleben sollten, und waren sich der Unsicherheit sowohl ihrer eigenen Lage als auch der Großbritanniens im Allgemeinen bewusst. Die Grundstimmung war gereizt, nervös. In den Worten des Oxford-Dozenten Professor Jacobsthal »brodelte Hutchinson vor Wut und Erregung«.[49]

Es herrschte eine schwelende Empörung über die Absurdität und Groteske, dass man Männer und Frauen verhaftet und interniert hatte, weil sie im Verdacht standen, mit eben jenem Regime zu sympathisieren, von dem sie verfolgt worden waren. Oswald Volkmann fasste die weit verbreiteten Gefühle unter den Internierten in einem bitter-ironischen Gedicht mit dem Titel »Treue« zusammen, in dem er darauf hinwies, dass viele der Internierten gegen die Nazis gekämpft hatten, wohingegen Großbritannien vor dem Krieg törichterweise eine Art Beschwichtigungsabkommen mit Hitler angestrebt hatte.

We have been Hitler's enemies
For years before the war.
We knew his plans of bombing and
Invading Britain's shore,
We warned you of his treachery
When you believed in peace,
And now we are His Majesty's
Most loyal internees.[50]

Wir waren schon Jahre
Vor dem Krieg Feinde Hitlers.
Wir kannten seine Pläne,
Britanniens Küsten zu bombardieren und zu überfallen,
Wir warnten euch vor seiner Heimtücke,
Als ihr noch an den Frieden glaubtet,
Und jetzt sind wir die treuesten
Internierten Seiner Majestät.

Das Unbehagen der Männer wurde durch die Tatsache verstärkt, dass die drohende Gefahr einer deutschen Invasion in Frankreich zwar offenbar abgenommen hatte, die Politik der Regierung jedoch nicht entsprechend geändert worden war.

»Einige von uns glaubten, unsere Not wäre auf die akute Gefahr zurückzuführen, in der sich das Land befand«, schrieb ein Internierter. »Aber als die Krise abgewendet war und wir weiterhin wie Ausgestoßene behandelt wurden, verzweifelten viele.«[51]

Während seiner Zeit als Rechtsanwalt in Stuttgart hatte Fred Uhlman erlebt, wie Männer, die wegen eines Verbrechens verurteilt worden waren, in Erwartung ihrer Strafe akute Angst empfanden, die sich aber »auf wundersame Weise entspannten«,[52] sobald der Richter das Strafmaß verkündete. Für die Internierten von Hutchinson bedeutete das Fehlen eines zeitlichen Rahmens, jener elementaren Gnade, die selbst Dieben und Mördern zuteil wurde, eine »besondere Folter«, wie Uhlman es ausdrückte. »Ich wusste nicht, ob ich in sechs Tagen, sechs Monaten oder sechs Jahren entlassen würde.«[53]

Um die Fassung zu bewahren, bedurfte es einer beständig genährten Überzeugtheit von der eigenen Unschuld, einer Immunität gegen Verzweiflung und einer Prise angeborenen Glücks. Klasse, Status oder Reichtum boten hier im Lager keinerlei Schutz. Jeden Tag beobachtete Peter, wie der Dichter, ehemalige Tennisstar und Spross einer der ältesten und reichsten Familien des Kaiserreichs, Graf Franz Josef von Matuschka[54] – von seinen Freunden nur »Graf« genannt – in einem undurchdringlichen Nebel der Niedergeschlagenheit traurig am Stacheldrahtzaun entlangwanderte.[55]

Die Mischung aus Sorge und Ungewissheit begann manche Männer krank zu machen. Uhlman litt unter Magenkrämpfen und Schwindelgefühlen, die er auf die nervliche Anspannung aufgrund seiner misslichen Lage und der Befürchtung zurückführte, dass »irgendetwas in meiner Akte beim Innenministerium meine Entlassung verhindern könnte«. Er hatte allen Grund, sich elend zu fühlen. Kurz nach seiner Verhaftung hatte seine Frau Diana das erste Kind des Paares zur Welt gebracht.[56] Jede Woche, die man von seinem Baby getrennt verbringt, ist ein verpasster Meilenstein. Uhlman und die anderen Lagerinsassen empfanden solche Verluste als zutiefst ungerecht. Mit jedem Umschlag, der einen zensierten Brief eines geliebten Menschen enthielt, wurden ihre Hoffnungen geweckt und dann unweigerlich wieder enttäuscht.

Uhlman war mit seinen persönlichen Nöten nicht allein.[57]

»Die Gefangenschaft bedeutet einen Bruch in der Kontinuität der Existenz, eine Unterbrechung des normalen Lebensflusses«, schrieb der Oxford-Professor Paul Jacobsthal in sein Lagertagebuch. Kurz gesagt, so schloss er, »verursacht sie ein Trauma«. Hellmuth Weissenborn behauptete, dass die Pflicht zum Töten feindlicher Soldaten im vorangegangenen Krieg eine leichter zu ertragende Last gewesen sei als die Internierung, die, wie er schrieb, eine »permanente Quälerei« darstelle.[58]

Peter empfand kaum etwas von dem Zorn, den jene Männer zum Ausdruck brachten, die sich vor Sorge um ihre Angehörigen außerhalb des Lagers verzehrten. Nachdem sein Onkel es versäumt hatte, Peters Briefe abzuschicken, wusste die Haushälterin seines Großvaters nicht, ob der Junge, den sie versteckt hatte, überhaupt sicher nach Großbritannien gelangt war. Auch zu Echen, der Erbin, bei der er seine Sommerferien verbracht hatte, war der Kontakt abgerissen. Peter wurde nicht nur von niemandem zu Hause erwartet, sondern er hatte auch kein Zuhause.

Sein Freund und ehemaliger Kollege, Donald Midgley, war die einzige Verbindung zur Außenwelt, der einzige Mensch, für den Peter seine 24 geschriebenen Zeilen verwenden konnte, die ihm wöchentlich genehmigt waren. Anfangs schrieb er Donald, der mit der Royal Air Force nach Birma versetzt worden war, regelmäßig. In seinen Briefen schilderte Peter die lebhafte und außergewöhnliche Gemeinschaft der Flüchtlinge, in der er gelandet war. Jede Woche hoffte Peter, eine Antwort zu erhalten – und schließlich kam auch eine. Es sei nichts gegen Peter persönlich gewesen, erklärte Donald, aber sein kommandierender Offizier habe sich gefragt, warum ein britischer Soldat Briefe von einem Deutschen erhalte, der unter dem Verdacht stehe, ein Spion zu sein. Sein Vorgesetzter habe ihm nahegelegt, keinen Kontakt zu einer Person zu pflegen, deren Loyalität zu Großbritannien zweifelhaft sei. Die Korrespondenz müsse daher vorläufig eingestellt werden, teilte Donald seinem Freund mit.[59]

Peter hatte gelernt, dass es besser war, sich nicht um den Lauf der Zeit zu kümmern (später im Leben konnte er sich nicht einmal mehr entsinnen, in welchem Jahr er nach England gekommen war). »Ich wusste nicht, was die Zukunft bringen würde, und ich konnte die Vergangenheit nicht zurückholen«, erinnerte er sich an seine gelassene

Akzeptanz der Umstände. Die geschlossene Umgebung von Hutchinson, in der sowohl seine körperlichen als auch seine geistigen Bedürfnisse zum ersten Mal befriedigt wurden, hielt ihn noch mehr davon ab, die Monate zu zählen. Wir zählen nicht die Tage, von denen wir hoffen, dass sie ewig dauern. Die älteren Künstler waren erstaunt über die scheinbare Unerschütterlichkeit ihres neuen Schülers.

»Peter schienen die Unannehmlichkeiten und Härten der Internierung erstaunlich gleichgültig zu sein«, stellte Hinrichsen fest.[60] »Er wollte nur zeichnen und malen.« In dieser Hinsicht war Peter fast eine Ausnahmeerscheinung. Unter den Künstlern war nur Ludwig Meidner,[61] den ein zeitgenössischer Kritiker als den »heißesten Krater« in der »vulkanischen Epoche« des Expressionismus bezeichnete,[62] darauf erpicht, interniert zu bleiben.

Unter den jüngeren Internierten, die weniger in die Außenwelt investiert und daher weniger Anlass zu Sorge oder Sehnsucht hatten, war Peters Haltung jedoch nicht ungewöhnlich.

»Das Lager hier ist ganz wunderbar«, schrieb der 17-jährige Baruch Emmanuel in einem Brief an seine Tante.[63] Für manche Männer aus der Arbeiterschicht war die Möglichkeit eines Aufenthalts am Meer mit Vollpension ein Luxus, der ihnen sonst vielleicht versagt geblieben wäre. Ein älterer orthodoxer Jude, der am Zaun stand und auf das Meer starrte, soll gesagt haben: »Na, das hätte ich mir nie leisten können, oder?«

Am besten erging es denjenigen Internierten, die an ihre frühere Routine und Beschäftigung anknüpfen konnten. Im Gegensatz zu Kästner und Corvin, Schriftstellern ohne eine Heimat für ihre Arbeit, hatte der politische Autor Heinrich Fraenkel eine erfolgreiche Karriere als freiberuflicher Journalist in Großbritannien aufgebaut: Unter dem Pseudonym »Assiac« – »Caïssa«, die Göttin des Schachs, rückwärts buchstabiert – erstellte er wöchentliche Schachrätsel für die Zeitschriften *New Statesman* und *Nation*.[64] Vor seiner Verhaftung hatte er sich mit dem Bonvivant und Verleger Victor Gollancz getroffen, um die Möglichkeit zu erörtern, ein Buch über die Erlebnisse eines deutschen Antinazis im Großbritannien der Kriegszeit zu schreiben.[65] Zwei Wochen nach Fraenkels Ankunft im Lager schickte Gollancz ein Telegramm, in dem er das Buch in Auftrag gab.[66]

Captain Daniel, der vielleicht fürchtete, was Fraenkel über ihn schreiben würde, stellte dem Autor eine Schreibmaschine, einen Schreibtisch, ein eigenes Zimmer und einen großzügigen Vorrat an Papier und Durchschlagpapier zur Verfügung.[67] Für Fraenkel war die Internierung nicht mehr als eine »kleine Unannehmlichkeit« – eine Einschätzung, die eindeutig von der Tatsache beeinflusst war, dass ihn der Kommandant sowohl von der abendlichen Ausgangssperre als auch vom Morgenappell befreit hatte.[68] Dank der Routine und der Vertiefung in seine Arbeit gelang es Fraenkel, die psychischen Probleme zu vermeiden, unter denen seine Freunde litten.[69]

Ein anderer Mann war Straßenkehrer in Wien gewesen. In Hutchinson sah man ihn jeden Tag mit einem Besen in der Hand unermüdlich die Straßen zwischen den Häuserzeilen fegen.[70] Wie Fraenkel fand auch dieser Mann Trost darin, dass er sein berufliches Muskelgedächtnis trainierte, unbeeindruckt von allen Veränderungen um sich herum. Routine stärkt die Resilienz, den Panzer der Sinnhaftigkeit.

»Arbeit ist das Einzige, was gegen die schwarze Sucht der Seele hilft«, schrieb Uhlman in sein Tagebuch.

Es war Paul Hamann, der Peter schließlich die Mitgliedschaft im Künstlercafé anbot, einem halb-exklusiven Club, der bis zu diesem Zeitpunkt eine untere Altersgrenze von 20 Jahren vorgesehen hatte.[71] Im Café erblickte Peter eine Mischung aus neuen und bekannten Gesichtern. Neben Ernst Müller-Blensdorf, den Peter als den Bildhauer mit den riesigen Händen aus Warth Mills wiedererkannte, war auch einer seiner Mitbewohner aus Haus 1 anwesend: der junge Oskar Wenzel, ein Kunstlehrer, der an der Reimann School of Art and Design in London Schaufensterdekoration unterrichtete.[72] Fred Uhlman, der Stuttgarter Rechtsanwalt, der sich der Malerei verschrieben hatte, war eine neue Figur und schien eine dominierende Präsenz zu sein; der an einer Meerschaumpfeife nuckelnde Künstler wirkte auf den Teenager »emotional und romantisch«.[73]

Das Waschküchencafé war eine kümmerliche Nachahmung der Berliner und Wiener Etablissements, die viele aus der Gruppe einst besucht hatten. Für Peter war das Gefühl der Zugehörigkeit jedoch wichtiger als ästhetische Erwägungen in Bezug auf Dekor oder Ambiente. Ohnedies gehörte er zu den wenigen Internierten, die so arm und unbedarft waren, dass ihnen die karge Lagerverpflegung sowohl reichlich als auch schmackhaft erschien. Peter beobachtete Kurt Schwitters aufmerksam bei seinen Darbietungen. Seit der Dadaist das Café besuchte – angelockt durch die Aussicht auf Kuchen, wie Hinrichsen vermutete[74] –, trug er dort versuchsweise Gedichte vor, die er bald einem breiteren Lagerpublikum nahebringen wollte. Peter verfolgte diese intimen Rezitationen mit großer Aufmerksamkeit und prägte sich sogar Auszüge davon ein.[75]

Neben Diskussionen über Kunst und Deutschland drehten sich die Gespräche im Künstlercafé auch immer wieder um die zwiespältige Figur Ludwig Warschauer, dessen Bekanntheitsgrad in den letzten Tagen noch gestiegen war. Kurz nach seiner Auseinandersetzung mit Hinrichsen hatte man Warschauer dabei gesehen, wie er zum Haupttor von Hutchinson geschritten war und der Wache einen an Captain Daniel gerichteten Zettel überreicht hatte.

»Sehr geehrter Herr«, hieß es darin. »Ich muss mit Sir William Bottomsley in Kontakt treten und wäre Ihnen dankbar, wenn Sie dies arrangieren könnten.«[76]

Bottomsley war der Vorsitzende von Unilever, Captain Daniels früherem Arbeitgeber. Warschauers Versuch, die Lagerhierarchie zu umgehen, um eine Privataudienz zu erhalten, war erfolgreich: Der Kommandant nahm an, dass es sich bei Warschauer um eine wichtige Person handeln müsse, und lud ihn in sein Büro ein. So wie Warschauer Zwang auf diejenigen ausübte, die er als untergeordnet betrachtete, setzte er Charme und Schmeichelei gegenüber den Machthabern ein. Er schüttelte dem Kommandanten die Hand und setzte ein Lächeln auf, das eine Reihe platinierter Zähne freigab.[77] Dann unterbreitete er Captain Daniel seine Ideen. »Dieser Krieg braucht nicht noch mehr Akademiker«, sagte Warschauer in Anspielung auf das anspruchsvolle

Kulturprogramm von Hinrichsen und Ahrends, »sondern Praktiker – junge Leute, die wissen, wie man etwas zustande bringt.«

Dann umriss er seine Vision einer Technischen Schule, die innerhalb des Lagers eingerichtet werden und als Bildungseinrichtung betrieben werden könnte, um junge Internierte in verschiedenen Bereichen der Technik auszubilden. Das Projekt würde nicht nur dem Müßiggang ein Ende bereiten, meinte Warschauer, sondern den jungen Männern von Hutchinson auch Qualifikationen vermitteln, die sich bei ihrer Entlassung als nützlich für sie selbst und für die Kriegsanstrengungen Großbritanniens erweisen würden. Warschauers derzeitiger Arbeitgeber in England könnte Glimmerplatten zur Verfügung stellen, die von den Schülern für ihre Projekte verwendet werden könnten, und vielleicht könnte die Schule dem Lager eines Tages sogar etwas Geld einbringen.

Warschauer zufolge gefiel Captain Daniel »der Plan überhaupt nicht«.[78] Was, wenn die jungen Leute ihr neu erworbenes technisches Wissen nutzten, um Schwierigkeiten zu machen, oder womöglich gar, um dem Feind zu helfen? Im Gegensatz zu den anderen Internierten sah Captain Daniel, der von Warschauers Charme und Selbstvertrauen beeindruckt war, in Warschauer jedoch keinen Tyrannen, sondern einen emsigen Macher. Vielleicht, so schlug Daniel vor, ließe sich ein Gebäude für Warschauers Unternehmung finden. Bis dahin solle der Ingenieur eine Stelle in der Kulturabteilung erhalten und dort in enger Absprache mit der Lagerleitung einen Unterrichtsplan erstellen.

Warschauers neue Funktion in der Kulturabteilung führte umgehend zu Spannungen. Der Gründer der Abteilung, Bruno Ahrends, störte die Präsenz dieses Abweichlers innerhalb seiner streng geregelten Organisation. Zu Ahrends' Missfallen nahm Warschauers tägliches Unterrichtsprogramm den gesamten Tag in Anspruch, so dass den jungen Männern keine Zeit blieb, sich mit anderen Dingen zu beschäftigen, die ihnen eine breitere Ausbildung ermöglicht hätten. Die Spannungen nahmen derart zu, dass Ahrends Warschauer sogar vorwarf, die kulturelle Bildung der jungen Männer im Lager zu sabotieren.

»Wenn ich das Wort ›Kultur‹ höre, entsichere ich meinen Revolver«, soll Warschauer in Anlehnung an ein berühmt-berüchtigtes Goebbels-Zitat gesagt haben, das jeder kennt, der wegen seines künstlerischen Schaffens aus Deutschland vertrieben wurde.[79]

Für eine Gemeinschaft von Männern, die wegen ihrer Kunst erst geächtet und dann aus ihrem Land vertrieben worden waren, war dies eine nur allzu vertraute Haltung. Allerdings hatten nur wenige jemals einen Juden auf diese Weise einen Nazi zitieren hören. Sollte Warschauer ein Vertreter jener ominösen Gruppe sein, mit deren Existenz man ihre Internierung begründet hatte: der Fünften Kolonne? Die Wahrheit über Warschauers Vergangenheit sollte vorerst im Dunkeln bleiben. Doch für seine Mitgefangenen gab es kaum Zweifel, was für ein Mensch er war.

»Im Herzen und von seinem Temperament her war er ein Faschist«, urteilte Hinrichsen.[80]

Wenn Warschauer schon verdächtig war, so gab es noch mehr Hinweise darauf, dass die Briten mit Hilfe des weit gespannten Netzes der Masseninternierung auch ein paar Feinde ins Land geholt hatten. Vier Türen weiter von Peters Schlafzimmer in Haus 1 lebte Dr. Heinrich Arnoldi,[81] der nicht nur engstirnig und humorlos war,[82] sondern auch ein stolzer Faschist. Fred Uhlman hatte Arnoldi dabei beobachtet, wie er zum Horizont blickte und die Textzeile »Heut' fahr'n wir gegen Engelland« anstimmte, als wollte er eine Invasionsmacht herbeirufen. Für Männer, die verdächtigt wurden, als Flüchtlinge getarnte Nazi-Spione zu sein, war es eine erschreckende Erkenntnis, dass es im Lager echte Maulwürfe geben könnte. Wenn das stimmte, wie lange würden sie dann wohl hinter Stacheldraht bleiben müssen, bis die Schafe von den Ziegen getrennt wären?

XIV.
Erste Abschiede

In den warmen Juliwochen, als die Internierten von Hutchinson ihre Anführer und Köche ernannten, den Zeitplan für Vorträge und Unterhaltungsveranstaltungen aufstellten und Malen lernten, lag einige Hundert Kilometer entfernt in einer Ecke eines Internierungslagers in Devon ein Stapel Koffer. Diese aus dem Wrack der Arandora Star geborgenen, nicht abgeholten persönlichen Gegenstände waren das traurige Gepäck der kürzlich Verstorbenen. Es war ein kleinerer Haufen von Habseligkeiten als die, die vor den Türen zu den Duschräumen in den Vernichtungslagern zurückgelassen wurden, aber dennoch sinnbildlich für das erlittene Unrecht. Während die aufgeblähten Leichen an die Strände Irlands und der Hebriden gespült wurden, kamen immer neue Einzelheiten über die Tragödie ans Licht, die weitere Zweifel an der offiziellen Version der Ereignisse aufkommen ließen.

Am 30. Juli wurde Kriegsminister Anthony Eden im Unterhaus gefragt, ob die Regierung sicher gewusst habe, dass, wie zuvor behauptet, jeder an Bord der Arandora Star ein Nazi-Sympathisant gewesen sei. Inzwischen wusste Eden mit Sicherheit, dass dies nicht der Fall gewesen war.

»Dreiundfünfzig [Deutsche und Österreicher an Bord] waren oder behaupteten, Flüchtlinge zu sein, waren aber dennoch in Kategorie A eingestuft worden«, räumte er ein.[1]

In Whitehall erhielten die unpersönlichen Statistiken nun ein menschliches Gesicht. Die Politiker erfuhren, dass sich unter den Toten ein deutscher Seemann befunden hatte, der als Antifaschist nach Großbritannien gekommen war, um dann mit einer »Melange« von Nazi-Sympathisanten interniert zu werden; dass es einen Metallarbeiter gab, der nach vier Jahren Gefangenschaft in Nazi-Lagern nach Großbritannien geflohen war, dort interniert wurde und dann bei dem Schiffsuntergang ums Leben kam; dass ein blinder Pensionär zum ersten Mal in seinem Leben von seiner Frau getrennt worden war.[2]

Das Eingeständnis, dass sich an Bord des Schiffes Flüchtlinge vor der nationalsozialistischen Unterdrückung befunden hatten, löste allgemeine Empörung aus und stellte die Politik der Masseninternierung insgesamt in Frage, die immer weniger wie eine rationale Sicherheitsmaßnahme, sondern eher wie eine Opferbeschuldigung im industriellen Maßstab wirkte. Der *Jewish Chronicle*, der noch wenige Monate zuvor das »Recht einer Kriegsregierung, drastisch in die Freiheit des Einzelnen einzugreifen« verteidigt hatte,[3] verglich nun die »schändliche Hetzjagd auf Flüchtlinge« mit »Gestapo-Methoden«.[4] Die Leser stimmten zu. »Es mutet seltsam an, dass man, um die Gestapo im Ausland zu besiegen, es für nötig hält, ihre Methoden im Inland einzuführen«, schrieb Moya Woodside in einem exemplarischen Brief, der im *Northern Whig* erschien. Die Haltung der Öffentlichkeit hatte sich gewandelt. Die Politik musste nun entsprechend reagieren.

Zwar war Großbritannien noch lange nicht in Sicherheit, doch hatte sich die allgemeine Kriegslage inzwischen so weit gebessert, dass, wie Churchill es gegenüber seinem Kabinett formulierte, man nun »hinsichtlich der Internierung von Ausländern eine etwas weniger rigide Haltung einnehmen« könne.[5] Die Verhaftungen, die im Juli noch rund 150 pro Tag betragen hatten,[6] wurden ausgesetzt. Wenn es einem sogenannten »feindlichen Ausländer« bis dahin gelungen war, sich der Verhaftung zu entziehen, würde er höchstwahrscheinlich für den Rest des Krieges frei bleiben. Die Masseninternierung war beendet.

»Vielleicht hat diese Tragödie einem nützlichen, wenngleich schrecklichen Zweck gedient«, sagte Lord Faringdon in einer Rede vor dem Oberhaus in derselben Woche über den Untergang der Arandora Star.

»Möglicherweise hat sie den Verantwortlichen, den Bürgern und der Regierung Seiner Majestät die Augen geöffnet.«

Es dauerte Monate und Jahre, bis der ganze Schlamassel der Internierung aufgearbeitet war. Die Bemühungen der Politiker, sich zu rechtfertigen und von der Episode zu distanzieren, erfolgten dagegen sofort.

»Ich war stets der Meinung, dass [die Gefahr einer Fünften Kolonne] auf dieser Insel übertrieben wurde«, erklärte Churchill am 15. August, bevor er sich selbst rechtfertigte: »Hätte ich [aber] nicht diese besonderen Maßnahmen gegen die Aktivitäten der Fünften Kolonne ergriffen, hätte ich meine Pflicht im Dienste der Landesverteidigung nach meinem Dafürhalten nicht erfüllt.«[7]

Während Churchill sich für Leugnung und Bereinigung entschied, bekundete Innenminister Sir John Anderson, der sich schon früh gegen die Internierung ausgesprochen hatte, eher aufrichtige Reue: »Es sind höchst bedauerliche und unerfreuliche Dinge geschehen«, sagte er am 22. August in einer Rede vor dem Parlament. Die Fehler seien auf die »unvermeidliche Eile« zurückzuführen, mit der die Politik betrieben worden sei. Er räumte jedoch auch »Dummheit und Schlamperei« ein.[8] Der konservative Abgeordnete Victor Cazalet wiederum verkündete, er wolle nicht eher ruhen, bis »diese besudelte Seite unserer Geschichte zerrissen und neu geschrieben worden ist.«

Der durch die Masseninternierungen verursachte moralische und materielle Schaden war inzwischen offensichtlich, nicht nur für die Betroffenen, sondern auch für das Ansehen Großbritanniens im Ausland. In jener Woche meldete der *Spectator*, dass »neun Londoner Korrespondenten führender Zeitungen in neutralen europäischen Ländern« über den »schädlichen Eindruck, der im Ausland durch den Geist und die Methoden« der Flüchtlingsinternierungen entstanden sei, berichtet hätten. »Millionen, die auf der Seite Großbritanniens stehen, beginnen zu zweifeln, ob die britischen Ideale von Menschlichkeit und Gerechtigkeit noch Bestand haben.«[9]

Anderson musste zugeben, dass es sich tatsächlich »um eine Angelegenheit handelt, die den guten Namen dieses Landes belastet«. Eine offizielle Entschuldigung bei den Internierten erfolgte jedoch nie. Im Falle der Flüchtlinge, die ihr Leben durch Ertrinken oder Selbstmord verloren hatten oder Tausende Kilometer von ihren Familien getrennt worden waren, war der durch die staatliche Internierungspolitik verursachte Schaden irreparabel. »Es sind Ungerechtigkeiten begangen worden, die niemals wieder gutgemacht werden können«, hieß es in einem Leserbrief, der im *Spectator* abgedruckt wurde.[10]

Im Augenblick jedoch wollte keiner der Internierten eine Entschuldigung. Sie wollten einfach nur ihre Freiheit. Für den 18-jährigen Peter Fleischmann – der von den Nazis aus seinem Waisenhaus gejagt und mit einem Kindertransport nach Großbritannien gebracht worden war, und dessen Retter ihn schließlich auf einer Insel in der Irischen See interniert hatten – war es ein langer Weg in die Freiheit.

Heinrich Fraenkel stand vor der abblätternden weißen Farbe, den feuchten Hemden und Unterhosen, die an Wäscheleinen aufgereiht waren,[11] und begann, aus dem getippten Brief in seiner Hand vorzulesen. In der Woche, als Peter in Hutchinson eintraf, war das Künstlercafé ein Ort lauterer Debatten als sonst. Am 31. Juli, kurz nachdem das Innenministerium seine Politik der Masseninternierung aufgegeben hatte, veröffentlichte es ein Weißbuch, in dem achtzehn Kriterien aufgelistet waren, nach denen ein Internierter seine Entlassung beantragen konnte. Zunächst löste diese Nachricht große Freude aus: Endlich würden die Internierten freikommen. Die Freude schlug jedoch bald in Bestürzung um.

Zwölf der achtzehn Kategorien gaben lediglich die Kriterien wieder, anhand derer Personen ohnedies von der Internierung hätten ausgenommen sein sollen: Wer zu jung oder zu alt oder zu gebrechlich war oder bereits eine Genehmigung für die Ausübung einer Tätigkeit von nationaler Bedeutung hatte, sollte freigelassen werden. Entlassungen aufgrund politischer Gesinnung, Abstammung oder Zuverlässigkeit waren nicht vorgesehen. Nur diejenigen, die für die Kriegsführung besonders wertvolle Dienste leisten konnten, kamen für eine Entlassung in Frage. Die Bestimmung, dass die Freiheit von der Nützlichkeit und nicht von der Unschuld abhing, war für die jüdischen Flüchtlinge eine schmerzliche Erinnerung an die Welt, aus der sie geflohen waren.

»In Deutschland tragen Juden ..., die für den Krieg arbeiten ... heute eine Armbinde mit der Aufschrift ›nützlicher Jude‹. Ist das nicht dasselbe Prinzip?«, fragte der deutsche Rechtsgelehrte, Flüchtling in Großbritannien und Internierte Gerhard Leibholz in einem Brief an den Bischof von Chichester.[12]

Wissenschaftler und Akademiker konnten nur dann eine Entlassung beantragen, wenn sie sich auf Naturwissenschaften spezialisiert hatten, sehr zum Leidwesen der Dutzenden geisteswissenschaftlich orientierten Akademiker in Hutchinson. Wie ein Abgeordneter sagte, wären nach dieser Einteilung weder der Wissenschaftler Albert Einstein noch der Schriftsteller Thomas Mann oder der Dirigent Arturo Toscanini freigelassen worden. (Ein Albert Einstein wurde 1940 tatsächlich in Großbritannien interniert. Dieser Einstein war jedoch ein Jahr jünger als der berühmte theoretische Physiker – und ein Hersteller von Kunstseide. Er wurde am 30. Januar 1941 entlassen.)

Aktivisten, Politiker und Persönlichkeiten des öffentlichen Lebens reagierten gleichermaßen bestürzt. »[Das] riecht ... nach Hitlerismus«, erklärte der Abgeordnete Rhys Davies. »Männer sollten aus der Internierung entlassen werden, weil sie unschuldig sind, nicht weil sie nützlich sind.« Ein Journalist schrieb, es sei »zutiefst enttäuschend«, dass Freilassungen »eher die Ausnahme als die Regel« seien.[13] »Das Kabinett ist offenbar davon überzeugt, dass, wenn das Innenministerium ... ein paar Hundert freilässt, das Unrecht, das mehr als 73 000 Menschen angetan wurde, wieder gutgemacht ist«, schrieb ein anderer.[14] In einem in der *Times* veröffentlichten, von einflussreichen Persönlichkeiten wie H. G. Wells und Lady Violet Bonham Carter unterzeichneten Schreiben hieß es, dass »die Masseninternierung in Panik konzipiert wurde und nicht nüchtern zu rechtfertigen ist ... eine vollständige Umkehr der Regierungspolitik ist die einzige Lösung.«[15]

Auch das Verfahren für die Beantragung der Entlassung blieb höchst undurchsichtig. Den Internierten wurde kein spezielles Formular zur Verfügung gestellt, so dass jeder Antragsteller selbst entscheiden musste, welche Informationen den mit seinem Fall befassten Beamten möglicherweise wohlwollend stimmen könnten. Die Flüchtlingsorganisationen, welche die Mehrheit der Internierten nach Großbritannien gebracht hatten, wurden »nicht nur ignoriert, sondern implizit von einer Beteiligung ausgeschlossen«, wie die Abgeordnete Eleanor Rathbone es ausdrückte. Das Verfahren, so fuhr sie fort, sei »darauf ausgelegt, dass nur wenige der wenigen, die nominell Anspruch auf Freilassung haben, diese auch tatsächlich erlangen«.

Für die Mitglieder des Künstlercafés gab es wenig Aussicht darauf, die »nationale Bedeutung« ihres Schaffens als Maler, Bildhauer und Dichter nachweisen zu können. Für diese Männer war das Weißbuch weniger ein Dokument der Hoffnung als vielmehr eine Erklärung der Aussichtslosigkeit ihrer Situation. In derselben Woche schrieb der berühmte Komponist Ralph Vaughan Williams in einem Brief an einen Freund, er sei verzweifelt darüber, dass die Künste im Weißbuch nicht berücksichtigt worden seien. »Das Leben des Landes zu befruchten, *ist* von nationaler Bedeutung«, erklärte er und fügte hinzu, dass ein gemeinsamer Brief die Regierung vielleicht davon überzeugen könne, »dass künstlerische und intelligente Menschen, die das Evangelium des Anti-Nazismus verbreiten, eine Bereicherung für das Land sind …«[16]

Vaughan Williams war nicht der Einzige, der diesen Weg in Betracht zog. Heinrich Fraenkel war zwar fieberhaft mit dem Buch beschäftigt, das er im Lager schrieb, doch war er ebenso frustriert wie seine Freunde und Kollegen. Der Autor schlug der Gruppe deshalb vor, einen Brief an seinen Freund Kingsley Martin, den Herausgeber des *New Statesman*, zu verfassen, in dem sie ihre Empörung zum Ausdruck brachten. In einem Leitartikel hatte Martin Anfang des Monats Churchill die Unbesonnenheit der Masseninternierungspolitik vorgeworfen. Hätte der Premierminister die Angelegenheit nur gründlicher durchdacht, hieß es dort, hätte er »die militärische Torheit erkannt, wertvolle Verbündete einzusperren und damit die Kraft seines Appells, für die Befreiung Europas zu kämpfen, zu untergraben«.[17]

Mit Martin als Verbündetem, so Fraenkel, bestünden gute Chancen, dass die Zeitschrift einen Protestbrief gegenwärtig Internierter veröffentlichen und ihr Anliegen damit einer nationalen Leserschaft nahebringen würde. Mehrere Tage lang diskutierten die Mitglieder der Gruppe über den Wortlaut des Briefes. Wenn dieser Wirkung zeigen sollte, mussten der Ton und die Argumentation stimmen. Als man sich auf einen Entwurf geeinigt hatte, verlas Fraenkel den Text vor den Anwesenden im Café.

> *Kunst kann nicht hinter Stacheldraht leben … Das Bewusstsein, dass uns schweres Unrecht angetan wurde, die Unruhe, die das Zusammenleben mit Tausenden anderer Menschen hervorruft, verhindert jegliche Arbeit und Kreativität. Wir sind nach England gekommen, weil wir dort das letzte Bollwerk, die letzte Hoffnung für die Demokratie in Europa sahen. Wir bitten unsere britischen Kollegen und Freunde und alle, die sich für Kunst interessieren, uns zu helfen, unsere Freiheit wiederzuerlangen.*[18]

Als Fraenkel schloss, murmelte das Publikum anerkennend und zustimmend.[19] Nur Friedrich Burschell, der Pfeife rauchende Lagervater, äußerte Vorbehalte. Er wies – nicht ganz zu Unrecht – darauf hin, dass es ungewöhnlich sei, einem Künstler Verpflegung, Unterkunft und Atelierfläche kostenlos zur Verfügung zu stellen. Außerdem widerlege ein kurzer Überblick über die bisher im Lager geschaffene Kunst den entscheidenden Punkt des Briefes, wonach die Gefangenschaft die Kreativität hemme. Wenn überhaupt, dann habe die Internierung einen anregenden Impuls gegeben. Und war es nicht ein Glaubenssatz des Dadaismus, dass Zerstörung die Kreativität anrege?

Die Männer waren an lebhafte Debatten gewöhnt. Als Peter in Hutchinson eintraf, gab es bereits einen vollwertigen Debattierclub nach dem Vorbild seines Äquivalents an der Universität Oxford. In Gruppen wurde über kontroverse Angelegenheiten diskutiert. Manche davon, etwa »dass Zeitungen ein Ärgernis sind«,[20] oder »dass Sparen unklug ist«,[21] spiegelten die jüngsten Erfahrungen der Flüchtlinge wider. Andere – »dass Schönheit bei Frauen wichtiger ist als Intelligenz«,[22] oder, noch kühner, »dass die Sklaverei wieder eingeführt werden sollte«,[23] – waren zwar leicht dahingesagt, aber geradezu spalterisch. Mit seinen Argumenten verließ Burschell jedoch den Bereich des Hypothetischen und nahm auf den unmittelbaren Kontext der Künstler Bezug. Als Nicht-Künstler besaß er die nötige Distanz und Autorität, um das Unsagbare auszusprechen, und so artikulierte er eine unbequeme Spannung, die für jeden im Raum spürbar war: das Tauziehen zwischen der elementaren Sehnsucht nach Freiheit und der künstlerischen Sicherheit ihrer derzeitigen Situation. Nichtsdestotrotz unterzeichneten die Männer den Brief.[24]

Solche philosophischen Debatten über die Rolle der Kunst in der Gefangenschaft interessierten Peter Fleischmann nicht besonders. Nach einem Leben voller Verluste, Vernachlässigung und Kummer hatte er endlich seine Bestimmung gefunden. Für einen Teenager, der im Internierungslager vieles von dem vorfand, was ihm draußen verwehrt blieb, war Freiheit als rechtlicher Status und moralisches Konzept bedeutungslos. Da er von interessanten Menschen und Möglichkeiten umgeben war, stellte Hutchinson eine positive Kraft in seinem Leben dar, auch wenn sein Empfinden von Sinn und Glück offensichtlich auf dem relativen Elend seiner Mentoren beruhte. »Es war der Beginn meines Lebens«, sagte er. »Die Grundlage meines Lebens.«[25]

Seit Veröffentlichung des Weißbuchs der Regierung war das Thema Freilassung praktisch in aller Munde. Es beherrschte die Gespräche im gesamten Lager. »Man muss immer wieder hervorheben, dass die Frage der Entlassung das vorherrschende Merkmal des Lagerlebens ist«, schrieb Bertha Braceys Kollege William Hughes in einem seiner Berichte.[26] Der Hausvater Walter Heydecker fasste die Problematik in einem Gedicht zusammen, dessen erste und letzte Strophen wie folgt lauteten:

O' Isle of bearded Man,
O' Isle of tailless cats,
Mice in the frying pan,
Release-tomorrow chats …

O' world of barbed wire,
Of Herrings, palms and »Why?«
Keep burning your home fires –
Cheerio, farewell, goodbye![27]

Oh Insel der bärtigen Menschen,
Oh Insel der schwanzlosen Katzen,
Mäuse in der Bratpfanne,
Plauderein über die morgige Freilassung ...

Oh Welt des Stacheldrahts,
Von Heringen, Palmen und »Warum?«
Lasst eure Herdfeuer weiter brennen –
Lebt wohl, auf Wiedersehen, ade!

Tatsächlich hatte die erste Gruppe von Männern Hutchinson bereits vor der Veröffentlichung des Weißbuchs verlassen. Für diese Männer war die Freiheit an eine wichtige Bedingung geknüpft: die sofortige Deportation. Das Angebot galt nur für verheiratete Männer, deren Frauen anderswo auf der Insel, im Frauenlager, interniert waren.[28] Den Paaren wurde nur ein einziges 30-minütiges Treffen gewährt, eine kurze, intensive, lebensprägende Begegnung, um zu entscheiden, ob sie das unglaubliche Angebot annehmen wollten.[29] Wenn die Paare schließlich wieder getrennt wurden, kam es zu »herzzerreißenden Szenen«.[30]

Rund 30 Paare nahmen das Angebot an. Die Männer aus Hutchinson verließen das Lager am Dienstag, 30. Juli,[31] und sollten in ein anderes Internierungslager in der Nähe von London verlegt werden, um dort auf das nächste auslaufende Schiff zu warten.[32] Einem Bericht zufolge waren die Vorbereitungen aber derart planlos, dass einige dieser Männer schließlich allein in ihre neuen Aufenthaltsländer weitergeschickt wurden. Ihre Ehefrauen blieben in den Londoner Flüchtlingslagern zurück, das Gepäck stapelte sich im Flur, und sie wirkten »verwirrt und unglücklich«[33] – ein Akt unvorstellbarer Grausamkeit durch Nachlässigkeit.

Durch die Veröffentlichung des Weißbuchs mit seinen willkürlichen Definitionen, wer für die Freilassung in Frage kam und wer nicht, wurden die Spannungen nur noch verstärkt. David Low, der berühmteste politische Karikaturist der damaligen Zeit, brachte diese Stimmung in einer Zeichnung zum Ausdruck. Darauf zu sehen war John Anderson, der den Griff einer Lostrommel drehte, aus der nach dem Zufallsprinzip der Name eines Gefangenen herausfiel.

Die Zurückbleibenden ergötzten sich an der Nachricht, dass der erste Mann, der bedingungslos aus dem Lager freigelassen wurde, offenbar der Elefantenpfleger des Londoner Zoos war. Nach seiner Verhaftung hätten die Elefanten ihr Futter verweigert – so hieß es zumindest. Aus Angst, die Tiere könnten sterben, reichte der Zoo beim Kriegsministerium erfolgreich ein Bittschreiben ein, damit der Tierpfleger auf seinen Posten zurückkehren konnte. Diese süßromantische Geschichte, die in späteren Jahren von ehemaligen Hutchinson-Insassen gern zum Besten gegeben wurde, hatte eine metaphorische Bedeutung: Es ging um einen deutschen Flüchtling, der von seiner englischen Elefantenfamilie so sehr gebraucht wurde, dass die Regierung gezwungen war, ihn freizulassen. Vielleicht würde man andere Flüchtlinge, die als Ernährer von ihren Familien gebraucht wurden, ebenfalls auf freien Fuß setzen?

Das Ganze entsprach jedoch nur zum Teil der Wahrheit. Durch Gerüchte und Spekulationen waren Fehlinformationen verbreitet worden, die sich sofort zum Mythos verfestigten. Der Mann, um den es ging, Hans Honigmann,[34] hatte kurzzeitig im Londoner Zoo gearbeitet, aber er war kein einfacher Elefantenpfleger, sondern ein hoch angesehener Zoologe, ehemaliger Direktor des Breslauer Zoos und Ehrenmitglied der New York Zoological Society. Auf Einladung des Biologen Sir Julian Huxley war er 1935 nach Großbritannien gekommen und hatte wie der Berliner Polizeipräsident Bernhard Weiss die zweifelhafte Ehre, im berüchtigten Schwarzbuch des Dritten Reichs aufgeführt zu werden, einer Liste von Personen, die im Falle einer erfolgreichen Invasion der britischen Inseln von den Besatzungstruppen ermordet werden sollten.[35] Vor seiner Festnahme war Honigmann als offizieller wissenschaftlicher Berater des Dudley Zoo tätig gewesen. Dank hektischer bürokratischer Betriebsamkeit konnte seine Internierung rasch überprüft werden. Am 5. August, etwas mehr als zwei Wochen nach der Eröffnung von Hutchinson Camp, verließ er das Lager, obwohl der Zoo entgegen anders lautenden Gerüchten zu diesem Zeitpunkt bereits geschlossen war und er nicht mehr dort arbeitete.[36]

Am selben Tag, an dem Honigmann entlassen wurde, verließen fünfzig Männer die Insel per Schiff, allesamt Risikopersonen der Kategorie »C«. Jeder erfüllte eines oder mehrere Entlassungskriterien.[37] Die Männer stammten aus Lagern auf der ganzen Insel, auch aus Hutchinson. Denjenigen, die sich für die Wiedergutmachung des Unrechts der Internierung einsetzten, genügte dies bei Weitem nicht, da inzwischen rund 15 000 Internierte in ganz Großbritannien für eine Entlassung in Frage kamen – und mindestens 1000 davon als gebrechlich eingestuft wurden.[38]

Gerüchte verstärkten die Befürchtungen der Zurückbleibenden, dass die für diese erste Freilassungswelle ausgewählten Männer nicht wegen ihrer Überzeugungen, sondern wegen ihrer Beziehungen freigekommen waren. Spekulationen zufolge handelte es sich bei einem der aus Hutchinson Entlassenen um einen Geschäftsmann, der irgendwie in den Besitz eines päpstlichen Empfehlungsschreibens gelangt war.[39] Ein anderer war der deutsche Orchesterdirigent Hans Oppenheim. Im Jahre 1936 hatte die Frau von König Georg VI. in der Oper von Glyndebourne eine von Oppenheim dirigierte Aufführung der *Zauberflöte* besucht. Sie soll gesagt haben: »Bevor ich diese Oper hörte, hatte ich keine Ahnung, wie himmlisch das Leben sein kann.« Oppenheims Entlassung sei durch ein königliches Empfehlungsschreiben beschleunigt worden, hieß es. Wer konnte da noch mithalten? Die Gerüchte bestätigten sich. Die Freilassung hing vorerst von den Beziehungen einer Person ab, nicht von deren Haltung gegenüber dem Hitler-Regime.[40]

»Der durchschnittliche Mann, der ›nur‹ loyal ist, wird völlig übergangen«, schrieb ein verärgerter Häftling. »Sein großes Unglück ist es, unbekannt zu sein.«[41]

Nicht einmal der verzweifeltste Gefangene konnte jedoch etwas dagegen haben, dass der herausragende Jurist und Redner Rudolf Olden unter den ersten freigelassenen Internierten war. Wohin er auch kam, war Olden eine beeindruckende, inspirierende Erscheinung: zuerst in Warth Mills und dann, durch seine Vorträge vor Hunderten von Zuhörern, in Hutchinson.

Olden hatte Anfang 1939 die britische Staatsbürgerschaft beantragt, doch war sein Antrag bei Kriegsbeginn noch nicht bearbeitet worden. An einen Freund schrieb er: »[Das Innenministerium] hat mich soeben zum ›feindlichen Ausländer‹ erklärt. Ich bin der tiefen Überzeugung, dass ich das nicht verdient habe.« Er wurde am 25. Juni 1940 verhaftet, einen Tag, nachdem seine Tochter mit einer Gruppe evakuierter Kinder in Richtung Kanada aufgebrochen war. Oxfords Verlust war Hutchinsons Gewinn: Hinrichsen sagte, mit Olden zusammen interniert gewesen zu sein, habe bedeutet, mit »jemandem zusammenzuleben, der überall gewesen ist, der mit allen großen Politikern gesprochen hat, der die Welt als Ganzes betrachtet und eine philosophische Herangehensweise an alles hat«.[42] Den jungen Schauspieler Otto Tausig inspirierte Olden so sehr, dass er zu beten begann – nicht für seine eigene Freilassung, sondern für die Oldens.[43]

Auch Oldens Freunde außerhalb des Lagers hatten ihn noch nicht aufgegeben. Anfang Juli schickte der Philosoph Gilbert Murray einen Brief an den Vizekanzler der Universität Oxford, in dem er argumentierte: »Es gibt viele Flüchtlinge an unserer Universität, deren Entlassung aus der Internierung wünschenswert ist. Aber ich bezweifle, dass es jemanden gibt, der den Kampf gegen den Hitlerismus [in vergleichbarer Weise] zu seinem Lebensinhalt gemacht hat.«[44]

Oldens Lagerkameraden nahmen zwar an, seine gesellschaftlichen und beruflichen Verbindungen hätten seine Freilassung ermöglicht, doch in Wirklichkeit war es sein Herzleiden. Er war erst in Warth Mills und dann in Prees Heath zusammengebrochen, Beweis genug, dass er nicht länger interniert bleiben sollte.[45]

»Siehe da«, schrieb Otto Tausig über seine Reaktion auf diese Nachricht, »mein Gebet wurde erhört. Es war ein Wunder.«[46]

Bevor er das Lager verließ, saß Olden Schwitters Porträt. Auf dem Bild ist er im Schneidersitz auf einem Stuhl sitzend dargestellt, mit Jackett, Schal und runder Brille, die langen Finger ausgestreckt, als wäre er in einem Moment professoraler Erklärungen festgehalten. Es ist wohl das markanteste Porträt, das Schwitters in Hutchinson malte, und wird durch die energische Pose in seiner Wirkung noch verstärkt. Doch das Bild hat auch eine melancholische Note, die gedämpfte Farbgebung, ein sanfter Ton von Traurigkeit in Oldens Augen, der etwas Tragisches zu erahnen scheint.

Die britischen Behörden auf der Insel waren auf die Abwicklung der Freilassungen ebenso wenig vorbereitet wie die Polizei bei den vorangegangenen Verhaftungen. Um den Ruf der Regierung zu wahren, wurden Maßnahmen ergriffen, die einer Vertuschung gleichkamen. Manche Internierte mussten versprechen, dass sie nach der Entlassung nichts über die Zustände in den Lagern verraten würden.[47] Jeder musste einen Vertrag unterschreiben, in dem er auf sämtliche finanzielle Ansprüche gegenüber den Behörden verzichtete. Die Entlassungen wurden lange hinausgezögert, so dass die Internierten bis zu einem Monat nach dem Entlassungsbescheid im Lager ausharren mussten.

Als Bertha Bracey im August die Isle of Man besuchte, stellte sie verblüfft fest, dass dort keine finanziellen Mittel für die Rückreise der Internierten in ihre Heimat zur Verfügung standen. Daher hinterließ sie dem für die Wohlfahrt zuständigen Offizier 15 Pfund in bar, damit er jedem Mann ein paar Schillinge für die Reisekosten geben konnte.[48]

Zwar waren die meisten der etwa 1200 Männer im Lager, die nicht für eine Entlassung ausgewählt wurden, in unterschiedlichem Maße frustriert und verärgert, doch nur wenige waren so bestürzt wie der Schwarzmarkthändler und Ingenieur Ludwig Warschauer, der seit seiner Ankunft auf der Insel behauptet hatte, dass es sich bei seiner Internierung um einen Fauxpas handele, der bald korrigiert werde. Als klar wurde, dass sein Name nicht unter den für die Freilassung ausgewählten war, gab Warschauer sein Getue auf und wurde aktiv.

Mit Charme und Unterwürfigkeit hatte sich der Ingenieur bei Captain Daniel eingeschmeichelt, dessen anfängliche Bedenken gegenüber der Technischen Schule von Hutchinson einem gewissen Stolz gewichen waren, dass sein Lager diese einzigartige Einrichtung beherbergen sollte. Alles, was Hutchinson einen Vorteil gegenüber seinen Konkurrenten verschaffte, würde sich als nützlich erweisen, glaubte der Kommandant, wenn die Regierung entschied, welche Lager zuerst geschlossen werden sollten. Kurz nach den ersten Freisetzungen rief Captain Daniel Warschauer in sein Büro und teilte ihm mit, dass Haus 36 geräumt und als offizieller, dauerhafter Sitz der Technischen Schule vorbereitet worden sei. Warschauer, seine Assistenten und einige der Lehrkräfte könnten aus Haus 3 ausziehen und in den Schlafzimmern im Obergeschoss wohnen.

Am 22. August, fast sechs Wochen nach der Eröffnung von Hutchinson, versammelte sich eine Schar Internierter zusammen mit Captain Daniel, Captain Jurgensen und RSM Potterton zur offiziellen Eröffnung der Technischen Schule. Die Fensterscheibe über der Eingangstür war mit einem eigens angefertigten Logo verziert worden: die Buchstaben »T« und »S«, ineinander verschlungen in einem Ohm-Zeichen. An anderer Stelle verkündete ein handgemaltes Plakat den wortwitzigen Slogan der Einrichtung: »Technisches Wissen überwindet jeden Widerstand, sogar Nörgler, sogar Internierung.«

»Meine Herren, meine Freunde, dank des Verständnisses und der Hilfe des Kommandanten dieses Lagers eröffnen wir heute die Technische Schule für Ingenieure«, begann Warschauer seine Ansprache an die Menge. Acht Jahre zuvor hätten er und einige Freunde ein Gerät erfunden, welches das Grammophon »überflüssig« mache, erklärte er. Die Ergebnisse dieses Experiments würden die britischen Kriegsanstrengungen revolutionieren. Als er bei seiner Ankunft in Hutchinson von der »Anzahl der Menschen, die nicht wussten, was sie mit ihrer Zeit anfangen sollten«, überrascht gewesen sei, habe er sich für ein neues Projekt entschieden, das »die gleichen oder sogar noch größere Auswirkungen« haben könne als seine Erfindung.

Hier an der Technischen Schule würden den Schülern »theoretische

Grundkenntnisse« vermittelt – das Lesen von Schaltplänen, die Funktionsweise von Motoren, Transformatoren und Kondensatoren, wobei der Unterricht in Mathematik, Physik, Elektrotechnik und Installation unterteilt sei[49] –, bevor sie zur praktischen Arbeit übergingen. Auf diese Weise werde er »feindliche Ausländer« in »nützliche Ausländer« verwandeln, sagte er.

»Die eigentliche Arbeit wird erst dann beginnen, wenn ich nach London zurückgekehrt bin«, betonte Warschauer und verriet damit seine beharrliche Überzeugung, dass die Internierung für ihn nur ein vorübergehender Rückschlag sei.[50] Damit war die Technische Schule von Hutchinson offiziell eröffnet.

Die Technische Schule erfreute sich bei vielen jungen Männern sofort großer Beliebtheit, da sie sich von einer praktischen Ausbildung eine schnellere Entlassung erhofften. Der 18-jährige Kurt Treitel gab seine Arbeit in der Lagerbibliothek auf, um sich für den 20-stündigen Unterricht anzumelden, der von Montag bis Samstag vormittags und nachmittags größtenteils in englischer Sprache stattfand.[51] Möglicherweise erahnte er den Unmut seiner Eltern darüber, dass er seine intellektuellen Interessen zugunsten einer praktischen Ausbildung aufgegeben hatte,[52] und schrieb ihnen, dass er weiterhin zweimal wöchentlich an einer Studiengruppe zum Thema Philosophie teilnehme, die von Professor Heinemann, dem streitlustigen Professor aus Oxford, geleitet wurde.[53]

»Außerdem besuche ich so viele Vorlesungen wie möglich, denn das ist zumindest eine Möglichkeit, etwas aus dieser verlorenen Zeit zu machen«, fügte Treitel hinzu.

Unter den Mitgliedern des Künstlercafés bot Warschauer einen Angriffspunkt für allgemeine Ressentiments und Aggressionen. In Deutschland hatte jeder von ihnen in Hitler, dessen Politik sie in die Armut und ins Exil getrieben hatte, einen klaren Feind. In Großbritannien war es nicht so eindeutig, wer ihr Widersacher war. War es Churchill, der die Masseninternierungen angeordnet hatte? Oder Anderson, der diese Politik abgesegnet hatte? Waren es die Eigentümer der britischen Zeitungen, die dazu beigetragen hatten, die Öffentlichkeit in einen Zustand ängstlicher Fremdenfeindlichkeit zu versetzen und damit die Voraussetzungen für diese Politik zu schaffen? Oder waren es eher nebulöse Vorstellungen und systemische Strukturen ohne Namen und Gesicht? Warschauer verkörperte nicht die Verantwortlichen für die Internierungsmaßnahmen, sondern den Menschentypus, der sie möglicherweise rechtfertigte.

Abgesehen von seiner offensichtlichen Überzeugung, dass die Internierungsvorschriften nicht für ihn gälten, stellte sich die Frage, wie dieser Nazi-Ingenieur mit jüdischem Namen Deutschland so kurz vor Kriegsausbruch hatte verlassen können. Seine Prahlerei verstärkte den Argwohn. Jemand im Lager wies darauf hin, dass alle Industriellen, mit denen Warschauer angeblich befreundet war, Mitglieder einer verbotenen faschistischen deutsch-britischen Freundschaftsorganisation gewesen seien.[54] Weitere Zweifel betrafen Warschauers offen zur Schau gestellten Wohlstand: Wie hatte er so viel Geld aus einem Land herausschmuggeln können, das die anderen Flüchtlinge systematisch um ihr Hab und Gut gebracht hatte? Der päpstliche Rechtsanwalt Curt Sluzewski hatte noch handfestere Beweise dafür, dass Warschauer nicht der Mann war, der er vorgab zu sein. Bevor er aus Berlin geflohen sei, sagte Sluzewski, habe er den Ingenieur persönlich gesehen, wie er einen Mercedes gefahren und Restaurants, Nachtclubs und Kinos besucht habe[55] – als Juden der Besitz eines Automobils längst gesetzlich verboten gewesen sei und strenge Ausgangssperren für sie gegolten hätten. Außerdem sei die in Warschauers Ansprache erwähnte Erfindung namens Tefiphon[56] von den Nazis eingesetzt worden, um heimlich die Gespräche von Juden und anderen politischen Gegnern aufzuzeichnen, behauptete Sluzewski.

»Ich will nichts mit ihm zu tun haben«, sagte Sluzewski, bevor ihn noch irgendjemand fragen konnte, woher er das alles wusste. »Mir gefällt sein Gesicht nicht.«[57]

XV.
Liebe und Paranoia

An seinem Schreibtisch im Blenheim Palace bei Oxford saß James Gregan Craufurd konzentriert an seiner Schreibmaschine. Mit seinem sauber gestutzten Schnurrbart, den freundlichen Augen und der Fliege, die fast etwas geckenhaft wirkte, täuschte Craufurds vornehme Erscheinung über die Ernsthaftigkeit seiner Aufgabe als Ermittler der MI5-Spionageabwehr hinweg. Während die Politiker den ganzen Krieg über in der Frage der Internierung hin- und hergerissen waren, blieb der MI5 bei seiner Position: Alle »feindlichen Ausländer« sollten interniert werden und dies auch bleiben.

Nun, da einige Männer für eine Freilassung in Frage kamen, bestand die Gefahr, dass diejenigen, die ein echtes Risiko für Großbritannien darstellten, die zuständigen Behörden von ihrer Freilassung überzeugen könnten.[1] Der MI5 sprach sich zwar entschieden gegen das Tempo und den Umfang jeglicher Entlassungen aus, hatte aber keinerlei Befugnisse, auf dieses Vorgehen Einfluss zu nehmen.[2] Es war daher von entscheidender Bedeutung, dass Craufurd und seine Kollegen vom B4b. – der Einheit, die unter anderem für die Überprüfung von Internierten zuständig war[3] – schnell arbeiteten, um echte Staatsfeinde aufzuspüren.

Der 54-jährige Craufurd war für die Arbeit in der sogenannten »geheimen Welt« gut geeignet, und der Nachrichtendienst brauchte dringend erfahrene Männer mit dem richtigen Temperament und Werdegang.[4] Als Absolvent des University College in Oxford war Craufurd von Haus aus Jurist und daran gewöhnt, Befragungen durchzuführen, die Wahrheit von der Lüge zu unterscheiden und seine Erkenntnisse in akribischen schriftlichen Berichten zusammenzufassen.[5] Außerdem war er bereits während des Ersten Weltkriegs im »Kriegshandel« tätig gewesen – ein weit verbreiteter Euphemismus für die Arbeit der Nachrichtendienste.[6]

In den letzten Wochen hatten sich Craufurd und sein Freund und Kollege John Noble verstärkt mit einem Insassen des Lagers Hutchinson befasst. Der Mann, ein Ingenieur aus Berlin, hatte bei seiner Flucht aus Deutschland nach Großbritannien vierzehn Tonaufnahmegeräte, sogenannte Tefiphone, mitgebracht. Diese Geräte konnten an ein Mikrofon, ein Telefon oder ein Radio angeschlossen werden, um eine dauerhafte Aufzeichnung von Nachrichten oder Reden zu machen, die anschließend sofort wiedergegeben werden konnten. Der Ingenieur behauptete, das Gerät sei in Deutschland weit verbreitet, auch bei der Gestapo. Tests in Großbritannien ergaben jedoch, dass es nicht richtig funktionierte und noch in erheblichem Maße weiterentwickelt werden müsste, bevor es für die Produktion geeignet wäre.

Die Tests ließen Zweifel an der gesamten Geschichte des Ingenieurs aufkommen. Craufurd wurde deshalb beauftragt, gegen Ludwig Warschauer zu ermitteln, der derzeit in Hutchinson interniert war, wo er sich bereits ein eigenes Haus gesichert und eine große Gruppe junger, leicht zu beeinflussender Anhänger um sich geschart hatte.

Um seine Ermittlungen zu unterstützen, hatte Craufurd die schwelende Unruhe in Hutchinson zu seinem Vorteil genutzt und vertrauenswürdige Internierte als Informanten rekrutiert. Es gab mindestens drei Lagerinsassen – in den Berichten des MI5 als Informanten »D«, »E« und »X« aufgeführt –, die Informationen über Mitinternierte an den Geheimdienst weitergaben.[7] Denjenigen, die diese Aufgabe übernahmen, wurde weder eine finanzielle Vergütung noch eine vorzeitige Entlassung in Aussicht gestellt, sodass der Hauptanreiz in dem Wunsch bestand, einen wertvollen Beitrag zu den Kriegsanstrengungen zu leisten oder, in einigen Fällen, persönliche Abneigungen oder politische Feindschaften auszuleben.[8]

Henry Wuga war ein 16-jähriger Internierter, der mit dem Kindertransport nach Großbritannien gekommen war, wo er wegen des Briefwechsels mit seinen Verwandten in Deutschland als Risikoperson der Kategorie A eingestuft wurde und wegen »Korrespondenz mit dem Feind« vor einem Richter am High Court in Edinburgh erscheinen sollte.[9] Eines Tages stand vor seiner Zimmertür im Lager Peveril auf der Isle of Man ein Mann, der sich als Wugas neuer Zimmergenosse vorstellte.[10] Später in derselben Woche füllte der Neuankömmling Henry mit Alkohol ab und begann, als der Junge betrunken war, Fragen über die Nazi-Verbindungen seiner Familie zu stellen. Als die Ermittlungen ergebnislos verliefen, zog der Informant sofort wieder aus dem Zimmer aus.

Craufurds Spitzel in Hutchinson brauchten nicht lange zu warten, um Informationen über Warschauer zu sammeln. Der Ingenieur war ein geborener Großsprecher und prahlte nicht nur mit seinen Verbindungen zum britischen Establishment, sondern auch mit denen zur NSDAP. Gern erzählte er, wie ihm SS-Führer Himmler bei einem gemeinsamen Abendessen auf die Schulter geklopft und gesagt habe, dass ihm nichts passieren werde. Die Manschettenknöpfe an seinem Hemd, so behauptete Warschauer, seien ein Geschenk des deutschen Geheimdienstchefs Helmuth von Moltke. Besonders beunruhigend war die Behauptung, er habe persönlich eines seiner Tefiphon-Aufnahmegeräte in Görings Büro installiert, um dem Nazi die Möglichkeit zu geben, wichtige Telefongespräche aufzuzeichnen.[11] Ein Hutchinson-Informant sagte, Warschauer habe sich damit gebrüstet, dass er »so viele Freunde bei der Gestapo« habe, dass er unabhängig vom Ausgang des Krieges sicher sein würde.

Diese Tatsachen allein hätten ausgereicht, um Craufurds Bericht zu untermauern, in welchem er empfahl, Warschauer unbedingt in Internierungshaft zu belassen. Seine eigenen Nachforschungen hatten jedoch noch weitere Gründe zutage gefördert, warum man seiner Zielperson nicht trauen sollte: Nicht nur, dass Warschauers Vater der ehemalige Leiter des Geheimen Staatsarchivs in Danzig war – auch Warschauer selbst war, wie es schien, ein ehemaliger deutscher Geheimdienstoffizier. Bis diese Details und die Informationen der Informanten verifiziert werden konnten, musste Warschauer unbedingt sicher interniert bleiben.

Craufurd schloss seinen Bericht mit einer klaren Empfehlung: »Es ist nicht wünschenswert, dass er von der Internierung freigestellt wird, aus welchem Grund auch immer.«[12]

Captain Daniel, in voller Ordenstracht, stand vor dem Dienstzimmer außerhalb der Lagerumzäunung, hielt die Ecke eines Baldachins in den Wind und versuchte, dabei angemessen würdevoll zu wirken. Es war eng in dem wogenden Zelt, in welchem sich gerade der 34-jährige Bräutigam Dr. Ernst Bodenheimer[13] aus Haus 12, seine Verlobte Clementine Eisemann und einer der im Lager inhaftierten Rabbiner, der die Zeremonie leitete, aufhielten. Mehrere hundert Hutchinson-Insassen hatten sich auf der Lagerseite des Zauns versammelt, um dem Paar, dem Rabbiner und den vier Zelthaltern zuzusehen, umgeben von Girlanden aus Hochzeitsblumen, die der Lagerarzt Captain Robert Marshall zur Verfügung gestellt hatte.[14]

Ehefrauen und Freundinnen durften das Lager normalerweise nicht besuchen. Clementine hatte vom Innenministerium eine Sondergenehmigung erhalten, um zu ihrem Hochzeitstag, dem heutigen 4. September 1940, auf die Insel zu reisen. Bei der nachmittäglichen Zeremonie trug sie ein strahlend weißes Kleid und einen Schleier,[15] der für die Gaffer von Hutchinson einen erzengelhaften Anblick bot. Motivation für die Eheschließung war, zumindest teilweise, die Aussicht auf Freiheit gewesen; das Paar hatte sich Visa für Kuba besorgt, die erst nach der Hochzeit gültig wurden.[16] Am Vormittag war das Paar im Standesamt von Douglas offiziell getraut worden. Der Gottesdienst an diesem Nachmittag war unter anderem für Bodenheimers Freunde und Mitbewohner gedacht.

Die orthodoxe jüdische Zeremonie entfaltete sich in all ihren geheimnisvollen Ritualen – gemurmelte Segenssprüche, Sprechgesänge –, bis Bodenheimer ein Weinglas in die Luft hob und es zu Boden schleuderte. Das unerwartete Geräusch von splitterndem Glas ließ Captain

Daniel zusammenzucken,[17] und seine Verwirrung wurde noch größer, als die Braut und der Bräutigam auf den Scherben herumtrampelten, was symbolisierte, dass sie ihr Ehegelübde erst brechen konnten, wenn das Glas wieder zusammengefügt war. Die versammelten Schaulustigen jubelten. Der Rabbi, die Braut, der Bräutigam und drei der vier Zeltträger begannen zu tanzen, während Hauptmann Daniel stoisch in der Mitte des Geschehens stand.

Danach wurde die Braut am Zaun entlang, um die nordwestliche Ecke des Lagers herum und entlang der Straße gefahren, die hinter der Häuserreihe von Peters Wohnung in Haus 1 bis zum Künstlercafé in Haus 15 verlief. Bodenheimer, der ins Lager zurückkehren musste, um seine bevorstehende Entlassung abzuwarten, stand im Garten von Haus 12, wo er und seine Mitbewohner »wie besessen« johlten und tanzten, wie Hinrichsen es formulierte.[18] Gegen 19 Uhr am Abend gesellte sich auf Einladung des Rechtsanwalts und Weinhändlers Fritz Hallgarten ein ausgewählter Kreis geladener Gäste zu den Hausbewohnern und »feierte ein bisschen«.[19]

Die Lagerhochzeit war für viele Internierte ein Augenblick wehmütigen Eskapismus. Die Vorstellung, dass eine Romanze sogar in einem Internierungslager fortbestehen könnte, bot ein Fünkchen sonniger Hoffnung oder zumindest eine grundlegende Ablenkung von häuslichen Obsessionen, wie Jacobsthal es ausdrückte, den »trivialen Tatsachen wie Essen, Gesundheit, Verdauung, Schlaf, Mobiliar … die ständig diskutiert wurden«[20] – und den Ängsten vor dem Krieg im Allgemeinen.

Im September begann die Luftwaffe mit der Bombardierung Liverpools, um den Hafen zu zerstören, wo die unverzichtbaren Lebensmittelimporte Großbritanniens in einer nicht enden wollenden Kolonne von Transatlantikschiffen eintrafen. Nachts vernahmen die Internierten nicht nur das Dröhnen der deutschen Flugzeuge im Landeanflug und den dumpfen Aufprall der abgeworfenen Bomben, sondern sie konnten auch beobachten, wie der Himmel über den Docks entlang des Mersey im Schein der Feuer erstrahlte – eine Erinnerung an die Gewalt, von der die einsame Insel umgeben war und die den ungewissen Frieden im Lager ständig bedrohte.

Für diejenigen, die Ehefrauen und Freundinnen zurückgelassen hatten, wurde die Einsamkeit der Internierung durch die Sehnsucht nach romantischen Kontakten noch verschärft. Der Bühnenbildner Ernst »Este« Stern schmückte jede Wand seines Zimmers mit einem schlüpfrigen, knallbunten Fries tanzender Mädchen.[21] Als der Sohn von Kurt Schwitters, Ernst, erfuhr, dass seine Frau einen Antrag an das Kriegsministerium gestellt hatte, in dem sie mit der Scheidung drohte, sollte ihr Mann nicht freigelassen werden, scherzte er mit anderen Internierten, sie habe Angst, dass ihr mangels sexueller Befriedigung die Zähne ausfallen würden.[22] Peter, der keine Freundin hatte, die draußen auf ihn wartete, entwickelte ein Faible für eine junge Frau, die jeden Tag auf dem Weg zur Arbeit am Drahtzaun vorbeikam.[23] Die räumliche Trennung von ihr erhöhte ihre Anziehungskraft. »Für mich, hinter dem Stacheldraht, war sie wunderschön«, erinnerte er sich. Als Peter jedoch versuchte, mit der Frau zu sprechen, wurde er von einem Wachmann aufgefordert, sich vom Zaun zu entfernen.[24] »Eine hoffnungslose Situation«, sagte er.

Manche Männer kamen frisch verliebt ins Lager, andere wiederum befanden sich gerade in komplizierten ehelichen Situationen. Paul Hamann war gezwungen, seine wöchentlichen Briefe zwischen seiner Frau und seiner Geliebten, einer Fotografin, aufzuteilen, und, wie Hinrichsen feststellte, möglicherweise noch weiteren Frauen.[25] Als Hellmuth Weissenborn in Hutchinson eintraf, war die Ehe des Kunstprofessors, der den Lagertrend der »Verdunklungskunst« einleitete, so gut wie zerrüttet.

Weissenborn, der weder Jude noch politisch besonders aktiv war, hatte seine Stellung an der Leipziger Akademie wegen seiner Ehe aufgeben müssen. Seine Frau, Edith Halberstam, stammte aus einer wohlhabenden, kultivierten jüdischen Pelzhändlerfamilie. Obwohl Weissenborn Professor an einer angesehenen Institution war, fanden Ediths Eltern, er sei eine schlechte Partie für ihre Tochter. Nach der Heirat des

Paares im April 1931 brachen die Halberstams die Beziehung zu Edith ab, die acht Monate später den gemeinsamen Sohn Florian zur Welt brachte. Als das Hausmädchen drohte, das Paar bei der Gestapo zu denunzieren, floh Weissenborn mit seiner jungen Familie nach England[26] und trennte Edith noch weiter von ihrer aufgebrachten Familie.

Schon bevor er nach Hutchinson kam, wusste Weissenborn, dass Edith die Trennung wollte. Die beiden begannen einen zänkischen, verletzenden Briefwechsel. Im August, als Weissenborn am Brief an den *New Statesman* mitwirkte, schickte er seiner Frau wütende, ja manipulative Privatbriefe, in denen er »mir alle Schuld gab, mir drohte, er würde sich umbringen oder verrückt werden«, wie Edith ihrer Schwester berichtete.[27]

Wie bei allen Paaren, die das Scheitern ihrer Ehe erleben, schwankte jede Partei zwischen Mitgefühl und Verbitterung gegenüber der anderen. Edith erkannte, wie sehr ihr Mann unter der Einschränkung seiner Freiheit litt, und versuchte bei mindestens einer Gelegenheit, ihn freizubekommen. Gleichzeitig beantragte sie für sich und Florian ein Visum für die Einwanderung nach Argentinien, wo sie zu ihrer Schwester und ihrem Schwager ziehen wollte. Entschlossenheit siegte schließlich über Mitleid. Wie Clementine die Erlaubnis erhalten hatte, zum Heiraten auf die Insel zu kommen, erhielt Edith nun eine Sonderbesuchsgenehmigung, um die Scheidung einzureichen.

Andere Beziehungen, die vor der Internierung stark gewirkt hatten, gingen durch die lange Trennung in die Brüche. Wilhelm Feuchtwang wurde besonders hart von den Ereignissen getroffen, die seine Internierung mit sich brachte. In Berlin war er von der Gestapo verhaftet worden. Seine Frau, eine findige junge Dame namens Eva, lieh sich Geld von Freunden, um die Kaution zu bezahlen, und sobald sie wieder vereint waren, zogen die beiden von Haus zu Haus, um der Polizei zu entgehen, bis sie schließlich nach Holland und von dort nach London entkommen konnten.

Der Leidensdruck der Flucht verband das Paar, aber nach Feuchtwangs Verhaftung in London und seiner Überstellung nach Hutchinson fand sich Eva verarmt mit einem kleinen Kind wieder, das sie ernähren und versorgen musste. Im Lager freundete sich Feuchtwang mit einem anderen Häftling an, Walter Neurath, dem Leiter der Buchabteilung einer Druckerei namens Adprint, die die beliebte Reihe »Großbritannien in Bildern« produzierte.

Als Neurath erfuhr, dass er freigelassen werden solle, um seine Arbeit fortzusetzen, welche vom Informationsministerium als nützliche Propaganda eingestuft worden sei, bat Feuchtwang seinen neuen Freund, bei seiner Ankunft in London nach seiner Frau und seinem Sohn zu sehen. Neurath hielt sein Versprechen. Er suchte Evas Wohnung in der Nähe von Primrose Hill auf, überreichte ihr eine Apfelsine und lud sie zum Abendessen ein.[28] Aus dem Treffen wurde ein Arbeitsangebot,[29] aus dem sich schließlich eine Liebesbeziehung entwickelte. Eva verließ den untröstlichen Feuchtwang, der immer noch in der Internierung saß, wegen seines ehemaligen Lagergenossen. Das neue Paar gründete gemeinsam den Verlag Thames & Hudson.

Freilich entwickelten sich auch zwischen manchen Internierten romantische Beziehungen. In einem Land, in dem Homosexualität noch weitere drei Jahrzehnte illegal blieb, mussten solche Kontakte jedoch äußerst diskret gepflegt werden. Klatsch und Tratsch verbreiteten sich trotzdem. Professor Haas-Heye, der Gründer der Webereischule, erhielt von den Internierten bald den Spitznamen »Q of Q« – »Queen of Queers« (Königin der Schwulen). Eines Nachmittags ging Klaus Hinrichsen an Haas-Heye vorbei, der mit Viktoria Agnes, Gräfin von Eulenburg, verheiratet war. Der Professor wandte sich um, legte Hinrichsen einen Arm um die Schulter und flüsterte: »Lieber Junge, lass uns nie wieder darüber reden, aber du erinnerst mich an meine Tochter.«[30]

Einen folgenreicheren Annäherungsversuch unternahm der Tennisspieler und depressive Dichter Graf Franz von Matuschka. Eines Vormittags hörte Hinrichsen, der inzwischen zum Hausvater aufgestiegen war, Hilfeschreie aus einem Zimmer im ersten Stock. Als er die Treppe hinaufrannte, um nach dem Rechten zu sehen, kam ihm der Dichter auf dem Weg nach unten entgegen. Matuschka hielt einen Schuh in der Hand und trug keinen an den Füßen.[31]

Im Schlafzimmer oben traf Hinrichsen einen der jüngeren Mitbewohner an, der äußerst verstört wirkte. Der junge Mann erzählte, er hätte mit dem Grafen auf der Wiese gesessen und habe ihm erzählt, dass auch er Sonette an seine Freundin in Birmingham schreibe.[32] Der Graf habe darauf bestanden, sie zu lesen, und ihn zum Haus des jüngeren Mannes begleitet. Im Zimmer habe Matuschka die Tür verschlossen, seine Schuhe ausgezogen und einen Kuss erzwungen. Hinrichsen gab dem Grafen, den er »sehr mochte«,[33] den einzelnen Schuh zurück, versehen mit dem Hinweis, dass er das Haus nicht mehr besuchen dürfe.[34]

Eine andere Gruppe von Hutchinson-Internierten musste nicht nur mit der Angst um die eigene Entlassung fertig werden, sondern auch um die ihrer Ehefrauen, die nur wenige Kilometer entfernt im Frauenlager interniert waren. Das Frauen-Internierungslager Rushen war am 29. Mai auf der südlichen Halbinsel der Isle of Man eröffnet worden und umfasste zwei kleine Seebäder: Port Erin und Port St. Mary. Trotz der beträchtlichen Zahl der dort festgehaltenen Frauen (fast 4000,[35] von denen 300 schwanger waren[36]), waren die Sicherheitsvorkehrungen lockerer als in den Männerlagern. Beide Orte waren von einem einzigen Stacheldrahtzaun umgeben, und die Frauen konnten sich ungehindert zwischen den beiden Orten bewegen, auch wenn sie eine Genehmigung beantragen mussten, bevor sie die Häuser der anderen besuchen durften.[37]

Anfangs mussten Hutchinson-Insassen, deren Ehefrauen ebenfalls auf der Insel interniert waren, ihre Briefe auf dem üblichen Weg verschicken: nämlich über das überlastete Zensurbüro in Liverpool. Dort kam es regelmäßig zu Verzögerungen, sodass ihre Nachrichten längst veraltet waren, wenn sie endlich zugestellt wurden.[38] Von dem Moment an, als die ersten Internierten auf der Insel eintrafen, hatte Bertha Bracey die Regierung gedrängt, ein separates Lager für Ehepaare einzurichten. Es erwies sich jedoch als schwierig, die zuständigen Stellen davon zu überzeugen, eine solche Ausgabe zu tätigen.

Ein Lager für Ehepaare wurde zwar nicht eröffnet, doch fand im Spätherbst das erste monatliche Treffen zwischen den auf der Insel internierten Ehemännern und Ehefrauen statt. Das Treffen, so verkündete Hutchinsons Nachrichtenoffizier Captain Jurgensen, solle in der Niederlassung von Collinson's Café in Port Erin stattfinden.

Am Morgen des ersten Treffens versammelte sich eine Gruppe von etwa 50 Männern in ihren besten Kleidern und, in einigen Fällen, mit Blumensträußen, um das Lager zu verlassen und einen flüchtigen Augenblick lang wieder mit ihren inhaftierten Frauen vereint zu sein. Ein paar Stunden später kehrten die Männer nach Hutchinson Camp zurück. Viele wirkten niedergeschlagen. Werner Klein, ein Nachbar von Hinrichsen, der seine Frau besucht hatte, erzählte seinem Freund, dass die psychologischen Bedingungen im Frauenlager noch angespannter seien als in Hutchinson. Seine Frau habe ihm erzählt, dass es in Rushen nur so von Nazi-Sympathisantinnen wimmele, die von ihrer selbst ernannten Anführerin Wanda Wehrhan,[39] Ehefrau eines in London ansässigen lutherischen Pfarrers und energischen Faschisten, zu einem starrsinnigen Eifer aufgepeitscht worden seien.[40] Bei der Einweisung der Frauen in die Häuser von Rushen habe man zudem keine Rücksicht auf Abstammung oder politische Zugehörigkeit genommen. In manchen Fällen seien Jüdinnen gezwungen, das Bett mit glühenden Antisemitinnen zu teilen.[41]

Wie viele der männlichen Internierten glaubten auch die Nazi-Frauen, dass eine Invasion unmittelbar bevorstünde. In einigen Häusern wurden jüdische Frauen von ihren Nazi-Mitbewohnerinnen aus dem Gemeinschaftsraum verbannt und gezwungen, in ihren Schlafzimmern zu bleiben.[42] Als eine Flüchtlingsfrau die örtliche Methodistenkirche betrat, sagte eine der Nazi-Frauen laut: »Oh, in dieser Kirche riecht es aber übel, es riecht nach Juden.«[43]

Die Frauen durften das Lager zweimal pro Woche zum Einkaufen verlassen. Eine der Vermieterinnen, deren Haus requiriert worden war, erinnerte sich, dass sie einmal eine Gruppe nationalsozialistisch gesinnter Frauen belauscht habe. Diese hätten darüber diskutiert, welches der örtlichen Häuser sie für sich selbst beanspruchen würden, wenn Deutschland den Krieg erst gewonnen habe.[44]

Die Kommandantin des Lagers Rushen, Dame Joanna Cruickshank, war offenbar schlecht gerüstet, um mit derartigen Befindlichkeiten und Konflikten umzugehen. Cruickshank, ehemalige Matron-in-Chief des Princess Mary's RAF Nursing Service und des Britischen Roten Kreuzes, hatte eine bemerkenswerte Karriere in der militärischen Krankenpflege hinter sich. Sie verfügte über ein hervorragendes Organisationstalent, hatte aber kein Verständnis für die Situation der ihr anvertrauten Frauen oder war offensichtlich nicht bereit, diese zu verstehen. Sie stellte Nazi-Frauen als Lagerpersonal ein, gewährte ihnen Zugang zu den Lagerunterlagen und verfügte in dem Bestreben, die Unparteilichkeit zu wahren, dass Jüdinnen und Nazis bei der Produktion der Lagerzeitung zusammenarbeiten sollten. Es erschien nur eine einzige Ausgabe.

Cruickshank war es nicht gewohnt, dass intelligente Frauen aus dem zivilen Leben ihre Entscheidungen hinterfragten, und verschanzte sich, wenn sie damit konfrontiert wurde. Als Kleins Frau, eine Nicht-Jüdin, der Lagerkommandantin die Trennung von Juden und Nazis vorschlug, sagte sie: »Ihr seid alle feindliche Ausländer, und damit basta.«[45]

Das Treffen zwischen den Eheleuten verlief jedoch ohne Zwischenfälle, so dass die Kommandanten der Insel beschlossen, diese Zusammenkunft regelmäßig (zwei Mal monatlich, jeweils zwei Stunden) im Palace Ballroom in Douglas zu veranstalten.

Die Möglichkeit, regelmäßig mit Frauen in Kontakt zu kommen, war so verlockend, dass die alleinstehenden jungen Männer in Hutchinson bald Pläne schmiedeten, wie sie die verheirateten Männer begleiten konnten, indem sie behaupteten, sie hätten zum Beispiel eine »Tante« auf der Insel – eine alleinstehende junge Frau, deren Foto sie aus den Bildern herausgesucht hatten, die einer der verheirateten Männer ins Lager mitgebracht hatte.[46]

Schon bald reisten so viele Männer zu den Treffen, dass sich die monatlichen Beförderungskosten auf 270 Pfund beliefen.[47] Ungeachtet des harten Durchgreifens gegen das Programm kam es immer häufiger zu Verlobungen zwischen jungen Männern und Frauen auf der Insel – ein weiteres Schlupfloch, das flüchtige Kontakte ermöglichte.

Intrigen und Konflikte blieben nicht auf das Frauenlager beschränkt. Die meisten Internierten kamen aus einer Welt, in der Misstrauen den Umgang miteinander geprägt hatte, in der ein lächelnder Nachbar, ein Bankdirektor oder ein Pfarrer in Wirklichkeit ein heimlicher Widersacher sein konnte. Die Flüchtlinge brachten ihre gewohnte Wachsamkeit mit nach Großbritannien, und damit übertrug sich die Angst vom Kontinent auf die Insel. Die Internierten, die über Dünkirchen gekommen waren und sich auf flüchtenden britischen Booten über den Kanal geschmuggelt hatten, wurden von ihren Mitbewohnern mit besonderem Argwohn betrachtet, ebenso wie die Überlebenden der Arandora Star, die nach Angaben der Regierung als Hochrisiko-Gefangene hätten deportiert werden sollen.[48]

»Wir, als Juden, hatten zu keinem Nicht-Juden Vertrauen«, sagte Fritz Hallgarten über das Empfinden der Internierten, die bei vielen ihrer Nachbarn Gleichgültigkeit und sogar Doppelzüngigkeit erlebt hatten. »Wir mussten es selbst herausfinden: Was dachte er? Was dachte seine Familie?«[49]

Ein Gerücht, das möglicherweise von einem kommunistischen Agitator gestreut worden war, verbreitete sich innerhalb des Lagers wie ein Lauffeuer: Der 37-jährige Rudolf Munster[50] – einer der drei Straßenväter des Lagers und Nichtjude – sei in Leni Riefenstahls Film *Triumph des Willens* von 1935 zu sehen gewesen, wie er auf einer Nazi-Kundgebung salutiert habe. Schon bald hielt man Munster für einen SS-Offizier, der bei Kriegsausbruch in London verhaftet worden war. Nur wenige fragten sich, wie er das Gericht getäuscht haben könnte, um in die Kategorie C eingestuft zu werden, oder warum Munster, falls er tatsächlich ein Spion war, eine so einflussreiche Position in einem Internierungslager anstreben sollte.

(Munster war in Wirklichkeit kein Nazi. Die Quelle des Gerüchts war laut Hinrichsen ein zufällig mitgehörtes Gespräch zwischen einem Internierten und seinem ebenfalls internierten Vater. Der jüngere Mann, ein Filmtechniker, der an Riefenstahls Film mitgewirkt hatte, habe auf Munster gezeigt und zu seinem Vater gesagt: »Leni mochte kräftige blonde Männer, auf den da wäre sie bestimmt geflogen.«)[51]

Für die Berufsjournalisten in Hutchinson waren die regelmäßig aufflackernden Gerüchte und Intrigen eine Erinnerung an die Arbeit des Berichtens und Recherchierens, die viele in Deutschland hatten zurücklassen müssen. Es war Michael Corvin, der mit Unterstützung anderer Mitglieder des Künstlercafés als Erster die Idee einer Lagerzeitung aufbrachte, welche nicht nur über das Geschehen im Lager berichten sollte, sondern auch ein Forum für Briefe und Meinungen sowie eine Möglichkeit zur Veröffentlichung der Werke im Lager internierter Schriftsteller, Dichter und sogar Künstler bieten sollte.

Es fand sich eine Vervielfältigungsmaschine,[52] und Captain Daniel bot Corvin einen Vorrat an Papier und die Nutzung eines Raumes im ersten Stock des Hauptbürogebäudes an. Corvin, der die Zeitung redaktionell verantworten sollte, ernannte Wilhelm Feuchtwang – den Mann, dessen Frau ihn wenig später wegen eines Mitgefangenen verließ – zum Herausgeber, verantwortlich für das Layout.[53] Corvin beschloss, die Zeitung solle den nüchternen Titel *The Camp* tragen und 14-tägig erscheinen.[54]

Die Entscheidung, ausschließlich englischsprachige Artikel zu veröffentlichen, war hart umkämpft. Die Internierten ließen sich in der Regel in zwei Gruppen einteilen: diejenigen, die ihr Exil als vorübergehend betrachteten und nach Deutschland zurückkehren wollten, sobald es sicher genug wäre, und diejenigen, die sich in Großbritannien ein neues Leben aufbauen wollten. Für die Mitglieder der ersten Gruppe war es von größter Bedeutung, die deutsche Tradition, Kultur und vor allem die Sprache zu bewahren, auch wenn dies Verdacht erregen könnte. Für diejenigen, die sich anpassen wollten, war es dagegen von entscheidender Bedeutung, ihre Zugehörigkeit zu dem Land zu demonstrieren, das für sie verwirrenderweise Zufluchts- und Internierungsort zugleich war, indem sie sich der Sprache ihrer Wahlheimat bedienten.

Corvin, der später nach Nordamerika auswanderte, gehörte zur zweiten Gruppe. Die Veröffentlichung von Artikeln in englischer Sprache hatte zudem den Vorteil, dass die Publikation schneller durch die

Lagerzensur kam. So begannen Corvin und sein Team mit der Vorbereitung der ersten Ausgabe, die am 21. September, zehn Wochen nach Eröffnung des Lagers, erscheinen sollte.

Der Chefredakteur forderte die Internierten auf, Artikel und Briefe einzureichen. In weiser Voraussicht bat er Captain Daniel, einen Einleitungstext für die Titelseite zu verfassen, und begann, seine eigenen Beiträge zu schreiben, darunter eine absurd schmeichelhafte Besprechung des neu errichteten Duschblocks im Lager, die in einem ironisch gehobenen Stil gehalten war (»das hübsche Grün der Trennwand harmoniert mit dem kühlen und erfrischenden Betonboden«).[55]

In Berlin hatte Corvin für die Literaturseite seiner ehemaligen Zeitung gearbeitet, und die Berichterstattung in *The Camp* orientierte sich an seinem Geschmack: leichte Essays, Kunstkritik und Kurzgeschichten.[56] Für die erste Ausgabe bat Corvin um Rezensionen eines Lager-Varietés mit Liedern und Sketchen (»Die Akteure gaben ihr Bestes, wirkten äußerst natürlich und ohne jegliche Scheu«) sowie um einen Bericht über den ersten zaghaften Versuch einer Lager-Kunstausstellung, bei der unter anderem Werke von Schwitters, Fechenbach, Kahn, Weissenborn und Uhlman zu sehen waren (»ein vielversprechender Anfang«).[57]

Kurz vor Erscheinen der ersten Ausgabe von *The Camp* erreichte den Journalisten eine wahrhaft berichtenswerte Information. Der allseits geschätzte Rudolf Olden – ebenfalls ein ehemaliger Zeitungsredakteur – hatte Anfang August das Lager verlassen. Kurz nach seiner Rückkehr in seine Heimat, die Universitätsstadt Oxford, fanden Oldens Ex-Frau Mädi und sein Halbbruder Peter für ihn eine Stelle an der New School for Social Research in New York City. Am 13. September bestiegen Olden und seine Frau im Hafen von Liverpool widerstrebend die SS City of Benares, ein Schiff, das unter anderem auch 90 evakuierte Kinder an Bord hatte.

Vier Tage später, im mittleren Atlantik, feuerte Kapitänleutnant Heinrich Bleichrodt, Kommandant des deutschen U-Boots U-48, drei Torpedos auf das Schiff ab, das er und seine Mannschaft bereits einige Zeit verfolgt hatten. Zwei verfehlten ihr Ziel. Der dritte traf. Das Schiff sank schnell. Von den 407 Menschen an Bord verloren 260 ihr Leben. Unter ihnen waren auch Olden und seine Frau.[58]

Die Nachricht von Oldens Tod wurde mit großer Betroffenheit im Lagerbüro aufgenommen, welches die Information offenbar bis zur formellen Bekanntgabe in der Zeitung zurückhielt.[59] Lagervater Burschell, der nach der Entlassung seines Freundes mit Olden korrespondiert hatte, verfasste eine Würdigung, die hinten auf der Eröffnungsausgabe von *The Camp* abgedruckt wurde.

»Rudolf Olden war eine der herausragenden Persönlichkeiten der deutschen Emigration«, schrieb Burschell. »Sein Verlust ist unersetzlich.«[60]

Die hochtrabende Diskussion darüber, ob *The Camp* auf Englisch oder Deutsch erscheinen sollte, ging an Peter Fleischmann ebenso vorbei wie die Debatten über die Vor- und Nachteile dessen lockerer politischer Ausrichtung oder der Verlust von Olden, der das Lager drei Wochen vor seiner Ankunft in Hutchinson verlassen hatte. Er widmete sich lieber seinem Unterricht und genoss die wohlwollende Anwesenheit der Künstler, die ihn in ihre Gruppe aufgenommen hatten, als Zuschauer bei ihren Debatten. Als sich die Diskussion auf das pikante Thema konzentrierte, ob Corvin die Eröffnungsrede von Ludwig Warschauer, dem Gründer der Technischen Schule, in der ersten Ausgabe der Zeitung abdrucken sollte oder nicht, änderte sich der Ton der Gespräche, und Peter hörte aufmerksamer zu.

Warschauer hatte seine einflussreiche Position in der Lagerverwaltung zementiert. Die Technische Schule hatte damit begonnen, im gesamten Lager ein Lautsprechersystem zu installieren. Das System, das von Dr. Hans Rothfels vom St. John's College in Oxford mitentwickelt wurde, bestand aus 2700 Metern Kabel, das 53 Lautsprecher in den Esszimmern der einzelnen Häuser versorgte[61] und unter anderem die Übertragung von Radioprogrammen der BBC ermöglichte.

Eine der ersten Übertragungen war die am 21. Oktober ausgestrahlte Botschaft von Premierminister Winston Churchill, die sich als Ermutigung an das französische Volk richtete. Churchill war letztlich für die aktuelle Lage der Internierten verantwortlich. Und doch, so schrieb Kurt Treitel später in der Woche an seine Eltern, »war es ein ganz großer Eindruck für uns alle, zum ersten Mal wieder die altvertraute Stimme des Premiers zu hören. Es gab uns ein gewisses Gefühl der Zusammengehörigkeit zu der großen Welt da draußen, von der uns der Stacheldraht trennt.«[62]

Schon bald nutzten die Internierten das Radiosystem, um Vorträge, Englischunterricht und sogar Unterhaltungsprogramme zu übertragen, die im Lager geschrieben und aufgeführt wurden.[63] Gelegentlich wurden anstelle eines Abendkonzerts Schallplatten gespielt.[64] Der 21-jährige Journalist Pinechas Cargher gehörte zu den jüngeren Internierten im Lager. Unter dem Pseudonym »John« schrieb Cargher in *The Camp* über die verändernde Wirkung, welche die über das Radiosystem abgespielte Musik auf sein Wohlbefinden hatte: »Diese Erfindung ist wirklich wunderbar. Die ganze Welt kann den großen Staatsmännern unserer Zeit zuhören, und die ganze Welt kann im Glanz der großen Künstler erstrahlen, die durch die Übertragung über Tausende von Kilometern nichts von ihrer Strahlkraft verlieren.«[65]

Das System ermöglichte zudem Captain Daniel, von seinem Schreibtisch aus Nachrichten an das gesamte Lager zu übermitteln.[66] Der Kommandant fand Gefallen an seiner Rolle als Radiosprecher und verkündete den verdutzten Internierten vom europäischen Festland routinemäßig die neuesten Cricket-Ergebnisse. Wenn er nachmittags ein wenig angetrunken war, wandte sich Daniel gelegentlich mit konspirativer Vertrautheit an die Männer, und zwar in einem verstümmelten Offiziersenglisch, das viele seiner Gefangenen nur mit Mühe entschlüsseln konnten.[67] Für Daniel war diese beeindruckende Technologie ein Beweis für die hervorragende Organisation des Lagers Hutchinson, die Fähigkeiten der Internierten und die Weitsicht des Kommandanten, die Einrichtung der Technischen Schule zu genehmigen.

Warschauer erntete die Lorbeeren, aber den aufmerksamen Internierten fiel auf, dass er an der Installation nicht aktiv beteiligt war. Dies kam dem Nachrichtenoffizier des Lagers, Captain Jurgensen, seltsam vor. Warum beteiligte sich Warschauer nicht an der Arbeit, die er anscheinend zu Hause begonnen hatte?

»Solange ich interniert bin, werde ich in meinem eigenen Berufsfeld nichts tun«, sagte Warschauer zu Jurgensen und deutete damit an, dass seine Zurückhaltung eine Form des Protests war. »Alles andere: ja. Das: nein.«[68]

Während Warschauer den Eindruck erweckte, dass er sich voll und ganz auf seine Arbeit in der Technischen Schule konzentrierte, verbrachte er hinter verschlossenen Türen die meiste Zeit mit Glücksspielen. Jemand hörte, wie er damit prahlte, sein Glück und seine Geschicklichkeit seien so groß, dass er allein beim Kartenspielen zwei bis drei Pfund pro Woche verdiene.[69] Abgesehen von seinen »Kumpanen«, wie sie in einem Bericht genannt wurden – einer Clique von 19 Männern, die der MI5 als »aus sicherheitspolitischer Sicht definitiv unbefriedigend« bezeichnete – war Warschauer bei der Mehrheit der Internierten im Lager unbeliebt. Durch sein schikanöses Verhalten und seinen zweifelhaften Ruf in Verbindung mit seiner zunehmenden Machtposition in der Lagerverwaltung war er außerdem gefürchtet.

In einem anderen Bericht schrieb der Nachrichtenoffizier Captain Jurgensen, Warschauer sei als »Organisator der Werkstätten, der Technischen Schule, der Arbeitsgruppen außerhalb des Lagers und fast jeder anderen Phase des Lagerlebens (…) faktisch zum Lagerleiter« geworden. Es wäre »kaum zu viel gesagt«, ergänzte er, »dass sich sämtliche Aktivitäten um ihn zu drehen scheinen«.[70]

Im Künstlercafé erwähnte jemand, Warschauer habe sich kürzlich damit gebrüstet, dass er nicht nur Freund und Bekannter der britischen Führungsschicht sei, sondern auch eine berühmte Frau habe; Peter horchte auf.

»Wer ist sie?«, wollte jemand wissen.

»Die einzige Millionärin in Berlin«, kam die Antwort. »Eine Kempinski.«[71]

Peter zuckte zusammen. Es konnte sich nur um Echen Kohsen handeln, die Erbin des Kempinski-Imperiums, eine Frau, die Peter im

Laufe der Jahre so viel Freundlichkeit entgegengebracht hatte, dass er sie schließlich »Tante« nannte. Peter, der einige Zeit in Echens Haus verbracht und die Familie in den Skiurlaub begleitet hatte, wusste, dass Echen nicht verheiratet war. Endlich hatte er etwas, das er in das Gespräch einbringen konnte.

»Das ist nicht wahr«, sagte Peter. »Ich war oft bei ihrer Familie zu Gast.«

Für die Warschauer-Skeptiker war dies eine bedeutende und willkommene Entwicklung. Endlich schien der Mann bei einer extravaganten Lüge ertappt worden zu sein. Ermutigt durch die Empörung seiner Vaterfiguren, beschloss Peter, den Gründer der Technischen Schule zur Rede zu stellen: »Sie sind ein Lügner«, sagte er.[72] Warschauer erwiderte Peters Empörung mit einem ebenso heftigen Dementi und erklärte, dass er und Echen seit fast einem Jahr verheiratet seien. Unter seinen Habseligkeiten im Lager befinde sich ein Handtuch mit den Initialen »E. K.« – Echen Kohsen.[73] Wie wäre er denn in den Besitz eines solchen Gegenstandes gekommen, wenn die beiden nicht romantisch miteinander verbunden wären? »Sie brauchen mir nicht zu glauben«, fuhr Warschauer fort. Echen werde am nächsten Tag das Lager besuchen; der Teenager solle sich selbst überzeugen.

Peter Fleischmann war nicht der Einzige, der Zweifel und Argwohn hegte; J. G. Craufurd und John Noble vom MI5 waren ebenso erpicht darauf, das Paar zu befragen. Der Fall Ludwig Warschauer entwickelte sich schnell zu einer der umfangreichsten und gründlichsten Ermittlungen des britischen Geheimdienstes gegen einen »feindlichen Ausländer« in Kriegszeiten. Niemand, der mit der Vergangenheit oder Gegenwart des Mannes in Verbindung stand, war unverdächtig, nicht einmal Peter.

Teil drei

»Der Versuch, aus diesem Internierungs-
geschäft Gerechtigkeit zu erlangen, ist, als
wollte man auf einen Berg aus Federn steigen,
um an einen Stern zu gelangen.«

Helen Roeder

XVI.
Die Erbin

Berlin, 26. Juni 1940

Echen Kohsen hörte das leise Knirschen eines nahenden Fahrzeugs. Durch das Fenster sah sie, wie der Familienchauffeur Boggum[1] den Wagen ihres Vaters parkte. In den vergangenen sechs Jahren war dem Gaststätten-Imperium der Familie systematisch das Vermögen entzogen worden. Immerhin war noch genügend Liquidität und Loyalität vorhanden, damit der Fahrer weiter zur Verfügung stand. Zwar verfügte die Erbin noch immer über Haus, Garderobe und Fahrer, doch das Fenster für eine mögliche Flucht aus Deutschland war zu einem schmalen Spalt der Machbarkeit zusammengeschrumpft.

Das vergangene Jahr war von schmerzlichen Trennungen geprägt gewesen. Echens Töchter Anita und Monica, mit denen Peter Fleischmann während seiner Ferien gespielt hatte, hatten Berlin wie er mit einem Kindertransport verlassen. Der Abschied war traumatisch gewesen. Nachdem sie den Kindern im abfahrenden Zug nachgewinkt hatten, fuhren Boggum, Echen und das Kindermädchen Irene weiter zum nächsten Bahnhof, um ihnen dort bei der Durchfahrt noch einmal zu winken. Die jüngere Tochter geriet ganz außer sich, als die trauernde Mutter noch einmal auftauchte; die ältere war verbittert von der chaotischen Trennung.[2]

Echens Eltern waren nach London geflohen, so wie ihr Onkel Hans, der Berlin während der Olympischen Spiele verlassen hatte,[3] als die Reisebeschränkungen widerstrebend gelockert wurden. Eine Familie von Diamanthändlern, die Echen nahestanden, hatten sich die Taschen mit Edelsteinen vollgestopft und waren über die grüne Grenze in die Schweiz gegangen.[4] Echens Plan, wie sie zu ihren Freunden und Verwandten in London stoßen könnte, war weniger filmreif, aber nicht weniger tückisch. Alles hing vom Verlauf des heutigen Morgens ab.

Echen ließ ihr Frühstück auf dem Tisch stehen und sammelte sich, während ihr Liebhaber seine sieben Koffer zum wartenden Wagen schleppte, die Boggum in den Kofferraum hievte. Auf dem Beifahrersitz saß eine schattenhafte Gestalt und beobachtete die Aktivitäten im Rückspiegel. Mit einem metallischen Schmatzen sprang der Kofferraumdeckel zu, und der Wagen machte sich auf Richtung Flughafen Tempelhof. Echen saß auf dem Rücksitz in einsamer Betrachtung der Ereignisse, die bis zu diesem Augenblick geführt hatten.

Die Vertreibung ihrer Töchter aus Berlin hatte einem Jahrzehnt der Verluste die Krone aufgesetzt. Im November 1930 hatte sich Echen – ihr Geburtsname war Elisabeth – von Walter Kohsen, Freund der Familie, Anwalt im Unternehmen Kempinski, sieben Jahre lang ihr Ehemann[5] und Vater ihrer beiden Töchter, wegen seiner Untreue scheiden lassen.[6] 1933 hatte Walter seine Töchter in Berlin zurückgelassen und war nach Frankreich geflohen, ganz offenbar aus Protest gegen die Nazis, aber mit Sicherheit auch, um seinem in Trümmern liegenden Leben zu entfliehen. Noch im selben Jahr stellte er sein Auto an einem Pariser Boulevard ab und gab sich einen Kopfschuss. Per Zufall oder aus Bosheit vollzog Walter seinen Selbstmord am Vorabend von Echens 30. Geburtstag.

Echen hatte Walter geliebt, aber ihre erste Liebe war er nicht. Als junge Frau war sie zunächst einem jungen Arzt zugetan gewesen, Kurt Werner, einem gebildeten Mann; doch dass sein Fachgebiet die Zahnheilkunde war, machte Kurt in den Augen von Echens Vater zu einer unangemessene Partie, weshalb er die Verbindung missbilligt hatte. (Er hatte Übung darin, seiner Tochter ihre Interessen auszureden; einmal überzeugte er sie, im Tausch gegen ein Kätzchen ihre Ambitionen auf ein Medizinstudium aufzugeben; und zu ihrem 21. Geburtstag kaufte

er ihr eine Nähmaschine statt des Autos, das sie sich gewünscht hatte.[7])
Nach der Scheidung von Walter ließ Echen ihre Flamme für Kurt wieder aufleben, obwohl der inzwischen auch verheiratet war. Kurt verließ seine schwangere Frau für Echen, doch die Beziehung war durch zu große Schuldgefühle belastet, und Echen zog sich nach neun Monaten zurück.

Anfang dreißig war Echen Kohsen – sie hatte wieder den wohlklingenden Familiennamen ihres ersten Ehemanns angenommen – einmal verwaist, zweimal geschieden, getrennt von ihren Kindern und Eltern, und kurz davor, ihr Vermögen von der unerbittlichen Macht des NS-Staats beschlagnahmt zu sehen. Sie war verzweifelt. Und als dann ein charmanter, breitschultriger Ingenieur, für den die immer bedrängender werdenden Einschränkungen und Verfolgungen des Berliner Lebens nicht zu gelten schienen, in ihr Leben trat, witterte Echen eine Gelegenheit.

Die Enteignung der Kempinski-Kette verlief nach demselben Muster wie bei jedem anderen jüdischen Berliner Unternehmen, nur eben im größtmöglichen Maßstab. Um den Anschein der Legalität zu wahren, verpackte der NS-Staat den Industrieraub in die Sprache des Steuerrechts. Scheibchenweise wurde das Imperium zerlegt, ein trauriges Kapitel einer inspirierenden Unternehmensgeschichte. Echens Großvater Berthold Kempinski hatte seine Laufbahn als fahrender Weinhändler begonnen, der von einem Wagen aus ungarische Weine an Gutsbesitzer und Pastoren verkaufte. Als 29-Jähriger ging er nach Berlin und eröffnete dort rasch nacheinander zwei Gaststätten, die neben einer einschüchternden Weinauswahl zu fairen Preisen auch Austern, Langusten und andere Delikatessen anbot.

Berthold Kempinski wollte den Konsum von Speisen und Weinen, die normalerweise den Wohlhabenden vorbehalten waren, demokratisieren. Auf seiner Speisekarte fanden sich lauter bezahlbare Gerichte, und für Gäste, denen auch die noch zu teuer waren, gab es halbe Portionen. Als Berthold 1910 starb, war M. Kempinski & Co. nicht nur der erfolgreichste Weinimporteur Berlins, sondern dank der Diversifizierung des Unternehmens auch ein bedeutender Immobilieneigentümer in der Stadt.

Unter der Unternehmensleitung von Echens Vater Richard Unger führte die Familie Kempinski in Berlin die Nobelgastronomie ein. Der Erfolg war so durchschlagend, dass Echen als Kind die Eröffnung einer Gaststätte miterlebte, der Kaiser Wilhelm II. persönlich als Ehrengast beiwohnte. Das Unternehmen gebar erfindungsreiche Ableger. Im Haus Vaterland etwa wurden in Dauerschleife Filmaufnahmen eines Gewitters vorgeführt, so dass die Gäste Blitz und Regen erleben konnten, ohne sich vor Beeinträchtigungen fürchten zu müssen.[8] Eine andere Ausgründung waren Verkaufsautomaten, an denen man belegte Brote, Getränke und Süßspeisen kaufen konnte.

Mitte der 1930er Jahre wurde die Familie gezwungen, einen Arier an die Unternehmensspitze zu setzen. Fündig wurde Richard in einem gewissen Dr. Lisse, den er aus der Handelskammer kannte. Lisse war Ende fünfzig, hatte graues Haar, hellblaue Augen und mehrere Schmisse auf den Wangen. War er ein Nazi? Wie viele, die auf eine Flucht aus Deutschland hofften, hatte Echen das Gefühl, eine so heikle Frage dürfe sie nicht stellen.[9] Auf Drängen ihres Vaters übertrugen Echen und die anderen Anteilseigner Dr. Lisse die Handlungsvollmacht.[10]

Das Kempinski-Imperium war nicht Dr. Lisses einziges Geschäftsinteresse. Daneben war er einer der Hauptinvestoren in das vermutlich revolutionäre Schallbandgerät Tefiphon. Eines Tages im Frühjahr 1938[11] besuchte Dr. Lisse Echen in ihrem Wohnhaus, um ihr sein neues Gerät vorzuführen.[12] Doch Lisse kam nicht allein, sondern in Begleitung eines Mannes, der sich als Schöpfer der Maschine ausgab. Echen war fasziniert – nicht so sehr von der Erfindung als vom Erfinder.

Ludwig Warschauer, erfuhr sie, war der Sohn respektabler Eltern. Er hatte das Friedrich-Wilhelm-Alexander-Gymnasium seiner westpolnischen Heimatstadt Posen an der Warthe besucht. Er wirkte wie eine gute Partie. Und die Chance, in das Familienunternehmen der Kempinskis einzuheiraten, war, obwohl es unter Belagerung stand, für Warschauer attraktiv; mit seinen heimlichen Schulden hatte er seine Mutter praktisch völlig ruiniert.[13]

Echen trug zwar die wehrhafte Rüstung der Privilegierten zur Schau, doch bei Männern weckte sie einen Beschützerdrang. Mit ihren nur 1,55 Meter Körpergröße war sie von kindlicher Gestalt; ihr Spitzname E-chen, »kleines E«, kam nicht von ungefähr. Bald entwickelte sich aus dem gegenseitigen Interesse mehr. Warschauers schamlose Vertraulichkeit und die einzigartigen Freiheiten, die er trotz seiner jüdischen Herkunft überall in der Stadt zu genießen schien, verliehen ihm etwas Geheimnisvolles.

Es war wohl Verzweiflung im Spiel, weshalb Echen jede heikle Frage unterdrückte, die sie unter anderen Umständen gern gestellt hätte. Als Warschauer ihr Anfang 1939 versprach, er könne gegen Bezahlung ihren beiden Töchtern Plätze in einem Kindertransport sichern, gab sie ihm, was er verlangte. Im April 1939 dann, als er anbot, die Flucht ihrer Eltern zu organisieren, willigte sie gegen eine weitere beträchtliche Summe erneut ein. Schließlich bot Warschauer an, auch Echen selbst aus Deutschland herauszuschmuggeln und mit ihrer Familie zu vereinen. Doch diesmal war der Preis erneut gestiegen: Er wollte sie heiraten.

Angesichts dieses Angebots in diesen Zeiten waren jegliche Zweifel, die Echen vielleicht noch hegen mochte, vergessen. Sie willigte ein. Warschauer begleitete sie zur Fremdenpolizei in Berlin, wo wie durch ein Wunder ihr Pass neu ausgestellt und eine Immigrationserlaubnis gewährt wurde.[14] Warschauer erklärte, er werde per Flugzeug nach England vorausreisen. Sie sollte wenige Wochen später nachkommen. Nach ihrer Landung, so sagte er ihr, würden sie heiraten.

Als das Auto sich dem Flughafen näherte, hörte Echen, wie der Mann auf dem Beifahrersitz Boggum ruhig anwies, anzuhalten. Er wandte sich zu dem Paar auf der Rückbank um und erklärte, er werde den restlichen Weg zu Fuß zurücklegen und drinnen wieder zu ihnen stoßen. In der Halle umarmte Warschauer Echen und versicherte ihr, dass sie bald wieder vereint sein würden. Sie sah ihn auf die Passkontrolle zugehen, wo er in einen Nebenraum verschwand. Schließlich tauchte Warschauer jenseits der Schranke wieder auf.

Sein Gepäck würde offenbar nicht durchsucht werden. Als er die Absperrung zum Flugfeld passierte, winkte Echen ihm mit Tränen in den Augen nach.[15]

Sechs Wochen später, am 7. August 1939, gelangte Echen nach London. Sie hatte es gerade noch geschafft. Drei Wochen später würde Großbritannien Deutschland den Krieg erklären, und alle Visa für deutsche Staatsbürger verloren ihre Gültigkeit.[16] Sie hielt ihr Versprechen. Drei Tage nach ihrer Landung wurde Echen Kohsen im St. Marylebone Register Office zu Echen Warschauer.[17] Die Jungvermählten zogen nach St John's Wood in die 3 Circus Road und begannen ihre Flitterwochen, die vor der drohenden Kriegskulisse besonders hell erstrahlten.

Es war keine reine Vernunftehe. Echen liebte den Mann, der erheblichen Charme besaß, wie es auch seine enge Verbundenheit mit dem Hutchinson-Kommandanten Captain Daniel beweist. Echens Töchter befanden ihre Mutter in ihrer Zeit mit Warschauer für so glücklich wie nie.[18] Und dann kam die Polizei und nahm ihren Ehemann mit. Erneut musste Echen Abschied nehmen.

Im Hutchinson Camp beobachtete Peter Fleischmann die unverkennbare, winzige Gestalt von Tante Echen, die jenseits des Zauns das Geheimdienstbüro betrat. Warschauer, so begriff der Jugendliche, hatte die Wahrheit gesagt. Besuche von Ehefrauen der Internierten waren in den Anfangsmonaten des Lagers äußerst selten. Im Bloomsbury House riet man Fritz Hallgartens Frau, sich um einen Besuch gar nicht erst zu bemühen, solange nicht jemand schwer erkrankt war oder in unmittelbarer Gefahr stand.[19] Die Begründung, mit der Echen ins Lager kam, musste jedenfalls sehr schwerwiegend sein.

Doch es war Peter unmöglich, sie zu begrüßen oder zu fragen, wie genau eine Frau, die er zuletzt in einer großbürgerlichen Berliner Wohnung gesehen hatte, auf die Isle of Man kam, und das als Ehefrau eines Manns, den alle im Lager zu verachten schienen.[20] Peter wusste, dass er Warschauer zu Unrecht als Lügner bezeichnet hatte. Allerdings stellte Ludwig Warschauers großspurige Erklärung, er habe in eine der vermögendsten Familien Berlins eingeheiratet, wie immer nur den schmeichelhaften Teil der Geschichte dar.

Der Anblick eines vertrauten Gesichts in der Nähe des Lagers rief Peter eiskalt die Realität seiner Situation in Erinnerung. Anfang September hatte Außenminister Lord Halifax in einer Rede gewarnt, es werde »viele [Internierte] geben, die de facto treu auf unserer Seite stehen, aber dennoch nicht freigelassen werden«.[21] Bisher waren lediglich 616 der 27 200 Internierten in britischen Lagern entlassen worden – noch weniger als die 650, die während ihrer Deportation auf der Arandora Star ertrunken waren. Und nur 100 der Freigelassenen kamen aus Hutchinson.[22] Die Aussicht auf Monate, womöglich Jahre hinter Stacheldraht war quälend, doch unabwendbar für alle, die nicht unter die restriktiven Freilassungskriterien der Regierung fielen.

Angesichts dieser Realität verschafften Briefe von den Lieben eine seltene Linderung – sie stellten eine psychologische Verbindung zur realen Welt dar, gaben einem die Gewissheit, dass man nicht vergessen war. Häufig enthielten die Sendungen auch Lebensmittel. Per Post erhielt Kurt Treitel Kaffee, Brot,[23] Rasiercreme, Schokolade, Marmelade, Kekse, Käse, Sardinen und sogar eine Wurst, die halb von einer Maus angeknabbert eintraf.[24] Hinrichsen erhielt Pakete vom Deutschen Roten Kreuz, von denen zumindest eines Kekse in Form von Hakenkreuzen enthielt. (Hinrichsen erkannte sofort die Komik in dieser Lage und hängte sich die provokanten Kekse ans Hemd.)[25]

Peter dagegen kam nie in den Genuss dieses Segens. Von seinem Onkel in Manchester verstoßen, hatte er niemanden, der an ihn dachte, niemanden, wie er sagte, »der auf mich wartete oder sich nach mir sehnte«.

Die Tragik seiner Situation ließ die Künstlergemeinschaft zusammenrücken. Fred Uhlman saß regelmäßig bei Peter und erzählte ihm von der Welt jenseits von England.[26] Schwitters wurde mehr und mehr zum Ersatzvater. Einige der Künstler sahen in diesem eifrigen Möchtegern-Lehrling ihr eigenes jüngeres Ich.

»So mancher erinnerte sich an seine eigenen Anfänge, ständig beschäftigt mit einer Zeichnung, einem Gemälde oder einer Skulptur, und an die verzweifelte Hoffnung, dass irgendwer echtes Interesse und Zuspruch zeigen würde«, notierte Hinrichsen.

Peters künstlerisches Potenzial war nicht der einzige Grund, weshalb ihn die älteren Künstler ins Herz schlossen. Sie wussten, dass sie draußen Bürgen hatten, die auf ihre Freilassung hinwirkten – häufig Vertreter der Kunstszene, die der Meinung waren, Freiheit sollte an Unschuld gekoppelt sein und nicht an Nützlichkeit, und die bereit waren, sich mit der Regierung anzulegen. Welche Hoffnung gab es dagegen für Peter Fleischmann, einen Schüler ohne Schule, einen Künstler ohne Ansehen, einen Teenager ohne Familie?

Nach der Geburt ihres ersten Kindes hatte Fred Uhlmans Frau Diana ihre Arbeit als Vorsitzende des Artists' Refugee Committee an die Malerin Helen Roeder abgegeben. Vor dem Krieg hatte die Gruppe, die im November 1938 unter anderem von Roland Penrose[27] gegründet worden war, sich dafür eingesetzt, Künstler vom europäischen Festland zu retten.[28] Unter Helens Vorsitz hatte die Zielsetzung sich zwangsläufig in zwei Hauptrichtungen verschoben: Erstens ging es darum, für das Wohlergehen der internierten Künstler sowie dafür zu sorgen, dass sie über ausreichend Material verfügten, um weiter arbeiten zu können, und »die Engländer aller Gesellschaftsschichten zu ermuntern, dasselbe zu tun«. Und zweitens sollten die im Weißbuch aufgeführten Kategorien, nach denen ausgezeichnete Künstler ihre Befreiung beantragen konnten, erweitert und gleichzeitig ein Politikwechsel beworben werden, damit jemands »Freilassung auf nichts anderes als seiner Unschuld beruhen« würde.[29]

Helen schrieb an verschiedene Organisationen, etwa die National Union of Journalists, den PEN Club und das National Council for Civil Liberties. Und genauso eifrig bildete sie Allianzen mit Gruppen, die andere Berufsgruppen im Lager vertraten, vor allem mit der Society for the Protection of Science and Learning sowie der Musicians' Union. All diese Gruppierungen übten erheblichen Druck auf das Innenministerium aus, damit sich herausragende Persönlichkeiten aus Wissenschaft und Kunst um ihre Freilassung bewerben konnten.

»Sollte diese Methode scheitern«, so schrieb sie, seien alle Beteiligten der Meinung, dass »in der Albert Hall eine Massenprotestveranstaltung ausgerufen werden sollte«.[30]

Wie Bertha Bracey kämpfte Helen unermüdlich für Gerechtigkeit. Sie stellte eine Liste aller vom Committee unterstützten Künstler zusammen und schickte sie an ihren Freund Kenneth Clark, den Direktor der National Gallery.[31]

»Ich fürchte, das ist keine sehr erfreuliche Lektüre«, schrieb sie. »Das sind lauter tapfere Leute, die alle Hilfe verdienen, die wir ihnen erweisen können.«

In der Liste, so Helen weiter, fehlten die Künstler, die derzeit vom Committee keine finanzielle Unterstützung erhielten.

»Die Liste all derer, die aus der Internierung heraus bei uns um Hilfe angefragt haben«, ergänzte sie, »würde ganze Seiten füllen, manche von ihnen sind äußerst herausragend und die meisten von ihnen haben tragische Geschichten.«[32]

Helens Brief berührte Clark. Er rief in der Redaktion der *Times* an und schlug vor, einen Artikel über die Situation zu veröffentlichen.

»Der Versuch, aus diesem Internierungsgeschäft Gerechtigkeit zu erlangen, ist, als wollte man auf einen Berg aus Federn steigen, um an einen Stern zu gelangen«, schrieb Helen in einem Brief, mit dem sie ihrem Freund für seine Bemühungen dankte. »Bitte lassen Sie sie weiterhin aufhorchen und hinhören. Sie haben es nötig.«[33]

So wie Helen sich für die internierten Künstler einsetzte und Bertha Bracey für die Bedürftigen, plante Esther Simpson, Vorsitzende der Society for the Protection of Science and Learning, ihren Angriff auf die Regierungspolitik im Namen der Wissenschaftler, die in Hutchinson und in anderen Lagern einsaßen.

Sehr zur Bestürzung der Geistes- und Kunstwissenschaftler nannte das Weißbuch der Regierung nur Naturwissenschaftler, deren Arbeit eher für kriegswichtig befunden wurde. Die verschmähten Professoren schrieben Dutzende Briefe an Tess, wie sie bei Freunden und Bekannten hieß, eine Frau, die bereits entscheidend dazu beigetragen hatte, die Akademiker überhaupt nach Großbritannien zu bringen.

Wie Bertha Bracey war Tess eine ausgebildete Lehrerin, die sich aber der humanitären Arbeit zuwandte. Auf Betreiben des ungarischen Physikers Leo Szilard kam sie am 17. Juli 1933 zum Academic Assistance Council (inzwischen umbenannt zu Society for the Protection of Science and Learning, SPSL; Szilard war einer der Mitbegründer). Gemeinsam arbeiteten die beiden aus einem kleinen Büro im obersten Stockwerk des Londoner Burlington House, wo sie die Namen Dutzender vertriebener Wissenschaftler durchgingen in der Hoffnung, sie an einer britischen Universität unterzubringen. Jeden Abend waren sie bis 22 Uhr beschäftigt; dann wurde das Gebäude geschlossen, und sie mussten nach Hause gehen. Tess' entschlossenem Einsatz war es zu verdanken, dass so viele Wissenschaftler in erster Linie nach Großbritannien geflohen waren, statt sich anderswo niederzulassen. Tess hatte auch die Emigration von Peters Onkel organisiert und ihm die Stelle an der Manchester University vermittelt.

Im Sommer 1940 nun stellte Tess fest, dass sich ihre Tätigkeit verändert hatte: Es ging nicht mehr darum, Wissenschaftler aus deutschen KZs zu retten, sondern Wissenschaftler – von denen viele inzwischen ihre Freunde waren – aus britischen Internierungslagern zu befreien. Das war eine absurde Wende. Im Mai 1940 hob sie in einem Brief ans Innenministerium hervor, viele der festlandeuropäischen Wissenschaftler und Gelehrten in Großbritannien seien in der Gesellschaft bestens bekannt, was man als Bestätigung ihrer Integrität und als Argument gegen ihre Internierung interpretieren könne.[34] Das Innenministerium reagierte nicht. Da ihr Plädoyer ungehört blieb, sah Tess sich zu der mühsamen Arbeit gezwungen, für den Antrag jedes einzelnen Internierten nicht weniger als neun Abschriften zu fertigen und für jeden der 532 Wissenschaftler, die ihre Befreiung beantragten, Dokumente zusammenzutragen.[35]

Tess war mit diesen Petitionen nicht allein.[36] Der Physiologe und Nobelpreisträger Archibald Hill bot ihr moralische und materielle Unterstützung. Hill stellte dem Innenminister unschöne Fragen und hatte ein Händchen für nützliche Öffentlichkeitsarbeit. Am 3. Dezember 1940 hielt er eine Rede vor dem Unterhaus, in der er beklagte, mit welcher Verzögerung die Korrespondenz zwischen den Internierten auf der Isle of Man und der Royal Society vonstattenging. Ein einziger Befreiungsantrag, erläuterte er, war ganze 42 Tage lang unterwegs – seine Transportgeschwindigkeit betrug damit »eine Viertelmeile pro Stunde, oder weniger als die Laufgeschwindigkeit einer Schildkröte«.

Drei Tage später griff der *Daily Telegraph* Hills Bonmot auf: Ein Kolumnist wies darauf hin, dass der Sieger des ersten Schildkrötenwettlaufs, Pebblestone, 150 Meter pro Stunde zurücklegen konnte. Damit, so korrigierte der Kolumnist augenzwinkernd, »bewegt sich das Ministerium dreieinhalb Mal so schnell wie eine Schildkröte«.[37]

Hill reagierte darauf mit dem Hinweis, er habe sich auf griechische Schildkröten bezogen und nicht auf solche aus Oklahoma.

»Sich über das Innenministerium lustig zu machen«, schrieb Hill in einem Brief an Tess, »könnte sich als nützlicher erweisen, als sich über es zu ärgern.«

Diese vereinten Bemühungen zeigten schnell Wirkung. Am 5. September, zwei Tage vor Marjan Rawicz' Matinee im Lager, erhielt Helen einen Brief von Kenneth Clark mit guten Nachrichten für die geflohenen Künstler. Unter dem steigenden Druck hatte die Regierung entschieden, die Freilassungskategorien zu erweitern und in einer bevorstehenden Neuausgabe des Weißbuchs zu formulieren.

»Künstler und wohl auch Musiker [werden] zu den freizulassenden Kategorien [gehören]«, schrieb Clark, freilich mit der dämpfenden Fußnote, das werde nur für diejenigen gelten, die, wie er vage formulierte, in ihrer Sparte »Herausragendes« geleistet hatten. Diese Schwelle würde in allen weiteren Verfahren festgelegt werden.[38] Dennoch handelte es sich insgesamt um »eine willkommene Entwicklung«.

Helen antwortete in ihrer typischen Gewitztheit: »Ich hoffe, sie werden nicht die Royal Academy um ihre Beurteilung bitten, wer in der Kunst Herausragendes geleistet hat, denn sonst werden nur Leute freigelassen, die für eine Internierung ohnehin zu alt sind.«[39]

Trotz aller Bemühungen dieser ehrbaren Bürgen ließ die Verzweiflung viele Internierte zu einfachen Opfern von Betrügern werden. Sogenannte »Werbeagenten« versprachen gegen exorbitante Honorare, sie würden beim Innenministerium personalisierte Bittschriften einreichen. Auf diese profitablen Geschäftemachereien fielen so viele Internierte herein, dass das Central Department for Interned Refugees Warnplakate ausgab, die vor dieser Masche warnten.[40]

Am 8. Oktober 1940 verließ Sir John Anderson, Architekt und ausführende Hand der Politik der Masseninternierung, seinen schweren Posten als Innenminister. Es war klar, dass Andersons Umgang mit der Internierung sein Erbe auf Dauer bestimmen würde. Zu seinem Amtsende wendete sich der Abgeordnete Aneurin Bevan ans Unterhaus und fasste die Aktionen seines Kollegen in einer vernichtenden Rede zusammen.

»Wie der ehrbare Gentleman mit der Internierung von Ausländern umgegangen ist, war und bleibt eine Schande für das Land«, sagte er. »Es gibt viele Beispiele für die verheerenden Folgen der Art und Weise, wie diese Angelegenheit behandelt wurde … Und noch jetzt sind die Kategorien von Ausländern, die weiterhin interniert sind, eine Schande.«

Anderson wies das mit einem traurigen Kopfschütteln von sich.

Sein Nachfolger Herbert Morrison erbte von Anderson nicht nur ein abgrundtiefes administratives Chaos, sondern wurde nun ebenfalls zur Zielscheibe seiner Kollegen im Unterhaus. Von Anfang an prasselten wütende Fragen auf Morrison ein. Noch in derselben Sitzung wurde er zu einzelnen »monströsen« Fällen im Zusammenhang mit den Todesfällen an Bord der Arandora Star befragt; zu den Gründen, weshalb Internierte, die erfolgreich nach Kanada verbracht worden waren, dort nun den Status von »Kriegsgefangenen« erhalten hatten; warum ein angesehener Sprecher der BBC, Paul Gottschalk, interniert worden war; und warum genau es so lange dauerte, bis die Fälle von Internierten, die unter dem Kriterium einer Biografie als NS-Gegner ihre Freilassung beantragten, geprüft wurden.[41]

Am 17. Oktober, also neun Tage später, veröffentlichte Morrison die dritte und endgültige Revision des Weißbuchs mit drei neuen Kategorien, in denen ein Internierter seine Freilassung beantragen konnte: Studenten, Personen, die seit mindestens zwanzig Jahren in Großbritannien lebten, und – ein entscheidender Punkt für viele in Hutchinson – herausragende Persönlichkeiten aus Kunst und Bildung.

Hochrangige Körperschaften wie die Royal Society, die Royal Academy of Arts und das Royal College of Music würden Komitee-Mitglieder benennen, die beurteilen konnten, auf welche Geflüchteten die Kriterien zutrafen. Für Helen war das ein lang ersehnter Moment – obwohl die Tatsache, dass ein Künstler einem vagen Standard der »Distinktion« entsprechen sollte, ihr widersinnig erschien. So schrieb sie in einem Brief an Kenneth Clark: »Denken Sie, [die Kriterien] ließen sich so ausweiten, dass auch die armen Seelen darunterfallen, die zu sehr damit beschäftigt waren, sich jagen zu lassen, um in der Kunst Herausragendes zu leisten?«[42]

85 Prozent der 14 000 Personen, die in Großbritannien weiterhin interniert waren, befanden sich auf der Isle of Man.[43] Die Nachricht brachte ihnen einen neuen Hoffnungsschimmer. Für manch einen jedoch kam sie zu spät. Mitte August waren in den verschiedenen Lagern auf der Isle of Man drei internierte Männer gestorben.[44]

So erlag unmittelbar nach seiner Ankunft im Hutchinson Camp am 5. September Sigmund Stiegel[45] einem Herzinfarkt.[46] Ein Mitreisender auf Professor Jacobsthals Fähre starb an Erschöpfung, bevor das Boot auf der Insel anlegte. Als der Winter nahte, erwarb das Oberrabbinat in Erwartung weiterer Todesfälle eine zwei Hektar große Parzelle – Platz für etwa 50 Gräber – am Nordrand des Gemeindefriedhofs von Douglas »aufgrund der zahlreichen jüdischen Internierten in den Lagern auf der Isle of Man … und dem fortgeschrittenen Alter vieler von ihnen«.[47] Die Stadtverwaltung von Douglas verpachtete für 7 Pfund im Jahr sogar einen Raum im Haus des Friedhofsverwalters, der als Kapelle für jüdische Begräbnisfeiern genutzt werden konnte.[48]

In den Lagern auf der Isle of Man verstarben mindestens 45 Männer.[49] In der Internierung zu sterben, war eine Reihung von Ungerechtigkeiten, häufig von einer Internierung zur anderen. Der 46 Jahre alte

Simon Guttmann war einer der wenigen Unglücklichen, die auf der berüchtigten HMT Dunera nach Australien geschickt wurden. Als er sechzehn Monate später aus Sydney[50] nach Großbritannien zurückkehrte, wurde Guttmann nach Hutchinson geschickt, wo ihm zweimal die Freilassung verweigert wurde. Am 6. September 1942 – nachdem er als Internierter zwei weltumspannende Schiffspassagen überlebt hatte – starb Guttmann an einem Herzinfarkt, der möglicherweise auch seinem besonders harten Schicksal geschuldet war. Dann war da Kurt Schier, ein Eistanztrainer, dem wie Guttmann zweimal die Freilassung verweigert wurde. Er nahm sich in Hutchinson das Leben. Männer wie sie, die das Lager nie mehr verließen, blieben Opfer einer Politik, die zwar eigentlich nicht böswillig war, aber doch unbestritten als Panikreaktion gelten muss, die obendrein schlecht organisiert und in dieser Kombination daher grausam war.

Diejenigen Internierten, die aus dem einen oder anderen Grund keine Arbeit und keine Papiere hatten, standen weiterhin vor der praktisch unüberwindbaren Aufgabe, die Behörden davon zu überzeugen, dass sie für den britischen Staat keine Bedrohung darstellten – geschweige denn, dass sie in irgendeiner Hinsicht als herausragend gelten konnten.

Ein typischer Fall war der 30-jährige Hutchinson-Internierte Oscar Norbert Gugenbichler.[51] Trotz seines bodenständigen süddeutschen Familiennamens war Gugenbichler (er verkürzte seinen Namen später auf ›Gugen‹) in Paris geboren, wo er mit französischer und österreichischer Staatsangehörigkeit die deutsche Invasion Frankreichs erlebte. Als die deutschen Truppen immer weiter vorrückten, zerstörte Gugen seine Papiere. Als professioneller Taucher durchschwamm er bei Nantes die Loire-Mündung und bestieg einen britischen Zerstörer, der gerade Truppen evakuierte. Da er seine deutsche Staatsangehörigkeit verschwieg, wurde er aufgenommen und nach Großbritannien gebracht, wo er umgehend verhaftet, ins Pentonville Prison gesteckt und schließlich nach Hutchinson verlegt wurde. Da Gugen weder seine Identität noch seine Loyalität für Großbritannien nachweisen konnte, blieb er im Lager bis zu dessen Schließung im März 1945. Für seine

Mitinsassen hielt er gelegentlich Französischkurse ab,[52] während seine Gefährten das Lager nach und nach verließen.[53]

Männer wie Gugen fielen unter die Kategorie »Fälle ohne Bürgen« und stellten wohl die tragischsten und zugleich unbeachtetsten Figuren der Internierungssaga dar. Die meisten dieser Fälle landeten bei Bertha Bracey im Bloomsbury House. Mit ihrer Abteilung tat sie für diese Männer, was sie konnte, lieferte Notfallhilfe und für ein paar Tage Kost und Logis. Doch jemand, der ohne Papiere nach Großbritannien kam, konnte auf diese Weise unmöglich als Flüchtling registriert werden.

Ein Mann, der nur als »Mr. von D« bekannt ist,[54] war mit einem Schiff aus Bordeaux als blinder Passagier in einer Weinkiste nach Großbritannien gelangt. Er sprach kein Englisch und konnte als gebürtiger Ungar, der aber sein Leben lang in Deutschland gelebt hatte, nicht einmal selbst sagen, welche Staatsangehörigkeit er besaß. Sein einziges Schriftstück war ein Arbeitsvertrag von 1923, der ihn als Champagner-Händler für ein Bukarester Unternehmen auswies. Mr. von D erklärte, er sei nach einer KZ-Haft 1935 nach Frankreich geflohen. Bracey verschaffte dem Mann eine kleine Geldsumme und besuchte ihn regelmäßig im Gefängnis. Anfang Juli 1940 wurde Mr. von D, dem bereits Familie, Heimat und Identität geraubt worden waren, nach Kanada deportiert. Er starb auf der Arandora Star.[55]

Auch Peter Fleischmann wurde als »Fall ohne Bürgen« und als Mittelloser bewertet. Als die Nachricht von der Erweiterung der Freilassungskategorien das Künstlercafé in Hutchinson erreichte, wich die anfängliche Begeisterung und Erleichterung rasch der Sorge darüber, wie genau in den Verfahren wohl festgestellt würde, wer von ihnen ein herausragender Künstler war. Peter dagegen brauchte sich gar nicht erst Illusionen zu machen. Als Künstler ohne Studienplatz außerhalb von Hutchinson war er weder Student noch Profi und in jedem Fall noch nicht herausragend. Seine einzige Hoffnung auf Befreiung bestand darin, sich einen Platz am British Art College zu sichern. Dafür würde er Arbeiten brauchen, die seine Fähigkeiten vorführten, und ein Empfehlungsschreiben. Gegen alle Wahrscheinlichkeiten hatte das

Hutchinson Camp Peter die Koryphäen an die Seite gestellt, die möglicherweise für ihn eintreten könnten. Und die Chance, bei der bevorstehenden zweiten Kunstausstellung mitwirken zu können, gab ihm Gelegenheit, eine Mappe zusammenzustellen.

XVII.
Kunst und Gerechtigkeit

Ernst Müller-Blensdorf näherte sich der Tür des brandneuen Saals im Schutz der Dunkelheit. Sowohl in englischen als auch in deutschen Lagern starteten Kriegsgefangene ihre Ausbruchversuche den ganzen Krieg über stets im Dunkeln.[1] Müller-Blensdorfs Ziel in dieser kühlen Novembernacht war allerdings genau das Gegenteil. Er hoffte, *in* ein Lagergebäude hineinzukommen, nicht heraus. Erheblich erschwert wurde sein Anliegen durch seine Begleitung: eine schwangere Riesin. Müller-Blensdorf hatte diese riesige Skulptur aus Ton und Gips *Figure of a Woman* (Frauengestalt) genannt. Sein Plan stand fest: Er wollte sie in dieses neueste Gebäude des Hutchinson Camps schmuggeln, bevor es offiziell eröffnet wurde.

Der neu errichtete, beheizte Saal neben der Waschküche und über der Kantine[2] war ein großzügig angelegter Raum.[3] Der Hauptsaal war für Musik- und Theateraufführungen eingerichtet, und die Stühle ließen sich leicht an die Seite schieben, damit auch Sportereignisse hier stattfinden konnten; vor Jahresende sollte dort eine Tischtennisplatte aufgestellt werden.[4] Gleichzeitig diente der Raum als Gotteshaus; einige jüdische Internierte bauten einen Altar aus einer aufgestellten Orangenkiste, die sie mit einem Tischtuch bedeckten, während Protestanten und Katholiken friedlich ihre jeweiligen Gottesdienstzeiten aushandelten.[5]

Jede Gruppe und jeder Club hatte Pläne für den Raum, weshalb sie ungeduldig auf die Eröffnung hinfieberten. Ein Internierter schrieb in

The Camp: »Wie lange wird die Bauzeit dauern? Hoffen wir, dass es schneller geht als die Einrichtung des elektrischen Lichts in unserem derzeitigen Saal.«[6] Zwei Monate zuvor, vom 15. bis zum 17. September, hatte Hutchinson in den Wohnhäusern seine erste Kunstausstellung erlebt; doch dieses dreitägige Ereignis konnte letzten Endes die großen Versprechungen, die man sich wegen der herausragenden Künstler im Lager machte, nicht erfüllen.

»Es war zu früh«, sagte Hinrichsen. »Es waren noch nicht genügend Arbeiten fertig.«[7]

Tatsächlich waren zu wenige Werke da, aber daneben gab es auch zu wenig Platz, um sie angemessen auszustellen. Das neue Gebäude mit seinem Saal war sowohl Inspiration als auch Gelegenheit: Die Künstler konnten nun eine ehrgeizigere, vollkommenere Ausstellung planen, die ihrem Können eher angemessen war. Die Mitglieder des Künstlercafés setzten für Mitte November eine zweite Ausstellung an, also zeitgleich mit der feierlichen Eröffnung des Saals.

Captain Daniel hoffte, die Qualität der ausgestellten Arbeiten werde den Besuchern vor Augen führen, dass dies das am besten geführte Lager der Insel war (und damit weniger die Schließung riskierte, wenn einmal wegen fallender Interniertenzahlen Lager zusammengelegt werden müssten). Die Künstler hofften, die Qualität der ausgestellten Arbeiten werde den Besuchern vor Augen führen, wie abwegig die Politik der Masseninternierung war, welche die gefährlichsten Gruppen von Flüchtlingen hinter Gitter gebracht hatte: die Schnitzer und Pinselschwinger, die Porträtisten und Landschaftsbetrachter.

Für die Mehrheit der Internierten, die bei der Freilassung übergangen worden waren, bot sich hier auch eine neue Art der Ablenkung. Nach der Freilassung einiger der bekanntesten und gefeiertesten Männer hatten sich die Sorgen, die Übriggebliebenen könnten in Vergessenheit geraten, etwas gelegt, seit Ende Oktober Lord Lytton, ein ehemaliger olympischer Tennisspieler und begeisterter Künstler, das Lager besucht hatte.[8] In einer Sendung des Aristokraten Lord Cecil auf der BBC hatte er kürzlich eingeräumt, der »große Fehler [habe] darin bestanden, alle Geflüchteten als feindliche Ausländer zu behandeln«, was freilich ein sehr viel größerer Trost gewesen wäre, wenn die Zurückgelassenen in Hutchinson gewusst hätten, dass ihre Freilassung kurz bevorstand.[9] Eine Kunstausstellung würde da immerhin dazu beitragen, den Geist in höhere Sphären zu heben.

Klaus Hinrichsen übernahm die Rolle des Kurators. Zu seinem mäßigen Einfluss gesellte sich mäßige Not. Es war für Hinrichsen zugleich Vorrecht und Bürde, auszuwählen, welche Arbeiten von welchen Künstlern gezeigt werden konnten. Gleichzeitig musste er dafür sorgen, dass der Raum nicht aus den Nähten platzte, und obendrein darauf achten, die empfindlichen Egos der konkurrierenden Künstler nicht zu verletzen, die in Sachen Ausstellungen gewohnt waren, über die Gegebenheiten selbst zu entscheiden. Es war, kurz gesagt, »ein Alptraum«, so Hinrichsen. »Kein Künstler ist je zufrieden damit, wie viele seiner Werke angenommen werden und in welchem Raum sie gezeigt werden.«[10]

Müller-Blensdorf war mit seinen Vorschlägen erfolgreicher gewesen als die meisten anderen. Hinrichsen hatte sieben seiner Zeichnungen akzeptiert sowie drei Holztafeln, die er aus den Mahagoni-Wänden des von Rawiczs Spiel ruinierten Klaviers geschnitzt hatte.[11] Doch das konnte den Appetit des Schnitzers noch nicht stillen.[12] Da er vermutete, die *Figure of a Woman* würde als zu voluminös befunden werden, hatte er beschlossen, sie ohne Erlaubnis ins Gebäude zu schmuggeln; vielleicht hoffte er gar, dass sie sich als zu sperrig erweisen würde, um sie später noch entfernen zu können.[13]

Für Peter war das eine Gelegenheit, an der Seite von vielen der besten Künstler Europas zu arbeiten und auszustellen – eine Aussicht, die außerhalb der verzerrten Lagerwirklichkeit unvorstellbar gewesen wäre. Peter war wohl nicht das verwaiste Wunderkind des uralten Klischees, doch manchmal erweist sich Hartnäckigkeit als genauso wertvoll wie Genie. Wie viele der anderen professionellen und aufkeimenden Künstler im Lager konzentrierte er sich darauf, was er bei dem bevorstehenden Event erarbeiten und vorführen konnte. Armut erforderte Erfindergeist. Peter schnitt die Krägen aus seinen Hemden und nähte sie direkt an die Pullover, um den Stoff als Leinwand verwenden zu können.[14]

Während Blensdorf zu einer List griff, um sich den größtmöglichen Raum in der Ausstellung zu sichern, beschloss Peter, bei seiner Eingabe absolut aufrichtig zu bleiben. Er würde nur vier Werke vorlegen. Wenn sie genommen wurden, konnte er das ausschließlich seinem Verdienst zuschreiben.

Der neue Saal war nicht die einzige Verbesserung für die Lebensbedingungen der Insassen von Hutchinson. Dank der Aufmerksamkeit und Fürsorge des Quäkers William Hughes, dessen regelmäßige schriftliche Berichte über die Lagerbedingungen auf allen Ebenen der Regierung aufmerksam gelesen wurden, hatten sich die Bedingungen im Hutchinson Camp ständig verbessert. Im Herbst war ein Gebäude zwischen Waschküche und Kantine zu einem Badezimmer mit 36 Duschen und Umkleiden umgebaut worden.[15] Die Duschen, die jeder Internierte einmal pro Woche benutzen durfte,[16] waren nicht vom Innen- oder Kriegsministerium, sondern von einer der drei Brauereien auf der Insel bezahlt worden. Die Lagerverwaltung hatte die drei Unternehmen klug gegeneinander ausgespielt, um möglichst viel für die exklusive Schank»lizenz« im Lager herauszuholen.

Die Brauerei, die den Sieg davontrug, sah in einem Lager mit 1200 gelangweilten Männern, die nur wenig hatten, wofür sie ihr Geld ausgeben konnten, ein lukratives Geschäft und spendete im Gegenzug für den Vertrag den Duschblock. Als die Kantine aber am 5. Oktober 1940 Bier einzulagern begann,[17] wurde sofort klar, dass es sich um eine Fehlinvestition handelte. Viele Internierte tranken gar keinen Alkohol, und die meisten verfügten nur über wenig Geld, das sie lieber für Essen ausgaben. Wer doch trank, musste sich auf ein Pint pro Tag beschränken.[18] Die meisten Insassen waren ohnehin Juden, die man, wie Hinrichsen beobachtete, »höchstens dann einmal (…) betrunken antrifft, wenn sie in extrem sicherer Umgebung sind«.[19]

In der Zeitung *The Camp* war zu lesen: »Wenn die Behörden dachten, sie könnten das Jammern unserer Trauermänner beenden, indem sie vor Ort den Verkauf von Wein erlauben, waren sie auf dem Holzweg.«[20]

Der einzige Alkohol, der in den ersten Monaten regelmäßig im und um das Lager gesichtet wurde, waren die Sherry-Flaschen, die Captain Daniel überreicht wurden, sobald er einer Veranstaltung beiwohnte. Von Ende Oktober an durften die Internierten über die Kantine Weinflaschen bestellen, was wiederum diejenigen erboste, die es für absurd hielten, dass sie eine Flasche französischen Sauternes ordern konnten, nicht aber frische Milch, dunkles Brot, Käse oder Schokolade.[21]

Bertha Bracey hatte über das Germany Emergency Committee auch die Bereitstellung von Werkzeug, Musikinstrumenten, Samen zum Pflanzen in den Gärten und verschiedenen Lehrbüchern für Studenten organisiert.[22] Außerdem hatte sie darauf hingewirkt, nach Möglichkeit Väter und Söhne, die sich in getrennten Lagern auf der Insel aufhielten, zusammenzulegen.[23] Die Früchte ihres Einsatzes waren zwar gern gesehen, hatten aber auch unerwünschte Nebeneffekte. Die Verbesserungen bei Essen, Trinken und Gebäuden in Hutchinson führten dazu, dass viele der Männer sich mehr und mehr mit ihrer Notlage abfanden, was wiederum den Widerspruch stärkte, den sie zwischen der Ungerechtigkeit ihrer Haft und dem bescheidenen Komfort empfanden.

»Langsam und unmerklich«, schrieb der Oxford-Professor Paul Jacobsthal in seinem Tagebuch, »[haben] wir jedes Gefühl für die fantastische Realität dieses Lebens verloren, für seinen absurden Rhythmus und sein *nomos*[24].« Jeden Tag aufs Neue absolvierte Jacobsthal die planmäßigen, von Soldaten begleiteten Spaziergänge außerhalb des Lagers durch die Manx Hills, wo man den entgegenkommenden Inselbewohnern zunickte und winkte.

»Wir [sind] uns kaum noch bewusst, dass wir vor nur zwei Monaten ein Leben führten wie das der Menschen, denen wir begegneten«, schrieb er. Jacobsthal schloss, dass die Männer in Hutchinson sich allmählich in Zootiere verwandelten, die sich ans Eingesperrtsein gewöhnten, während das Gefühl der Freiheit in immer weitere Ferne rückte.[25]

Als besonders komplizierter Kontext erwies sich die Gefangenschaft für die Künstlerberühmtheit des Lagers, Kurt Schwitters. Er erfuhr hier große Anerkennung dafür, dass seine Arbeit in der berühmten NS-Ausstellung über »Entartete Kunst« gezeigt worden war. Im Künstlercafé hatte er eine Gruppe von Anhängern, die ihm lauschten, wenn er seine absurden Anekdoten erzählte oder Gedichte rezitierte. In Peter hatte Schwitters sogar einen eifrigen Schüler, dessen Anwesenheit ihn in seiner Identität als Altmeister der Kunstwelt bestätigte. In Deutschland war ihm diese Stellung in den letzten Jahren abhandengekommen.

Schwitters hatte unendliche Sehnsucht nach seiner Frau Helma. Er schrieb ihr zwar regelmäßig, hatte jedoch noch keine Antwort erhalten, seit er im Frühling Norwegen verlassen hatte. Als Schwitters am 5. Oktober – dem Tag der Bierlieferung in die Kantine – seine Silberhochzeit feierte, indem er mit einem Stanniol-Kranz bekrönt Schokoladenkuchen aß,[26] wogte irgendwo unter seiner Ausgelassenheit vermutlich eine Welle der Traurigkeit.

Allein in seinem Zimmer, zeichnete Schwitters wie ein sehnsüchtiger Teenager mit weißer Kreide ein Herz auf die Fensterscheibe. Wie er Helma in einem Brief erklärte, symbolisierte das »unsere Zukunft ... für immer und ewig«.[27]

Am 20. Oktober 1940, zwei Wochen nach der Feier, stellte Schwitters seinen ersten Freilassungsantrag unter den erweiterten Kategorien im Weißbuch.

»Ich male seit 1909«, schrieb er in seiner Begründung. »In der Internierung kann ich meine Arbeit nicht fortsetzen.«[28]

Wie fast alle anderen Internierten wollte Schwitters das Lager am liebsten so schnell verlassen, wie er hineingekommen war. Allerdings war die Behauptung, die Gefangenschaft habe seine Schaffenskraft zum Erliegen gebracht, nachweislich falsch. Schwitters war einer der produktivsten Künstler im Lager; neben seinen Haferbrei-Skulpturen schuf er die abstrakten Entwürfe im Treppenhaus des Bürogebäudes, Tuschestudien heimischer Blumen,[29] Collagen von *objets trouvés* sowie abstrakte Gemälde. Entgegen der Behauptung des Künstlers hatte die Gefangenschaft den Quell nicht versiegen lassen.

Besondere Mühe hatte Schwitters auf seine beliebte Reihe braver Porträts vieler Internierter verwendet, die ihn im Lauf der Wochen in

Hutchinson zu einem reichen Mann gemacht hatten. Er konnte eine ganze Weinsammlung aufbauen, andere Internierte für die Erledigung seiner Hausarbeit bezahlen und sogar bei den Lagerschneidern einen Anzug in Auftrag geben.[30] Dennoch wählte der Künstler nicht all seine Motive aus finanziellen Gründen. Den Pianisten Marjan Rawicz[31] und den Schriftsteller Rudolf Olden malte er wegen ihres hohen Ansehens, und zwar gratis, auch um damit weitere zahlende Kunden anzulocken. Andere, wie Bruno Ahrends und Friedrich Burschell, porträtierte er, weil sie im Lager eine so prägende Rolle spielten. Manche wählte er auch einfach aufgrund ihrer markanten Gesichter.

»Ich höre Vorträge über Philosophie und Kunst und Konzerte und male sehr interessante Köpfe«, schrieb Schwitters in einem Brief an seine Mutter.[32]

Einige Männer malte er auch zum Dank für einen Gefallen, den sie ihm erwiesen hatten; das Porträt von Hinrichsen etwa war ein Versöhnungsgeschenk. Schwitters benutzte das Büro des jungen Kunsthistorikers als Atelier – teils, weil es dort ruhig war, teils, weil es einen elektrischen Heizstrahler gab, der Künstler und Modell wärmte. Als Hinrichsen eines Tages sein Büro betrat, eröffnete sich ihm eine unangenehme Szene: Unter dem Heizstrahler stand völlig nackt ein Mann, sein Kopf war rot von der elektrischen Wärme, seine Füße blau von der sonstigen Kälte. Als Hinrichsen erklärte, falls Schwitters ein lebendes Nacktmodell malen wolle, könne er sein Büro nicht mehr verwenden, bot der Künstler ihm zur Entschuldigung an, sein Porträt zu malen.

Es war nicht das einzige Mal, dass Schwitters' Arbeit im Lager durch einen elektrischen Heizstrahler motiviert wurde. Bei einer anderen Gelegenheit sah Peter Schwitters beim Malen eines Porträts zu, als die Kleider des Modells Feuer fingen – Schwitters war jedoch so in seine Arbeit versunken, dass er die Flammen erst bemerkte, als Peter aufschrie. Schwitters stieß später auf einen Lagerinsassen namens Schaltenbrand,[33] dessen Namen er als Wortspiel mit dem Begriff »Brandschalter« verstand – und im Spaß bestand er darauf, diesen Mann zu porträtieren, schließlich suggeriere sein Name, dass er feuerfest sei.[34]

Schwitters porträtierte sogar Familienangehörige einiger Mitinternierter, und zwar auf Grundlage von Fotografien. Eines der Modelle von draußen, die Schwitters im Lager malte, war Anneliese Sluzewski, die Tochter des Vatikan-Anwalts Curt Sluzewski.[35] Viele herausragende Wissenschaftler und Geschäftsleute nahmen seine Dienste in Anspruch in der Hoffnung, an diesem Ort der Statusängste ihren Ruf zu festigen.

Unter anderen malte Schwitters Alfred Sohn-Rethel, den Sekretär der Ägyptischen Handelskammer; Dr. Alfred Guttmann, Direktor des Plattenlabels Parlophone; den Schriftsteller Dr. Harald Landry;[36] den Pastor Alfons Schultes, sowie den Lagerarzt Dr. Robert Marshall.[37] Ebenso häufig malte oder zeichnete Schwitters unbekannte Männer aus der Arbeiterklasse, etwa Hans Terner und Rudolf Meyer,[38] beide Motorenmechaniker Anfang zwanzig. Zwar wurden Schwitters' Porträts überall gefeiert, doch jeden überzeugten sie nicht. Professor Paul Jacobsthal beschrieb Schwitters in seinem Tagebuch als »Amateurmaler«. Dieses Urteil war offenbar beeinflusst von Schwitters' Beziehung zu einem Oxford-Kollegen, Robert Eisler, den Jacobsthal verachtete.

Eisler, ein österreichisch-jüdischer Gelehrter, hatte zu Themen vom Christentum bis zur Astrologie Bücher veröffentlicht und vor seiner Ankunft im Hutchinson Camp fünfzehn Monate in den KZs Dachau und Buchenwald verbracht, bevor er nach England fliehen konnte – und wieder interniert wurde. Die qualvolle Reise, von der Eisler eine Herzerkrankung davontrug, die er nie wieder ganz loswurde, konnte Jacobsthals Einschätzung seines Kollegen nicht mildern. Er hielt ihn für »den perfekten Vertreter des intellektuellen Hochstaplers«.[39] Unklar ist, womit Eisler sich die Verachtung seines Kollegen einhandelte – womöglich spielte da aber ein Hauch von Eifersucht hinein: Jacobsthal erwähnte die »enormen« Zuhörerscharen, die sich zu Eislers »konfusen« Vorlesungen versammelten.

Besonders lehnte Jacobsthal ein Porträt ab, das Schwitters von Eisler malte, weil er es für das Modell für zu vornehm hielt. Genüsslich hielt Jacobsthal fest, dass Eisler den Talar, den er beim Modellsitzen trug, von der Tochter des Lagerarztes geliehen hatte – und die war, wie Jacobsthal belustigt schrieb, noch »im Grundstudium«.[40]

Jeder Mann von Format, der für sein Porträt zahlte, inspirierte den nächsten, bis alle, welche die nötigen Mittel besaßen, Schwitters' Dienste in Anspruch genommen hatten. So war es denn unvermeidlich, dass sich in dieser Kultur der Selbst-Memorialisierung auch bei Ludwig Warschauer der Wunsch nach Ansehen und Respekt regte. Also saß auch er für Schwitters Modell: Er trägt einen dicken dunklen Rollkragenpullover, seitlich in seinem Mund hängt eine große Pfeife. Die Boxerbrust füllt den Rahmen; in Farbton und Winkel porträtierte Schwitters in schmeichelndem Licht einen Mann, den die Lagerinsassen instinktiv zu meiden wussten.[41]

Ohne Rücksicht auf die Meinung der anderen entschied sich Schwitters, eine Auswahl seiner Porträts in der zweiten Kunstausstellung zu präsentieren.[42] Die Porträts würden anders als seine provokanten Merz-Collagen dazu beitragen, dass er mehr verkaufen konnte, – und sicherlich auch weniger beiläufige Kritik hervorrufen.[43] Unter das Verzeichnis der Künstler und Kunstwerke setzte er im von Hellmuth Weissenborn und Erich Kahn gestalteten Ausstellungskatalog die Einladung: »Bestellen Sie Ihr Porträt.«[44]

In der achten Ausgabe der Zeitung *The Camp* kündigte Michael Corvin die zweite Kunstausstellung an. Es sollte, so plädierte er, keine exklusive Ausstellung werden, die nur die Eliten im Hutchinson Camp ansprach. Vielmehr sollte sie jedermann anspornen, egal, welchen Beruf er ausübte, »Ihre Arbeit so gut wie möglich weiterzuführen«. Schöpferische Arbeit, versicherte Corvin seinen Lesern, sei »nicht auf großartige Dinge beschränkt; als Bergarbeiter erschaffen Sie nicht weniger als ein Künstler, und Ihre bescheidene Hilfe in der Landwirtschaft ist nicht weniger wert als ein künstlerischer Beitrag.« Corvin drängte dazu, die Ausstellung aus dieser Perspektive zu betrachten – das werde »Ihnen helfen, nicht nur das Kinn zu recken, sondern auch Geist und Entschlossenheit stärken, alles zu bewältigen, indem Sie in der Ihnen gegebenen Weise schöpferisch tätig sind«.[45]

Corvins aufrüttelnder Leitartikel kam zur rechten Zeit, um Trost und Orientierung zu bieten. Viele der Gefangenen im Hutchinson Camp hatten inzwischen neu gewonnene Lagerfreunde verabschiedet und brauchten dringend Aufmunterung. Schwitters hatte zahlreiche enge Gefährten verloren. Marjan Rawicz, der Pianist mit der memorablen Matinee auf dem Rasen, wurde am 18. Oktober befreit, nachdem Ralph Vaughan Williams in seinem Namen eine Petition eingereicht hatte.[46] Am Vorabend seiner Abreise spielte Rawicz in seinem Haus für eine kleine Gruppe von Freunden, unter anderem die Melodie *Smoke Gets in Your Eyes*, die im Lager zu einer Art Schlager geworden war.

Bevor Rawicz aufbrach, gab Schwitters seinem Freund eine Liste mit Kontakten in London und, so erinnerte sich Hinrichsen später, eine Schachtel Player's Navy Cut Zigaretten, die der Künstler mit Augen, einer Nase und zwei Kirchturmspitzen geschmückt hatte.[47] Auf der Rückseite der Schachtel stand in Schwitters' affektiertem Stotterton: »mmmeinem Freunde, Roland Peppenrose« – dem Mann, der besser bekannt war als Roland Penrose, Kunstsammler und Mitbegründer des Artists' Refugee Committee.[48]

Abschiedsfeiern waren häufig große Ereignisse, besonders wenn die Internierten beliebt waren. Wenn Hausgenossen erfuhren, dass einer von ihnen freigelassen würde, sparten sie Mehl, um einen Abschiedskuchen zu backen.[49] Zwar ging es auf diesen Abschiedsfeiern fröhlich zu, aber gleichzeitig waren sie durchzogen von den traurigen Emotionen, die jeden endgültigen Abschied prägen; und darunter stand noch der Schatten einer verbitterten Frage: Warum er und nicht ich? Die Kunstausstellung und die Eröffnung des neuen Saals waren demnach eine Gelegenheit, bei der die Internierten sich von der ewigen Sorge um die Freilassung ausgiebig ablenken konnten.

Am Donnerstag, 19. November um 16 Uhr[50], betrat Captain Daniel in Begleitung von RSM Potterton den ersten Ausstellungsraum; mit seinen Leuten im Gefolge wirkte er wie ein Mitglied des Königshauses, das der Eröffnung einer Nationalgalerie beiwohnte. Es herrschte eine erhabene Stimmung. Zur Feier des Tages hatte der neue Lagervater

Erich Bruckmann[51] eine Rede geschrieben, die den Ton setzte und dem Kommandanten für die Schaffung einer Umgebung dankte, in der Künstler arbeiten und gedeihen konnten.[52]

»Für viele von uns sind heute genau 20 Wochen vergangen, seit wir interniert wurden«, begann Bruckmann.

> *[Ihre] wirklich freundschaftliche Unterstützung hat die Entstehung der Arbeiten, die Sie hier vorfinden, überhaupt erst ermöglicht. Der Künstler leidet mehr als jeder andere unter dem Druck und der Belastung durch widrige Umstände. Er mag staunenswerte, gar göttliche Inspiration haben, aber er braucht eine angenehme, freundliche Stimmung, wenn sich diese mysteriöse Transformation vollziehen soll: von Gedanken und Vorstellung hin zu einem materiellen Kunstwerk. Nun, ich hoffe, unsere Künstler konnten zeigen, dass sie trotz der Schwierigkeiten und der daraus natürlicherweise resultierenden Depression arbeiten können.*[53]

Nach diesen schmeichelnden Worten an den Kommandanten änderte Bruckmann als gewiefter Anwalt seine Stoßrichtung. »Wir wissen, Sir, wie sehr Sie und Ihre Leute sich für unsere Fälle interessieren und dass Sie alles tun, was in Ihrer Macht steht, um so schnell wie möglich unsere Befreiung zu erwirken … Lassen Sie mich zum Abschluss dieser kleinen Ansprache meiner Hoffnung Ausdruck geben, dass dies eine sehr erfolgreiche Ausstellung wird, aber auch unsere letzte.«

Der Kommandant erklärte die Ausstellung für eröffnet, und als Kurator fiel es Hinrichsen zu, der Offiziersdelegation die Künstler vorzustellen. Die Ausstellung zog sich durch mehrere Räume und umfasste über neunzig Werke. Für den jungen Kunsthistoriker war die Führung eine Gelegenheit, in die befriedigende Rolle des Lehrers für Männer zu schlüpfen, die in der Lagerhierarchie klar über ihm standen. Hinrichsens Fachwissen, gekoppelt mit der Tatsache, dass, wie er sagte, »alle deutschen Stile repräsentiert« waren, erlaubte es ihm, den Personen, die ihn hinter Gitter hielten, nicht nur einen Rundgang durch das Gebäude zu bieten, sondern gleichzeitig durch die deutsche Kunstgeschichte – vom Klassizismus zum Expressionismus, vom Impressionismus zur Neuen Sachlichkeit.

Hinrichsen hatte seinen persönlichen Geschmack einer hochherzigen Offenheit hintangestellt. Neben seinen Lieblingskünstlern präsentierte er auch Werke derer, die er weit weniger schätzte, etwa von Fritz Kraemer, den Hinrichsen im Bridge für talentierter hielt als in der Malerei.[54] Auch hatte er den Rahmen der Ausstellung ausgeweitet, indem er kunsthandwerkliche Stücke einschloss, etwa Holzkästchen mit Einlegearbeiten, ein Schachspiel und die Kasperlefiguren, die sechs Tage zuvor erstmals beim Puppentheater, einem traditionellen »Punch and Judy«, zum Einsatz gekommen waren, das der Herausgeber von *The Camp,* Michael Corvin, geschrieben und Hermann Fechenbach inszeniert hatte.[55]

Den Geschäftsmann Hans Gussefeld, der seine Zelt-Heringe aus Prees Heath zu Brieföffnern in Form von Krokodilen umgearbeitet hatte,[56] hatte Fechenbach ermuntert, seine Entwürfe in der zweiten Kunstausstellung zu zeigen. Hinrichsen begrüßte diesen Ausdruck von Volkskunst und hängte die Heringe auf Augenhöhe in eine sichelförmige Abschrägung neben einer der Türen.

Für den Lagerkommandanten bezeugte die Ausstellung die kreative Atmosphäre, die er auf Drängen seiner Frau im Lager gefördert hatte. Er war, wie Fred Uhlman an diesem Tag in seinem Tagebuch festhielt, »sehr beglückt«[57] und freundete sich im Lauf der Führung so sehr mit der Rolle des Schirmherrn an, dass er anfing, kritische Bemerkungen zu den Kunstwerken zu äußern.[58] Dem Kommandanten missfielen die entstellten Glieder auf Erich Kahns Zeichnungen und Radierungen; Fred Uhlmans düster-graue Gefängnisszenen mit einem Kind, das einen Ballon umklammerte, waren ihm zufolge ziemlich deprimierend. Schwitters, so schloss jedenfalls Daniel, war der unbestrittene Herr der Ausstellung; er drängte die anderen Künstler, von seinen Porträts zu lernen.

Für die Eröffnungsfeier waren die Künstler aufgefordert worden, sich zu ihren Arbeiten zu stellen, damit Hinrichsen Daniel und seiner Entourage die Personen vorstellen konnte, die hinter den Werken stan-

Abb. 1: Herschel Grynszpan, kurz nach seiner Verhaftung am 7. November 1938 für den versuchten Mord am deutschen Diplomaten Ernst von Rath in Paris.

Abb. 2: Peter Fleischmann, jüdisches Waisenkind und angehender Künstler, hier fotografiert als Teenager in den 1930ern in Berlin. Nach den Novemberpogromen von 1938 wurde Peter in Großbritannien Asyl gewährt. Als der Krieg ausbrach, wurde er verhaftet und unter dem Vorwurf, ein Nazi-Spion zu sein, im Hutchinson Camp interniert.

Abb. 3: Am 9. November 1938 attackierten Nationalsozialisten in der Reichspogromnacht jüdisches Eigentum in ganz Deutschland, insbesondere Synagogen.

Abb. 4: Als der Morgen des 10. Novembers 1938 anbrach, wurde das ganze Ausmaß der Zerstörungen der Nacht sichtbar. Der Juwelier Margraf in Berlin hatte zum Beispiel Verluste von 1,7 Millionen Mark zu verzeichnen.

Abb. 5: Peter Fleischmann, hier mit einer Künstlermappe unter dem Arm, kommt am 2. Dezember 1938 als Teil des ersten Kindertransports nach Großbritannien in Harwich an. Es waren noch genau drei Wochen bis zu seinem 17. Geburtstag, wodurch er gerade so noch den Kriterien für eine Rettung entsprach.

Abb. 6: Im Mai 1940 begann die britische Regierung, sogenannte »feindliche Ausländer« zusammenzutreiben. Sie waren meist vor den Nazis geflohen und wurden nun plötzlich der Spionage für ebendiese bezichtigt.

Abb. 7: Eine Karikatur des Künstlers Sir David Low, veröffentlicht auf dem Höhepunkt der Festnahmen im Evening Standard.

Abb. 8: Der Künstler Hermann Fechenbach initiierte einen Hungerstreik, um gegen die Bedingungen im Warth Mills-Transitcamp zu protestierten. Dort wurden er und viele andere, die ins Hutchinson Camp gebracht werden sollten, übergangsweise untergebracht. Er erstellte diesen Druck 1943, zwei Jahre nach seiner Freilassung.

Abb. 9: Der Fotograf Paul Henning entdeckte in Hutchinson sein Talent für Linoldrucke. Dieser Druck, entstanden im Camp, zeigt den Platz, auf dem die Internierten Dutzende Vorträge hielten und Musikvorstellungen veranstalteten.

Abb. 10: Die britische Armee befahl den Internierten, selbst eine Hierarchie untereinander aufzustellen – eine Methode, die in der Geschichte häufig dazu genutzt wurde, indigene Gruppen möglichst reibungslos zu kolonisieren. So betraten britische Soldaten das Camp nur in Notfällen – wovon es, zugegebenermaßen, einige gab.

Abb. 11: Captain Daniel war ein wohlwollender Kommandant des Camps. Er war stolz auf Hutchinson und hielt es für das beste der zehn Camps auf der Insel.

Abb. 12: Nachdem Margery Daniel, selbst eine vereitelte Künstlerin, festgestellt hatte, dass Hutchinson eine ganze Menge an bedeutenden Malern und Bildhauern beherbergte, überzeugte sie ihren Mann, den Internierten Material und Raum für ihre Kunst zur Verfügung zu stellen.

Abb. 13: Regimentsfeldwebel Ambrose Harry Potterton führt 1940 den Morgenappell durch, den Schlagstock mit der Messingspitze unter den Arm geklemmt.

Abb. 14: In einer Karikatur, die in der Hutchinson-Zeitung abgedruckt wurde, stellt Adolf »Dol« Miriecki Potterton als überlebensgroße Autoritätsfigur dar.

Abb. 15: Hutchinson-Internierte warten auf ihre tägliche Essensration, die in großen Metallmülleimern gelagert wurde.

Abb. 16: Der Künstler Ludwig Meidner zeichnete in einer Serie die umfänglichen Arbeiten im Camp.

Abb. 17: Hellmuth Weissenborn erstellte zahlreiche Holzschnitte von Alltagsszenen im Camp. Er nutzte dafür eine von Peter Fleischmann modifizierte Wäschemangel.

Abb. 18/19: Der berühmte Dadaist Kurt Schwitters malte Dutzende von Porträts seiner Mitinsassen in Hutchinson. Darunter eines von Bruno Ahrends, Gründer der ›Camp-Universität‹ (links), und Klaus Hinrichsen, deren Sekretär (rechts).

Abb. 20: Der Pianist Marjan Rawicz gab eine unvergessliche Matinee-Vorstellung auf dem Rasen von Hutchinson mit einem geliehenen Flügel.

Abb. 21: Rudolf Olden war ein brillanter Anwalt und erbitterter Gegner des Nationalsozialismus. Er war so beliebt im Camp, dass ein Mitinhaftierter sogar für dessen Freilassung anstelle seiner eigenen betete. Olden starb nach seiner Freilassung, als ein U-Boot das Schiff zum Sinken brachte, das ihn und seine Familie in ein neues Leben nach Amerika bringen sollte.

Abb. 22: Adolf Hitler steht vor einem Kunstwerk von Kurt Schwitters in der Ausstellung »Entartete Kunst« in München, die ihre Tore am 19. Juli 1937 öffnete.

Abb. 23: »Aerated V« ist eines der mindestens 200 Werke, die Schwitters in Hutchinson schuf. Diese Mixed-Media-Malerei besteht aus Treibholz vom Strand und einem Tischtennisball.

Abb. 24: Zwei Jahre nach seiner Freilassung performte Kurt Schwitters die »Ursonate« in London, ein Gedicht, das er auch in Warth Mills und in Hutchinson rezitiert hatte.

Abb. 25: Ludwig Warschauer, Gründer der Technischen Schule im Hutchinson Camp, war Mittelpunkt einer langen Untersuchung des MI5, das umfangreiche Akten über ihn sammelte, darunter auch dieses Foto.

Abb. 26: Warschauer beauftragte Schwitters damit, sein Porträt zu malen – erst während der Recherche zu diesem Buch identifizierte Warschauers Stieftochter ihn auf dieser Arbeit.

Abb. 27: Warschauer eröffnete Hutchinsons Technische Schule in Haus 36 offiziell am 22. August 1940.

Abb. 28: Der Anwalt James G. Craufurd war der leitende Ermittler in Warschauers Fall beim MI5.

Abb. 29: Das Material, das zur Verdunklung verwendet wurde, bot ein neues Medium für die Internierten, die Kunst schaffen wollten. Zu ihnen gehörte der Löwenbändiger Johann »Brick« Neunzer, der detaillierte Scherenschnittbilder anfertigte.

Abb. 30: Die professionellen Künstler gründeten ein Künstlercafé im Wäscheraum von Nummer 15, wie auf Fred Uhlmans Zeichnung zu sehen ist.

Abb. 31: Die Zweite Camp Kunstausstellung eröffnete am 19. November 1940. Die Mehrheit von Hutchinsons professionellen Künstlern – und auch Amateure wie Hans Gussefeld, der Zeltheringe in krokodilförmige Brieföffner verwandelt hatte – stellten aus, wobei sie miteinander um jeden Zentimeter Platz an der Wand rangen.

Abb. 32/33: Zahlreiche Frauen setzten sich für die Rechte und die Freilassung der Internierten ein. Helen Roeder, Sekretärin des Artists' Refugee Committee, vertrat die Künstler unter ihnen, während MP Eleanor Rathbone sich für alle Internierten einsetzte.

Abb. 34: Niemand aber brachte sich so für die vor dem Nazi-Regime Geflüchteten in Großbritannien ein wie die bescheidene Bertha Bracey, die als Vorsitzende des Central Department for Interned Refugees unablässig darum kämpfte, die Bedingungen zu verbessern und die Freilassung der unschuldig Inhaftierten zu erlangen.

Abb. 35: Echen Kohsen (erste Reihe, 2. v. r.), Erbin des Kempinski-Restaurant-Imperiums, kümmerte sich während der Schulferien um Peter Fleischmann und stimmte just vor Kriegsbeginn der Heirat mit Ludwig Warschauer zu, im Austausch für ihre sichere Ausreise nach Großbritannien.

Abb. 36: Als junges Mädchen nahm Echen – hier im weißen Kleid – an der Eröffnung eines Kempinksi-Restaurants teil, bei der auch Kaiser Wilhelm II. anwesend war.

Abb. 37: Warschauer, verzweifelt darum bemüht, dass seine Frau sich weiter für seine Freilassung einsetzte, nähte im Camp diese Kreuzstich-Stickerei als Zeichen seiner Zuneigung.

Abb. 38: Nach dem Verschwinden seiner Eltern, als er ein kleines Kind war, zog Peter bei seinem wohlhabenden Großvater Alfred und dessen Haushälterin Elisabeth ein. Als die Gestapo ihn suchte, versteckte sich Peter im Keller von Elisabeths Bauernhaus außerhalb von Berlin.

Abb. 39: Nachdem er in die britische Armee eingetreten war, baute er seine künstlerischen Fähigkeiten weiter aus.

Abb. 40: Ab November 1945 arbeitete Peter als Dolmetscher bei den Nürnberger Prozessen und übersetzte für den ehemaligen Außenminister der Nazis, Joachim Ribbentrop (mittlere Reihe, 3. v. l.), mit dem er einst Verstecken im Weinkeller des Kempinski-Restaurants gespielt hatte.

Abb. 41: Peter malte sein erstes Selbstporträt im Hutchinson Camp. Seine wenigen geretteten Werke aus dieser Zeit sind die einzigen aus seinem Oeuvre, die er mit »Peter Fleischmann« signierte. Kurz nach Verlassen des Camps nahm er den Nachnamen seines Freundes und Künstlerkollegen Donald Midgley an und wurde Peter Midgley.

Abb. 42: 1976 erhielt Peter eine Einladung vom Berlin Arts Festival, um in seiner Heimatstadt sein Werk in der Neuköllner Rathausgalerie auszustellen. Bei der Ausstellungseröffnung wurde Peter nach der Botschaft seiner Kunstwerke gefragt. Er antwortete: »Sie vermitteln dann eine Botschaft, wenn Sie bereit sind, sie zu empfangen, sie zu fühlen.« Zwei Jahre später malte er sein letztes Selbstporträt.

den. Für Peter Fleischmann war das ein Moment größten Stolzes. Seine künstlerischen Bemühungen waren von Hinrichsen anerkannt und belohnt worden; obwohl der nur zehn Jahre älter war als der Student, hatte er dem jüngsten Mitglied des Künstlercafés gegenüber eine väterliche Haltung angenommen. Während nun die Offiziere umherschlenderten, stand Peter neben seinen Arbeiten – zwei Porträts, eine Darstellung der Häuser im Lager und ein Stillleben –, und zwar nicht mehr als Künstleraspirant, sondern als ausgestellter Künstler.

Am selben Abend in London nahm der Beamte Sir Frank Newsam Platz, um einen Brief zu schreiben. Es waren für die Regierung schwierige Wochen gewesen, in denen sie wieder einmal mit neuen, skandalösen Enthüllungen über die Masseninternierung hatte umgehen müssen. Am 1. November war im Palace Camp, wo wenige hundert Meter vom Hutchinson Camp entfernt viele der italienischen Internierten einsaßen, ein Mann von zwei Mitinternierten angegriffen und schwer verletzt worden. Das Opfer, Signor Cosomati, war ein bekannter Karikaturist. Eine britische Zeitung hatte erst kürzlich mehrere seiner gegen Mussolini gerichteten Zeichnungen erneut veröffentlicht. Die Angreifer waren Anhänger der Faschisten. Dass man damit gescheitert war, in den Internierungslagern Unschuldige von Faschisten zu trennen, war der Regierung wiederholt vorgeworfen worden, und dieser jüngste Vorgang beschädigte ein erneutes Mal ihren Ruf und den der Politik.

Weiteren Ärger hatte der Regierung die Veröffentlichung zweier Bücher über die andauernde Internierungssituation eingebracht: *The Internment of Aliens* von François Lafitte und *Anderson's Prisoners* von »Judex«. Beide Texte waren äußerst kritisch und ließen keine der zermürbenden Einzelheiten über die Härten aus, welche die Politik der Masseninternierung verursachte. Um dieser schlechten Presse entgegenzuwirken, hatte die Regierung versprochen, die Hilfen für die verschiedenen Organisationen zu erhöhen, die sich für die Interessen von Geflüchteten und Internierten einsetzten.

Kritiker wandten ein, diese Gelder würden nur dafür sorgen, dass Unschuldige über noch längere Zeit festgehalten werden könnten.

»Sie wollen nicht eure 375 000 Pfund«, rief Colonel Josiah Wedgewood im Parlament. »Sie wollen Gerechtigkeit.«[59]

Newsam war daher dringend auf der Suche nach etwas, was das Debakel der Internierung in einem freundlicheren Licht erscheinen lassen würde. Erst kürzlich war er von einer Reise zu den Lagern der Insel zurückgekehrt, bei der er die dortigen Bedingungen überprüft hatte. Er war mit Captain Daniel zusammengetroffen, der ihm stolz die ersten Ausgaben der Zeitung *The Camp* präsentiert, die bevorstehende Kunstausstellung beschrieben und ihm sogar eine Sammlung von Aquarellen und Radierungen gezeigt hatte, die er von den Internierten als Geschenk erhalten hatte.

»Ich erlaube mir zu vermuten, dass der Herr Staatssekretär möglicherweise einige [dieser] Arbeiten mit Interesse würde begutachten wollen«, schrieb Newsam an Sir John Moylan, den stellvertretenden Staatssekretär im Innenministerium.[60] Damit ließe sich, so seine Anregung, möglicherweise der Blick der Öffentlichkeit auf das Internierungsdebakel aufbessern. »Es wäre doch schade, wenn bei Kriegsende die Arbeit der Internierten unter einzelne Privatleute zerstreut würde«, ergänzte er. »Sollte man dafür nicht eine Art Museum einrichten?«[61]

Während Newsam in London seinen Brief schrieb, versammelten sich im Hutchinson Camp die Internierten im großen Saal des frisch gestrichenen Gebäudes. In derselben Nacht begann die Luftwaffe ihre neuntägige Bombardierung Birminghams, die 800 Tote und über 20 000 Obdachlose zur Folge haben sollte. Hier dagegen, in der gemütlichen Umgebung des neuen Saals, konnten die Internierten im Hutchinson Camp für eine kurze Zeit den Krieg vergessen, der sie hergebracht hatte. Der Wiener Musikprofessor Stefan Pollmann[62] sang 18 Schubert-Lieder, begleitet von Hans G. Fürth,[63] der nach der Freilassung von Rawicz Mitte Oktober zum Lagerpianisten im Hutchinson Camp avanciert war.[64] Danach begleitete Fürth den Bildhauer Paul Hamann und den Anwalt Curt Sluzewski, die mit ihren Violinen Musik von Bach vorführten. Zum Schluss kam wieder Pollmann auf die Bühne und beendete den Abend mit Brahms.[65]

Klaus Hinrichsen beschloss den Tag mit der Befriedigung, sich als Geburtshelfer für ein vielfältiges Gedenken an die hochwertige Arbeit betätigt zu haben, die in diesen unwahrscheinlichen Umständen entstanden war. Zwar wurde die Notlage der Künstler durch dieses Projekt nicht gerade einem größeren Publikum ins Bewusstsein gebracht, aber mit Sicherheit konnte kein Besucher nach dieser Ausstellung am Talent dieser Männer zweifeln, die ihre Arbeit dort vorgeführt hatten.

»Nun endlich jeder es erkennt«, reimte er in einem kurzen, köstlich naiven Gedicht, das später in *The Camp* abgedruckt wurde, »wie vielen hier Talent geschenkt …«[66]

Es war ein erfreulicher Tag für die Künstler, wenngleich er auch ein Licht darauf warf, wie schwindelerregend ihr beruflicher Horizont eingeschrumpft war. Männer, die einst in den namhaftesten Berliner Galerien ausgestellt hatten, mussten sich jetzt darauf einlassen, in einer entlegenen Inselpension um ein paar Quadratmeter Wand zu feilschen, um sich von einem unwissenden Reklamefachmann anpreisen zu lassen. Peters Erfahrung war die Ausnahme. Diese Ausstellung war der greifbare Beweis, dass die Gefangenschaft für ihn neue Gelegenheiten schuf, seine Aussichten weitete und große Hoffnungen weckte. Dass Peter hier ausstellen konnte, zeugt auch von der Fürsorge und Unterstützung, die er im Hutchinson Camp fand.

Nachdem seine Angehörigen ihn durch ihren Tod aus Gleichgültigkeit im Stich gelassen hatten, hatte Peter hier eine Gruppe von Erwachsenen gefunden, die offenbar gewillt waren, sich um ihn zu kümmern und sein Talent und seinen Ehrgeiz zu fördern. Gestärkt von dieser Ausstellung und der Unterstützung der arrivierten Künstler im Hutchinson Camp, musste er jetzt nur noch einen Weg finden, um aus dem Lager an die Kunsthochschule zu wechseln.

XVIII.

Weihnachten zu Hause?

Gedämpfte Schreie durchbrachen die arbeitsame Stille. Die Büroarbeiter im Hutchinson Camp ließen ihre Papiere sinken und tauschten fragende Blicke. Aufmerksam lauschten sie, worum es ging. Normalerweise erhob im Büro niemand die Stimme. Die meiste Zeit verbrachten sie hier damit, geduldig die Freilassungsanträge ihrer Lagergenossen durchzugehen. Es war eine äußerst verantwortungsvolle Arbeit – schon der kleinste Fehler konnte die Anhörung eines Internierten um Monate hinauszögern –, und seit die britische Regierung die Freilassungskategorien ausgeweitet hatte, war das Arbeitspensum überwältigend geworden. Tag für Tag gingen über einhundert Anträge ein.[1] Für Streit war da keine Zeit.

Das Geschrei kam aus dem Geheimdienstbüro. Jeder hörte, wer die Beteiligten waren: Captain Jurgensen, der Geheimdienstoffizier im Hutchinson Camp, und RSM Potterton. Wortfetzen verrieten, worum sich der Streit drehte – Wein, ein Restaurant, Fisch. Niemand wunderte sich, dass wieder und wieder der Name eines ganz bestimmten Internierten fiel: Ludwig Warschauer.[2]

Seit der Eröffnung der Technischen Schule hatte Warschauer sich bei den britischen Offizieren, die mit seiner Internierung betraut waren, beliebt gemacht. Die MI5-Agenten James Craufurd und John Noble, die Warschauer immer neugieriger beobachteten, notierten, dass er einer von Captain Daniels »Kuschel«-Internierten geworden war.[3] Doch so sehr sie seine Ingenieursgeschichte in Frage stellten: Vor Ort galt er weiterhin als Pfeiler der Lagergemeinschaft.

»Es besteht kein Zweifel, dass dieser Mann unserer Sache treu ergeben ist«, schrieb ein Verbindungsoffizier des Kriegsministeriums, der in Douglas stationiert war. »Seit er sich hier aufhält, ist er einer unserer solidesten Träger von Disziplin und Ordnung.«[4]

Für Warschauer lohnte es sich vielfach, Arbeit und Ruf der Technischen Schule zu fördern. Er konnte darüber eine direkte Verbindung zu Captain Daniel herstellen, sich ein von den anderen Internierten getrenntes Gebäude zum Leben und Arbeiten sichern, eine Stellung mit Verantwortung für die anderen Gefangenen – und daher mit Macht über sie – einnehmen und Arbeitskraft freisetzen, was die anderen Mitglieder der Kulturabteilung sehr frustrierte. Am stärksten war Warschauers Wunsch, sich denen gegenüber vertrauenswürdig und nützlich zu zeigen, die seine immer verzweifelteren Freilassungsanträge zu begutachten hatten.

Warschauers Eigenwerbung hatte sich als wirksam erwiesen. Regelmäßig empfing er »geheimnisvolle Besucher aus London«,[5] wie ein Augenzeuge formulierte. Es wurde gemunkelt, dass diese Individuen vom Wissenschaftlichen Geheimdienst kamen, die den brillanten Verstand des Ingenieurs anzapfen wollten. Das war zwar unwahr – das Interesse der Besucher hatte seiner zweifelhaften Vorgeschichte gegolten –, doch die Technische Schule erwies sich als überzeugende Möglichkeit, diesen Mythos zu stärken und die Sorgen gelegentlicher Beobachter zu zerstreuen.

Die Technische Schule war zu einem Staat im Staat geworden und entzog sich dem Zugriff selbst der gewählten Lagervertreter.[6] Diejenigen, die Warschauer misstrauten, hegten den Verdacht, dass der Stundenplan nur ein Deckmantel für die hauptsächliche Stoßrichtung der Arbeit in der Einrichtung war: nämlich junge Männer auszunutzen und sie für Warschauers Firma außerhalb des Lagers Glimmerplatten schneiden zu lassen. Gerüchten zufolge nahmen Warschauer und seine Partner Rationen von den Studenten entgegen, die bereit waren, Nahrung gegen das Versprechen einzutauschen, er werde zur Beschleunigung ihrer Freilassung beitragen und ihnen danach lukrative Arbeitsstellen vermitteln. Ob das stimmte oder nicht – Warschauers Stand bei Captain Daniel war jedenfalls gesichert. Vor seiner Freilassung hatte Lagervater Friedrich Burschell Beweise dafür gesammelt, dass Angelegenheiten, die er beim Kommandanten vorgebracht hatte, später mit Warschauer besprochen wurden, dessen Rat offenbar mehr Gewicht hatte als sein eigener.[7]

Der heutige Streit im Lagerbüro lieferte nun den endgültigen Beweis dafür, dass Warschauer im Hutchinson Camp einmalige Privilegien genoss. Er war bereits zuvor ermächtigt worden, das Lager in Begleitung eines Unteroffiziers zu verlassen, angeblich um im Ortszentrum Eisenwarenhändler und Werkzeugmacher zu besuchen. Die Internierten wussten aber, dass er diese Freigänge genutzt hatte, um nicht nur Gerätschaften für die Technische Schule zu kaufen, sondern auch persönliche Gegenstände; einmal kam er in einer neuen Jacke aus Harris Tweed samt bunter Krawatte zurück.[8]

Nach dem, was die Arbeiter im Lagerbüro von Jurgensens Protest mitbekamen, war aber klar, dass jetzt eine Grenze überschritten worden war. Warschauer war von einem Wachmann in der Stadt in Begleitung von RSM Potterton gesehen worden. Der gut betuchte Warschauer hatte, so war es durchgesickert, Potterton zum Essen in ein Fischrestaurant eingeladen. Ein Wachmann im Freigang berichtete, er habe die beiden gesehen, wie sie gemeinsam aßen und Wein tranken.[9] Die Büroarbeiter konnten sich nur vorstellen, wie Pottertons Gesicht rot anlief und wie seine Lippe zitterte, während er die nie dagewesene Standpauke des sonst so umgänglichen Geheimdienstoffiziers über sich ergehen ließ, der klarstellte, dass der RSM nie wieder die Gastfreundschaft – und insbesondere Alkohol – von einem Gefangenen anzunehmen habe.[10]

Warschauers Restaurantbesuch war eine Ausnahme, aber dass Internierte offiziell das Lager verließen, kam inzwischen häufig vor. Neben den planmäßigen Spaziergängen an der Promenade[11] gab es regelmäßige Ausflüge an den Strand für die männlichen und die weiblichen

Internierten. Millicent Faragher, eine der Polizeibeamten, die aus London auf die Insel abgeordnet worden waren, um die dortige Mannschaft zu unterstützen, empörte sich über die österreichischen und italienischen Frauen, die sich, wie sie es ausdrückte, »kontinental oben ohne« sonnten. Es gehörte zu Faraghers Aufgaben, gegen dieses Verhalten vorzugehen.

»Wir patrouillierten dann in unseren schweren marineblauen royalen Uniformen über den Strand und sagten: ›Tops! Tops!‹«, erinnerte sie sich. »Und dann zogen sie ihre Oberteile an, und natürlich sofort wieder aus, sobald wir ihnen den Rücken zukehrten.«[12]

Eine weitere unerwartete Aufgabe bestand für Faragher darin, die internierten Frauen jeden Dienstag und Donnerstag nachmittags ins örtliche Kino zu geleiten (»leicht verdientes Geld«, nannte sie das später). Die Männer aus dem Hutchinson Camp bekamen ein ähnliches Angebot. Am Eröffnungstag der zweiten Kunstausstellung kamen etwa 600 Hutchinson-Internierte – mindestens die Hälfte der Lagerbevölkerung – in den Genuss ihres ersten Kinogangs.[13] Der Film, der an diesem Tag auf dem Programm stand, war erstaunlich passend: Charlie Chaplins *The Great Dictator*, die plumpe satirische Hitler-Parodie.[14] Wie so vieles im Lager wurde selbst die einfache Frage des Kinobesuchs zum Thema erhitzter Debatten. Mehrere der älteren Internierten wollten nicht mitgehen.

»Hitler war der einzige Grund für all ihr Unglück, auch für die Internierung«, erinnerte sich Hinrichsen. »Selbst, wenn man dieses Ungeheuer als komische Figur zeigte, konnte ihn das menschlich erscheinen lassen.«[15] Andere argumentierten, es sei wichtig, einen Film zu unterstützen, der Hitler als ungebildeten Irren mit vermessenen Ambitionen darstellte, da diese Beschreibung womöglich die britischen Faschisten und Internierte der Kategorie A überzeugen konnte, dass sie sich der falschen Sache verschrieben hatten.[16]

Der Fußweg ins Kino über einen kurzen Abschnitt der grandiosen Uferpromenade erlaubte einigen Internierten ihren ersten näheren Blick auf die Stadt, der ihnen klar machte, dass Hutchinson nicht etwa das einzige Lager in Douglas war, sondern eines von vielen. Die Männer aus dem Hutchinson Camp merkten, wie glücklich sie sich schätzen konnten, in der relativ komfortablen Siedlung interniert und nicht in eines der Strandhotels gepfercht worden zu sein.

Vor dem Film lief eine Wochenschau, und deren kurze Nachrichten zeigten Bilder von der Zerstörung in der britischen Hauptstadt, einer Herausforderung, der die Londoner – zumindest die, die zum Auftritt in dieser von Moral triefenden Propaganda ausgewählt worden waren – mit strahlendem Optimismus getrotzt hatten. Hinrichsen bemerkte in seinem Rückblick auf den Tagesausflug in *The Camp*: »Die Internierten gaben ihren Gefühlen mit stürmendem Beifall und Bravo-Rufen Ausdruck.«[17]

Nach der Vorführung trotteten die Männer in geradezu euphorischer Stimmung zurück zum Hutchinson Square. Das Ereignis, so schrieb Klaus Hinrichsen, war mit »einem Schulausflug vergleichbar« und wirkte sich »höchst wohltuend auf Geist und Seele« aus.

Doch sobald die Gruppe durch das Haupttor trat, verdüsterte sich die Stimmung wieder. Die Zurückgebliebenen erzählten, gleich nach dem Aufbruch der Kinogänger sei die erste Reihe der Häuser im Hutchinson Camp von Soldaten umstellt und nach möglichen Schmuggelwaren durchsucht worden.[18] Weder der Kommandant noch der Geheimdienstoffizier waren bei der Durchsuchung zugegen gewesen, was zu Spekulationen darüber führte, dass sie von einer Behörde außerhalb des Lagers organisiert worden war. Immerhin, so bemerkten einige der Internierten, lag eine gewisse Ironie in der Tatsache, dass die Razzia während eines Filmbesuchs stattgefunden hatte, in dem diktatorisches Verhalten angeprangert wurde; den meisten Flüchtlingen waren Durchsuchungen der Gestapo als Mittel der Einschüchterung nur allzu geläufig.

Auch wer außerhalb des Lagers arbeiten wollte, bekam dazu Gelegenheit. Ab September 1940 durften die jüngeren Lagerinsassen bei einheimischen Landwirten anheuern.[19] Nach dem Appell trafen sich die Freiwilligen am Lagertor des Hutchinson Camps und warteten, ob einer der einheimischen Bauern an diesem Tag Hilfe anfragte. Wenn sie Glück hatten, wurden die jungen Männer abgeholt und – unter bewaffneter Bewachung – eingesetzt, um Kartoffeln zu klauben und zu sortieren, Karotten, Mangold und Steckrüben zu ernten, zu dreschen oder Mist auszufahren.[20]

Das Lager zu verlassen, fühlte sich »fast wie Freiheit« an, wie ein Freiwilliger sagte. »Auf dem Feld zu stehen, in die Hügel, Ebenen und Wälder rundum zu blicken, inmitten der Schönheit der Natur mit dem weiten Himmel über sich und dem freien Boden unter den Füßen, eine sinnvolle Arbeit zu leisten und somit den freien Menschen verbunden zu sein – da vergisst man seine Sorgen und fühlt sich frei.« Diese Ausflüge brachten auch Kontakt zu den Inselbewohnern, deren freundliche Reaktion die Männer wieder aufleben ließ, die doch seit Monaten unter der düsteren Wolke der Verdächtigungen lebten.

»Man kommt in der Überzeugung zurück, dass die Einwohner dieser Insel, Männer, mit denen man selbst gesprochen hat, weit davon entfernt sind, die dummen Vorwürfe in den Zeitungen dieser Insel zu glauben, die vorgeben, sie wüssten nicht, dass wir Opfer von Hitler und seinen Freunden sind«, schrieb der Freiwillige. »Die Art und Weise, wie die Bauern uns behandeln, beweist, dass ihnen klar ist, wie verlogen solche Vorwürfe sind.«[21]

Als Lohn erhielten die Freiwilligen landwirtschaftliche Produkte, unter anderem Butter, die sie ins Lager zurückbrachten. Zwei Wochen später entdeckte Captain Daniel, dass Wucherer begonnen hatten, den jungen Männern für die Butter Geld zu bezahlen, und vorhatten, sie für den doppelten Preis weiterzuverkaufen. Der Kommandant setzte dieser Gelegenheit ein Ende und steckte die Wucherer in Isolationshaft.[22] Weissenborn hatte da mehr Glück. Das Huhn, das einer seiner jungen Hausgenossen in Haus 28 geschmuggelt hatte und das er für die Hausgemeinschaft briet, entging der Entdeckung.[23]

Als Ausflüge außerhalb des Lagers üblicher wurden – eine Gruppe Internierter aus Hutchinson besuchte mindestens einmal eine Theatervorführung in Douglas –, stieg auch die Wahrscheinlichkeit von Fluchtversuchen. Als der Linolschnitt-Künstler Hellmuth Weissenborn feststellte, dass einer seiner ehemaligen Schüler, Denis Megaw, der Bruder des Kurators im örtlichen Manx Museum war,[24] beantragten die Internierten die Erlaubnis für einen Museumsbesuch.

Nach einigen Verhandlungen stimmte Captain Jurgensen dem Plan zu, und die Internierten wetteiferten um einen der zehn Plätze für den Ausflug, der für den 27. Oktober angesetzt wurde.[25] Einen der Plätze vergab Jurgensen an einen älteren ehemaligen Bewohner der Insel Jersey, der Fossilien sammelte. Während des Ausflugs fiel die Batterie in seinem Hörgerät aus, und er verpasste den Aufruf, zum Bus zurückzukehren. Als er schließlich aus der Fossiliensammlung des Museums kam und merkte, dass seine Gruppe bereits ins Lager zurückgekehrt war, verfiel der Mann in Panik, weil er fürchtete, man würde ihm einen Fluchtversuch unterstellen. Er ging zu einem Taxifahrer und wollte sich zum Hutchinson Square fahren lassen.

»Da können Sie nicht hin«, erklärte der Fahrer. »Das ist ein Internierungslager.«[26]

Der Internierte legte dar, was passiert war, und der Taxifahrer erklärte sich bereit, ihn an den Lagereingang zu bringen, um die Situation zu klären. Als der Wagen ankam, herrschte vor Ort ein großes Durcheinander. Ein Inselbewohner, der dem schwerhörigen Internierten in Alter und Statur ähnelte, war fälschlicherweise in den Bus genötigt worden. Die Wachleute hatten seine Proteste ignoriert, er sei weder Deutscher noch Internierter, und seine Tochter werde sich entsetzliche Sorgen machen, wenn sie ihn vom Museum abholen käme und ihn nicht dort vorfände.

»Ich habe zehn Männer hingefahren und zehn Männer zurückgebracht«, stammelte der Soldat, der das Kommando über die Expedition gehabt hatte. »Woher sollte ich wissen, ob es dieselben waren?«[27]

Den merkwürdigsten und erfolgreichsten Freigang organisierte Professor Gerhard Bersu, ein herausragender Archäologe, der seinen Posten als Direktor der Römisch-Germanischen Kommission in Berlin verloren und nach Großbritannien gekommen war, wo er später Ausgrabungen in Little Woodbury leitete, einer eisenzeitlichen Siedlung in der Nähe von Salisbury. Anders als die Künstler, Anwälte, Philosophen und Musiker im Lager verfügte Bersu nicht über eine lebhafte

Gemeinschaft, mit denen er sich zusammentun, feiern und sich beklagen konnte. Statt sich der Ungewissheit seines Schicksals tatenlos hinzugeben, beschloss Bersu, sich die Tatsache zunutze zu machen, dass er auf einer Insel von erheblicher archäologischer Bedeutung festgesetzt worden war, und dass der Kurator des Manx Museums, Basil Megaw, ein anerkannter Archäologe war.[28]

Bersu überzeugte Captain Jurgensen, ihn mit Megaw in Kontakt zu bringen. Am 4. November 1940 verließ Bersu in Begleitung einer Gruppe Internierter, darunter auch Fred Uhlman, das Lager für eine Prospektion auf der Suche nach »Erdhöhlen und Mangan«.[29] Kurz danach informierte das Museum Bersu, er habe die Erlaubnis erhalten, auf einem Hügel zu graben, der möglicherweise einst der Standort eines wikingerzeitlichen Rundhauses gewesen war.[30] Unter Aufsicht durfte Bersu etwa ein Dutzend Helfer mitnehmen, und das Museum würde einen Bus samt Fahrer zur Verfügung stellen, um die Männer abzuholen und zurückzubringen.[31] Für ein so interessantes Angebot fehlte es nicht an Freiwilligen. Captain Jurgensen prüfte alle Bewerber und nahm die Schlussauswahl vor.[32]

In Abenteuerstimmung verließ das Ausgrabungsteam das Hutchinson Camp. Die Busfahrt dauerte etwa zwanzig Minuten, und die Grabungsstätte bot den Teilnehmern eine großartige Aussicht auf das umliegende Hügelland. Die Freiwilligen, zu denen ein Architekt gehörte, ein Geologe, ein Experte für mittelalterliche Sprachen und ein Bankier, der Fossilien sammelte,[33] hatten Befehl, sich nicht von der Ausgrabungsstätte zu entfernen und kein Bargeld bei sich zu tragen – wohl um den Kauf von Schmuggelware zu verhindern.

Die Vorsicht des Geheimdienstoffiziers war nicht ganz ausreichend. Schon kurz nachdem das Team mit der Arbeit begonnen hatte, wurde ein vorbeikommender einheimischer Milchmann auf sie aufmerksam. Er machte einen Umweg und fuhr mit seinem Wagen über die unbefestigte Straße bis an die Stelle, an der die Männer arbeiteten. Der geschäftstüchtige Milchmann fragte, ob irgendjemand Brot, Butter, Milch oder Eier kaufen wolle. Noch bevor die Gruppe erklären konnte, dass sie keinerlei Geld bei sich hatten, zog der Bankier einen Scheck zu einem auf der Isle of Man registrierten Konto hervor, das er, wie er erklärte, vor einigen Jahren eröffnet hatte. Seine Mitarchäologen konnten dem Milchmann abkaufen, was immer sie wollten; er würde sich die Ausgabe notieren und sie könnten ihm die Summe nach der Rückkehr ins Lager erstatten.

Der Milchmann nahm den Scheck gern entgegen und fing an, Bestellungen aufzunehmen, nicht nur von den Internierten, sondern auch von ihren Bewachern und dem Busfahrer. Als einer der Internierten fragte, ob der Milchmann auch gekochte Eier verkaufe, bot er an, beim nächsten Mal welche mitzubringen. Bald entstand eine Routine. Der Milchmann kam gegen ein Uhr mittags beim Hügel vorbei. Wollten die Internierten etwas kaufen, würden sie einen Union Jack hissen, der vom Fuß des Hügels aus sichtbar war; auf dieses Zeichen hin würde der Milchmann zu ihnen herauffahren.

Diese stille Abmachung mit dem Ausgrabungsteam aus dem Hutchinson Camp begann zu florieren, als ein hochrangiger britischer Armeeoffizier, der gerade auf der Insel zu Besuch war, auf dem Hügel die Fahne wehen sah. Er beobachtete die Szene durch sein Fernglas, und aus Neugier, was genau diese Gruppe an einem strategischen Standort mit weitem Ausblick über die Insel tat, befahl er seinem Fahrer, über die mit Schlaglöchern übersäte Straße und den Feldweg bis zu ihnen zu fahren.

»Was geht hier vor sich?«, fragte der Offizier, als er aus dem Auto stieg und die Messgeräte und Pappschachteln voller Felsbrocken und Steine sah.[34] Einer der Bewacher erklärte, diese Männer seien Internierte von Hutchinson, die nach einer Wikingerburg gruben.

»Wer ist Hutchinson? Sollte ich den kennen?«, fragte der Offizier.[35]

Anfang Dezember besuchten Mitglieder der Lagerverwaltung einschließlich Michael Corvin die Ausgrabung, um sich anzusehen, welche Fortschritte Bersu mit seinen Freiwilligen gemacht hatte.[36] Während sie dort Schinkensandwiches und Obst aßen und Tee tranken, lauschten sie einem Bericht von Bersus Assistenten Ernst Nassau.[37] Für den romantischen Corvin gab der Ausflug, bei dem die Lagerdelegation vom winterlichen Regen durchnässt wurde, »jedem ein Gefühl von Freiheit und bestmöglichem Umsorgtsein«; noch philosophischer sah er darin den »Beweis für den guten Willen von Seiten der Behörden, die so häufig missverstanden und nicht recht anerkannt wurden«.

Trotz solcher Gelegenheiten schien sich keiner der Internierten im Hutchinson Camp besonders für die Planung eines Fluchtversuchs zu interessieren.[38] Heinrich Fraenkel dagegen suchte verzweifelt nach Freiwilligen, die ihm helfen würden, einen Gegenstand nach draußen zu schmuggeln. Im Winter 1940 war das Manuskript seines Buchs für Victor Gollancz fast vollendet. Ohne Ablenkung, mit einem abgesonderten Arbeitsplatz und einer Sondergenehmigung zur Überschreitung der abendlichen Sperrstunde hatte Fraenkel schnell und flüssig schreiben können.[39]

Das Buch sollte seinen Lesern beweisen, dass sehr viele Deutsche gegen Hitler und seine Politik waren. Da er gemeinsam mit Vertretern verschiedener politischer Gruppierungen interniert war, hatte Fraenkel offizielle Stellungnahmen verschiedener Gruppen des NS-Widerstands einholen können, die seine These stützten; auch die KP hatte sich über Hugo Gräf geäußert, einen ehemaligen Reichstagsabgeordneten, der im Hutchinson Camp interniert war.[40] Da das Buch unbedingt veröffentlicht werden sollte, bevor die Ereignisse es überholten, hatte auch Gollancz erheblichen Druck auf seinen Autor ausgeübt; alle zwei oder drei Tage wurde Fraenkel von RSM Potterton aus seinem Privatzimmer abgeholt und in Captain Daniels Büro gebracht, wo der Kommandant ihm mit durchdringendem Blick ein weiteres Formular zuschob.

»Telegramm von Koblentz«, grummelte Daniel dann – den Namen Gollancz brachte er nie korrekt über die Lippen.

Bei einer dieser Gelegenheiten fragte Daniel, was »Koblentz« denn diesmal wolle. Fraenkel erklärte, er brauche eine Auswahl von drei oder vier Titelvorschlägen für das Buch.

»Warum denn so viele?«, fragte Daniel. »Einer sollte doch genügen.«

Fraenkel erklärte, der Verleger wolle mehrere Vorschläge zur Auswahl, fünf habe er übrigens bereits vorbereitet. Sein bevorzugter Titel – *Help Us Germans to Beat the Nazis!* (›Helft uns Deutschen, die Nazis zu schlagen!‹) – sollte in aller Klarheit Fraenkels NS-feindliche Einstellung publik machen, eine Voraussetzung für die Veröffentlichung.

Fraenkel gab das Manuskript säuberlich in einem dicken Pappdeckel geheftet in Daniels Büro ab. Der Kommandant nahm das Manuskript entgegen und wog es stirnrunzelnd in der Hand.[41]

»So ein Haufen Papier«, sagte er. »Wenn ich das alles lesen müßte, das würde wohl eine ganze Zeitlang dauern. Ich werde es lieber gleich dem Koblentz schicken.«

Fraenkel fiel ein Stein vom Herzen; er hatte sich bereits Sorgen gemacht, dass sein Manuskript in der Zensur hängenbleiben würde. Doch als er das Gebäude verließ, senkte sich wie eine Wolke eine Art nachgeburtliche Paranoia über ihn herab. Er redete sich ein, das Manuskript werde sicherlich monatelang unterwegs sein, und das Buch werde, »wenn es endlich den Verlag erreichte, jede Aktualität verloren haben«; somit wäre die »ganze fieberhafte Arbeit der letzten Wochen vertan«.

Die Angst, ein Buch könnte bereits vor seiner Veröffentlichung obsolet sein, ist typisch für den gewissenhaften Autor, dessen Arbeit nicht hoffen kann, mit dem frenetischen Rhythmus der Nachrichtenwelt Schritt zu halten. Dieses beruflich bedingte Symptom wurde allerdings verstärkt durch das, was Fraenkel als »Stacheldrahtpsychose« bezeichnete: eine durch die Gefangenschaft bedingte Kombination von Machtlosigkeit und Trägheit. Irgendetwas, schloss Fraenkel, musste geschehen.

Der Autor hatte bereits einige Durchschläge des Manuskripts gefertigt, die er Internierten, die demnächst freigelassen werden sollten, anvertrauen und in Gollancz' Büro abgeben lassen wollte. Doch das reichte noch nicht, um Fraenkels Sorgen zu entkräften. Er stellte mehrere Mitverschwörer an, die die nächsten drei Tage lang schichtweise daran arbeiteten, das ganze Manuskript mit etwa sieben oder acht lesbaren Abschriften auf extrem dünnem Durchschlagpapier abzutippen. Dann wendete sich Fraenkel an einen der Töpfer im Lager und kaufte zwei große Vasen, in denen sich so ein aufgerolltes Manuskript verstecken ließ.

»Die Lagerbehörde … würde gewiß keinen Argwohn heben, wenn ich meiner Frau und Victor Gollancz' Sekretärin [Sheila Hodges] je eine unserer hübschen Blumenvasen schickte«, überlegte Fraenkel.

Weiter gemindert wurde die Entdeckungsgefahr dadurch, dass ein Mitglied der Gruppe in der Lagerpost arbeitete; er wurde beauftragt, eine Kopie des Manuskripts in jede Vase zu schieben, nachdem der zuständige britische Beamte sie auf Schmuggelware inspiziert hatte.

Die erfolgreiche Durchführung des Plans elektrisierte die Gruppe, und weiterhin schmuggelten sie Durchschläge des Manuskripts »auf verschiedenen abenteuerlichen Wegen aus dem Lager«. Nach etwa einer Woche dieser frenetischen Trickserei erhielt Fraenkel ein Telegramm von Gollancz, das die prompte Ankunft des »offiziellen« Manuskripts bestätigte.[42] Nach seiner Freilassung am 15. Januar 1941 konnte Fraenkel Gollancz schließlich in seinem Büro besuchen. Dort eröffnete ihm der Verleger, die geschmuggelten Manuskripte träfen weiterhin im Rhythmus von zwei oder drei Exemplaren pro Woche bei ihm ein.[43]

Viel Beschäftigung verschaffte Captain Daniel der Umgang mit den Freilassungsanträgen derjenigen Internierten, die wie Peter Fleischmann zu jung waren, um sie selbst zu stellen, oder die aus irgendeinem Grund nicht die nötigen Formulare eingereicht hatten. In Daniels Augen war Peters Fall völlig klar. Dass er vor der NS-Verfolgung geflohen war, war nicht zu bezweifeln: Seine Flucht war von der britischen Regierung selbst in die Wege geleitet worden. Umso verblüffender war die offizielle Antwort auf den formalen Antrag. Daniel bestellte den Teenager in sein Büro und legte ihm die außerordentlichen Umstände dar: Auf dem Weg nach oder von Liverpool war Peters Akte verloren gegangen oder gestohlen worden. Sein Freilassungsantrag konnte nicht bearbeitet werden, weil nirgends dokumentiert war, dass er je interniert worden war. Im Reich der Amtsschimmel existierte Peter Fleischmann schlicht gar nicht.[44]

Wenige Tage später wurde Peter erneut einbestellt. Diesmal erwartete den 18-Jährigen ein Vertreter des Innenministeriums mit einem Vorschlag. Wenn Peter sich bereiterklärte, in die britische Armee einzutreten, so erklärte der Mann, würde das Problem seiner Internierung einfach verschwinden. Er wäre dann kein Internierter mehr, sondern gälte als Soldat, und mit dieser neuen Identität würde er eine dokumentierte Person in den Akten der Regierung werden.

Peter hatte Freunde im Lager, die bereits eine ähnliche Abmachung unterschrieben hatten, mit der sie ihre Freiheit gegen den Wehrdienst eintauschten. Die ersten Werbeoffiziere tauchten zum Ende des Herbstes im Hutchinson Camp auf. Sie suchten nach jungen, wehrtauglichen Internierten für die einzige Einheit in den britischen Streitkräften, die feindlichen Ausländern offenstand: das Auxiliary Military Pioneer Corps.

Die Pioniere galten als die Underdogs der britischen Armee, doch seit die Einheit auch sogenannte feindliche Ausländer annahm, hatte sie sich als nützlich erwiesen, nicht zuletzt als Teil der British Expeditionary Force. Für die Internierten standen Statussorgen ohnehin weit hinter der verlockenden Tatsache zurück, dass die Aufnahme zu den Pionieren einen der schnellsten Wege in die Freiheit darstellte. Helen Roeder, Vorsitzende des Artists' Refugee Committee, erklärte: »Es ist ein ganz gutes Schlupfloch für Leute, die in keinem Bereich Herausragendes geleistet haben.«[45]

Geleitet wurde die Rekrutierungskampagne im Hutchinson Camp von Bernard Davidson, einem Mitglied des Jewish Refugees Committee. Nach seiner Ankunft im Lager wurden die Internierten im Lagersaal versammelt. Als alle saßen, schlossen die Wachleute hinter ihnen die Türen.

»Meine Freunde, ich bin hier, um mit Ihnen die Frage eines Eintritts in die Armee zu erörtern«, sagte Davidson. »Wir wissen, dass Ihre Internierung hier eine Vorsichtsmaßnahme war … Aber es gibt einen sicheren Weg nach draußen: den Eintritt in die Armee.«[46]

Davidsons Ton verhärtete sich im weiteren Verlauf zunehmend; er deutete an, dass die Alternative zum Armeeeintritt nur lautete, für die gesamte Dauer der Feindseligkeiten interniert zu bleiben.[47]

»Niemand verlässt diesen Raum, bevor er sich nicht zur Armee gemeldet hat«, schloss er.

Bei Kriegsausbruch erließ das Parlament den National Service (Armed Forces) Act, das Gesetz, durch das alle britischen Männer zwischen 18 und 41 Jahren zur Armee einberufen wurden. Wer den Kriegsdienst aus Gewissensgründen verweigern wollte, musste vor Gericht erscheinen, um die Gründe dafür darzulegen. In diesem Kontext bot das Pioneer Corps Geflüchteten eine erwünschte Gelegenheit, ihre Loyalität zu Großbritannien unter Beweis zu stellen. Dennoch fand die nachdrückliche Aufforderung keineswegs durchgehende Zustimmung, zumal die Tatsache, dass die Armee zur Aufnahme der Internierten in ihre Reihen bereit war, es gänzlich lächerlich machte, dass diese Geflüchteten zunächst überhaupt interniert worden waren. Ein aufgebrachter Internierter erklärte Bertha Bracey bei einem ihrer Inselbesuche: »Die Mobilisierung im Pioneer Corps wäre ziemlich unlogisch, wenn unser Feindstatus weiterhin beibehalten bliebe.«[48]

Empört über das, was in seinen Augen einer Erpressung gleichkam, stand Fritz Hallgarten auf und ging zur Tür an der Rückwand des Saals. Als einer der Wachleute ihn nicht hinauslassen wollte, erhob Hallgarten die Stimme: »Sie können mich hier nicht einsperren.«

Ein Offizier nickte seinem Untergebenen zu, und Hallgarten wurde entlassen. Allerdings blieb Hallgarten eine Ausnahme. Das Versprechen einer schnellen Befreiung sowie die Gelegenheit, Großbritannien ihre Loyalität und dem NS-Regime ihre Feindschaft zu beweisen, brachte die Männer reihenweise dazu, sich zu melden. Viele junge Männer hatten kaum eine andere Möglichkeit.

»Im Grunde hatten wir nur genau zwei Optionen: einen Parlamentsbeschluss abzuwarten oder zur Armee zu gehen«, sagte ein Internierter.[49] Anfang Dezember hatten sich 1273 der 8000 Internierten, die in ganz Großbritannien freigelassen worden waren, erfolgreich unter Kategorie 12 um den Eintritt ins Pioneer Corps beworben – die zweitgrößte Kategorie, übertroffen nur von Kategorie 3, den »Invaliden und Gebrechlichen«.[50] Die meisten der über 30-Jährigen aber wurden für zu alt oder für körperlich untauglich befunden, woraufhin ihre Interniertenkarten mit dem eher kränkenden Verdikt gestempelt wurden: »Aus medizinischen Gründen vom A. M. P. C. abgelehnt.«

Während Internierte aus anderen Lagern, die für die Pioniere rekrutiert wurden, zur Ausbildung nach Ilfracombe, Devon geschickt wurden – dort wurden am Strand Übungsgelände, Hindernisse und Geschützstellungen errichtet –, traf das auf die Rekruten aus dem Hutchinson Camp nicht zu.[51] Sie erhielten ihre Grundausbildung von RSM Potterton gleich vor dem Lagerzaun in voller Sichtweite der anderen Internierten.[52] Für diejenigen, die bereits in Deutschland eine Militärausbildung erhalten hatten, bestand eine der ersten Schwierigkeiten darin, nach britischem Stil neu zu marschieren zu lernen. »Der Schritt ist kürzer, recht natürlich, ohne aufzustampfen«, notierte Michael Corvin, der Herausgeber von *The Camp*. »Die Körperhaltung ist straff, aber elastisch … Sportlich, aber sportlich in militärischem Sinn.«[53]

Nach Abschluss der Grundausbildung verließen die ersten Pioniere aus Hutchinson das Lager am 5. Oktober 1940. Ende November war aus dem Rinnsal ein Fluss geworden, und Dutzende junge Männer verließen das Lager, darunter ein orthodoxer Jude, der mit dem Segen eines internierten Rabbis an Jom Kippur aufbrach.[54]

Peter Fleischmann jedoch erschien die Vorstellung, zu den Pionieren zu gehen, um seine Freiheit zu erlangen, unmoralisch.

»Ich kann unter diesen Umständen Ihrem Angebot nicht zustimmen«, erklärte er dem Zivilbeamten in Daniels Büro.[55] Obwohl er offensichtlich ein NS-Gegner und erwiesenermaßen ein politischer Flüchtling war, erklärte Peter, er könne angesichts dieser von ihm so empfundenen »reinen Erpressung« nicht unter Vorbehalt der britischen Armee beitreten.

»Ich würde mich sehr gern freiwillig melden«, fuhr er fort. »Aber nicht unter diesen Umständen.«

Dieser Standpunkt bedeutete, dass Peter das Büro des Kommandanten als ein Niemand mit ungewisser Bestimmung verließ. Als seine Künstlergefährten erfuhren, was passiert war, regte sich allgemeine Empörung. Die größten Chancen auf Freilassung hatte Peter, so beschlossen sie, wenn er einen Platz an einer Kunstschule fand. War er erst Student, müsste die britische Regierung ihn nach den Grundsätzen ihrer eigenen Politik freilassen. Am 8. Dezember 1940, zwei Wochen nach dem Ende der zweiten Kunstausstellung, entwarfen die Künstler einen Empfehlungsbrief an Maria Petrie an der Abbotsholme School in Staffordshire:[56]

> *In diesem Lager haben wir die Bekanntschaft eines jungen Kunststudenten gemacht, einem Mitinternierten, in dem wir ein wirklich großartiges Malertalent erkennen. Mit erst achtzehn Jahren braucht Peter Fleischmann natürlich noch dringend weitere systematische Ausbildung, obwohl er bereits einige Jahre in einer Kunstschule unterrichtet wurde … Seine einzige Chance auf Entlassung aus der Internierung ist eine Kunstschule, die bereit ist, ihn als Studenten aufzunehmen.«*[57]

Für Petrie entschieden sich die Künstler im Hutchinson Camp aufgrund ihrer deutschen Herkunft, ihres Kunstsinns und der Tatsache, dass sie kürzlich als Pädagogin aufgetreten war und 1936 das Buch *Modelling for Children* publiziert hatte. Sie baten Petri um ihre Unterstützung bei der »Suche nach einer Schule, die bereit ist, [Peter] aufzunehmen«, am besten eine, die ihm die Möglichkeit eines Stipendiums bieten könnte. Bevor sie unterzeichneten, schlugen die Künstler vor, sie könnten Petrie gerne eine Auswahl von Peters Arbeit zusenden, die er bereits im Lager ausgestellt hatte. Ein Empfehlungsschreiben von diesen Persönlichkeiten zu erhalten, entsprach einer so machtvollen Wertschätzung, dass ein junger Mann daraus sein Leben lang Selbstvertrauen würde schöpfen können. Zunächst aber konnte Peter nichts weiter tun, als mit den anderen Weihnachten zu feiern und zu hoffen, dass Petrie an seinem Fall Interesse finden möge.

In London waren 57 Nächte in Folge deutsche Bomben gefallen, welche die Bevölkerung der Hauptstadt zwangen, nachts auf dem Boden ihrer U-Bahn-Stationen Schutz zu suchen. Während Weihnachten nahte, zeigte der »Blitz« keine Anzeichen für ein Nachlassen; aufmerksame

Londoner stellten auf den Bahnsteigen norwegische Tannen auf, während der warme unterirdische Wind durch die Tunnelröhren blies. 300 Meilen nordwestlich im Hutchinson Camp war die Zeit vor Weihnachten und Chanukka zwar weniger gefährlich, aber ein psychologisches Trauma.

Am 4. September war der Bildhauer Siegfried Charoux unter der Weißbuch-Kategorie 6 – »Arbeit von nationalem Interesse« – entlassen worden, doch die meisten Mitglieder des Künstlercafés warteten Anfang Dezember noch immer auf Nachricht über ihr Schicksal. In den Anfangsmonaten der Internierung warf die Tatsache, dass so viele brillante Männer mit offensichtlicher NS-Gegnerschaft interniert worden waren, ein helles Licht auf die Absurdität der Situation. Im Winter jedoch war jede makabre Belustigung dem Entsetzen und der Verbitterung gewichen, seit das Lager nach und nach von den gefeierten Individuen verlassen wurde, deren Gegenwart anfangs ein Trost gewesen war, deren Abwesenheit jetzt aber für noch mehr Unruhe sorgte.

»Die Wochen vor und nach Weihnachten kamen uns vor wie eine einzige endlose Niedergeschlagenheit und Depression«, schrieb Fred Uhlman. »Jeden Tag wartete ich in Furcht und Hoffnung, bis um 17 Uhr die Namen der Entlassenen verlesen wurden, um danach, zu elend, um etwas zu essen, zurück in mein Zimmer zu kriechen.«

Bei all seiner kreativen Schaffenskraft und seiner emsigen Geschäftstätigkeit unterlag auch Kurt Schwitters heftigen Stimmungsschwankungen: »Hab ich denn nicht genug verloren?«, beklagt er sich im Gedicht *Gefangen*, in dem er sich wahlweise als verdorrtes Blatt, als geächteter Mann im Tal und als einen bezeichnet, der für das bloße Verbrechen seiner Existenz bestraft wird.[58] In einem anderen Gedicht, *Für Dich*, das er seiner Frau widmet, beschreibt Schwitters die grauenhafte Monotonie eines Lebens in unbestimmter Gefangenschaft:

»Denn ich bin gefangen (…).
Eintönig fliegen die Tage und die langen dunklen Nächte im Lager der Gefangenen,

(...) immer die gleichen Menschen,
Die ich nicht liebe, die ich nicht hasse«.[59]

Es wurde alles getan, damit die Internierten im Hutchinson Camp die erste winterliche Festzeit möglichst als Balsam für ihre Verzweiflung feiern konnten. Dr. Max Kossmann[60] organisierte eine Reihe mit Lesungen von Charles Dickens' *A Christmas Carol* in Haus 25, während Bertha Bracey eine Spende über 250 Pfund überbrachte, die für »Weihnachtsfeiern« auf die Lager verteilt wurde.[61] Für die jüdischen Internierten organisierte Oberrabbi Schonfeld, der das Lager regelmäßig besuchte, die Verteilung von 96 Schachteln mit jeweils 44 Kerzen für die Chanukka-Feierlichkeiten, die vom 24. Dezember bis Neujahr andauerten. Vielleicht aus Angst vor Hausbränden im Lager, zu denen es bereits mindestens zweimal gekommen war, beschloss Captain Daniel, die Kerzen nicht an die Internierten auszugeben; stattdessen wurden sie eingelagert. (Ein Jahr später bat das Büro des Rabbis wegen einer landesweiten Kerzenknappheit um Rückgabe.[62])

An Heiligabend nahm Schwitters an einem Lagergottesdienst teil. Es war eines der liebsten Feste des Künstlers im ganzen Jahr; in Hannover richteten Schwitters und seine Frau Helma immer eine notorisch dekadente Weihnachtsfeier aus, bei der vom Grammophon Weihnachtslieder gespielt wurden, während junge Frauen an den Weihnachtsbaumkerzen ihre Zigaretten anzündeten.[63]

Voller Sehnsucht nach seiner Familie betrat Schwitters die Kirche in großer Verzweiflung und, wie er Helma später am selben Abend schrieb, »ohne glauben zu können an Menschenliebe«.[64]

Trotz des relativen Erfolgs, den Schwitters im Hutchinson Camp erfahren hatte, war ihm sein Glauben geraubt worden. Die Belastung seiner Flucht zuerst aus Deutschland und dann aus Norwegen, die ihn gezwungen hatte, seine ernsthaften künstlerischen Projekte aufzugeben, und seine anschließende Verhaftung und Internierung in Großbritannien hatte bei ihm epileptische Anfälle ausgelöst.[65]

Schwitters sah am Tannenbaum in der Kirche fünf Kerzen brennen. Während des Gottesdienstes blies ein Windstoß eines der Lichter aus –

ein Bild, das Schwitters in seinem melancholischen Zustand unsäglich traurig fand. Während die Männer um ihn die alten, vertrauten Weihnachtslieder sangen, war Schwitters unfähig, in den Chor einzustimmen, »weil ich sofort weinen musste«.[66]

XIX.
Die Insel der Vergessenen

Echen Warschauer öffnete die Haustür in der 51 Linden Lea im nördlichen Londoner Vorort Hampstead Garden, wo sie jetzt mit ihren beiden Töchtern wohnte. Auf der Schwelle beäugten sie ein Polizeibeamter und zwei Männer in Zivil.

»Guten Tag, Mrs. Warschauer«, sagte Inspector Hoare von der Spezialabteilung. »Dürfen wir hereinkommen?«[1]

Echen war es inzwischen gewohnt, dass fremde Menschen sie zu Hause besuchten. In den sonnigen Monaten nach ihrer Heirat mit ›Lutz‹, wie sie Ludwig jetzt liebevoll nannte, trafen regelmäßig wichtige Männer zu Unterredungen im Hauptflur zusammen, der in ein Büro umgewandelt worden war. Vor der Verhaftung ihres Mannes war einmal sogar kein Geringerer als Sir John Anderson dagewesen.[2] Danach hatte eine andere Sorte Fremde bei ihr angeklopft, entweder um Fragen zu stellen oder um den Besitz des Paars zu durchsuchen. Einen der Männer an der Tür erkannte sie wieder: Vor wenigen Monaten hatte er eine Hausdurchsuchung durchgeführt und ganze Kisten mit der Korrespondenz ihres Mannes davongetragen.[3]

James Craufurd wusste bereits ziemlich viel über Echen, und noch mehr über ihren internierten Ehemann. In zweijähriger Ermittlungsarbeit hatten er und sein Team bestätigt, was Echen seit langem ahnte: dass ihr Ehemann mit den Nazis einen Deal abgeschlossen hatte, um ihr und ihrer Familie die Freiheit zu sichern. Doch während Echens

Vermutungen hier endeten, hatte Crauford Grund zu der Annahme, dass Ludwig Warschauer mehr getan hatte, als Beamten zu bestechen. Das heutige Ziel des Ermittlers bestand darin, von Echen eine Beschreibung – vielleicht sogar ein Foto – von dem Mann zu erhalten, den man für Warschauers Kontaktperson hielt, einen Gestapo-Agenten, der unter dem Namen Dr. Hans Sauer firmierte. Dieser hatte, so vermutete Craufurd, die Flucht Warschauers und seiner neuen Familie nach England nicht für Geld organisiert, sondern für eine Gegenleistung.

Erstmals aufgefallen war Warschauer dem MI5 Anfang 1940, als der Leiter der Spezialabteilung bei Scotland Yard einen Brief des ehemaligen Vorsitzenden des German Jewish Aid Committee Hubert Pollack erhalten hatte, der behauptete, er habe Warschauer geholfen, die Einreisegenehmigungen für Echen und ihre Angehörigen zu erwirken. In seinem Brief erklärte der 37-jährige Pollack, er habe zwar gewusst, dass Warschauer mit hochrangigen Nazis bekannt war, habe aber damals keinen Grund gehabt, an seiner Loyalität zu zweifeln. Vor wenigen Wochen habe er aber von Warschauers Beteiligung an einer Lockvogelaktion in Berlin erfahren.

Die List funktionierte laut Pollack so: Warschauer lud einen jüdischen Bekannten, den die Gestapo verhaften wollte, zum Mittagessen in eine öffentliche Gaststätte ein. Irgendwann setzte sich eine arische Frau mit an ihren Tisch. Dann entschuldigte sich Warschauer, und kaum hatte er den Tisch verlassen, kam die Gestapo und verhaftete den Mann wegen »Rassenschande«. Pollack fühle sich verpflichtet, den Briten diese Information zukommen zu lassen; Warschauer schulde ihm zwar Geld, doch das sei nicht die Motivation für sein Schreiben.

Der damalige MI5-Direktor Sir Vernon Kell las den Brief mit großem Interesse. Nach genau solchen verdächtigen Aktivitäten – mit ›Gestapo-Ruch‹ – hatte Kell bei den nach Großbritannien Geflüchteten gesucht. Prompt eröffnete der MI5 eine Akte, die dank der Informanten im Hutchinson Camp inzwischen zu einem umfänglichen Dokument angewachsen war.

Die Informationen entstammten verschiedenen Quellen. Ein Gefreiter im Pioneer Corps behauptete, Warschauer sei in Berlin der führende Kopf einer einträglichen Erpressungsaktion gewesen. Dem Soldaten zufolge hatte der Ingenieur eine Abmachung mit einer hübschen Kellnerin. Warschauer ging mit einer Zielperson etwas trinken; wenn sie schwer betrunken waren, brachte er die Person in einen Raum im Club seiner Komplizin. Am nächsten Morgen fand der Mann beim Aufwachen neben sich im Bett die Kellnerin vor. Warschauer erpresste ihn dann und ließ sich seine Diskretion mit Geld bezahlen.[4] Es sei denkbar, dass Männer, die jetzt im Hutchinson Camp einsaßen, dieser List aufgesessen waren.

Selbst wenn Großbritannien nicht gegen Deutschland im Krieg gewesen wäre, wäre es Craufurd praktisch unmöglich gewesen, diese Berichte von Erpressung, Nötigung und Veruntreuung auf dem Kontinent zu überprüfen. Doch wie sich zeigte, verriet das Muster der Vorwürfe etwas über Warschauers Charakter. Allerdings genügte das nicht, um den Mann unbegrenzt in der Internierung festzuhalten, vor allem wenn man bedachte, welche Unterstützung seine mehrfachen Freilassungsanträge von einflussreichen Persönlichkeiten in Großbritannien erfahren hatten. Der MI5 brauchte Beweise, dass Warschauer mit einer geheimen Mission nach Großbritannien gekommen war. Die Antwort schien bei der zwielichtigen Gestalt Dr. Hans Sauers zu liegen, der ihn den Informanten in Hutchinson zufolge am Flughafen abgeholt und dafür gesorgt hatte, dass sein Gepäck nicht durchsucht wurde.

War Warschauer tatsächlich ein Spion, so machte das jeden in seinem Umkreis in gewisser Hinsicht verdächtig. Im Hutchinson Camp stand Hermann Rahmer, den Hinrichsen als Warschauers ›Bodyguard‹ beschreibt, so unter Druck, dass er ins Inselkrankenhaus eingewiesen worden war.[5] Rahmer gestand dem Geheimdienstoffizier des Lagers, Captain Jurgensen, er werde von Warschauer erpresst.[6] Craufurd und Noble mussten herausfinden, wie weit das ging – und egal, worum es sich handelte. Da er sich der Loyalität von Echen nicht sicher war und vorsichtshalber keinen Verdacht bei ihr wecken wollte, begann Noble mit unverfänglichen Fragen: »Wann sind Sie geboren?«, »Wer sind Ihre Eltern?«, »Wann sind Sie Ihrem Ehemann zum ersten Mal begegnet?«

Craufurd machte sich sorgfältige Notizen. Als Noble das Gespräch auf Dr. Sauer brachte, räumte Echen unumwunden ein, dass sie mehrfach bei ihm zu Besuch gewesen und seiner Frau und den Kindern begegnet war. Dennoch erinnerte sie sich nur an wenige Details über ihn. Er war etwa 40 Jahre alt. Sportlich. Er sprach mehrere Sprachen, erinnerte sie sich, ohne genauere Details zu nennen. Nein, sie erinnerte sich nicht, ob er einen Schnurrbart trug.

»Seine Augen sind, glaube ich, dunkel«, sagte sie. »Er ist nicht so dick wie mein Mann. Ich glaube, er ist gegen die Nazis.«[7]

Echens Offenheit zerstreute die Befürchtungen der Agenten, Warschauers Gattin könnte sich als ebenso schlüpfrig erweisen wie der Gegenstand ihrer Ermittlungen.

»Im Gegensatz zu ihrem Ehemann«, schrieb Craufurd, »wirkt sie gutgläubig und aufrichtig.«

Die Agenten kamen zu dem Schluss, dass Echen kaum etwas von den zwielichtigen Aktivitäten ihres Gatten wusste. Als die drei Männer sich zum Gehen wandten, schärfte Noble Echen ein, sie solle sich an Inspector Hoare wenden, wenn ihr irgendetwas einfiel, was für ihre Ermittlungen relevant sein könnte. Dann verabschiedeten sie sich.

Im Hutchinson Camp war Ludwig Warschauer nicht der Einzige, der unter seiner fortgesetzten Internierung litt; vertieft und verdüstert wurde diese Stimmung noch durch den Neid und die Bestürzung, Freunde und Bekannte verabschieden zu müssen. Die dritte und letzte Version des Weißbuchs der Regierung hatte für viele der Künstler und Vertreter der Kreativbranche die Tore zur Freiheit geöffnet. Wie Michael Corvin in der ersten Ausgabe von *The Camp* von 1941 formulierte, hatte die neue Entlassungswelle »viele der Künstler aus diesem Lager hinweggeschwemmt«.[8]

Für Corvin bedeutete die Freilassung so vieler seiner Künstlerfreunde nicht nur eine emotionale Verletzung, sondern auch eine berufliche Herausforderung: Woher sollte er neue Illustratoren für seine

Zeitung nehmen? Corvin und sein Team hatten das Jahr 1940 mit einer Sonderausgabe von *The Camp* beschlossen, dem *Almanac*, einer Rekordausgabe mit einer Mischung aus erzählenden und Sachtexten, dazwischen Zeichnungen von Lagerkünstlern wie Hellmuth Weissenborn, Fred Uhlman und Erich Kahn und sogar eine ganzseitige Skizze Corvins von Kurt Schwitters persönlich.[9]

Der Druck, den Corvin auf sich lasten fühlte, war noch gestiegen, seit bekannt geworden war, dass die Ausgaben von *The Camp* in der London School of Economics archiviert werden sollten; deren Bibliothekar Dickinson hatte sich im Dezember mit der Bitte ans Innenministerium gewendet, Belege von jeder Ausgabe aller Veröffentlichungen zu erhalten, die in den Internierungslagern geschaffen wurden.[10] Obwohl er nie wieder so viele potenzielle Illustratoren zur Verfügung hatte, stellte Corvin sicher, dass auch die folgenden Ausgaben eine ausgewogene Mischung von Wort- und Bildbeiträgen enthielt; dabei stützte er sich besonders auf einen der produktivsten Karikaturisten des Lagers, den 31-jährigen Amateurzeichner Adolf Mirecki, der auch Mitglied im Künstlercafé von Hutchinson war.[11]

Im Lauf der Wochen und Monate wich das Gefühl von Verlust und Trauer, das jeden Abschied begleitete, bei den Zurückgebliebenen einem immer zehrenderen Elend. Bis März 1941 waren 12 500 Internierte freigekommen, also fast die Hälfte derer, die im Sommer zuvor interniert worden waren.[12] Dieser Verlust von Freunden und Mitarbeitern raubte Corvin die Begeisterung für seine Arbeit. Im Mai 1941 wechselte Corvin ins Lager für Verheiratete und übergab die Herausgeberschaft an Carlo Pietzner. »Mit Lobreden lässt sich nicht die einfache Tatsache ausgleichen, welchen Verlust seine Verlegung für das kulturelle Leben dieses Lagers bedeutet«, schrieb der Nachfolger.[13] Dennoch verblieben noch viele im Lager, auf die offenbar keine der offiziellen Freilassungskategorien passten.

Die Zurückgelassenen offenbarten wieder einmal die alten, beständigen Privilegien von Klasse, Bildung, sozialem Status und Beziehungen; das Lager war verlassen von den Herausragenden, und es blieben die Vergessenen, die Verletzlichen, die Staatenlosen. Ihr Elend und ihre

Hoffnungslosigkeit spricht aus einem Brief, den eine Gruppe von Internierten im Nachbarlager Promenade Camp verfasste:

> *Ein Mann, der nicht Wissenschaftler, Priester, Rabbi oder leitende Kraft ist, zu jung, zu alt oder zu krank, der vielleicht Hitler hasst, aber keine Gelegenheit hatte, das gemäß Kategorie 19 sichtbar zu machen, der keine Ausbildung hat und sich nicht für das Pioneer Corps melden kann, weil er vielleicht krank ist oder bei der Arbeit drei Finger verloren hat (…), der Händler, der Geschäftsmann, der Handwerker und der Buchhalter hat keine Chance und keine Hoffnung …* [14]

Auch für Peter schien die Freiheit fern und unerreichbar. Der Brief, den die Künstler an die Bildhauerin Maria Petrie geschrieben hatten, blieb unbeantwortet. Seine Weigerung, dem Pioneer Corps beizutreten, blieb als Makel an ihm hängen; seine Möglichkeiten waren jetzt sehr begrenzt. Lagerkommandant Hubert Daniel, der inzwischen in den Rang eines Majors befördert worden war[15] und sich, selbst ebenfalls Waisenkind, wohl doppelt verantwortlich für Peter fühlte, beantragte dreimal seine Freilassung. Dreimal wurde der Antrag glatt abgelehnt.

»Die Leute verließen das Lager links, rechts und in der Mitte«, sagte Peter. »In welche Kategorie sollte ich passen?«[16] Anders als viele seiner Freunde, deren Ehefrauen, Angehörige und Berufsverbände sich für ihre Freilassung einsetzten, hatte Peter niemanden, der für seine Freiheit gekämpft hätte. »Andere Leute kümmerten sich sehr wenig um mich.«[17]

Nachdem er ein Leben lang erlebt hatte, wie Vormunde und Kameraden kamen und gingen, war das Gefühl, zurückgelassen zu werden, tief in ihm verankert. So gesehen war Peter auf diese vertrauten Zyklen der Verlassenheit besser vorbereitet als die meisten anderen. Trotzdem blieb ihm noch ein Funken Hoffnung. Der junge Kunsthistoriker Klaus Hinrichsen bemühte sich sehr um Peter. Bevor er am 18. Juni 1941, drei Wochen vor seinem ersten Jahrestag dort, das Hutchinson Camp verließ, versprach er Peter, er werde etwas unternehmen.

Da dem Hutchinson Camp die Wissenschaftler und Künstler ausgingen, kam das kulturelle Leben im Lager derart zum Erliegen, dass die Kulturabteilung Ende Januar ihr Programm einstellte.[18] Ein Zufluss neuer Internierter – Rückkehrer aus den kanadischen Lagern, in die sie im vorigen Sommer deportiert worden waren – verlieh dem kulturellen Output im Hutchinson Camp neues Leben und eine neue Prägung. »Dank der Neuaufnahmen«, schrieb Hinrichsen in seiner gedruckten Wochenvorschau vom 5. März 1941, »können wir unsere Arbeit fortsetzen und mehrere Zweige im Bereich Wissenschaft und Bildung wiederbeleben, die von allgemeinem sowie besonderem Interesse sein dürften.«

Zwar waren unter den Rückkehrern aus Kanada nur wenige Vertreter der bildenden Künste, dafür aber viele angehende Bühnenkünstler wie der junge Balletttänzer Hans Wolfgang Barczinski,[19] lauter junge Männer, deren Enthusiasmus sich sofort auf das Lager übertrug. Eines der ersten Unterhaltungsformate im Lager war unter der Federführung des österreichischen Librettisten Peter Herz das Kabarett gewesen. Herz war nicht nur ein gefeierter Lyriker, sondern hatte in Wien auch ein Kabarett mitbetrieben; rasch gründete er für seine Mitinternierten das sogenannte *Stacheldrahtcabaret*.[20]

Die ersten wirklichen Schauspieler waren gleichzeitig mit Peter aus Prees Heath ins Hutchinson Camp gekommen.[21] Die ersten Theatervorführungen im Lager waren bescheiden, einzelne Szenen aus Stücken wie William Shakespeares *Sommernachtstraum*, Jaroslav Hašeks *Abenteuer des braven Soldaten Schwejk*, *Der treueste Bürger Bagdads* von Jura Soyfer,[22] einem jungen Dramatiker, der im Vorjahr in Buchenwald gestorben war, und Ende Oktober eine Lesung von George Bernard Shaws Einakter *Overruled*.[23] Die erste größere Produktion, eine Bearbeitung von John Steinbecks *Von Mäusen und Menschen*, feierte eine Woche später am 5. November 1940 Premiere.[24]

Zu der Gruppe Schauspieler aus Prees Heath gehörte Otto Tausig, ein 18-jähriger Student, der bald einer der beliebtesten Interpreten des Lagers wurde und in diversen Stücken sowohl männliche als auch weibliche Titelrollen übernahm.[25] Tausig war sich der Möglichkeiten des Schauspiels in der Gefangenschaft bei einem kurzen Aufenthalt in dem heruntergekommenen Lager Warth Mills bewusst geworden, noch bevor er nach Prees Heath kam. Um kurz etwas Abstand von der klagenden Menge der Gefangenen zu bekommen, hatte Tausig eines Morgens angefangen, das Gewirr von Gängen in der Spinnerei zu erforschen, um einen ruhigen Ort zu finden, an dem er allein sein könnte. Er stieß auf eine Treppe und stieg ins obere Stockwerk. Dort kam er in eine Halle, die bis auf zwei Männer vollkommen leer war.

Der Kleinere der beiden saß auf einem Stein in einer Ecke. Ihm gegenüber trug ein Mann in einem hochgeschlossenen grünen Hemd seinem Zuhörer ein Gedicht aus primitiven Geräuschen vor: Schreien, Flüstern, Gurren und Piepsen, das aus einer uralten Quelle irgendwo im Vorsprachlichen zu stammen schien, der Sphäre der Zungen.[26]

Lanke trr gll,
pe pe pe pe pe,
Ooka ooka ooka ooka
Lanke trr gll,
pii pii pii pii pii,
Züüka züüka züüka züüka
Lanke trr gll,
Rrmmp,
Rrnnf

Zufällig hatte Tausig auch Kurt Schwitters' ersten Auftritt in der Internierung miterlebt, eine Darbietung seines Gedichts »Ursonate« oder »Sonate in Urlauten« von 1932, das im ganzen Lager bald zum Dauerbrenner wurde, nachdem Schwitters es in einem gerammelt vollen Saal vorgetragen hatte.

Zur Darstellung eines älteren Charakters bestäubte Tausig sein Haar mit Weizenmehl, um ihn dem Alter der Figur näherzubringen. Für diesen Einfall bedachte ihn das Publikum mit tosendem Applaus, als er zum ersten Mal die Bühne betrat.[27] Im Hutchinson Camp hatte Tausig sich freiwillig für Schusterarbeiten gemeldet und gelernt, neue Sohlen auf Schuhe zu nageln oder zu kleben. Nach Feierabend nahm er den Leim mit zur Theatergruppe und klebte damit falsche Bärte an. Allerdings war der Leim viel zu stark, und wenn der Bart nach einer abendlichen Vorführung abgezogen wurde, riss er die Haut wund. Tausig wurde für seine Kapriolen auf und vor der Bühne so gefeiert, dass Schwitters eines Tages anbot, den jungen Schauspieler zu porträtieren.[28]

In allen Bereichen der Theaterproduktion musste Einfallsreichtum Mangel kompensieren. Ein anonymer Beitrag in *The Camp* sagt dazu mit Blick auf die erste vollständige Produktion im Hutchinson Camp: »Die Geschichte der Probleme, die sie bewältigen mussten, ist eines der kleineren Epen der Bühnengeschichte.«[29]

Einige der technisch begabten Mitglieder der Gruppe bastelten Bühnenscheinwerfer aus leeren Marmeladendosen, die innen silbrig spiegelnd beschichtet waren. Diese Lichterphalanx wurde an der Bühnenfront installiert. Statt eines Dimmers zur Steuerung der Lichtintensität montierten die Bühnenbildner in den Kulissen, also außer Sichtweite, zusätzliche Glühbirnen in denselben Stromkreis. Die Helligkeit der Bühnenbeleuchtung ließ sich also regeln, indem zusätzliche Birnen ein- oder ausgeschraubt wurden, sodass das Beleuchtungsteam den Effekt eines Sonnenauf- oder -untergangs nachbilden konnte.[30]

Für einen anderen Beleuchtungseffekt kamen zweite Drähte und ein Keramiktopf mit Salzwasser zum Einsatz, an dessen Boden eine Metallplatte angebracht war. Berührten die Drähte die Metallplatte, blitzte auf der Bühne ein helles Licht auf. Wurden die Drähte angehoben, blieb das Salzwasser immer noch schwach leitfähig, und die Bühne wurde allmählich dunkler.

Weniger Spielraum für Einfallsreichtum gab es in Sachen Kostümen. Um der Schwierigkeit zu entgehen, historische Stücke ohne historische Ausstattung aufzuführen, versetzte die Truppe im Hutchinson Camp zahlreiche Stücke in eine zeitgenössische Umgebung mit modernen Kostümen und Requisiten: Rollkragenpullis anstelle von Livreen, Maschinenpistolen statt Schwertern – ein frühes Beispiel für die zeitgenössische Ausstattung von Schauspielern in historischem Rahmen. Viele der Kostüme fertigte der im Londoner Stadtteil Mayfair ansässige Damenschneider Harald Mahrenholz, der ebenfalls im Hutchinson Camp interniert war.

Aufgeführt wurden die meisten Produktionen im neuen Saal; allerdings war es schwierig, Probenzeiten zu finden, vor allem weil der Raum tagsüber als Sportstätte genutzt wurde. Einer der Darsteller aus Hutchinson beklagte sich, man könne nicht nur sicher sein, dass immer irgendjemand Tischtennis spielte, sondern zudem klimperten ständig »vier Klaviere gleichzeitig«.[31]

Die Jugend und Unerfahrenheit der Schauspieler wurde wettgemacht durch die professionelle Erfahrung des Lagerregisseurs Fred Weiss, eines waschechten Filmemachers. Weiss hatte den Untergang der Arandora Star überlebt, war durch dieses Martyrium aber in eine bodenlose Depression gestürzt.[32] Immerhin schienen ihn die Auftrittsmöglichkeiten im Hutchinson Camp aus dem Muff der Hoffnungslosigkeit zu ziehen; wie von selbst bot er sich als Regisseur für die Schauspieler und Bühnenkünstler im Lager an. Im März 1941 arbeitete er G.K. Chestertons Roman *Der Mann, der Donnerstag war* zu einem Bühnenstück mit nicht weniger als 20 Szenen um; im September desselben Jahres schrieb er eine Bühnenfassung von *Hunger Rock* für eine Aufführung im Lager. Weiss brachte nicht nur seine professionelle Expertise in die Theaterproduktionen im Hutchinson Camp ein; seine Verbindungen zur Filmindustrie gaben ihm obendrein einen glamourösen Anstrich.[33] Nachdem er sich 1940 eher zurückgehalten hatte, spielte er eine größere Rolle im Kulturleben, seit die jungen Schauspieler aus Kanada eingetroffen waren – man erkannte sie an den für Kriegsgefangene bestimmten Jacken, die sie in den kanadischen Lagern hatten tragen müssen, bis neue Kleider für sie aufgetrieben wurden;[34] seither betreute er eine Filmgruppe und hielt Vorträge über verschiedene Aspekte der Filmproduktion mit Titeln wie »Von der Story zum Film«,[35] »Filmkunst«[36] und einer dreiteiligen Serie mit dem Titel »Wie ein Film entsteht«.[37]

Weiss erklärte seinem Publikum die praktischen Seiten der Filmproduktion, brachte aber auch seinen Frust über das Filmgeschäft zum Ausdruck und beschwerte sich, dass Regisseure »nicht sehr oft ihre eigenen Pläne und Ideen einbringen können, weil sie alle durch verschiedene Faktoren beeinflusst werden: die Finanzen, den Zensor und die Filmindustrie«.[38] Sein Zynismus konnte sein Publikum nicht davon abbringen, eine Filmkarriere anzustreben; die Kanada-Rückkehrer Erwin Jacoby und Helmuth Mirauer sollten nach dem Krieg beide in von Weiss produzierten Filmen auftreten.

Inspiriert durch den Zustrom von Darstellern, begann unterdessen Kurt Schwitters, seine eigenen Gedichte zur Aufführung zu bringen, die er aus dem Gedächtnis aufsagen konnte. Seine Geschichten wurden im Lager eine Art Comedy-Serie, die mit kleinen Variationen wiederholt wurden und riesige Zuschauermengen in den neuen Saal lockten. Beim Vortrag seines berühmtesten Gedichts aus der Vorkriegszeit, *An Anna Blume,* änderte er den Namen der im Gedicht Angebeteten zu »Eve Blossom«, weil für ›Eve‹ galt wie für ›Anna‹: »Du Herrlichste von allen, Du bist von hinten, wie von vorne«.[39]

Sein beeindruckendster Auftritt im Hutchinson Camp war eine neuere Komposition mit Requisiten, die er oft zum Abschluss eines Vortragsabends einsetzte. Dann stand Schwitters allein auf der Bühne vor dem gedrängten Publikum und nahm eine Tasse mit Untertasse von der Stelle, wo sie während der gesamten Vorführung gestanden hatten. Er legte die Tasse auf die Seite, fasste an den Rand der Untertasse und begann die Hand langsam zu drehen. Zu dem leisen Klirren des Porzellans flüsterte Schwitters wieder und wieder das Wort *silence* (›Stille‹). Während die Zuschauer die Hälse reckten, um sehen und hören zu können, beschleunigte er die Drehbewegung der Tasse und ließ seine Stimme gleichzeitig anschwellen: *Silence, silence, silence.*

In einem Crescendo ließ Schwitters die Tasse von der Untertasse hochschnellen, sodass sie für den Bruchteil einer Sekunde in der Luft hing. Als sie dann anfing, Richtung Boden zu fallen, schlug er die Tasse mit der Untertasse nach unten und schrie gleichzeitig das Wort *Silence!* Die Porzellanscherben übersäten die Bühne. »Das Publikum war verblüfft«, schrieb Klaus Hinrichsen. »Das Wort ›Stille‹ zu schreien, war bereits widernatürlich, aber dieser Verrückte hatte obendrein mutwillig eine Tasse und eine Untertasse zerbrochen, obwohl die im Lager unersetzlich waren.«[40]

Nach kurzem Innehalten brach das Publikum in stürmischen Applaus aus. Alle Wut und aller Frust darüber, dass sie in ihrem neuen Land als Feinde galten, dass sie interniert waren, dass sie in so beengten Verhältnissen leben mussten, hatte in dieser einen widerständigen Geste Ausdruck gefunden. »Es war ein Moment der Katharsis«, schrieb Hinrichsen.

Auch in materieller Hinsicht wurde das Hutchinson Camp für seine Internierten immer komfortabler. Am 2. Dezember 1940 war eine Lagerwäscherei eröffnet worden, die halb so teuer war wie der Waschsalon in der Stadt. Auf diese Weise konnten die Internierten sich besser sauber halten. Die Bibliothek war inzwischen gut ausgestattet mit Büchern sowie mit Ausgaben des *Daily Telegraph*, des *Manchester Guardian* und der *Times*, außerdem einer lokalen Inselzeitung.[41] In Haus 35 war ein für Mitglieder reservierter Leseraum eröffnet worden. Gegen einen Wochenbeitrag von einem Sixpence[42] konnten die Internierten hier neben den Tageszeitungen Zeitschriften wie *The Economist, Reader's Digest, The Jewish Chronicle*, den *Spectator* und das Magazin *Life* lesen. Bertha Bracey notierte bei einem erneuten Lagerbesuch am Neujahrstag: »Die Bedingungen … haben sich erheblich verbessert«.[43]

Die Lagerleitung war auch besser darin geworden, Sonderwünsche einzelner Internierter zu erfüllen.[44] Im Frühjahr 1941 erlaubte Major Daniel, dass das Geld, das die 196 praktizierenden Juden im Lager während des Passahfests für Brot (1267 Pfund) und Mehl (211 Pfund) einsparten, für Matzen (ungesäuertes Brot) ausgegeben wurde.[45]

Zwar war das Vortragsprogramm seit den Anfängen des Lagers unbestreitbar ausgedünnt, doch der Zustrom von Internierten aus kanadischen sowie britischen Lagern, etwa Huyton, Central, Sefton und Onchan, brachte einigen Ersatz an Menschen, die bereit waren, ihr

Wissen zu teilen. Jede neue Delegation wurde von der Gemeinschaft im Hutchinson Camp herzlich begrüßt, wenngleich das Vortragsangebot in seinem Umfang unweigerlich schrumpfte.

»Wir sind froh, Sie hier zu haben«, schrieb der neue Herausgeber von *The Camp*, »nicht weil wir uns so gern am Schicksal derer weiden, die Ähnliches durchmachen wie wir; wir freuen uns – und das ganz aufrichtig –, weil Ihre Ankunft im Hutchinson Camp auf eine Entwicklung verweist …, die in der steigenden Zahl von täglich wirksam werdenden Freilassungen sichtbar wird.«[46]

Einige der prägenden Gestalten im Lager blieben. Johann ›Brick‹ Neunzer, der Tierfänger, der mit seinen Fensterbildern ein latentes Zeichentalent unter Beweis gestellt hatte, war ein Liebling der jüngeren Internierten, die aus Kanada eintrafen.[47] Er zog gern sein Hemd hoch und legte eine riesige Narbe auf seiner Brust frei, die er vom Angriff eines Löwen davongetragen hatte, sowie eine faustgroße Mulde im Rücken an der Stelle, an der er von einem Nashorn aufgespießt worden war;[48] und zur Belustigung des Publikums köpfte er mit einem kleinen Lasso Blumen.[49]

Es gab Dutzende Clubs für Sonderinteressen, etwa Spanisch-, Französisch- und Norwegisch-Sprecher, ein *Collegio Dante* für Verehrer des italienischen Dichters sowie eine »English Section« unter Leitung des Journalisten Ludwig Elster[50] für diejenigen, die sich mit »Lebensart und Institutionen in England besser vertraut machen« wollten.[51] Auch praktischere Fortbildungen waren möglich, etwa ein Erste-Hilfe-Kurs, für den es sogar ein Zertifikat der Johanniter-Organisation St John's Ambulance gab, wenn man die Prüfung bestand.[52] Im neuen Saal wurde ein zweitägiges Schachturnier mit nicht weniger als dreißig Teilnehmern organisiert, das große Zuschauermengen anlockte.[53]

Ludwig Warschauer hatte an der wechselnden Vielfalt von Ablenkungen wenig Interesse. Das Netz um ihn zog sich enger. Seine Bewerbung für das Pioneer Corps war aus gesundheitlichen Gründen abgelehnt worden.[54] Ende Januar hatte er einen Brief von Tess Simpson erhalten, der Vorsitzenden der Society for the Protection of Science and Learning, dem zufolge der Vize-Innenminister seine Freilassung persönlich abgelehnt hatte.

»Ich fürchte, wir können nichts Weiteres tun«, schloss sie.[55]

Warschauers Entlassungsantrag nach Kategorie 8 und 19 des Weißbuchs – »Personen, … [die] wiederholt … öffentlich und in hervorgehobener Weise gegen das Nazi-System Stellung bezogen haben« – wurden beide abgelehnt. Verzweifelt beauftragte Warschauer die angesehene Londoner Anwaltskanzlei Stephenson, Harwood and Tatham, in seinem Namen eine Petition ans Innenministerium zu richten.[56] Mithilfe seines Anwalts beantragte Warschauer zum dritten Mal die Freilassung nach Kategorie 23 für Internierte, die zuvor bereits versucht hatten, sich für das Auxiliary Military Pioneer Corps zu bewerben, aber aus gesundheitlichen Gründen abgelehnt worden waren oder wegen der Altersgrenze nicht berücksichtigt werden konnten.[57] Antragsteller nach Kategorie 23 mussten sich einem Verfahren stellen, um ihre Gegnerschaft zum Nationalsozialismus zu bestätigen.

Im August 1941 erschien Warschauer vor diesem Gericht zur abschließenden Anhörung, die über sein Schicksal entscheiden würde;[58] den Vorsitz hatte dort Sir Cecil Hurst, ein herausragender Jurist, der seine Karriere im Außenministerium begonnen hatte. Hurst war ehemaliger Präsident des Ständigen Internationalen Gerichtshofs in Den Haag und Vorsitzender des neu geschaffenen Komitees, das unter den verschiedenen Kriterien des Weißbuchs die Entlassungsanträge der Internierten zu prüfen hatte. Eine Kommission aus deutschen und österreichischen Sozialdemokraten und Gewerkschaftlern stand ihm zusätzlich beratend zur Seite.

Das Ereignis sorgte für erhebliche Bestürzung beim MI5, der grundsätzlich jeder möglichen Einmischung in seine Ermittlungen ablehnend gegenüberstand. Das Innenministerium, so formulierte ein Agent, hatte eine »bedauerliche Neigung …, die Worte von Sir Cecil Hurst für das Gesetz zu nehmen«. Warschauers Fall war inzwischen hochgestellten Personen im britischen Geheimdienst zu Ohren gekommen, von denen viele scharf formulierte Briefe schrieben und das Innenministerium beschworen, Warschauer in Gewahrsam zu halten

(»Ein Mann wie er«, heißt es in einem solchen Brief, »ist gefährlich und sollte nicht freigelassen werden«),[59] egal, wie das Verfahren am Ende ausgehen würde.

Die Mitglieder des Hurst-Komitees hatten zu Warschauers Fall zwar die umfassende Akte gelesen, die, so einer von ihnen, »einhellig feindselig« war, doch sie wollten nicht zulassen, dass das Urteil des Geheimdienstes ihrer eigenen Einschätzung vorgriff. Sie befragten Warschauer zu jedem Verdacht, der bisher insgeheim gegen ihn erhoben worden war.

Warum haben Sie den Nazis die Rechte an Ihren Patenten überlassen? Warum haben Sie die Büros hochrangiger Behördenvertreter besucht? Warum waren Sie mit Ihrer Verlobten bei der Fremdenpolizei? Haben Sie je für den Geheimdienst gearbeitet? Warum durften Sie das Propagandaministerium betreten, das allen Juden streng verboten war? Warum haben Sie im Hutchinson Camp die Technische Schule eingerichtet?

An der Art der Fragen ließ sich ablesen, wie umfassend der britische Geheimdienst Warschauers Leben durchleuchtet hatte – außerdem wurde verständlich, warum bisher alle seine Freilassungsanträge abgelehnt worden waren. Falls die Stoßrichtung der Fragen Warschauer irritierte, behielt er das für sich. Das Komitee war von seiner Unschuld überzeugt.

»Unsere Schlussfolgerung lautet, dass Warschauer das NS-System ablehnt, dass er der Sache der Alliierten aktiv freundlich gegenübersteht und dass er unter allen Umständen dieser Sache unverbrüchlich verbunden bleiben wird«, schrieb Hurst in seinem abschließenden Urteil. Er kam zu dem Schluss, dass Warschauer »ein glühender Nazi-Gegner«[60] und als solcher mit sofortiger Wirkung auf freien Fuß zu setzen war.

Das Urteil sorgte beim MI5 für einen Aufschrei von Wut und Empörung. Theodore Turner, Leiter der neu gegründeten Division E des MI5, die sich der »Fremdenkontrolle« widmete, konnte nicht an sich halten. Es sei, so schrieb er, »kaum hinnehmbar, dass ein Komitee weltfremder

Staatsdiener meint, sagen zu müssen, dass es aufgrund von einer oder zwei kurzen Befragungen zufriedengestellt ist und … allen sonstigen Erkenntnissen zum Trotz das einfache Wort des Internierten für bare Münze nimmt«.[61] Turner beschrieb das Kreuzverhör, das Hurst – immerhin ein Mitglied des Ständigen Internationalen Gerichtshofs – vorgenommen hatte, schlicht als »erbärmlich«.

James Craufurd arbeitete rasch ein 13-seitiges Dokument aus, in dem die Einwände des MI5 gegen das Urteil des Komitees dargelegt wurden. Sein Tonfall war diplomatischer als der von Turner, aber ebenso bestimmt:

> *Die Aufrichtigkeit von Warschauers Ausdruck einer NS-feindlichen Gesinnung, auf den das Komitee zurückgreift, hängt davon ab, welches Gewicht man seinen eigenen unbestätigten Aussagen zuerkennt. Unserer Meinung nach sollte Warschauers unbestätigten Aussagen und Dementi keinerlei Gewicht zuerkannt werden … Warschauer ist eine unerwünschte Person und würde im Falle seiner Freilassung ein schweres Sicherheitsrisiko darstellen.*[62]

Craufurds Einwände genügten, um Hursts Empfehlung zu entkräften. Der MI5 hatte den Streit vorerst für sich entschieden. Warschauer würde im Hutchinson Camp bleiben, während Craufurd und Noble daran arbeiteten, die schwer zu fassende Wahrheit ans Licht zu bringen.

Während Warschauer unangenehm viel Aufmerksamkeit auf sein Leben gelenkt hatte, fühlte sich Peter Fleischmann beim Herannahen des Winters 1941 völlig übersehen. Er war einer von 31 Männern unter 21 Jahren, die immer noch in Hutchinson verblieben.[63] Er hatte zwar Gleichaltrige um sich herum, aber seine Mentoren hatte er verloren. Und fünf Monate, nachdem Hinrichsen mit dem Versprechen, Peter zu helfen, das Lager verlassen hatte, sah es ganz so aus, als wäre sein Freund nur wieder einer, der sein Versprechen am Ende doch nicht gehalten hatte. Ausgerechnet er als Waise, dessen Flucht nach England vom britischen Staat überhaupt erst ermöglicht worden war, war nun einer von nur 388 Internierten der Kategorien B und C, die weiterhin hinter Stacheldraht saßen.[64]

Da erhielt Peter überraschend einen Brief von Helen Roeder, der Vorsitzenden des Artists' Refugee Committee. Nachdem sie die Freilassung sogenannter herausragender Künstler gefördert hatte, hatte sie den Kampf für die Geflüchteten nicht aufgegeben, die wie Peter keine ausreichende Bekanntheit vorweisen konnten, um die von der Regierung gesetzte Hürde zur Freiheit zu überspringen. In dem Brief teilte Roeder Peter mit, dass sie ihm endlich einen Platz in einer Kunstschule gesichert hatte. Da er nun als Student kategorisiert wurde, war er frei.

Es folgten genaue Anweisungen. Peter sollte nach London reisen und sich nach seiner Ankunft an eine Adresse in Hammersmith wenden, wo er bei Helen und ihrem Partner, dem Künstler Carel Weight, bleiben sollte, bis feststand, wann er in der Schule anfangen konnte. Am 7. Oktober 1941, ein Jahr, zwei Monate und 25 Tage nach seiner Ankunft im Hutchinson Camp, schüttelte Peter Fleischmann Major Daniel zum Abschied die Hand. Die Unterlagen zu seiner Internierung waren bekanntlich verloren gegangen, doch seine Meldebescheinigung – das Dokument, das alle Adressen auflistete, an denen er gewohnt hatte, seit er in Harwich die Fähre des Kindertransports verlassen hatte – hatte überlebt. Sie wurde ihm ausgehändigt, mit einem neuen Stempel auf Seite 10:

> *Der Inhaber dieser Bescheinigung ist bis auf weiteres von der Internierung und von besonderen Einschränkungen auszunehmen, die unter dem Fremdenerlass auf feindliche Ausländer anwendbar sind – auf Anordnung des Innenministeriums, ›P‹ Camp.*

XX.

Ein Spion in der Mangel

Sobald das Tor hinter ihm zufiel, fühlte Peter sich merkwürdig entfremdet. Die Welt des Hutchinson Camps und seine kleinlichen alltäglichen Abläufe schienen plötzlich fern und fremd, geradezu aufdringlich irrelevant für das Jetzt. Die Appelle wirkten zwecklos, die Lagerverwalter machtlos und die häuslichen Dramen sinnlos.[1] Freundlich betrachtet, war das Hutchinson Camp eine Welt nie dagewesener Gelegenheiten gewesen, eine Zeit, in der historische Kräfte eine Zeit lang so zusammengewirkt hatten, dass ein einzigartiger Querschnitt der Gesellschaft zustande kam. Niemals zuvor oder seitdem waren der Universitätsdekan, der Fleischer von nebenan, der gefeierte Dadaist, der Abgeordnete, der Bäcker und der Damenschneider gezwungen, Seite an Seite zu leben und einander das Leben zu bereichern.

Von außen betrachtet, war das Lager eine einzige kolossale Verschwendung von Menschen und Ressourcen, eine Vergeudung von Talenten und Arbeitskraft, die Verkörperung einer Panikreaktion auf der Grundlage historischer Ignoranz und tiefsitzender Xenophobie. Als Peter Fleischmann an Bord der Fähre zum Festland ging, waren die belanglosen Sorgen des Lagerlebens verschwunden und den ganz praktischen Sorgen des Reisenden in Kriegszeiten gewichen. Würde womöglich der Torpedo eines U-Boots die Fähre treffen? Wurden die Eisenbahnschienen von einer deutschen Bombe zerstört?

Auf dem Festland fuhr Peter nach Manchester in das Haus, in dem er 16 Monate zuvor verhaftet worden war. Dort suchte er seine Habseligkeiten zusammen, sagte seinen ehemaligen Arbeitgebern endgültig Lebewohl und machte sich auf den Weg nach London.

Helens Brief enthielt klare Anweisungen: Er sollte zu ihrer Adresse in Hammersmith fahren, die gleichzeitig als bescheidenes Hauptquartier für das Artists' Refugee Committee diente.[2] Mit dem Reisegeld, das er vor Verlassen der Insel erhalten hatte, fuhr Peter jedoch zuerst nach Hampstead Heath zu dem einzigen Menschen in Großbritannien, in dem er eine wahre Verwandtschaft sah: zu der Frau, die er als Echen Kohsen kannte.[3]

Es war ein glückliches, aber kurzes Wiedersehen. Echen war nicht nur damit beschäftigt, sich wieder an ein Leben als alleinerziehende Mutter zu gewöhnen – diesmal ohne die Unterstützung von Personal und Wohlstand –, sondern schrieb auch emsige Bittbriefe, mit denen sie die Freilassung ihres Ehemanns aus dem Hutchinson Camp bewirken wollte. Peter behielt seine Bedenken über den Gründer der Technischen Schule für sich. Er versprach, den Kontakt zu Echen zu halten, und brach nach Hammersmith auf.

Helen Roeders Wohnung lag im Schatten der Londoner Olympia-Ausstellungshalle, in die in der ersten Kriegswoche die ersten 40 feindlichen Ausländer gebracht worden waren. Peter klopfte an der Tür der 17 Girdlers Road.[4] Helen Roeder begrüßte ihn. Obwohl sie erst 32 Jahre alt war, war Helen, die häufig bauschige viktorianische Spitzenkleider und lange gemusterte Kopftücher trug,[5] eine beeindruckende Gestalt. Die Vorsitzende des Artists' Refugee Committee hatte von ihren im Hutchinson Camp internierten Klienten, mit denen sie engen Kontakt hielt, schon viel von Peter gehört. Im vorausgehenden Krieg war Helens Vater, selbst zur Hälfte Deutscher, ins Pioneer Corps einberufen worden; wie kompliziert es war, in Kriegszeiten als Ausländer in einem Land zu leben, war ihr vertraut. Und ihrem Künstlerpartner Carel Weight war nicht entgangen, dass Helens Sympathie und Einfühlungsvermögen im letzten Jahr tiefer und größer geworden waren, seit sie sich immer mehr in den tragischen Geschichten der Internierten verstrickte.[6] Helen bat Peter freundlich und verständnisvoll herein. Die

Küche war erfüllt vom Duft eines köchelnden Eintopfs, den sie für hungrige Freunde immer auf dem Herd stehen hatte.[7]

»Reich sind wir nicht, und Geld können wir Ihnen nicht geben, aber Sie können hierbleiben, bis wir alles für Sie geklärt haben«, bot sie an.[8]

Das Künstlercafé im Hutchinson Camp war ein Zentrum von Wärme und kreativer Energie gewesen, aber es war ein zeitweiliger, erzwungener Ort, von dem die Mitglieder letzten Endes so schnell wie möglich fliehen wollten. Helens und Carels Haus an der Girdlers Road war etwas anderes: ein Ort der Hoffnung und der Erregung, der sich einladend und zugleich dauerhaft anfühlte. Die beiden hatten sich als Kunststudenten am Goldsmiths College kennengelernt, und ihre Wohnung in Hammersmith war nicht nur Hauptquartier des Artists' Refugee Committee, sondern auch ein Hort künstlerischer Betriebsamkeit mit ständigen Besuchern aus einer Welt, zu der Peter nur zu gern gehören wollte.

Helen erklärte Peter, dass ihr Partner ihm einen Platz an der Beckenham School of Art gesichert hatte, an der Carel zwei Tage pro Woche unterrichtete.[9] Die 1902 gegründete Schule[10] war eine Brutstätte herausragender Künstler, Handwerker und Designer. Von hier gingen mehr Studierende ans Royal College of Art als von jeder anderen Kunstschule.[11] Zu den Lehrenden gehörten nicht nur die Weltklasse-Designer Lucienne und Robin Day, sondern Carel hatte auf Helens Betreiben vor wenigen Monaten auch Hellmuth Weissenborn eine Dozentur am College verschafft.[12] Es war relativ unproblematisch gewesen, mit einer Empfehlung eines Mannes von Weissenborns Format Peter einen Platz an der Schule zu sichern.

Auch Weight stand in diesen Kriegszeiten im Zentrum des Londoner Künstlernetzwerks. Einige Monate zuvor hatte das Informationsministerium ihn beauftragt, ein die Moral stärkendes Bild von Londonern zu malen, die ihrem Alltag nachgingen, obwohl um sie der *Blitz* wütete.[13] Weight inspirierte sich von dem, was er auf seinem äußerst gefährlichen, 20 Meilen langen Weg zum Kunstkolleg zu sehen bekam. Einen Tag vor Peters Ankunft wurde sein Bus etwa von einem deutschen Kampfflieger ins Visier genommen. Das Flugzeug stieß im Sturzflug herab und bremste für den Angriff ab, bevor es im letzten Moment ohne zu schießen abzog. Die Passagiere gerieten in Panik. Der Bus leerte sich. Weight blieb als Einziger auf seinem Platz vorn im Fahrzeug sitzen.

Das Informationsministerium lehnte Weights Darstellung dieser Szene ab, mit der Begründung, ein Bild von Londonern in Panik hätte möglicherweise nicht die erwünschte Wirkung.[14] Weight war ein großartiger Maler, aber ein schlechter Propagandist. Ein anderes Gemälde von ihm – es wurde zerstört, als eine Bombe in seinem Atelier einschlug – zeigte eine Menge verängstigter Londoner, die unverwandt auf ein Plakat starrten, das sie dazu beglückwünschte, wie gut sie zurechtkamen: eine sarkastische oder zumindest satirische Hinterfragung des sogenannten Blitz-Spirits. Ein anderes, vierteiliges Werk, das auf Tatsachen und Zeugenberichten beruhte, illustrierte den Ausbruch eines völlig verstörten Zebras aus einem in Flammen stehenden Londoner Zoo.

Als Peter in der Wohnung des Paars aufschlug, war Weight gerade zum Kriegsdienst einberufen worden. Peter einen Platz an der Beckenham School of Arts zu verschaffen, war eine seiner letzten Taten, bevor er zum Royal Armoured Corps aufbrach. Während Peter bei dem Paar wohnte, konnte Helen ihm ein Stipendium von einer Half Crown pro Woche für seinen täglichen Bedarf verschaffen sowie 25 Shilling für seine Unterbringung in der Schule.[15]

Am 26. November 1941 traf Peter an der Beckenham School of Art in Kent ein. So wie das Auerbach'sche Waisenhaus ihm im Wirbel des gebeutelten Nachkriegs-Berlin einen Ort von Zuflucht und Bereicherung geboten hatte, war Beckenham für Peter eine Oase der Entschlossenheit in der umfassenden Trostlosigkeit des Krieges, und einer seiner liebsten Tutoren im Lager, Hellmuth Weissenborn, war nun ganz offiziell sein Lehrer.

Der Krieg warf sowohl über die Studierenden als auch über die Lehrenden seinen langen, verstörenden Schatten. Es gab keine Geldmittel, und Material war Mangelware. Mehrere von Peters Kommilitonen gaben die Schule auf. Dem jungen Berliner aber kam die Erfahrung aus dem Hutchinson Camp zugute; dank der Unterweisung von Schwitters und den anderen konnte Peter Leinwand und Farbe aus fast allen Materialien herstellen, die irgendwie zur Verfügung standen. »All meine Jahre in Internierung waren für mich äußerst hilfreich«, sagte er. »So konnte ich mich durchboxen.«[16]

»Eine Frau der Tat«, so beschrieb der *Manchester Guardian* Bertha Bracey. »Sie scheint in fast jedem existierenden Komitee Mitglied zu sein«.[17] Mit Sicherheit hatte niemand mehr getan als sie, um das Leid derer zu mindern, die auf den britischen Inseln in Internierungslagern einsaßen, und das trotz des häufig entschiedenen Widerstands von Männern, die keinen Widerspruch gewohnt waren, erst recht nicht von einer Frau.

Während Peter nun frei war, waren Hunderte Geflüchtete vor rassistischer und religiöser Unterdrückung weiterhin interniert. Für Bertha war die Tatsache, dass Vertriebenen, denen Großbritannien Zuflucht bot, dieses Recht weiterhin versagt blieb, eine schwere Ungerechtigkeit. Nach den hastigen Verhaftungen wies die Trägheit der britischen Behörden Ähnlichkeiten zu den Ländern auf, aus denen die Geflüchteten entkommen waren. Und dass es bei der Internierung immer noch so chaotisch zuging, zeigte, welcher Gefahr die bürgerlichen Freiheiten der britischen Untertanen ausgesetzt waren und wie schnell eine Verkettung von Faktoren eine Regierung zu unentschuldbaren Handlungen drängen konnte.

Nach dem Urteil von William Hughes, dem Quäker, der eigens auf die Isle of Man gezogen war, um die Internierten besser unterstutzen zu können, war Bertha »von Schwierigkeiten mit Abteilungen [der Regierung] derart geplagt«, dass sogar er bezweifelte, ob sie die Herausforderung würde meistern können.[18]

Immerhin hatte Bertha mit Hughes' Hilfe das Los derer, die auf der Isle of Man und in Whitehall interniert waren, verbessert, indem sie regelmäßig sowohl auf der Insel als auch in Whitehall Präsenz zeigte. Sie hatte lange Listen mit Empfehlungen an die Behörden verfasst, wie sich Räumlichkeiten und Organisation der Lager entwickeln und verbessern ließen, und dafür gesorgt, dass Mütter und Kinder nie getrennt wurden. Außerdem hatte sie die Gründung eines Lagers für Verheiratete vorangetrieben, um Paare zu vereinen wie den Archäologen Gerhard Bersu und seine Frau Maria, eine ebenso überragende Archäologin; beide waren getrennt interniert worden.[19]

Sehr viel Zeit hatte Bertha auch auf Überlegungen verwendet, was sie für die Arbeit tun könnte, die die Internierten in den Lagern produzierten. Im Frühjahr 1941 nahmen sie und ihr Kollege Otto Schiff vom Jewish Refugees Committee einen schwungvollen Briefwechsel mit dem Innenministerium auf, um eine lagerübergreifende Kunst- und Design-Ausstellung auf die Beine zu stellen. Gedacht war an ein Ereignis, das »die Internierten aller Sparten in die Lage versetzen würde, ihre Arbeiten auszustellen und zum Verkauf anzubieten«, und gleichzeitig die Grundlage für »eine repräsentative Sammlung [legen würde], die zur historischen Dokumentation werden und am Ende in einem Museum oder einer ähnlichen Institution ihren Platz finden könnte«.[20] Damit die Ausstellung wirklich repräsentativ wäre, schrieb Bertha Bracey an den gefeierten österreichischen Flüchtlingskünstler Oskar Kokoschka mit der Bitte, bei der Auswahl und der Hängung der Werke behilflich zu sein.[21]

Allerdings kam der Plan zu spät: Der Erfolg der Flüchtlingsvereinigungen, die die Freilassung der Künstler wirksam beschleunigten, vereitelte ihn.[22] In einem Brief an Sir Ernest Holderness, einen Beamten im Innenministerium, schrieb sie: »Wahrscheinlich wissen Sie, dass ich persönlich äußerst beeindruckt war von der Arbeit, die in den Lagern geleistet wurde, wobei der qualitative und quantitative Höhepunkt aufgrund der zahlreichen und höchst erfreulichen Freilassungen wohl überschritten sein dürfte.«[23]

Statt einer dauerhaften Sammlung startete Bracey immerhin ein Projekt, um den Verkauf von durch Internierte hergestellte Artikel, darunter auch Kunstwerke, zu ermöglichen. Mr. Angliss, der Vertreter des Innenministeriums im Ausländeramt, organisierte die Einrichtung eines Showrooms, in dem von Internierten hergestellte Gegenstände, etwa Untersetzer, Schiffsmodelle, Spielzeug und Lederarbeiten[24] ausgestellt und mit Verkaufspreisen versehen wurden.[25]

Für Bracey war die Arbeit Lohn genug. So reagierte sie überrascht auf die Nachricht, dass sie mit dem Order of the British Empire ausgezeichnet werden sollte. Sie erfuhr davon im Dezember 1941, wenige Wochen nach Peters Freilassung aus dem Hutchinson Camp. Eine Zeit lang grübelte Bertha, was dieses Angebot implizierte, und vor allem welche Botschaft es aussenden würde, wenn sie, eine Pazifistin, den Orden annähme. Würden Außenstehende dann wohl ihre Überzeugungen anzweifeln? Und gab es nicht Kandidaten innerhalb der jüdischen Gemeinschaft, die es noch mehr verdient hätten?

Sie schrieb an ihren Freund Hubert William Peet, den Herausgeber der Quäker-Hauszeitung *The Friend*, und setzte ihm das Ergebnis ihrer Überlegungen auseinander.

> *Dass ein Mitglied der Society of Friends, dessen gesamte Energie in die Unterstützung feindlicher Ausländer fließt, in Kriegszeiten nominiert wurde, ist eine bemerkenswerte Geste, die ich nicht guten Gewissens ausschlagen konnte. Zumal ich, so sei Ihnen unter dem Siegel der Verschwiegenheit anvertraut, eine handfeste Auseinandersetzung mit dem Leiter des militärischen Geheimdiensts [Major General Francis Davidson] [hatte], und zwar zu einem Thema, das tief an die Wurzeln unserer bürgerlichen Freiheiten zu rühren schien. Auch meine pazifistischen Überzeugungen wurden gehört, [wenngleich] diese Ehre meines Erachtens einem Mitglied der jüdischen Gemeinschaft hätte zuteilwerden sollen, die die weitaus schwerere Last trägt.*[26]

Bertha selbst mochte wohl noch stille Zweifel an ihrer Auszeichnung hegen, doch ihre Freunde und Kollegen – die einzigen, die wirklich begriffen, warum diese winzige, standhafte Kriegsgegnerin und Heldin von Großbritanniens angeblichen Feinden, den Orden erhalten sollte – freuten sich einfach nur für sie.

»Diese Ehrung ist so GERECHTFERTIGT«, schrieb eine Freundin am 18. Dezember 1941, kurz nach der Verkündung der für das neue Jahr anstehenden Auszeichnungen. »Ich bin so STOLZ, STOLZ, dass Sie meine Freundin sind.« Auch viele von denen, die auf Regierungsseite mit Bracey zu tun gehabt hatten, freuten sich. »Das dürfte eine der verdientesten [Ehrungen] auf der Liste sein«, schrieb ein Beamter aus dem Innenministerium, »und sie wird alle, die Sie kennen, sehr befriedigen.«

Für ihre Freunde und Kollegen stellte die Ehrung zumindest ansatzweise eine Geste des Bedauerns über die Internierungspolitik der britischen Regierung dar – oder zumindest eine Anerkennung von Berthas Beitrag dazu, das moralische und materielle Unrecht dieser Politik wiedergutzumachen.

»Es ist ein vielversprechendes Zeichen dafür, dass Ihre Arbeit in Kriegszeiten anerkannt werden muss, zumal sie sich weit abseits vom Krieg bewegt … und ›feindlichen Ausländern‹ gilt«, schrieb ein Freund.[27] Und obwohl die wahren Opfer dieser Politik, die Internierten selbst, nicht anerkannt wurden und keinerlei Entschuldigung oder Entschädigung erhielten, gratulierten ihr einige der Geflüchteten, denen Berthas Arbeit unmittelbar genutzt hatte, zu der Auszeichnung und dem, wofür sie stand; unter anderem Oskar Kokoschka,[28] Vorsitzender der Free German League of Culture (dem inoffiziellen Club der geflüchteten Künstler in Hampstead).

»Wir danken Ihnen aus tiefstem Herzen für alles Verständnis, das Sie deutschen Flüchtlingen gegenüber aufbringen«, schrieb Kokoschka, »und für die großartige, hingebungsvolle Arbeit, die Sie in ihrem Namen leisten.«[29]

Einen rührenden Glückwunschbrief erhielt Bertha auch von ihrer Freundin und Mitaktivistin Tess Simpson, Vorsitzende der Society for the Protection of Science and Learning, die ebenfalls so viel für die Wissenschaftler unter den Internierten des Hutchinson Camps getan hatte.[30] »Ich hätte mir gewünscht, dass es eine noch höhere Auszeichnung geworden wäre …«, schrieb sie. »Niemand verdient diesen Orden mehr als Sie; ich bin wirklich sehr glücklich darüber.«[31]

Am 3. Februar 1942 um 10:15 Uhr traf Bertha Bracey, die ehemalige Lehrerin aus Birmingham, die sich in Wort und Tat gegen die Internierungspolitik der Regierung gerichtet hatte, in der Uniform einer Krankenschwester und mit Handschuhen bekleidet im Buckingham Palace ein. Dort erhielt sie zwischen vielen strammen Militärs aus den Händen des Königs ihren Orden.

Am folgenden Tag bekam Bertha einen Brief ihres langjährigen Freunds und Mitarbeiters sowie Vorsitzenden des Jewish Refugees Committee, Otto Schiff. Während Bertha sich am Vortag im Palast herumgetrieben habe, beschwerte sich Schiff, hatte sie eine wichtige Sitzung der verschiedenen Flüchtlingsorganisationen verpasst.

»Nach unserem Empfinden ist ein entschiedener Protest zu erheben, denn es war sehr unpassend von S. M. dem König, Sie vorzuladen, ohne uns zu konsultieren …«, schrieb Schiff. »Wenn er Sie das nächste Mal vorlädt, um Ihnen eine noch höhere Anerkennung seiner Wertschätzung zu verleihen, muss er zunächst uns konsultieren, ob es uns genehm ist, Sie dafür freizustellen …«[32]

Um sich im Witzemachen nicht von ihren jüdischen Freunden übertrumpfen zu lassen, brachten Berthas Kollegen im Bloomsbury House eine interne Liste erfundener Auszeichnungen in Umlauf, für jeden Mitarbeiter eine. David Hodgkin zum Beispiel ehrten sie mit dem »R. S. P. C. A«, dem »Regularly Supervising Prisons for Confined Aliens« für seine regelmäßigen Gefängnisbesuche bei internierten Ausländern; Maurice Cranston mit einem »PhD« für »Perusing Hansard Diligently«, also sein sorgfältiges Studium der Parlamentsberichte; und Frank Waywell mit dem »B. B. C.« als »Brilliant Book-Cooker« oder brillanter Bücher-Fälscher. May King erhielt den »C. I. D.« für ihre »Complete Indifference to Duty«, ihre vollständige Pflichtvergessenheit.

Nicht alle freuten sich über die Nachricht von Bertha Braceys Ehrung. Ludwig Warschauer hatte ihr im Oktober 1940 einen zehnseitigen Brief geschrieben, in dem er die Arbeit der Technischen Schule im Hutchinson Camp darlegte sowie seinen Plan, für die Schule außerhalb des

Lagers ein größeres Pendant zu gründen und in ganz Großbritannien »Tausende und Abertausende« junge Flüchtlinge beiderlei Geschlechts auszubilden – sofern sie ihm bei seiner Freilassung behilflich wäre.[33]

Aus dem Plan war nichts geworden: eine weitere Folge von Rückschlägen und Ablehnungen. Dreimal hatte Warschauer seine Freilassung nach den Weißbuch-Kategorien beantragt und war abgelehnt worden. Ein weiterer Antrag von Seiten seines Arbeitgebers war ebenfalls gescheitert, und selbst ein Antrag von Otto Schiff beim Jewish Refugees Committee vom Juli 1941 – es war ein Glück, dass Warschauer ihn trotz der Gerüchte um seine Verbindung zur Gestapo überhaupt empfangen konnte – war negativ beschieden worden.[34] Jeder Weg war beschritten worden, und jeder hatte sich als Sackgasse erwiesen.

Zwar hatte er im Lager noch einige Freunde,[35] doch jede Verbrüderung mit Warschauer hatte Konsequenzen. Der MI5 führte eine Liste seiner Kameraden im Hutchinson Camp, woraufhin gegen neunzehn Internierte selbst ermittelt wurde, etwa gegen Max von Rogister, einen Anwalt, der im Lager häufig Vorträge hielt und später Camp Captain wurde, gegen den künftigen Olympia-Skifahrer Hugo Kuranda und den Kunstsammler Paul Wallraf.[36] Bis auf vier Personen wurden sie alle vom MI5 als »sicherheitstechnisch eindeutig unbefriedigend« eingeschätzt. In der Zeit um Peters Freilassung aus dem Hutchinson Camp konnte sich eine Freundschaft mit Warschauer ernsthaft auf die Zukunftsaussichten eines Internierten auswirken. Als im Tagebuch von Hans Anton Kollinsky, einem bereits aus dem Lager entlassenen Österreicher, der Name Warschauer entdeckt wurde, wurde er gar ein zweites Mal verhaftet und interniert.[37]

Zur gleichen Zeit hatte Warschauer die Unterstützung der britischen Lagerverwalter, auf deren guten Willen er angewiesen war, verloren. Im August 1941 schloss der Geheimdienstler Captain Jurgensen aus den wiederholten negativen Entlassungsbescheiden für Warschauer, dass er und Major Daniel sich wohl kein völlig zutreffendes Bild von dem Internierten machten, dessen Freilassung sie bisher befürwortet hatten. Jurgensen begann andere Lagerinsassen zu befragen und stellte schnell fest, dass es noch eine andere Seite an dem Mann gab, der die

Lagerleitung bezirzt hatte, um ein ganzes Haus für seine Zwecke in Beschlag zu nehmen.

Noch zwei Monate zuvor hatte Jurgensen Warschauer in seinem Bericht an das Hurst-Komitee als »in seiner Loyalität nie wankend« und »unerschütterlich auf unserer Seite« beschrieben.[38] Jetzt fiel sein Urteil diametral entgegengesetzt aus: »Er ist völlig egozentrisch, gerissen und dabei anmaßend, und kann sich unterwürfig geben, wenn es seinem Ziel dienlich ist«, schrieb Jurgensen – offenbar war er doppelt wütend, weil er sich hatte täuschen lassen – und kam zu dem Schluss, dass Warschauer »das Vertrauen, das ihm entgegengebracht wurde, missbraucht« hatte.[39] Auch der Abgeordnete Herbert Williams, der anfangs eifrige Petitionen für Warschauers Freilassung verfasst hatte, hatte seine Meinung geändert. In einem Brief an einen Kollegen schrieb er später über seine Beziehung zu Warschauer: »Nichts in meinem Leben hat mir mehr zu schaffen gemacht«.[40]

Major Daniel jedoch schien seine Meinung über einen Internierten, der so viel für das Hutchinson Camp getan hatte, nicht ändern zu wollen. In einem Brief an Echen schrieb er über ihren Gatten: »Sein Einsatz für seine Mitinternierten war stets beispielhaft, und ich kann Ihnen versichern, dass die gegenwärtigen hervorragenden Bedingungen hier weitgehend auf seine unermüdliche harte Arbeit und seine Unermüdlichkeit zurückzuführen sind.«[41] Im MI5 wurde sogar vermutet, dass Daniel Verdachtsmomente mutwillig übersah, um die Technische Schule offen zu halten, weil er hoffte, dass das »für ihn spräche, falls einmal die Frage aufkommen sollte, ob das Hutchinson oder das Onchan Camp würde schließen müssen«.[42]

Der Autor und Übersetzer Claud W. Sykes, ein hochrangiger Mitarbeiter im MI5, der der Meinung war, Warschauer »wäre Nazi, wenn er kein Jude wäre«, schrieb einen Brief mit der Empfehlung, Warschauer umgehend aus dem Hutchinson Camp zu verlegen, um ihn sowohl von seinen Kumpanen als auch von den nachsichtigen Kommandanten zu trennen: »Es scheint mir gefährlich, ihn in einer Position zu belassen, wo er [Major] Daniels Liebling ist«, schrieb Sykes.[43]

Im März 1942, fünf Monate nachdem Peter das Lager verlassen hatte und zu einem Zeitpunkt, als nur noch etwa 350 Mann im Hutchinson Camp verblieben,[44] wurde Warschauer von der Insel in die Oratory School am Stewart's Grove im vornehmen Londoner Stadtviertel Chelsea verlegt; dieses auch als Internment Camp 001[45] bekannte Lager diente zur Internierung von Hochsicherheitsfällen.

Anfang 1942 war der Verdacht des Ermittlers James Craufurd, dass Warschauer als Gestapo-Agent nach England entsandt worden war, »fast zu einer Gewissheit« herangereift. Die Beweise, die bei der Durchsuchung von Warschauers Büro – in der Wohnung, die er mit Echen teilte – durch den MI5 sichergestellt worden waren, hatten einen ganzen Berg an Puzzleteilen geliefert. Zu der Ausbeute gehörten Briefe von Dr. Hans Sauer, dem Mann, der Warschauers geschmeidige Ausreise aus Deutschland organisiert hatte, sowie Dosen mit fotografischem Filmmaterial, das so manipuliert war, dass nur ein unscharfes Bild zu sehen war, wenn man es nicht mit einem speziellen Verfahren entwickelte.[46] Wochenlang untersuchte der MI5 die Korrespondenz von Sauer an Warschauer nach Hinweisen und Codewörtern, sogar ein Graphologe wurde hinzugezogen, um Sauers Handschrift zu analysieren (»Die Schrift verrät ungewöhnliche Intelligenz, Kenntnis und geistige Gewandtheit, aber einen schlechten Charakter«, schloss der Experte banal).[47]

Diese verstreuten Indizien zu einem Gesamtbild zusammenzusetzen, erwies sich als schwierig.[48] Warschauer war ein vollkommener Lügner. Bei jedem neuen und intensiveren Verhör vermischten sich Tatsachen enger mit Erfundenem. Wie Craufurd später erfuhr, hatten Warschauers Eltern den jungen Mann, der Probleme wegen finanzieller Unregelmäßigkeiten hatte, zu einer Institution geschickt, die behauptete, ihren Patienten beizubringen, wie sich Wahrheit und Lüge unterscheiden ließen. Ironisch schrieb Craufurd, falls das zutreffe, sei »der Kur ganz sicher kein dauerhafter Erfolg beschieden« gewesen. Besonders frustriert war der Ermittler, als er nach einem zweiten Tag eines quälend langen Verhörs in der Oratory School am 31. März 1942 dem Ingenieur vorwarf, er würde »uns einen Haufen Lügen auftischen«. Warschauer zeigte daraufhin weder eine Reaktion, noch stritt er es ab. Stattdessen blieb er mit »einer Art glasigem Blick im Auge« völlig reglos und schweigend sitzen.[49]

Craufurd und Noble mussten irgendwie beweisen, dass Warschauer log. Beweise für seine Betrügereien in Deutschland waren unmöglich heranzuschaffen. Also heckten die beiden einen anderen Plan aus: Sie würden Warschauers grundsätzlichste Behauptungen über seine Qualifikation als Ingenieur hinterfragen. In ihren Akten fand sich ein Einreisebescheid von einem kurzen Besuch Warschauers in Großbritannien im November 1938. Auf diesem Dokument hatte Warschauer als Beruf »Schneider« angegeben.[50] Wie kam es zu dieser Abweichung? Die Agenten ließen sich von Fachleuten ein paar grundsätzliche Fragen zur Elektrotechnik verfassen, mit denen sich Warschauers Wissen prüfen ließ; sie reichten vom Grundwissen bis hin zu sehr speziellen Fragen.

Am 27. Juli 1942 legte Craufurd Warschauer die Fragen vor. Der angeblich so geniale Erfinder wich aus, wurde blass und stammelte, er habe »die Antworten seit langem vergessen«. Craufurd merkte, dass er endlich einen entscheidenden Riss in der Fassade entdeckt hatte, und stellte immer einfachere Fragen. Wie er später in seinem Bericht schrieb, war Warschauer, der Gründer der Technischen Schule, nicht in der Lage, Fragen zu beantworten, die »ein 13-jähriger Schuljunge ohne Probleme gelöst hätte«.[51]

Warschauer war in die Ecke gedrängt und gedemütigt und räumte schließlich ein: Er war kein Ingenieur. Zwar hatte er in Deutschland für Tontechnikfirmen gearbeitet, war dort aber für Vertrieb und Reklame zuständig gewesen; von der Materie selbst verstand er nichts.[52] Um die Technische Schule und das Lagerradio einzurichten, hatte er auf die Expertise von Ingenieuren wie Hermann Rahmer zurückgegriffen, den er im Hutchinson Camp an sich gebunden hatte.

Am nächsten Tag kamen Craufurd und Noble mit einem neuen Ziel in die Oratory School: Sie wollten beweisen, dass Warschauer bezüglich seines Militärdienstes im Ersten Weltkrieg gelogen hatte. Sie wählten einen ähnlichen Ansatz und stellten grundlegende Fragen über die Arbeit eines Offiziers: wie man den Vormarsch eines Truppenverbands absicherte oder wann und wo man Wachposten aufstellte. Wieder konnte Warschauer keine adäquaten Antworten liefern. Als sein Konstrukt zu wackeln begann, räumte er ein, dass er auch nie Offizier gewesen war.

Am dritten Tag legten Craufurd und Noble Warschauer Kopien der Briefe vor, die er vor seiner Internierung an Dr. Hans Sauer geschrieben hatte. Craufurd erklärte, in ihrer Analyse hätten die Experten in der Korrespondenz ein Muster offengelegt: Wiederholt tauchte die Zahl 27 auf, entweder im Datum oder im Text.

»Die 27 ist meine Glückszahl«, schoss Warschauer zurück. »Ich habe beim Roulette einmal Tausende Mark damit gewonnen.«[53]

»Es reicht«, sagte Craufurd. »Wir wissen, dass Sie für die Gestapo arbeiten. Wir wissen, dass Sie Spezialfilme und unsichtbare Tinte in dieses Land eingeführt haben. Deshalb und wegen Ihrer Korrespondenz mit einem feindlichen Agenten werden Sie vor ein Kriegsgericht gestellt und als Spion verurteilt werden.«[54]

Warschauer knickte ein. Ja, er gab zu: Ich wurde von Dr. Hans Sauer nach England geschickt, um hier eine Filiale der Firma Tefi aufzubauen und die Installation von Wanzen für die Zwecke der deutschen Spionage zu beaufsichtigen. Ja, ich habe von ihm unsichtbare Tinte und den entsprechenden Entwickler erhalten, außerdem Filme, um Fabriken und andere wichtige Gebäude zu fotografieren. Ja, die Zahl 27 war ein Signalwort, damit ich beim Eingang eines Briefs von einem Fremden, in dem die Zahl beiläufig auftauchte, wusste, dass ihn in Wirklichkeit Dr. Hans Sauer verfasst hatte.[55]

Warschauer sagte zu Craufurd, er sei erschöpft. Er bat darum, eine Pause zu machen und die Befragung tags darauf fortzusetzen.[56]

Am nächsten Tag gab Warschauer in Gegenwart von zwei Zeugen mit Alliterationen im Namen – dem Air Force-Offizier Lieutenant Arthur Albert Pearce und dem Geheimdienstler Harold Hammond Hindmarsh – eine Erklärung ab, in der er die Umstände darlegte, unter denen er als deutscher Geheimdienstagent nach Großbritannien gekommen war.

Ludwig Warschauer hatte Craufurd und Noble bei ihren langen, komplexen Ermittlungen erhebliche Schwierigkeiten gemacht. Als aber der unglückliche Spion seine Geschichte zu erzählen begann, entwickelten beide Männer ein gewisses Verständnis für die Umstände, die ihn zu seinen Entscheidungen gebracht hatten. Die Methoden, mit denen die Gestapo ihn dazu genötigt hatte, waren so erfinderisch wie grausam.

Vier Jahre zuvor, am Weihnachtstag 1938, war Warschauer nach einer Englandreise zur Vernehmung vorgeladen worden. Trotz seiner bestehenden Verbindungen zu den deutschen Behörden war er verständlicherweise nervös; man konnte nie sicher sein, wie so ein Verhör bei der Gestapo ablaufen würde. Wie sich herausstellte, blieb die Befragung allgemein und freundlich. Danach trug der Vernehmungsbeamte Warschauer auf, nach Hause zu gehen. Dort würde er einen alten Freund vorfinden, einen Mann, den er seit vielen Jahren nicht gesehen hatte, der aber für die soeben erwiesene Milde verantwortlich war.

Warschauer ging nach Hause und fragte sich, wer dieser wohlmeinende Fremde sein könnte. Ein Mann Mitte vierzig, glatt rasiert mit breiten Schultern und dunklem Haar – er war eher ein slawischer Typ als ein germanischer[57] – erwartete ihn bereits in der Wohnung. Es verwirrte Warschauer, von einem Fremden begrüßt zu werden wie von einem engen Freund. »Lutz«, sagte der Mann. »Ich bin's, Hans. Wir haben zusammen in der Garde-Kavallerie gedient.«[58] Eine Stunde lang unterhielt der Mann, Hans Sauer, Warschauer mit Erinnerungen an die gemeinsam verbrachte Zeit. »Er erwähnte so viele gemeinsame Erlebnisse mit allen [korrekten] Einzelheiten …, dass ich allmählich dachte, ich musste ihn in der Vergangenheit irgendwie gekannt haben«, erklärte Warschauer bei seinem Verhör.

Als Sauer ihm ein verlockendes Angebot machte, fiel es Warschauer ganz leicht, das nagende Gefühl zu verdrängen, dass er diesem Mann zuvor noch nie begegnet war.

»Die Gestapo wird Sie nicht aus Deutschland herauslassen, aber ich kann Ihnen helfen, einen Pass zu bekommen«, sagte Sauer. »Das tue ich aus reiner Freundschaft, und gegen einen kleinen Gefallen.«[59]

Mit Hilfe dieses Fluchtversprechens konnte sich Hans Sauer im Lauf der Wochen in Warschauers Leben einnisten. Die beiden trafen sich über dreißig Mal, manchmal allein, manchmal mit Partnern und Kindern. Als ihr Verhältnis vertrauter wurde, kam Sauer mit einem Plan. Warschauer sollte nach England reisen, eine Niederlassung der Firma Tefi gründen und von dort aus Filialen in Warschau und Belgrad.[60]

Das eigentliche Zielobjekt war offenbar Polen. Selbst zu diesem Zeitpunkt glaubten Sauer und seine Vorgesetzten anscheinend nicht, dass Deutschland Krieg gegen England führen würde. Das Ziel von Warschauers Spionagemission waren offenbar Länder, in denen Deutschland eine Invasion plante und zu denen Großbritannien einen Zugang bot. In Polen sollte Warschauer als Verkäufer von Tefiphon-Geräten diverse Fabriken, Bahnhöfe, Elektrizitäts- und Gaswerke sowie Flugzeughersteller besuchen. Da die Besitzer dieser Unternehmen Warschauer für den Vertreter einer englischen Firma halten würden und nicht einer deutschen, würden sie ihn zum Gespräch empfangen. Wenn Warschauer dann auf dem Gelände war, würde er Farbfotografien machen, die er an Sauer weiterschicken sollte.

Sauer gab Warschauer vier Adressen, an die er seine Korrespondenz zu richten hatte. Irgendwo auf beiden Seiten des Briefpapiers musste die Zahl 27 stehen, um nachzuweisen, dass der Brief echt und nicht unter Zwang geschrieben worden war.[61] (Später erwies sich, dass Sauer ursprünglich die Codenummer 17 hatte verwenden wollen, wahrscheinlich weil die 27 bereits von einem anderen Agenten als Signal verwendet wurde; doch Warschauer überzeugte Sauer, die 27 zu nehmen. Wie er dem MI5 gesagt hatte, hielt er das für seine Glückszahl – ein weiteres Beispiel für sein Talent, eine Lüge mit einem Stück Wahrheit zu durchsetzen.)

Warschauers Verdacht, dass Sauer mehr war als ein Geschäftsmann mit Appetit auf Industriegeheimnisse, erhärtete sich, als er anfing, im Gespräch Warschauers betagte Mutter, seine Verlobte Echen und Echens Kinder als Druckmittel zu verwenden.

»Sollte ich dieses Angebot ablehnen«, erklärte Warschauer im Verhör, »so würde [Dr. Sauer, so sagte er,] mich nicht mehr vor der Gestapo und dem KZ schützen … Wahrscheinlich würde meine Mutter keine Rente mehr erhalten, und meine Frau und sie würden verhaftet.«[62]

Nachdem er Warschauer ein Geständnis entlockt hatte, forderte Craufurd ihn auf, zu beschreiben, wie genau er Deutschland hatte verlassen können; immerhin trug sein Pass den Stempel mit einem großen J für »Jude«. Warschauer schilderte, wie Sauer ihn und Echen vor der Wohnung seiner Mutter abgeholt und zum Flughafen Tempelhof gebracht hatte. Warschauer hatte ihn in einem kleinen Raum neben der Passkontrolle wieder getroffen und dafür gesorgt, dass sein Gepäck nicht durchsucht oder konfisziert wurde. Um 13 Uhr desselben Tages war sein Flugzeug am Flughafen Croydon gelandet – mit den Fläschchen unsichtbarer Tinte und dem dazugehörigen Entwickler, dem Fotoapparat und den Dosen Spezialfilm in seinem Gepäck. Nach jahrelangen Ermittlungen hatten Craufurd und Noble ihr Geständnis. Ob bewusst oder nicht, jedenfalls reiste Ludwig Warschauer als Agent des deutschen Geheimdiensts ein, ein als Flüchtling getarnter Spion. Auf Craufurd, der die Verhöre akribisch protokollierte, wirkte Warschauer wie ein gebrochener Mann, der nicht in der Lage war, seine Gedanken zu ordnen. Falls Warschauer hoffte, damit würde die Sache beigelegt werden, täuschte er sich gewaltig. Es begann eine umständliche, monatelange Befragung, in der die Beamten ihm sämtliche Hintergründe entlockten.

Während aus Tagen Wochen wurden, wurden die Einzelteile langsam freigelegt und zusammengesetzt. Warschauers Geständnis wuchs auf über 50 Seiten an. Als Ganzes zeichnete es ein »schockierendes Bild«, so Craufurd, von »einem Abenteurer der erbärmlichen Sorte«.[63]

Die im Lager laut gewordenen Erpressungsgeschichten erwiesen sich schließlich als wahr. In seinem Geständnis erwähnte Warschauer, dass Curt Sluzewski, der Anwalt, der im Hutchinson Camp als erster Gerüchte über ihn in Umlauf gebracht hatte, mit der deutschen Kellnerin geschlafen hatte, mit der Warschauer eine Vereinbarung hatte.[64]

Sluzewski war inzwischen nach Amerika emigriert, aber es gab keinen ersichtlichen Grund, weshalb Warschauer eine Geschichte erfunden haben sollte, die ihn selbst in so schlechtes Licht rückte.

Auch jetzt war Craufurd noch immer nicht überzeugt, dass Warschauer ihnen die ganze Wahrheit erzählt hatte. Er behauptete, er habe nie irgendjemanden bei der Gestapo denunziert und »niemals jemanden bezüglich eines Geldtransfers betrogen«. Beide Aussagen hielt Craufurd für falsch. Außerdem weigerte sich Warschauer standhaft, für seine Taten die volle Verantwortung zu übernehmen. Seine Neigung zur Lüge schob er auf die Tatsache, er habe als Junge »zu viel masturbiert«.[65]

Nach Craufurds Einschätzung gab es ein paar kleinere ausgleichende Momente – oder zumindest mildernde Umstände. Der »ruinierte Charakter« des Internierten, so die Formulierung des MI5-Agenten, war offenbar ein Ergebnis seiner Erlebnisse im Ersten Weltkrieg – obwohl auch hier in Zweifel stand, was für eine Rolle Warschauer dort genau gespielt hatte.[66] Der Spion behauptete, während des Kriegs sei er sechs Stunden lang unter einem brennenden Bunker begraben gewesen. Acht Monate lang sei er von Nervenärzten behandelt worden, um ihn von seiner Angst vor dem Feuer zu heilen, die ihn aber jetzt, Jahre später, in seinen Träumen wieder verfolgte. Wie die meisten von Warschauers Behauptungen war dieser Vorfall suspekt und unmöglich zu überprüfen. Immerhin deuteten sein Verhalten und seine impulsive Hinterlist darauf hin, dass er irgendwann in seinem Leben ein schweres Trauma erfahren hatte.[67]

Der Umstand, dass Warschauer nach seiner Ankunft in England die unsichtbare Tinte veräußert und die Leica, mit der er seine Aufnahmen hätte machen sollen, verkauft hatte, stützte in gewisser Hinsicht seine Behauptung, er habe vorgehabt, den Kontakt zu seinem Gestapo-Verbindungsmann abzubrechen.[68] Offenbar hatte er nie aktiv für Deutschland spioniert, ein Umstand, der ihn vor dem Strang bewahren würde. Und obwohl Warschauer im Hutchinson Camp zum »Tyrannen« geworden war, wie Craufurd formulierte, hatte er doch Hunderten jungen Männern eine Grundausbildung verschafft, so dass sie jetzt zu den britischen Kriegsbemühungen beitragen konnten. Craufurd kam zu dem Schluss, dass die Einrichtung der Technischen Schule unabhängig davon, was ihn ursprünglich dazu motiviert hatte, »das einzige Gute war, das Warschauer in seinem Leben je erreichte«.[69]

Aus seiner misslichen Lage konnte ihn nichts davon retten. Auch wenn Warschauer in Großbritannien nie tatsächlich als Spion aktiv gewesen war, genügte seine Korrespondenz mit einem Gestapo-Mitglied, um ihn unbefristet zu internieren. Das war das Ergebnis eines der längsten und damit teuersten Ermittlungsverfahren gegen einen mutmaßlichen Spion unter den Flüchtlingen – und damit einer der wenigen Erfolge der gesamten Internierungspolitik. Allerdings verschaffte die Enthüllung, dass Warschauer bei seiner Flucht nach Großbritannien ein anderes Ziel verfolgt hatte, dem Land kaum neue Erkenntnisse. Keineswegs rechtfertigte sie die panischen Masseninternierungsmaßnahmen, die Leben und Existenzgrundlage Tausender Flüchtlinge beschädigten, Familien auseinanderrissen und Gemeinschaften zerstörten. Immerhin offenbarte sie aber einer Frau den wahren Charakter des Mannes, den sie geheiratet hatte.

Echen wusste nichts von dem Drama, das sich um Warschauer abspielte. Nachdem sie bereits zwei Ehemänner verloren hatte, war sie zu fast allem bereit, um den dritten zu behalten. Ihre Petitionen ans Innenministerium waren, so Craufurd, beständig. Um dem ein Ende zu setzen, erklärte Craufurd Warschauer, er müsse seiner Frau bei ihrem nächsten Besuch alles beichten. Einen Tag später wurde Echen in der Oratory School vorstellig.

XXI.
Rückkehr nach Warth Mills

Kurt Schwitters öffnete die Tür und bat eine hübsche Frau, die halb so alt war wie er, in sein Dachzimmer. Beim Eintreten erblickte Edith Thomas einen Tisch mit einem weißen Geschirrtuch, passendem blauweißem Porzellan, einem Schokoladenkuchen und einer einzelnen Rose in einem Eierbecher. An den Wänden hingen leuchtend bunte Gemälde, die mit ihrem Farbrausch in traumgleiche Gefilde lockten. Für die junge Telefonistin aus der Zensurbehörde war es ein überwältigender Anblick.

Seit seiner Freilassung aus dem Hutchinson Camp hatte Schwitters den Geist und die Ästhetik seines Lagerateliers ins Dachzimmer der Wohnung verlegt, die er jetzt mit seinem Sohn Ernst teilte. Sie lag in einer Pension in einem georgianischen Reihenhaus in Bayswater, nur zwei Meilen entfernt von Helen Roeders Wohnort in Hammersmith. Edith wohnte in der Nachbarwohnung. Schwitters hatte sie im Treppenhaus angesprochen und gefragt, ob sie ihm helfen könne, mit dem Durchlauferhitzer Badewasser in die Wanne einzulassen. Bei ihrem nächsten Aufeinandertreffen war Edith auf dem Sprung zur Arbeit, und der Künstler lud sie ein, bei ihrer Rückkehr zum Kaffee zu ihm zu kommen.

Schwitters war einsam. Sein Sohn und seine Schwiegertochter arbeiteten den ganzen Tag, und die Geschäftigkeit mit all den Aufträgen und Ablenkungen, die er im Hutchinson Camp so genossen hatte, war einer großen Leere gewichen, seit er in einer Stadt der endlosen Ablenkung angekommen war. Trotz einzelner verzweifelter Momente war die Zeit, die der Künstler in Hutchinson verbracht hatte, relativ angenehm gewesen. Er hatte genug Geld, um sich einen neuen Anzug zu kaufen und sich im Lager einen Klavierlehrer zu nehmen. Freundliche Internierte brachten ihm Kohle in sein Dachzimmer, damit er sich abends warmhalten konnte. Mindestens drei oder vier Mal pro Woche ging er im Meer baden, und zwar mit einer Luftmatratze, mit der er auf dem Rücken liegend auf den Wellen treiben konnte. Er brachte Kieselsteine, Muscheln, Seegras und sogar Meerestiere mit nach Hause und beobachtete, wie die Tiere sich in einer Wanne mit Meerwasser wanden und fortbewegten.[1]

In seinen letzten Monaten im Lager freundete sich Schwitters mit dem Lagerarzt Dr. Robert Marshall an, dem Mann, der für die Lagerhochzeit die Blumen besorgt hatte. Marshall bewohnte auf der Insel ein viktorianisches Herrenhaus; er war ein Kunstliebhaber und besaß einige italienische Kopien großer Meister.[2] Entgegen den Vorschriften lud Marshall Schwitters zu sich nach Hause ein, wo er zwei Gemälde fertigen sollte: eine Ansicht des Hauses und ein Porträt. Marshall stellte Farben und Materialien zur Verfügung und versorgte Schwitters mit Süßigkeiten und Kuchen, ließ den Internierten über sein Anwesen schlendern und Rosen und Margariten pflücken.[3] Bei aller Verzweiflung, die ihn während des Weihnachtsgottesdienstes geplagt hatte, machte die Kombination eines anständigen Einkommens, von ausreichend Platz für die Arbeit, der Befriedigung seiner Grundbedürfnisse und einer interessierten Kundschaft den Aufenthalt im Hutchinson Camp merkwürdigerweise zu einer der bereicherndsten und produktivsten Phasen in Schwitters' Leben.

Nachdem er am 24. November 1941 das Hutchinson Camp verlassen und London erreicht hatte, verwendete er die Ausbeute von in achtzehn Monaten angesammeltem Krimskrams, den er aus dem Lager behalten hatte, um das Heiligtum seines Dachzimmers in Hutchinson nachzubauen.[4] Schwitters' Frau Helma steckte immer noch in Norwegen fest, und solange der Krieg andauerte, gab es kaum Chancen auf ein Wiedersehen. Schwitters war gelangweilt, allein und lechzte nach weiblicher Begleitung; doch seine Absichten waren ganz arglos, als er Edith zum Kaffee einlud. Allerdings erschrak sie gehörig, als er, nachdem sie sich an den Tisch gesetzt hatte, zu seinem Bett ging und die Decke zurückschlug. Erst als Schwitters eine Kaffeekanne hervorholte, die er unter der Decke warmgehalten hatte, entspannte sie sich wieder.

Bald entwickelte sich eine romantische Beziehung zwischen dem kränkelnden Dadaisten und dem ehemaligen Kaufhausmodel, das von dem Mann, den sie als Backfisch geheiratet hatte, bereits geschieden war und sich nicht übermäßig darum sorgte, was andere denken mochten. Edith kannte sich mit Kunst kaum aus, aber sie war aufgeweckt und interessiert; trotz des Altersunterschieds fand sie in Schwitters einen Freund und Vertrauten, dem sie wegen seiner Größe den wenig schmeichelhaften Spitznamen ›Jumbo‹ verlieh. Bald besuchte Edith Schwitters jeden Tag; sie steckte den Kopf durch die Tür und bot ihm mit dem freundlichen Gruß »Want tea?« eine Tasse Tee an. Mit seinem tonmalerischen Ohr dichtete Schwitters die Frage seinerseits zu einem liebevollen Spitznamen um: »Wantee«.

Die Beziehung blieb zunächst platonisch, aber für beide Seiten gleich bedeutsam. Beide füllten für den anderen ein Vakuum: Wantee wurde die umsorgende, präsente Gattin, Schwitters der vernarrte ältere Mann, der die Wunden aus Wantees turbulenter Beziehung mit ihrem jähzornigen Vater lindern konnte. Schwitters sagte Wantee, dass er verheiratet war und seine Frau liebte. Allerdings unterließ er es, in seinen Briefen an Helma die quicklebendige junge Frau zu erwähnen, die mit einem Satz in seinem Leben gelandet war.

Während Wantee ihm Wärme und Gesellschaft gab, tappte Schwitters am Rand der Armut, und wenn seine neue Begleiterin tagsüber bei der Arbeit war, aalte er sich in Selbstmitleid. In London stellte Schwitters fest, dass sein Stil für die »konservative« englische Sensibilität, wie er sie bezeichnete, zu unmodern war. »Man darf hier«, beklagte sich der Künstler, »auf dem Bild nicht einen Pinselstrich sehen.«[5] Trotz der wiederholten Zusicherung, seine Stücke würden eines Tages äußerst wertvoll werden, hatte Schwitters Mühe, Kunden zu finden. Aus Verzweiflung bewarb er sich auf gänzlich unpassende Arbeitsstellen; er wurde sowohl von der BBC abgelehnt als auch vom Kaufhaus Selfridges, wo er sich als Schaufensterdekorateur beworben hatte.[6] Als auch noch Sir Kenneth Clark, der Direktor der National Gallery, der so viel für die internierten Künstler getan hatte, ein Treffen mit Schwitters ablehnte, stürzte der Künstler in eine Depression.

»Das Leben ist traurig«, schrieb er mit einem von einem Passanten geschnorrten Stift auf eine Parkbank. »Warum wollte der Direktor der National Gallery mich nicht einmal treffen? Er weiß nicht, dass ich Teil der Kunst-Avantgarde bin. Das ist meine Tragödie.«[7]

Schwitters, der in der Übergangsgesellschaft des Hutchinson Camps Reichtum und Status genossen hatte, stand nun am Rand der totalen Mittellosigkeit. Er besuchte einen früheren Freund und Lagergefährten, um ihm einen Penny für eine Collage zu entlocken, die er ihm in Hutchinson geschenkt hatte. Um kostenlos durch London zu fahren, entwickelte Schwitters eine List. Wenn der Busfahrer die Fahrscheine kontrollierte, zog er einen Haufen zerknitterter alter Papiere aus der Tasche und gab vor, er wisse nicht, welches der von heute sei. Er kam damit bei jedem Fahrer durch.[8]

Kurz vor seinem 56. Geburtstag schrieb sich Schwitters nach seiner Gewohnheit sein Elend in einem Gedicht an seine abwesende Frau von der Seele.

In einer Welt der Enttäuschungen
Bin ich allein. …
Und die Welt lebt weiter ohne mich,
Ohne meine Fähigkeiten auszunutzen,
Ohne mir Gelegenheit zu geben, mein Talent im Werk zu zeigen.[9]

Das Hutchinson Camp hatte dem Künstler ein interessiertes Publikum, Raum, Zeit und Materialien bieten können, und das alles hatte ihm neue Energie verliehen. Nun waren das Lager, das Publikum, der Status

– und selbst sein aufmerksamer Schüler, Peter Fleischmann – sämtlich Vergangenheit.

Am 7. August 1942 erschien Echen vor dem Tor der beschlagnahmten Londoner Oratory School. Acht Monate zuvor hatten sich die USA nach dem japanischen Überraschungsangriff auf Pearl Harbor dem Kampf der Alliierten gegen das NS-Regime angeschlossen; die meisten deutschen Soldaten standen im Moment an der Ostfront in einem bitteren, kostspieligen Zermürbungskrieg gegen die Sowjetunion. Der »Blitz« über London war vorüber, und obwohl der Krieg immer noch wie ein schwarzer Schatten über Großbritannien hing, stand die Stadt nicht mehr im Mittelpunkt von Hitlers Kampf. Es war nicht das erste Mal, dass Echen zu dem Hochsicherheitslager kam, in dem ihr Mann interniert war, seit er die Isle of Man verlassen hatte. Pflichtbewusst hatte sie seit seiner Verlegung nach London bei Lutz vorbeigesehen, häufig begleitete sie bei ihrem Besuch ihre ältere Tochter.[10] Doch heute war das erste Mal, dass sie zum Kommen aufgefordert worden war.

Ein Wachmann brachte sie in eines der Klassenzimmer, in dem, umringt von grimmig dreinblickenden Offizieren, ihr Ehemann saß.[11] Zwei von ihnen erkannte Echen als die beiden mysteriösen Männer, die zusammen mit Inspector Hoare von Scotland Yard bei ihr gewesen waren und ihr Haus durchsucht hatten. Lutz wirkte krank und trübsinnig. Die Sache war klar. Dieses Aufeinandertreffen, hatte Craufurd seinem Gefangenen erklärt, war die letzte und einzige Gelegenheit, die Wahrheit zu sagen.[12]

Warschauer fing an, seiner Frau auseinanderzusetzen, wie er sich unter Androhung von Repressalien gegen sie und seine Familie bereiterklärt hatte, bestimmte Aufträge für den Mann durchzuführen, den das Paar unter dem Namen Hans Sauer kannte. Warschauer sprach stockend. Craufurd behielt den Internierten fest im Auge, den Stift wie immer gezückt, um Informationen festzuhalten, die womöglich einen Fehler in der zeitlichen Abfolge offenlegten. Bevor er Echen im Detail schilderte, worin genau die Vereinbarung bestanden hatte, unterbrach Warschauer jedoch sein Geständnis mit einem Schmerzensschrei.

»Daraufhin«, schrieb Craufurd in seinen Notizen, »folgte eine widerliche Szene.«[13]

Unter lautem Stöhnen brachte Warschauer heraus, dass er am Vorabend Rasierklingen in Brot gewickelt und verschluckt hatte. Es stellte sich heraus, dass die Klingen ausgerechnet in diesem Moment anfingen, ihre Wirkung auf seinen Verdauungstrakt zu zeigen.

»Bringt mich ins Krankenhaus!«, heulte Warschauer.

Während ihr Mann unter unerträglichen Qualen aus dem Verhörzimmer fortgeschafft wurde, blieb Echen vor einem leeren Stuhl sitzen.

Peter spürte in der Beckenham School of Art, dass er endlich seine Vergangenheit abgeschüttelt hatte. Sorgfältig wählte er die Teile seines Lebens aus, die er behalten wollte, und legte die anderen ab. Regelmäßig besuchte er in London Echen, und am 25. August 1942, zwei Wochen nach ihrer traumatischen Begegnung mit ihrem Mann, kam Peter in ihre Wohnung in Hampstead Gardens, um den 13. Geburtstag ihrer jüngeren Tochter Monica zu feiern.[14] Aus Notwendigkeit hatte er gelernt, die verschiedenen schmerzlichen Jahrestage in seinem eigenen Leben nicht zu feiern, aber Echen und ihren Töchtern war er so dankbar, dass er ihre Geburtstage niemals verpasst hätte.

Gerade, als sein Lebensweg ihn auf neues, aufregendes Gelände zu führen begann, holte der Krieg in seiner ungelegenen Rücksichtslosigkeit den jungen Künstler zu einer unerwarteten Runde durch die Verheerungen seiner Vergangenheit ab. Am 23. März 1943, sechzehn Monate nach seiner Freilassung aus dem Hutchinson Camp, erhielt Peter seinen Einberufungsbescheid mit der Vorladung zum zentralen Rekrutierungszentrum in Euston. Dort erhielt er einen Shilling – das symbolische Zeichen für sein Einverständnis, im britischen Heer zu dienen – und meldete sich pflichtbewusst in Bradford im Ausbildungszentrum 6 des Pioneer Corps.[15] Sein Militärausweis führte als Beruf »Konditor« an. In dem Feld für Peters nächste Verwandte strich er den gedruckten Namen »Doctor Deutsch« durch und ersetzte ihn mit »Mrs. E. Warschauer«.[16] Erneut fand Peter sich in einer zusammengewürfelten Menge wieder, »alle möglichen merkwürdigen Menschen«. Das Soldatenleben passte nicht zu Peter, dessen künstlerisches Wesen sich gegen die disziplinierte Konformität der Militärsprache sträubte. Erneut war seine Zuflucht die Kunst. Er besuchte Abendkurse, und als dort sein Talent auffiel, konnte er die Offiziere dazu bekommen, ihn gegen ihr Porträt vom Exerzieren freizustellen.[17]

Trotz oder vielleicht gerade wegen seiner Trickserei wurde Peter zur Offiziersausbildung ausgewählt und ins Royal Army Ordnance Corps in Saltburn-by-the-Sea geschickt. Nach Abschluss des Trainings wurde Peter in ein Munitionslager in York abbestellt. Bei seiner Ankunft stellte sich heraus, dass es sich um ein Straflager für Kriminelle und Mörder handelte.

»Das war schon wieder ein Fehler«, sagte er. »Nur einer unter vielen.«

Hier, unter den Nichtsnutzen, fand Peter unglaubliche Typen, die wie er am falschen Ort gelandet waren. Er freundete sich mit einem Literaturkritiker namens Bates an[18] und mit dem walisischen Schauspieler Clifford Evans, der genauso wenig an diesen Ort passte. Diese Freundschaften waren flackernde Lichter an einem deprimierend trostlosen Himmel. Endlich meldete Peter sich bei seinem Kommandanten und bat um eine Versetzung. Es war genau der richtige Moment. Der Offizier fragte Peter, ob er sich für das Heer als Dolmetscher betätigen und deutsche Kriegsgefangene befragen würde. Nach einer kurzen Prüfung wurde Peter angenommen.

Da er Wehrmachtsangehörige des NS-Regimes verhören sollte, hielt Peter es für vernünftig, seinen Familiennamen zu ändern und seine Herkunft zu vertuschen. Es gab wenige sinnvolle Optionen. Der Familienname seines Großvaters, Deutsch, war für den gewünschten Zweck denkbar ungeeignet, und die verfremdende anglisierende Version ›Dale‹ wollte er nicht übernehmen. Seit ihrer Heirat mit Ludwig Warschauer war Echen keine Kempinski und keine Kohsen mehr, und ohnehin wäre keiner dieser Namen als englisch durchgegangen. Das galt auch für die Namen von Peters Freunden im Hutchinson Camp: Schwitters, Uhlman und Hinrichsen trugen alle einen kontinentalen Zungenschlag.

Einen Namen aber gab es, der sowohl in emotionaler als auch in praktischer Hinsicht passte: der seines engsten britischen Freunds Donald Gray Midgley, seinem früheren Kollegen im Fotostudio in Manchester, der ihm sein Mitleid entgegengebracht hatte. Midgley klang befriedigend englisch, und in Kombination mit Peter entstand der drollige viersilbige Effekt einer Tür, die sich öffnete und wieder schloss. Damit ganz außer Zweifel stand, wem dieser neue Name huldigte, entschied Peter, auch Donalds zweiten Vornamen Gray zu übernehmen. Als Ganzes würde diese neue Identität nicht nur seinen Freund ehren, sondern zugleich noch als selbst gesetzte Aufforderung funktionieren, Donald in seiner Freundlichkeit und Großzügigkeit nachzueifern.

Nach seiner Umtaufe mit dem Wasser der britischen Bürokratie erhielt Peter die Nachricht von seiner ersten Stationierung als Heeresdolmetscher. Ein neuer Name mochte einen Neuanfang bedeuten, doch das Schicksal spielte Peter einen weiteren abgeschmackten Streich: Er würde in die stillgelegte Baumwollspinnerei zurückkehren, die drei Jahre zuvor sein erstes Gefängnis gewesen war. Diesmal aber würde Peter nicht als Häftling nach Warth Mills gehen, sondern als Teil der Wachmannschaft.

Im Militärkrankenhaus bestätigte das Röntgenbild, was James Craufurd bereits vermutet hatte: In Warschauers Magen waren keine Rasierklingen, und die ärztliche Untersuchung ergab keinerlei Hinweise darauf, dass Warschauer eine solche Selbstverletzung je versucht hatte.[19] Das dramatische Ende des Beichtgesprächs mit Echen war nur eine weitere List gewesen. Warschauer hatte den Ernst der Situation erkannt – und die Tatsache, dass ein Eingeständnis ihn Frau und Stiefkinder kosten könnte – und versucht, sich etwas mehr Zeit zu verschaffen. Aufgrund des theatralischen Abgangs ihres Ehemanns kannte Echen nur die gröbsten Grundzüge der Geschichte. Aus Angst vor weiterem Trara entschieden sich die MI5-Agenten, sie nicht für eine zweite Vorstellung einzuberufen.

Am nächsten Tag gab Warschauer einem seiner Mitinternierten einen an Echen adressierten Brief. Darin behauptete er, er habe unter dem Druck des Verhörs Dinge gestanden, die er nie getan hatte.[20] Trotz allem war Warschauer noch immer nicht bereit, Verantwortung für seine Taten zu übernehmen. Zwar war seinerseits keinerlei nennenswerte Spionagetätigkeit in Großbritannien erkennbar, doch der MI5 hatte bewiesen, dass seine Agenten richtig gehandelt hatten, als sie wiederholt die Versuche der Regierung abblockten, den Gestapo-Spion in Großbritannien laufen zu lassen. Jetzt aber stellte sich die Frage, was man mit ihm anfangen sollte.

Der MI5 wollte nicht, dass der Gegenstand ihrer einzigen wirklich erfolgreichen Ermittlungen ins Hutchinson Camp zurückkehrte, wo die eintreffenden Bootsladungen von aus Kanada und Australien zurückkehrenden Internierten,[21] die »mit Warschauers Internierungsakte nicht vertraut« waren, »seinen Trickserеien fruchtbaren Boden« liefern würden.[22] Außerdem war die Regierung bereits weit damit vorangekommen, die Lager auf der Insel zu leeren; auf der Isle of Man hielten sich jetzt weniger als 5000 Internierte auf,[23] und das Ziel war, diese Zahl weiter zu reduzieren, und nicht, sie zu erhöhen.[24] Ironischerweise widerstrebte es also der Regierung, den einen Mann, dessen Internierung gerechtfertigt war, in das Lager, aus dem er gekommen war, zurückzuschicken.

Am 8. November 1942 wurde Warschauer in das Gefängnis in Brixton verlegt, in dem auch hochgefährliche Häftlinge einsaßen wie Oswald Mosley, der Gründer der British Union of Fascists, der antisemitische Politiker Captain Archibald Ramsay sowie der hochrangige Marineoffizier Admiral Sir Barry Domvile, der als glühender Anhänger Hitlers in Haft war. Einstweilen würde Warschauer interniert bleiben, aber nicht in einem der luftigen Lager auf der Isle of Man, sondern in einer Londoner Gefängniszelle.

Nachdem Schwitters von der britischen Kunstszene eine Abfuhr nach der anderen erhalten hatte,[25] wandte er sich hilfesuchend an die Immigrantengemeinschaft. Fred Uhlman, Klaus Hinrichsen und andere ehemalige Mitglieder des Künstlercafés hatten begonnen, sich monatlich im Maison Bertaux in Soho zu treffen, und zur großen Freude der anderen nahm Schwitters an diesen Treffen gelegentlich teil. Aus Argwohn gegen Gruppen, die auf ihre Künstler möglicherweise politischen Zwang ausübten, lehnte Schwitters eine Einladung ab, der Free German League of Culture beizutreten,[26] aber mit Vergnügen trug er vor ihren Mitgliedern seine Gedichte vor, darunter auch die Performance »Silence« mit der zerschmetterten Tasse.

Allerdings folgte auf den finanziellen Ruin bald auch körperlicher Verfall. Im April 1944 stolperte Schwitters auf einer Treppe und stürzte. Nach diesem Sturz blieb er einseitig gelähmt. Er konnte nun weder schreiben noch malen, fühlte sich abgelehnt von der Londoner Kunstwelt und den Arbeitgebern dürftiger Jobs – Schwitters' Depression wurde immer düsterer. Irgendwann war seine seltsame Beziehung zu Wantee von Freundschaft zu etwas Intensiverem geworden; er rechtfertigte diese Romanze mit der Überzeugung, seine Frau habe sie ihm zur Unterstützung geschickt. Wantee zog bei Schwitters ein und umsorgte ihn fortan in Vollzeit.

Dann kam plötzlich eine ungeahnte Gelegenheit. Während Schwitters sich noch von dem Sturz erholte, kontaktierte ihn einer von Londons schillerndsten Galeriebesitzern, der autodidaktische deutsche Künstler Hugo Baruch, der sich ›Jack Bilbo‹ nennen ließ. Bilbo war in Onchan, dem Schwesterlager von Hutchinson Camp auf der Isle of Man, interniert gewesen und dann nach London gegangen, um dort die Modern Art Gallery zu gründen, die die Werke von Emigrantenkünstlern in der Stadt bewarb. Es war in jeder Hinsicht ein gewagtes Unterfangen, doch Bilbos Institution begann zu florieren und sicherte sich illustre Mäzene wie die Schauspieler Vivien Leigh und Rex Harrison oder die Schriftsteller H.G. Wells und J.B. Priestley. Bilbo, der in der Galerie bereits einige von Schwitters' Werken ausgestellt hatte, fragte an, ob der Künstler sich eine Einzelausstellung vorstellen könnte, die separat neben einer Ausstellung namens »Meisterwerke« stattfinden würde; diese sollte Werke von van Gogh, Picasso und Renoir vereinen sowie dreisterweise von Bilbo selbst (nicht ohne Grund nannte Schwitters ihn einen »echten Kunstgangster«).

Schwitters willigte ein. Für den Essay im Katalog engagierte Bilbo den Kunstkritiker Herbert Read, der Schwitters nicht nur als den »überragenden Meister der Collage« bezeichnete, sondern auch als modernistischen Dichter, dessen Arbeit sich mit der von James Joyce messen konnte. In Schwitters' Materialgebrauch, den andere als Müll diskreditierten – »Steine, die Bauarbeiter verschmäht haben« –, sah Read philosophische Absicht und Kraft. Für Schwitters, der seit seiner Freilassung aus dem Hutchinson Camp so viele Rückschläge erlebt hatte, war es ein großartiger Moment der Anerkennung und Wertschätzung.

»Ich bin Ihnen sehr dankbar«, schrieb Schwitters in einem Brief an Read, dem er außerdem eine Collage mit einigen der Fahrscheinabrisse fertigte, mit denen er quer durch London gefahren war.[27]

Bilbo bezeichnete Schwitters großspurig als den »Begründer« des Dadaismus. Diese Dreistigkeit erstreckte sich auf alle Aspekte von Bilbos Leben. Als Schwitters und Wantee zu ihm kamen, um die letzten Bilder für die Ausstellung abzuliefern, gerieten sie mitten in einen handfesten Streit. Wantee bekam sogar einen vorbeifliegenden Besenstiel ab. Bilbo, so sickerte es durch, hatte in der vorausgehenden Nacht mit einer Gruppe von vier Frauen geschlafen. Der Besenstiel war die aktuelle Reaktion seiner Gattin auf die ungenierte Bitte ihres Ehemanns, für die ganze Runde Frühstück zu machen.[28]

Am 4. Dezember 1944, beinahe vier Jahre nach Schwitters Tränen der Verzweiflung beim Weihnachtsgottesdienst im Hutchinson Camp, versammelte sich in der Modern Art Gallery in der Charles II Street zur Begutachtung seiner Einzelausstellung die Presse. Schwitters rezitierte seine Gedichte vor einem Publikum aus lauter Fremden, die aus echtem Interesse gekommen waren und nicht, weil es wie im Lager keine Alternativen gab. Die ersten Rezensionen waren voll des Lobes. Die Öffentlichkeit dagegen war weniger glücklich, und die Eintrittskarten verkauften sich nur spärlich. Eines Tages Ende Dezember saß Schwitters allein zwischen seinen Bildern in der Galerie. Da trat mit

Grabesmiene der sonst so überschwängliche Bilbo ein und reichte dem Künstler ein Telegramm aus der Schweiz. Schwitters' Frau Helma war tot.

Warth Mills war genauso massiv und bedrückend wie damals, als Peter die Anlage als Gefangener betreten hatte. Bevölkert war es nicht mehr mit Professoren und umtriebigen Bildhauern. Die Tage, an denen man einen zugigen Raum betreten und auf einen Dadaisten stoßen konnte, der einem einsamen Zuhörer Tondichtungen vortrug, waren dahin. Jetzt war Warth Mills ein gut organisiertes Kriegsgefangenenlager – Camp 177 lautete sein offizieller Name – und beherbergte nicht weniger als 4000 gefangene deutsche Soldaten.

Wie im Winter 1940, als die Flüchtlinge und feindlichen Ausländer mittels Anhörungen in Risikokategorien eingeteilt wurden, wurden auch die deutschen Kriegsgefangenen je nach ihrer empfundenen NS-Treue eingeordnet. Die »Weißen« waren typischerweise wehrpflichtige Offiziere und Soldaten, die nur zum Dienst für ihr Land rekrutiert worden waren und zuweilen dem Regime, das sie in den Krieg geschickt hatte, ausgesprochen kritisch gegenüberstanden. Die »Grauen« waren Schönwetternazis, Mitläufer, die sich aus Selbstschutz angeschlossen hatten und nicht aus ideologischen Gründen. Die gefährlichste Kategorie, die »Schwarzen«, waren Fundamentalisten oder, wie eine britische Akte sie nennt, die »Unheilbaren«.[29]

In Warth Mills saßen vorwiegend »Schwarze«, meist Mitglieder der Waffen-SS, berüchtigt sowohl wegen ihrer Leistungen im Feld als auch wegen der Gräuel, die sie verübt hatten. Jeden Sonntag versammelte sich die gesamte Lagerbesatzung im Freien und sang das »Horst-Wessel-Lied«, die martialische Nazi-Hymne.[30] Anwohner berichteten, sie hätten den grimmigen Morgengesang im Umkreis von drei Kilometern gehört.[31]

Peter betrat das Lager in der Uniform seiner einstigen Wachleute und begegnete zum ersten Mal seit seiner Flucht aus dem Auerbach'schen Waisenhaus dem Menschenschlag radikalisierter junger Männer, die vor fünf Jahren versucht hatten, sein Zuhause niederzubrennen. Die Atmosphäre fühlte sich an, so ein anderer Besucher, wie »wenn ein feindlicher Stamm mit düsteren Blicken, undurchschaubaren Gedanken und geheimen Sitten einem Anthropologen gegenübertritt«.[32] Zwar waren Schmierfett und Ruß, die Peters ersten Aufenthalt in der Spinnerei so geprägt hatten, inzwischen weggeputzt worden, doch es herrschte weiterhin der erinnerungsgeladene Ölgeruch.

Das chaotische, improvisierte Lager, das Peter als Gefangener gekannt hatte, war inzwischen durch ein Konstrukt aus militärischen Regeln und Routinen ganz verändert; ohne diese strenge Organisation hätten die britischen Offiziere unmöglich die Ordnung aufrechterhalten können. Aus Furcht um seine Sicherheit verheimlichte Peter den Insassen, an deren Verhör er mitwirkte, dass er Deutscher war, und verbarg seinen Akzent, so gut er konnte.[33] Sein selbst gewähltes Pseudonym wurde von Woche zu Woche weniger ein Deckname als eine neue Identität, die es ihm erlaubte, seine Vorgeschichte und all den Ärger, den sie ihm eingebracht hatte, abzulegen.

Ganz wie Peter es bei seinem eigenen Weg durch die Internierung erlebt hatte, ergab sich die Stimmungslage in einem Lager stets durch die Qualitäten und den Charakter seines Kommandanten. Während seines ersten Aufenthalts in Warth Mills war das Lager in Chaos und Beschimpfungen versunken – die Atmosphäre ging auf die Rechnung von Major Alfred Braybrook, dem untersetzten Offizier, der von der umgedrehten Orangenkiste aus seine Tiraden losgelassen hatte. Braybrook war von seinem Posten abgesetzt, verhaftet und am 17. April 1941 vor Gericht gebracht worden, und zwar wegen Diebstahls von 100 Goldsovereigns, zwei Schreibmaschinen (von denen eine kurz Schwitters' Sohn Ernst gehörte), Schmuck und über 1000 Rasierklingen an seinen Schutzbefohlenen. Er wurde zu 18 Monaten Gefängnis verurteilt.

Diesmal unterstand das Lager einem gewissen Colonel Selby. Während des Ersten Weltkriegs war Selby selbst Kriegsgefangener in Deutschland gewesen und hatte somit Erfahrung, mit einer in jeder Hinsicht einschüchternden Gefängnispopulation umzugehen. Als SS-Mitglieder hatten diese Gefangenen bei einer Niederlage NS-

Deutschlands am meisten zu verlieren und waren damit am stärksten motiviert, ihren »Korpsgeist« aufrechtzuerhalten.[34] Die NS-Gefangenen in Warth Mills praktizierten eigene Maßregelungen, so wie in vielen deutschen Kriegsgefangenenlagern in Großbritannien, wo geheime Ehrengerichte etwa darüber befanden, ob Einzelne sich zu Recht hatten festnehmen lassen oder ob sie nicht eigentlich im Widerstand gegen die Gefangennahme in den Tod hätten gehen müssen.[35] Es wurden geheime Kriegsgerichte abgehalten,[36] und von der Gruppe bestellte Richter beschlossen ein brutales Vorgehen gegen Defätisten oder Dissidenten bis hin zur Todesstrafe. In einem anderen Lager in der nahegelegenen Stadt Doncaster wurde ein Gefangener, der vor einem solchen geheimen Gericht gestanden hatte, erhängt in einem Waschraum vorgefunden; sein Körper war mit Hakenkreuzen beschmiert.

Wenn Peter irgendein Vergnügen daran fand, seine Feinde hinter Gittern und ihrer Macht beraubt zu sehen, so gab es keine Gelegenheit, sich damit zu brüsten – das Ganze war nur eine weitere frustrierende Ablenkung von seiner wahren Berufung.

»Ich hasste es von Anfang bis Ende«, sagte er.

Als die Fähre in den Hafen von Douglas einfuhr, fühlte sich Ludwig Warschauer, als fielen Fesseln von ihm ab. Mit der Insel assoziierte er ganz andere Dinge als das, was er in den 16 klaustrophobischen Monaten im Brixton Prison erlebt hatte: die Restaurantbesuche, die Schule, die freundschaftlichen Beziehungen zu Offizieren, die anders als die MI5-Agenten nie zu sehr auf Dinge aus waren, die den Status ihres Lagers möglicherweise gefährdeten.

Der Stress aus Warschauers monatelangen Verhören mit Craufurd und Noble, gefolgt von der langen Haft in dem heruntergekommenen Londoner Gefängnis, hatte seinen Tribut gefordert. Aus der Zelle heraus hatte er einen Termin bei einem Nervenspezialisten beantragt. Der Antrag wurde abgelehnt, und stattdessen verbrachte Warschauer eine Zeit im Krankenhaus, wo er, so ein Bericht, »ausgiebig weinte und sich selbst zur Last fiel, weil er alle möglichen ungerechtfertigten Privilegien erwartete.«

Echen hatte zwar inzwischen eine Ahnung von den früheren Machenschaften ihres Manns, aber nicht genug Details, um sie dazu zu bringen, den Mann, der für sie und ihre Kinder die Flucht aus Deutschland organisiert hatte, zu verlassen. Ihre stetigen Petitionen hatten den Fall ihres Manns schließlich der Abgeordneten Eleanor Rathbone zugetragen. Diese hatte vorgebracht, man könne Warschauer vielleicht nicht entlassen, aber es gebe keinen moralisch vertretbaren Grund, ihn unter Bedingungen festzuhalten, die zur Verschlechterung seines Gesundheitszustands beitragen würden.

Vielleicht, so die Überlegungen im Innenministerium, lautete die Lösung, Warschauer doch zurück ins Hutchinson Camp zu schicken und ihm zu erlauben, wieder die Technische Schule zu betreiben oder eine ähnliche Aufgabe zu erfüllen, was »wahrscheinlich die erwünschte psychologische Wirkung auf ihn haben würde«.[37]

Die Population des Hutchinson Camps hatte sich radikal geändert. Die meisten Flüchtlinge waren weg, stattdessen blieben kompliziertere Fälle. Im Lager hielten sich Männer auf, die für Großbritannien ein klares Risiko darstellten, etwa der frühere deutsche Geheimdienstler Franz von Rintelen (der nach dem Ersten Weltkrieg in den USA vor Gericht gestellt und wegen Spionage verurteilt wurde), japanische Kriegsgefangene und ein Trupp gefangengenommener Matrosen der Handelsmarine. Es gab Männer, denen ihre Familie zum Verhängnis wurde, etwa Baron Wilhelm von Richthofen,[38] ein ehemaliger Rhodes-Stipendiat in Oxford und Cousin des berüchtigten deutschen Jagdfliegers im Ersten Weltkrieg, der als Roter Baron in die Geschichte einging; außerdem kuriose Fälle wie Baron Nicholaus von Nettelbladt, der durch Heirat zum Lord im Glassenbury Manor geworden war, ein ruinös teuer zu bewirtschaftendes Gut in Kent, oder Baron Fritz von Tschirschky, ein ehemals hochrangiger deutscher Diplomat, der trotz seines NS-Widerstands verhaftet worden war.

MI5-Agent Craufurd war entschieden dagegen, Warschauer zu solchen Leuten zu schicken. Warschauer durfte, so schrieb er, nicht in das Lager zurückverlegt werden, wo er »früher oder später wieder Ärger machen« würde.[39] Schließlich fanden MI5 und Innenministerium zu einem Kompromiss: Warschauer konnte zurück auf die Insel, aber er würde im Lager M.X. (Peveril Camp) in Peel untergebracht, einer eher gefängnisartigen Anlage für Internierte der Kategorie A, darunter auch Mitglieder der British Union of Fascists und der IRA.[40]

Von alldem wusste Warschauer nichts, als er nach zwei Jahren erstmals wieder einen Fuß auf die Isle of Man setzte. Seine Freude über die baldige Rückkehr in sein komfortables Leben im Hutchinson Camp war dahin, als er statt einem raschen Fußmarsch in sein altes Lager mit dem Auto 20 Minuten lang über die Insel gefahren wurde.

Zu seiner großen Bestürzung war das Peveril Camp – die Einheimischen nannten es ›Faschistenlager‹, seit im Mai 1941 an die 800 britische Faschisten dort inhaftiert wurden[41] – etwas ganz Anderes als Hutchinson oder die anderen Lager der Insel, die überwiegend Geflüchtete beherbergten. Seit es vom Internierungs- zum Gefangenenlager umfunktioniert worden war, war es bereits zu schweren Aufständen und mindestens zwei Fluchtversuchen gekommen.

Im Herbst 1941 besuchte der Abgeordnete Osbert Peake die Insel und bestand gegen den Rat seines Geleits auf einem Besuch im Peveril Camp. Bei seiner Ankunft schleuderten die Männer ihm Obszönitäten und antisemitische Beleidigungen entgegen. Peake, der als gerechtigkeitsliebender Humanist galt, war in den Augen der Faschisten gleichzeitig zu nachsichtig gegenüber den Geflüchteten und zu unnachgiebig gegenüber der radikalen Rechten. Die Internierten schrien: »Er ist ein Jude!« und »Wir wollen Gerechtigkeit!« und machten damit einen solchen Aufruhr, dass sich die Inselbewohner auf der Straße versammelten, um zu hören und zu sehen, was da vorging.[42] Dem Hutchinson Camp als Ort der Kunst, des Lernens und des stillen Grolls stand Peveril als Ort des Extremismus und der rasenden Wut gegenüber.

Als der Kommandant von Hutchinson, Major Daniel, erfuhr, dass Warschauer zurück auf der Insel war, brachte er dem obersten Geheimdienstoffizier der Insel, Major S.H. Woolf, gegenüber zum Ausdruck, ihm sei »an einem Wiedersehen sehr gelegen«. Woolf war einverstanden und begleitete Daniel zum Peveril Camp. Während der Autofahrt bedrängte der Woolf mit Überlegungen, wie er Warschauers Freilassung erwirken konnte.[43] Für Major Daniel war immer noch ein Fluch zu brechen.

Nach der Enttäuschung, dass seine Rückkehr auf die Insel nicht so vorteilhaft verlaufen war, wie er gehofft hatte, machte das rasche Auftauchen von Major Daniel Warschauer neue Hoffnung. Das Treffen war lang, herzlich und wohltuend für den Internierten, der die Begegnung als sicheres Zeichen dafür wertete, dass seine Chancen auf Freilassung plötzlich gestiegen waren. Als einer der MI5-Informanten diese Nachricht an seine Führungsoffiziere weitergab, notierte Noble: »Es ist äußerst ungünstig, dass Daniel und Warschauer aufeinandertreffen, aber vermutlich lässt es sich nicht verhindern.«[44] Doch das Gefühl, eine Schonfrist zu erhalten, sollte bei dem Spion nur kurze Zeit andauern.

Am 19. November 1944 schrieb Echen ihrem Mann einen Brief. In den letzten vier Jahren hatte sie ihn nur in Gefangenschaft gesehen, und das unter immer größerem Leidensdruck. Doch trotz aller Berichte über seine Verfehlungen liebte Echen Ludwig Warschauer, den Mann, dem sie ihr Leben verdankte, das Leben ihrer Kinder und das ihrer Eltern. Seit dem Vorfall in der London Oratory School wusste sie aber, dass die Freiheit ihrer Familie sehr teuer erkauft worden war. Vielleicht hätte Echen den Schlag jeder neuen Enthüllung über die Vergangenheit ihres Manns wegstecken können und vielleicht sogar den furchtbaren Trick mit der verschluckten Rasierklinge, aber Warschauers fehlende Bereitschaft, seine Schuld einzugestehen und etwas zu ändern, hatte nach vier Jahren der Anstrengung ihre Lage unhaltbar gemacht. »Lieber Lutz«, schrieb sie ihm.

Zugegeben, jeder hat Gegner, aber ich kann nicht glauben, dass es ehrliche Menschen gibt, die nur Gegner und Verleumder haben. Ich bin nach und nach zu dem Schluss gekommen, dass du nicht einen Freund hast. Und ich finde niemanden, der dir blind vertraut oder auf dein Wort zählt, wenn er dich wirklich kennt … Ich habe alles Menschenmögliche getan, um dir zu einem neuen, anständigen Leben zu verhelfen, obwohl ich das Gefühl habe, dass ich gar nicht von allen Vorwürfen gegen dich weiß.

Nach einem langen und furchtbaren Kampf und, glaube mir, vielen schlaflosen Nächten ist mir klar geworden, dass ich vor einem Problem stehe, das für mich unlösbar ist. Ich hatte gehofft, diese letzten Jahre … hätten dir den Mut zur Ehrlichkeit gegeben. Stattdessen gibst du die Schuld nur immer anderen … In Brixton hast du mich angefleht, dir keine bösen Briefe mehr zu schreiben; ich will versuchen, allen Gefühlen der Bitterkeit zu widerstehen. Dennoch muss ich dir heute einfach wieder sagen, wie furchtbar ich um deinetwegen gelitten habe und immer noch leide … Heute sehe ich keine Möglichkeit mehr, dass du dich veränderst, denn das hätten die letzten vier Jahre wirklich bewerkstelligen müssen.
Als wir einander kennenlernten, versprachst du mir, du würdest meine Eltern, die Kinder und mich aus Deutschland herausbringen, und du hast dein Versprechen gehalten, und ich muss sagen, dass auch ich mein Versprechen gehalten und nichts unversucht gelassen habe, um dir zu helfen …
Ich flehe dich an, nicht eine weitere Ungerechtigkeit zu begehen und zu glauben, dass ich nun plötzlich deine Gegnerin oder Verleumderin geworden bin. Es würde mich freuen, sollte ich eines Tages hören, dass du es geschafft hast, ein aufrechtes und ehrbares Leben zu führen. Ich kann dir nicht mehr helfen. Ich bin wahrhaftig zu müde wegen dieser so bitteren Enttäuschung und allem dem, was ich deinetwegen durchmachen musste. Dennoch – und das sollst du nicht vergessen – werde ich nie vergessen, was du für die Kinder, für meine Eltern und für mich getan hast.[45]

Echens auf Deutsch verfasster Brief erreichte Warschauer nicht sofort. Nach der Lektüre leitete sein Arzt den Brief an Major Woolf weiter, begleitet von einer Notiz, die im Brief enthaltene Botschaft werde sich auf seinen Patienten wahrscheinlich äußerst negativ auswirken.[46] Doch der Entschluss, ihm den Brief vorzuenthalten, ging nach hinten los. Nach ihrem Scheidungsantrag hörte Echen auf, ihrem Mann zu schreiben.[47] Als der ohne Erklärung plötzlich keine Briefe mehr von ihr bekam, reagierte er darauf mit »Weinkrämpfen«, »Gedächtnisverlust«,

»anhaltender Schlaflosigkeit … und Halluzinationen von bevorstehenden Feuersbrünsten«.

Aufgrund dieser Reaktion händigten die Ärzte Warschauer Echens letzten Brief doch aus. Die Nachricht von seiner Frau verschlimmerte Warschauers Leiden. Im Falcon Cliff Hospital verlor er durch Erbrechen in einer Woche fast 5 Kilogramm Gewicht.[48] Am 18. Dezember 1944 schrieb Warschauer in seinem typischen melodramatischen Gestus einen Brief ans Ausländeramt im Innenministerium, in dem er feststellte, ohne seine Frau sei sein Leben »wertlos«. Er sollte freigelassen und in die gefährlichsten Viertel Londons geschickt werden.

»Es wäre mir eine Freude, sollte das Schicksal es mir erlauben, in der Pflichterfüllung gegen die Nazis umzukommen und so meinen Namen reinzuwaschen.«[49]

Danach schrieb Warschauer einen Brief an den Papst und bat um die Entsendung eines Priesters in seine Zelle, damit er zum Katholizismus konvertieren könne. Er schrieb ausführlich über seine Hingabe an Echen, deren Liebe er, wie er behauptet, »unter dem Einfluss der grausamen Außenwelt« verloren habe. Vielleicht in der Hoffnung, die Kirche werde auf Echen einwirken, bei ihrem Mann zu bleiben, legte er dem Brief ihre private Adresse bei.

»Ob krank oder gesund«, schrieb Noble vom MI5, »Warschauer läuft zu voller Form auf.«[50]

Für Echen war die Beziehung beendet. Es war eine Entscheidung, die Craufurd und Noble insgeheim für »höchstwahrscheinlich richtig« hielten. Für Echen aber war damit nicht nur das Ende dieser Beziehung besiegelt, sondern das Ende jeder Ehe. Nach der Scheidung sollte sie zu ihren Töchtern sagen, sie habe Lutz nur geheiratet, weil er über einen gewissen Einfluss verfügte, der ihnen vielleicht die Flucht aus Deutschland sichern könnte. Beide Mädchen wussten, dass das nicht stimmte und dass Echen zumindest zu Anfang der Ehe sehr verliebt gewesen war. Jetzt, mit 41 Jahren, verschloss sie jeden Teil ihres Herzens, der in den Strapazen des vergangenen Jahrzehnts noch für die Möglichkeit einer längeren Beziehung offen war. Es sollte noch ein paar Flirts und vergängliche Romanzen geben,[51] aber nie wieder würde sie heiraten oder mit einem Mann zusammenleben.[52]

Ganz ließ sie auch nicht von ihm ab. Als der Besitz ihres Mannes aus dem Lager in ihre Wohnung geliefert wurde, hängte sie sein von Schwitters gemaltes Porträt ins Vorderzimmer. Erst als Warschauer das Ende der Ehe akzeptiert[53] und sie hatte wissen lassen, dass er das Gemälde zurückhaben wollte, hängte sie es ab, verpackte es und schickte es per Post nach Deutschland.[54]

XXII.

Der letzte Prozess

Im März 1944, also neun Monate vor Echens Brief, waren die letzten 172 Internierten aus dem Hutchinson ins Peveril Camp verlegt worden. Ab November 1944 diente Hutchinson als Kriegsgefangenenlager und wurde nach Kriegsende im August 1945 schließlich geschlossen. Weitere drei Monate vergingen, bis die Beschlagnahmung der Räumlichkeiten offiziell beendet wurde. Während dieser Zeit wurde die Einrichtung repariert und überholt,[1] die Wände gestrichen und die Verdunkelungsfolie, in die so viele Internierte ihre Bilder geritzt hatten, von den Fenstern gezogen und gekratzt. Das Lebensmittellager wurde aufgelöst und übrige haltbare Vorräte umverteilt; so bekam jeder Laden auf der Insel eine kleine Ration Reis für Reispudding zugeteilt.[2]

Zwar wollten die meisten der ehemaligen Internierten der Insel für immer den Rücken kehren, doch einige kamen auch wieder. Im Juli 1945, zwei Monate nach der Kapitulation Deutschlands, besuchte Marjan Rawicz die Insel und spielte ein Konzert – das erste von über einem Dutzend Auftritte in den folgenden Monaten und Jahren; beworben wurde es als das »erste Starkonzert auf der Isle of Man seit dem Krieg.«

Diesmal trennte kein Stacheldraht den Pianisten von seinem Konzertpartner Walter Landauer. Eine Kritik beschrieb den Auftritt als »höchsten Gipfel der Perfektion«.[3] Unerwähnt blieb in diesem und allen weiteren Zeitungsartikeln, dass beide Männer einst als Gefangene auf der Insel eingesessen hatten oder dass Rawicz an der Hutchinson Camp University einen Abschluss abgelegt hatte.

Auch Professor Gerhard Bersu – der Archäologe, der seine Mitinternierten für eine Ausgrabung in die Hügel mitgenommen hatte – kehrte nach seiner Internierung mit seiner Frau zurück, diesmal als Ehepaar und in Freiheit. In Zusammenarbeit mit dem Manx Museum leitete Bersu Ausgrabungen an verschiedenen Stätten der Insel, darunter Ballakaighen und Balladoole nahe Castletown. Da es keine Internierten mehr gab, die ihre Muskelkraft zur Verfügung stellen konnten, überzeugte Bersu Flieger des RAF-Stützpunkts Jurby, ihm zur Hand zu gehen.[4]

Am Montag, den 26. November 1945, übergab das Militär die Häuser am Hutchinson Square wieder den Eigentümern, die fünf Jahre zuvor ihren Besitz auf den Dachböden verstaut hatten und ausgezogen waren.[5] Lokalreporter begleiteten die Einwohner in das ehemalige Lager. Die Anlage war erfreulich gut in Schuss. Die zentral gelegene Grünfläche war von internierten Gärtnern gut gepflegt worden, und während das Lautsprechersystem, das die Häuser mit einem Mikrofon in der Kommandantur verband, entfernt worden war, entdeckten die Einwohner, dass ihr Besitz mit elektrischer Heizung, Duschbädern und Umkleiden ausgerüstet worden war.[6]

Die Gemälde, Radierungen, Skulpturen und Wandbilder, die die Wände in den Häusern geschmückt hatten, waren alle weg – zumindest wirkte das so auf die Journalisten, die zum ersten Mal hereinschauen durften. Der einzige Gegenstand, der gemäß der offiziellen Bestandsliste fehlte, war ein altes Klavier, das auf unerklärliche Weise verschwunden blieb.

Für Bertha Bracey brachten das Kriegsende und die Schließung der NS-Konzentrationslager neue und drängende Gelegenheiten, die zu Unrecht Eingesperrten zu unterstützen. Sieben Jahre war es her, dass sie mit dem Plan an die Regierung herangetreten war, nach den Ereignissen der Reichspogromnacht 10 000 Flüchtlingskinder aufzunehmen. Jetzt legten Bertha und ihr Freund und Mitstreiter Otto Schiff ein neues Programm auf, um Waisenkinder bis zum Alter von 16 Jahren,[7] die das Martyrium der NS-Lager überlebt hatten, nach Großbritannien zu bringen.

Um Geld und Aufmerksamkeit der Regierung wurde vielfach gerungen: Kriegsgefangene mussten heimgeholt, Truppen umverteilt und Soldatenfrauen versorgt werden. Sir Alexander Maxwell, der ständige Vertreter des Innenministers, schrieb an seinen Vorgesetzten, er »hätte gerne Pläne verhindert, weitere Flüchtlinge nach Großbritannien zu bringen«. Allerdings war Maxwell auch weitsichtig genug, um zu erkennen, dass der Plan zugleich eine Gelegenheit war, für gute Presse zu sorgen, insbesondere nach dem Skandal um die Internierung.

»Mit Sicherheit wird dieser Vorschlag, sich um Kinder zu kümmern, beim Publikum [viel] Sympathie wecken«, schrieb er.

Die Regierung bewilligte also den Plan von Bracey und Schiff, allerdings unter der Voraussetzung, dass nicht mehr als 1000 Kinder kommen würden und dass keines von ihnen an Tuberkulose erkrankt war. Der Aufenthalt sollte auf maximal zwei Jahre begrenzt bleiben, und die Kinder sollten in Heimen wohnen, bis sie nach Australien, Palästina oder in ein anderes Land emigrieren konnten.[8] Angesichts des Bedarfs war das ein lächerlich kleines Angebot, aber Bertha sah darin immerhin eine zweite Chance, den Kindern zu helfen, die aus welchem Grund auch immer den Kindertransport verpasst und den Krieg dennoch überlebt hatten.

Anfangs sah es so aus, als wären sie zu spät dran. Entweder gab es keine überlebenden Kinder, oder sie waren bereits in andere Länder gebracht worden, die die Aufnahme von Überlebenden schneller bewilligt hatten.[9] Außerdem stellte sich die Frage nach der Logistik: Wie ließ sich eine so große Gruppe so weit transportieren? Während die Wochen vergingen und immer mehr über die Gräuel der Konzentrationslager bekannt wurde, wuchs bei Bracey der Unmut, verlängerte diese Trödelei doch das Leid der Kinder, die den Todeslagern entkommen waren, nur um sich im Behördenchaos zu verheddern.

Im Sommer 1945 begleitete sie Leonard Montefiore, Mitbegründer der Wiener Holocaust Library, ins Kriegsministerium.[10] Mit ihrer routinierten freundlichen, aber unnachgiebigen Überzeugungsarbeit erwirkten Montefiore[11] und sie, dass das Ministerium ihnen für die Evakuierung zehn Lancaster Bomber zur Verfügung stellte.[12] Die MG-Türme sollten entfernt werden, um genug Raum für Passagiere zu schaffen. Es war genau der richtige Zeitpunkt: Das Kriegsministerium musste Mitglieder der tschechischen Luftwaffe, die in England gestrandet waren, in die Tschechoslowakei zurückbringen.[13] Die Flugzeuge konnten also die Männer nach Prag ausfliegen und dort eine Gruppe Waisenkinder aufnehmen, die das Lager Theresienstadt überlebt hatten, um sie auf dem Rückflug nach England zu bringen.[14]

Zwar war das Lager bereits Wochen zuvor durch russische Streitkräfte befreit worden, doch als die Bomber aus England aufbrachen, war Theresienstadt immer noch die reinste Hölle. Überlebende aus näher an der Ostfront gelegenen Lagern waren hierher transportiert worden und vermischten sich nun mit den ausgemergelten Alteingesessenen; ihre Köpfe wirkten wegen der Unterernährung übertrieben groß, ihre Körper waren kalt, ihre gestreiften Anzüge schlotterten, und sie hatten sich aus Streifen von Sackleinen, die sie sich mit Schnüren um die Füße banden, notdürftige Schuhe gebastelt.[15] Als die Retter im Lager eintrafen, herrschte dort gerade eine Fleckfieberepidemie.

»Die Leute starben wie die Fliegen«, sagte Moniek Goldberg, eines der Kinder, das für den Rettungsflug nach England ausgewählt wurde. »Viele hatten Durchfall und waren zu schwach, um die Latrinen zu benutzen. Wir konnten kaum die Lebenden von den Toten unterscheiden. Aber am schlimmsten war der Gestank. Es war einfach unerträglich.«[16]

Das Rote Kreuz war zwar rasch mit Nahrung und Kleidung für die Überlebenden zur Stelle gewesen, aber auch diese Hilfe war nicht ganz ungefährlich. Viele, die Jahre des Mangels überlebt hatten, starben jetzt vom Überfluss; ihre Körper waren nicht in der Lage, die plötzlich so reichhaltig dargebotenen Kalorien zu verarbeiten.[17]

Eingerichtet hatten die Nazis das Ghetto am 24. November 1941 als jüdische Siedlung für deutsche, österreichische und tschechische Juden über 65 Jahre, Veteranen des Ersten Weltkriegs und bekannte Vertreter des kulturellen und politischen Lebens. Gleichzeitig hatte es als Transitlager gedient, ein Auffanglager für Juden auf dem Weg in die Vernichtungslager im Osten. Mit ständig 35 000 Insassen war das Ghetto völlig überbelegt, die sanitäre Lage war untragbar, die Wasserversorgung ungenügend und die Essensrationen nicht ausreichend. Dennoch gab es zwischen Theresienstadt und dem Hutchinson Camp auch einige Ähnlichkeiten.

Wie in Hutchinson sorgte auch in Theresienstadt die hohe Dichte gebildeter Insassen für ein überproportional reiches kulturelles Leben. Künstler, Dichter, Philosophen, Schriftsteller, Musiker, Professoren und Naturwissenschaftler – alle prägten über ihre jeweiligen Medien das Leben im Lager. So wie Ahrends und Hinrichsen für Hutchinson das Vortragsprogramm auf die Beine gestellt hatten, hielten und hörten die Häftlinge in Theresienstadt über 2000 Vorträge zu ähnlich breitgefächerten Themen.[18] Wie in Hutchinson gab es im Lager eine Leihbibliothek, Schauspieler spielten Theater und Musiker gaben Konzerte, darunter eine Aufführung von Verdis *Messa da Requiem.*

Doch anders als in Hutchinson, wo das kulturelle Leben vor allem florierte, weil der Kommandant das wollte und sogar stolz darauf war, wurde das intellektuelle und künstlerische Leben in Theresienstadt zu Propagandazwecken gefördert; man wollte ein Vorzeigeghetto, einen vorgeblichen Nachweis für die Milde des NS-Regimes gegenüber älteren Juden. Als am 23. Juni 1944 drei Vertreter des Roten Kreuzes auf einer vorab festgelegten Route durch das Lager tourten, verwiesen ihre Führer auf die kulturellen Aktivitäten im Lager, während die Gefangenen auf Fragen der Inspektoren vorgegebene Antworten zu geben hatten.[19] Als die Inspektoren wieder weg waren, wurden die Gefangenen, die der Delegation begegnet waren, umgebracht, um die Fiktion zu verschleiern.

Am 11. August 1945 fuhren die Kinder, die für die Reise nach England ausgewählt worden waren[20] – die meisten von ihnen hatten im Holocaust ihre Familien verloren –, mit dem Zug auf der Linie Dresden-Prag von Theresienstadt nach Prag; es war dieselbe Zugstrecke, über die noch wenige Monate vorher die Todeszüge gerollt waren.[21] Wegen stürmischen Wetters waren die Flugzeuge verspätet, weshalb die Kinder in einem Hotel an der Belgická-Straße untergebracht wurden. Drei Tage später stellten sie sich im Prager Stadtzentrum für ein Abschiedsfoto auf, dann fuhren sie mit dem Bus zum Flughafen Ruzyně westlich der Stadt.

In der sommerlichen Morgenhitze querte eine Gruppe von 305 Überlebenden – darunter 40 Mädchen, 30 jüngere Kinder zwischen drei und zwölf Jahren und ein blinder Passagier[22] – das versengte Gras des Flugfelds zu den imposanten Bombern, die sie davontragen würden.[23]

Die Kinder saßen direkt auf dem hämmernden Fußboden und aßen quadratische Scheiben Weißbrot, manche reckten die Köpfe, um durch die Plexiglasabdeckung des MG-Turms unter sich das Land verschwinden zu sehen. Nach einem kurzen Tankstopp auf einem Flugplatz in Holland, wo die Kinder Schokolade und Orangen bekamen,[24] landete das Flugzeug in Crosby-on-Eden, einem Militärflugplatz vor den Toren von Lancaster.

Eine aufgeregte Gruppe erwartete die Kinder, als sie die Flugzeuge verließen. Außer Berthas Kollege Leonard Montefiore waren da Zollbeamte, Vertreter des Gesundheitsministeriums, Geheimdienstler vom MI5 und Journalisten. Trotz dieses massiven Empfangs beschrieb eines der Kinder die Ankunft als Übergang »von der Hölle ins Paradies«.[25]

Die Überlebenden fuhren zu einer zeitweiligen Unterkunft im Calgarth Estate zwischen Troutbeck Bridge und dem Windermere-See im nordenglischen Lake District. Die Kinder hatten ähnlich extreme und lang andauernde Traumata durchgemacht wie Frontsoldaten. Harry Olmer etwa, der sich auf das Flugzeug retten konnte, indem er den Namen eines anderen Jungen annahm, der abgesprungen war, hatte mit angesehen, wie Dutzende Männer hingerichtet wurden; einer war in einer Munitionsfabrik direkt neben ihm erschossen worden.[26] Da man nicht wusste, wie diese Traumata sich auswirken würden oder wie die Kinder am besten zu versorgen waren, beauftragten die Behörden den Psychologen Oscar Friedmann, sich um die Kinder zu kümmern.

Friedmann arbeitete im Bloomsbury House an der Seite von Bertha Bracey; wie Peter Midgley war er selbst als Zehnjähriger in ein Berliner Waisenhaus gekommen. Er arbeitete als Leiter einer Reformschule und floh kurz vor Kriegsbeginn aus Deutschland nach Großbritannien. Entscheidend für die Genesung war es laut Friedmann, den Kindern so viele Freiheiten zu geben wie möglich. Er ordnete an, dass es keine Regeln geben sollte, die sich nicht einfach erklären ließen. Bei seinen Schutzbefohlenen genoss er den uneingeschränkten Ruf, vertrauenswürdig und gerecht zu sein.

»Friedmann hat immer sein Wort gehalten«, sagte einer.[27]

Die Methode des Psychologen fußte nicht nur auf seiner Berufsausbildung und seiner Erfahrung. Er wusste genau, was es bedeutete, von zu Hause weggerissen zu werden und in einem Zustand der Verwirrung und Verstörtheit hinter Stacheldraht zu leben. In Deutschland hatte er eine Zeit lang im KZ Sachsenhausen eingesessen, wo ein Wachmann ihn verprügelte, sodass er im Gesicht teilweise gelähmt blieb.[28] Über eine andere Hafterfahrung sprach Friedmann weniger bereitwillig: Nach seiner Flucht nach England verlor er im Sommer 1940 noch einmal seine Freiheit, als die Polizei ihn verhaftete und internierte.[29]

Seit Bertha Bracey im April 1933 das Germany Emergency Committee mitbegründet hatte, hatte sie sich dafür eingesetzt, Tausende Flüchtlinge aus Lebensgefahr zu retten, ihnen Arbeit und ein Dach über dem Kopf zu verschaffen, die Lebensbedingungen der Internierten zu verbessern und Menschen wie Friedmann zu unterstützen, dem sie geholfen hatte, anderen zu helfen. Still und bescheiden lebte sie bis zu ihrem Tod 1989 in aller Zurückgezogenheit, und das einzige Denkmal für ihre Arbeit wurde eine Skulptur von Naomi Blake, einer Holocaust-Überlebenden, im Hof des Friends House.

Der Krieg war zu Ende, und zum ersten Mal, seit er 16 war, stand Peter Midgley im zerbombten Berlin und musterte eine Stadt, die mit der, aus der er vor sieben Jahren geflohen war, keine Ähnlichkeit mehr hatte. Gebäude waren verschwunden, Denkmäler waren gestürzt; Ruß und Staub der Schutthaufen mischten sich mit dem Regenwasser zu einem zähen schwarzen Brei, der an den Schuhsohlen kleben blieb.[30]

Während seiner Anreise einen Monat zuvor war der junge Künstler an Leichen vorbeigekommen, die am Straßenrand lagen, menschlichen Überresten, die ihm den letzten Rest seines Glaubens nahmen. Wenn er gehofft hatte, in Berlin einen Aufschub der Zerstörung zu erleben, täuschte er sich. Die Stadt im Sommer 1945 war von britischen Bomben unkenntlich gemacht, nachdem durch die Vertreibung der meisten Juden bereits zuvor ein tiefgreifender ethnografischer Wandel erfolgt war. Peter war im Mai eingetroffen – »zurück auf Feld eins«, wie er sagte[31] –, als gerade die Rote Armee in die Stadt einzog. Diesen Platz in der ersten Reihe hatte ihm sein Geschick als Übersetzer in Warth Mills eingebracht; in der deutschen Hauptstadt sollte er nun bei politischen Besprechungen dolmetschen, Zeitungen übersetzen und bei der Sicherstellung von Akten helfen, die die Alliierten als Beweismittel für künftige Kriegsverbrecherprozesse zu retten suchten.

Der Berg an administrativer Arbeit inmitten der Not einer zerstörten Stadt war in seinem Ausmaß unermesslich – zumal die Aufsicht über die Aufräumaktionen immer zwischen Großbritannien, Frankreich, Russland und den Vereinigten Staaten ausgehandelt werden musste. Dennoch fand Peter in seiner knappen Freizeit Gelegenheit, die Orte seiner Kindheit aufzusuchen.

Als Erstes ging er in die Schönhauser Allee zum Auerbach'schen Waisenhaus, das er zuletzt am Morgen des Tages gesehen hatte, an dem ihn ein Zug aus der Stadt wegbrachte. Die Turnhalle, in der die Waisenkinder am Sprungpferd geturnt hatten, das Kutschenhaus unten im Garten, wo sie im Winter das Eis aus den Becken hackten, die kleine Synagoge mit dem tückischen Gashahn: alles war zerstört und verschwunden. In Trümmer gelegt hatte die Anlage ein Bombenangriff der Alliierten im Winter 1943, aber die systematische Zerschlagung des Waisenhauses hatte schon vorher begonnen.

Am 19. Oktober 1942 deportierte der 21. Osttransport 959 Menschen aus der deutschen Hauptstadt ins lettische Riga. Darunter befanden sich knapp 60 Kinder aus dem Auerbach'schen Waisenhaus zwischen 2 und 16 Jahren, außerdem drei ihrer Betreuer.[32] Im nahegelegenen Wald von Rumbula ermordete die SS alle Mitglieder dieser Gruppe. Einen Monat später verließ ein weiterer Zug Berlin, der 23. Osttransport. Unter den 998 Passagieren waren 75 Kinder im Alter zwischen 10 Monaten und 16 Jahren, auch die übrigen Auerbach-Kinder. Dieser Zug fuhr nach Auschwitz. Es überlebte niemand.[33]

In seiner britischen Uniform fuhr Peter als Nächstes in den Süden der Stadt zu dem Bauernhaus der Haushälterin seines Großvaters, in dessen Keller er sich vor sieben Jahren versteckt hatte. Er erschien unangemeldet in Dahlewitz, das jetzt von sowjetischen Truppen besetzt war. Er klopfte an der Tür der Haushälterin, ohne zu wissen, ob sie tot oder lebendig war. Die Tür ging auf, und die beiden lagen sich in den Armen. Doch die Lage war verzweifelt. Die Russen hatten alles genommen – in ihren Augen als Reparation für das Leid, das die Deutschen über ihr Land gebracht hatten. Als Peter ankam, briet Elisabeth gerade Kartoffeln in Schuhcreme.[34]

Wertgegenstände, die Peter in Elisabeths Garten vergraben hatte, waren von Anwohnern gefunden und ausgegraben worden. Peter war überwältigt von Dankbarkeit und Zuneigung, und das Gefühl, schwer in Elisabeths Schuld zu stehen, trieb ihn zum Handeln. Zurück in seiner Unterkunft in der Stadt, beantragte Peter einen kurzen Urlaub und fuhr nach England, um dort für Elisabeth Nahrungsmittel zu besorgen. Als er zurückkam, hatten die Russen Ost-Berlin übernommen, und Peter konnte nicht mehr in seiner Uniform nach Dahlewitz fahren. Also verkleidete er sich als Bauer und fuhr ohne die notwendigen Passierscheine mit dem Zug; an beiden Wagentüren platzierte er Komplizen, die nach Militärs Ausschau halten sollten. Peter kam durch und beglich seine Schuld.

Zu jeder Zeit seines Erwachsenenalters waren Peter Midgleys Pläne von den Wirbeln der Geschichte durchkreuzt worden. Doch bald sollte alles, was er sich seit seiner Kindheit im Auerbach'schen Waisenhaus erträumt hatte, wahr werden. Er wurde ins Royal College of Art aufgenommen. Mit Bestnoten machte er dort als Jahrgangsbester seinen Abschluss und erhielt das begehrte Rom-Stipendium des Colleges. Er wurde professioneller Künstler und sicherte sich Aufträge von britischen Behörden wie dem Arbeitsministerium, dem Ministerium für Landwirtschaft und Fischerei sowie von renommierten Institutionen wie den Universitäten Oxford, Warwick und York und der Royal Navy-Basis im schottischen Faslane.

Seine Arbeit sollte weltweit ausgestellt werden, vom Londoner Victoria and Albert Museum bis zum Edinburgh Festival in Schottland; die Krönung waren drei Jahrzehnte später Retrospektiven in seiner Heimatstadt Berlin sowie im Barbican Centre in seiner Wahlheimat London.

Peter sollte ein lebhafter, energischer und mitreißender Lehrer werden, der für eine Schachtel Zigaretten immer gern einen Studierenden in seinem Renault 4 mitnahm. Zeit seines Lebens unterrichtete er an der Beckenham School of Art und gab dort an die nächste Generation britischer Künstler jede der Lektionen weiter, die seine verehrten Patrone im Hutchinson Camp ihm beigebracht hatten: Er zeigte ihnen, wie man Farben herstellte und mischte, genau wie Kurt Schwitters es ihm einst zeigte.

»Mir war schnell klar, dass er etwas ganz Besonderes war«, erzählt sein früherer Schüler Nigel Mac-Fall. »Peter ist wahrscheinlich der am stärksten unterbewertete Künstler der Welt.«[35]

Graham Stewart, ein weiterer Schüler, sollte später bei Peter und seiner Frau Doreen, ebenfalls Künstlerin, wohnen.

»Er war winzig, spitzbübisch, mit langen Haaren und dicker Brille, und trug immer ein dunkelbraunes Cordsakko mit einer Tabakdose in der Tasche«, erinnert er sich. »Er war unglaublich schwungvoll und fuhr uns häufig an: ›Herrje, das hier ist *euer Leben*. Ihr müsst euch mit Leib und Seele der Kunst hingeben‹« – und diese Maxime wiederholten Graham und seine Freunde auf dem gesamten Campus, wobei sie stets Peters Akzent imitierten.[36]

Bei den Midgleys herrschte stets eine herzliche, gastfreundliche Boheme-Stimmung, in der sich die Gerüche von Ölfarben, Zigarettenrauch und heißem Kaffee mischten; eine Kanne köchelte immer auf dem Ofen. Doreen wirkte beruhigend auf den erregbaren Peter, wenn sie im gemeinsamen Haus neben dem Küchentisch an ihrer Staffelei saß. Wenn sie sich langweilte, wurden die Pinselstriche ausladender, und dann fing Doreen an, Bäume und Blumen bis auf die Wände zu malen, genau wie Schwitters einst den Flur im Bürogebäude des Lagers verziert hatte.

Peters Kunst belegte das Vorderzimmer im ersten Stock, ein Durcheinander aus Pinseln, Töpfen, Leinwänden, Brettern und Zeitungsfetzen. Die Kunst war allgegenwärtig. Eines Abends schlug Peters Sohn Gerald aus Frust darüber, dass ihm keiner zuhörte, zu stark an eine der Milchglasscheiben in der Tür der gemeinsamen Toilette. Als Graham am nächsten Morgen nach unten kam, stellte er fest, dass das Loch mit einem aus einer Zeitschrift herausgeschnittenen Foto von Botticellis *Geburt der Venus* zugeklebt worden war.

Graham sollte ein ausgezeichneter Möbeldesigner werden und belieferte Ausstattungshäuser wie Harrods, John Lewis und Heal's.

»Peter hatte«, so gestand Graham später, »den größten Einfluss auf mein Leben.«

Doch bevor es zu alldem kam, hatte Peter Midgley noch eine letzte Aufgabe in seiner komplizierten Kriegsgeschichte zu erfüllen.

Er verabschiedete sich von Elisabeth und dem Bauernhaus, das sie ihm später in ihrem Testament vererben sollte, und machte sich auf den Weg nach Nürnberg.

Eine Woche bevor die Besitzer in ihre Häuser am Hutchinson Square zurückkehrten, traf Peter Midgley als Dolmetscher bei dem Nürnberger Gericht ein, vor dem die hochrangigsten überlebenden Vertreter der NS-Elite sich vor einer aufgebrachten Welt für ihre Taten verantworten mussten.

Peter war nicht der einzige Ehemalige aus Hutchinson bei diesem Prozess, der am 20. November 1945 eröffnet wurde. Der Cartoonist Joseph Otto Flatter, der kurz vor Weihnachten 1940 aus dem Hutchinson Camp entlassen worden war und fortan für das Informationsministerium gearbeitet hatte, freute sich darauf, während des Prozesses persönlich die Männer zeichnen zu können, die er in den letzten Jahren karikiert hatte.

»Ich wollte sie in Fleisch und Blut sehen«, sagte er. »Ich betrat einen riesigen Saal und sah die Angeklagten dort wie Lämmer in zwei Reihen sitzen. Ich hatte Mitleid mit ihnen.«[37]

Mit einem Fernglas beobachtete Flatter die Angeklagten auf ihrer Bank. Im Gerichtssaal machte er schnelle Skizzen, die er abends zu vollständigeren Zeichnungen und Aquarellen ausarbeitete.

In seiner Rolle als Dolmetscher saß Peter näher am Geschehen. Wenn er den Gerichtssaal betrat, konnte er jedem Nazi klar ins Gesicht sehen. Die Angeklagten waren nach ihrem Rang eingestuft worden und wurden gemäß der Sitzordnung hereingeführt. Als Erster kam der gedrungene, wachsbleiche Hermann Göring, auf dem als Hitlers »zweitem Mann« die schwerste Anklage lastete. Auf ihn folgte Rudolf Heß. Heß, der 1933 zum stellvertretenden Parteiführer ernannt worden war, unternahm 1941 im Alleingang einen Flug nach Schottland in dem waghalsigen Versuch, auf eigene Faust einen Friedensschluss mit Großbritannien auszuhandeln. Nach einer Bruchlandung auf einem Bauernhof südlich von Glasgow wurde er gefangengenommen und belegte als einziger Insasse das Camp Z in der befestigten Landvilla Mytchett Place in Surrey,[38] bevor er für den Prozess nach Nürnberg gebracht wurde. Als Nächster sollte Robert Ley eintreten, der brutale Leiter der Deutschen Arbeitsfront; allerdings war es ihm vier Wochen zuvor gelungen, sich in seiner Zelle zu erhängen.

Dann betrat, nunmehr als dritter, der vierte Mann in der Hackordnung den Gerichtssaal. Mit seiner hageren Gestalt wirkte er viel älter als seine 52 Jahre.[39] Trotzdem war es unverkennbar der, mit dem Peter als kleiner Junge im Weinkeller der Kempinski-Gaststätten Verstecken gespielt hatte: der vom Weinhändler zum deutschen Außenminister avancierte Joachim von Ribbentrop.[40]

Der Prozess dauerte beinahe ein Jahr. Am 1. Oktober 1946 wurde von Ribbentrop der Verfolgung einer verbrecherischen Politik für schuldig befunden, insbesondere im Zusammenhang mit der Vernichtung der Juden. So hatte von Ribbentrop etwa im Dezember 1942 in Frankreich die Veröffentlichung des Buchs *L'Affaire Grynszpan* angeordnet; es behandelte den jungen Juden Herschel Grynszpan, der in die deutsche Botschaft in Paris eingedrungen war, wo er den Diplomaten Ernst vom Rath erschoss und damit den Zündfunken für die Reichspogromnacht, den Holocaust und in gewissem Sinn auch die Internierung von über 20 000 Juden in Großbritannien und vor allem auf der Isle of Man lieferte. Von Ribbentrop wollte mit seinem Buch klarmachen, dass »die jüdischen Drahtzieher hinter dem Mord es auf den Frieden in Europa abgesehen« hatten.[41]

Das Nürnberger Gericht befand, von Ribbentrop habe rückhaltlos an Verbrechen gegen den Frieden, Kriegsverbrechen und Verbrechen gegen die Menschlichkeit mitgewirkt.[42]

Sechzehn Tage später ging der ehemalige Weinhändler an der Spitze einer Prozession von zehn überlebenden Häftlingen – darunter Julius Streicher, der ehemalige Nürnberger Stadtrat und NSDAP-Gauleiter von Mittelfranken, den die sanftmütige Bertha Bracey einmal als »unerträglich« bezeichnete – in die Gefängnisturnhalle, wo ihn der Tod durch den Strang erwartete.

»Mein letzter Wunsch ist«, so erklarte von Ribbentrop, bevor der Henker ihm eine schwarze Kapuze über den Kopf zog, »dass Deutschland seine Einheit wiederfindet, dass eine Verständigung zwischen Ost und West zustande kommt und Frieden in der Welt regieren möge.« Es dauerte 15 Minuten, bis er am Strang verstarb.

Am 3. Mai 1947 kehrte Peter Midgley nach Großbritannien zurück. Zwei Monate später verließ er das Militär im Rang eines Staff Sergeant (Oberfeldwebel) – endlich war er befreit vom Krieg und dem Minenfeld seines Nachspiels: Jetzt würde er ein so oft auf später verschobenes Leben beginnen.[43] Er besuchte Echen, die aufs Neue den Familiennamen ihres ersten Ehemanns angenommen und damit ihre Verbindung zu Ludwig Warschauer unsichtbar gemacht hatte.[44] Sie hatte ihren Mann verloren und vielleicht auch ihren Geschmack für die Liebe, aber sie entschied sich, in dem Land zu bleiben, das ihr und ihren Kindern

Zuflucht geboten hatte. Im Dezember 1948 erlangte sie die britische Staatsangehörigkeit.

Trotz eines flehenden Briefes an das Kriegsministerium, in dem Ludwig Warschauer die Repatriierung als »gegen jedes Menschenrecht« gerichtet bezeichnete,[45] wiesen die Behörden Echens Ex-Ehemann im Dezember 1945 aus. Während in Großbritannien sein Spionageauftrag aufgedeckt worden war, lieferte ihm die Internierung in Deutschland ein robustes Alibi für seine Aktivitäten während des Kriegs. Innerhalb eines Jahres arbeitete sich Warschauer laut MI5-Akten zum Direktor eines Elektrizitätswerks in Hamburg vor, wo ihm mehr als 14 000 Arbeiter unterstanden.[46]

Obwohl Echens ältere Tochter Anita es ihrer Mutter übelnahm, dass sie sie erneut von einer Vaterfigur trennte, verschwieg Echen ihren Kindern zeitlebens die Vorwürfe gegen Warschauer. Sie begriffen nie, warum sie einen Mann verlassen hatte, der sie so glücklich gemacht hatte.

Seit Kurt Schwitters vom Tod seiner Frau erfahren hatte, ging es mit seiner Gesundheit weiter bergab. Aus ärmlichen Verhältnissen verließ er mit Wantee London und zog sich nach Ambleside im Lake District zurück, nur wenige Meilen entfernt von dem Lager für deutsche Kriegsgefangene, POW Camp 1 in Grizedale Hall. Eine letzte berufliche Gnadenfrist erhielt er in Form einer Zahlung von 1000 Dollar durch das New Yorker Museum of Modern Art für die Neugestaltung seines *Merzbaus* – jener raumfüllenden skulpturalen Collage aus zusammengetragenen Objekten, die Schwitters in Hannover gebaut hatte und die 1943 in einem Bombenangriff der Alliierten zerstört worden war. Im MoMA war man der Meinung, dieser Verlust sollte für die Geschichte wiedergutgemacht werden.

Verzückt suchte sich Schwitters eine ausgediente Scheune, in der früher Schießpulver gelagert worden war, und begann sie mit Stücken von Seil und Schnur zu füllen, mit Flaschen, Muscheln, Holzstücken, einem Kinderball und der Brause einer Gießkanne, ganz wie in seinem Dachboden in Hutchinson. Der Künstler arbeitete schnell, als gelte es eine Deadline einzuhalten. Und dann, mitten während der Arbeit, zwang die fortschreitende Krankheit Schwitters ins Bett. Er starb am 8. Januar 1948, noch bevor er sein Kunstwerk fertigstellen konnte.

In der Lokalzeitung erschien ein kurzer Nachruf, unter einem Artikel über zwei Hunde, die während einer Fuchsjagd zu Tode gekommen waren.[47] Am Tag seiner Beerdigung meldete sich der Dorfpolizist mit der Nachricht, sein Antrag auf Einbürgerung sei bewilligt worden: Kurt Schwitters war jetzt offiziell britischer Staatsbürger. Die nationale Anerkennung ging einher mit einer lokalen Zurückweisung: Der Pfarrer der Kirche, bei der Schwitters beerdigt werden sollte, lehnte die letzte Bitte des Künstlers ab, sein Grab mit einer seiner Skulpturen zu schmücken. Das gehöre sich nicht, sagte der Pfarrer.

Drei Jahre zuvor hatte in London die Dichterin Joyce Parker (die später den im Hutchinson Camp von Alpträumen verfolgten Künstler Erich Kahn heiratete) einen Tag mit Schwitters und Wantee verbracht. Bei einem Spaziergang über den Treidelpfad an der Themse betraten sie einmal eine Kirche, wo Schwitters Wantee feierlich küsste.

»Seine Hingabe an sie war immer sehr deutlich sichtbar, es lag eine charmante Würde darin, sehr schön anzusehen«, schrieb Joyce später.

Als die drei auf dem Pfad weitergingen, rezitierte Schwitters seine Gedichte, genau wie früher im Künstlercafé und im neuen Saal im Hutchinson Camp.

»Wenn ich tot bin«, sagte er ganz unerwartet, »werde ich ein berühmter Mann, und meine Werke werden sich teuer verkaufen.«[48]

Es dauerte einige Jahre, bis seine gewagte Prophezeiung sich bewahrheitete. Als Schwitters' Name schließlich immer bekannter wurde und immer mehr Anerkennung fand, entdeckte eine Hausbesitzerin auf der Insel eine Serie Zeichnungen unter der Tapete ihrer Esszimmerwand. Obwohl ihr Haus in Peel lag, also am anderen Ende der Insel, auf der Schwitters interniert gewesen war, behauptete die Besitzerin, die Zeichnungen stammten ganz bestimmt von dem am meisten gefeierten Künstler des Hutchinson Camps.

»Solange das Waldick House steht«, schrieb ein Lokaljournalist, der ganz offenbar wenig Ahnung hatte von Schwitters, seiner Arbeit oder auch nur den Grundlagen des Faktenchecks, über die zweifelhafte Entdeckung, »bleibt eine Verbindung von dieser Insel zu dem deutschen Künstler, der … die Gesellschaft mit seinen Theorien bedrängte und reuelos und unverziehen in Einsamkeit starb.«[49]

Das Gebäude, das tatsächlich eine physische Verbindung zwischen den Künstlern von Hutchinson und der Insel darstellte – der im Herbst 1940 am Hutchinson Square erbaute neue Saal, der zahllose Theater- und Kabarettaufführungen, Konzerte, Gottesdienste sowie bei Schwitters' Gedichteabenden zerbrochene Untertassen erlebt hatte –, blieb nicht lange stehen.

Die dauerhaften Bewohner des Hutchinson Square konnten wenig anfangen mit dem eher kleinen Bühnensaal, der zwischen ihren Häusern herumstand. Am 26. April 1946 wurde das Gebäude zur Versteigerung angeboten.[50] Der »Backstein-Konzertsaal«, wie das Objekt beschrieben wurde, sollte nie wieder seinem ursprünglichen Zweck dienen: Die Ausschreibung enthielt die Bedingung, dass der Käufer die Struktur innerhalb von zwei Monaten nach dem Erwerb niederzureißen hatte. So purzelten im Sommer 1946 die Backsteine und zerstörten damit das einzige physische Zeugnis dafür, dass der Hutchinson Square eine Zeit lang die unwahrscheinlichste, außergewöhnlichste Gefangenenbevölkerung aller Zeiten beherbergt hatte.

Schlussbetrachtung

Zwischen seiner Eröffnung am 13. Juli 1940 und der Schließung wurden mindestens 2000 Männer im Hutchinson Camp festgehalten. Die meisten Gefangenen klassifizierte die britische Regierung als Flüchtlinge vor NS-Verfolgung, die als Schutzsuchende nach Großbritannien gekommen waren – nur um als Gegenstand übereifrigen Misstrauens festgesetzt zu werden.

Wie pervers dieser Vorgang war, zeigte sich, als Tausende dieser Männer sich zum Kampf gegen Hitler dem britischen Heer anschlossen, nachdem die Regierung 1942 ehemaligen Internierten den Eintritt in Kampfeinheiten erlaubt hatte – unter anderem im Special Air Service, bei den Commandos und der Special Operations Executive, dem Royal Navy Royal Armoured Corps, der Royal Artillery und dem Parachute Regiment. Viele Ehemalige aus Hutchinson befanden sich auch unter den 4000 Internierten, die zum Pioneer Corps gingen und im Juni 1944 bei der Landung in der Normandie mitwirkten; so etwa Herbert Weil aus Haus 3[1] und sein Freund Hans Arenstein,[2] der mit einem Kindertransport nach Großbritannien gekommen war und später als Mitglied des 47 Royal Marine Commandos ums Leben kam.[3]

Insassen, die zum Kämpfen zu alt oder zu krank waren, fanden andere Wege, sich einzubringen. Der Optiker Horst Archenhold entwarf das Periskop, mit dem die Duplex Drive Sherman-Panzer für den D-Day als Amphibienfahrzeuge ausgestattet wurden.[4] Joseph Otto Flatter zeichnete Cartoons für Propagandaflugblätter des Verteidigungsministeriums, von denen als Teil einer Kampagne über 2 Milliarden über Deutschland abgeworfen wurden, um bei den feindlichen Soldaten Kampfmüdigkeit und Streit zu säen (»Für mich waren meine Karikaturen ein Ersatz für Bomben und Granaten«, sagte er).[5] Andere Ehemalige aus dem Hutchinson Camp engagierten sich auch für Versöhnung und Frieden. Dr. Arthur Bratu, der in Hutchinson den »Cercle Français« verantwortete, arbeitete in den Entnazifizierungsprozessen der Nachkriegszeit als Staatsanwalt. Das Informationsministerium engagierte Dr. Walter Zander, den Autor, der für den depressiven Dirigenten Leo Wurmser Notenlinien zeichnete, um durch Großbritannien zu reisen und Soldaten über Antisemitismus aufzuklären.[6]

In den folgenden Jahrzehnten leisteten viele ehemalige Insassen des Hutchinson Camps wertvolle Beiträge für die britische Kultur, die von diesen nach Großbritannien geflüchteten Künstler und Denker, Architekten und Musiker erheblich beeinflusst wurde. Eine überwältigende Zahl derer, die das Land als »feindliche Ausländer« interniert hatte, blieben nach dem Krieg in Großbritannien, etwa Eduardo Paolozzi, einer der Väter der britischen Pop Art, der Nobelpreisträger Max Perutz, der internationale Richter Sir Michael Kerr, der Dirigent Peter Gellhorn und der Violinist Norbert Brainin, Gründer des Amadeus-Quartetts; drei der vier Mitglieder dieses Ensembles waren einander als Internierte auf der Insel begegnet.

Ehemalige Internierte trugen zur Kosmopolitisierung und Professionalisierung der Kunst bei, indem sie wegweisende Kunstgalerien und Theater gründeten oder zu führenden Vertretern von Grafikdesign, Werbung, Verlagswesen und Architektur avancierten. Mit ihrer Gegenwart trugen sie zur Zerschlagung des Konservatismus der bildenden Künste bei, den Schwitters nach dem Ersten Weltkrieg in Großbritannien konstatiert hatte – der Kunsthistoriker Edward Lucie-Smith sprach von einer »trägen Zeit«.[7] Ausstellungen von Immigrantenkünstlern, von denen viele in Hutchinson waren, beeinflussten Henry Moore, Ben Nicholson, Francis Bacon und später Howard Hodgkin, David Hockney und Peter Blake.

Künstler wie Hellmuth Weissenborn und Peter Midgley beeinflussten über ihre Dozenturen an prominenten Kunstschulen neue Generationen britischer Künstler. Und obwohl Bruno Ahrends, der modernistische Architekt sowie Ideengeber und Kurator der Kulturabteilung im Lager, drei Jahre nach Kriegsende starb, blieb sein Erbe ebenfalls präsent. Sowohl sein Sohn Steffan als auch sein Enkel Peter traten beruflich in seine Fußstapfen. Als Mitbegründer des gefeierten Büros Ahrends, Burton and Koralek entwarf Peter Gebäude für die Oxford University, das Trinity College Dublin und die britische Botschaft in Moskau; das wohl bekannteste Projekt war sein Entwurf für den Erweiterungsbau der National Gallery an der Londoner South Bank, den der heutige König Charles in einer berühmt gewordenen Äußerung als »monströses Karbunkel« bezeichnete. Von der Glyndebourne Opera bis zum Edinburgh Festival wirkten die Beiträge dieser und Hunderter anderer ehemaliger Internierter, von denen viele als Flüchtlinge nach Großbritannien gekommen waren, weit über ihr eigenes Leben hinaus.

Das totalitäre Regime hatte die Männer in seiner Anfangsphase zu Außenseitern gemacht, und die Internierung hatte diesen Status noch unterstrichen. Beschämt über ihren Akzent, ihre Namen und ihre Geschichte bemühten sich diese Männer, sich nach der Freilassung so schnell wie möglich zu integrieren und zu assimilieren, viele von ihnen anglisierten auch ihren Namen.[8] Otto Patriasz, ein im Hutchinson Camp internierter Drucker, nahm den wohlklingenden Namen Oliver Pond an; Rudolf Stensch wurde zu Ronald Stent; Karl Gebhardt, der unglücklicherweise denselben Namen trug wie der NS-Arzt, der in Ravensbrück und Auschwitz chirurgische Experimente an Häftlingen durchführte, wurde der aufrechte Charles Sheppard.

Das Bestreben, nach vorne zu blicken und sich in Großbritannien ein neues Leben aufzubauen, hatte allerdings auch einen Verdrängungseffekt. In seiner Autobiografie *The Making of an Englishman* – allein schon der Titel zeugt vom Bedürfnis des Flüchtlings nach Zugehörigkeit – widmete Fred Uhlman der Internierung nur einen kurzen Abschnitt. Insgesamt behielten die Männer ihre Geschichten größtenteils für sich. Im Dezember 1941 wurde in London als Benefizveranstaltung für Internierte ein Theaterstück mit dem Titel *Eine Reise nach Castralien* aufgeführt, das in einem Internierungscamp auf der fiktiven Insel Castralien spielte und den dort ansässigen Stamm *Homo detentus* in Szene setzte. In der österreichischen Exilzeitschrift war über die Produktion zu lesen, die Bevölkerung praktiziere Kunst und Wissenschaft, vor allem Malerei und Dichtung.[9] Neben dem deutschsprachigen Roman *Die Welt in der Nussschale* (1956) des Autors Richard Friedenthal ist das Stück das einzige bekannte literarische Werk, das explizit im Hutchinson Camp angesiedelt ist.

Um ihre Vergangenheit noch weiter zu vertuschen, erwähnten viele Internierte ihre Erlebnisse nur in Gesellschaft anderer Ehemaliger. Eine Zeile aus Schwitters' *Ursonate* wurde zum Losungswort, an dem einstige Internierte einander erkannten.

Der erste grüßte mit: »*Lanke trr gll …*«

Der andere antwortete: »Pe pe pe pe pe«, »Züüka« oder »Ooka«.[10]

Trotz der widrigen physischen und psychologischen Bedingungen blieben vielen der Internierten vom Hutchinson Camp angenehme Erinnerungen an diese merkwürdigen, emotional aufwühlenden Monate hinter dem Zaun. Das Lager offenbarte nicht nur die Unbezwingbarkeit des menschlichen Geists, sondern auch den künstlerischen Ausdrucksdrang unter allen Umständen. Bis Ende 1941 hatten die Internierten aus Hutchinson Kunstwerke produziert, mit denen sich ganze Galerien hätten füllen lassen.

Die Internierung wirkte als Gleichmacher. Der Professor putzte sich die Zähne neben dem Studenten, der Archäologe grub neben dem Landarbeiter. Klassen- und Bildungsunterschiede waren nicht komplett aufgehoben, aber sie wirkten sich weniger stark aus; eine Zeit lang stießen Welten zusammen, und diese Kollision schlug unerwartete Funken. Noch bei der Freilassung eines Gefangenen hatten die Internierten ein Bewusstsein dafür, dass das Hutchinson Camp ganz abgesehen von den schmerzlichen Umständen, die sie ins Lager gebracht hatten, für jeden der Männer vielleicht doch einen wichtigen Lebensabschnitt darstellte. Als der Maler Erich Kahn freikam, widmeten die anderen Künstler aus Hutchinson ihm folgende Verse:

Now, when you leave the barbed wire
The slave returns to be a Squire
You furious entered – don't be impenitent
For here it was that you grew eminent.

Wenn du jetzt den Stacheldraht verlässt
Wird der Sklave wieder zum Gutsherrn
Du kamst in Wut – sei nicht uneinsichtig
Denn hier erst wurdest du berühmt.[11]

Ganz sicher zog manch einer aus der Internierung im Hutchinson Camp später berufliche Vorteile. So wurden im Lager dauerhafte geschäftliche Beziehungen geknüpft. Der Kunsthändler Siegfried Oppenheimer wurde der Agent von Erich Kahn, während Schriftsteller wie der erste Herausgeber von *The Camp*, Michel Corvin (alias Leo Freund) und Ronald Stent später Bücher schrieben, die von Lagerfreunden verlegt wurden – Hellmuth Weissenborn, dem Gründer von Acorn Press, und André Deutsch, der den gleichnamigen Verlag gründete.

Auch die verschworene Gemeinschaft, die sich im Künstlercafé herausgebildet hatte, hatte Bestand. Noch lange nach Kriegsende trafen sich die ehemaligen Mitglieder ein- oder zweimal im Monat im Café Maison Bertaux im Londoner Stadtteil Soho oder in Paul Hamanns Atelier in St John's Wood und schwelgten in Erinnerungen.[12] Manche hatten Zeichnungen und Gemälde ihrer Freunde und Kollegen an den Wänden ihrer Wohnungen hängen, eine persönliche Erinnerung an die unwahrscheinlichen Früchte ihrer Zeit in Gefangenschaft.[13]

Jahre später überlegte Klaus Hinrichsen, ob die Internierung wohl Kunstwerke inspiriert hatte, die sonst nicht entstanden wären. Er kam zu dem Schluss, dass Uhlman ohne Hutchinson wohl nie das kraftvolle Bild des Kinds mit Ballon entwickelt hätte, wenn er nicht von der Geburt seiner Tochter ausgeschlossen gewesen wäre. Genauso wenig hätte

Kahn in einer Vorahnung des Holocausts »eine angsterfüllte Zeichnung nach der anderen« fertigen können, »hätte er nicht täglich Gruppen deprimierter und niedergeschlagener Männer aneinandergedrängt auf dem Lagerrasen hocken sehen«; und auch Ahrends hätte nicht seine utopischen Pläne zu einer Neugestaltung der Isle of Man mit futuristischen gläsernen Hochhäusern und Hotels erdenken können.

In einem Brief an Freunde schrieb Ludwig Meidner, er habe »nie so lebhafte Porträts geschaffen« wie während seiner Internierung.[14] Für Kurt Schwitters kam Hinrichsen zu dem Schluss, die Internierung habe ihn »in eine neue Phase seiner abstrakten Arbeit eintreten lassen«.[15]

»Und für einen 19-jährigen Jungen«, ergänzte Hinrichsen, »wurde die Zeit im Hutchinson Camp bestimmend für sein ganzes späteres Leben. Sein Kindheitstraum war es gewesen, Künstler zu werden ... Und Hutchinson gab ihm diese Chance.« Ohne die Internierung hätte Peter Fleischmann nicht von Schwitters gelernt, Farben zu mischen und herzustellen, nicht von Weissenborn, die Perspektive zu beurteilen, und nicht von Hamann, Skulpturen zu formen. Seine Zeit im Hutchinson Camp legte in ihm den Keim für eine nie versiegende Liebe zur Kunst und für den Glauben an seine Fähigkeit, den menschlichen Geist zu befreien.

»Alles Gute, was mir passiert ist, war ein Ergebnis meiner Zeit hier«, erklärte er bis an sein Lebensende. Dieser Meinung waren auch seine Freunde und Mitinternierten. Als Peter 1991 im Alter von 69 Jahren starb, urteilte Klaus Hinrichsen in seiner Grabrede wie folgt: »Durch seine Kunst überwand Peter das Trauma seiner Jugend und erhob sich über sein Unglück.« Ohne Hutchinson wäre Peter Fleischmann wohl kaum zu Peter Midgley geworden, dem Mitglied der Royal Academy.

Die künstlerischen, literarischen und erzieherischen Aktivitäten, die das Leben in Hutchinson prägten, waren in den meisten britischen Internierungslagern verbreitet, wenngleich sie sonst nirgends ein ähnliches Niveau in Qualität, Produktivität und Organisation erreichten wie rund um den Rasenplatz im Camp »P«. Alle waren willkommen, Vorträge zu halten oder sich künstlerisch zu betätigen, egal, welcher

Klasse oder welchem Beruf sie entstammten – »Es war egal, ob jemand zur Arbeiterklasse gehörte oder nicht, solange er nur über Dichtung reden konnte oder sich mit Shakespeare auskannte«, formulierte es Uhlman[16] –, aber nicht alle nahmen tatsächlich teil.

Es gab auch die, die endlos Karten oder Poker spielten oder reglos Zigarren rauchten, »bis die nächste Ladung Lebensmittelpakete eintraf«. Wer sich entschied, mitzuwirken, wurde freilich reich belohnt. Hellmuth Weissenborn sprach von einem »Mirakel menschlichen Lebenswillens« angesichts der Tatsache, wie schnell das Lager sich »in eine Art Hochschule verwandelte«,[17] und zwar, so befand Uhlman, »in die beste …, die ich je besucht habe.«

Das kulturelle Leben erleichterte es den Insassen des Hutchinson Camps, den Freiheitsentzug zu ertragen, und das nicht nur für diejenigen, die bereits in ihrem Fach etabliert waren, sondern auch für die, die auf diesem Wege ungeahnte Talente erst entdeckten oder neue Interessen entwickelten. Auch eine utilitaristische Funktion hatten diese Aktivitäten, halfen sie doch nicht nur die Moral der Teilnehmer aufrechtzuerhalten, sondern auch ihre Würde. Außerdem war das Kulturprogramm eine nützliche Ablenkung. So stolz Hinrichsen darauf war, das kulturelle Erwachen in Hutchinson mitverfolgt zu haben, vergaß er doch nie das ursprüngliche Ziel »all dieser hektischen Betriebsamkeit«: Sie war »ein Hilfsmittel, um sich abzulenken von der allgegenwärtigen Wut …, Angst … und Seelenpein«.[18]

Trotz der unerwarteten Vorteile, die die Internierung ihm verschaffte, beschrieb der Holzschnittmeister Hellmuth Weissenborn seine Zeit im Hutchinson Camp als »eine einzige Qual«.[19] In einem Brief an seine Eltern nannte Helmuth Mirauer – er war Medizinstudent und Mitglied der Theatergruppe in Hutchinson – die Internierungspolitik der Regierung »dumm, gefährlich und furchtbar«[20] und erklärte, er habe durch diese Episode »nicht wiedergutzumachenden Schaden« davongetragen.[21]

Nur wenige gingen so weit wie ein ehemaliger Internierter, der die britische Internierungspolitik als »Kriegsverbrechen« einstufte,[22] aber es lässt sich nicht leugnen, dass die hastigen Maßnahmen tausenden

Menschen Unglück und Leid auferlegten, die bereits an der Last ihrer Flucht aus ihrem früheren Leben in Deutschland trugen und sich in einigen Fällen gar bis zum Suizid treiben ließen. Bis Dezember 1943, dem Zeitpunkt, mit dem die erhaltenen offiziellen Dokumente enden, waren in britischen Lagern nicht weniger als 71 Internierte verstorben, daneben 40 in kanadischen und australischen Lagern; Ursache dafür war entweder Selbstmord, Krankheit oder die körperliche Belastung beim Transport.[23] Zu 56 dieser Todesfälle kam es auf der Isle of Man.[24]

Bertha Braceys Kollegin Margaret Collyer, die in das Frauenlager auf der Insel zog, erklärte später: »Das schöne Wetter und … die fröhliche Oberfläche der Dinge … ließ kaum ahnen, was dahinter lag: schwere Sorge um Angehörige, ein Gefühl von Ungerechtigkeit bei der plötzlichen Internierung, das immer wieder aufkommende Gefühl der Bedrohung, die Inkompatibilität von … Juden und Nazis, das Fehlen von Geld, Besitz und Arbeit.«[25]

Und obwohl Peter Midgleys Leben von den Menschen, denen er während der Internierung begegnete, völlig verwandelt wurde, löste die Zeit im Lager auch Gefühle von Abweisung und Verlassenheit aus, die ihn sein Leben lang im Traum verfolgten. Ein- oder zweimal im Jahr hatte er den immer gleichen Alptraum: Er war wieder im Lager. Alle um ihn herum wurden freigelassen, bis schließlich Peter der Letzte war, der dortblieb, mutterseelenallein.[26]

Es gab nicht die eine gemeinsame Internierungserfahrung, weder allgemein gesprochen noch spezifisch im Hutchinson Camp. Wie man sich zur Internierung positionierte, unterschied sich je nach Alter, Temperament, Lebenserfahrung, Freundschaften (oder ihrem Fehlen) im Lager und je nachdem, wie stark die Einzelnen in der Gesellschaft draußen engagiert waren.

So führte Klaus Hinrichsen zwar im Detail Buch über seine Zeit in Hutchinson, aber er war eben nur ein einzelner junger Mann in einer großen, vielfältigen Gemeinschaft, und seine Erfahrungen waren weder universell noch allwissend. Nicht einmal in sich selbst war seine Sicht auf die Dinge konsistent. Während der Internierung strotzen Hinrichsens Briefe an seine Verlobte Gretel vor Wut und Frust (der zum Teil auch der Frau galt, die seine Gattin werden sollte, weil ihre »Einmischung« in die Petitionen an die Behörden, so fürchtete Hinrichsen, seine Entlassungschancen torpedierte). Was Hinrichsen aber in späteren Jahren über seine Zeit in Hutchinson schreibt, strahlt dagegen von offensichtlicher Befriedigung, dort gewesen zu sein, in dem Lager, wo alles geschah. Und nicht nur bei Hinrichsen änderte sich die Perspektive.

»Im Rückblick verschieben sich die Proportionen«, schreibt der Journalist Hans Jaeger. »Das Happy End wirft ein versöhnliches Licht auf alles, was einst so schwarz wirkte … Man hört auf, über die Frage zu diskutieren, ob das alles nötig war.«[27]

In einem Brief von 1945 beschreibt der Oxford-Professor Paul Jacobsthal seine Zeit in Hutchinson als »eine angenehm ruhige Auszeit«[28] – ein scharfer Gegensatz zu einem Tagebucheintrag aus dem Lager, in dem er seine Internierung platt als »Trauma« bezeichnete.[29] Uhlmans Zeichnungen aus Hutchinson geben einen unbeschönigten Blick auf den geistigen Zustand eines Internierten. Dunkle Himmel, ein Kind am Galgen, skeletthafte Gestalten, die durch eine stürmische See rudern: lauter Motive der Niedergeschlagenheit. Ähnlich finden sich in Uhlmans Tagebuch aus dem Lager zahllose knappe Berichte von dunklen Tagen (1. Oktober: »Schlechter Tag. Grauer Himmel. Angst vor dem Winter«; 11. Oktober: »Schwer bedrückt«; 19. Oktober: »Andauernde Depression«; 17. Dezember: »Furchtbarer Tag«).

1979 dagegen hatte sich Uhlmans Einschätzung erheblich aufgehellt.

»Im Rückblick betrachtet, hätte man nicht so deprimiert sein sollen«, sagte er. »Man hätte sich klarmachen müssen, dass eben Krieg herrschte und dass wir in gewisser Hinsicht sogar privilegiert waren … Verglichen mit dem Leid anderer Menschen war es großartig.«[30]

Im Nachhinein erkannten viele der Internierten vom Hutchinson Camp an, dass sie bequem und sicher untergebracht waren; abgesehen von den kriminellen Machenschaften in Warth Mills zeigte sich durch ihre meistens gute Behandlung, dass die Ungerechtigkeit der britischen Internierungslager sich vorteilhaft von der grauenhaften Wirklichkeit der NS-Konzentrationslager abhob – in all ihren Einzelheiten wurde die ja erst nach Kriegsende allmählich bekannt. Schließlich war die ganze Maßnahme der Internierung von Angst motiviert und nicht von Hass.

Die meisten Internierten der Insel relativierten ihr eigenes Leid, als sie nach dem Krieg mit den Ausmaßen der Shoah konfrontiert waren. Es ging nicht an, sich über eine kurze Verurteilung zum Internierungslager zu beschweren, wenn Freunde und Angehörige in die Vernichtungslager geschickt worden waren. Natürlich blieb auch das Schuldgefühl der Überlebenden nicht aus. Uhlman erfuhr später, dass seine beiden Eltern in den Todeskammern von Theresienstadt umgekommen waren, während seine Schwester auf dem Weg nach Auschwitz sich selbst und ihrem Baby das Leben nahm.[31] Zeit kombiniert mit Erkenntnis brachte neue Perspektiven; Uhlmans Blick auf seine persönliche Tortur musste zwangsläufig milder werden.

Und doch sollte man die Internierung nicht ausschließlich im Vergleich zum Holocaust bewerten. Jede Regierung muss ihre humanitären Verpflichtungen gegen die nationalen Sicherheitsinteressen abwägen. Geflüchtete NS-Verfolgte als »feindliche Ausländer« einzustufen, war eine Einladung an die Populisten, ihre Verachtung und ihren Hass auf die zu richten, die in Kriegszeiten am stärksten auf Mitgefühl angewiesen waren, und stellte ein moralisches Scheitern auf nationaler Ebene dar. Als der Unterhaus-Abgeordnete Reginald Sorensen am 29. Mai 1940 fragte, welcher Prozentsatz von Flüchtlingen vor NS-Verfolgung nachweislich feindselige Akte vollführt hatte, musste ein Sprecher der Regierung einräumen, dass kein einziger bewiesen war.[32] Dass man systematisch die bereits Geschwächten sowohl gesetzlich als auch sprachlich als Fremde brandmarkte, ist ein Makel – eine »befleckte Seite«, wie Major Cazalet damals sagte – in Großbritanniens Kriegsgeschichte.

Viele Internierte hatten Mühe, nach ihrer Freilassung Arbeit zu finden, weil Arbeitgeber sich nur ungern auf Männer und Frauen einließen, die der Staat meinte internieren zu müssen – und das obwohl ebendieser Staat betonte, eine vorausgegangene Internierung sollte die Betroffenen nicht stigmatisieren.[33] Auch die Doppelung der Traumata von Exil und Internierung wirkte sich zuweilen längerfristig negativ aus. Erich Kahn, den der eminente Kunstkritiker Professor J. P. Hodin als »zweifellos einen der besten Künstler des Landes« bezeichnete, war nicht in der Lage, zu seiner früheren vielversprechenden Veranlagung zurückzufinden, und kümmerte im Verborgenen vor sich hin: ein markanter Vertreter der sogenannten »verlorenen Generation« von Künstlern im Europa des frühen 20. Jahrhunderts. Mit Sicherheit war er nicht der einzige internierte Künstler, der sein volles Potenzial und seine künstlerische Wirkung später nicht mehr entfalten konnte.

Dem Wachpersonal in Hutchinson brachten die Jahre auf der Insel Erinnerungen und Nachwirkungen auf verschiedenen Ebenen. Captain Jurgensen kehrte nach dem Krieg nach London zurück und arbeitete bei der Post. Als ihr Angestellter erhielt er 1947 die britische Staatsbürgerschaft.[34] Ein Jahr später wurde, wie die *London Gazette* am 19. März 1948 vermeldete, Captain Jurgensen vom Intelligence Corps mit der King Haakon VII Liberty Medal ausgezeichnet.[35]

Keine solche Anerkennung gab es für den Kommandanten des Hutchinson Camps, Hubert Daniel, der am 30. September 1947 einen Brief vom Kriegsministerium erhielt: »Ihre Meldung zur Arbeitslosigkeit ist alternativlos.«[36] Für Daniel, der seine Karriere als Lieutenant colonel (Oberstleutnant) beendete, bedeuteten die Jahre auf der Insel (wo er 1945 als stellvertretender Kommandant für alle Insellager und im folgenden Jahr in der Leitungsfunktion tätig war)[37] einen Höhepunkt, mit dem er später in seinem Leben nie wieder gleichziehen sollte. Er starb mit 64 Jahren am Silvestertag 1955. Ein kurzer Nachruf in der *West Sussex Gazette* lässt seine Zeit auf der Isle of Man unerwähnt und hält nur fest, dass er Mitglied des Kricketclubs und des Gartenbaukomitees war und »immer bereit, zu helfen, wo er nur konnte«.[38]

Diese knappe, banale Anerkennung hätte doch bei den Künstlern des Hutchinson Camps Anklang gefunden, die nie vergessen konnten, mit welcher Freundlichkeit ihnen dieser lächelnde Reklamefachmann mit der rosa Nase entgegentrat. Bevor der letzte Künstler 1941 das Hutchinson Camp verließ, überreichte die Gruppe Daniel eine Mappe mit Kunstwerken, die alle im Lager entstanden waren. Dazu gehörten Stücke von Georg Ehrlich, Hermann Fechenbach, Paul Hamann, Erich Kahn, Ernst Müller-Blensdorf, Fred Uhlman, Hellmuth Weissenborn und anderen.[39] Kurt Schwitters lieferte die Titelseite, ein untypisch sentimentales Aquarell vom Lager, Tribut an den Kommandanten, der seinen Künstlern Raum, Material und Zuspruch gegeben hatte und, wie seine bedauerliche Beziehung zu Warschauer zeigte, übermäßig offenherzig war.

Merlin Scott, der junge Second Lieutenant, dessen Augenzeugenbericht von der grausamen Behandlung der Internierten beim Betreten der HMT Dunera vielen Italienern, Deutschen und Österreichern die Deportation ersparte, kam am 9. Mai 1941 während des ersten britischen Vorstoßes nach Libyen in Halfaya ums Leben.[40] Am selben Tag kamen mindestens fünf Internierte aus Hutchinson frei, was sie zum Teil Scotts Brief verdankten.

Das verbreitete Widerstreben der Internierten, ihre Erlebnisse anzusprechen oder zu beklagen, führte zu einer freundlichen Schönfärberei, aufgrund derer die Episode der Internierung im breiteren Geschichtsbewusstsein außen vor blieb. Ihren Teil dazu leistete daneben die Haltung aufeinanderfolgender Regierungen, die sich nie für die Behandlung der Internierten durch den Staat entschuldigten, für den Kummer und die furchtbare Not, die diese Politik ihren Angehörigen auferlegte, oder für die Ereignisse, die zu der vorhersehbaren Tragödie der Arandora Star führten, einem der Schiffsunglücke mit den meisten Toten im gesamten Zweiten Weltkrieg.

Nur ein einziger Satz von Sir John Anderson, den er am 22. August 1940 im Unterhaus aussprach, Monate bevor die meisten Insassen des Hutchinson Camps freikamen, kommt einem Schuldeingeständnis zumindest halbwegs nahe: »Es sind bedauerliche und erbärmliche Dinge geschehen«, sagte er, als wären die Grausamkeiten der Internierung das Ergebnis einer Naturkatastrophe und nicht eine Folge freier, verfehlter Entscheidungen.

Das Durcheinander und die Grausamkeit der Internierung rüttelt unangenehm am vorherrschenden historischen Narrativ von Großbritanniens Rolle im Zweiten Weltkrieg: dem von einer geeinten, mutigen Nation, die einen gerechten Krieg führt, um die Verfolgten zu verteidigen. Vielleicht liegt es daran, dass historische Forschung zur Internierung lange von einer Kultur der Verschwiegenheit über relevante amtliche Dokumente erschwert wurde. Zwar ist ein Teil des Materials über die Internierung inzwischen freigegeben, doch bis heute ist der Zugriff auf einige Papiere streng reglementiert, andere gingen angeblich verloren oder wurden zerstört – und so blieb die Internierung stets ein Thema außerhalb der dominanten Geschichtsschreibung.

»Es hat Ungerechtigkeiten gegeben, die nie wiedergutgemacht werden können«, hieß es in einem Brief, der im August 1940 in *The Spectator* abgedruckt wurde. Von Seiten der britischen Behörden hat es nicht einmal einen Versuch gegeben, den Schaden wiedergutzumachen. Im Gegensatz dazu gab im Mai 2021 der kanadische Premierminister Justin Trudeau eine formale Entschuldigung an die 32 000 Italo-Kanadier heraus, die im Zweiten Weltkrieg zu »feindlichen Ausländern« erklärt worden waren – 600 von ihnen kamen in Internierungslager.

»Hunderte Italo-Kanadier wurden aus dem einfachen Grund interniert, dass sie italienischer Herkunft waren«, sagte der Abgeordnete Angelo Iacono vor dem kanadischen Unterhaus. »Eltern wurden aus den Häusern geholt, Kinder blieben in vielen Fällen ohne ihren Vater und Familien ohne Einkommen, um Essen auf den Tisch zu bringen. Lebensläufe und Karrieren, Unternehmen und Reputationen wurden unterbrochen und ruiniert, und niemand wurde dafür verantwortlich gemacht.«[41]

In Großbritannien gab es bisher noch keine solche Entschuldigung dafür, dass man gescheitert war mit einer Unterscheidung zwischen Flüchtlingen und »feindlichen Ausländern«[42]: eine amtliche Entscheidung, die neues Elend und Leid auf Individuen und Familien brachte, die bereits so viel verloren hatten.

Die Geschichte zu übersehen, bedeutet, die Verzweiflung über die Ungerechtigkeit und den Verlust zu übersehen, der Zehntausenden unschuldiger Männer und Frauen auferlegt wurde, und die banalen und andauernden Strukturen der Grausamkeit und Gleichgültigkeit zu ignorieren, die dem Leben von Menschen auf der Suche nach Zuflucht und Asyl weiterhin entgegenschlagen. Zwar benutzt die britische Regierung nicht mehr den Begriff »Internierung«, doch während des Zweiten Golfkriegs und des nebulösen »Kriegs gegen den Terror« nahm sich Großbritannien wieder das Recht, Individuen ohne Gerichtsverfahren festzuhalten lediglich aufgrund des Verdachts, sie könnten versuchen, den Feind zu unterstützen.

Staatenlose und Personen ohne Ausweispapiere, die nach Großbritannien einreisen, werden während ihres Verfahrens inhaftiert. Anders als in den meisten anderen europäischen Ländern ist diese Einwanderungsinhaftierung in Großbritannien zeitlich nicht begrenzt. Nach offiziellen Zahlen kommt die Hälfte der 24 000 Menschen, die jährlich so in Haft sitzen, auf der Suche nach Schutz vor Verfolgung. Ein Bericht im *Guardian* konstatierte 2019 eine »Misshandlung« von minderjährigen Flüchtlingen, »weil das Innenministerium und lokale Behörden sie fälschlicherweise als Erwachsene einstufen«[43] – dieselbe Fehleinstufung, die 1940 dazu führte, dass in Erwachsenenlagern ein gewisser Anteil von Kindern einsaß; der Schriftsteller François Lafitte sprach in diesem Zusammenhang von einer »monströsen Ungerechtigkeit«.

An der US-Außengrenze richtete Ex-Präsident Donald Trump Internierungslager für Immigranten ohne Papiere ein. Zwischen Mai und Juni 2019 saßen ständig über 2000 Kinder getrennt von ihren Eltern unter der Aufsicht des US-Grenzschutzes ein. Die Internierten bekamen weder genügend zu essen noch Seife oder Zahnbürsten und konnten in den überfüllten Lagern oft tagelang nicht duschen.

Der Kampf zwischen der Verantwortung eines Landes, Menschen in Not zu helfen, und dem Anspruch, die nationale Sicherheit zu gewährleisten, betrifft jede Epoche und jede Generation. Die Spannung zwischen der praktischen Notwendigkeit, Grenzen zu schützen, und der moralischen Pflicht, Bedürftigen Schutz zu bieten, berührt die politische Situation in Großbritannien, Nordamerika und anderswo bis heute in ihrem Kern. Die Gestalt des Geflüchteten, der nicht ist, wer er zu sein behauptet, stellt ein sich hartnäckig haltendes Motiv dar, das sich leicht übernehmen und benutzen lässt, um institutionelle Grausamkeit oder Übergriffigkeit zu rechtfertigen. So bleibt auch in neuem Kontext und unter veränderten Einzelheiten die Debatte dieselbe, und auch die Möglichkeit, dass die Geschichte sich wiederholt, besteht weiter, denn jede Generation muss dieselbe Frage neu beantworten: Wie weit können wir bei der rechtmäßigen Verteidigung unserer Werte gehen, ohne sie unterwegs selbst preiszugeben?

»Ich frage mich oft, ob es wieder passieren könnte«, sagte Claus Moser, ein Internierter von der Isle of Man, der später zum Chefstatistiker der britischen Regierung wurde.

> *Die schöne Antwort lautet: »Guter Gott, niemals.« Doch ich denke, es könnte sehr wohl wieder passieren. Nicht exakt unter denselben Umständen … Aber ich war zehn Jahre lang im Regierungsviertel tätig, und hin und wieder werden [Beamte] zu brutalen, überstürzten Notfallmaßnahmen gezwungen, die nicht adäquat vorbereitet wurden. Politiker regen sich furchtbar über die aktuelle Krise auf, von der sie vorher nicht gedacht haben, … dass sie wieder passieren könnte.*[44]

Nachwort

Eines Frühlingstags vor ein paar Jahren blätterte ich in einem hellbraunen Ordner im klösterlich stillen Lesesaal der National Archives im Süden Londons – ich suchte nach einer Geschichte. Gerade erst hatte ich ein Buch über eine Gruppe junger Frauen beendet, die in einem geheimen Bunker mit Hilfe eines Kriegsspiels die britische Taktik im Kampf gegen deutsche U-Boote revolutionierten. Ihre nie anerkannte Arbeit hatte zu dem entscheidenden Sieg in der richtungsweisenden Atlantikschlacht beigetragen.

Ich bin Journalist und kein Militärhistoriker, und bei dieser Geschichte ging es mir in erster Linie um die aufschlussreiche Macht des Spiels, nicht um das entsetzliche Geschäft des Kriegs. Trotzdem hatte ich gerade so viel Zeit in Gesellschaft dieser Kämpfer verbracht, dass mein Kopf nur so von U-Booten schwirrte.

Im März 1941 nahm die Royal Navy Otto Kretschmer gefangen, den berühmtesten aller »U-Boot-Asse«. Kretschmer und seine Crew wurden in ein Kriegsgefangenenlager im Lake District gebracht (wie ich später feststellen sollte, nur wenige Meilen von dem Ort entfernt, an dem Kurt Schwitters seine letzten Tage verbrachte): ein umgebautes Herrenhaus namens Grizedale Hall. Dorthin kamen so viele gefangene deutsche Marineangehörige, dass das Haus bei den Einheimischen den Beinamen »U-Boot-Hotel« erhielt. Es wurde zum Schauplatz diverser Ausbruchsversuche und anderer wenig bekannter Dramen und Gaunereien.

Das Bild von einem noblen englischen Landschloss voller deutscher Kriegsgefangener weckte meine Aufmerksamkeit. Ich stellte mir die Atmosphäre vor wie bei *Downton Abbey*, nur eben mit Nazis. Das war ein reizvoller Vergleich, aber wo lag hier die größere Geschichte? Auf der Suche nach einer Antwort war ich in die National Archives gefahren, um über britische Kriegsgefangene zu recherchieren, nicht nur in Grizedale Hall, sondern auch in weniger pittoresken Einrichtungen wie Warth Mills.

Der Ordner, der noch aus Kriegszeiten stammte, enthielt Korrespondenz über die administrativen Schwierigkeiten bei der Verlegung von Kriegsgefangenen von einem Lager ins andere, um sicherzustellen, dass eingefleischte Nazis von einfachen Soldaten getrennt blieben. Unverzichtbares, langweiliges Kriegsgedöns.

Ich blätterte eine Seite um und saß plötzlich kerzengerade. In der Mitte des Konvoluts steckte die Titelseite von etwas, das wie eine selbstgebastelte Zeitung aussah – wie ich später feststellte, die vierte Ausgabe von *The Camp*. Im Vergleich zu den trockenen Briefen und Tabellen im Rest des Ordners war dieses Dokument äußerst faszinierend. Es gab handgezeichnete Illustrationen, aufregende Besprechungen von Konzerten und Theateraufführungen, eine lange, lebhafte Beschreibung von einem Besuch im Lagerpostamt (»Man wird behandelt wie ein lange verlorener und jetzt glücklich heimgekehrter Bruder, aber ohne alle Eile …«) und eine Anzeige, die die Leser dazu aufforderte, sich für eine sogenannte »Technische Schule« anzumelden. Die Texte waren auf Englisch verfasst, und obgleich sie von Gefangenen im Krieg produziert zu sein schienen, gab es auch eine Ermahnung des Herausgebers, »allen zu sagen, dass Sie die Nazis hassen«. *Wie bitte?*

Dem Dokument lag ein Begleitschreiben eines britischen Heeresoffiziers namens Captain Daniel bei. Daniel war offenbar der Kommandant des Lagers, aus dem die Zeitung stammte. Er schien seinen Schützlingen gegenüber keineswegs misstrauisch zu sein, sondern sein Brief sprühte geradezu von seinem Stolz auf sie und ihre Leistungen. Es folgte ein zweiter Brief von einer gewissen Bertha Bracey, die zu einer

Ausstellung von Kunstwerken der Männer einlud, die, so war aus dem Brief ersichtlich, Gefangene auf der Isle of Man waren.

Wie so vielen war auch mir nur vage bewusst, dass Großbritannien während des Zweiten Weltkriegs Deutsche und Österreicher interniert hatte. Anders als die kriegsbedingte Internierung japanischstämmiger Amerikaner in den USA, die weiterhin in großem Umfang diskutiert und beklagt wird, wurde die britische Internierung von *enemy aliens* (mir missfällt der Begriff vom »feindlichen Ausländer«, weshalb ich ihn durchgehend in Anführungszeichen setze) sorgfältig vom vorherrschenden Narrativ getrennt gehalten, das sich Großbritannien über die eigene Haltung im Krieg erzählt.

Die Zeitung *The Camp* bot mir also einen Blick auf eine unvertraute, eine andere Geschichte über den Krieg, in der die angeblichen Bösen die Opfer waren und die angeblichen Helden die Täter. Das Dokument eröffnete mir einen neuen Zugang, um nicht nur alles über diese vertuschte Welt zu erfahren, sondern um zugleich eine Geschichte, eine Person zu finden, die mich durch das Thema geleiten würde.

Peter Midgley war weder der berühmteste Internierte im Hutchinson Camp noch derjenige, der am offensichtlichsten zum Protagonisten taugte. Trotzdem zog mich seine Geschichte an: seine Kindheit, seine Flucht aus Berlin, die Art und Weise, wie die etablierten Künstler im Lager ihn unter ihre Fittiche nahmen, ihn ausbildeten und ihm zur Freilassung verhalfen. Ich fand, dass Peters Geschichte das übergeordnete Thema gut erhellte. Von den Nazis zum Waisen gemacht, mit dem Kindertransport gerettet und von einem der hochrangigsten Richter Großbritanniens für unbedenklich für die nationale Sicherheit befunden, nur um später festgenommen und achtzehn Monate lang interniert zu werden – seine Geschichte ist geradezu ein Exempel für die Inkonsistenz der Regierungspolitik.

Zudem enthielt seine Geschichte diverse spannende Widersprüche: Peter schuf nicht nur Kunst, die sich aus seinem Leidensweg speiste, sondern über diese Erlebnisse fand er auch eine Berufung, eine Karriere, ja, ein Lebenswerk. Dass die Internierung für ihn Segen und

Fluch zugleich war, ersparte mir die vermeintlich zwangsläufige platte Rundumverurteilung. Peters persönliche Geschichte ist moralisch komplex, ganz wie die Geschichte der Internierung insgesamt.

Hinzu kommt hier noch ein weiteres Spannungsmoment: All die schmerzlichen, unbeantworteten Fragen über seine Eltern. Nehmen wir zum Beispiel dieses Gespräch aus einem Interview von 1978 (es gehört zu einem Oral History-Projekt, mit dem Kriegsgeschichten festgehalten werden sollten), einer der ganz wenigen erhaltenen Aufnahmen, in denen er über seine frühe Kindheit spricht.

Interviewer: Ihr Vater war ein sozialistischer Verleger …

Peter: Autor. Lassen wir es so allgemein.

Interviewer: Was geschah mit ihm und Ihrer Familie?

Peter: Ich weiß es nicht. Ich weiß nicht. Ich kann nur wiedergeben, was man mir gesagt hat. Die Familie hatte bei einer Urlaubsfahrt einen Autounfall, und alle, die im Auto waren, starben. Also sein Bruder, der die Zeitung *Die freie Meinung* herausgab, er selbst und alle anderen im Auto. Genau weiß ich es nicht.

Interviewer: In welchem Jahr war das?

Peter: Ich weiß nicht. Ich habe keine Unterlagen, weil ich in einem Waisenhaus mit Internat erzogen wurde. Die Informationen, die ich von meinem Onkel in Manchester oder meiner Tante habe, sind widersprüchlich … Also, ich weiß es nicht.

Eine solche Ansammlung von Fragezeichen kann einen Schatten auf ein gesamtes Leben werfen. Einerseits ist die Tatsache, dass Peter als Jude in NS-Deutschland seine Familie verlor, nichts Besonderes, fast schon ein Klischee. Aber nicht zu wissen, wann oder wie sie starben? Oder mit wem sie überhaupt unterwegs waren? Und wessen Geschichte man wirklich glauben sollte? Es ist eine Sache, zur Waise geworden zu sein; eine andere Sache ist es, nicht zu wissen wie. Als Peter starb, waren diese Fragen noch unbeantwortet. Ob es wohl möglich war, die Wahrheit aufzudecken? Ich wollte es wissen.

Ich kontaktierte Peters Sohn Gerald, einen renommierten Professor an der Universität von Hull. Über mehrere Monate hinweg beantwortete Gerald in seinem entzückenden South London-Akzent mit Engelsgeduld meine unendlichen Fragen und Bitten um Klarstellung.

Gerald und seine Frau Wendy erinnern sich beide bestens und besitzen obendrein eine Kiste mit Dokumenten über Peters Leben, darunter den Originalbrief der Künstler aus dem Hutchinson Camp mit der Bitte, ob sich nicht in einer Kunstschule ein Platz für ihn finden ließe. Allerdings wussten beide nichts zu Peters eigener Erzählung hinzuzufügen, was mit seinen Eltern Moritz und Alice geschehen war: Sie waren bei einem Autounfall am Wannsee gestorben, wo sie mit Peters Onkel Hugo unterwegs waren, der eine Nazi-kritische Zeitung herausgab. Wegen der suspekten Umstände bestand, so erzählten sie mir, der Verdacht, das Auto könnte manipuliert worden sein.

Nicht alle Verkehrsunfälle werden in der Zeitung erwähnt, aber wenn ein Auto in Berlins berühmtesten See fällt und all seine Insassen ertrinken? So ein Ereignis wäre doch wohl in der lokalen, wenn nicht gar in der überregionalen Presse zur Sprache gekommen? Doch solange es keine festen Daten gab, um die Suche einzugrenzen, war der Versuch, Tausende Zeitungen durchzusehen, und das noch in einer so turbulenten Phase der deutschen Presse, eine nicht zu bewältigende Aufgabe.

Ich kannte immerhin den Namen der Breslauer Zeitung, für die Peters Vater Moritz schrieb und die sein Onkel Hugo vermutlich herausgab: *Die freie Meinung*, nach eigenem Bekunden die »größte politische Wochenzeitung des Ostens«. Wenn ein suspekter Autounfall die Hälfte der Redaktion dahinraffte, würde doch wohl im eigenen Blatt davon berichtet werden?

Glücklicherweise besitzt die Universität von Wrocław in ihrem Archiv alle Ausgaben der *Freien Meinung*, von der ersten Ausgabe vom 11. Januar 1919 bis zur letzten vom 24. Dezember 1931. Könnte man wohl diese Unmengen von Zeilen in schwarzer Frakturschrift durchsehen, zwölf Jahre Journalismus – und das auf der Suche nach einem Autounfall?

Allerdings gab es da ein augenscheinliches Problem. Weder Peters Vater Moritz noch sein Onkel Hugo waren im Impressum genannt, wo jedes Druckerzeugnis die Redaktionsmitglieder und ihre Funktionen benennt. Dafür hieß einer der Herausgeber Hans Hanteda-Fleischmann. Das war ein neuer Name, der im Stammbaum der Fleischmanns, den ich inzwischen zusammenstellte, noch nirgends auftauchte. War die gesamte Geschichte etwa erfunden?

Ich suchte nach dem Namen Hans Hanteda-Fleischmann. Es gab einen Treffer, in einem Artikel von 1922 in einer rivalisierenden Zeitung, der *Breslauer Nachtpost*. Der Artikel war eine Schmähschrift aus der Feder des Breslauer Stadtrats Max Gruschwitz. Darin warf Gruschwitz Hans Hanteda-Fleischmann vor, ihn in einem diffamierenden Artikel in der *Freien Meinung* zu verleumden.

Hans Hanteda, bemerkte Gruschwitz in seinem Text, war ein Pseudonym. Der echte Name des Herausgebers lautete: Hugo Fleischmann.

Als ich die Bestätigung hatte, dass Peters Onkel tatsächlich Breslaus schlüpfrigste Zeitung herausgab, machte ich mich daran, in jeder Wochenausgabe das Impressum zu prüfen. Stimmte die Geschichte über den Unfall am See, dann musste ab diesem Zeitpunkt der Name Hans Hanteda als Herausgeber der Zeitung verschwunden sein.

Es dauerte nur wenige Stunden, bis ich herausgefunden hatte, wann die Herausgeberschaft der Zeitung gewechselt hatte: am 18. Oktober 1930. Nach dem Grund musste ich nicht lange suchen. Die Geschichte stand auf dem Titelblatt:

> *Hans Hanteda-Fleischmann tödlich verunglückt*
> *Hanteda-Fleischmann ist nicht mehr: Am Mittwoch, den 15. d. Mts., auf seiner Urlaubsreise ins Riesengebirge, wo er einige Tage bei einem Freunde ausspannen wollte, starb er. In der Nähe des Dorfes Nimmersatt, Kreis Bolkenhain, verlor der Führer des Wagens in einer gefährlichen Kurve die Herrschaft über die Maschine. Das Auto überschlug sich zweimal.*
> *Hans Hanteda-Fleischmann wurde so schwer verletzt, daß er um 11 Uhr nachts starb.*

Wenn das der Unfall war, von dem Peter seit seiner Kindheit erzählt worden war, waren alle Details ganz anders. Zugetragen hatte er sich nicht in Berlin, sondern in Schlesien. Hugo war mit einem Freund unterwegs, nicht mit seiner Frau. Und das Entscheidende: Peters Eltern waren überhaupt nicht dabei.

Ich suchte in der nachfolgenden Wochenausgabe der Zeitung nach einer ausführlicheren Fortsetzung der Geschichte. Auf der Titelseite fand sich dort ein vollständiger Nachruf mit Foto von Hans und einer Notiz seiner Witwe Marie.

Man hatte Peter angelogen. Seine Eltern waren nicht in einem Autounfall umgekommen – oder zumindest nicht an der Seite seines Onkels, der seinerseits unbestreitbar in einem solchen sein Leben ließ.

Ich bestellte Abschriften aller Dokumente, die die deutschen Behörden über Moritz und Alice Fleischmann besaßen. In diesem verzwickten Kontext konnte mir jede Grundinformation über Geburt, Heirat und Tod der beiden helfen, die wahre Geschichte auszugraben.

Als die Dokumente eintrafen, machten die darin enthaltenen Informationen die Tragödie nur noch größer. Moritz und Alice hatten am 25. Februar 1920 geheiratet. Im Jahr darauf gebar Alice ihr erstes Kind, Peter. Sechs Wochen später war die Ehe geschieden. Alice litt an einer Geisteskrankheit und starb, vermutlich durch Selbstmord, kurze Zeit später. Moritz, der seinen Sohn allein nicht versorgen wollte oder konnte, überließ Peter seinem Ex-Schwiegervater Alfred, bei dem Peter seine frühe Kindheit verbrachte. Alfred fand es wohl schonender und einfacher, dem kleinen Jungen zu erzählen, seine Eltern seien in einem Unfall verstorben.

Als Peter Fleischmann am 1. Dezember 1939 aus Berlin floh, war sein Vater nicht nur am Leben, sondern er lebte sogar in Berlin. Aus städtischen Meldeakten geht hervor, dass Moritz damals in der Straßburger Straße wohnte, mit dem Auto nur fünf Minuten entfernt vom Auerbach'schen Waisenhaus. Bei seiner Ankunft in England war Peter gar kein Waisenkind, wie man ihn sein Leben lang hatte glauben machen. Doch als er 1945 als Soldat nach Berlin zurückkam, lagen die Dinge schon wieder anders. Am 2. März 1943 war Moritz nach Auschwitz deportiert und ermordet worden. Bei seinem Tod kannte Peter nur eine fehlerhafte Version der Wahrheit, die aber im Grunde dennoch wahr war: Sein Vater war von den Nazis getötet worden.

Wäre es besser gewesen, die Wahrheit zu kennen, oder schlechter? Vielleicht hätte es überhaupt keinen Unterschied gemacht. Schließlich waren das alles Geschichten über Gespenster, Menschen, die nie für Peter dagewesen waren. Diejenigen, die sich um ihn gekümmert hatten – sein Großvater, die Haushälterin seines Großvaters, die Betreuer im Auerbach'schen Waisenhaus, Donald Midgley, Kurt Schwitters, Helen Roeder – waren alle in die Leerstelle getreten, die die Eltern hinterlassen hatten, und hatten sie ausgefüllt. Eine andere Geschichte über seine Eltern hätte nichts an dem verändert, was es Peter ermöglicht hatte, seine Tragödie zu überleben und sich ihr zum Trotz zu entfalten.

Peter war nur ein einzelner Insasse in einem Lager, in dem sich zur Höchstzeit über 1200 Gefangene aufhielten, jeder mit seiner eigenen Geschichte und seinem eigenen Vermächtnis. Zudem war Hutchinson nur eines von Dutzenden Lagern in Großbritannien, Kanada und Australien; insgesamt ging die Zahl von Internierten in die Zehntausende (Peter Fleischmann war nicht einmal der einzige Peter Fleischmann, der auf der Isle of Man einsaß). So sehr mir Peter ans Herz gewachsen war, schien es mir doch ungerecht, in einem Buch über das Lager so viele Männer ungenannt zu lassen.

Bei meiner Lektüre der verschiedenen Berichte über das Leben in Hutchinson, die die Ausgaben von *The Camp* füllten, beim Studium der Programme für Kulturveranstaltungen und der Briefe fing ich an, eine Namensliste der Männer zusammenzustellen, die dort gewesen waren. Anfangs wollte ich hauptsächlich die herausragenden Einzelpersonen im Lager finden, Männer, deren Leistungen ihrer Internierung Hohn sprachen. Jede neue, bestätigte Entdeckung eines bekannten Professors, eines gefeierten Musikers, eines einflussreichen Juristen oder eines hochgelobten Künstlers stärkte mein Hauptargument gegen die Regierungspolitik und rechtfertigte den Titel des Buches.

Mit der Zeit aber fand ich auch die Namen von, wie ein Politiker sagen würde, »kleinen Leuten« – Menschen, die weder berühmt noch gefeiert waren, aber dennoch Gerechtigkeit verdienten. Damit entwickelte sich das Projekt zu etwas anderem, beinahe Missionarischem, das sich schon fast einer Obsession annäherte.

Vor meinem inneren Auge stand mir die Bevölkerung des Hutchinson Camps als formlose Menge gegenüber. Die meisten Gesichter waren unkenntlich. Meine Aufgabe sah ich jetzt darin, diese Gesichter sichtbar zu machen oder zumindest ihre Namen, Geburtsdaten und Berufe ans Licht zu bringen. Jeden Abend, wenn ich mit dem Schreiben fertig war, ging ich daher die Datenbanken des Innenministeriums durch und durchforstete die Interniertenkarten nach Hinweisen auf Ehemalige. In der Datenbank konnte ich innerhalb von 24 Stunden 500 Datensätze aufrufen, gedeckelt bei 5000 Datensätzen pro Monat. Die Recherche wurde ein anstrengendes Ritual, angetrieben durch die gelegentliche Entdeckung einer Karte mit »Hutchinson« – und wieder bekam ein Mann in der gespenstischen Menge einen Namen, ein Gesicht, die Grundpfeiler einer Geschichte.

Und da geschah etwas Merkwürdiges. Mit jeder neuen Entdeckung fühlte sich die Lagerbevölkerung des Hutchinson Camps etwas weniger außergewöhnlich an, zumindest in dem Sinn, wie Fred Uhlman es meinte, als er schrieb: »Nie zuvor oder seitdem ist mir auf so kleinem Raum eine so außergewöhnliche Ansammlung von Menschen begegnet.« Natürlich waren die meisten Internierten weder Professoren an weltberühmten Universitäten noch Musiker, die wiederholt am Königshof gespielt hatten, oder Künstler, die in Europas Galerien ausgestellt hatten. Die Bevölkerung des Hutchinson Camps ähnelte jedem anderen beliebigen Querschnitt durch eine Gesellschaft: eine glorreiche Mischung aus Fabrikarbeitern und Handwerkern, Lehrern und Intellektuellen, Ärzten und Mechanikern, Bauarbeitern und Köchen. Etwas anderes zu behaupten, fühlte sich immer mehr an wie eine wenig hilfreiche Romantisierung.

Und doch lag auch etwas Tröstliches in der Normalität des Bildes, das sich jetzt abzeichnete. Denn gerade in diesen ungewöhnlichen Umständen hatte dieser normale Gesellschaftsschnitt das Außerordentliche erreicht. Gemeinsam hatten diese Menschen ein Gefängnis zu einer Universität gemacht, ein Lager zu einem Kulturzentrum, eine Pension zu einer Kunstgalerie, ein Kabelwirrwarr zu einer Sendestation, ein Feld zu einem Fitnessclub, eine Wiese zu einer Freilichtbühne. Das Hutchinson Camp wurde zu einem Mikrokosmos der Zivilisation, und das Außergewöhnliche lag gerade nicht in der Großartigkeit jedes einzelnen Gefangenen, sondern darin, wie sie als Kollektiv die bessere Hälfte der Menschheit verkörperten, obwohl sie von der gemeineren Hälfte belagert waren.

Die Nennung ihrer Namen ist eine Wertschätzung dieser Leistung – in der Hoffnung, dass es, so wunderbar es gewesen ist, nie wieder ein Lager wie das Hutchinson Camp geben wird.

Namensliste Hutchinson Camp

Folgende Männer waren nachweislich im Hutchinson Camp interniert. Die Liste verzeichnet jeweils Geburtsdatum, den Beruf und das offizielle Entlassungsdatum.

Die Informationen stammen aus Dutzenden Augenzeugenberichten, aus erhaltenen Listen von Rednern für die Kulturabteilung des Lagers, aus Theaterprogrammen, Ausgaben der Zeitung *The Camp*, MI5-Akten und anderen Dokumenten. Die Einzelheiten wurden daraufhin in den offiziellen Akten des britischen Innenministeriums geprüft. Zusätzlich wurden alle 21 208 Seiten der Akten im National Archive von HO 396/245 (Nachnamen von Internierten mit Anfangsbuchstabe A) bis HO 396/283 (Nachnamen von Internierten mit Anfangsbuchstabe Y-Z) auf Markierungen überprüft, die darauf hinweisen, dass der Betreffende explizit in Hutchinson interniert war. Diese Fälle sind unten mit dem Buchstaben H gekennzeichnet.

Legende:

AS. – Überlebender der SS *Arandora Star.*

Aus. – Rückkehrer aus Australien (Internierung in Hutchinson nach der Rückreise).

Dun. – Überlebender der HMT *Dunera.*

H. – Handschriftlicher Eintrag »Hutchinson« auf individueller Interniertenkarte.

Haus [x] – Wohnort in Hutchinson, falls bekannt.

HLS. – Erwähnt in den Papieren von Rabbi Solomon Schonfeld, Hartley Library, University of Southampton.

K. – Einreise nach Großbritannien per Kindertransport.

Ka. – Rückkehrer aus Kanada (Internierung in Hutchinson nach der Rückreise).

KC. – Gelistetes Mitglied des Künstlercafés, Dezember 1940.

LU. [x] –Redner in der Lageruniversität + Plan / Woche Nr.

MR. – Name im Militärregister vom 30. September 1943 verzeichnet.

Mus. – Name taucht im Programm einer musikalischen Produktion im Hutchinson Camp auf.

NS. – Unterzeichnender des Künstlerbriefs an den *New Statesman*.

POW. – Japanischer Kriegsgefangener.

Reinterniert – Bei erneuerter Internierung wird das endgültige Entlassungsdatum genannt.

Schwitters. – Gemaltes oder gezeichnetes Porträt von Kurt Schwitters.

Stl. – Staatenloser.

TC. – Mitwirkender oder Genannter in der Zeitung *The Camp*.

Thea. – Name taucht im Programm einer Theaterproduktion im Hutchinson Camp auf.

UT. – In Uhlmans Tagebuch erwähnt.

Verst. – Im Hutchinson Camp verstorben, mit Todesdatum und -ursache.

W. – Vom MI5 als »Freund Warschauers« identifiziert.

Name	geb.	Beruf	Entlassung	Bemerkungen
		A		
Abelen, Peter	19.4.05	Fabrik-Vorarbeiter	2.8.41	H.
Abraham, Adolf	22.1.87	Kaufhausleiter	7.5.41	H.
Abraham, Alfred	25.10.20	Gärtner	12.5.41	H.
Abzug, Phillippe	24.12.84	Chemiker	4.6.41	H.
Ackermann, Aron	24.7.92	Kürschner	14.7.41	H.
Adam, Leonhard	12.6.09	Verkaufsleiter	13.5.41	H.
Adler, Bruno	29.8.86	Exporthändler	30.1.41	HLS. Stl.
Adler, Franz	3.5.90	Bergbauingenieur	23.4.41	H.
Adler, Fritz	27.2.15	Tutor	18.4.41	H.

Adler, Saloman	22.7.78	Lehrer	7.4.41	H. HLS.
Ahrends, Dr. Bruno	9.4.78	Architekt	15.4.42	Haus 4. Gründer der »Hutchinson University«. KC. Schwitters. LU14, 16, 18, 31, 33, 34, 35, 36, 37, 38, 39, 40, 42, 43, 44. H.
Ailinger, Albert	10.4.71	Römisch-katholischer Priester	16.9.40	LU05
Alber, Wilhelm	14.5.01	Stellvertretender Direktor	1.7.44	MR.
Aldag, Karl	26.6.06	Büroangestellter	17.11.43	Ka. MR.
Aldor, Francis	27.6.97	Unbekannt	4.1.45	MR.
Alexander, Dr.	Unbekannt	Unbekannt	Unbekannt	Gründer des Debattierclubs im Lager
Alexander, Kurt	1.2.79	Unbekannt	29.4.41	H.
Alkan, Max	20.11.82	Firmendirektor	30.5.41	H.
Allmayer, Fritz	2.4.21	Englisch-Student	9.4.41	H.
Allworden, Ernest	27.5.86	Maschineneinrichter	16.4.41	H.
Altmann, Dr. Gerhard	31.1.06	Arzt auf der Entbindungsstation, Glasgow Hospital	3.2.44	Ka. Zeitweilig im Krankenhaus von Camp »ZR«. W.
Altmann, Manfred	20.10.11	Anwalt	12.2.42	HLS.
D'Amian, Erwin	9.3.06	Tortenbäcker	2.9.44	MR. Repatriiert
Ampel, Adolf	15.10.98	Kohlehändler	20.3.41	H.
Amster, Emil	4.3.08	Unbekannt	3.9.41	H.
Ander, Gunter	23.6.07	Chirurg	11.6.41	H.
Ansbacher, Adolf	18.6.10	Elektriker	17.9.41	H.
Archenhold, Horst	20.5.98	Optiker	7.2.41	H. LU21,22. TC.
Arenstein, Hans (alias Harry Andrews)	18.2.22	Schlosser	5.10.40	H. K. Verst. als britischer Soldat während der Landung in der Normandie
Aretz, Salli	31.5.83	Hausdiener	14.10.40	H.

Armbruster, Max	7.11.80	Frisör	26.10.40	H.
Arndt, Josef	15.9.74	Klempner	1.10.40	H.
Arnoldi, Heinrich	15.7.83	(Gerber) Chemiker	12.12.41	Haus 5.H. LU25.
Aronsohn, Fritz	4.2.04	Ingenieur	24.6.41	H.
Auer, Alfred	12.6.87	Unbekannt	15.7.44	MR.
		B		
Bachmann, Jens	11.10.21	Student, Gärtner	2.6.42	Thea. Ka.
Bachmayer, Karl	17.6.88	Butler	22.7.41	H.
Bachrach, Ernst	26.4.22	Elektriker-Lehrling	25.5.41	H. emigriert nach Freilassung in die USA
Bachwitz, Arno (später Backwith)	28.1.18	Student	31.5.44	MR.
Baebenroth, Erhard	30.9.09	Anwalt	27.11.44	MR.
Baerwald, Prof. Hans	28.11.80	Physik-Professor	8.11.40	Haus 41.TC.
Baker, Max	1.3.80	Schneider	15.7.41	H. HLS.
Ballman, Harry	4.9.88	Elektriker	18.3.41	H.
Bamberger, Manfred	9.7.09	Firmendirektor, British Art Plastic Ltd	7.4.41	H.
Band, Rudolf	18.7.99	Frisör	7.9.41	H.
Baranski, Heinz	5.5.08	Modedesigner	19.7.41	H.
Barczinski, Hans (alias John Barry)	17.2.21	Balletttänzer	6.8.41	Thea. Ka.
Bardt, Johann	18.7.90	Chemiker	18.12.41	H., LU14, 36, 40
Basch, Paul	24.4.03	Koch	14.5.41	H.
Bauer, Adolf	4.7.95	Firmendirektor, Lye & Sons Dye Works	1.9.41	H.
Baumgart, Assur	18.5.95	Ladenbesitzer	14.5.41	H.
Baumgartel, Wilhelm	10.7.10	Künstler und Konditor	22.12.41	Ka. TC.
Baurer, Karl	15.5.10	Schnapsbrenner	14.1.41	Ka. Reinterniert (13.12.42-20.9.44). MR.

Becker, Arthur	13.4.80	Kolorierer	12.2.42	H.
Beckert, Friedrich	26.11.97	Unbekannt	28.10.45	MR.
Beer, Ludwig	6.9.89	Textilkaufmann	2.1.42	H.
Benesch, Alfred (alias Fredl)	19.12.41	Möbeltischler	28.2.42	Thea. Ka.
Behnsch, Heinz	25.2.07	Textilhandels-vertreter	21.5.41	H.
Behrendt, Erwin	27.5.03	Autor	20.2.43	TC. H.
Beissinger, Dr. Hugo	23.7.82	Arzt	21.8.40	H.
Bell, John	16.9.79	Unbekannt	26.1.44	MR.
Bender, Alexander	12.10.11	Jura-Student	1.12.41	Ka. Schwitters
Bender, Ludwig	23.5.04	Anwalt	15.11.43	Ka. W.
Beran, Dr. Heinfried »Heinz«	14.6.07	Englischlehrer	7.2.41	Hält im Lager Englischkurse, LU18, 25
Berger, Kurt	27.2.14	Unbekannt	14.3.44	Ka. MR.
Berger, Dr.	Unbe-kannt	Unbekannt	Unbe-kannt	LU12, 13
Bergerhoff, Siegfried	26.1.10	Lehrer	29.9.44	MR. AS.
Bergl, Leon	6.9.95	Ehemaliger deutscher Geheim-dienstagent	21.6.45	W. MR.
Bergmann, Kurt	28.10.86	Promovierter Jurist	25.6.41	H.
Berlinger, Abraham	31.10.87	Lehrer	1.1.41	HLS.
Berndt, Maximilian	3.1.83	Besitzer eines Luxusrestau-rants	24.6.41	H.
Berndt, Walter	29.3.13	Unbekannt	2.9.44	H. Repatriiert
Bernhardt, Viktor	13.8.85	Müller	14.4.41	H.
Bernstein, Max	25.9.23	Unbekannt	4.12.42	Aus. Dun. HLS.
Bersu, Prof. Gerhard Julius	26.9.89	Archäologe	21.5.41	LU. H. Hält Englisch-kurse und organisiert archäologische Ausgrabung

Besag, Emil	15.2.13	Forschungs-ingenieur	5.4.41	H.
Bethmann-Hollweg, Joachim	16.12.11	Lehrling	18.11.43	MR.
Beyer, George	7.11.21	Unbekannt	21.10.44	MR.
Biel, Hans	31.1.07	Student (später Architekt)	11.3.41	H.
Biener, Selmar	15.5.06	Autoschlosser	18.6.41	H.
Bier, Werner Julius	29.5.21	Verkäufer	19.1.42	H. Hält im Lager Erste-Hilfe-Kurse
Biermann, Gerhard	26.11.07	Fabrikanten-Vertreter	18.9.44	Ka. MR.
Birnbaum, Robert	6.7.86	Bauingenieur	8.5.41	H.
Bischitz, Ernst	5.11.97	Metallograph	23.10.40	Ka.
Blank, Alfred	14.6.89	Firmendirektor	9.5.41	H., Schwitters
Blau, Kurt	24.8.08	Glaser	16.4.41	H.
Block, Hans	8.5.18	Student	28.2.41	H. Mus. LU31
Blum, Kurt	24.6.20	Ölzeugmacher-Lehrling	26.11.41	H.
Blumen, Alfred	17.3.97	Pianist, Komponist	9.2.44	MR.
Blumenfeld, Abraham	23.8.96	Schneider	26.5.41	H. HLS. Haus 10
Blumenfeld, Fritz	31.8.01	Innendekorateur	16.4.41	H.
Blumenthal, Adolf	8.1.84	Metzger	17.6.41	H.
Blumenthal, Werner	3.6.23	Student	3.10.42	Thea. Ka.
Boden-heimer, Dr. Ernst Leo	5.12.05	Anwalt	7.9.40	Haus 12. Heirat im Lager
Böhm, Kurt	23.4.18	Lehrer	21.1.41	Hält im Lager Gymnastikkurse. LU05. TC. in Einzelhaft, weil er seiner Verlobten durch den Stacheldraht eine Blume reichte
Böhmer, Herbert	27.4.09	Landwirt	20.3.41	H. LU33
Bohrmann, Bernhard	18.1.82	Handels-reisender	4.6.41	HLS. H.

Bondi, Josef	18.9.07	Unbekannt	2.12.42	Aus. Dun. HLS.
Borgman, Vilho	4.5.12	Unbekannt	n/a	MR. Repatriiert: 21.12.44
Bönsch, Franz (alias Franz Hartl)	25.4.07	Dramatiker	28.11.40	Adaptiert im Lager Die Abenteuer des braven Soldaten Schweijk für die Bühne
Boschann, Manfred	9.1.21	Unbekannt	n/a	MR. Repatriiert: 28.10.45
Brainin, Leiba (alias Leo)	16.8.04	Kürschner	16.4.41	H.
Brakl, Samuel	2.7.78	Büroangestellter	6.1.41	HLS.
Brand, Erwin	4.12.89	Faktotum	2.6.41	H.
Brann, Julius	25.7.84	Chemie-Export-händler	19.5.41	HLS. H.
Brassloff, Erich Wolfgang	26.6.21	Student	28.10.41	Ka. TC.
Bratu, Dr. Arture/ Arthur	30.3.10	Erziehungswis-senschaftler, Politiker (später Öffentlicher Ankläger in Entnazifizie-rungsverfahren in Darmstadt)	19.11.40	Organisiert im Lager den »Cercle Français«. LU12, 13, 14, 15
Braude, Dr. Manfred Heinz	12.7.14	Student (später Dozent an der Cambridge University)	6.11.41	Ka., LU34, 40, 41, 43
Brauer, Gunter	19.4.21	Hufschmied	19.4.41	H.
Brauer, Hans	11.6.22	Möbeltischler	23.6.41	H.
Breitfelder, Herman	12.12.78	Schneider	29.4.41	H.
Brinkmann, Hermann	23.6.78	Unbekannt	23.6.41	H.
Bruckmann, Erich	9.8.94	Anwalt	25.4.41	Zweiter Lagervater. W.H.
Brunner, Saloman	1.1.81	Handels-reisender	23.7.41	H.
Brunner, Walter	1.3.22	Student	10.6.41	

Brunnsteiner, Friedrich	12.6.19	Unbekannt	26.1.44	Ka. MR.
Brunow, Sven	7.1.21	Unbekannt	Unbekannt	MR.
Brust, Erich	21.8.95	Chemie-Ingenieur	23.7.41	Haus 3.H.
Buchwald, Georg	2.9.23	Student	18.12.42	Thea. LU 44. H. Verwalter The Camp
Bugatsch, Richard	30.3.07	Unbekannt	21.3.45	MR.
Bum, Friedrich	24.9.87	Buchhalter	11.4.41	H.
Burian, Walter	21.10.22	Ladenverkäufer	6.8.42	Thea. Ka.
Burschell, Dr. Frederich	9.8.89	Autor	1.11.40	Hutchinsons erster Lagervater. TC. LU14, 15
Buxbaum, Berthold	12.12.89	Anwalt	28.6.41	HLS, H.
Buxbaum, Peter	5.8.18	Büroangestellter	5.11.43	Ka. MR.
C				
Cargher, Pinechae Ottfried »John«	24.1.19	Radiojournalist	24.10.41	Ka. TC.
Cassirer, Manfred	12.7.20	Student (später bekannter Ägyptologe und Parapsychologe)	2.6.41	H. TC.
Cemach, Hans (alias Harry Paul)	1.11.17	Buchprüfer	11.10.40	TC, Autor des »Lagerlieds« von Hutchinson
Charoux, Siegfried	15.10.96	Bildhauer	4.9.40	NS, Schwitters
Christ, William	21.3.91	Koch	1.7.41	H.
Cohen, Israel	24.8.91	Schneider	16.6.41	H.
Cohen, Max	11.10.79	Ladenbesitzer	14.7.41	H.
Cohn, Alex	3.12.83	Vertreter	4.6.41	H.
Cohn, Alfred	15.6.98	Hersteller von Damenunterwäsche	12.7.41	H.
Cohen, W.	Unbekannt	Unbekannt	Unbekannt	LU17, 18, 19 (evtl. als unten Genannter)
Cohn, Dr. William	22.6.80	Kunsthistoriker	18.9.40	Schwitters. LU03, 05.

Cohn, Richard	24.3.85	Textilimporteur	25.1.41	Haus 24
Cornelius, William/ Vilem	1.12.80	Zeitungsheraus-geber	29.11.43	MR.
Corvin, Michael (alias »Leo Freund«)	20.5.97	Journalist, Dolmetscher	26.3.42	AS. KC. H. Haus 22. Schwitters. Herausgeber von The Camp. LU16, 17, 18, 19, 28, 33, 41
Cosman, Gerd	30.1.15	Firmendirektor, Evans & Ryan, Slough	25.3.41	H. Schwitters
Cramer, Wilhelm	9.8.08	Messgeräte- und Werkzeug-macher	2.12.43	MR.
Crohn, Edwin	7.10.22	Mechaniker-Lehrling	21.8.42	Thea
		D		
Dalberg, Hans	1.1.99	Holzhändler	17.3.41	H.
Dallmann, Hans	2.6.20	Student	20.8.41	H.
Danne-mann, Bernhard	6.3.85	Schuster	16.6.41	H.
Darnstedt, Fritz	19.9.93	Leiter Strumpf-warenladen	17.11.43	Ka. MR.
David, Manfred	29.9.07	Unbekannt	7.4.41	H.
Davidsohn, Bertold	18.7.11	Lederwaren-händler	13.3.41	H.
Dehn, Kurt	21.9.91	Unbekannt	12.7.44	Thea. Ka. MR.
Denghy, Janos	26.11.88	Unbekannt	30.11.43	MR.
Dessauer, George	15.6.85	Unbekannt	16.4.41	H.
Deutsch, André	15.11.17	Verleger	10.4.42	
Deutsch, Bernhard	23.6.93	»Repräsentant«	27.5.41	H.
Deutsch, Heinrich (alias Henry)	31.7.08	Händler	10.12.42	Aus. HLS.
Deutsch, Herbert	30.7.41	Werkstattleiter	30.7.41	H.

Deutsch-hausen, Wilhelm Hans	16.12.93	Evangelischer Pfarrer	Unbe-kannt	LU12, 14, 18, 19, 20, 21, 22
Dienemann, Alfred	5.11.88	»Selbständiger«	1.2.41	H.
Diener, Ignaz	15.11.87	Restaurantchef	29.4.41	H.
Dirnhuber, Peter	6.5.19	Medizin-Student	9.4.41	H.
Dittmar, Henry Gustav	7.3.13	Hilfslehrer	15.12.42	Dritter Chefredakteur von The Camp
Dobich, Edwin	28.5.82	Kellner	21.9.44	MR.
Dollinger, Georg	30.10.08	Textil-Lehrling	17.9.42.	Au. Lichttechniker für Lagertheater
Donner, Adolph	3.6.94	Schneider	24.6.41	HLS, H.
Donner, Hiam	15.3.98	Schneider	28.4.41	HLS, H.
Dornberger, Paul	31.8.01	Buchhändler	5.5.41	Thea
Drechsler, Hans	28.6.03	Hausdiener	22.3.41	H.
Dreichlin-ger, Arthur	8.5.84	Patent-Ingenieur	29.10.41	H.
Dressel, George	10.3.79	Geflügelzüchter	26.4.41	H.
Drucker, Konrad	28.12.79	Bankier	1.9.41	Ka. H.
Durlacher, Robert	20.1.17	Kaufmann	16.4.41	HLS. H.
Duschinsky, Ernst Marcell (alias Ernest Dorman)	11.8.17	Schuster	9.10.42	Thea. H.Reinterniert
Dzubas, Wilhelm	21.7.77	Künstler	10.12.41	Unbekannt
		E		
Ebert, Peter	6.4.18	Fotografie-Student	2.8.41	H. Später Regisseur an der Glyndebourne Opera
Eckhaus, Isidor	18.3.09	Unbekannt	13.8.41	H.
Egger, Victor	2.6.22	Student	22.12.41	H.

Ehm, Richard	15.7.23	»Botenjunge«	17.6.41	H.
Ehrenhaft, Robert	3.3.04	Chauffeur	1.5.41	H.
Ehrensperger, Ernst	13.12.95	Unbekannt	n/a	Repatriiert 1945.
Ehrlich, Georg	22.2.97	Bildhauer	14.10.40	NS. Schwitters
Ehrlich, Nathan/ Peter	7.6.00	Unbekannt	21.9.43	H
Eichler, Frank	6.1.80	Schuster	30.6.41	H.
Elkeles, Ludwig	10.3.02	Anwalt	14.5.41	H.
Elvin, René (alias René Levy)	20.10.96	Journalist	26.12.40	Unbekannt
Eisenberg, Robert	3.8.88	Anwalt	14.5.41	H.
Eisenschitz, Oskar	14.3.92	Hausdiener	30.7.41	H.
Eisenstadter, Richard	26.3.03	Kammerdiener	8.5.41	H.
Eisler, Robert	27.4.82	Professor an der Oxford University	4.9.40	Schwitters
Eisner, Fritz	21.4.93	Textilkaufmann	25.5.44	MR.
Elster, Ludwig	2.7.12	Journalist	23.1.42	LU41, 42, 44.H. Organisiert die »English Section« im Lager
Emmanuel, Baruch	6.7.23	Student	9.1.41	Unbekannt
Emden, Adolph	9.5.13.	Technischer Zeichner	17.11.41	TC.
Engler, Feiwel	25.1.92	Versicherungsagent	4.6.41	HLS, H.
Epstein, Bruno	4.4.94	Buchhalter	2.8.41	H.
Erdos, Erich	27.3.14	Eislauflehrer	7.1.44	Dun. Au. MR.
Eschelbacher, Max	24.12.97	Rabbi	2.8.40	Hält Vorträge über »Jüdische Kultur«
Essinger, Willi	1.11.84	Vertreter für Schaufensterpuppen	15.5.41	H. Ka. TC.
Ettinghausen, Berthold	27.4.84	Leiter einer Mehl-Handelsfirma	27.1.41	Unbekannt

Eyssen, Karl George Reny	4.3.99	Forschungsingenieur	4.8.42	LU33, 34, 35, 40, 41, 42, 44, 45.W.
		F		
Fabian, Dr.	Unbekannt	Unbekannt	Unbekannt	LU03 (wahrscheinilch »Erich« oder »Martin«)
Falkenfleck, Heinrich (alias Henry Falk)	27.5.97	Unbekannt	28.4.45	MR.
Falkenhausen, Baron Alexander von	17.2.08	Weinhändler, Sichel and Sons	12.2.44	H. MR. Neffe von General Alexander von Falkenhausen
Falkner (zuvor »Valkner«), Reinhold	5.11.08	Besitzer der Odam Hill Children's Farm and Home School, Devon	24.5.42	H.
Falter, Josef	18.8.74	Kellner	1.11.43	MR.
Fanstein, Moritz	29.6.21	Schneider-Lehrling	20.7.42	H.
Farago, Nikolaus	14.5.96	Hausdiener	14.7.41	H.
Fass, Isidor	27.9.97	Büroangestellter	24.9.41	H.
Fechenbach, Hermann	11.1.97	Künstler	25.3.41	Unbekannt
Feder, Hans	13.1.89	Arzt	20.6.41	LU36. H.
Fefer, Jacob (alias »Jackie«)	14.8.19	Anstreicher (später Antiquitätenhändler)	20.3.42	Thea. Ka.
Federmann, Szloma	7.10.97	Mützenmacher	18.8.41	HLS, H.
Federn, Hans	26.7.78	Buchhändler, Autor	30.4.41	H.
Fehr, Prof. Oskar	9.10.71	Augenarzt	18.9.40	Unbekannt
Feiber, Max	13.6.81	Metallhändler	8.5.41	H.
Feiger, Davis	6.6.00	Möbeltischler	25.2.41	HLS.
Feilchenfeld, Willi	7.12.19	Nähmaschinen-mechaniker-Lehrling	12.6.41	H.
Feinberg, Raphael	12.4.04	Elektroingenieur	7.4.41	W.
Felkel, Carl Franz	18.1.96	Künstler	22.8.40	NS.
Ferber, Max	19.7.88	Buchhändler	11.7.41	H.
Ferschko, Jonas	13.4.19	Student	30.12.41	H.

Feuchtwang, Wilhelm	27.3.99	Patentberater	25.1.41	KC. »Verleger« von The Camp
Fieber, Max	13.6.81	Metallhändler	8.5.41	HLS, H.
Fink, Heinz	27.8.14	Student	12.8.41	H.
Finkelstein, Theodore	14.11.95	Handelsreisender	12.5.41	H.
Finkler, Frederich	1.12.93	Obstimporteur	4.6.41	Haus 24.
Fischer, David	4.6.84	Unbekannt	14.10.42	Aus. HLS.
Fischer, Ferdinand	31.3.86	Ladenbesitzer	9.6.41	H.
Fischer, Werner	12.2.12	Orthopädie-Techniker	6.10.41	Angeblich kommunistischer Agitator im Lager
Flatter, Joseph Otto	26.5.94	Karikaturist	30.11.40	Unbekannt
Fleischhacker, Alfred	12.12.23	Schüler	Unbekannt	Thea. Ka.
Fleischmann, Peter (alias Peter Midgley)	23.12.21	Künstler	7.10.40	Haus 1.H. KC. Sieger des lagerinternen Kunstwettbewerbs. K.
Fleischner, Walter	5.10.15	Fahrer	14.8.41	TC.
Fleischner, Wilhelm	28.7.00	Unbekannt	19.4.45	MR.
Flesch, Heinz	24.5.88	Ingenieur	12.12.41	Lichttechniker für Lagertheater
Forchheimer, Dr. Karl	29.7.80	Professor an der Oxford University	8.10.40	Ehemaliger Abteilungsleiter im österreichischen Arbeitsministerium, LU05
Fortgang, Alois	9.1.90	Unbekannt	27.5.41	H.
Fraass, Fritz	24.4.05	Unbekannt	Unbekannt	Ka. MR.
Fraenkel, Heinrich	28.9.97	Journalist, Drehbuchautor	15.1.41	KC. Verfasst im Lager Help Us Germans to Beat the Nazis. Co-Sieger im lagerinternen Schachturnier. LU19, 20, 21, 22, 24, 26
Franck, Karl Ludwig	25.9.04	Architekt Tecton	18.11.40	Haus 5. Zimmergenosse von Fred Uhlman

Frank, Bruno Leopold	27.3.07	Praktischer Arzt	9.1.41	LU13, 14, 15, 16, 20, 21, 22
Frank, Meier	12.3.85	Zimmermann	17.10.41	H.
Franke, Otto	15.9.77	Bibliothekar	25.3.41	H.
Freistadt	Unbe-kannt	Unbekannt	Unbe-kannt	LU16 (wahrscheinlich »Isak«)
French, Charles F.	1.10.76	Kostümbildner	12.2.42	TC.
Frenkel, Prof. Meyer Schlioma	3.12.92	Mathematiker, Physiker, Ingenieur	16.3.41	H., LU 41, 42
Freudenthal, Heinz	6.2.10	Importeur	7.4.41	H.
Freund, Egon	10.7.12	Textilkaufmann	13.5.41	H.
Freund, Erich	28.10.92	Kaufmann	31.10.41	H.
Freund, Hans	9.9.21	Unbekannt	6.6.41	H.
Freund, Leo	Unbe-kannt	Siehe: »Michael Corvin«	Unbe-kannt	Unbekannt
Freund, Wilhelm	30.11.98	Kaufhausbesitzer	9.7.41	H.
Frey, Hans	21.5.02	Hersteller von Hygieneartikeln	23.11.43	Ka. MR. Reinterniert
Fried, Hans	16.6.00	Bankier	25.8.41	H.
Friedeberg, Harold	27.7.77	Anwalt, Romanautor	26.8.40	LU5.
Friedenthal, Dr. Richard	9.6.96	Autor, Verlagslektor	8.2.1941	KC. LU12, 13, 15, 16, 17, 18, 19, 20, 21, 22, 24, 25, 26, 28, 29. Schwitters. TC.
Friedjung, Walter	24.1.06	Astrologe	19.2.41	LU05
Friedlander, Fritz	15.4.12	Textilfabrikant	10.10.41	Ka. W.
Friedler, Alexander	25.12.13	Verkäufer	22.10.41	Haus 14.LU17, 18, 20, 21, 22, 25, 26, 31, 33, 34.H. HLS.
Friedman, Siegfried	7.5.02	Pinselmacher	8.4.41	H.
Friedmann, Sigmund	27.11.87	Unbekannt	24.6.41	H.
Frieser, Alfred	11.11.98	Unbekannt	23.1.42	H.
Fritzsche, Erich	31.1.04	Firmendirektor	2.3.45	MR.

Fröhlich, Hans	8.3.05	Handelsvertreter	10.7.41	LU38, 43.
Frommer, Philipp	1.4.08	Sekretär, Chemiefirma	31.3.41	H.
Frostig, David	11.7.02	Konditor	30.7.41	HLS, H.
Fuchs, August	16.9.07	Hohlglasmacher	20.9.44	MR.
Furstenberg, Johannes	9.12.96	Getreidehändler	11.4.41	H.
Fürth, Hans G.	2.12.20	Musiker, später Professor an der Psychologischen Fakultät, Catholic University of America, Washington, DC	12.5.41	Haus 02. H. KC. LU05, 15, 16, 17, 18, 19, 20, 21, 24, 29, 31, 35, 40
Furtmuller, Gustav	1.7.15	Bäcker	5.11.41	H.
		G		
Gabriel, Herbert	25.7.22	Student	8.9.44	MR.
Galewski, Walter	21.7.97	Anwalt	30.1.41	Haus 2
Gallia, Egon	22.4.01	Schiedsmann und Richter	16.4.41	H.
Gans, Friedrich	16.8.05	Vorarbeiter – »Webabteilung«	2.6.41	H.
Gans, Ludwig	13.1.98	Rechtsanwalt	30.10.40	Unbekannt
Gebhardt, Karl (alias Charles Sheppard)	23.12.90	Unbekannt	15.3.44	H. Reinterniert
Geisel, Dr. Emil	4.3.81	Chemiker	19.12.40	LU20
Gelbart, Josef	4.2.01	Unbekannt	30.11.40	H.
Geldzahler, Aron	13.8.03	Obstverkäufer	21.4.41	Stl. H.
Gercke, George	9.8.13	Übersetzer	3.3.44	Unbekannt
Gerick, August	15.5.21	Funker	29.6.45	H.
Gerson, Hans Ulrich	1.11.15	Architekt	13.1.41	KC. Entwirft später das World Trade Center, San Francisco
Gewuertz, Norbert	15.9.20	Medizinstudent	9.5.41	H.

Giese, Friedrich	11.6.99	Unbekannt	5.1.45	MR. Ka. Reinterniert
Gillespie, Hans Winterstein	13.1.10	Radiologe (Vater der Sängerin Dana Gillespie)	5.1.45	H.
Gillis, Lothar	27.6.00	Firmendirektor, Watsin Dental Supplies	29.9.44	MR.
Gittler, Frans (alias Frank)	12.3.24	Augenoptiker-Lehrling	16.4.41	H. Stl.
Glas, Prof. Richard	14.8.90	Musikologe	17.12.40	KC. LU15, 16, 20, 21.
Glaser, Edward	7.9.85	Vertreter	1.7.41	H.
Glückstadt, Walter	5.4.19	Möbeltischler	23.6.41	HLS. H.
Goeritz, Thomas Wolfgang	15.12.18	Student	24.5.41	Ka. LU43.
Gold, Dr. Oskar	1.6.82	Unbekannt	23.6.41	LU12, 13, 22, 24. arbeitet in der Lagerbibliothek. H.
Gold, Robert	9.7.15	Staatlich geprüfter Buchprüfer	4.4.41	Unterrichtet im Lager Buchhaltung. Sohn von Oskar Gold. H.
Goldberger, Hermann	17.7.12	Verkäufer	2.10.42	Ka. HLS.
Goldmann, Emil	3.11.72	Dozent	23.9.40	In der Eton School verhaftet. UT.
Goldmann, Siegfried	3.5.92	Baustoffhändler	18.12.41	H.
Goldschlager, Lorant	17.3.00	Unbekannt	30.11.43	MR.
Goldschmidt, Friedrich	28.11.76	»Selbständiger«	28.6.41	H.
Goldschmidt, Hans	22.8.16	Student	9.12.43	MR
Goldschmidt, Heinz	15.2.01	Unbekannt	2.11.43	MR. Ka.
Goldschmidt, Max	13.10.05	Exportleiter	20.8.41	H.
Goldschmidt, Walter	1.7.99	Immobilienmakler	17.11.41	Aus. Du.

Gold-schmied, Louis	9.6.93	Optik-Ingenieur	30.5.41	H.
Goldstein, Johannes	15.10.20	Schneidergehilfe	22.4.41	H.
Gorodecki, Schervel	8.11.89	Versicherungs-makler	28.5.41	H.
Gosling, Gerhard	2.5.04	Matrose der Handelsmarine	28.10.45	MR. Repatriiert
Gottlieb, Alexander	21.12.79	Professor für Sprachen	10.12.40	Schwitters
Gottlieb, Arnold	17.5.07	Schneidergehilfe	5.8.41	H.
Gottlieb, Siegfried	13.5.98	Diener	8.5.41	Unbekannt
Gottschalk, Adolf (alias »Freddy Godshaw«)	9.7.23	Uhrmacher	5.11.40	Schwitters. Jüngerer Bruder von Walter Gottschalk
Gottschalk, Walter	5.7.20	Chemieassistent	6.11.40	Schwitters. Älterer Bruder von Adolf Gottschalk
Grabner, Johann	8.5.13	Büroangestellter	25.9.41	H.
Gräf, Hugo	10.10.92	Journalist	11.11.41	Ehemaliger Reichs-tagsabgeordneter. H.
Granich-städten, Dr. Emmerich	25.11.77	Chemiker	28.4.41	Ka. LU36, 37, 38. Erfinder eines Prozesses zum Härten von Speisefetten für die Margarineher-stellung.
Greifen-hagen, Johann Israel	9.4.79	Architekt	11.12.40	LU03, 05.von Freund an die Gestapo verraten.
Greisshaber, Jakob	13.9.93	Handelsreisender	20.8.41	H.
Gronner, Siegmund (alias Francis)	15.7.92	Anwalt, Auslandskorres-pondent	28.9.44	MR.
Groos, Werner	4.8.12	Importeur	12.10.44	Ka. MR.
Grosswendt, Herbert Edmund	14.10.89	Kaufmann	21.4.42	Ka. W.
Gruber, Anthony	5.3.80	Kellner	5.12.44	MR.

Grünhut, Dr. Max	7.7.93	Kriminologe, Jura-Professor, All Souls College, Oxford	15.10.40	Haus 6 oder 8. LU 03
Grünspan, Lewis	1.1.75	Metzger	11.9.40	Haus 24
Grunthal, Martin	11.8.06	Unbekannt	28.10.41	H.
Grunwald, Adolf	4.1.00	Landwirt	28.4.41	H.
Grunwald, Kurt	18.12.18	Maschinist	20.3.41	H.
Grynblatt, Arnold	20.2.22	Student	14.4.42	Thea. Ka. Reinterniert
Gugen-bichler, Oscar Norbert (alias Oscar Gugen)	20.1.10	Fahrer	28.3.45	LU34, 36.H. Später Mitbegründer des British Sub-Aqua Club
Gumprich, Siegfried	27.9.92	Weizenhändler	20.3.41	H.
Gussefeld, Hans George	25.11.96	Geschäftsmann, The United Potash Company	27.5.41	H. LU20. verarbeitet Zelt-Heringe aus Prees Heath zu Brieföffnern
Gustmann, Dr. Erich	9.3.82	Lehrer	?.8.40	LU 03, 05
Gutmann, Dr. Alfred	11.6.90	Fabrikdirektor, Parlophone Records	29.8.40	Schwitters
Gutmann, Ernst	3.7.13	Kurzwaren-händler	26.8.41	H.
Gutmann, Luca	13.7.14	Unbekannt	11.4.44	Ka. MR.
Guttmann, Georg	13.9.95	Schuhladen-besitzer	2.9.41	H.
Guttmann, Hans Peter	5.2.01	Direktor, Hammond Publishing	5.10.40	Leitet die Lager-kantine.
Guttmann, Simon	28.5.96	»Dozent« (Seine Familie bestreitet das und bezeich-net ihn als »Mystiker«)	n/a	Aus. Dun. Verst. im Lager an Herzinfarkt, 8.9.42
Guttsmann, Franz	11.5.15	Ingenieur	23.4.41	H.
Gyurki, Alexander	20.5.87	Unbekannt	8.12.43	MR.

H				
Haake, Otto	26.2.06	Matrose der Handelsmarine	5.11.43	Ka. MR.
Haas-Heye, Prof. Otto	16.12.79	Textildesigner	1.5.41	H. Gründer der Lager-Webschule
Haber, Samuel	20.8.78	Holzhändler	18.7.41	H.
Hacker, Julius	16.8.96	Baustoffhändler	7.4.41	H.
Hacklander, Karl	22.11.78	Handwerker	17.8.45	H.
Hahn, Dr. Georg	11.3.78	Arzt	21.9.45	MR. LU05, 13
Hahn, Rudolf	12.6.89	Unbekannt	26.5.41	H.
Halberstadt, Jonas	12.5.06	Metzger	18.7.41	HLS, H
Hallgarten, Fritz	6.6.02	Anwalt, Weinhändler	7.12.40	Hausvater, Haus 7. Schwitters
Hamalainen, Jaako	25.7.10	Matrose der Handelsmarine	9.12.43	MR.
Hamann, Paul	8.12.91	Bildhauer	13.1.41	Haus 29 und/oder 30. KC. NS. Schwitters
Hamburger, Alfred	30.10.89	Buchbinder	11.6.41	H.
Hamlisch, Ignaz (alias Albert Hahn/Jan Hanek)	17.3.91	Unbekannt (Akte von MI5 geschlossen)	18.10.46	AS. H. Stl.
Hammelburger, Gustav	26.9.81	Lehrer	19.12.40	LU05
Händler, Werner	29.10.20	Tischler	13.8.42	Thea. Ka.
Hansemann, Richard	17.1.85	Technischer Berater	28.10.45	MR. Reinterniert. Repatriiert
Hansen, Wilhelm	21.3.99	Pastor	10.2.45	MR.
Hartmann, Oscar	13.3.85	Kostümbildner	25.9.41	H.
Hatzebruch, Johann	6.2.10	Lederarbeiter (Handtaschen)	16.2.44	Ka. MR.
Hauser, Philo	9.5.15	Schauspieler	7.3.41	TC.
Hauser, Siegfried	25.10.89	Strick- und Kurzwarenhändler	20.6.41	H.

Hauser, Dr. Wilhelm	10.8.83	Tutor	16.4.41	H.
Hausfelder, Ludwig	22.8.90	Unbekannt	8.6.44	MR. Reinterniert
Hayek, Ernst	20.5.93	Lederhändler	28.11.45	MR.
Hayek, Fritz	2.5.92	Lederhändler	28.11.45	MR.
Haymann, Prof. Franz Samuel	27.8.74	Ehemals Professor für Römisches und Zivilrecht, Köln	5.10.40	LU05. Schwitters
Hecht, Richard	8.9.89	Maßschneider	21.5.41	H.
Heikkila, Vaino	11.1.20	Matrose der Handelsmarine	24.3.45	MR.
Heilbut, Jacob	24.1.96	Konditor	16.11.45	MR.
Heim, Hans Felix	17.6.22	Student	1.8.41	W.
Heimel, Karl	19.1.08	Büroangestellter	23.6.41	H.
Heine, Hellmuth	1.10.91	Textilkaufmann	26.8.41	H.
Heinemann, Prof. Friedrich	8.2.89	Philosoph, Dozent am Harris Manchester College, Oxford	18.9.40	»Publikumsvertreter« für die Kulturabteilung. LU03, 05
Heller, Georg Bernhard	15.9.95	Künstler	31.8.45	Schwitters. H. MR.
Hellman, Julius	15.11.97	Bankier	21.5.41	H.
Henn, Alfred	16.7.21	Kantinenmitarbeiter in der Cambridge University	16.11.42	Thea. Ka.
Henning, Paul	29.9.98	Fotograf	6.12.40	KC. Betreibt im Lager die »AG Fotografie«. LU13, 15, 16, 17, 18, 19, 20
Hepner, Prof. Friedrich/Fritz	9.2.90	Professor für Geschichte der Kommunikation	7.3.45	AS. MR.
Herbstritt, Alfons	4.7.04	Uhren-mechaniker	26.6.43	H.
Hermann, Hans	26.8.17	Agrarwissen-schaft-Student	12.3.42	Thea. Ka.
Hermann, Karl	16.12.88	Firmendirektor, Paulsgrove lime works	Verst.	MR. Verst., Ursache unbekannt, 4.5.44

Hermann, Nathan	2.10.75	Grammophon-Händler	4.9.40	Haus 2
Herstritt, Isaac	6.12.91	Hut- und Mützenmacher	28.4.41	HLS, H.
Hertel, Gerd/ Gerhard	19.8.09	Künstler	10.4.41	Stl. H.
Herz, Peter	18.1.95	Librettist	8.1.41	Gründer des Lager-Kabaretts. LU24, 25
Herzfeld, Sigmund	2.9.78	Anwalt	30.5.41	H.
Herzka, Max	25.10.93	Textilkaufmann	28.4.41	HLS. H.
Hess, Josef	31.5.05	Landarbeiter	9.12.42	Aus. Dun. HLS.
Hethhelyi, Laszlo	17.8.09	Unbekannt	7.2.44	MR.
Heydecker, Hermann	5.12.80	Bankdirektor	15.4.41	H.
Heydecker, Walter	7.6.18	Student	9.1.41	Hausvater. spielt Blockflöte. verfasst im Lager ein Gedicht.
Hiller, Arthur	21.10.00	Unbekannt	9.3.45	MR.
Himmel-weit, Julius (alias Nathan Julius White)	9.7.03	Unbekannt	30.4.41	Haus 2. H.
Hinrichsen, Klaus Ernst	19.4.12	Kunsthistoriker	18.6.41	Haus 5.H. KC. Mitbegründer der »Hutchinson University«. LU42, 43
Hirokichi, Fujii	18.3.00	Unbekannt	Unbe-kannt	MR.
Hirsch, Gerhard	13.11.95	Fotoverkäufer	10.1.44	MR. »Im ZM-Krankenhaus«.
Hirsch, Julius	22.6.16	Kunsthandwerk-Student	20.9.41	H
Hirschen-hauser, Rudolph Paul	19.3.82	Porträtmaler	20.1.41	Unbekannt
Hirschfeld, Günther	21.2.05	Reklameagent	16.4.41	LU19, 29, 36, H., Sieger des »Essay-Wettbewerbs« in The Camp
Hirschfeld, Karl	4.6.02	Juwelier	29.8.41	Unbekannt

Hirsch-mann, Herbert	18.9.07	Manager	12.7.41	H. W.
Hirschorn, Wilhelm	29.11.08	Büroangestellter	27.4.41	H.
Hochleitner, Martin	8.4.89	Kellner, The Standard, Piccadilly	30.6.41	H.
Hochwald, Ernst	28.4.98	Eisen- und Stahlhändler	4.8.41	H.
Hofbauer, Edward	19.3.21	Unbekannt	Unbe-kannt	H.
Hofbauer, Franz/Frank	26.2.06	Elfenbeinexperte	15.2.41	Unbekannt
Hoffman, Karl	28.9.96	Süßwarenhändler	21.4.41	H.
Hofheinz, Kurt	27.4.18	Medizinstudent	5.5.44	Ka. MR.
Hofmeister, Henry	12.12.94	Frisör	2.11.43	MR.
Holderich, Karl	15.10.97	Elektrowaren-händler	4.6.41	H.
Holzer, Dr. Paul	18.12.92	Rabbi	23.12.40	TC. HLS.
Hommel, Georg	12.10.77	Chemie-Ingenieur	16.2.44	MR.
Honer, Heinrich	17.1.83	Hotelkellner	12.7.41	H.
Horn, Frederic	24.12.86	Büroangestellter	30.4.41	H.
Horn, Wilhelm	18.11.71	Leiter einer Notendruckerei	8.5.41	H.
Horvath, G.	Unbe-kannt	Unbekannt	Unbe-kannt	Thea.
Huber, Joseph	30.3.78	Teehändler	1.4.41	H.
Hubrich, Aristid	17.11.86	Unbekannt	Unbe-kannt	MR.
Hundert, Chaim	6.1.01	Vertreter	2.7.41	HLS, H.
Hupka, Hans	12.5.03	Autor and Journalist	9.5.41	H.
Hürter, Walter	11.2.98	Buchhalter	21.1.42	H., W.
		I		
Ifftner, Horst (alias Freddie)	2.5.13.	Unbekannt	15.11.43	Ka. MR.

Ildau, Felix	26.9.05	Seidenhändler	12.6.41	H.
Isaac, Prof. Simon	5.7.81	Arzt	26.10.40	Direktor des Jüdischen Krankenhauses, Frankfurt. LU12, 13, 14
Isaak, Heinz	25.2.21	Schlosser	26.5.41	HLS, H
Ito, Kyokazu	25.5.07	Unbekannt	10.11.45	MR. Reinterniert
Ivanoff, Ilie	19.7.09	Unbekannt	21.11.44	MR.
Ivanyi, Ernst	14.12.04	Wirktechniker	19.12.41	H.
		J		
Jacob, Prof.	Unbekannt	Unbekannt	Unbekannt	LU15, 16, 17, 18, 19, 20
Jacob, Ernst	5.7.03	Abteilungsleiter	13.1.41	H.
Jacob, Frank Herbert	19.7.19	Künstler, Möbelrestaurator	14.12.40	KC.
Jacob, Hanns	20.1.22	Büroangestellter	29.3.44	MR.
Jacobi, Hans	17.5.20	Maschinenbau-Student	10.3.41	Haus 36
Jacobsthal, Paul	23.2.80	Kunsthistoriker, Christ Church, Oxford	30.10.40	Haus 24
Jacoby, Ernst	25.10.08	Praktischer Arzt	10.6.41	H.
Jacoby, Erwin	9.8.04	Buchhändler	15.10.41	Thea. H., LU35, 40, 42, 43, 44, 45
Jacoby, Erwin	31.8.11	Versandleiter	31.8.41	H.
Jaff, Stefan	19.4.90	Verkaufsleiter	25.3.41	H.
Jakabos, Julian	17.9.96	Unbekannt	23.2.45	MR. Reinterniert
Janowitz, Julius	18.6.87	Lederwaren-designer	18.6.41	HLS, H.
Jaschke, Alfons	8.5.10	Matrose der Handelsmarine	24.11.43	Ka. MR.
Joachimsthal, Hans	27.6.86	Besitzer einer Schmelzhütte	23.1.42	H.
John, J.	Unbekannt	Unbekannt	Unbekannt	KC.
Johne, Friedrich	23.1.05	Fotograf	4.8.44	Aus. Dun. MR.
Joktowitz, Julius	15.8.85	Koch	24.6.41	HLS, H.
Jonas, Louis	14.5.85	Unbekannt	31.5.41	H.
Joseph, Abram	22.7.90	Unbekannt	8.5.44	MR.

Jotkowitz, Julius	15.8.85	Koch, Hotel Central, Aldgate, London	24.6.41	H.
Joubert, Dr. Emanuel	11.2.75	Sprachlehrer Sänger	8.12.43	H. LU37, 42.MR.
Juer, Dr. Hans	1.4.13	Analytischer Chemiker	24.12.40	LU19
Jupe, Franz	12.7.01	Arzt	12.10.44	H. Reinterniert
Jurss, Vladimir	22.2.99	Exportleiter	15.4.41	H. (in Moskau geborener Deutscher)
K				
Kadritzki, Leo	23.10.97	Textilkaufmann	30.12.42	Aus. Dun. HLS.
Kahn, Erich	25.8.04	Künstler	17.2.41	Haus 3.KC. NS.
Kahn, Franz	28.12.89	Technischer Direktor in Lederfabrik	5.4.41	H.
Kahn, Karl	18.9.00	Metallhändler	11.9.41	HLS, H.
Kaldewey, Hubert	16.7.99	Unbekannt	29.9.43	H.
Kalisch, Arnold	10.3.77	Maschinenbau-Ingenieur	16.6.41	H.
Kallman, Ernst	29.6.86	Möbelverkäufer	11.6.41	H.
Kallman, Erwin	14.5.01	Landarbeiter	5.8.41	H.
Kalmus, Paul	6.8.03	Schneider	13.5.41	H.
Kalthoff, Hans	14.4.13	Büroangestellter bei Handelsbank	12.10.44	MR.
Kann, Hans	20.3.05	Metzger	28.10.41	H.
Kann, Stefan	20.3.08	Geschäftsführer bei Baumwollhersteller	15.4.41	H.
Kantorowicz, Franz	22.3.02	Leiter einer Baumwollspinnerei	8.7.41	H.
Kapralik, Carl/Charles	24.4.95	Firmenleiter	13.1.41	LU15
Kastner, Prof. Rudolf	2.5.79	Musikkritiker	23.9.40	LU03, 05. Organisiert Musik in Hutchinson
Katz, Abraham	9.7.90	Damenschneider	14.7.41	H.
Katz, Emmanuel	2.7.94	Stempelhändler	1.12.41	H. Stl.
Katz, Stefan/ Stephan Alexander	1.6.20	Student	2.5.41	Haus 19.Thea. LU36, 37.TC.

Katzauer, Abraham	15.4.22	Student	11.12.42	Aus. Dun. HLS.
Katzenstein, Ludwig	17.5.91	Großhändler für Spitze und Vorhangstoffe	25.4.41	H.
Kaufmann, Gustav	13.4.93	Bankangestellter	22.7.41	H.
Kaufmann, Karl	7.10.22 oder 23	Student	2.2.42	H.
Kaufmann, Otto	10.9.91	Bankangestellter	16.6.41	H.
Kaufmann, Stefan	3.4.10	Unbekannt	12.5.42	Möglicher MI5-Informant im Lager
Kaufmann, Walter	21.5.21	Fotograf	10.6.41	H.
Kawai, Shinichi	10.7.12	Unbekannt	10.11.45	MR.
Kayser, Edgar	1.8.07	Gärtner	15.4.41	H.
Kayser, Kurt	13.5.06	Unbekannt	5.9.41	H.
Kende, Walter	2.10.06	Technischer Zeichner	3.4.41	H.
Kesten, Salo	17.2.21	Agrarwissenschaft-Student	15.7.42	Thea. Ka.
Kiel, Arthur	25.10.78	Großhändler	29.1.44	MR.
Kiewe, Edward	20.3.92	Radioverkäufer	14.5.41	H.
Kirsch, Werner	27.5.10	Sprachlehrer	26.6.44	MR.
Kisselbach, Hans	4.2.14	Metallwarenfabrikant	28.2.44	MR.
Klaber, Manfred	12.12.06	Buchhalter	12.5.41	H.
Klag, Oskar	18.4.13	Ingenieur	23.7.41	H.
Klamet, Richard	16.2.72	Fischer	27.3.42	H.
Klein, Max	10.3.04	Verkäufer	14.5.41	H.
Klein, Werner	18.2.21	Kaufmannslehrling	28.10.40	Unbekannt
Klemperer, Dr. Herbert von	Unbekannt	Vorstandschef der Schwartzkopff AG	Unbekannt	Unbekannt
Klinger, Armin	12.9.20	Musik-Student	2.10.41	TC.
Klinkhoff, Fritz/Fred	25.6.18	Handelsvertreter	19.6.41	H. Vortrag im »Centre Español«. LU34, 40, 43, 44. Zauberkünstler neben Kurt Schwitters

Klinkosch, Georg	25.6.22	Student	24.2.44	MR.
Klopper, Harry	17.4.20	Weber	1.3.41	Thea. Luftschutzhelfer im Lager
Knackstedt, Erich	14.8.84	Kellner	14.6.41	H.
Koch, Maximilian	27.4.96	Ölhändler	3.4.41	H.
Koch, Walter	5.10.00	Firmendirektor	22.10.43	MR.
Koppel, George	22.5.13	Unbekannt	21.9.42	Thea. Ka.
Korf, Hann	23.10.01	Ingenieur	6.1.44	MR. Reinterniert
Kohl, Peter	7.1.82	Musiker	22.1.44	MR.
Kohlberg, Georg	8.6.93	Textilkaufmann	5.9.41	Haus 2
Kohn, Johann	27.7.10	Landarbeiter	25.4.41	Stellt in der zweiten Kunstausstellung »Chessmen« (Schachspieler) aus. H.
Kollett, Ferdinand	21.9.07	Matrose der Handelsmarine	16.12.43	Ka. MR.
Kollibay, Walter Franz	27.12.99	»Repräsentant«, technischer Berater	21.8.42	W.
Kollinsky, Hans Anton	2.10.96	Firmendirektor	13.5.43	W. Reinterniert 25.6.41
Konig, Sigismund	2.3.88	Vogelfutterimporteur	20.6.41	H.
Königsberger, Prof. Abraham	16.6.98	Historiker und Anwalt	17.2.42	Schwitters
Koring, Carl August	5.4.84	Architekt	31.3.41	H.
Koritschoner, Oskar	14.2.97	Polsterer	20.8.41	H.
Korn, Arthur	4.6.91	Architekt	8.8.41	LU39, 41, 42, 43, 44, 45. H.
Korn, Nathan	13.2.02	Zuschneider	4.10.41	H.
Kossmann, Benno	13.5.79	Destillerie-Direktor	21.4.41	H.
Kossmann, Dr. Max	19.8.01	Unbekannt	25.8.41	LU19, 20, 21, 22, 25, 26. H.
Kossmayer, Wenzel	8.7.07	Zirkuspferd-Dresseur	22.3.44	H. MR.
Kostiainen, Reino	3.7.15	Unbekannt	18.11.43	MR.

Kothe, Walter Paul	17.8.90	Schiffs-Steward	25.11.43	Ka. MR.
Kotschote, Siegfried	14.9.76	Schaufenster-dekorateur	6.6.45	MR.
Kovar, John	13.5.78	Stallbursche	17.6.41	H.
Krämer, Friedrich »Fritz«	14.11.05	Maler	7.1.41	KC. NS. Schwitters
Krämer, Leo	2.1.14	Geschäftspartner	28.10.45	Ka. MR. Repatriiert
Kramm, Dr. Hans (alias Cramm)	14.1.10	Geistlicher	6.12.40	LU13, 14, 15, 16, 17, 18, 19, 20
Kraus, Otto	6.7.10	Möbelpolsterer	13.9.41	H.
Krauss, Dr. Reinhard	26.3.00	Industrie-psychologe	18.5.43	W. LU41, 42, 43, 44
Krausz, Heinrich	8.12.04	Büroangestellter	12.5.44	MR.
Krausz, Marcel	18.7.06	Getreidehändler	10.7.41	H.
Kremer, Charles (alias Friedrich Conrad)	7.5.10	Ingenieur	28.10.45	MR. Repatriiert
Krenn, Friedrich	27.12.19	Student	7.6.44	MR.
Kritzler, Ludwig	22.8.85	Ingenieur	30.6.41	HLS. H.
Kritzler, Fritz	25.6.23	Student	20.12.40	HLS.
Krupa, Walenty (alias John Smith)	18.10.95	Bäcker	21.5.41	H.
Kuh, Michael (alias Michael Stone)	12.10.22	Student, später Journalist	24.11.41	Thea. K.
Kuhmerker, Leon	24.12.90	Elektrohändler	16.10.41	H. Ka. Im Lager Hersteller von Kunstblumen
Kumpera, Karl	19.4.16	Unbekannt	20.9.43	H. AS.
Kupferberg, Ismar	29.3.84	Textilkaufmann	19.5.41	H.
Künstlinger, Heinz	13.6.19	Müller	25.10.41	Haus 9. AS. LU19, 41

Kuranda, Hugo	29.5.10	Unbekannt Später olympischer Skiläufer	12.5.44	Ka. W. MR.
Kutiak, Paul	26.6.14	Antiquitätenhändler	1.4.41	H.
		L		
Lachmann, Gustav	3.2.96	Unbekannt	29.11.45	Ka. MR.
Lachmann, Dr. Heinz	23.8.98	Anwalt	8.11.40	LU14, 15, 16.
Lachotzki, Werner	22.11.04	Anwalt	25.7.44	MR.
Lachs, Richard	18.12.95	Büroangestellter	6.6.41	HLS, H.
Lampl, Jakob	16.4.96	Arbeiter, Schokoladenfabrik Cadbury	18.7.41	H.
Lanczy, Gyula/Jules	19.4.91	Unbekannt	Unbekannt	MR.
Landau, Arthur	14.9.11	Gutachter	22.5.41	H.
Landau, Max A.G.	14.4.91	Bilanzbuchhalter	10.6.41	Haus 19. Leiter der Sozialwissenschaften im Lager. LU35, 43
Landry-Schmidt, Dr. Harald	21.5.98	Autor und Journalist	24.10.41	Co-Sieger im Schachturnier. LU25, 26, 28, 29, 41, 44, 45. H.
Landsberg, Ernst	6.5.19	Student	11.7.42	Thea. Ka.
Lang, Eugen	6.12.06	Unbekannt	16.11.44	MR.
Langer, Isidor	7.5.99	Parfumeur	28.4.41	H.
Langer, Joachim	5.12.94	Parfumeur	21.5.41	H.
Langer, Paul	17.11.95	Handelsreisender	26.7.41	H.
Lanzer, Otto	17.5.82	Hutmacher	23.7.43	H.
Lappe, Rudolf	27.5.14	Ingenieur	3.6.41	H.
Laserstein, Walter Felix	22.6.96	Dolmetscher	31.1.44	W.
Laske, Bernhard	13.2.94	Chirurg	4.8.44	H.
Lauer, Cahim	22.9.96	Pelzhändler	15.10.41	H.
Laugomer, Albert	19.10.95	Koch	19.8.41	H.

Lazarsfeld, Ernest	31.1.95	Unbekannt	27.1.44	MR.
Leder, Karl (alias Sigurd Leeder)	14.8.02	Leiter der Tanzschule an der Dartington Hall School	6.11.40	Unbekannt
Leibholz, Rudolf Franz	31.1.10	Zuschneider	28.10.41	LU41. H.
Leibke, Alfred	12.11.06	Kleidermacher	2.8.41	H.
Lenheim, Ludwig	29.3.82	Fabrikant von Luxus-Leder-waren	1.7.41	H. Schwitters
Leschziner, Leo	29.4.12	Vertreter für Radio Press Service, Marseille	5.1.42	H.
Lesser, Wolfgang	31.5.23	Musiker und Komponist	18.10.41	Thea. H.
Letzter, Josef	23.3.13	Textilmaschinen-schlosser	19.5.41	H.
Levi, Gerhard	23.7.23	Handtaschenma-cher-Lehrling	1.7.41	H.
Levi, Hermann	14.1.93	Unbekannt	29.12.42	Aus. Dun. HLS.
Levin, Walter	25.4.02	Zahnarzt	7.4.41	H.
Levine, Erich/ Eugene	21.6.16	Medizin-Student	9.1.41	Teilnahme am Lager-Boxkampf
Levy, Karl	Unbe-kannt	Unbekannt	Unbe-kannt	LU24 (spielt Klavier), TC (verfasst »im Namen der Jugend«)
Lew, Arthur	5.2.88	Technischer Berater	11.4.41	H.
Lewan-dowski, Max	6.8.79	Kaufmann	25.6.41	HLS, H.
Lewin, Erich	25.5.07	Journalist	10.1.41	LU18, 19.
Lewin, Werner	27.10.20	Student	19.3.42	Thea. Ka.
Lewinsohn, Phillip	22.5.03	Damenschneider	23.8.41	H.
Lichten-stein, Hugo	3.2.00	Gynäkologe	21.5.41	H.
Lichtschein, Josef	12.3.97	Viehhändler	21.5.41	H.
Lieber, Gustav	24.4.86	Stempelhändler	10.11.41	Schwitters

Liebermann, Hans	29.5.22	Student	13.2.41	Thea.
Liebermann, Martin	4.12.96	Elektro-Ingenieur	21.3.41	H.
Liebes, Hans	6.3.85	Gummiverkäufer	18.6.41	H.
Lindeman, Max	4.4.15	Unbekannt	9.12.44	MR.
Lindemeyer, Herbert	4.3.22	Ingenieur	15.12.41	H.
Lindner, Kurt	27.3.10	Unbekannt	Unbe-kannt	MR.
Lindner, Paul	10.5.11	Metallarbeiter	22.1.42	Angeblich kommunistischer Agitator im Lager
Lindt, Richard	5.12.76	Ingenieur	5.1.45	MR.
Lipschitz, Max	4.3.07	Leiter eines Ölunternehmens	15.10.40	H.
Lipsker, Bernhard	6.3.13	Lehrer, Gärtner	21.7.41	Ka. LU36, 37.
Lissberger, Albert	30.10.07	Eisenwaren-händler	16.5.41	H.
Litthauer, Ernst K.	17.6.16	Geschäftsmann, Kunstsammler	28.8.41	H. Später Träger des »OBE«
Littmann, Martin	15.2.87	Beratender Ingenieur	25.9.41	H.
Lob, Luitpold	12.3.89	China-Händler	3.6.41	H.
Loeb, Bertold	28.4.09	Obstexporteur	20.4.43	H.
Loeb, Walter	15.4.20	Werkzeug-macher	15.9.41	H.
Loeb, Wilhelm	27.1.12	Fabrikanten-Vertreter	28.4.41	HLS, H.
Loeffler, Heinrich	25.2.89	Anwalt	2.10.44	H. MR.
Loening, Dr. Erich Eduard	16.12.94	Chemiker, Drucker	4.12.40	Haus 24. LU15, 16. Geschäftspartner von Walter Zander
Loewe, Ernst	19.12.78	Anwalt	19.5.41	H.
Loewenthal, Anton	6.11.19	Textildesigner	4.11.40	
Loewenthal, Hans	27.6.22	Student, Bryanston School	26.4.41	H.
Löwenberg, Dr. Fritz	30.4.17	Lehrer	8.5.41	LU14, 15, 16, 17

Löwenfeld, Dr. Günther	14.10.95	Anwalt und Landschafts-architekt	22.2.41	Eröffnet die Ausstellung von Müller-Blensdorf. LU24, 26
Löwengard, Manfred	4.3.09	Graphologe	30.4.41	LU36, 37, 38, 39, 40. H.
Löwenstein, Fred	21.5.06	Textilfabrikant	5.8.41	H. HLS.
Löwenstein, Hans	24.10.21	Webmaschinen-technik-Lehrling	15.2.41	Thea.
Loffler, Heinrich	22.2.89	Anwalt	2.10.44	H.
Lohre, August	28.8.76	Möbeltischler	30.6.41	H.
Lok, Ferdinand	11.10.17	Rabbi	18.7.41	HLS, H.
Lok, Hermann	19.8.10	Wurstmacher-Lehrling	4.12.42	Aus. Dun. HLS.
Loki, Laszlo	6.7.10	Unbekannt	4.11.43	MR.
Lowy, Josef	24.11.92	Landwirt	10.2.42	H.
Lowy, Kurt	9.8.12	Büroangestellter	18.9.41	H.
Lucius, Zeno Johannes	26.6.82	Technischer Direktor	12.1.44	MR.
Luther, Hans	13.7.18	Numismatiker	23.10.43	Aus. Dun. MR.
Luukkonen, Arvi	11.5.10	Matrose der Handelsmarine	12.10.44	MR.
		M		
Maas, Alfred	20.8.13	Wäschefabrikant	26.8.41	H.
Maas, Dr. Paul	18.11.80	Altphilologe, Pro fessor in Oxford	29.8.40	Lagerbibliothekar
Madler, Franz	28.5.81	Erfinder (Motorteile)	10.6.44	H. AS. MR. Reinterniert
Magner, Eugen	21.10.87	Unbekannt	17.9.41	H.
Mahrenholz, Harald	14.10.04	Künstler, Damenschneider	23.2.42	Unbekannt
Maier, Fritz	9.7.21	Funkassistent	9.3.42	H.
Mainzer, Joseph	30.1.16	Student/ Bäcker-Lehrling	24.12.42	Aus. Dun. HLS.
Malinow, Adolf	3.7.85	Anzugfabrikant	18.6.41	H.
Manber, George	11.2.04	Zahntechniker	12.7.41	H.
Mandl, Philipp	25.6.82	Technischer Berater, Schuh-fabrik	4.6.41	H.
Mankiewitz, Hans	14.7.02	Weinhändler	30.9.43	AS.

Mankiewicz, Herbert	1.2.00	Maler	11.12.40	NS.
Mann, Marcel	5.9.05	Unbekannt	Unbe-kannt	MR.
Mannheim, Bruno	10.9.81	Textilhandels-vertreter	12.5.41	H.
Manuel, Rudolf	25.4.82	Büroangestellter	6.5.41	H.
Marculescu, Gheorghe	23.7.96	Matrose der Handelsmarine	1.11.43	MR.
Marcus, Rolf	26.4.14	Büroangestellter	28.4.41	H.
Margitai, Peter (alias Peter Maxwell)	23.1.21	Student	27.6.41	Ka. Thea. Später Filmregisseur
Margulies, Heinrich	26.7.10	Architekt	18.8.41	MR.
Margulies, Dr. Max	18.10.83	Arzt	18.7.41	H. Schwitters
Marian, Bruno	3.2.21	Verkäufer	23.6.41	H.
Mark, Otto	18.10.99	Handelsvertreter	7.2.41	Haus 23.TC.
Markam, Heinz	1.6.21	Unbekannt	1.12.41	H.
Marschik, Konrad	5.5.15	Jura-Student	21.11.41	Thea. H.
Marx, Ernst	27.11.87	Unbekannt	8.9.44	Ka. MR.
Marx, Herbert von	31.8.97	Privatbankier	24.5.41	H.
Marx, Prof. Ludwig	2.8.91	Lehrer, Autor	7.2.41	Haus 3.LU12, 13, 14, 15, 16, 17, 18
Matthias, Fritz	23.12.21	Unbekannt	27.5.41	H.
Matuschka, Count Franz von (alias Graf)	21.8.95	Dichter, Tennisspieler, Gärtner	30.4.41	H. KC. LU29, 33
Maurer, Emil	11.4.84	Rechtsanwalt und Politiker	6.1.41	W. Schwitters
May, Adam	31.3.83	Gärtner	18.6.41	H.
Mayer, Gebhard	26.2.25	Student	11.7.44	MR.
Mayer, Joseph	17.2.09	Religionslehrer	27.8.41	HLS. H.
Mayer, Theodor	27.8.91	Bauarbeiter und Dekorateur	18.4.41	H.
Maylersohn, Pinchas	2.5.00	Arzt	6.4.44	MR. Reinterniert

Mayor, Kurt	3.3.21	Maschinenbau-Ingenieur	7.2.41	Bühnenbildner für den Mann, der Donnerstag war.
Meidner, Ludwig	18.4.84	Künstler	9.12.41	Unbekannt
Meier, Erich	18.7.06	Sekretär und Textilhandels-vertreter	22.12.44	Ka. MR.
Meier, Siegfried	17.3.83	Ingenieur, Patent-Experte	2.9.40	Haus 24.
Meirowsky, Karl	28.9.19	Student	13.10.43	Ka. MR. Reinterniert
Meissner von Hohen-meiss, Dr. Ferdinand	28.3.96	Journalist, Ökonom	15.9.44	Ka. MR. FatVater von Freda Meissner-Blau
Melcher, Ernst	23.12.09	Jura-Student	23.11.40	Unbekannt
Melchior, Albrecht	12.9.91	Exportleiter	17.6.41	LU44, 45.
Melitz, Rudolf Edgar	3.7.05	Journalist	14.6.41	Thea.
Mendler, Barnett	25.9.86	Maschinist	25.7.41	H.
Mendzi-gursky, Peisech	9.4.98	Handelsreisender	8.9.41	HLS. H.
Merkel, Marcus	6.2.86	Konserven-händler	3.4.41	H.
Merl, Abraham	19.6.17	Student	5.1.42	H.
Merländer, Samuel	30.4.95	Textilkaufmann	6.8.41	Dritter Lagervater. H.
Mero, Julius Mayer	30.3.81	Zelluloid-Fabrikant	10.3.41	Sieger im lager-internen Essay-Wettbewerb.
Meyer, Helmut	26.11.15	Landwirt-Lehrling	3.4.42	H. MR.
Meyer, Paul	29.1.21	Student	25.7.41	H.
Meyer, Rudolf »Rolf« G.	20.9.17	Automechaniker-Lehrling	20.6.41	Haus 2.H. LU12, 13, 35, 37.Schwitters
Meyerstein, Ludwig	10.3.93	Anwalt	23.8.41	H.
Michaelis, Karl	14.1.03	Technischer Zeichner, Grafiker	31.5.45	H. MR.

Milbauer, Pedro/Peter	20.4.97	Bauunternehmer	2.9.44	MR. Repatriiert
Mirauer, Helmuth	7.11.14	Student	19.3.42	Ka. Thea.
Mirecki, Adolf »Dol« D.	17.4.09	Möbeltischler, Karikaturist	15.4.41	KC.
Misch, Dr. Georg	5.4.78	Philosoph, Universität Cambridge	4.9.40	UT.
Moldenhauer, Albert	5.12.80	Schiffsfeuerwehrmann	30.6.41	H.
Morgenstern, Sieghart	22.4.89	Anwalt	18.6.41	H.
Mottek, Hans	26.9.10	Jurist	10.6.41	H. Träger des »Vaterländischen Verdienstordens« der DDR für hervorragende Leistungen für das gesellschaftliche Leben
Mottek, Ignaz	20.4.79	Herren-Strickwarenhändler	29.7.41	H.
Müller, Ernst	21.2.07	Baumwollfabrikant	29.8.41	H.
Müller, Friedrich	24.2.20	Schneider	23.8.41	H.
Müller, Kurt	6.3.21	Pelzhändler	3.5.41	H.
Müller, Paul	3.9.99	Verkäufer	28.7.41	H.
Müller, Willy	14.9.10	Werkzeugmacher	9.9.44	Ka. MR.
Müller-Blensdorf, Ernst	25.9.96	Bildhauer	10.4.41	H. Haus 19.KC. Schwitters, LU26, 31
Munster, Rudolf	16.6.03	Anwalt	27.3.41	Hausvater
Munzer, Wolfgang	27.4.13	Verkäufer	9.4.41	H.
Myllys, Aulis	13.12.09	Matrose der Handelsmarine	30.10.44	MR.
N				
Nachtmann, Emil	25.10.14	Zirkusartist	8.1.44	Ka. MR.
Nagy, Istvan	1.1.02	Unbekannt	19.1.44	MR.
Nakayama, Kanichi	11.7.87	Unbekannt	18.9.45	MR.

Narinen, Onni	9.5.19	Unbekannt	Unbekannt	MR.
Nassau, Ernst Saloman	5.12.95	Instrumenten-Experte	20.2.41	Grabungsassistent von Gerhard Bersu
Nast, Ernst	18.12.96	Anwalt	12.2.45	MR.
Nathan, Siegfried	17.1.85	Kieferchirurg	7.7.41	H.
Nauen, Robert	6.9.85	Vertreter für Kosmetikfirma	16.4.41	H.
Netter, Heinrich	17.9.84	Lederbekleidungshändler	12.7.41	H.
Nettelbladt, Baron Nicholaus von	25.4.76	Lord im Glassenbury Manor, Cranbrook	6.1.44	MR.
Neuburger, Max	20.4.20	Student	11.7.41	HLS. H.
Neumann, Erich Otto	Unbekannt	Unbekannt	Unbekannt	W (eventuell auch: LU12, 13)
Neumann, Horst	20.7.87	Praktischer Arzt	22.12.41	H.
Neumann, Siegfried	17.4.22	Student	29.12.41	H.
Neunzer, Johann (alias »Hans«) »Brick«	4.11.89	Löwendompteur im Zoo Burnt Stubb, Chessington	16.6.41	Haus 40. H. UT. Ka.
Neurath, Walter	1.10.03	Verleger, Anzeigendruck	Unbekannt	Unbekannt
Neustein, Max	20.8.82	Kornhändler	21.6.41	H.
Newman/ Neumann, Walter H.	Unbekannt	Unbekannt	Unbekannt	LU36, 37.Schwitters
Nirenstein, Isidor	13.4.78	Direktor, Witkowitzer Eisenwerke, Mähren	19.5.41	Haus 24
Nishigawa, Ichitaro	18.5.98	Zirkusartist	24.8.45	MR.
Nitkewitsch, Otto	29.5.06	Vertreter	6.10.43	H.
Nitkewitz, Isaak	25.10.81	Textilkaufmann	16.9.41	H. Stl.
Nitze, Willi	27.4.13	Ingenieur	22.10.43	Ka. MR.
Nohl, Hermann	9.4.16	Student	3.4.41	H.

Noll, Alois	27.8.13	Kellner	20.1.43	Ka. MR.
		O		
Oberndorfer, Fritz/ Friedrich	22.12.88	Anwalt	8.8.40	Arbeitet mit Rahmer
Oetvoes, Ekkehard	27.6.95	Student	5.6.44	MR.
Ofner, Dr. Curt	23.8.85	Schulleiter	19.12.40	Unterrichtet Studenten im Lager in »Immatrikulation und Hausarbeit«. W.
Ohga, Hiroshi	31.7.00	Unbekannt	15.9.45	MR.
Olden, Rudolf	14.1.85	Anwalt, Autor, Intellektueller	6.8.40	Politischer Redakteur, Berliner Tageblatt. Schwitters. UT.
Olsen, Olaf	24.1.19	Schauspieler	12.12.44	MR. Reinterniert
Omasta, Leopold	24.6.06	Büroangestellter im Arbeitsamt	18.1.41	H.
Oppenheim, Georg	5.12.06	Anwaltsreferendar	2.5.41	H.
Oppenheim, Hans	25.4.92	Dirigent	25.7.40	Stiefvater von Peter Ebert
Oppenheimer, Levi	14.5.80	Textilkaufmann	30.4.42	H.
Oppenheimer, Siegfried	27.11.91	Kunsthändler	30.12.40	KC. Schwitters
Oppert, Josef	27.9.08	Werkzeugmacher	21.4.41	H.
Ortlieb, Wilhelm	7.10.19	Unbekannt	3.3.44	Ka. MR.
Ostrich, Ludwig	22.12.76	Unbekannt	Unbekannt.	MR.
Ottmann, Karl	23.12.11	Büroangestellter	28.11.41	H.
Ottmann, Schlama	15.5.94	Lehrer	4.2.42	HLS, H.
Ötvös, Josef Ekkehard	27.6.95	Arzt	5.6.44	H. AS.
		P		
Palmers, Hans	2.12.02	Unterwäschefabrikant	29.4.44	MR.
Pariser, Franz	21.7.85	Textildesigner	14.10.40	Haus 24.UT. Hermann Göring eignete sich seine Bibliothek an
Parkkinen, Pauli	24.12.22	Unbekannt	24.11.43	MR.

Parnas, Morris	31.1.84	Mützenmacher	25.4.41	HLS, H.
Patriasz, Otto (alias Oliver Pond)	24.12.98	Drucker	30.12.40	Haus 13
Pechmann, Friedrich	24.4.79	Unterwäsche-händler	3.1.45	MR.
Pelzer, Dr. Heinrich	3.11.03	Physiker	18.12.40	LU12, 13
Pennenberg, Julius	25.8.03	Geschäftsleiter, Textilfabrik	11.9.41	H.
Perlmann, Dr. Alfred	28.10.80	Augenchirurg	4.7.41	LU20, 21.H. TC.
Peroti, Christoph	21.7.96	Büroangestellter	31.5.45	H. Repatriiert
Pessati, Jacob/ Jacques	25.9.94	Bergmann	9.5.41	H. MR.
Petzan, Wilhelm	25.6.81	Ingenieur	8.1.44	MR.
Pfeiffer, Prof. Rudolf	28.9.89	Klassischer Philologe, Corpus Christi, Oxford	23.9.40	Kulturvertreter für Haus 24. »Wieder einmal gewinnt Oxford, was Deutschland verlor«, schrieb The Oxford Magazine zu Pfeiffers Ankunft
Pfingst, Gustav	12.6.00	Rabbi	24.1.41	Aus gesundheitlichen Gründen entlassen. arbeitet später mit Flüchtlingskindern. LU03, 21, 22, 24, 25
Pflug, Dr. Oscar	15.3.98	Lehrer	2.3.44	MR.
Philips, Klaus	15.3.19	Agrarökonom	27.5.41	H.
Pick, Robert Hermann	12.1.88	Theaterleiter	7.2.44	W. H. MR.
Pietro-kowski, Hans	3.9.06	Exportleiter	6.11.43	Ka. MR.
Pietzner, Carlo	26.1.15	Künstler	6.9.41	2. Herausgeber von The Camp. Bühnenbildner für Schiller-Aufführung. LU40
Piorkowsky, Franz (alias Francis Pulteney)	7.5.20	Buchhändler	Unbekannt	Bester Freund von Herbert Weil

Planer, Felix Ernst	28.3.14	Künstler	12.2.41	Studierter Elektroingenieur
Plühmer, Robert	30.10.20	Maschinenbau-Ingenieur	5.1.44	MR. Reinterniert
Polatschek, Hugo	1.10.75	Textilhandelsvertreter	3.4.41	H.
Poka-Pivny, Dr. Adalbert de	28.12.82	Autor, Diplomat	10.6.44	MR.
Polkko, Antti	31.1.89	Matrose der Handelsmarine	21.12.44	MR.
Pollak, Prof.	Unbekannt	Unbekannt	Unbekannt	LU03, 05
Pollak, Paul	1.1.23	Steuerbeamter	29.9.44	H. MR.
Pollenz, Victor	12.4.96	Unbekannt	2.7.41	H.
Pollmann, Prof. Stefan	17.11.80	Musik-Professor	10.2.41	Singt im Lager. KC. TC. LU18, 19, 25, 28
Posen, Philip	10.2.19	Student	25.6.41	H.
Posener, Sigbert	7.12.16	Unbekannt	31.10.41	H.
Presler, Josef	13.12.08	Bilanzbuchhalter	30.1.41	HLS.
Preuschen, Hans	22.1.13	Student	29.9.43	Thea.
Preuss, Ernst Gustav	24.6.91	Patentanwalt, Autor	16.40.41	LU14. H. Sohn von Hugo Preuss
Pringsheim, Dr. Fritz	7.10.82	Professor in Oxford	13.12.40	Haus 5
Prufer, Adolf	1.1.91	Leiter einer Spielzeugfabrik	01.9.41	HLS, H.
Pudles, Karl	30.5.04	Drucker	18.6.41	H.
Puukko, Walter	24.5.12	Unbekannt	Unbekannt	MR.
		R		
Raczkowsky, Kurt	10.11.98	Motorenmechaniker	16.8.41	H.
Radatz, Heinrich	2.3.09	Unbekannt	22.10.43	Ka. MR. Reinterniert
Rado, Eugen	13.5.93	Vertreter	8.5.41	Schwitters. H.
Rahmer, Hermann	30.11.05	Funk-Ingenieur	22.10.42	W. Thea. H.
Raith, Joseph	15.2.84	Musikhändler	21.12.43	H. MR.
Rappaport, Sigmund	30.1.12	Ingenieur	5.7.44	HLS. MR. Ka.

Rathsprecher, Elias	7.1.09	Architekt	9.5.41	H.
Rauch, Fritz	15.4.41	Unbekannt	15.4.41	H.
Rawicz, Marjan	24.9.96	Pianist	18.10.40	Haus 19
Rechtschaffen, Abraham	30.12.96	Unbekannt	8.7.41	HLS, H., Stl.
Reich, Dr.	Unbekannt	Unbekannt	Unbekannt	LU05, 12, 14. Unterrichtet in der Agrarschule des Lagers
Reich, Erich	17.10.22	Schuster-Lehrling	27.1.42.	Thea. Ka.
Reich, Sam	12.12.89	Pensionär	30.1.41	HLS.
Reichard, Hans Karl	4.2.02	Chemie-Ingenieur	12.4.43	Ka. LU38, 39
Reichberger, Franz	21.2.06	Unbekannt	26.4.41	H.
Reiche, Carl	20.3.94	Gärtner	26.4.41	H.
Reichenberg/Pilis, Frederick von	11.5.75	Autor, Dozent	27.3.45	Ka. MR.
Reifenberg, Hans	1.2.00	Geschäftsführer einer Seidenfabrik	18.6.41	H.
Reiher/Reither, Karl	17.1.95	Uhrmacher	20.1.45	H. MR. Reinterniert
Reimann, Hans	17.7.05	Innenarchitekt	30.6.41	H.
Reisz, Egon	22.9.09	Musiker	20.2.41	Spielt in der Pause beim Lagertheater Der Mann, der Donnerstag war
Rejall, Englebert	4.9.83	Knopfmacher	20.6.41	H.
Renner, Charles »Charlie«	2.1.98	Pfeifentaschenmacher	15.2.41	Thea.
Richard, Prof	Unbekannt	Unbekannt	Unbekannt	LU20.
Richthofen, Baron Wilhelm Friedrich Adam Lothar Max von	6.10.88	Autor	18.2.44	Ka. MR. Entfernter Verwandter des »Roten Barons«. Rhodes-Stipendiat

Rieben, Henning von	8.8.11	Unbekannt	14.4.44	MR. Kostümmacher für Lagertheater
Riedel, Wilhelm	13.4.95	Schneider	30.6.41	H.
Ringer, Horst	16.9.21	Gemischtwaren-händler	17.7.41	H. (Reinterniert 17.6.42-12.2.43)
Rintelen, Franz von	19.8.78	Ehemalier Geheimdienst-agent und deutscher Spion in den USA	5.12.44	MR.
Rinzler, Israel	20.9.88	Unbekannt	15.7.41	H.
Rinzler, Moritz	9.6.22	Verkäufer	4.11.41	H.
Ripper, Heinrich	23.3.96	Butler	24.5.41	H.
Ritter, Otto	17.6.91	Strumpffabrikant	7.8.41	H.
Roessingh, Henry William	1.12.99	Künstler	5.1.42	TC.
Roessler, Hermann	4.5.95	Künstler	16.11.40	NS. Eventuell Designer für Tiffany & Co.
Rogister, Dr. Max von	3.9.98	Anwalt	7.6.42	Ka. LU33, 34, 39, 42, 44, 45.W.
Rohsen, Hans	30.1.06	Landarbeiter	26.4.41	H.
Rokowsky, Lazar	6.6.81	Bäcker	?	Haus 4
Romm, Kurt	7.5.08	Fotograf	15.7.41	LU37, 44
Ronnlund, Carl	2.12.14	Matrose der Handelsmarine	4.2.44	MR.
Rosenbaum, Alfred	14.4.14	Drucker	2.11.40	Schwitters
Rosenbaum, Jonas	28.6.95	Straßenbauer	11.2.41	HLS.
Rosenbaum, Wilhelm	22.8.89	Unbekannt	4.6.41	H.
Rosenberg, Dr.	Unbe-kannt	Unbekannt	Unbe-kannt	LU12, 14, 15, 16, 17, 18
Rosenblatt, Joseph	8.1.90	Möbeltischler	19.5.41	H.
Rosenkranz, Jakob/Jacob	3.11.96	Lederhändler	17.7.41	HLS, H.
Rosenthal, Arnold	19.10.93	Handtaschen-fabrikant	29.7.41	H.

Rosenthal, Ernst	12.6.07	Viehimporteur	4.6.41	H.
Rosenthal, Josef	31.5.78	Textilkaufmann	29.7.41	HLS, H.
Rosenthal, Dr. K.	Unbekannt	Unbekannt	Unbekannt	LU03, 05
Rosner, Adolf	25.12.91	Schneider	14.7.41	H.
Roth, Abraham	10.8.99	Schneider	1.4.41	HLS. H.
Roth, Alwin	6.8.05	Hilfsarbeiter	18.4.41	H.
Roth, Frederich	20.5.96	Ingenieur	19.5.41	H.
Roth, Jakob	10.4.88	Rabbi, Bäcker	26.5.41	HLS, H.
Roth, Jakob	25.9.09	Handtaschenmacher	9.7.45	MR.
Rothenberg, Stanley	23.6.22	Mechaniker	26.11.43	MR.
Rothfels, Dr. Hans	12.4.91	Professor, St John's College, Oxford	24.9.40	Erstellt das Vortragsprogramm im Lager. assistiert bei der Einrichtung des Lagerradios.
Rothfels, Hans-Jurgen	22.11.21	Student	5.11.41	H.
Rubinger, Kalmon	20.6.94	Handelsvertreter	12.6.41	H.
Rubinski, Alfred	12.4.01	Direktor, British Home Stores, Baker Street	24.6.43	H.
Rubinstein, Viktor	9.1.88	Buchhändler	2.6.41	H.
Ruckenstein (alias Blum), Beno	24.1.95	Unbekannt	Unbekannt	MR.
Rummelsburg, Gerhard	19.11.08	Bekleidungshandelsvertreter	10.7.41	H.
Runkel, Rolf	6.10.05	Freiwilliger Arbeiter	18.7.41	Verdächtigt als OGPU-Agent. Uhlman nennt ihn einen »fanatischen Kommunisten«. H.
Ruppel, Kurt	25.1.17	Medizin-Student, Universität Sheffield	15.4.41	H.
Ruppin, Walter	1.7.91	Regisseur	17.6.41	H. Lagervater ab Mai 1941

Rusche, Dr. George	17.11.00	Wirtschafts-Professor	11.3.41	LU15, 16, 17, 19, 20, 21, 22, 24, 25, 26, 29
Ruzicka, Adolfe	17.6.80	Frisör	11.4.41	H.
S				
Saalberg, Max	27.10.92	Kleidermacher	22.10.41	H.
Saborsky/ Saberski, Dr. Kurt	5.11.03	Chirurg	6.12.40	Spielt im Lager Violine. LU29, 35
Saborsky, Paul	1.2.87	Landwirt	21.5.41	H.
Sachs, Martin	31.5.04	Unbekannt	23.1.42	Aus. Dun. MR. Reinterniert
Sachs-Hellman, Robert	31.5.87	Bankdirektor (pensioniert)	30.6.41	H.
Salomon, Fritz	17.4.06	Handtaschen-macher-Lehrling	11.4.41	H.
Salomonski, Fritz (alias »Fred«)	01.6.99	Maler, »religiöser Leser«	24.3.41	KC. NS. LU03, 05, 14, 15, 16
Salzer, Emil	31.3.98	Buchhalter	14.8.41	H.
Samuel, Ludwig	23.5.85	Unbekannt	8.4.41	H.
Sander, Walter	12.7.19	Metzger-Lehrling	9.4.41	H.
Sänger, Dr. Ernst	8.7.13	Verlagslektor	26.4.41	Spielleiter. H. LU18, 19
Saxin, Eugen	21.11.19	Matrose der Handelsmarine	10.10.44	MR.
Schaak, Willi	24.10.08	Lederarbeiter	16.6.41	H.
Schachter, Siegfried	8.4.92	Unbekannt	13.8.41	H.
Schaefer, Dr. E.	Unbe-kannt	Unbekannt	Unbe-kannt	LU35
Schafer, Erich	28.3.01	Unbekannt	16.6.41	H.
Schaffer, Arthur	13.2.06	Dramenautor	18.7.41	H.
Schalten-brand, Eugen	17.2.86	Unbekannt	14.3.44	Schwitters. H. MR.
Scharf, Emanuel	19.6.93	Bankier	2.3.42	H.
Schargel, Schepsel	5.4.83	Seidenhändler	24.1.41	HLS. H.

Schechter, Marcus	2.3.06	Pelzhändler	17.12.42	Aus. Dun. HLS.
Scheininger, George	1.12.22	Student	9.1.42	H.
Schellen-berger, Jan	3.4.07	Lehrer	30.12.41	TC. Wird im September 1941 »Camp captain«
Scheu, Dr. Friedrich	26.2.05	Journalist, Anwalt	11.11.40	Betreibt den Debattierclub im Lager
Schicke, Bernhard	19.3.02	Operetten-künstler	28.10.45	MR. Repatriiert
Schier, Kurt	31.12.98	Eistanztrainer	Verst.	Verst. durch Selbstmord im Lager, 11.7.43
Schleischer, Erich	2.7.11	Matrose der Handelsmarine	16.11.43	Ka. MR.
Schlesinger, Richard	18.1.04	Textilfabrikant	29.7.41	H.
Schlesinger, Phillipp	6.1.81	Theaterleiter	12.6.41	H.
Schlössingk, Klaus	15.4.11	Produktionsassis-tent, BBC	28.2.44	Ka. MR (kurz aus kanadischem Internierungslager entkommen)
Schmetz, James	4.11.86	Börsenmakler	Verst.	Verst., Ursache unbekannt, 17.7.40
Schmidt, Hans	5.7.85	Erfinder	12.7.41	H.
Schmidt, Sigmund	23.12.79	Koch	7.4.44	MR.
Schneider, Karl	3.9.88	Gärtner	3.6.41	H.
Schnitzer, Viktor	25.12.91	Kaufmann	11.6.41	H.
Schoffer, George	22.7.14	Lehrling	11.9.41	H.
Scholz, Dr. Herman	13.3.11	Assistenzarzt	28.10.45	MR. Repatriiert
Scholz(e), Otto Heinrich	26.10.01	Leiter, Dragon Press	26.6.43	AS. Mitbetreiber der Lagerkantine. TC.
Schönberg, Ernst	10.12.00	Unbekannt	6.12.45	MR. Repatriiert
Schönberg, Heinrich	29.6.19	Student	8.9.41	H. HLS.
Schöndorff, Hans	7.3.14	Ingenieur	25.10.41	Thea.
Schönfeld, Hans	28.7.83	Unbekannt	11.5.44	MR.

Schönfeld, Moritz	20.9.23	Schüler	11.12.40	HLS.
Schonthal, Carl	13.6.00	Arzt und Optiker	4.6.41	H.
Schoppe, Walter	11.3.13	Matrose der Handelsmarine	5.11.43	Ka. MR.
Schreiber, Adolf	28.2.98	Juwelier	8.10.41	HLS, H.
Schreiber, Alfred	25.9.10	Architekt	4.7.41	Thea. H.
Schreiber, Moritz	10.8.95	Juwelier	2.12.41	HLS, H.
Schreiner, Johan	24.6.02	Architekt	10.12.40	KC.
Schrenzel, Ernst	20.2.02	Versicherungs-anwalt	16.4.41	H.
Schrimmer, Wilhelm	21.8.90	Politurfabrikant	14.5.41	H.
Schubert, Sami Wickers-ham	29.4.84	Geschäftsleiter, Dilaphone Company	24.5.45	Ka. zuvor inhaftiert wegen »Finanz-vergehen«. W. MR.
Schulmann, Robert	9.2.91	Bankdirektor	2.9.41	H.
Schultes, Alfons	26.11.99	Pfarrer	15.4.41	Ka. LU33, 34, 35, 37
Schultz, Arthur	25.4.04	Landwirt	28.10.45	Ka. MR. Repatriiert
Schultze, Dr. Rolf	25.1.02	Bibliothekar, Kodak	16.4.41	Haus 40.Ka.
Schulz, Dr. Fritz	16.6.79	Professor für Römisches Recht, Balliol College, Oxford	11.10.40	Unbekannt
Schulz-Anjoly, Gerhard	20.10.05	Zirkusartist	16.12.43	Ka. MR.
Schulze, Friedrich	17.10.11	Student, Universität Berlin	14.11.44	MR.
Schulze, Hans	29.6.03	Journalist, Christian Science Monitor	27.12.41	Fünfter und letzter Herausgeber von The Camp. LU33. »W«
Schulze, Richard	1.8.83	Optiker	28.4.41	H.
Schumann, Karl	13.12.09	Schneider	12.6.41	H.
Schwab, Salomon	18.6.88	Weinverkäufer	26.5.41	HLS, H.

Schwann, M.C. (alias Louis Blanche Constantin)	4.9.11	Künstler	4.6.41	KC. Betreibt den »Cercle Français«. LU19, 24, 25, 26, 31, 33, 39, 40, 41, 42, 43, 44
Schwarz, Berthold	4.10.97	Handelsreisender	12.5.41	H.
Schwarz, Friemut	28.4.13	Fußpfleger	31.10.41	Ka. Vierter Heraus-geber von The Camp
Schwarz, Fritz	1.3.24.	Student	17.6.41	Haus 11.HLS. H.
Schwarz, Hubert	11.4.11	Kaufmann	18.6.41	H.
Schwartz, Josef	8.9.22.	Schneiderlehrling	8.9.22	Haus 11. HLS. Assistent bei The Camp
Schwarz, Julius	30.6.02	Ladenbesitzer	5.7.41	H.
Schwarz, Karl	27.7.89	Büroangestellter	28.6.41	H. TC.
Schwartz, Richard	3.9.23	Student	27.5.41	H.
Schwarz, Walter	11.5.13	Büroangestellter	11.8.41	H. Stl.
Schwarz-child	Unbe-kannt	Unbekannt	Unbe-kannt	UT.
Schwarz-mann, Dr. Norbert	20.9.83	Arzt	5.5.41	H.
Schweig, Dr. Bruno	19.8.90	Beratender Chemiker	15.11.40	LU03
Schwing, George	2.8.82	Ungelernter Fabrikarbeiter	25.8.41	H.
Schwitters, Kurt	20.6.87	Künstler	22.11.41	Haus 19, 17 und eventuell 38.H. KC. Vater von Ernst Schwitters-Guldahl. LU21, 31, 33, 36, 38, 41
Schwitters-Guldahl, Ernst	16.11.18	Fotograf	14.7.41	KC. Sohn von Kurt Schwitters. LU20, 21, 22, 24, 26, 28, 34, 36, 37. Schwitters. H.
Schypiro, Mendel	26.12.96	Ingenieur	11.4.41	HLS.
Segall, Helmut	29.3.99	Anwalt	23.8.41	Haus 2.H.
Seher, Heinrich	1.5.88	Büroangestellter	9.6.41	H.

Seidl, Heinrich	17.12.83	Anwalt	23.1.45	MR.
Seidler, Dr. Fritz	11.10.99	Regisseur	30.12.44	H. LU35, 38, 39, 40. Ka. MR.
Seiffert, Adolf	5.12.98	Journalist	27.9.44	MR.
Seligmann, Bruno	27.8.09	Unbekannt	16.6.41	HLS. H.
Selinger, Manfred (alias »Frederick Selby«)	27.11.06	Architekt	14.12.40	LU18, 19
Shellen-berger, Jan	3.4.07	Lehrer	30.12.41	TC.
Sholze, Dr. Hermann	13.3.11	Arzt	28.10.45	H. Repatriiert
Sichel, Siegmund	7.11.97	Wurstmacher	17.6.41	HLS, H.
Silber, Baruch	27.2.89	Ladenbesitzer	24.6.41	H.
Silberberg, Alfred	8.11.06	Fabrikarbeiter	31.10.41	H.
Silver, Solomon	24.7.97	Großhändler	28.4.41	HLS, H.
Simchowitz, Dr. Hermann	2.1.00	Radiologe, Royal Berkshire Hospital, Reading	31.8.40	LU05
Simmel, Walter	4.1.90	Holzhändler	3.3.41	TC.
Simon, Arthur	26.12.15	Hersteller von Wurstpelle	10.3.44	Ka. MR.
Simon, Hans	2.2.05	Regisseur, Film Machines Ltd.	1.1.45	MR.
Simon, Walter	5.5.02	Textilkaufmann	25.6.41	H.
Simonis, Karl	21.1.90	Knopffärber	7.8.41	H.
Singer, Alfred	1.6.93	Musiker	3.5.41	H. Stl. Reinterniert nach »versehentlicher Entlassung«
Singer, Dr. Erich	10.4.96	Karikaturist, Graphologe, Anwalt	7.1.41	LU15, 16, 17, 21, 24
Singer, Ernst	23.2.11	Lehrer für moderne Sprachen	30.4.41	H.
Sinzheimer, Kurt	11.9.23	Student	15.9.41	H.

Sklarz, Leon	29.10.79	Kaufmann	8.4.41	H.
Skrein, Georg	9.4.22	Student	18.6.41	7. in Walter Skreins Schachturnier. H.
Skrein, Walter	18.10.88	Versicherungsangestellter	8.2.41	Vater von Georg Skrein
Sluzewski, Curt	9.12.95	Anwalt	20.2.41	KC. Schwitters Porträt der Gattin. LU16, 20, 29
Socher, Hermann von	4.2.94	Gelehrter	13.9.45	MR.
Sohn-Rethel, Alfred	4.1.99	Sekretär, Ägyptische Handelskammer	21.1.41	Schwitters. LU03, 05, 19, 20, 21, 22, 25
Sommerhoff, Gert	13.2.15	Student	8.1.44	Ka. MR.
Sonntag, Jakob	15.4.05	Journalist	10.7.41	H. Später Gründer von The Jewish Quarterly
Sonnenthal, Richard	14.11.79	Bankier	21.5.41	H.
Sonntag, Josef	15.10.03	Priester	2.9.44	MR. Repatriiert
Sonntag, Paul	5.6.09	Theologie-Student	2.9.44	MR. Repatriiert
Sontag, Marguardt (alias Mark)	20.7.05	Kunstlehrer, Dartington Hall School	11.3.41	TC.
Soppi, Armas	22.11.20	Matrose der Handelsmarine	13.12.44	MR.
Spanner, Max	2.9.81	Kellner	17.9.41	H.
Spatz, Chijel Michel	21.1.88	Geschäftsmann	Unbekannt	
Spenadel, Hugo	3.8.87	Schuster	14.5.41	H.
Sperling, Wolfgang	5.5.19	Unbekannt	28.10.45	MR. Repatriiert
Spiegel, Robert	5.8.95	Ölhändler	30.7.41	H.
Spielberg, Osias (alias Oskar)	7.3.97	Ladenbesitzer	13.8.41	H.
Spiro, Moszek	18.10.84	Textilkaufmann	16.4.41	H.
Spitzer, Harry	3.10.22	Unbekannt	Unbekannt	Unbekannt
Spreewitz, Gustav	9.3.06	Schwimmlehrer	9.12.40	TC. Conférencier für Lagerveranstaltungen

Stadler, Prof. Paul	24.10.86	Verlagslektor	3.3.41	LU03, 05, 12, 13, 14
Staroszcuk, Julius	10.6.12	Maschinenbau-Student	19.1.45	Ka. MR.
Stau, Wilhelm	2.3.13	Unbekannt	27.10.44	MR.
Steffens, Anton	25.4.18	Klempner, Gemüseanbauer	2.11.44	Ka. MR.
Stein, Ernst	23.9.05	Anstreicher	28.7.41	Ka. HLS.
Steiner, Franz/ Francis	2.10.22	Student	1.10.41	
Steiner, Hans	18.4.21	Lehrling	28.6.41	H.
Steinhard, Franz	15.3.20	Student	18.7.41	H.
Stekel, Bertold	26.1.22	Handtaschen-designer	21.5.41	HLS. H.
Stekel, Edmund	25.8.14	Textilhandels-vertreter	24.3.41	HLS.
Stekel, Samuel	3.3.84	Textilkaufmann	12.12.40	HLS.
Stekel, Siegmund	9.2.91	Bankangestellter	Verst.	Verst. durch Herz-versagen, 5.9.40
Stensch, Georg	6.4.86	Lampenfabrikant	3.6.41	H.
Stensch, Rudolf (alias Ronald Stent)	9.2.14	Firmendirektor	31.10.40	Unbekannt
Sterenberg, Josef	30.11.87	Geschäftsmann im Strickwaren-Handel	9.10.41	HLS. H.
Stern, Emil	7.3.88	Sekretär des Österreichischen Industriever-bands	20.6.41	H.
Stern, Ernst E.E. (alias Este)	20.3.76	Bühnenbildner	3.9.40	NS.
Stern, Herbert	9.6.20	Student für Textilmanufaktur	8.9.41	H.
Stern, Paul	20.1.10	Möbeltischler	10.11.41	H.
Stern, Siegfried	30.5.02	Pastetenbäcker	21.5.41	H. LU19.
Stern, Walter	26.11.82	Ingenieur	4.6.41	H. Ka.
Sternberg, Herbert	23.1.13	Lehrling	28.11.41	H.

Stiefel, Max	17.12.13	Großhändler	8.2.41	HLS.
Stock, Georg	16.3.93	Gerichtsbeamter, Pfarrer	Unbekannt	Haus 24. Kommilitone von Karl Barth. LU03, 05
Stoenesco, Georges	6.6.93	Unbekannt	27.3.45	MR.
Stossel, Adolf	30.10.23	Student	7.11.40	HLS.
Stranz, Helmut	18.1.19	Student	25.9.41	H.
Strasser, Joseph	22.12.81	Anwalt	19.3.43	Haus 44.HLS.
Strassmann, Markus/ Max	5.10.10	Kaufmann	21.1.42	H. Stl.
Strauch, Walter	12.6.12	Elektriker	28.10.45	H. MR. W. Lichtdesigner für Lessing-Aufführung im Lager. Reinterniert. Repatriiert
Strauss, Salamon	27.5.00	Tabak-Großhändler	8.12.41	H.
Strelisker, Dr. Georg	8.12.94	Psychologe	19.5.41	H. UT. LU25, 34, 39, 40
Striesow, Kurt	8.11.14	Unbekannt	28.10.45	Ka. MR. Repatriiert
Strizower, Isak	17.4.03	Goldschmied	15.8.41	H.
Strunin, Eusin	10.10.95	Arzt	24.6.41	H.
Sturm, Alter Josef	16.10.77	Unbekannt	30.12.42	Aus. HLS. Reinterniert
Sturm, Johannes	7.9.11	Matrose der Handelsmarine	6.11.44	Ka. MR.
Sumoge, Kakujiro	10.10.89	Unbekannt	13.9.45	MR.
Suominen, Niilo	9.4.19	Matrose der Handelsmarine	21.12.44	MR. Reinterniert. Repatriiert
Suppancic, George	17.8.06	Unbekannt	2.10.44	MR.
Suschitzky, Josef (alias Joseph)	25.11.02	Buchhändler	27.1.41	Thea. Später Kameramann bei dem Film Get Carter / Jack rechnet ab
Suslak, Eugen	6.9.90	Firmendirektor	15.4.41	H.
Suss, Hersch/ Harry	19.7.06	Journalist	17.5.41	HLS. H. Stl.

T				
Tajima, Tadashi	10.11.98	Unbekannt	Unbekannt	MR.
Tanne, Maximilian	28.2.04	Büroangestellter im Filmhandel	5.9.41	H.
Taubes, Jacob Samuel	13.8.98	Journalist, Autor	7.7.41	LU31, H
Tausig, Otto	13.2.22	Schauspieler	8.1.42	Thea. H.
Teich, Adolf	3.7.89	Sekretär im Sozialamt	3.1.41	HLS.
Terner, Hans Heinrich (alias John Henry Turner)	5.6.20	Automechaniker	9.7.41	Ka. Schwitters
Tessler, Laslo	1.5.90	Unbekannt	17.1.44	HLS. MR.
Thein, Richard	21.4.08	Unbekannt	5.8.44	HLS. Pioneer Corps, später reinterniert
Thiemann, Fred	28.3.20	Student	16.4.42	H.
Tiger, Schaja	3.7.98	Lehrer	29.9.41	H.
Tillmanns, Nelson	27.2.02	Eisenwarenvertreter	14.3.44	H., MR.
Tittinger, Arthur Otto	20.12.97	Speditionsvertreter	23.6.41	H. LU19, 29, 36.Strafe von £ 3 wegen Wortwechsels mit Ehefrau durch den Zaun
Toch, Kurt	7.10.21	Schneider	16.2.45	MR.
Toffler, Hans Albrech	17.2.12	Entwicklungs-Ingenieur	30.4.41	H. LU40
Trah, Hugo	23.7.13	Hotelkoch	28.10.45	Ka. MR. Repatriiert
Treitel, Kurt	10.4.22	Schneider	22.11.40	Haus 2.K.
Trenk, Manfred von	8.5.07	Unbekannt	28.10.45	Repatriiert. LU45
Trusheim, Otto	28.11.12	Hersteller von Diamantklingen	17.8.44	Ka. MR.
Tschirschky, Baron Fritz von	4.7.00	Ehemaliger deutscher Diplomat	11.11.44	MR.
Tuch, Hans	15.2.88	Verfassungsrichter	25.6.41	H.
Tuchmann, Bernhard	6.3.24	Schüler	13.8.41	HLS. H.
Tuchner, Meilech	28.6.00	Schneider	26.8.41	H.

Tugend, Charles	7.9.84	Koch	2.9.44	MR. Repatriiert
U				
Uhlman, Manfred (alias Fred)	10.1.01	Künstler	31.12.40	Haus 5.KC. NS. Schwitters. LU05, 19, 21
Ullmann, Egon	30.1.98	Ingenieur	25.9.41	H.
Ullmann, Emil	22.2.77	Ingenieur	1.3.44	MR.
Ungar, Wilhelm	13.1.21	Student	Unbekannt	Aus. Dun. HLS.
Unger, Dr. Alfred Hermann	20.1.98	Schriftsteller, Astrologe, Dramenautor	18.12.40	KC. Schwitters. LU03, 05, 12, 13, 14, 15, 16
Unger, Max	2.7.79	Gärtner	28.9.43	H.
Urashima, Masato	8.12.95	Matrose der Handelsmarine	8.9.45	MR. POW.
Uri, Hirsch (alias Hermann)	30.7.93	Diamanthändler	18.7.41	H. TC. LU24
V				
Vamos, Eugene	10.12.06	Unbekannt	Unbekannt	MR.
Verdiers, Edward E. (alias Eduard Ehrlich)	22.11.93	Chemie-Forscher	31.12.40	KC. LU16
Vogt, Fritz	6.11.22	Student	18.9.44	MR.
Vollman, Martell	10.9.82	Fabrikant	4.6.41	H.
Voremberg, Rudolf	23.2.15	Unbekannt	21.2.45	MR.
Vorhaus, Ernst	31.1.20	Maschinenbau-Student (später Hersteller von naturwissenschaftlichen Geräten)	29.12.41	H.
W				
Wachendorf, Herbert (alias Lorenz Marx, Wilhelm Faust, Herbert Muller)	10.10.98	Fahrer	16.11.44	H.

Wagener/ Wagner, Kurt Adolf David	3.2.99	Gesangslehrer	16.4.41	Singt eine Arie unter Begleitung von Prof. Pollmann. LU16, 17
Wallraf, Paul	21.5.98	Kunstsammler	28.3.45	H. LU45. MR.
Wand, Hersch	25.5.77	Juwelier	23.9.41	H.
Warschauer, Ludwig (alias Lutz)	14.2.98	Elektrotechnik-Ingenieur	n/a	Haus 4, 36.H.Gründer der Technischen Schule im Lager. Repatriiert
Wartenberg, Dr. Fritz	16.5.96	Arbeitslos	8.3.41	LU14, 15.
Wasser-vogel, Hans	9.2.04	Büroangestellter, Shell Petrol	21.7.41	H.
Wegener, Alfons	25.1.05	Sprachlehrer	6.4.44	H. MR.
Wegner, Dr.	Unbe-kannt	Unbekannt	Unbe-kannt	LU16.
Weibrecht, Paul	6.4.20	Elektrotechnik-Ingenieur	21.5.41	H.
Weichmann, Horst	26.12.17	Klempner	18.8.41	H.
Weigert, Prof. Fritz	18.9.76	Chemie-Professor, Mount Vernon Hospital	24.8.40	LU05. Laut Jacobsthal »der schlimmste Schnarcher von uns allen«
Weigert, Jo-achim (alias Jochen)	1.12.22	Bühnenbildner	18.12.41	Unbekannt
Weil, Hans	20.6.76	Anwalt	14.5.41	H.
Weil, Herbert	28.3.22	Student	Nicht aufge-führt	Haus 3. Später BRD-Botschafter
Weimann, Karl	3.2.03	Matrose der Handelsmarine	1.4.44	Ka. MR.
Weinberg, Harry	1.2.08.	Lehrer	15.6.43	Haus 4 (1942). Aus. Dun. HLS. Reinterniert
Weinberg, Leopold	16.7.04	Herrenschneider	7.7.41	H.
Weinberg, Max	18.4.73	Textilkaufmann	2.11.44	MR.
Weinberg, Otto	3.5.06	Schlosser und Elektriker	3.6.41	H.,
Weinberger, Robert	13.3.20	Student	8.4.43	Thea.
Weingarten, Viktor	7.2.97	Handelsreisender	14.7.41	H.

Weininger, Wilhelm	1.10.03	Maler	5.5.41	HLS. H. Stl.
Weinmann, Joseph	25.7.98	Ölzeug-maschinist	21.6.41	HLS. H.
Weis, Kurt	22.8.10	Kaufmann	11.6.41	H.
Weiser, Heinrich	8.1.83	Unbekannt	14.6.41	H.
Weiss, Edmund	25.8.00	Textilkaufmann	6.2.43	H.
Weiss, Friedrich	21.8.04	Filmproduzent, Regisseur	27.3.43	Haus 28.H. AS. LU17, 29, 31, 34, 43, 44, 45
Weiss, J.	Unbekannt	Unbekannt	Unbekannt	Thea.
Weiss, Oskar	16.2.06	Leiter Schuhladen	18.9.41	H.
Weissenborn, Hellmuth	29.12.98	Künstler und Lehrer	31.12.40	Haus 28.KC. NS.
Weisz, Dr. Theodor	13.9.08	Rabbi	9.1.41	HLS. LU17, 18
Weitzen, Hyman	25.2.97	Schneider-maschinist	14.6.41	H.
Wellesz, Egon	21.10.85	Komponist, Professor, Lincoln College, Oxford	14.10.40	LU03, 12. Zimmergenosse von Jacobsthal
Weniger, August	19.6.07	Seidenweber	28.3.44	MR.
Wenzel, Frantisek	31.7.98	Journalist	30.1.42	Stl. H.
Wenzel, Oskar, R.	16.1.09	Reklamegrafik-Lehrer	25.4.41	Haus 1.H. KC. Kostümbildner für Lagertheater
Wertheim, Kurt	23.1.11	Handelsvertreter	18.4.41	H.
Weyl, Alfred Richard	15.4.97	Luftfahrt-Ingenieur	18.8.43	H. LU33, 34, 39.
Widmann, Josef	13.7.95	Instandhaltungs-Ingenieur	4.1.44	MR.
Wiedermann, Bruno	26.3.87	Rentner	2.12.43	MR.
Wiener, Dr. Isaac F.	12.6.93	Schulleiter	10.6.41	HLS. H. LU43
Wiesner, Adolph L.	20.5.20	Elektriker	27.8.41	Ka. TC.
Wiener, Richard	7.8.85	Journalist	10.12.40	LU20, 43

Wilde, Dr. Johannes	2.6.91	Kunsthistoriker	6.5.41	Ka. LU36, 37
Wilensky/ Wilensko, Hermann	16.10.79	Kaufmann	1.7.41	H.
Winter, David	23.11.78	Rabbi	16.9.40	Haus 20.HLS. Oberhaupt der Orthodoxen Juden
Winter, Leo	15.6.96	Unbekannt	20.8.41	H.
Winter, Paul	15.9.21	Student	18.6.41	H.
Wisloch, Heinrich (alias Henry)	27.6.21	Student	4.11.40	TC.
Witteles, Mendel	2.3.01	Kleiderhändler	9.9.41	H.
Wittelshöfer, Frederick Josef	20.6.88	Politiker, Ministerial-beamter	30.12.40	Haus 2.LU17, LU18. Besteht auf Wahlen im Lager
Wohlfarth, Walther	6.2.95	Chemiefabrikant	10.7.41	LU24. H.
Wolf, Georg,	2.6.00	Unbekannt	24.12.41	H.
Wolf, Heinrich	31.1.08	Handtaschen-macher	28.7.41	H.
Wolff, Asher	26.12.92	Kaufmann	20.8.41	HLS. H.
Wolff, Ernst	21.9.14	Buchbinder	7.10.41	HLS. H.
Wolff, Gerry (alias Gerald Wolf)		Schauspieler		Thea.
Wolff, Jonas	11.2.21	Maschinenbau-Ingenieur	20.3.41	Haus 7
Wolff, Josef	14.3.05	Fabrikant	2.9.44	MR. Repatriiert
Wuhrmann/ Wurmann, Josef	16.6.80	Unbekannt	29.5.41	HLS. Stl.
Wuhrmann/ Wurmann, Isaac	21.12.09	Unbekannt	29.5.41	HLS. Stl.
Wurmser, Leo	8.10.05	Orchester-dirigent	1.1.41	Unbekannt
		Y		
Yaskiel, Rabbi David (alias Jaskiel)	16.8.00	Publizist	Unbe-kannt	HLS. H. MR. Stl.
Yasue, Masami	18.2.19	Kükensexer	31.7.45	MR. Reinterniert
Yokoyama, Hideo	24.1.92	Matrose	1.10.45	MR. POW.

Yokoyama, Masato	25.6.96	Matrose	31.7.45	MR. POW.
Yoschak, Carl/Charles	29.9.85	Kellner	22.11.45	Thea. Ka. MR.
Z				
Zacharias, Edgar	3.8.97	Handelsreisender	31.12.40	H.
Zadel, Chil Izaak	24.4.94	Handelsvertreter	16.7.41	H.
Zander, Dr. Walter	8.6.98	Anwalt	07.4.41	LU18, 24, 29, 31
Zapula, Herman	31.12.12	Zimmermann	1.3.44	Thea. Ka. MR.
Zauner, Frank/Franz	28.2.89	Ladenbesitzer	17.6.41	H.
Zeitler, Wilhelm	18.5.12	Obstbauer	4.1.44	MR.
Zerkowitz, Theodore	25.1.96	Textilfabrikant, Erfinder	1.10.40	Haus 38. MR.
Zickel, Heinrich	6.7.93	Unbekannt	22.11.43	Ka. MR.
Ziebeck, Kurt	25.9.21	Zimmermann	16.11.43	Ka. MR.
Ziffer, Gerhard	23.1.05	Modedesigner	29.11.44	MR.
Zimmering, Max	16.11.09	Schriftsteller	2.3.42	Aus. Dun. TC.
Zipper, Walter	5.2.02	Ingenieur	31.12.40	Haus 2
Zirker, M.	Unbekannt	Unbekannt	Unbekannt	LU 21
Zodieru, Moise	31.12.87	Mützenmacher	18.6.41	HLS. H.
Zucker	Unbekannt	Unbekannt (wahrscheinlich Ingenieur)	Unbekannt	W. Assistiert bei der Einrichtung des Lagerradios. TC.
Zulauf, Berthold	28.2.09	Fabrikleiter	31.5.45	Thea. Repatriiert
Zunterstein, Paul	6.10.21	Ungelernter Landarbeiter (später Bildhauer RSA)	17.9.41	H. Thea.
Zuntz, Günther	28.1.02	Doktorand, New College Oxford	9.10.40	UT. LU13, 14, 15. Später Professor, University of Manchester
Zweig, Simon	18.2.90	Schneidermaschinist	2.7.41	HLS. H.

Literaturverzeichnis

Anmerkung zu den Quellen

Zwei Quellen verdienen hier besondere Erwähnung. Der Kunsthistoriker Klaus Hinrichsen war seit der Eröffnung des Lagers am 13. Juli 1940 dort interniert und blieb etwas weniger als ein Jahr hinter Stacheldraht, bis er am 18. Juni 1941 entlassen wurde. Als ausgebildeter Chronist schrieb und sprach Hinrichsen sein Leben lang immer wieder über seine Erlebnisse im Lager, und wenn man bedenkt, mit welchem Eifer er Fehler und Fehlerinnerungen zu korrigieren suchte, steht fest, dass er sich als erstrangiger Bewahrer der Geschichte des Hutchinson Camps und als Vertreter von dessen Vermächtnis sah.

Ohne Hinrichsens detailreiche Notizen, Schriften und Aufsätze, von denen er viele aus dem Lager mitnahm und später auf verschiedene Londoner Archive verteilte (Tate, Imperial War Museum, Wiener Holocaust Library und andere), wäre ein großer Teil der Informationen in diesem Buch verloren gewesen. Zum Zeitpunkt von Hinrichsens Tod im Jahr 2004 waren allerdings seine ausführlichsten Erinnerungen, ein romanhaftes Tagebuch, noch nicht veröffentlicht. Diese Schrift, die Hinrichsen als »Collage von lose erinnerten Menschen und Ereignissen« bezeichnet, widersetzt sich einer eindeutigen Kategorisierung, mischt sie doch historische Tatsachen mit realen und fiktionalen Charakteren zu einer Art Pseudo-Memoir. Um die Sache noch komplizierter zu machen, tilgte Hinrichsen aus Furcht vor gerichtlicher Verfolgung[1] die Namen einiger realer Personen (»Ludwig Warschauer« etwa wurde »Ludwig Lemberger«).[2]

Hinrichsen amüsierte sich einmal, dass die Anekdoten seines Freundes und Mitinternierten Fred Uhlman über das Leben im Hutchinson Camp mit der Zeit und häufiger Wiederholung einem Wandel unterlagen. Uhlman war, so Hinrichsen, eher Erzähler als Dokumentarist. Dasselbe ließe sich freilich von Hinrichsen sagen, denn auch seine verschiedenen aufgezeichneten Schilderungen weichen häufig voneinander ab, wenn auch weniger stark. Wenn nicht anders vermerkt, wurden aus Hinrichsens Schriften in dieses Buch nur Ereignisse und Personen aufgenommen, die sich durch Sekundär- und Tertiärquellen absichern ließen.

Hinrichsens berufliche Interessen sowie die Tatsache, dass er so vorrangig zur Geschichtsschreibung über dieses Lager beigetragen hat, führten wohl zu einer unangemessenen Überbetonung seines sozialen Umfelds, nämlich der Künstler. Dass Hutchinson als »Künstlerlager« gilt, ist überwiegend Hinrichsen zu verdanken. Genauso treffend ließe sich Hutchinson nämlich als »Autorenlager« bezeichnen (über zwei Dutzend Schriftsteller und Journalisten wurden dort festgehalten), oder als »Anwaltslager« (davon gab es mindestens 30), oder als »Professorenlager«, denn die Anzahl internierter Wissenschaftler übertraf bei weitem die der professionellen Künstler.

Eine neuere Quelle, die Briefe von Kurt Treitel (die 80 Jahre lang von seiner Familie verwahrt wurden), konnte ein wenig dazu beitragen, das Gleichgewicht in diesem Buch zugunsten der weniger herausragenden Internierten zu verschieben. Treitel, der von der Eröffnung des Lagers bis zu seiner Freilassung am 22. November 1940, also fünf Monate lang, im Hutchinson Camp interniert war, schrieb regelmäßig an seine Freunde und Angehörigen, manchmal mehrfach täglich; und er kopierte zur eigenen Erinnerung mühsam jeden geschriebenen Brief in ein Tagebuch. Jugendlicher Übermut ließ Treitel Einzelheiten des Lagerlebens festhalten, die ältere Männer meist gar nicht für erzählenswert hielten.

Als Bewohner von Haus 2 und damit direkter Nachbar von Peter Midgley war Treitel der Meinung, in seiner Hausgemeinschaft herrsche das lebhafteste, freundlichste Klima von ganz Hutchinson. Doch selbst über seine bekanntesten Mitbewohner – den Pianisten Hans Fürth, den Flötisten Rudolf »Rolf« G. Meyer (der während der Arbeit an diesem Buch als Motiv eines Schwitters-Porträts identifiziert wurde) und den stellvertretenden Lagervater Friedrich Wittelshöfer – wurde zuvor kaum einmal geschrieben.

Eine nützliche Quelle ist Treitel auch deshalb, weil er die seltene und möglicherweise einmalige Besonderheit aufwies, in ungefähr jedem Job zu arbeiten, den es im Hutchinson Camp gab. Mit der ungebremsten Neugier der Jugend arbeitete Treitel an der Seite des Oxford-Professors Dr. Paul Maas, studierte in Ludwig Warschauers Technischer Schule, assistierte bei der Lagerzeitung neben Michael Corvin und schuftete im Lagerbüro, wo er die verzweifelten Entlassungsanträge der Internierten bearbeitete. Seine Briefe sind ausnehmend nützlich, nicht nur weil sie zeitgenössisch sind (im Gegensatz dazu wurden Hinrichsens Erinnerungen überwiegend im Abstand mehrerer Jahrzehnte aufgezeichnet), sondern auch, weil sie nicht mit dem Blick eines Verlegers geschrieben wurden, der auf eine Publizierung oder die Nachwelt schielte wie die Schriften etwa von Paul Jacobsthal, der später editierte Exemplare seines Internierungstagebuchs an seine Freunde in Oxford verteilte, oder von Fred Uhlman, der seine Tagebücher sein Leben lang immer wieder nachkorrigierte.

Hinrichsen dagegen entschied sich für die unbestimmte literarische Form der Quasi-Memoiren – zum Teil deshalb, weil er keinen Zugriff auf die offiziellen Listen mit den Namen und Daten der Internierten hatte, um seine Erinnerungen nachzuprüfen. In einem Brief an Peter Midgley von 1989 etwa fragt er seinen alten Freund, ob er ihm bei der Frage weiterhelfen könne, welcher Künstler in welchem Haus wohnte und wer »Lehmann« sein könnte, ein internierter Autor, den Schwitters in seinen Briefen erwähnte (höchstwahrscheinlich war das Otto Lehmann-Russbüldt, ein deutscher Aktivist und Autor, der wie Schwitters in Kriegszeiten über Norwegen nach Großbritannien kam).

Für die Arbeit an diesem Buch stand nach einem Antrag auf Informationszugang die volle Kartei des Innenministeriums über »feindliche Ausländer« öffentlich zur Verfügung. Diese Zigtausenden Dokumente verzeichnen den Namen jedes Internierten, Geburtstag und -ort und den Beruf zum Zeitpunkt der Verhaftung; zudem enthalten sie häufig eine handgeschriebene Notiz mit dem individuellen Entlassungsdatum und gelegentlich sogar dem Lager, in dem sie genau festgehalten wurden. Zur Absicherung der Informationen über viele Internierte des Hutchinson Camps, deren Namen oder Details in den Tagebüchern und Memoiren ihrer Mitgefangenen entweder unvollständig oder in falscher Schreibweise auftauchen, war diese Datenbank von unschätzbarem Wert.

Vor seinem Tod deponierte Hinrichsen 35 der 45 Wochenpläne für die Vorträge in der Lagerhochschule, von Woche 1 (22. Juli 1940) bis Woche 45 (11. Juni 1941), im Archiv des Imperial War Museum, außerdem (bis auf eine) sämtliche Ausgaben von *The Camp* von der Erstausgabe im September 1940 bis zur letzten Nummer im Januar 1942. Diese Dokumente enthalten eine ausführliche Liste der Familiennamen aller Redner im Lager, die nunmehr mit den offiziellen Akten abgeglichen werden konnten, um daraus eine Namensliste zu rekonstruieren. Damit enthält dieses Buch die umfassendste je erstellte Liste der Internierten im Hutchinson Camp, eine Zusammenstellung aus dieser und Dutzenden anderen Quellen nach Abgleichung mit den Akten des Innenministeriums.

Ein Großteil der Informationen über Ludwig Warschauer schließlich stammt aus einer umfangreichen Sammlung von zeitgenössischen Geheimdienstakten, die erst kürzlich der Öffentlichkeit zugänglich gemacht wurden – TNA KV-2-1139 bis 1142 –, und aus Geheimdienstakten der britischen Regierung über Echen Kohsen – TNA HO 382/760 –, die dem Autor infolge eines Antrags auf Informationszugang zugänglich gemacht wurden. Ungewöhnlicherweise waren die Namen der Hauptermittler in diesem Fall auf der Akte nicht geschwärzt, was zu einem interessanten Gespräch mit dem Sohn und der Schwiegertochter von J. G. Craufurd führte, die von dieser Episode in seinem Leben nichts wussten.

Archivquellen

Arolsen Archives, AA

Associated Press, AP

Australian Archives, AUA

Leo Baeck Institute Library Periodical Collection, LBC

Berlin 1945, Dokumentarfilm, BBC, 2020.

Birmingham University Library, BUL

Bodleian Library, Oxford, BLO

British Library, BL

British Pathé, BP

Centre for Jewish History, CJH

Digital Library of University of Wroclaw (Gesamtausgabe *Die Freie Meinung*), DLW

Deutsche Nationalbibliothek, DNB

»Hitler's Black Book«, Forces War Records, FWR (deutsch »Sonderfahndungsliste GB« des Reichssicherheitshauptamts)

His Majesty's Most Loyal Aliens, Dokumentarfilm, Bewick Films, 1991.

The General Register Office, GRO

The Holocaust Explained.org, THE

The Internet Archive, TIA

Imperial War Museum, IWM

Institut für Zeitgeschichte, München, IFZ.

Jailed by the British, Dokumentarfilm, Channel 4, 1982.

Jüdisches Museum Berlin, JMB

The Keep Archive (Abteilung University of Sussex), TKS

Lambeth Palace Library, LPL

Leo Baeck Institute, LBI

Letters of Ralph Vaughan Williams, RVM

Library of the Society of Friends, LSF

London Metropolitan Archives, LMA

The Manx Museum, TMM

The National Archives, Kew, Surrey, TNA

Obchestvo Remeslenogo Truda, www.ort.org, ORT

»Oral History Collection«, Manchester Jewish Museum, MJM

Royal College of Music, Website, RCM

Schonfeld, Rabbi Solomon, Hartley Library, University of Southampton, HLS

Schwitters Archiv, Hannover, SAH

Tate Archive, TATE
United States Holocaust Memorial Museum, USHMM
University of Warwick, UW
Wiener Holocaust Library (Online), WHL
Wiener Library Collections, WLC
World Jewish Relief (Onlineressource), WJR

Unveröffentlichte Quellen

Daniel, Major H.O., private Papiere, Familienbesitz, mit freundlicher Genehmigung von William Daniel.

Darton, Lawrence, *An Account of the Work of the Friends Committee for Refugees and Aliens 1933–50*, unveröffentlichtes Manuskript. Mit freundlicher Genehmigung der Library of the Society of Friends.

Hinrichsen, Klaus, »A German for Ten Weeks«, unveröffentlichte Memoiren, mit freundlicher Genehmigung der Familie Hinrichsen.

Hinrichsen, Klaus, unveröffentlichte Briefe aus der Internierung, Juli 1940 bis 1941, mit freundlicher Genehmigung der Familie Hinrichsen.

Jacobsthal, Dr. Paul Ferdinand, Originalmanuskript Tagebuch, Special Collections, Bodleian Library, mit freundlicher Genehmigung des Council for At-Risk Academics (CARA).

Marx, Prof. Ludwig, Tagebuch und Briefe aus der Internierung, The Keep Archive, University of Sussex.

Midgley, Doreen, *An Artist's Career and Contemporary Events*, unveröffentlichte Dissertation, mit freundlicher Genehmigung von Gerald Midgley und Wendy Gregory.

Mirauer, Helmuth, unveröffentlichte Memoiren an die Eltern, Januar 1946, mit freundlicher Genehmigung von Carl Mirauer.

Moratz, Ralph, *Escape from the Holocaust*, Online-Memoiren.

Paolini, Stefano, *Missing Presumed Drowned,* Selbstpublizierte Memoiren.

Private Nachlasspapiere von Mr. und Mrs. O. Pond, Imperial War Museum, 3326.

Schubert, Monica, *Where Am I at Home? The Memoirs of Monica Schubert*, mit freundlicher Genehmigung der Autorin.

The Camp (September 1940-Januar 1942), Imperial War Museum, LBY E. 16588.

Treitel, Kurt, unveröffentlichte Briefe Juli-Oktober 1940, mit freundlicher Genehmigung der Familie Treitel.

Turney, Alexander, »Auerbach Memoirs«, unveröffentlichte Sammlung 1920–2011, TIA.

Warschauer, Ludwig (ohne Angabe der Urheberschaft), *History of ›P‹ Camp*, Imperial War Museum, 6355.

Publizierte Quellen

Ahrends, Peter, A3 Threads and Connections (London: Right Angle Publishing, 2015).

Ambrose, Tom, Hitler's Loss: What Britain and America Gained from Europe's Cultural Exiles (London: Peter Owen, 2001).

Anonymous, Displaced German Scholars: A Guide to Academics in Peril in Nazi Germany During the 1930s (San Bernardino: The Borgo Press, 1993).

Arendt, Hannah, Eichmann in Jerusalem (London: Penguin, 1994).

Bailey, Brenda, A Quaker Couple of Nazi Germany (York: William Sessions Ltd, 1994).

Balfour, Michael (ed.), Theatre and War 1933–1945: Performance in Extremis (Oxford: Berghahn Books, 2001).

Bartrop, Paul R., with Gabrielle Eisen, The Dunera Affair: A Documentary Resource Book (Victoria: The Jewish Museum of Australia, 1990).

Baumel-Schwartz, Judith, Never Look Back: The Jewish Refugee Children in Great Britain, 1938–1945 (London: Purdue University Press, 2012).

Belinfante Herzberg, Lillian, The Past is Always Present (Bloomington: Archway Publishing, 2015).

Bloch, Michael, *Ribbentrop* (London: Little, Brown, 2003).

Bohm-Duchen, Monica, Art in Exile in Great Britain 1933–45 Exhibition Catalogue (London: Belmont Press, 1986).

Bohm-Duchen, Monica (ed.), Insiders Outsiders: Refugees from Nazi Europe and their Contribution to British Visual Culture (London: Lund Humphries, 2019).

Borchard, Ruth, The Service Exchange in an Internment Camp (London: Friends' Book Centre, 1943).

Bosetzky, Horst, Kempinski erobert Berlin: Roman (Berlin: Jaron Verlag, 2010).

Bowra, C. M., Memories 1898–1939 (London: Weidenfeld & Nicolson, 1966).

Brinson, Charmian, Müller-Härlin, Anna and Julia Winckler, His Majesty's Loyal Internee: Fred Uhlman in Captivity (London: Vallentine Mitchell, 2009).

Brinson, Charmian and Dove, Richard, A Matter of Intelligence (Manchester: Manchester University Press, 2014).

Busch, Tristan (a.k.a. Arthur Schütz), *Major Kwaplitschka. Entlarvter Geheimdienst* (Wien: Danubia Verlag, 1950).

Caestecker, Frank and Bob Moore, (eds), Refugees from Nazi Germany and the Liberal European States (New York: Berghahn Books, 2010).

Carlebach, Julius, Gerhard Hirschfeld, Aubrey Newman, Peter Pulzer, and Arnold Paucker, Second Chance: Two Centuries of German-speaking Jews in the United Kingdom (Heidelberg: Mohr Siebeck, 1991).

Carter, Miranda, Anthony Blunt, His Lives (London: Macmillan, 2001).

Cesarani, David and Tony Kushner, The Internment of Aliens in Twentieth Century Britain (London: Frank Cass, 1993).

Chambers, Emma and Karin Orchard (eds), Schwitters in Britain (London: TATE Publishing, 2013).

Chappel, Connery, Island of Barbed Wire (London: Robert Hale, 1984).

Cooper, R.M. (ed.), Refugee Scholars: Conversations with Tess Simpson (Leeds: Moorland Books, 1922).

Corvin, Michael, The Magic Kite (London: Acorn Press, 1946).

Crawford, Sally, Jás Elsner, and Katharina Ulmschneider (eds), Ark of Civilization: Refugee Scholars and Oxford University, 1930–1945 (Oxford: Oxford University Press, 2017).

Cresswell, Yvonne (ed.), Living with the Wire: Civilian Internment in the Isle of Man during the Two World Wars (Douglas: Manx National Heritage, 1994).

Cronin, Gloria L. and Ben Siegel (eds), Conversations with Saul Bellow (Jackson: University Press of Mississippi, 1995).

Crossley, Barbara, The Triumph of Kurt Schwitters (Ambleside: The Armitt Trust, 2005).

Dove, Richard (ed.), ›Totally Un-English‹? Britain's Internment of ›Enemy Aliens‹ in Two World Wars, Yearbook of the Research Center for German and Austrian Exile Studies, 7 (Amsterdam: Editions Rodopi B.V., 2005).

Erlhoff, Michael, Kurt Schwitters Almanach (Hannover: Postskriptum Verlag, 1983).

Fast, Vera K., Children's Exodus: A History of the Kindertransport (London: I.B. Tauris, 2011).

Feather, Jessica, Art Behind Barbed Wire (Liverpool, National Museums Liverpool, 2004).

Fraenkel, Heinrich, *Lebewohl, Deutschland!* (Hannover: Verlag für Literatur und Zeitgeschehen, 1960).

Friedländer, Saul, Nazi Germany and The Jews: The Years of Persecution: 1933–1939 (New York: Harper Perennial, 1997).

Fröhlich, Elke (ed.), Die Tagebücher von Joseph Goebbels (München: K.G. Saur Verlag, 1996).

Fry, Helen, The King's Most Loyal Enemy Aliens (Chalford: Sutton Publishing, 2007).

Gauye, Oscar, Gabriel Imboden, and Daniel Bourgeois (eds), Documents Diplomatiques Suisses, Vol. 12 (Bern: Benteli, 1994).

Gerhardt, Uta and Thomas Karlauf, The Night of Broken Glass (Cambridge: Polity Press, 2012).

Gershon, Karen (ed.), We Came as Children (London: Victor Gollancz, 1966).

Gilbert, Sir Martin, The Boys: Triumph Over Adversity (London: Weidenfeld & Nicolson, 1996).

Gillman, Leni and Peter Gillman, ›Collar the Lot!‹ How Britain Expelled and Interned its Wartime Refugees (London/Melbourne/New York: Quartet, 1980).

Goldenberg, Myrna and Amy Shapiro (eds), Different Horrors, Same Hell: Gender and the Holocaust (Seattle: University of Washington Press, 2013).

Harris, Mark and Deborah Oppenheimer, Into the Arms of Strangers (London: Bloomsbury, 2001).

Hirschfeld, Gerhard, Exile in Great Britain (Leamington Spa: Berg, 1984).

Hutton, Robert, Agent Jack: The True Story of MI5's Secret Nazi Hunter (London: Orion, 2018).

Isherwood, Christopher, Mr Norris Changes Trains (London: Hogarth Press, 1935).

Judex, Anderson's Prisoners (London: Gollancz, 1940).

Kaiser, Fritz, Degenerate Art: The Exhibition Guide in German and English (Iowa: Ostara Publications, 2012, translation of German original, 1937).

Kapp, Yvonne and Margaret Mynatt, British Policy and the Refugees 1933–1941 (London: Frank Cass, 1997).

Kirsch, Jonathan, The Short, Strange Life of Herschel Grynszpan (New York: Liveright, 2013).

Kremer, Roberta S. (ed.), Broken Threads: The Destruction of the Jewish Fashion Industry in Germany and Austria (Vancouver: Berg, 2006).

Kochan, Miriam, Britain's Internees in the Second World War (London: Macmillan, 1980).

Lach, Friedhelm (ed.), *Kurt Schwitters, Das literarische Werk* (Köln: DuMont Buchverlag, 2004).

Lafitte, François, The Internment of Aliens (London: Penguin, 1940) (republished in 1988 by Libris, London).

Levitt, Ruth (ed.), Pogrom – November 1938: Testimonies from Kristallnacht (London: Souvenir Press Ltd, 2015).

Lichti, James Irvin, Houses on the Sand? Pacifist Denominations in Nazi Germany (Oxford: Peter Lang Publishing Inc., 2008).

London, Louise, Whitehall and the Jews 1933–1948 (Cambridge: Cambridge University Press, 2000).

Longerich, Peter, Himmler (Oxford: Oxford University Press, 2012).

MacDougall, Sarah and Rachel Dickson (eds), Forced Journeys: Artists in Exile in Britain c. 1933–45 (London: Ben Uri Gallery, 2009).

Moggridge, Donald (ed.), The Collected Writings of John Maynard Keynes, (Cambridge: Cambridge University Press, 1978).

Nebel, Otto, *Text und Kritik* 35/36 (München: Verlag Text und Kritik, 1972).

Neurath, Eva, Recollections (London: Thames & Hudson, 2016).

Nündel, Ernst, Wir spielen, bis uns der Tod abholt. Briefe aus fünf Jahrzehnten (Berlin: Ullstein Verlag, 1986).

Nyburg, Anna, Émigrés (London: Phaidon, 2014).

Nyburg, Anna, From Leipzig to London (Delaware: Oak Knoll Press, 2012).

Office of United States Chief of Counsel for Prosecution of Axis Criminality, Nazi Conspiracy and Aggression (Washington: US Government Printing Office, 1947).

Olden, Rudolf, The History of Liberty in Germany (London: Victor Gollancz, 1946).

Penrose Antony, Roland Penrose: The Friendly Surrealist (London: Prestel, 2001).

Pistol, Rachel, Internment during the Second World War (London: Bloomsbury Academic, 2019).

Powell, Jennifer and Jutta Vinzent, Art and Migraton Art Works by Refugee
Artists from Nazi Germany in Britain (Birmingham: George Bell Institute, 2005).

Presler, Gerd and Erik Riedel, Ludwig Meidner: Catalogue Raisonné of his Sketchbooks (München: Prestel, 2013).

Read, Anthony and David Fisher, Kristallnacht: The Unleashing of the Holocaust (New York: Peter Bedrick Books, 1989).

Roeder, Helen, Helen's Sketchbook (London: The Camberwell Press, Limited edition of 200, 1985).

Sansom, William, Westminster in War (London: Faber & Faber, 1947).

Schwab, Gerald, The Day the Holocaust Began: The Odyssey of Herschel Grynszpan (New York: Praeger, 1990).

Sebba, Anne, Battling for the News (London: Hodder & Stoughton, 1994).

Shatzkes, Pamela, Holocaust and Rescue (London: Vallentine Mitchell, 2004).

Shepherd, Naomi, A Refuge from Darkness: Wilfrid Israel and the Rescue of the Jews (New York: Pantheon Books, 1984).

Sherman, A. J., Island Refuge: Britain and Refugees from the Third Reich, 1933–39 (London: Routledge, 1994).

Shirer, William L., The Rise and Fall of the Third Reich (New York: Simon & Schuster, 1960).

Sinclair, Iain (ed.), London: City of Disappearances (London: Hamish Hamilton, 2006).

Sotheby's Catalogue, Works of Art and Furniture from the Collection of the late Paul Wallraf (London: Sotheby's, 1983).

Stent, Ronald, A Bespattered Page? The Internment of His Majesty's ›Most Loyal Enemy Aliens‹ (London: André Deutsch, 1980).

Stephan, Alexander, »Communazis«: FBI Surveillance of German Émigré Writers (New Haven: Yale University Press, 2000).

Sullivan, Matthew Barry, Auf der Schwelle zum Frieden: deutsche Kriegsgefangene in Großbritannien 1944–1948, Ü Margarete Venjakob (Wien, Hamburg: Zsolnay 1981).

Tausig, Otto, Kasperl, Kummerl, Jud. (Wien: Mandelbaum Verlag, 2005).

Thalman, Rita and Emmanuel Feinermann, Crystal Night (London: Thames & Hudson, 1974).

Turner, Barry, ... And the Policeman Smiled (London: Bloomsbury, 1990).

Uhlman, Fred, The Making of an Englishman (London: Victor Gollancz, 1960).

Vinzent, Jutta, Identity and Image: Refugee Artists from Nazi Germany in Britain (Alfter: VDG Weimar, 2005).

Webb, Simon, British Concentration Camps: A Brief History from 1900–1975 (Barnsley: Pen & Sword, 2016).

Webster, Gwendolen, Kurt Merz Schwitters: A Biographical Study (Cardiff: University of Wales Press, 1997).

Weight, R.V., Carel Weight: A Haunted Imagination (Newton Abbot: David & Charles, 1994).

Weissenborn, Hellmuth, ›Mein Leben in London‹, in *Illustration 63, die* Zeitschrift für Buchillustration, Jg. 17, Nr. 2 (Memmingen: Visel 1980).

West, Nigel (ed.), The Guy Liddell Diaries – Volume I: 1939–1942 (London: Routledge, 2005).

Wheeler-Bennett, John, John Anderson: Viscount Waverley (London: Macmillan, 1962).

Williams, Bill, Jews and Other Foreigners: Manchester and the Rescue of the Victims of European Fascism, 1933–40 (Manchester: Manchester University Press, 2011).

Wilson, Sarah, ›Kurt Schwitters in England‹, in *Baltic*, Nr. 4 (Gateshead 1999).

Dank

Mein Dank gilt den Angehörigen der Internierten und der Wachmannschaft im Hutchinson Camp, die für die Recherchen zu diesem Buch Erinnerungen, Dokumente, Fotos und Gemälde zur Verfügung gestellt haben – ohne sie hätte diese Geschichte so nicht erzählt werden können.

Danke an Peter Ahrends, Enkel des »Kulturdirektors« Bruno Ahrends; an Alison Archenhold, Tochter von Horst Archenhold; David Wertheim, Cousin von Ernest Bello; Robert Bianchi, Sohn von Cesari Bianchi; Michael Corvin, Enkel des ersten Herausgebers von *The Camp*, Leo Freund-Corvin; Clare Fraenkel, Enkelin des Autors Heinrich Fraenkel; Glen David Gold, Enkel von George Gercke; Dana Gillespie, Tochter von Hans Gillespie; Leonie Mellinger, Tochter von Renee Goddard; Judy Shrewsbury, Enkelin von Walter Goldschmidt; Sylvia Gohr, Enkelin von Simon Guttmann, der im Hutchinson Camp starb, nachdem er als Internierter zwei Ozeanüberquerungen überlebt hatte; Peter Hallgarten, Sohn von Fritz Hallgarten; Karen Hopper, Enkelin des Künstlers Paul Hamann; Natasha Hillary, Tochter von Karl Hirschfield; Elaine und Paul Honigmann, Enkel von Hans Honigmann; Josh Reynolds, Urenkel von Hans Kollinsky; H. Shani, Familie von Rudolf Melitz; Judith Elam, Enkelin von Peisech Mendzigursky; Robert Moser, Sohn von Claus Moser; Stephan Feuchtwang, Sohn von Wilhelm Feuchtwang und Stiefsohn des Verlegers Walter Neurath; John Ötvös, Sohn von Josef Ötvös; Carl Mirauer, Sohn von Helmuth Mirauer; Clemence Schultze und Martin Rush, Tochter und Schwiegersohn von Dr. Rolf Schultze; Francis Uhlman und Caroline Compton, Sohn und Tochter von Fred und Diana Uhlman; John West, Sohn von Dr. Paul Wegner; Carola, Nikolaus und Alexandra Weil, Kinder von Herbert Weil; Odile Weissenborn, Enkelin von Hellmuth Weissenborn; Benjamin und Michael Zander, Söhne von Dr. Walter Zander.

Danke an William Daniel, Sarah Peacock und Wendy Bentall, Enkel und Enkelinnen von Lieutenant Colonel Hubert Daniel. Und ein besonderer Dank an Henry Wuga, der so freundlich von seiner Erinnerung erzählte, wie er von einem MI5-Informanten auf der Isle of Man mit Getränken versorgt wurde. Danke an Antony Penrose, Sohn von Roland Penrose, Mitbegründer des Artists' Refugee Committee.

Danke an Sir Robert und Lady (Georgina) Craufurd, Sohn und Schwiegertochter von Sir James Gregan Craufurd, MI5-Hauptermittler im Fall Ludwig Warschauer.

Ein ganz besonderer Dank geht an Gretel Hinrichsen, Jacquie Richardson und Nic Hinrichsen, Frau, Tochter und Sohn von Dr. Klaus Hinrichsen, dass sie mir Zugang zu den Dokumenten ihres Vaters verschafft haben, die nicht in öffentlichen Archiven liegen; an David Treitel und Jonathan Tel, die Söhne von Kurt Treitel, für den Zugang zu den vielen Briefen, die ihr Vater aus dem Hutchinson Camp verschickt hat; an Patricia Webb, die mir von ihren Erinnerungen an ihre Großtante Bertha Bracey erzählt hat.

Mein ganz besonderer Dank gilt Gerald Midgley und Wendy Gregory, Sohn und Schwiegertochter von Peter Midgley, sowie Monica Schubert und Catherine und Hilary Gregory, Tochter und Enkelinnen von Echen Kohsen.

Danke an Uwe Westphal, der mir Transkripte und persönliche Dokumente zur Internierung von Puck Dachinger und Fritz Rosen zur Verfügung gestellt hat, und an Tim Rubidge, Student und Stipendiat von Sigurd Leeder, der mir seine Erinnerungen an seinen Lehrer weitergegeben hat. Danke an Professor Tony Kushner für die Scans von

Fritz Engels unveröffentlichten Memoiren. Danke an Dr. Richard Hawkins für Informationen über die Internierung von Dr. Hans Honigmann, und an Dr. Joachim Rott für Informationen über die Internierung von Dr. Bernhard Weiss.

Danke an Nigel Mac-Fall und Graham Stewart, die mir von Peter Midgley erzählten, ihrem ehemaligen Kunsterzieher am Ravensbourne College of Art und Grahams ehemaligem Vermieter.

Danke an den Architekten Wayne Gander für seine Produktion von Bruno Ahrends Lagerzeichnungen.

Danke an die Kunsthistorikerin Monica Bohm-Duchen; Richard Shaw, Direktor des Unity House und des Warth Mills Project; Becky Wright, Bibliothekarin in der Library of the Society of Friends; Tor Scott, Sammlungs- und Forschungsassistentin an der Scottish Gallery of Modern Art; Fran Lloyd, Professor für Kunstgeschichte an der Kingston University. Danke an Dr. Sally Crawford und Dr. Katharina Ulmschneider, Senior Research Fellows am Institute of Archaeology der Oxford University.

Danke an Yvonne Cresswell, Kuratorin für Sozialgeschichte, Kirsty Neate, Kuratorin, und Kim Holden, Bibliotheks- und Archivassistentin im Manx Museum. Danke an Anthony Grenville und Professor Charmian Brinson, Gründer des Centre for Exile and Refugee Studies am Institute for Modern Languages Research, University of London. Danke an Dr. Rachel Pistol, King's College London, für ihre freundliche Unterstützung und ihr Feedback. Danke an Valeria Carullo, Kuratorin der Robert Elwall Photographs Collection, RIBA British Architectural Library, und an Mike Levy für sein Feedback zu Informationen bezüglich der Kindertransport-Initiative.

Ein besonderer Dank geht an Isabel Schulz, Kuratorin des Kurt Schwitters Archivs am Sprengel Museum Hannover; und an Dr. Anna Nyburg am Londoner Imperial College für ihre großzügige Unterstützung und Ermutigung während der Arbeit an diesem Buch.

Herzlichen Dank auch an Laura Berry und Dr. Cornelia Pohlmann für ihre Recherchehilfe beim Nachzeichnen der Genealogie verschiedener Internierter und Wachleute und beim Auffinden noch lebender

Angehöriger in Großbritannien und in Deutschland. Danke an Samuel Hills für seine Recherchehilfe.

Danke an Liz Lazarus und Leslie Kay (Träger der BEM) von der Federation of Jewish Services für Informationen über Pensionen in Manchester, in denen jüdische Flüchtlinge 1939–40 untergebracht waren. Danke an die Historiker Daniel Snowman und Norbert Meyn, Principal Investigator am Royal College of Music, für ihre Unterstützung bei der Identifizierung von Musikern im Lager.

Danke an Kathryn Hallam-Howard, die gemeinsam mit Jacquie Richardson Dr. Klaus Hinrichsens unveröffentlichte Briefe aus der Internierung (1940–1941) transkribiert hat. Danke an Ian Latham für die Bereitstellung der Fotografie von Kurt Schwitters' Porträt von Bruno Ahrends.

Danke an Rachel Ward für ihre Unterstützung bei der Übersetzung von Artikeln aus *Die Freie Meinung!* und anderen zeitgenössischen Zeitungen. Mein besonderer Dank geht an Jeremy Bines für seine umfassende Übersetzungsarbeit unter anderem von Kurt Treitels original deutschen Tagebucheinträgen, Otto Tausigs deutschen Erinnerungen und verschiedenen Zeitungsartikeln über Peters Onkel Hans Hanteda-Fleischmann.

Danke an meine Lektor:innen Juliet Brooke, Colin Harrison und Emily Polson, sowie an Jane Finigan bei Lutyens & Rubinstein und David Forrer bei Inkwell. Danke an Paul Parkin und Tony Cantale für ihre sorgfältige Lektüre erster Textentwürfe, und an meine Familie und meine Freunde für ihre Unterstützung.

Abbildungsverzeichnis

Abb. 1: Fotografie von Herschel Grynszpan, November 1938. © Bundesarchiv, Bild 146-1988-078-08 / CC-BY-SA 3.0.

Abb. 2: Fotografie von Peter Fleischmann als Teenager, 1930er. Mit freundlicher Genehmigung der Familie Fleischmann.

Abb. 3: Brennende Synagoge in der Reichspogromnacht. © Jüdisches Museum Berlin.

Abb. 4: Die Zerstörung am Morgen des 10. November 1938. Bettmann / CORBIS / Bettmann Archive / Getty Images.

Abb. 5: Peter Fleischmann auf dem Weg zu einem Kindertransportzug. © AP / Shutterstock.

Abb. 6: Festnahme eines »feindlichen Ausländers« im Mai 1940. Unbekannte Quelle.

Abb. 7: Karikatur von Sir David Low, Evening Standard, 19. Juli 1940. © Associated Newspapers Ltd.

Abb. 8: Hungerstreik 1, Hermann Fechenbach, 1943. © Hermann Fechenbach.

Abb. 9: Der Platz, Paul Henning, 1940. © Nachlass von Hubert Daniel und © Nachlass von Paul Henning / Tate Images.

Abb. 10: Hutchinson-Internierte hinter Stacheldraht. © Nachlass von Hubert Daniel / Tate Images.

Abb. 11: Fotografie von Captain Daniel an seinem Schreibtisch in Hutchinson Camp. © Tate Images.

Abb. 12: Fotografie von Margery Daniel. Mit freundlicher Genehmigung der Familie Daniel.

Abb. 13: Regimental Sergeant Major Ambrose Harry Potterton beim Morgenappell in Hutchinson Camp, 1940. © Nachlass von Hubert Daniel / Tate Images.

Abb. 14: Karikatur von Adolf »Dol« Miriecki, The Camp, Ausgabe 3, 6. Oktober 1940. © Leo Baeck Institute Library.

Abb. 15: Hutchinson-Internierte warten auf ihre Essensrationen. © Nachlass von Hubert Daniel / Tate Images.

Abb. 16: Zeichnung von Ludwig Meidner. © Ludwig Meidner-Archiv, Jüdisches Museum der Stadt, Frankfurt am Main.

Abb. 17: Holzschnitt von Hellmuth Weissenborn. © Nachlass von Hellmuth Weissenborn, Bilddatei: © IWM.

Abb. 18: Portrait Bruno Ahrends von Kurt Schwitters, 1941. Mit freundlicher Genehmigung der Familie Schwitters.

Abb. 19: Portrait Klaus Hinrichsen von Kurt Schwitters, 1941. Mit freundlicher Genehmigung der Familie Schwitters.

Abb. 20: Portrait Marjan Rawicz von Kurt Schwitters, 1940. Mit freundlicher Genehmigung des Sprengel Museums Hannover.

Abb. 21: Portrait Rudolf Olden von Kurt Schwitters, 1940 (Konrad Losch, Schallstadt). Kurt-Schwitters-Archiv des Sprengel Museums Hannover. Foto: Hartmut W. Schmidt, © VG Bild-Kunst, Bonn 2015.

Abb. 22: Fotografie von Hitler bei der Ausstellung »Entartete Kunst«. © bpk / Staatsbibliothek zu Berlin.

Abb. 23: Aerated V, Kurt Schwitters, 1941. © akg-images.

Abb. 24: Ernst Schwitters' Fotografien seines Vaters Kurt beim Lesen der Ursonate in London, 1944. bpk / Sprengel Museum Hannover, Foto: Ernst Schwitters © DACS 2021.

Abb. 25: Fotografie der MI5-Akte über Ludwig Warschauer, von Ludwig Warschauer. Mit freundlicher Genehmigung der Familie Warschauer.

Abb. 26: Portrait Ludwig Warschauer von Kurt Schwitters. Foto: © Horster Auktionshaus.

Abb. 27: Fotografie der Technischen Schule in Hutchinson Camp. © Nachlass von Hubert Daniel / Tate Images.

Abb. 28: Fotografie von James G. Craufurd. Mit freundlicher Genehmigung der Familie Craufurd.

Abb. 29: Fotografie des Löwenbändigers Johann »Brick« Neunzer. © Nachlass von Hubert Daniel / Tate Images.

Abb. 30: Illustration von Fred Uhlman, die das Künstler-Café in Hutchinson zeigt. © Nachlass von Fred Uhlman / sämtliche Rechte vorbehalten 2021 / Bridgeman Images, Bilddatei: © IWM.

Abb. 31: Fotografie von Hans Gussefeld. © Nachlass von Hubert Daniel und © Nachlass von Peter Midgley / Tate Images.

Abb. 32: Portrait von Helen Roeder. © Nachlass von Carel Weight. Sämtliche Rechte vorbehalten 2021 / Bridgeman Images.

Abb. 33: Portrait von Eleanor Rathbone. © Nachlass von Sir Herbert James Gunn / sämtliche Rechte vorbehalten 2021 / Bridgeman Images, Bilddatei: © National Portrait Gallery, London.

Abb. 34: Fotografie von Bertha Bracey. Mit freundlicher Genehmigung der Familie Bracey.

Abb. 35: Gruppenfoto mit dem jungen Echen Kohsen. Mit freundlicher Genehmigung der Familie Kohsen.

Abb. 36: Fotografie von Echen Kohsen bei der Eröffnung eines Kempinski-Restaurants. Mit freundlicher Genehmigung der Familie Kohsen.

Abb. 37: Fotografie einer Stickerei von Ludwig Warschauer. Mit freundlicher Genehmigung der Familie Warschauer.

Abb. 38: Fotografie des jungen Peter Fleischmann zu Pferd. Mit freundlicher Genehmigung der Familie Fleischmann.

Abb. 39: Fotografie von Peter Fleischmann bei der Armee. Mit freundlicher Genehmigung der Familie Fleischmann.

Abb. 40: Fotografie von Peter Fleischmann bei den Nürnberger Kriegsverbrecherprozessen. © Bettmann Archive / Getty Images.

Abb. 41: Peter Fleischmanns erstes Selbstportrait, 1940/41. Mit freundlicher Genehmigung der Familie Fleischmann.

Abb. 42: Peter Fleischmanns letztes Selbstportrait, 1978. Mit freundlicher Genehmigung der Familie Fleischmann.

Anmerkungen

1 »Short Hills«, Kurt Schwitters, Jean Brown Nachlasspapiere, 1916–95, Getty Archive, Santa Monica, Kalifornien.

I. Matinee hinter Stacheldraht

1 *Sansom,* Westminster in War, *S. 27.*

2 Peter Midgley, Oral History, MJM, ref. 1988.45.

3 »Chairman's Report on the Isle of Man Camps, 28th October-2nd November 1940«, Bertha Bracey, LSF, YM/MfS/FCRA.

4 Der Wiener Musikprofessor Stefan Pollmann, der unter dem Pseudonym »Perlmann« schrieb, erwähnt in seiner in der englischsprachigen Lagerzeitschrift The Camp veröffentlichten »Music Review« die Angewohnheit einiger Männer, eine Freilichtaufführung von den oberen Stockwerken ihrer Häuser aus zu verfolgen. Hutchinson Almanac 1940–41.

5 Ebenda.

6 Klaus Hinrichsen, »Cultural Flashlights«, Hutchinson Almanac 1940–41, sowie Hinrichsen, unveröffentlichter Bericht, S. 11.

7 Hubert Owen Daniel, geb. 31. März 1892, GRO, Bd. 1d, S. 1057.

8 Die anderen waren: Mooragh, Peveril, Onchan, Central, Palace, Metropole, Granville, Sefton (für männliche Insassen) und Rushen (für weibliche Gefangene, später auch für Paare).

9 Chappell, Island of Barbed Wire, S. 154.

10 »Diary of an Internee«, Nachlasspapiere von Dr F. Uhlman, IWM, 6781.

11 Klaus Hinrichsen, Alien Card, Geburtsdatum 19. April 1912, TNA, HO 396/258.

12 Klaus Hinrichsen, Oral History, IWM, 3789.

13 Emil Goldmann, Alien Card, Geburtsdatum 3. November 1872, TNA, HO 396/254.

14 »Diary of an Internee«, Nachlasspapiere von Dr F. Uhlman, IWM, 6781.

15 Walter Wallich, Oral History, Juni 1979, IWM, 4431.

16 Peter Midgley, Oral History, MJM, 1988.45.

17 Die Begriffe Internierungslager und Konzentrationslager sind streng genommen austauschbar. Moderne Leser assoziieren Letzteres mit Gräueltaten, aber weder das Oxford English Dictionary noch das Holocaust-Museum machen in ihren jeweiligen Definitionen einen Unterschied. Bei Letzterem heißt es: »Der Begriff Konzentrationslager bezieht sich auf ein Lager, in dem Menschen festgehalten oder eingesperrt werden, in der Regel unter harten Bedingungen und ohne Rücksicht auf die in einer rechtsstaatlichen Demokratie akzeptablen Rechtsnormen für Verhaftung und Inhaftierung.«

18 *Uhlman*, The Making of an Englishman, *S. 232.*

19 Rudolf Stensch, ein Insasse, der sich später Ronald Stent nannte, behauptet in seinem 1980 erschienenen Buch A Bespattered Page? Landauer sei aus einem anderen Lager überstellt worden, um in Hutchinson mit seinem Auftrittspartner zusammengelegt zu werden. Es gibt keinerlei Beweise für diese Behauptung, die Klaus Hinrichsen, ein enger Vertrauter Rawicz' im Lager, später als »Unsinn« verwarf. Hinrichsen setzte sich privat mit Landauers Agent in Verbindung, welcher bestätigte, dass die beiden Musiker »nicht gemeinsam interniert« gewesen seien. Der Londoner Weinhändler Fritz Hallgarten glaubte, Landauer sei nur für einen Abend nach Hutchinson gebracht worden, um dort mit seinem Partner aufzutreten. Auch dies scheint jedoch eine falsche Erinnerung zu sein. Rawicz spielte in Hutchinson nur mit einem einzigen anderen Musiker zusammen, dem 19-jährigen Hans Fürth, einem Absolventen des Royal College of Music. »Das ist eine Tatsache«, schrieb Hinrichsen in einem privaten, dem Autor vorliegenden Brief, »und unterliegt somit keiner Mehrheitsentscheidung«.

20 Aufgeführt in The Times, 22. Mai 1940.

21 Hinrichsen, unveröffentlichter Bericht, S. 62.

22 Ebenda, S. 62–3.

23 »Art in Hutchinson Camp – A Personal View«, September 1986, TATE, TGA 20052/1/7/12.

24 Johann George Neunzer, Alien Card, Geburtsdatum 4. November 1889, TNA, HO 396/269.

25 Hinrichsen, His Majesty's Most Loyal Aliens, Dokumentation, Bewick Films, 1991.

26 Rawicz veröffentlichte »Spinning Wheel« neun Jahre später als kommerzielle Schallplatte.

27 »Art in Hutchinson Camp – A Personal View«, September 1986, TATE, TGA 20052/1/7/12.

II. Fünf Schüsse

1 *Read und Fisher,* Kristallnacht: The Unleashing of the Holocaust, *S. 3–4.*

2 So zitiert in Arendt, Eichmann in Jerusalem, S. 228.

3 *Kirsch,* The Short Strange Life of Herschel Grynszpan, *S. 89.*

4 *Schwab,* The Day the Holocaust Began: The Odyssey of Herschel Grynszpan, *S. 74.*

5 *Kirsch,* The Short Strange Life of Herschel Grynszpan, *S. 105.*

6 *Read und Fisher,* Kristallnacht: The Unleashing of the Holocaust, *S. 6.*

7 *So zitiert in Kirsch,* The Short Strange Life of Herschel Grynszpan, *S. 107.*

8 L'Intransigeant, 8. November 1939.

9 *So zitiert in Schwab,* The Day the Holocaust Began: The Odyssey of Herschel Grynszpan, *S. 6.*

10 Die einzige Quelle für diesen Dialog, der wie aus einem billigen Thriller anmutet, ist Herschel, der einzige überlebende Zeuge des Geschehens, welcher den Behörden aus freien Stücken, wenn auch mit geringfügigen Abweichungen, davon erzählt hat.

11 Ebenda., S. 5.

12 Bei den Nürnberger Prozessen nach dem Zweiten Weltkrieg wurde Brandt wegen seiner führenden Rolle bei der Durchführung von medizinischen Experimenten an KZ-Häftlingen zum Tode verurteilt.

13 So ein Rundruf des Deutschen Nachrichtenbüros (DNB). Siehe dazu: Thomas Goll, Die inszenierte Empörung. Der 9. November 1938. Themen und Materialien, Bundeszentrale für politische Bildung, Bonn 2010, S. 54.

14 *Friedländer,* Nazi Germany and The Jews: The Years of Persecution: 1933–1939, *S. 271.*

15 Ebenda.

16 *Read und Fisher,* Kristallnacht: The Unleashing of the Holocaust, *S. 62.*

17 Ebenda. Der genaue Wortlaut der Rede ist jedoch unbekannt. Hierzu siehe: https://www.degruyter.com/document/doi/10.1524/9783486711714.315/pdf, S. 336 sowie https://www.ifz-muenchen.de/heftarchiv/2008_4_3_hermann.pdf.

18 *[So die meisten Quellen, s. o.] Friedländer,* Nazi Germany and The Jews: The Years of Persecution: 1933–1939, *S. 271.*

19 Die Tagebücher von Joseph Goebbels, 10. November 1938. Fundstelle: https://www.1000dokumente.de/index.html?c=dokument_de&dokument=0118_gob&object=translation&l=de

III. Feuer und Kristall

1 Gerald Midgley, Gespräch mit dem Autor, Mai 2020.

2 So in »Die Abrechnung mit der ›Freien Meinung‹«, Breslauer Nachtpost, 21. Juni 1922.

3 Ebenda.

4 Midgley, Doreen, »An Artist's Career and Contemporary Events«, S. 12.

5 Gerald Midgley, Gespräch mit dem Autor, Mai 2020.

6 Ankunftsdatum: 17. Oktober 1933, laut Registrierungsdokument des Waisenhauses, AA.

7 Gerald Midgley, Gespräch mit dem Autor, Mai 2020.

8 Monica Schubert, Gespräch mit dem Autor, April 2021.

9 Ebenda.

10 Ebenda.

11 Siehe zahlreiche Fotos aus dem Auerbach'schen Waisenhaus, um 1936, JMB.

12 Turney (geb. Teitelbaum), unveröffentlichte Erinnerungen, TIA, 409164, S. 4.

13 Fotos aus dem Auerbach'schen Waisenhaus, um 1936, JMB.

14 Gerald Midgley, Gespräch mit dem Autor, Mai 2020.

15 Turney (geb. Teitelbaum), unveröffentlichte Erinnerungen, TIA, 409164, S. 4.

16 »Fairness wurde sehr groß geschrieben«, Sprachaufzeichnung, Jüdische Geschichte(n) in Prenzlauer Berg, Museum Pankow; Online-Zugang unter: https://www.berlin.de/museum-pankow/service/historie-veranstaltungen/2015/artikel.340877.php

17 Frankenstein, Sprachaufzeichnung, AK Historisch-politische Bildung, Museum Pankow.

18 Die beiden Söhne des Ehepaars lebten vor Ort, zunächst gleichberechtigt mit den Kindern, dann, als sie älter wurden, als Lehrer: ein Beweis für die Lebensqualität, die in der Einrichtung geboten wurde.

19 Fotografien von Aufführungen von Molières »Les Femmes savantes« und Lessings »Hanna Minna von Barnhelm« mit Auerbach-Kindern sind im Jüdischen Museum in Berlin erhalten.

20 Ebenda.

21 So zitiert in einem Eintrag zu »Baruch Auerbach« in der 1906 erschienenen Jewish Encyclopaedia, S. 299. Originalzitat unter: https://www.stiftung-denkmal.de/wp-content/uploads/AUW-Faltblatt_20141202_final_korr_mail.pdf

22 »Fairness wurde sehr groß geschrieben«, Sprachaufzeichnung, Jüdische Geschichte(n) in Prenzlauer Berg, Museum Pankow.

23 Turney (geb. Teitelbaum), unveröffentlichte Erinnerungen, TIA, 409164, S. 4.

24 Das Waisenhaus wurde 1832 in der Rosenstraße in Berlin gegründet. Fünfundsechzig Jahre später zogen die Waisenkinder in das neue, eigens errichtete, neugotische Gelände an der Schönhauser Allee.

25 Turney (geb. Teitelbaum), unveröffentlichte Erinnerungen, TIA, 409164, S. 2.

26 *Isherwood,* Mr Norris Changes Trains, *S. 90.*

27 Moratz, Escape from the Holocaust, https://web.archive.org/web/20181120174758/https://ralphm1935.wordpress.com/.

28 Manuscript 39, Hugo Moses, Houghton Library, Harvard University. So zitiert in Gerhardt und Karlauf, The Night of Broken Glass, S. 22.

29 Ebenda.

30 »Copy of Most Urgent telegram from Munich, of November 10, 1938, 1:20 A. M.«, Nuremberg Documents PS-3051. Originaltext von Heydrichs Telegramm siehe: https://www.ns-archiv.de/verfolgung/pogrom/heydrich.php

31 Ebenda.

32 Thalmann und Feinermann, Crystal Night, S. 43.

33 Joseph Goebbels, »Tagebucheinträge vom 10. und vom 11. November 1938«, zitiert in Fröhlich, Die Tagebücher von Joseph Goebbels.

34 Ebenda, S. 42.

35 »List of synagogues burned down in Berlin, Cologne and Halberstadt«, 22. November 1938, WL, 1375/40.

36 Johnny Eichwald, zitiert in Turner, … And the Policeman Smiled, S. 11.

37 Das heutige Käthe-Kollwitz-Gymnasium.

38 Peter Midgley, Lebenslauf, Midgley Family Papers.

39 Ein von Peter entworfenes Werbeplakat für das Reiseunternehmen »Tirol« und ein weiteres zur Bewerbung des Films Schluck und Gau existieren noch.

40 Peter Midgley, Oral History, MJM, 1988.45.

41 *Herzberg,* The Past is Always Present, *S. 50.*

42 Ebenda.

43 Heinz Stephan Lewy, zitiert in Herzberg, The Past is Always Present, S. 50.

44 Moratz, Escape from the Holocaust: »Berlin Goodbye«, https://web.archive.org/save/https://ralphm1935.wordpress.com/2015/05/17/berlin-goodbye/.

45 Peter Midgley, Oral History, MJM, 1988.45, hier in Dialogform.

46 Im Jahre 2018 erzählte Walter Frankenstein, ein anderer Auerbach-Bewohner, der drei Jahre jünger als Peter war, einem Reporter der Jüdischen Allgemeinen, dass auch er von dem wohlwollenden Beamten

gewarnt worden sei, dass die Gestapo kommen werde, um ihn zu verhaften.

47 »Witness recalls the horrors of Kristallnacht 80 years ago«, 6. November 2018, AP, 4181108.

48 »Holocaust survivor recalls ›Night of Broken Glass‹ horrors«, AP, 8. November 2018.

49 »Ich hatte niemals Angst«, Interview mit Walter Frankenstein, Jüdische Allgemeine, 11. Mai 2018; https://www.juedische-allgemeine.de/kultur/ich-hatte-niemals-angst/

50 *Herzberg,* The Past is Always Present, *S. 73.*

51 *Shirer,* The Rise and Fall of the Third Reich, *S. 525–9.*

52 So zitiert in »Ich hatte niemals Angst«, Interview mit Walter Frankenstein, Jüdische Allgemeine, 11. Mai 2018.

53 Ebenda.

54 *Herzberg,* The Past is Always Present, *S. 81.*

55 In einem anderen Bericht heißt es, die älteren Jungen hätten die Fenster aufgehebelt. Die Zerstörung konnte zwar vermieden werden, doch der Schaden an der Synagoge des Waisenhauses war so groß, dass der Freitagabendgottesdienst in der Folgezeit jede Woche in den Speisesaal verlegt wurde.

IV. Die Retter

1 Bei diesen sogenannten »Nicht-Ariern« handelte es sich in der Regel um Menschen jüdischer Abstammung, die sich nicht mehr mit der jüdischen Gemeinschaft identifizierten, aber nach den Nürnberger Rassegesetzen weiterhin als Juden galten. Zu dieser Zeit erhielten Personen, die nicht von einer jüdischen Mutter abstammten, keine Hilfe von offiziellen jüdischen Organisationen.

2 Im Jahre 1938 arbeitete Braceys Organisation auch im benachbarten Friends' House, dem Hauptsitz der Quäker in Großbritannien.

3 Später umbenannt in »Friends Committee for Refugees and Aliens«.

4 Zunächst konnten Bertha und ihre Mitarbeiter die Unterschrift nicht entziffern; als sie auf den Autor schlossen, wurden sie »fast ohnmächtig«; Bertha Bracey, Oral History, 1980, IWM, 4646.

5 Brief an von Ribbentrop, 21. Dezember 1936, LSF, YM/MfS/FCRA, 125/2.

6 Bertha befürchtete, dass ihre Korrespondenz mit führenden Nazis die britischen Behörden dazu veranlassen könnte, ihre Loyalität in Frage zu stellen, und suchte daher persönlich das Innenministerium auf, um zu erklären, dass ihre Briefe an und von diesen »anrüchigen« Quellen alle vernünftig erklärt werden könnten, falls nötig.

7 Bertha Bracey's Work with Jewish Refugees, Brenda Bailey, LSF, YM/MfS/FCRA, 125/2, Box L.

8 Laut Protokoll einer GEC-Sitzung vom 6. Januar 1936 war Bertha gezwungen, das vorangegangene Jahr aus Krankheitsgründen zu pausieren. Während des gesamten Jahres 1935 arbeitete Marjorie Bayes als kommissarische Sekretärin an ihrer Stelle.

9 New Statesman and Nation, 15. April 1939.

10 Bei einem Treffen mit dem Innenminister am 7. April 1933 einigten sich die Führer der jüdischen Gemeinde darauf, dass kein Flüchtling »eine Belastung für die öffentlichen Mittel« werden sollte, was bedeutete, dass die jüdische Gemeinde im Vereinigten Königreich die finanziellen Kosten für die Unterstützung von Juden, die vor dem Holocaust fliehen wollten, zu tragen hatte. In ihrer Funktion als Vorsitzende des Germany Emergency Committee war Bertha Bracey für die Suche nach Bürgen zuständig – eine Voraussetzung, damit die britische Regierung einem Flüchtling ein Visum erteilte.

11 New Statesman and Nation, 15. April 1939.

12 Die Quäker arbeiteten nicht allein. Bertha arbeitete eng mit dem German-Jewish Aid Committee zusammen, das sich damals in Woburn House befand, nur drei Minuten Fußweg von ihrem Büro entfernt. Vordergründig war die Arbeit nach religiösen Gesichtspunkten unterteilt: Woburn House befasste sich mit Fällen, die praktizierende Juden betrafen; Drayton House befasste sich mit Fällen von Nicht-Ariern, Menschen ohne Religionszugehörigkeit und politischen Flüchtlingen. In Wirklichkeit teilten sich die Gruppen oft die Fälle und bearbeiteten sie gemeinsam.

13 Henry und Annie Bracey, Volkszählung 1911.

14 Bertha Bracey, Oral History, 1980, IWM, 4646.

15 Ebenda.

16 »International Schools for Refugees«, Western Morning News, 23. April 1934, S. 5.

17 Anti-Semitism: minutes and reports, TNA, HO 262/9.

18 So zitiert in Shatzkes, Holocaust and Rescue, S. 31.

19 Telegramm von Sir G. Ogilvie-Forbes, 10. November 1938, TNA, FO 371/21636.

20 »Eye for an Eye, Tooth for a Tooth«, News Chronicle, 11. November 1938.

21 Thalmann und Feinermann, Crystal Night, S. 64.

22 Ebenda; siehe auch https://www.ndr.de/geschichte/chronologie/Pogromnacht-1938-Attentat-und-Propaganda-Eine-Chronologie,novemberpogrom102.html und http://www.dasjuedischehamburg.de/inhalt/novemberpogrom.

23 »Looting Mobs Defy Goebbels«, Daily Express, 11. November 1938.

24 Friedländer, The Years of Persecution, S. 276.

25 Strang gegenüber G. Ogilvie-Forbes, 9. November 1938, TNA, FO 371/21636, C13660/1667/62, f. 234.

26 Olgilvie-Forbes gegenüber Strang, no. 662, A. G. M. Cadogan, Protokoll, 10. November 1938, TNA, FO 371/21636, C13661/1667/62, f. 236.

27 Margareta Burkill zitiert in Fast, Children's Exodus, S. 14.

28 Brief von Albert Einstein an Wilfrid Israels Mutter, abgedruckt in Martin Buber, Wilfrid Israel: July 11th, 1899-June 1st, 1943. Siehe auch https://d-nb.info/992939100/04.

29 Einem Bericht zufolge, der 1958 in der Zeitschrift AJR veröffentlicht wurde, lud Israel den Kommandanten ein, seine Weihnachtseinkäufe kostenlos in dem Geschäft zu erledigen, wenn er dafür Gefangene freilasse.

30 *Lichti,* Houses on the Sand? Pacifist Denominations in Nazi Germany, *S. 96.*

31 Brief von Bertha Bracey, zitiert in Bailey, A Quaker Couple in Nazi Germany, S. 95.

32 Ebenda.

33 Eine ausführliche Darstellung der Ereignisse und der Personen, die an der Ausgestaltung der Kindertransportaktion beteiligt waren, findet sich in Baumel-Schwartz, Never Look Back: The Jewish Refugee Children in Great Britain, 1938–1945, Kapitel 3.

34 Chamberlain, Hansard, House of Commons, 14. November 1938, Bd. 341, col. 505.

35 Kabinettsprotokoll, 16. November 1938, TNA, CAB 23/96.

36 Conclusions, Cabinet Committee on Foreign Policy, 14. November 1938, TNA, CAB 27/624.

37 Ebenda.

38 Das spätere Refugee Children's Movement, RCM.

39 So zitiert von Hoare in einer Rede vor dem House of Commons, Hansard, 21. November 1938, Bd. 341 cc1428–83.

40 »Jewish Children from Germany«, The Times, 3. Dezember 1938.

41 Hansard, 21. November 1938, Bd. 341, cc1428–83.

42 Bis September 1939 wurden zwölf Regionalausschüsse eingerichtet, darunter in Manchester, Birmingham, Cambridge und Battersea, London.

43 *Caestecker und Moore,* Refugees from Nazi Germany and the Liberal European States, *S. 171–84.*

44 *Goldenberg und Shapiro,* Different Horrors, Same Hell: Gender and the Holocaust, *S. 201.*

45 *Fast,* Children's Exodus, *S. 21.*

46 Brief von Bertha Bracey an Norman Nicholson, Friends Committee for Refugees and Aliens, LSF, YM / MfS/FCRA.

47 *Baumel-Schwartz,* Never Look Back: The Jewish Refugee Children in Great Britain, *1938–1945, S. 113.*

48 Siehe Gisela Spanglets ärztliches Zeugnis, https://harwichhavenhistory.co.uk/escape/.

49 Peter Midgley, Oral History, MJM, 1988.45.

50 Brief des Foreign Office an die Niederländische Gesandtschaft, 29. November 1938, TK.

51 Peter Midgley, Oral History, MJM, 1988.45.

52 »Wie die Kindertransporte tausende Leben retteten«, Tagesspiegel, 30. November 2017.

V. Zugfahrt bei Sonnenuntergang

1 *Harris und Oppenheimer,* Into the Arms of Strangers, *S. 108.*

2 Gershon, We Came as Children, S. 19.

3 Hana Eardley, Oral History, IWM, 16975/2/1–2.

4 »The Kindertransport children 80 years on: ›We thought we were going on an adventure‹«, Guardian, 6. November 2018.

5 Ernest Pollack, »Departure to Freedom Curtailed«, unveröffentlichte Erinnerungen, WLC.

6 Gisella Eisner, »Cottage Pie on Tuesdays«, unveröffentlichte Erinnerungen, WLC.

7 Weitere Auerbach-Waisen folgten auf späteren Transporten. So nahm eine Gruppe von 20 Kindern aus dem Waisenhaus am 7. Juli 1939 an einem Kindertransport teil (siehe Herzberg, The Past is Always Present, S. 89).

8 Hilary Gregory – deren Großmutter, Echen Kohsen, zwischen den Berliner Bahnhöfen Taxis nahm, um ihren beiden Töchtern zuzuwinken, sehr zu deren Missfallen –, Konversation mit dem Autor, Mai 2020.

9 Darunter waren auch Waisenkinder aus anderen deutschen Städten, wie an diesem Tag eine Gruppe aus dem Paulinenstift in Hamburg. So berichtet von »Frau H. G. from Lübeck«, »Eyewitness reports regarding the November Pogrom«, TWL, 1375.

10 Gerald Midgley, Gespräch mit dem Autor, Mai 2020.

11 Turner, … And the Policeman Smiled, S. 45.

12 Gerald Midgley, Gespräch mit dem Autor, April 2020.

13 Peter Midgley, Oral History, MGM, ref. 1988.45.

14 So berichtet von »Herr H. A. from Bremen«, »Eyewitness reports regarding the November Pogrom«, TWL, 1375.

15 So berichtet von »Frau E. R. from Hamburg«, »Eyewitness reports regarding the November Pogrom«, TWL, 1375.

16 Ebenda.

17 So berichtet von »Herr A. R. from Bünde«, »Eyewitness reports regarding the November Pogrom«, TWL, 1375.

18 Turner, … And the Policeman Smiled, S. 51.

19 In neun Monaten und bei Hunderten von Kindertransporten floh nur eine einzige Begleitperson.

20 »Burning Orphanage Ordeal«, Shields Daily News, 2. Dezember 1938; Gershon, We Came as Children, S. 30.

21 »Sad Jewish Refugees Arrive in England«, Gloucester Citizen, 2. Dezember 1938.

22 Gershon, We Came as Children, S. 31.

23 Ebenda.

24 »Burning Orphanage Ordeal«, Shields Daily News, 2. Dezember 1938.

25 »Jewish child refugees arrive from Germany«, BP, 93583.

26 Ebenda.

27 »Burning Orphanage Ordeal«, Shields Daily News, 2. Dezember 1938.

28 Peter Midgley, Oral History, MGM, 1988.45.

29 *So zitiert in Turner,* Waiting for War: Britain 1939–1940, *S. 149.*

30 »Report on a Visit to Dovercourt Refugee Camp«, Women's Voluntary Services, 12. Januar 1939, TNA, MH 55/689.

31 »In Camp with the Refugee Children«, Jewish Chronicle, 9. Dezember 1938.

32 Siehe Kontaktbogen mit dem Titel »Kindertransport Children«, Fotoserie aus dem Ferienlager Dovercourt Bay, redaktioneller Vermerk 1148838413, Getty Images.

33 »Burning Orphanage Ordeal«, Shields Daily News, 2. Dezember 1938.

34 *Fast,* Children's Exodus, *S. 36.*

35 Im Jahre 1943 zog der deutsche General Erwin Rommel mit seiner Familie in zwei der ehemaligen Schulgebäude ein.

36 So zitiert in Oldfield, »›It Is Usually She‹: The Role of British Women in the Rescue and Care of the Kindertransport Kinder«, Shofar: An Interdisciplinary Journal of Jewish Studies, Bd. 23, Nr. 1, 2004, S. 57–70.

37 »In Camp with the Refugee Children«, Jewish Chronicle, 9. Dezember 1938.

38 Ebenda.

39 Gershon, We Came as Children, S. 31.

VI. Das Untergeschoss und der Richter

1 Peter Midgley, Oral History, MJM, 1988.45.

2 *Williams,* Jews and Other Foreigners: Manchester and the Rescue of the Victims of European Fascism, 1933–40, *S. 49.*

3 Carmon, The Impact of the Nazi Racial Decrees on the University of Heidelberg, Shoah Resource Centre, International School for Holocaust

Studies, S. 4; siehe außerdem http://www.documentarchiv.de/ns/beamtenges.html.

4 Ursprünglich konnten jüdische Beamte befreit werden, wenn sie ihr Amt vor dem 1. August 1914 angetreten hatten, im Ersten Weltkrieg gekämpft hatten oder einen Vater oder Sohn in diesem Krieg verloren hatten.

5 Bertha Bracey, Oral History, 1980, IWM, 4646.

6 »Displaced German Professors«, The Times, 24. Mai 1933, S. 10.

7 Szilard erlangte internationale Aufmerksamkeit, als er zusammen mit Albert Einstein Franklin Roosevelt besuchte, um den US-Präsidenten vor der fieberhaften deutschen Atomforschung zu warnen.

8 »Displaced German Professors«, The Times, 24. Mai 1933, S. 10, 17.

9 Seit 1936 bekannt als Society for the Protection of Science and Learning.

10 *London,* Whitehall and the Jews 1933–1948, *S. 48.*

11 *Williams,* Jews and Other Foreigners: Manchester and the Rescue of the Victims of European Fascism, 1933–40, *S. 56. Peter Midgley, Oral History, MJM, 1988.45.*

12 Peter Midgley, Oral History, MJM, 1988.45.

13 Ebenda.

14 »The National and Empire Program«, Premierminister Stanley Baldwin, 8. Dezember 1938, CBC, http://www.cbc.ca/archives/entry/jewish-refugees-already-fleeing-germany.

15 Bertha Bracey, Oral History, 1980, IWM 4646.

16 *Lafitte,* The Internment of Aliens, *S. 48.*

17 Bertha hortete Informationen, auch außerhalb ihrer Arbeit. Als die Bücherregale voll und sämtliche Oberflächen belegt waren, begann sie, Bücher in ihrem Ofen zu lagern, erzählte mir ihre Nichte.

18 Chamberlain an Hilda, 30. Juli 1939, BUL 18/1/1110.

19 Der Wissenschaftler Nicholas Hiley stellt diese offizielle Darstellung der Verhaftungen von 1914 in Frage und vertritt die Auffassung, dass es sich dabei um einen Gründungsmythos handelt, der sowohl das Ausmaß als auch die Auswirkungen der Maßnahmen der Behörde stark übertreibt.

20 Gillman und Gillman, Collar the Lot!, S. 9.

21 Ebenda, S. 28.

22 »Behind this Nazi Regime«, George W. Gercke, Independent, 19. Mai 1933.

23 Diese Definition stammt wortwörtlich aus Klaus Hinrichsens Vorwort zu Living with the Wire, S. 3.

24 Margery West, zitiert in Dove, »Totally Un-English«?, S. 13.

25 Webb, British Concentration Camps, S. 51.

26 Gillman und Gillman, Collar the Lot!, S. 26.

27 Committee of Imperial Defence, Sub-Committee on the Control of Aliens in War, Protokoll, 20. Februar 1939, TNA, CAB 16/211.

28 Hutton, Agent Jack, S. 59.

29 Diaries of Guy Maynard Liddell, intelligence officer, TNA, KV 4/185.

30 Eintrag vom 30. August 1939, West, The Guy Liddell Diaries, Bd. 1, S. 12.

31 Gerald Midgley, Gespräch mit dem Autor, Mai 2020.

32 Peter Fleischmann, Certificate of Registration.

33 Peter Midgley, Oral History, MJM, 1988.45.

34 Das unglücklich benannte »Home for Aged, Needy and Incurable Jews«; Leslie Kay BEM, ehemaliger Treuhänder der Federation of Jewish Services, Konversation mit dem Autor, Juli 2020.

35 Bertha Bracey, Oral History, 1980, IWM 4646.

36 Es war vielleicht unfair, britische Familien, die die kumulative Gewalt generationeller Armut ertragen hatten, mit den Wiener Familien zu vergleichen, von denen einige nur wenige Jahre zuvor wohlhabend und bürgerlich gewesen waren und erst durch den Krieg und seine Folgen in Not geraten waren.

37 Peter Fleischmann, Certificate of Registration.

38 Gillman und Gillman, Collar the Lot!, S. 32.

39 Die Behörden teilten die Internierten in diesem Auffanglager in Clacton, das nur wenige Wochen genutzt wurde, in zwei verschiedene Klassen ein: diejenigen, die bereit waren, für bessere Bedingungen eine geringe Tagesgebühr zu zahlen, und diejenigen, die dies nicht taten.

40 Bernhard Weiss, Alien Card, Geburtsdatum 30. Juli 1880, TNA, HO 396/100.

41 Am 6. September wurde Weiss in einer Gruppe von etwa 40 Internierten aus Olympia mit dem Zug in das Internierungslager in Clacton-on-Sea gebracht. Zwei Monate später, am 13. November 1939, wurde er freigelassen, nachdem er bei den neu eingerichteten Tribunalen Einspruch erhoben hatte.

42 Andersons Vorgänger, der Quäker Sir Samuel Hoare, den Bertha Bracey davon überzeugt hatte, die Kindertransport-Initiative zu unterstützen, erhielt einen Sitz im Kriegskabinett, als Lordsiegelbewahrer.

43 »Aliens«, HC Deb 4. September 1939, Bd. 351 cc366–70, Hansard.

44 Brief von Sir John Anderson an Lord Halifax, 7. November 1939, TNA, FO 371/22941.

45 Wheeler-Bennett, John Anderson, S. 239; Gillman und Gillman, Collar the Lot!, S. 45.

46 Tagebuch von Guy Maynard Liddell, Intelligence Officer, TNA, KV 4/185.

47 »A Chief Justice got away with murder«, Marcel Berlins, Independent, 2. August 1998.

48 Daten des US National Archives Diplomatic Branch (740.0015 European War 1939/895), zitiert in Gillman und Gillman, Collar the Lot!, S. 42.

49 »Conditions in camps: report by ex-internee; correspondence with George Lathan MP«, TNA, HO 215/27.

50 Klaus Hinrichsen, Oral History, IWM, 3789.

51 »Arandora Star Victim: A Supplement to the White Paper«, Louis Gutmann-Polangen, 21. März 1941, TNA, HO 213/1431, S. 13.

52 Die Akte, die diese Beweise enthält, wurde erst 2017 der Öffentlichkeit zugänglich gemacht.

53 »Arandora Star Victim: A Supplement to the White Paper«, Louis Gutmann-Polangen, 21. März 1941, TNA, HO 213/1431.

54 Ebenda, S. 15.

55 Klaus Hinrichsen, Oral History, IWM, 3789.

56 Neurath, Recollections, S. 55.

57 Laut Bertha Braceys »Report of the Germany Emergency Committee« vom April 1940 übernahmen zahlreiche Quäker die Rolle des »persönlichen Freundes« für jene Flüchtlinge, die nur wenige oder gar keine Kontakte in Großbritannien hatten, und halfen ihnen, ihren Fall vor den Richtern darzulegen.

58 Peter Fleischmann, Certificate of Registration.

59 *London,* Whitehall and the Jews 1933–1948, *S. 170.*

60 Im vorangegangenen Krieg hatte der Untergang der Lusitania, eines Schiffes, auf dem sich mutmaßliche Spione auf dem Weg von New York nach Großbritannien befunden hatten, den Anstoß zur Internierung gegeben.

61 So zitiert in Wheeler-Bennett, John Anderson, S. 239.

VII. Spionagefieber

1 *Sebba,* Battling for the News, *S. 158.*

2 Ebenda, S. 163.

3 Ebenda.

4 Ebenda, S. 160.

5 »Germans Dropped Women Parachutists as Decoys«, Daily Express, 13. Mai 1940, S. 3.

6 Wie der mit dem Pulitzer-Preis ausgezeichnete amerikanische Journalist Leland Stowe von der Chicago Daily News in einem am 16. April 1940 in Großbritannien im Daily Telegraph veröffentlichten Leitartikel feststellte, seien es mitfühlende Zivilisten gewesen, durch welche »die deutsche Diktatur ihr trojanisches Pferd in Norwegen bauen konnte«.

7 Die rund 4500 Fallschirmspringer, die an der Invasion teilnahmen, stellten nur einen winzigen Bruchteil der gesamten Invasionsstreit-

kräfte von etwa 360 000 Mann dar. Die Fallschirmspringer erlitten schwere Verluste, und ihr größter Erfolg bestand darin, die Aufmerksamkeit der niederländischen Streitkräfte abzulenken.

8 »Fifth Column activities«, TNA, FO 371/25189/7941, Code 49 file 7941.

9 Gillman und Gillman, Collar the Lot!, S. 104.

10 Wheeler-Bennett, John Anderson: Viscount Waverley, hier als Dialog, S. 244.

11 *Judex,* Anderson's Prisoners, *S. 109.*

12 Hansard, 23. April 1940, Bd. 360.

13 So zitiert in Lafitte, The Internment of Aliens, S. 171.

14 So zitiert in Judex, Anderson's Prisoners, S. 110.

15 Ebenda, S. 102.

16 Ebenda, S. 111.

17 Ebenda, S. 13–14.

18 Hansard, 10. Juli 1940, Bd. 362.

19 Hinrichsen, unveröffentlichte Erinnerungen, S. 54.

20 *Baumel-Schwartz, Never Look Back:* The Jewish Refugee Children in Great Britain, 1938–1945, *1. Kapitel.*

21 Turner, … And the Policeman Smiled, S. 33.

22 Peter Fleischmann, Certificate of Registration.

23 Peter Midgley, Oral History, MJM, 1988.45.

24 Ebenda.

25 Ursprünglich schlug das Kabinett eine Altersgrenze von 70 Jahren vor; Anderson setzte sich erfolgreich dafür ein, dass die Regelung nur für Personen bis zum Alter von 60 Jahren gelten sollte.

26 Den Protokollen des Germany Emergency Committee zufolge wurde das sogenannte Schutzgebiet in den folgenden Tagen erweitert. Am 31. Mai wurde das Gebiet Tyne und Bath in die Beschränkungen einbezogen, am 2. Juni East Anglia und am 17. Juni Buckinghamshire, Hertfordshire, Middlesex und Northampton.

27 So zitiert in Judex, Anderson's Prisoners, S. 5.

28 The Bland Report, TNA FO 371/25189.

29 Hansard, 1. März 1940, Bd. 357.

30 Manchester Guardian, *13. Mai 1940.*

31 Protokoll des Kriegskabinetts, 15. Mai 1940, TNA, CAB 65/7

32 Münchner Neueste Nachrichten, 21. März 1933. Siehe auch https://www.sueddeutsche.de/bayern/errichtung-des-kz-dachau-vor-80-jahren-niemand-kann-sagen-er-habe-nichts-gewusst-1.1630886 und https://www.welt.de/kultur/history/article1818950/Dachau-Heinrich-Himmler-und-das-erste-KZ.html.

33 Klaus Hinrichsen, Oral History, IWM, 3789.

34 »While You Are in England: Helpful Information and Guidance for Every Refugee«, German Jewish Aid Committee, WLC 00527.

35 *Wheeler-Bennett*, John Anderson: Viscount Waverley, *S. 244*.

36 Protokoll des Germany Emergency Committee, 18. Juni 1940, LSF, YM/MfS/FCRA.

37 Protokoll des Kriegskabinetts, 27. Mai 1940, TNA, CAB 65/7.

38 Über diese Gruppe, die umgangssprachlich als Swinton-Ausschuss bezeichnet wird, ist wenig bekannt. Alle diesbezüglichen Akten sind zum Zeitpunkt des Verfassens dieses Buches entweder verschlossen oder wurden nach Angaben des Außenministeriums vernichtet.

39 Hansard, House of Commons, 4. Juni 1940, Bd. 361, cc.787–98.

40 Eine ausführliche zeitliche Darstellung der Ereignisse, die zur Masseninternierung führten (auf Grundlage der von der britischen Regierung veröffentlichten Dokumente), findet sich in Gillman und Gillman, Collar the Lot!, Kapitel 11–14.

41 Es ist nicht klar, ob dieser Satz, der lange Zeit mit der Einführung der allgemeinen Internierung in Verbindung gebracht wurde, von Churchill stammt oder ihm lediglich als Paraphrase zugeschrieben wird.

42 Der Franzose Levy, geboren am 20. Oktober 1896, schrieb unter dem Pseudonym René Elvin.

43 »Isle of Forgotten Man«, René Elvin, The Spectator, 28. März 1941.

44 So zitiert in Judex, Anderson's Prisoners, S. 9.

45 »More Aliens Are to Be Interned«, Manchester Evening News, 5. Juli 1940.

46 Peter Midgley, Oral History, MJM, 1988.45.

VIII. Der Alptraum von Warth Mills

1 Peter Midgley, Oral History, MJM, 1988.45.

2 William R. Hughes, »Report on Visit to Warth Mills Internment Camp«, 10. Juli 1940, LSF, YM / MfS/FCRA.

3 *Kochan*, Britain's Internees in the Second World War, *S. 97*.

4 Ebenda, S. 4.

5 Professor P. Jacobstahl, Nachlasspapiere, IWM 4693.

6 *Kochan*, Britain's Internees in the Second World War, *S. 97*.

7 Anonymer Überlebender, »Reports on Camps III«, Council of Austrians in Great Britain, 20. August 1940, LSF, YM/MfS/ FCRA.

8 *Stent*, A Bespattered Page?, *S. 153*.

9 Peter Midgley, Oral History, MJM, 1988.45.

10 Jacobstahl, Nachlasspapiere, IWM 4693.

11 Anonymer Überlebender, »Reports on Camps III«, Council of Austrians in Great Britain, 20. August 1940, LSF, YM/MfS/ FCRA, S. 3.

12 Unveröffentlichte Erinnerungen, Professor P. Jacobstahl, IWM.

13 Es ist wahrscheinlicher, dass es sich bei diesem Mann um einen der deutschen Handelsseeleute handelt, die laut dem offiziellen Bericht von William Hughes in Warth Mills interniert waren.

14 Peter Midgley, Oral History, MJM, 1988.45, und Gerald Midgley, Gespräch mit dem Autor, Juni 2020.

15 Jacobstahl, Nachlasspapiere, IWM 4693.

16 Ein vom Kriegsministerium am 27. Juli 1940 erstelltes »Memorandum on Aliens« bestätigt, dass insbesondere Diabetes als ausreichender Grund angesehen wurde, um einer Person die Internierung zu ersparen. Dies ist ein Beweis dafür, dass die lokalen Polizeikräfte zum Leiden der Internierten beitrugen, indem sie die Richtlinien des Innenministeriums nicht befolgten oder umsetzten.

17 Jonathan Treitel, Gespräch mit dem Autor, 20. Juni 2020.

18 Anonymer Überlebender, »Reports on Camps III«, Council of Austrians in Great Britain, 20. August 1940, LSF, YM/MfS/ FCRA.

19 Professor Paul Jacobsthal überzeugte den Soldaten, der seine Sachen durchsuchte, davon, dass er sein Exemplar der Odyssee von Homer behalten durfte, indem er dem Offizier ein Zertifikat mit dem Siegel der Universität Oxford zeigte. Denjenigen, die keine derartigen Dokumente vorweisen konnten, wurden solche Bitten verweigert.

20 Zu den Insassen von Warth Mills gehörten Wissenschaftler und Mitarbeiter der Colleges Wadham, Brasenose und Magdalen der Universität Oxford sowie ein Bibliothekar des Bodleian.

21 »Little-Known Holocaust History: Fleeing Germany, Then Living in a British Castle«, The Jewish Press, 30. Mai 2019.

22 »Freedom« von U. Hirsch, The Camp, Ausgabe 15, 11. August 1941.

23 Jacobstahl, Nachlasspapiere, IWM 4693, S. 6.

24 Sir Claus Moser in Jailed by the British, Channel 4, 1982.

25 Tausig, Kasperl, Kummerl, Jud., S. 45 ff.

26 Anonymer Überlebender, »Reports on Camps III«, Council of Austrians in Great Britain, 20. August 1940, LSF, YM/MfS/ FCRA, S. 3.

27 Leo Kahn, Oral History, Februar 1979, IWM 4300.

28 Anonymer Überlebender, »Reports on Camps III«, Council of Austrians in Great Britain, 20. August 1940, LSF, YM/MfS/FCRA.

29 Ebenda.

30 Peter Midgley, Oral History, MJM, 1988.45 sowie Klaus Hinrichsen, unveröffentlichte Erinnerungen, S. 79.

31 Ironischerweise floh Blensdorf nach dem Einmarsch der Nazis auf dem nach dem Sujet dieses Werks benannten Schiff der Küstenwache, der HNoMS Fridtjof Nansen, aus Norwegen; Bruton Museum, Blensdorf Retrospective, Juli-August 2008, und Klaus Hinrichsen, unveröffentlichte Erinnerungen.

32 AJR Refugee Voices Testimony interview (RV125); Klaus Hinrichsen, Interview mit Anthony Grenville, 20. November 2003.

33 Klaus Hinrichsen, unveröffentlichte Erinnerungen, S. 62.

34 Jacobstahl, Nachlasspapiere, IWM 4693, S. 10–11.

35 Tausig, Kasperl, Kummerl, Jud., S. 46.

36 *Uhlman*, The Making of an Englishman, *S. 230*.

37 Tausig, Kasperl, Kummerl, Jud., S. 47.

38 Crawford, Elsner und Ulmschneider, Ark of Civilization, S. 208.

39 Olden war einer der ersten Biographen Hitlers. Die Nazis verboten prompt sein 1935 in Amsterdam veröffentlichtes Buch Hitler der Eroberer: Entlarvung einer Legende, das 1936 auf Englisch bei Victor Gollancz unter dem provokanten Titel Hitler the Pawn erschien.

40 Ambrose, Hitler's Loss, S. 82.

41 Anonymer Überlebender, »Reports on Camps III«, Council of Austrians in Great Britain, 20. August 1940, LSF, YM/MfS/ FCRA, S. 3.

42 William R. Hughes, »Report on Visit to Warth Mills Internment Camp«, 10. Juli 1940, LSF, YM / MfS/FCRA.

43 *Kochan*, Britain's Internees in the Second World War, *S. 99*.

44 Joe Pieri, So zitiert in Paolini, Missing Presumed Drowned, S. 62.

45 Ernst Adolf Manasse, Alien Card, Geburtsdatum 22. August 1905, TNA, HO 396/267.

46 *Kochan*, Britain's Internees in the Second World War, *S. 99*.

47 »Dr. Simon Isaac: Ex-Professor at University of Frankfort Dies in London«, New York Times, 28. Januar 1942.

48 Anonymer Überlebender, »Reports on Camps III«, Council of Austrians in Great Britain, 20. August 1940, LSF, YM/MfS/ FCRA, S. 3.

49 Jacobstahl, Nachlasspapiere, IWM 4693.

50 »Report by ex-internee«, TNA, HO 215/27.

51 Einige Kunstkritiker behaupten, Fechenbach habe in einem traditionellen jüdischen Stil gearbeitet, eine Behauptung, die Klaus Hinrichsen, dessen Porträt Fechenbach trotz seiner Abneigung gegen Hinrichsen malte, als »Unsinn« bezeichnete.

52 AJR Refugee Voices Testimony (RV125). Klaus Hinrichsen, Interview mit Anthony Grenville, 20. November 2003.

53 Ebenda, S. 98.

54 Tausig, Kasperl, Kummerl, Jud., S. 46.

55 Lawrence Darton, »An Account of the Work of the Friends Committee for Refugees and Aliens 1933–1950«, unveröffentlichtes Manuskript, LSF, YM/ MfS/FCRA.

56 »Diary of recent events affecting the work of the Germany Emergency Committee«, LSF, YM/MfS/FCRA.

57 Der vollständige Text dieses außergewöhnlichen Berichts ist in »An Account of the Work of the Friends Committee for Refugees and Aliens 1933–1950« von Lawrence Darton wiedergegeben, von dem ein Exemplar in der Bibliothek der Society of Friends aufbewahrt wird.

58 William R. Hughes, »Report on Visit to Warth Mills Internment Camp«, 10. Juli 1940, LSF, YM/MfS/FCRA.

59 Anonymer Überlebender, »Reports on Camps III«, Council of Austrians in Great Britain, 20. August 1940, LSF, YM/MfS/ FCRA, S. 3.

60 Braybrook war nicht der einzige britische Offizier, der beschuldigt wurde, förmliche Entlassungsanträge von Internierten zu vereiteln. In den für eine Regierungsuntersuchung über Gerichtsverfahren und Internierung vorgelegten Beweisen wird ein Vorfall beschrieben, bei dem Colonel Blimps, Kommandant des Lagers Seaton, einen Internierten in sein Büro bestellte und vor dessen Augen den Antrag auf Entlassung mit der Bemerkung zerriss: »Gehen Sie zurück nach Deutschland« (TNA, HO 213/1431, S. 19).

61 *Kochan,* Britain's Internees in the Second World War, S. *78.*

IX. Die neblige Insel

1 Diese Version des Gründungsmythos der Isle of Man erscheint in The Magic Kite von Hutchinsons Zeitungsredakteur Michael Corvin, S. 58 f.; die weitere Formulierung lehnt sich hier an James Joyce, Ulysses, an.

2 Hinrichsen, unveröffentlichter Bericht, S. 11.

3 Ebenda.

4 Walter Bergmann, Alien Card, Geburtsdatum 24. September 1902, TNA, HO 396/247.

5 Klaus Hinrichsen, Oral History: IWM, 3789.

6 Ebenda, S. 80.

7 Erich Kahn, Alien Card, Geburtsdatum 25. August 1904, TNA, HO 396/261.

8 MacDougall und Dickson, Forced Journeys, S. 21.

9 Hinrichsens Urteil war fundiert; nach dem Krieg bezeichnete der bedeutende Kunstkritiker Professor J. P. Hodin, Träger des ersten internationalen Preises für Kunstkritik auf der Biennale von Venedig, Kahn als »zweifellos einen der besten Künstler in [Großbritannien]«.

10 Renee Goddard, Augenzeugenbericht in Jailed by the British.

11 Verschiedene Quellen, etwa M. F. Perutz, »That Was the War«, New Yorker, 12. August 1985, S. 35.

12 »Internment of Aliens Demanded«, Isle of Man Examiner, 14. Juni 1940, S. 5.

13 Es gab einige bemerkenswerte Ausnahmen. Eine gewisse Frau Gribbon, die in der Upper Church Street wohnte, weniger als eine Meile vom

Hutchinson-Lager entfernt, bot den Ehefrauen von Gefangenen, die auf die Insel kamen, um ihre Männer zu besuchen, eine Unterkunft an und weigerte sich, für die Übernachtung in ihrem Haus eine Bezahlung anzunehmen.

14 »Closing of Roads: Hutchinson Square District, Douglas«, Isle of Man Examiner, 12. Juli 1940, S. 2.

15 Jacobstahl, Nachlasspapiere, IWM, 4693, S. 18.

16 AJR Refugee Voices Testimony (RV125). Klaus Hinrichsen, Interview mit Anthony Grenville, 20. November 2003.

17 »Register of leavers from the Metropolitan Police: Ambrose Harry Potterton, warrant number 126538. Joined on 6 December 1937, and left on 4 December 1938. Last posted to E Division as a PC«, TNA, MEPO 4/350/114.

18 Hinrichsen, unveröffentlichter Bericht, S. 11.

19 Jacobstahl, Nachlasspapiere, IWM, 4693, S. 20.

20 Klaus Hinrichsen, Oral History, IWM, 3789.

21 Kurt Treitel, unveröffentlichter Brief an die Eltern vom 25. Juli 1940.

22 JR Refugee Voices Testimony (RV125). Klaus Hinrichsen, Interview mit Anthony Grenville, 20. November 2003.

23 Hinrichsen, unveröffentlichter Bericht, S. 11.

24 Kurt Treitel, unveröffentlichter Brief an die Eltern vom 24. Juli 1940.

25 Klaus Hinrichsen, Oral History, IWM, 3789.

26 Jacobstahl, Nachlasspapiere, IWM, 4693, S. 13.

27 Hinrichsen, unveröffentlichter Bericht, S. 12.

28 Jacobstahl, Nachlasspapiere, IWM, 4693, S. 12.

29 Ebenda.

30 Ebenda, S. 13.

31 *Dokumentarfilm* His Majesty's Most Loyal Aliens.

32 Hinrichsen, unveröffentlichter Bericht, S. 13.

33 Ebenda.

34 Ebenda.

35 Klaus Hinrichsen, Oral History, IWM, 3789.

36 William Wordsworth, »On entering Douglas Bay, Isle of Man«, Itinerary Poems, 1833.

37 Nach Angaben von Hinrichsen leitete Dr. Alexander McPherson, ein Chirurg, der kurz zuvor zum Gesundheitsbeauftragten der Stadt Douglas ernannt worden war, das Lagerkrankenhaus bei der Eröffnung des Lagers. Anderen Quellen zufolge wurde Anfang September 1940 der Militärarzt Dr. Robert Marshall mit Unterstützung namhafter internierter Mediziner zum Lagerarzt von Hutchinson. Zwar übernahmen Flüchtlingsärzte einen großen Teil der medizinischen Arbeit in Hut-

chinson und anderen Lagern, doch durften offiziell nur Ärzte mit britischem Abschluss helfen.

38 Jacobstahl, Nachlasspapiere, IWM, 4693, S. 18.

39 »The Alien Camp«, Mona's Herald, Dienstag, 14. Mai 1940, S. 4.

40 *Chappell,* Island of Barbed Wire, *S. 53.*

41 Wendy Bentall, Gespräch mit dem Autor, März 2019.

42 Daniel, H. O., Privatarchiv, mit freundlicher Genehmigung von William Daniel.

43 So zitiert in Hinrichsen, unveröffentlichter Bericht, S. 11.

44 Hinrichsen hat den Text dieser Antrittsrede mehr als 40 Jahre nach dem Ereignis rekonstruiert. Der Kunsthistoriker ist überzeugt, dass sein Text den Kern dieser Reden und Diskussionen erfasst, auch wenn er keine wortgetreue Wiedergabe bietet.

45 Jacobstahl, Nachlasspapiere, IWM, 4693, S. 20.

46 Jurgensens Name wurde von ehemaligen Hutchinson-Internierten, die ihn nur gehört, aber nicht geschrieben gesehen hatten, oft falsch geschrieben. Andere haben den Fehler reproduziert und seinen Namen häufig als »Jorgenson« wiedergegeben.

47 Casper George Jurgensen, Geburtsdatum 21. Januar 1898, GRO, Bd. 23, S. 114.

48 Jurgensen wurde erst am 11. Januar 1947 britischer Staatsbürger.

49 So zitiert in Hinrichsen, unveröffentlichter Bericht, S. 15.

50 Verschiedene Quellen bestätigen, dass Second Lieutenant C. G. Jurgensen vom ersten Tag an Nachrichtenoffizier von Hutchinson war. Laut einer am 3. Januar 1941 in der London Gazette veröffentlichten Notiz trat er jedoch erst sechs Monate nach der Eröffnung des Lagers formell in das Intelligence Corps ein. Ebenso wurde Jurgensen erst am 29. August 1941 zum Captain ernannt.

51 Dieses Trio nannte man den »Rat der drei«.

52 Der Begriff »Führer« war selbstverständlich tabu.

53 Ursprünglich bezeichneten die Briten diese Verantwortungspositionen mit den militärischen Begriffen »House Captain« und »Camp Captain«, aber nach dem Turbomilitarismus des Naziregimes bevorzugten die meisten Internierten den Titel »Hausvater« mit seinen sanfteren, quasiseelsorgerischen Assoziationen.

54 Jacobstahl, Nachlasspapiere, IWM, 4693, S. 19.

55 In einer der vielen ironischen Wendungen der Internierungsgeschichte wurde der Cambridge-Student Walter Wallich in Huyton, Liverpool, zusammen mit einem Chemie-Nobelpreisträger interniert, der behauptete, der Erfinder dieses Papiers zu sein, das er während des Ersten Weltkriegs für die deutsche Armee entwickelt habe. Der Erfinder erklärte seinen Mitgefangenen, wie sie mit unsichtbarer Tinte geheime

Botschaften hinterlassen konnten – obwohl es laut Wallich niemand versuchte.

56 Diverse Quellen, etwa Herbert Lindemeyer, Oral History, 6. Dezember 1983, USHMM.

57 Hinrichsen, unveröffentlichter Bericht, S. 16 und 60.

58 Max Grünhut, Alien Card, Geburtsdatum 7. Juli 1893, TNA, HO 396/255.

59 So zitiert in Hinrichsen, unveröffentlichter Bericht, S. 17.

60 *Penrose,* Roland Penrose: The Friendly Surrealist, *S. 92.*

61 Zu Freds Unglück mochte sein gut vernetzter Schwiegervater weder Deutsche noch Juden noch Künstler und unternahm nichts, um Freds anschließende Internierung in Hutchinson Camp zu verhindern oder aufzuheben, außer, dass er einen einzigen Brief an das Innenministerium schrieb.

62 In den Monaten zwischen Gründung des Artists' Refugee Committee und Kriegsbeginn sammelte das Komitee rund 4000 Pfund und half zwischen 20 und 30 Menschen, vor allem Künstlern, bei der Einwanderung nach Großbritannien. Einige ließen sich in der Umgebung von Hampstead Heath in einer engmaschigen Außenseitergemeinschaft nieder.

63 *Jennifer Powell und Jutta Vinzent,* Art and Migration: Art Works by Refugee Artists from Nazi Germany in Britain, *S. 7.*

64 Manfred Uhlman, Alien Card, Geburtsdatum 19. Januar 1901, TNA, HO 396/280.

65 Siegfried Charoux, Alien Card, Geburtsdatum 15. Oktober 1896, TNA, HO 396/249.

66 »Zivilisation: Der Richter« (1962), und »Der Cellist« (1958).

67 Georg Ehrlich, Alien Card, Geburtsdatum 22. Februar 1897, TNA, HO 396/251.

68 »The Young Lovers« (1973).

69 *Bohm-Duchen,* Art in Exile in Great Britain 1933–45, *unpaginiert.*

70 Später bot Fechenbach an, das Porträt Hinrichsens zu malen. Der Maler weigerte sich, dem Kunsthistoriker das Werk zu zeigen, bevor es fertig war. Als Hinrichsen das Bild schließlich sah, verstand er den Grund: »Das Bild zeigte ein sehr großes Haus, und im obersten Zimmer war ein sehr, sehr kleines Fenster, aus dem ich hinausschaute. Die Perspektive war offenbar als Waffe eingesetzt worden.«

71 Ernst Stern, Alien Card, Geburtsdatum 20. März 1876, TNA, HO 396/278.

72 Otto Haas-Heye, Alien Card, Geburtsdatum 16. Dezember 1879, TNA, HO 396/258.

73 Harald Mahrenholz, Alien Card, Geburtsdatum 14. Oktober 1904, TNA, HO 396/267.

74 Information mit freundlicher Genehmigung des Royal Albert Memorial Museum.

75 Rudolf Kastner, Alien Card, Geburtsdatum 2. Mai 1879, TNA, HO 396/261.

76 Mahler Foundation: Rudolf Kastner (1879–1948).

77 »Music in British Internment Camps, Music and the Holocaust«, https://holocaustmusic.ort.org/resistance-and-exile/hans-gal/, ORT.

78 Kästner behauptete, der amerikanische Geiger Yehudi Menuhin sei erst durch seine Schriften in Deutschland bekannt geworden.

79 Graf Franz Josef Graf Matuschka, Alien Card, Geburtsdatum 21. August 1895, TNA, HO 396/267.

80 *Fraenkel,* Help Us Germans to Beat the Nazis!, *S. 116.*

81 Philo Hauser, Alien Card, Geburtsdatum 9. Mai 1915, TNA, HO 396/257.

82 Johann Wolfgang Müller, Alien Card, Geburtsdatum 7. November 1908, TNA, HO 396/269.

83 Karl Ludwig Franck, Alien Card, Geburtsdatum 25. September 1904, TNA, HO 396/252.

84 Tecton entwarf unter anderem die berühmten modernistischen Highpoint-Wohnblöcke in Highgate, einem der höchsten Punkte Londons, sowie das Pinguinhaus im Londoner Zoo.

85 Oskar Fehr, Alien Card, Geburtsdatum 9. Oktober 1871, TNA, HO 396/252.

86 Diese Person wird in unveröffentlichten und – wie in Fred Uhlmans 1960 erschienenen Memoiren The Making of an Englishman – auch in veröffentlichten Quellen erwähnt. Von den 171 Männern, die Großbritannien bei den Olympischen Spielen 1936 vertraten, scheint jedoch kein einziger in den offiziellen Aufzeichnungen des Innenministeriums über die Internierung verzeichnet zu sein. Zwei Berichte deuten darauf hin, dass der junge Mann in dem Trikot italienischer Herkunft und möglicherweise ein Schwimmer war, aber es gibt keine weiteren Details, um zu überprüfen, ob der Mann der internationale Athlet war, für den er sich ausgab, oder, falls nicht, wie er dazu kam, das Trikot zu tragen. Monate später traf der österreichische Skifahrer Hugo Kuranda, der 1948 sein Land bei den Olympischen Spielen vertrat, in Hutchinson ein. Das Camp hatte also mindestens einen verifizierten Olympioniken unter seinen Ehemaligen.

87 Hansard, 10. Juli 1940, Bd. 362.

88 Ebenda.

X. Universität hinter Stacheldraht

1 »World War I History«, Prees Heath Common Reserve. www.preesheathcommonreserve.co.uk.

2 Tausig, Kasperl, Kummerl, Jud., S. 47.

3 So zitiert in Judex, Anderson's Prisoners, S. 71.

4 Peter Midgley, Oral History, MJM, 1988.45.

5 Ebenda.

6 »Adventures in Reconciliation: The Power of the Spirit in Internment«, von Walter Zander, S. 1.

7 Rabbi Schonfeld schätzte, dass bis zu 2000 Internierte – etwa 7 Prozent aller Internierten – an Tuberkulose, Diabetes, Herzkrankheiten oder anderen schweren Gebrechen litten. Er bezeichnete die Verhaftung dieser Menschen durch die Polizei als »erschreckenden« Mangel an Diskretion, als weiteren Beweis für die »unvorbereitete Hast, mit der das Innenministerium die Internierung anordnete«.

8 »Report on Rabbi Dr S. Schonfeld's Visits to Internment Camps for Aliens, on 16–23 July 1940«, LSF, YM / MfS/FCRA, S. 1.

9 »Letter to Chief Rabbi Dr Schonfeld from Walter Nussbaum, Supervisor of Prees Heath Camp, 20. Juli 1940«, HLS MS 183/228/1/465.

10 AJR Refugee Voices Testimony (RV79); mit Walter Brunner sprach Rosalyn Livshin, 28. Oktober 2004.

11 Tausig, Kasperl, Kummerl, Jud., S. 47.

12 Brief an Regina Marx von Professor Ludwig Marx, 5. Juli 1940, TKS SxMs91/1/2.

13 Brief an Regina Marx von Professor Ludwig Marx, 14. Juli 1940, TKS SxMs91/1/2.

14 Walter Zander, Alien Card, Geburtsdatum 8. Juni 1898, TNA, HO 396/283.

15 »Adventures in Reconciliation: The Power of the Spirit in Internment«, von Walter Zander, S. 2.

16 Leo Wurmser, Alien Card, Geburtsdatum 8. Oktober 1905, TNA, HO 396/282.

17 »Singing a Song in a Foreign Land«, Leo Wurmser, RCM.

18 Benjamin Zander, Gespräch mit dem Autor, Juni 2020.

19 »Adventures in Reconciliation: The Power of the Spirit in Internment«, von Walter Zander, S. 2.

20 Peter Midgley, Oral History, MJM, 1988.45.

21 »Adventures in Reconciliation: The Power of the Spirit in Internment«, von Walter Zander, S. 2.

22 Peter Midgley, Oral History, MJM, 1988.45.

23 Kurt Treitel, unveröffentlichter Brief an die Eltern vom 24. Juli 1940.

24 Umzüge zwischen den Häusern waren zulässig, solange die Gesamtzahl der Personen in jedem Haus unverändert blieb, um die morgendlichen Zählungen nicht zu verfälschen.

25 Hinrichsen, unveröffentlichter Bericht, S. 24.

26 Ebenda.

27 Hinrichsens unveröffentlichter Bericht (S. 4 ff.) ist die Quelle des Dialogs in dieser Szene, der eher als impressionistisch denn als journalistisch zu verstehen ist. Die relevanten Details – dass Warschauer am Tag der Eröffnung in Hutchinson ankam, kurzzeitig in Hinrichsens Haus wohnte, »Bedienstete« beschäftigte, mit wichtigen Kontakten prahlte, die seine baldige Freilassung ermöglichen würden, und im Lager mit seinem Reichtum angab – sind jedoch allesamt Fakten, die durch offizielle MI5-Dokumente belegt sind.

28 Ein Empfehlungsschreiben des Nachrichtenoffiziers von Hutchinson, Captain Jurgensen, das sich in Warschauers Sicherheitsakten befindet, belegt, dass Warschauer »seit der Eröffnung am 13. Juli 1940 in diesem Lager interniert ist«, TNA, KV2/1139b; die Beschreibung des Trainingsanzugs stammt aus Hinrichsen, unveröffentlichter Bericht, S. 23.

29 Bei diesen beiden Personen, von denen bekannt ist, dass sie in der Anfangszeit des Lagers zu Warschauers engsten Mitarbeitern gehörten, handelt es sich mit ziemlicher Sicherheit um Hermann Rahmer, einen 34-jährigen Funktechniker, der vor der Verhaftung mit Warschauer zusammengearbeitet hatte, und Emil Maurer, einen prominenten österreichischen Gewerkschaftsführer, der sowohl das Lager Dachau als auch Buchenwald überlebt hatte, bevor er auf die Insel kam.

30 »Ludwig Max Warschauer«, Dokument vom 28. Oktober 1941, TNA, KV2/1139 S. 7.

31 P. Jacobstahl, Nachlasspapiere, IWM 4693, S. 13.

32 Walter Wallich, Oral History, 4431, IWM.

33 Auch nicht »George Mansfield«, ein anderes von »Lingen« verwendetes Pseudonym.

34 Der Prinz wurde am 3. Juli 1940, zehn Tage vor der Eröffnung von Hutchinson, mit der SS Ettrick nach Kanada deportiert und blieb während seiner Internierung inkognito. In seinem unveröffentlichten Bericht behauptet Hinrichsen, dass der Prinz in Hutchinson interniert gewesen sei. Wenn das stimmt, dann war es nur ein kurzer Besuch bei seiner Rückkehr aus Kanada; Hohenzollern gehörte zu den ersten Deportierten, die am 11. Januar 1941 nach Großbritannien zurückkehrten. Er wurde 18 Tage später, am 29. Januar, freigelassen. Unabhängig von seinem genauen Aufenthaltsort ersparte Hohenzollern mit seinem manierlichen Schweigen sowohl dem Staat als auch der Krone erhebliche Peinlichkeiten.

35 Einige Internierte entschieden sich, einen Treueeid auf Deutschland zu leisten, um ein Taschengeld von der Schweizer Gesandtschaft zu erhalten. Dadurch wurde der Internierte automatisch in die »Kategorie A« eingestuft und konnte ohne Sondergenehmigung nicht mehr entlassen werden. Bei den Recherchen für dieses Buch fand sich kein Hutchinson-Internierter, der diesen »Deal« eingegangen wäre.

36 Jacobstahl, IWM 4693, S. 14.

37 Hinrichsen, unveröffentlichter Bericht, S. 23.

38 Ebenda, S. 24.

39 Brief an S. L. Edwards, Kriegsministerium, von Sir Herbert Williams MP, 28. Mai 1940, TNA, KV 2/1139_2.

40 Monica Schubert, Gespräch mit dem Autor, April 2021.

41 Fritz Hallgarten, Oral History, IWM 3976.

42 Frederick Josef Wittelshöfer, Alien Card, Geburtsdatum 20. Juni 1888, TNA, HO 396/282.

43 Hinrichsen, unveröffentlichter Bericht, S. 18.

44 Rudolf Munster, Alien Card, Geburtsdatum 16. Juni 1903, TNA, HO 396/269.

45 Friedrich Burschell, Alien Card, Geburtsdatum 9. August 1889, TNA, HO 396/249.

46 Stephan, Communazis: FBI Surveillance of German Émigré Writers, S. 55.

47 Ebenda, S. 19.

48 Peter Midgley, Oral History, MJM, 1988.45.

49 Die Organisation dieser verschiedenen Abteilungen wurde erst nach mehreren Wochen festgelegt. In der fünften Ausgabe der Zeitung The Camp vom 20. Oktober 1940 legte Burschell seinen vollständigen und endgültigen Vorschlag für die interne Organisation von Hutchinson vor, der eine Presseabteilung, eine Berufsberatung und eine Hygieneabteilung vorsah.

50 Robert Gold, Alien Card, Geburtsdatum 9. Juli 1915, TNA, HO 396/254.

51 Klaus Hinrichsen, Oral History, Juni 1978, IWM 3789.

52 Hinrichsen, unveröffentlichter Bericht, S. 51.

53 Ebenda.

54 »Farewell, Fredric Burschell«, Michael Corvin, The Camp, Ausgabe 7, 3. November 1940.

55 »Campfather's task«, The Camp, Ausgabe 5, 20. Oktober 1940, TNA, HO 215/437.

56 Hinrichsen, unveröffentlichter Bericht, S. 20.

57 So zitiert in Judex, Anderson's Prisoners, S. 88.

58 Ebenda.

59 *Ahrends,* A3: Threads and Connections, *S. 79.*

60 Bruno Ahrends, Alien Card, Geburtsdatum 8. April 1878, TNA, HO 396/245.

61 Kurt Treitel, unveröffentlichter Brief an die Eltern vom 17. Juli 1940.

62 Friedrich Heinemann, Alien Card, Geburtsdatum 8. Februar 1889, TNA, HO 396/257.

63 Hinrichsen, unveröffentlichter Bericht, S. 20.

64 Klaus Hinrichsen, Oral History, Juni 1978, IWM 3789.

65 Der Nachrichtenoffizier von Hutchinson, Captain Jurgensen, rief bei den Schulleitern mehrerer Schulen an, um Lehrpläne anzufordern, und einige Universitätsprofessoren boten an, kleine Gruppen zu unterrichten.

66 Hinrichsen, »Cultural Flashlights«, Hutchinson Almanac 1940–41.

67 Hinrichsen, unveröffentlichter Bericht, S. 21.

68 Hans Rothfels, Alien Card, Geburtsdatum 12. April 1891, TNA, HO 396/273.

69 »Hutchinson Camp University Organising Committee«, 31. Juli 1940. »Hutchinson Internment Camp, Cultural Events Programmes and Schedules«, 1940–41, IWM 5382.

70 Max Eschelbacher, Alien Card, Geburtsdatum 24. Dezember 1897, TNA, HO 396/251.

71 Beran, dessen englische Mutter aus Norwich stammte, hatte das Fach in Berlin an der Berlitz Sprachschule unterrichtet. Seit seiner Einwanderung nach Großbritannien im Jahre 1935 unterrichtete er Deutsch, nunmehr an der Londoner Niederlassung derselben Schule. Eine Zeit lang arbeitete er für die österreichische Abteilung der BBC. Er wurde in Dartington Hall in Devon verhaftet, zusammen mit einem anderen Hutchinson-Insassen, Sigurd Leeder, dem Leiter des Dance Theatre Studio an der Jooss-Leeder-School of Dance.

72 Rudolf Kästner, Alien Card, Geburtsdatum 2, Mai 1879, TNA, HO 396/261.

73 Aufgrund des hohen Anteils bildender Künstler im Lager erlangte Hutchinson den Ruf, arm an Musikern zu sein (»Wir waren reich an Professoren und Malern, aber arm an Musikern«, schrieb Fred Uhlman später). Das ist schlichtweg falsch. Neben Marjan Rawicz traten im Lager eine ganze Reihe begabter Musiker auf, darunter Hans Fürth, ein Absolvent der Royal Academy of Music, der Musikwissenschaftler Professor Richard Glas, der Sänger Professor Stefan Pollmann und der Pianist Egon Reisz. Alfred Blumen, der in Österreich geborene Pianist, der später mit Richard Strauss Schallplattenaufnahmen machte, war ebenfalls in diesem Lager interniert. Der Oxford-Akademiker und Komponist Egon Wellesz sowie der Leiter der Dartington Hall Music Group und Dirigent der English Opera, Hans Oppenheim, waren beide in Hutchinson untergebracht, ebenso wie Peter Ebert, der spätere Direktor der Glyndebourne Opera, und der junge Wolfgang Lesser, der spätere Präsident der Association of Composers and Musicologists. Neben den klassischen Komponisten und Interpreten wird in der Eröffnungsausgabe der Zeitung The Camp »eine neue Mundharmonika-Band« erwähnt, die »künftig zweifellos großen Erfolg haben wird«.

74 Ernst Sänger, Alien Card, Geburtsdatum 8. Juli 1913, TNA, HO 396/274.

75 »Hutchinson Camp University Organising Committee«, 31. Juli 1940. »Hutchinson Internment Camp, Cultural Events Programmes and Schedules«, 1940–41, IWM 5382.

76 Kurt Böhm, Alien Card, Geburtsdatum 23. April 1918, TNA, HO 396/248.

77 Paul Lazarus Maas, Alien Card, Geburtsdatum 18. November 1880, TNA, HO 396/267.

78 Dieser Begriff ist keine spätere Erfindung, sondern war die bei den damaligen Mitarbeitern übliche Bezeichnung für die Bibliothek, siehe Brief an Gerhard Levin von Kurt Treitel, 24. August 1940.

79 Schonfeld, Folder 240, HLS.

80 »The Camp Library«, H. F., The Camp, Ausgabe 13, 14. Januar 1941.

81 Aus einigen Briefen, die in den ersten Ausgaben der Zeitung The Camp veröffentlicht wurden, geht hervor, dass einige Internierte trotz der erstklassigen Auswahl an Rednern der Meinung waren, dass es noch Raum für Verbesserungen gebe.

82 Jacobstahl, Nachlasspapiere, IWM 4693, S. 21.

83 Der Kunsthistoriker Dr. William Cohn war bis zum 18. September 1940 in Hutchinson interniert und wurde dort von Kurt Schwitters gemalt. Cohn war ein enger Freund des Verlegers Bruno Cassirer, der mit seinem gewaltigen Buch über ägyptische Grammatik in Prees Heath interniert war. Im Jahre 1943 wurde Cohn Vorsitzender der Oxford University Anthropological Society.

84 Ein Radiologe des Royal Berkshire Hospital, Reading.

85 Fritz Hallgarten, Alien Card, Geburtsdatum 6. Juni 1902, TNA, HO 396/256.

86 Fritz Hallgarten, Oral History, IWM 3976.

87 Weissenborn, Hellmuth Weissenborn, engraver: With an autobiographical introduction by the artist, S. xiv.

88 Hirsch Uri (Pseudonym »Ulli Hirsch«), »Freedom«, The Camp, Ausgabe 10, 24. November 1940.

89 Jacobstahl, Nachlasspapiere, IWM 4693, S. 12.

90 Jacobsthal machte eine Ausnahme für eine Reihe von Vorlesungen über den englischen Humanismus, die sein Freund und Mitbewohner Rudolf Pfeiffer unter dem Titel »Aspekte des englischen Lebens« hielt und die er für »meisterhaft … ernsthaft und sehr gut« hielt. Pfeiffer war wie Jacobsthal ein vertriebener Altphilologe; er war mit Hilfe von Tess Simpson aus Deutschland geflohen und hatte danach am Corpus Christi College in Oxford gelehrt.

91 Jacobstahl, Nachlasspapiere, IWM 4693, S. 30.

92 Ebenda, S. 23.

93 Sowohl Kästners als auch Heinemanns Namen wurden in den meisten Versionen von Jacobsthals maschinengeschriebenem Originalmanuskript dezent geschwärzt.

94 In einem Brief an seine Eltern hielt Kurt Treitel fest, dass am 1. August 1940, zwei Wochen nach der Gründung des Lagers, ein Minigolfplatz auf dem Rasen »eröffnet« worden sei.

95 So geschildert von Hirsch Uri (unter dem Pseudonym »Ulli Hirsch«), The Camp, Ausgabe 10, 24. November 1940.

96 Hinrichsen, unveröffentlichter Bericht, S. 20.

97 »Hutchinson Camp University Organising Committee«, 31. Juli 1940. »Hutchinson Internment Camp, Cultural Events Programmes and Schedules«, 1940–41, IWM 5382.

98 Richard Friedenthal, Oral History, November 1978, IWM 3963.

99 *Uhlman,* The Making of an Englishman, *S. 233.*

100 Kurt Treitel, unveröffentlichter Brief an »O. E.« vom 17. August 1940.

101 »Report on Rabbi Dr S. Schonfeld's Visits to Internment Camps for Aliens, on 16–23 July 1940«, LSF, YM / MfS/FCRA, S. 2.

102 Hinrichsen, »Peter Midgley and Internment« (Rede in der Woodlands Art Gallery, Blackheath, 17. Juli 1992), TGA 20052/2/20.

XI. Die Mahnwache

1 Geboren als »Leo Freund«, der Name, den der Schriftsteller sowohl vor der Internierung als auch in seinem Nachkriegsleben in Kalifornien verwendete.

2 Da Corvin unter diesem Titel eine Reihe wöchentlicher Vorlesungen hielt, ist unklar, welche Vorlesung seinen Bericht über die Katastrophe genau enthielt.

3 Jacobstahl, Nachlasspapiere, IWM, 4693, S. 26.

4 Leo Freund, Alien Card, Geburtsdatum 20. Mai 1897, TNA, HO 396/253.

5 Nach Aussage seines Enkels (ebenfalls Michael Corvin) ist der ursprüngliche Bericht des Journalisten über das Schiffsunglück nicht erhalten. Die folgende Version wurde aus verschiedenen Berichten der Besatzung und der Passagiere aus erster Hand sowie aus Dokumenten zusammengestellt, die in der offiziellen Regierungsuntersuchung der Katastrophe enthalten sind.

6 Michael Corvin, Gespräch mit dem Autor, Juni 2021.

7 Lord Snell, »Arandora Star Inquiry«, TNA, PREM 3/49, und Louis Gutmann-Polangen »Arandora Star Victim: A Supplement to the White Paper«, 21. März 1941, TNA, HO 213/1431, S. 36.

8 Klaus Hinrichsen, unveröffentlichte Erinnerungen, S. 45.

9 *Paolini,* Missing Presumed Drowned, *S. 89.*

10 Ebenda.

11 Hirschfeld (Hg.), Exile in Great Britain, S. 174.

12 Lord Snell, »Arandora Star Inquiry«, 24. Oktober 1940, TNA, PREM 3/49.

13 »Memorandum on Aliens«, Kriegsministerium, 27. Juli 1940, PREM 3/49.

14 Lord Snell, »Arandora Star Inquiry«, 24. Oktober 1940, TNA, PREM 3/49.

15 Kurt Kaminski, Alien Card, Geburtsdatum 5. Juni 1901, TNA, HO 396/261.

16 Ernst Seemann, Alien Card, Geburtsdatum 30. August 1921, TNA, HO 396/276.

17 »Arandora Star Victim: A Supplement to the White Paper«, Louis Gutmann-Polangen, 21. März 1941, TNA, HO 213/1431, S. 44.

18 Karl Liebel, Alien Card, Geburtsdatum 22. November 1923, TNA, HO 396/266.

19 John Ötvös, Gespräch mit dem Autor, Mai 2021.

20 Kurt Regner, Alien Card, Geburtsdatum 4. August 1912, TNA, HO 396/272.

21 Kurt Winkler, Alien Card, Geburtsdatum 26. Februar 1902, TNA, HO 396/282.

22 »Arandora Star Victim: A Supplement to the White Paper«, Louis Gutmann-Polangen, 21. März 1941, TNA, HO 213/1431, S. 41.

23 »Internment of Aliens«, House of Lords Debate, 6. August 1940, Hansard, Bd. 117, cc107–39.

24 *London,* Whitehall and the Jews 1933–1948, *S. 169.*

25 Italiener, die von den Gerichten noch nicht offiziell nach ihrem mutmaßlichen Risiko eingestuft worden waren, waren besonders gefährdet, vom MI5 falsch eingestuft und für die Abschiebung ausgewählt zu werden.

26 Ermani Landucci, Alien Card, Geburtsdatum 24. September 1894, TNA, HO 396/265.

27 Jailed by the British, Channel 4, 1982.

28 Tagebuch von Gerhard Miedzwinski, zitiert in Gillman und Gillman, Collar the Lot!, S. 190.

29 »Account compiled from the reports of Chief Officer and Chief Engineer of SS Arandora Star«, 4. Juli 1940, TNA, PREM 3/49.

30 Moulton kommandierte das Schiff als Kreuzfahrtdampfer in den 1930er Jahren und auch in Kriegszeiten, als er während der Evakuierung Frankreichs polnische Truppen und britische Flüchtlinge aus den Häfen von Bayonne und St. Jean de Luz rettete.

31 Tagebuch von Uwe Radok, zitiert in Gillman und Gillman, Collar the Lot!, S. 190.

32 Eine ausführliche Darstellung der zunehmenden Bemühungen, Großbritannien durch U-Boote zu blockieren, und der jungen Frauen des Royal Naval Service, die zur Erkennung und Abwehr dieser Taktiken beitrugen, findet sich in Parkin, A Game of Birds and Wolves.

33 »Account compiled from the reports of Chief Officer and Chief Engineer of SS Arandora Star«, 4. Juli 1940, TNA, PREM 3/49.

34 Wolfgang Kittel, Alien Card, Geburtsdatum 11. November 1899, TNA, HO 396/262.

35 »Arandora Star Victim: A Supplement to the White Paper, Louis Gutmann-Polangen, 21. März 1941, TNA, HO 213/1431, S. 27.

36 Lt-Col. W. P. Scott, kommandierender Offizier der »Q«-Troops, Dunera, an Colonel Robertson, Kriegsministerium, London, AUA, MP 729/6, File 63/401/141.

37 Alfons Blumenthal, Alien Card, Geburtsdatum 21. April 1907. »Lost on Arandora Star«, TNA, HO 396/162.

38 »Arandora Star Victim: A Supplement to the White Paper«, Louis Gutmann-Polangen, 21. März 1941, TNA, HO 213/1431, S. 44.

39 Tagebuch von Gerhard Miedzwinski, zitiert in Gillman and Gillman, Collar the Lot!, S. 191.

40 »Account compiled from the reports of Chief Officer and Chief Engineer of SS Arandora Star«, 4. Juli 1940, TNA, PREM 3/49.

41 Ebenda.

42 Ebenda.

43 Lieutenant J. F. Constable, zitiert in Paolini, Missing Presumed Drowned, S. 96.

44 »Account compiled from the reports of Chief Officer and Chief Engineer of SS Arandora Star«, 4. Juli 1940, TNA, PREM 3/49.

45 Harold Finneys Augenzeugenbericht, zitiert in Paolini, Missing Presumed Drowned, S. 101.

46 »Account compiled from the reports of Chief Officer and Chief Engineer of SS Arandora Star«, 4. Juli 1940, TNA, PREM 3/49.

47 *Paolini,* Missing Presumed Drowned, *S. 100.*

48 »Account compiled from the reports of Chief Officer and Chief Engineer of SS Arandora Star«, 4. Juli 1940, TNA, PREM 3/49.

49 »Arandora Star's last hours«, The Times, 5. Juli 1940, S. 6.

50 *Paolini,* Missing Presumed Drowned, *S. 102.*

51 »A Hero of the Arandora Star«, Hartlepool Northern Daily Mail, 2. August 1940, S. 4.

52 »Arandora Star's last hours«, The Times, 5. Juli 1940, S. 6.

53 Interview mit Rando Bertoia, zitiert in Paolini, Missing Presumed Drowned, S. 107.

54 Interview mit Rupert Limentani, zitiert in Paolini, Missing Presumed Drowned, S. 107.

55 Victor Tolaini in Jailed by the British, Channel 4, 1982.

56 Lou Beschizza in Jailed by the British, Channel 4, 1982.

57 »Account compiled from the reports of Chief Officer and Chief Engineer of SS Arandora Star«, 4. Juli 1940, TNA, PREM 3/49.

58 »Enemy submarine attacks on merchant shipping: Reports«, TNA, ADM 199/141.

59 »Account from Commanding Officers HMCS St Laurent«, 4. Juli 1940, TNA, PREM 3/49.

60 John Ötvös, Gespräch mit dem Autor, Mai 2021.

61 »HMCS St Laurent's race to rescue the enemy«, Maclean's Magazine, 19. November 1960.

62 »Arandora Star Victim: A Supplement to the White Paper«, Louis Gutmann-Polangen, 21. März 1941, TNA, HO 213/1431, S. 41.

63 »Arandora Star Sunk by U-boat«, The Times, 4. Juli 1940, S. 4.

64 »Account compiled from the reports of Chief Officer and Chief Engineer of SS Arandora Star«, 4. Juli 1940, TNA, PREM 3/49.

65 Ihre Reise auf der HMT Dunera, die sieben Tage später auslief, wurde zu einer der berüchtigtsten Episoden in der britischen Kriegsgeschichte: Die Internierten wurden wie Kriminelle behandelt, von Soldaten geschlagen und, wie in Warth Mills, von ihren Begleitern ihrer Habseligkeiten beraubt.

66 Zu den anderen Überlebenden der Arandora Star, die in Hutchinson interniert waren, gehörten der Filmregisseur Fred Weiss, der Chemiker Heinz Künstlinger, der Erfinder Franz Madler, der Weinhändler Hans Mankiewicz, der Firmenchef Otto Scholz sowie Dr. Josef Ötvös, der Arzt, der seinen Mitinternierten auf dem Rettungsschiff geholfen hatte.

XII. Die Suizidberatung

1 Protokolle des Germany Emergency Council (Treffen mit Major Coates), 9. Juli 1940, LSF, YM/MfS/FCRA.

2 René Elvin, »Isle of Forgotten Man«, The Spectator, 28. März 1941.

3 Kurt Treitel, unveröffentlichter Brief an die Eltern vom 9. August 1940.

4 Im Februar 2021 wurde beispielsweise ein Exemplar von Bernhard Kalgrens Sound and Symbol in Chinese, das vier Briefmarken mit der Aufschrift »Hutchinson Internment Camp, Douglas, I. O. M.« und das Datum vom 16. August 1940 enthielt, über die Website von Abebooks verkauft.

5 »The Camp Library«, H. F., The Camp, Ausgabe 13, 14. Januar 1941.

6 Jonathan Treitel, Gespräch mit dem Autor, Juni 2020.

7 *Uhlman,* The Making of an Englishman, *S. 231.*

8 Herbert Lindemeyer, Oral History, 6. Dezember 1983, USHMM.

9 Hinrichsen, unveröffentlichter Bericht, S. 94.

10 Fritz Hallgarten, Oral History, IWM, 3967.

11 *Shepherd,* A Refuge from Darkness: Wilfrid Israel and the Rescue of the Jews, *S. 148.*

12 »Report on Rabbi Dr S. Schonfeld's Visits to Internment Camps for Aliens, on 16–23 July 1940«, LSF, YM / MfS/FCRA, S. 1, sowie ein Brief von Helmuth Mirauer, 6. Januar 1946.

13 Vermutlich Arthur Schiff (Geburtsdatum 12. 6. 1881), obwohl er nicht in den Aufzeichnungen des Innenministeriums über die Todesfälle von Internierten aufgeführt ist.

14 Anonymer Tagebucheintrag eines Internierten aus Huyton, zitiert in Judex, Anderson's Prisoners, S. 89.

15 Laut der Abgeordneten Eleanor Rathbone, die diese Geschichte im Unterhaus erzählte, fragte einer der Beamten bei der Untersuchung die Witwe, ob ihr Mann Jude gewesen sei. »Nein, er war jüdischer Herkunft, aber christlich getauft«, antwortete sie. Der Beamte, der glaubte, dass dies ein Grund für die Befreiung von der Internierung gewesen wäre, wandte sich an seinen Kollegen und sagte: »Wie schade. Wenn wir das nur vorher gewusst hätten.«

16 »Missing believed drowned on way to I. O. M.«, geschrieben auf Arthur Just, Alien Card, Geburtsdatum 15. August 1894, TNA, HO 396/260.

17 *Fraenkel,* Help Us Germans to Beat the Nazis, *S. 118.*

18 Hinrichsen, unveröffentlichter Bericht, S. 94.

19 Ebenda, S. 95.

20 In fast allen großen Internierungslagern wurden Fälle von Selbstmord registriert, so auch in Hutchinson, wo Kurt Schier am 11. Juli 1943 durch Selbstmord starb. Offiziellen Dokumenten zufolge gab es mindestens einen Fall von Mord, und zwar in Lager F, wo Nestor Huppunen am 20. April 1943 erstochen wurde.

21 Winston Churchill, Brief an Lord Snell, 10. November 1940, TNA, PREM 3/49.

22 Hansard, 9. Juli 1940, Bd. 362.

23 Die amtliche Untersuchung der Katastrophe ergab, dass »keinerlei Grund bestand, die Klassifizierungsmechanismen« der auf dem Schiff befindlichen Personen in Frage zu stellen – ein erstaunliches Urteil angesichts von Persönlichkeit, Glauben und der bisherigen Exilreise vieler Männer an Bord, darunter auch Corvin.

24 *Judex,* Anderson's Prisoners, S. 111.

25 Hansard, 10. Juli 1940. Bd. 362.

26 Ebenda.

27 »Who We Are«, The Merlin Trust, http://merlin-trust.org.uk/about-us/.

28 Tagebuch von Alfred Lewinsky, zitiert in Bartrop, The Dunera Affair: A Documentary Resource Book, S. 161.

29 Albert Karolyi, Augenzeugenbericht, zitiert in Bartrop, The Dunera Affair: A Documentary Resource Book, S. 150.

30 Tagebuch von Alfred Lewinsky, zitiert in Bartrop, The Dunera Affair: A Documentary Resource Book, S. 162.

31 Merlin Scott, Brief an den Vater, TNA, FO 371/25192 folio 241.

32 Harry Jay, Augenzeugenbericht, zitiert in Bartrop, The Dunera Affair: A Documentary Resource Book, S. 152.

33 Merlin Scott, Brief an den Vater, TNA, FO 371/25192 folio 241.

34 Lou Beschizza, so in Jailed by the British, Channel 4, 1982.

35 Der kommandierende Offizier und zwei seiner Untergebenen wurden schließlich vor ein Kriegsgericht gestellt.

36 John Maynard Keynes an Francis C. Scott, 23. Juli 1940, in Moggridge, The Collected Writings of John Maynard Keynes, Vol. XXII, S. 190–1.

37 Georg Kohlberg, Alien Card, Geburtsdatum 8. Juni 1893, TNA, HO 396/263.

38 Alex Cohn, Alien Card, Geburtsdatum 3. Dezember 1883, TNA, HO 396/249.

39 »1st Judgement of Privy Court of House Arbitration 2, House 2 Douglas«, 9. August 1940, Nachlasspapiere von Kurt Treitel.

40 Wie jeder andere Hauskoch erhielt Weissenborn für seine Arbeit einen Sixpence pro Woche, eine Zahlung, die er zunächst ablehnen wollte, bis man ihm sagte, dies sei eine Lagerregel.

41 *Nyburg,* From Leipzig to London: The Life and Work of Hellmuth Weissenborn, *S. 86.*

42 »Chairman's Report on the Isle of Man Camps, 28th October-2nd November 1940«, Bertha Bracey, LSF, YM/MfS/FCRA.

43 Verschiedene Internierte haben unterschiedliche Erinnerungen an das Fenstermaterial. Die scharfen Linien, die auf den erhaltenen Fotos der Fensterradierungen zu sehen sind, deuten nach Peter Fleischmanns Erinnerung darauf hin, dass Polymerfolie und nicht Farbe verwendet wurde.

44 Bracey bezeichnete es »in Erwartung der langen Winternächte« als »unentschuldbar«, dass bis zum Ende des Sommers noch immer keine Verdunkelungsvorhänge angebracht worden waren. Die durch dieses militärische Versäumnis verursachte Dunkelheit trug sicherlich zu den depressiven Erfahrungen der Internierten bei, aber sie bot ihnen auch eine Leinwand für eine neue Kunstform.

45 *Cesarani and Kushner,* The Internment of Aliens in Twentieth Century Britain, *S. 191.*

46 »Nail, Knife and Razorblade«, The Camp, Ausgabe 7, 3. November 1940.

47 Anton Loewenthal, Alien Card, Geburtsdatum 6. November 1919, TNA, HO 396/266.

48 Einem Bericht für das Central Department of Interned Refugees zufolge wurden die Gewinne der Kantine wieder dem Lager zugeführt. Etwa drei Viertel der Gewinne wurden in einen Fonds zur Unterstützung mittelloser Fälle im Lager eingezahlt, der Rest wurde für die Kosten kultureller Aktivitäten für die Internierten verwendet.

49 Es war nicht das erste Mal, dass die Internierung auf der Insel solch unerwartete Früchte trug. Sechsundzwanzig Jahre zuvor, im Jahre 1914, zog ein junger Deutscher namens Joseph Pilates mit einem Zirkus durch England. Nachdem die Regierung ihre erste Masseninternierung angeordnet hatte, verhaftete die Polizei Pilates und schickte ihn auf die Insel, wo er in den folgenden Wochen und Monaten die Übungen entwickelte und seinen Mitinternierten beibrachte, die später seinen Namen tragen sollten. Die Pilates-Dehnübungen, die erste der zahlreichen, unerwarteten kulturellen Dividenden der Internierung, basierten, wie Joseph später behauptete, auf den Bewegungen der einheimischen, schwanzlosen Manx-Katzen, die er hinter dem Zaun beobachtet hatte.

50 Transkript von »Interned with Kurt Schwitters«, Mai 1988. TATE, TGA 20052/1/5/19.

51 Nachdem er in den frühen 1920er Jahren berühmt geworden war, achtete Schwitters wenig auf sein Äußeres (oder täuschte vielleicht bewusst Nachlässigkeit vor) und trat in der Öffentlichkeit oft unrasiert und ohne Socken auf.

52 *Uhlman,* The Making of an Englishman, *S. 234.*

53 *Kaiser,* Degenerate Art: The Exhibition Guide in German and English, *S. 2.*

54 »Merz« war Schwitters' Bezeichnung (nachdem er die Silbe aus einer Werbung für die Commerzbank herausgeschnitten hatte) für seine eigenwillige Form der Collage, eine zweideutige Mischung aus zeitgenössischen, abstrakten Stilen, die von der zeitgenössischen Kunstkritik im Großen und Ganzen schlecht aufgenommen wurde. Wenn man ihn gefragt hätte, hätte er seine künstlerische Arbeitsweise wahrscheinlich als »Merz« bezeichnet und nicht als »Dadaismus« oder »Sturm«, die streng genommen Einflüsse auf sein Werk waren, aber keine prägenden Traditionen. Nichtsdestotrotz beschrieb der Berliner Dadaist und Satiriker Walter Mehring Schwitters als »standhaften Dadaisten … den gutherzigsten und rücksichtsvollsten von allen«.

55 *Kaiser,* Degenerate Art: The Exhibition Guide, *S. 26, 60.*

56 Undatierter Brief von Edith Thomas, zitiert in Webster, Kurt Merz Schwitters: A Biographical Study, S. 335.

57 Erlhoff, Kurt Schwitters Almanach, S. 111, hier als Dialog.

58 Fritz Hallgarten, Oral History, IWM, 3967.

59 Hinrichsen, unveröffentlichter Bericht, S. 75.

60 *Webster,* Kurt Merz Schwitters: A Biographical Study, *S. 309.*

61 Transkript von »Interned with Kurt Schwitters«, Mai 1988, TATE, TGA 20052/1/5/19.

62 Ebenda.

63 Peter Midgley, Oral History, MJM, 1988.45.

64 Die Details dieser Anekdote variieren von Erzählung zu Erzählung; in Hinrichsens Version wohnte der Bankier in einem Haus auf der gegen-

überliegenden Seite des Platzes (vielleicht Nummer 43, die der Nummer 19 gegenüberlag), und er und Schwitters bellten einander nicht zwischen den Stockwerken, sondern über den Rasen hinweg an.

65 Hinrichsen, unveröffentlichter Bericht, S. 46.

66 Wilhelm Dzubas, Alien Card, Geburtsdatum 21. Juli 1877, TNA, HO 396/250.

67 *Cesarani und Kushner,* The Internment of Aliens in Twentieth Century Britain, *S. 193.*

68 Ebenda.

69 Siegfried Oppenheimer, Alien Card, Geburtsdatum 27. November 1891, TNA, HO 396/270.

70 Es liegt auf der Hand, warum ein Kunsthändler sich bei den Künstlern beliebt machte, unter denen er nun zufällig lebte, und warum er ihnen die Arbeit erleichtern wollte. In der Tat vertrat Oppenheimer nach dem Krieg Erich Kahn. Oppenheimer war nicht der einzige Kunstsammler in Hutchinson. Paul Wallraf, ein Kunst- und Antiquitätensammler, der von seinem Freund Denys Sutton, Kunstkritiker der Financial Times, als »Gentleman-Dealer« bezeichnet wurde, war ebenfalls im Lager. Wallrafs Interesse galt jedoch hauptsächlich der Kunst des 16. bis 18. Jahrhunderts. Als Wallrafs umfangreiche Sammlung 1983 von Sotheby's versteigert wurde, befand sich unter den 603 Objekten kein einziges Werk seiner ehemaligen Lagerkameraden.

71 »Art in Hutchinson Camp – A Personal View«, September 1986. TATE, TGA 20052/1/7/12.

72 So zitiert von Hinrichsen, His Majesty's Most Loyal Aliens, Channel 4, 1982.

73 Wendy Bentall, Gespräch mit dem Autor, März 2019.

74 Hinrichsen, unveröffentlichter Bericht, S. 20.

75 »Art in Hutchinson Camp – A Personal View«, September 1986, TATE, TGA 20052/1/7/12.

76 Im Juli 1941 erschien in The Camp eine Anzeige für Chez la dame absente, ein Café, das von einem gewissen Bobby Fener geführt wurde. Der Name Fener erscheint nicht im offiziellen Verzeichnis der Häftlingsnamen, so dass es sich wahrscheinlich um einen Decknamen handelt. Es ist unklar, ob Fener derselbe Mann ist, der das Café auf Vorschlag von Uhlman im Sommer zuvor gegründet hatte. Die Kuratorin des Manx-Museums auf der Isle of Man sagt, dass sie in den Archiven nie auf diesen Namen gestoßen sei.

77 Ebenda, S. 59.

78 In einem Brief an Peter Midgley aus dem Jahre 1989 fragte Hinrichsen, ob sich das Café im Haus 19 befunden habe, wo sowohl Schwitters als auch Rawicz eine Zeit lang wohnten. In einer Ausgabe von The Camp vom Juni 1941 wird verwirrenderweise vermerkt, dass Chez la dame absente, das Café von Bobby Fener (das möglicherweise nicht dasselbe

war, das von den Künstlern besucht wurde), in Haus 19 untergebracht gewesen sei.

79 Hinrichsen, unveröffentlichter Bericht, S. 59.

80 »Art in Hutchinson Camp – A Personal View«, September 1986. TATE, TGA 20052/1/7/12.

81 »Artists Café, Hutchinson Camp«, Dezember 1940, TATE, TGA 20052/2/7/28.

82 Noch zu Lebzeiten äußerte Hinrichsen seine Verwunderung darüber, dass er nicht gewusst habe, dass ein Künstler von Meidners Format ebenfalls im Lager Hutchinson interniert gewesen sei, und seine Verwirrung darüber, warum Meidner das Künstlercafé gemieden habe. Der Grund ist einfach: Hinrichsen hatte das Lager bereits verlassen, als Meidner eintraf. Hinrichsen war der Meinung, dass Meidner in dieser Zeit keine Kunstwerke geschaffen habe. Tatsächlich sind zahlreiche Skizzen und Gemälde erhalten, die er in der Gefangenschaft angefertigt hatte, darunter Porträts prominenter Internierter wie der Künstler Fred Uhlman, Martin Bloch und Hugo »Puck« Dachinger sowie von Allan Gray, Komponist für die Filme von Powell und Pressburger.

83 So lebten beispielsweise die Filmregisseure Fred Weiss und Peter Margitai (der als »Maxwell« später u. a. die Fernsehserie »Die Abenteuer von Robin Hood« schuf), der deutsche Komponist Wolfgang Lesser, der Dramatiker Franz Bönsch und der Karikaturist Joseph Flatter zu dieser Zeit in Hutchinson, hatten aber offenbar keinen Bezug zum Café.

84 *So zitiert in Webster,* Kurt Merz Schwitters: A Biographical Study, *S. 65.*

85 Siehe z. B. Eintrag vom 22. November 1940, »Diary of an Internee«, Nachlasspapiere von Dr. F. Uhlman, IWM 6781.

86 Klaus Hinrichsen, »Art in Hutchinson Camp – A Personal View«, Rede im Camden Arts Centre, 17. September 1986, TGA 20052-1-7-12.

XIII. Schmelztiegel

1 «Air Raids in Cheshire During World War Two«, Cheshire Roll of Honor, https://www.cheshireroll.co.uk/cheshire-air-raids.

2 Peter Midgley, Oral History, MJM, 1988.45.

3 Zwar konnte sich Peter nicht mehr an dieses Datum erinnern, aber Kurt Treitel hat in einem Brief an seine Eltern das Ankunftsdatum der Internierten von Prees Heath festgehalten.

4 Tausig, Kasperl, Kummerl, Jud., S. 50.

5 Kurt H. Böhm, »Sport«, The Camp, Ausgabe 4, 15 Oktober 1940, LBI.

6 Kurt Treitel, unveröffentlichter Brief an die Eltern vom 24. Juli 1940.

7 Fritz Salomanski, Alien Card, Geburtsdatum 1. Juni 1899, TNA, HO 396/274.

8 Arthur Bratu, Alien Card, Geburtsdatum 30. März 1910, TNA, HO 396/248.

9 Bratu, der in Belgien an der Seite von Widerstandsgruppen aktiv gewesen war, soll später als britischer Geheimdienstoffizier tätig gewesen sein.

10 »Physical education with music«, 16:45, 21. August 1940, Cultural Department Programme No. 5, »Hutchinson Internment Camp, Cultural Events Programmes and Schedules«, 1940–41, IWM, 5382.

11 Abgesehen davon, dass sie die Zeit füllten, hatten diese eher profanen Positionen in den ersten Wochen des Lagers den großen Vorteil, dass sie Zugang zu Zeitungen und Radiosendungen boten, was den Freiwilligen ein besseres Wissen über die Welt außerhalb des Lagers verschaffte; laut Hinrichsen verachteten die Internierten solche Gutmenschen zwar öffentlich, aber ihre Möglichkeit, sich über den Fortgang des Krieges zu informieren, weckte persönlichen Neid.

12 Rev. William W. Simpson, »Report on a Visit to the Isle of Man, November 2nd-6th, 1940«, Friends House TK, S. 1.

13 Darton, Friends Committee for Refugees and Aliens, LSF, YM / MfS/ FCRA, S. 83, 87.

14 Peter Midgley, Oral History, MJM, 1988.45.

15 Herbert Lindemeyer, Oral History, 6. Dezember 1983, USHMM.

16 Hans Peter Guttmann, Alien Card, Geburtsdatum 16. Januar 1909, TNA, HO 396/256.

17 Hellmuth Weissenborn, Oral History, MANJM 1988.48.

18 Deutsches Exilarchiv 1933–1945, EB Autograph 681, DNB.

19 Der Modedesigner Harald Mahrenholtz, der 1936 sein Modehaus in der Curzon Street eröffnete, war ebenfalls in Hutchinson interniert, ebenso wie sein ehemaliger Lehrer, der Künstler Ludwig Meidner.

20 Über den einflussreichen Haas-Heye, der an der berühmten Reimann-Schule in London unterrichtete, wurde bisher leider nur wenig geschrieben. Seine Tochter, die vom Parteimitglied zur Widerstandskämpferin gewordene Libertas Schulze-Boysen, wurde am 22. Dezember 1942 von den Nazis im Gefängnis Plötzensee in Berlin hingerichtet.

21 William R. Hughes, »Report on a Visit to the Isle of Man«, 10. September 1940.

22 In einem Bericht vom 31. Juli 1940 wird die Zahl der Mittellosen in Hutchinson mit nur sechs angegeben. Aus demselben Dokument geht hervor, dass die Zahl der Fälle in zwei anderen Lagern auf der Insel, Onchan und Central, 313 bzw. 585 betrug. Zu diesem Zeitpunkt gehörten die Internierten von Hutchinson eindeutig einer bestimmten sozialen Schicht an. In einem späteren Bericht vom Januar 1941 wird die Zahl der mittellosen Internierten in Hutchinson mit 130 angegeben.

23 Der Rechtsanwalt und Weinhändler Fritz Hallgarten, Hutchinsons so genannter Wohlfahrtsminister, kümmerte sich um diese Gruppe,

indem er jedem Mann einen Schilling pro Woche auszahlte, mit dem er im Lagerladen einkaufen konnte, und er sorgte dafür, dass diejenigen, die keine hatten, Armeestiefel bekamen.

24 Peter Midgley, Oral History, MGM, 1988.45.

25 Schwitters passte seine Preise an, nachdem der Schriftsteller Heinrich Fraenkel ihm vorgeschlagen hatte, sich für die etwas teureren fünf Guineen zu entscheiden.

26 Peter Midgley, Oral History, MGM, 1988.45.

27 »His Majesty's Most Loyal Aliens.«

28 Hinrichsen, Nachruf auf Peter Midgley, TATE TGA 20052/2/20.

29 Graham Greene, Zentrum des Schreckens, 6. Kapitel.

30 Hinrichsen, unveröffentlichter Bericht, S. 77.

31 Den meisten Internierten gelang es, mindestens einen wertvollen Gegenstand mit in die Haft zu nehmen. Julius Himmelweit war so sehr auf Hygiene bedacht, dass er bei seiner Festnahme nach einem Silberbesteck und einigen Damastservietten griff. Der Oxford-Wissenschaftler Paul Jacobsthal brachte ein wertvolles Exemplar der Odyssee von Homer mit. Der Berliner Kunstbuchverleger Bruno Cassirer nahm nur ein einziges Hemd mit, sorgte aber dafür, dass er sich nicht von seinem dicken Buch über ägyptische Grammatik trennen musste.

32 Peter Midgley, Oral History, MGM, 1988.45.

33 Ebenda.

34 Hans George Gussefeld, Alien Card, Geburtsdatum 25. November 1896, TNA, HO 396/256.

35 Frank Herbert Jacob, Alien Card, Geburtsdatum 19. Juli 1919, TNA, HO 396/260.

36 »Art Exhibition«, von »A. Z.«, The Camp, Ausgabe 2, 29. September 1940, LBI.

37 Peter Midgley, Oral History, MGM, 1988.45.

38 Ernst Schwitters-Guldahl, Alien Card, Geburtsdatum 16. November 1918, TNA, HO 396/276.

39 Hinrichsen, unveröffentlichter Bericht, S. 77.

40 *Brinson,* His Majesty's Loyal Internee: Fred Uhlman in Captivity, *S. 91.*

41 Uhlman, der einzige Internierte, der diese Stockmännchen erwähnte, behauptete, sie stammten von einem Klavier, das Schwitters demoliert habe. Es ist eher unwahrscheinlich, wenn nicht gar unmöglich, dass die Internierten von Hutchinson nicht nur ein, sondern gleich zwei hinreichend marode Klaviere zerstörten. Die Wahrscheinlichkeit ist daher groß, dass die Klavierbeine von dem Instrument stammten, das Rawicz bekanntermaßen durch sein energisches Spiel zerstört hatte.

42 Fred Uhlman, Oral History, 4441.

43 Wenn dies Schwitters' Befürchtung war, dann war sie wohl begründet. Selbst die nüchternen Porträts des Malers überzeugten den auf altgriechische Vasenmalerei und keltische Kunst spezialisierten Oxford-Professor Paul Jacobsthal nicht, der Schwitters in seinem Tagebuch bissig als »dilettantischen Maler« und Rezitator »infantiler Poesie« bezeichnete. Der Bildhauer Ernst Müller-Blensdorf war noch unverblümter in seinen Gefühlen. In einem Brief an Schwitters schrieb er, verletzend: »Es tut mir leid für Sie, dass Sie so dummes Zeug produziert haben.«

44 *Erlhoff,* Kurt Schwitters Almanach, *S. 111.*

45 *Webster,* Kurt Merz Schwitters: A Biographical Study, *S. 313.*

46 Ein Nachbar später gegenüber Hellmuth Weissenborn.

47 *So zitiert in Cronin,* Conversations with Saul Bellow.

48 Die von Jacobsthal hier subjektiv geschilderte Atmosphäre war möglicherweise nur von kurzer Dauer. In einem maschinengeschriebenen Bericht bezeichnete Bertha Bracey Hutchinson nach einem Besuch Ende Oktober 1940 als »das kompakteste und fröhlichste aller Lager«.

49 So zitiert in »His Majesty's Most Loyal Internees«, Quadrant 53, Mai–Juni 1968.

50 »Report by ex-internee«, TNA, HO 215/27.

51 *Uhlman,* The Making of an Englishman, *S. 227.*

52 Jailed by the British, Channel 4, 1982.

53 Graf Franz Josef von Matuschka, Alien Card, Geburtsdatum 21. August 1895, TNA, HO 396/267.

54 *Fraenkel,* Help Us Germans to Beat the Nazis!, *S. 115.*

55 *Uhlman,* The Making of an Englishman, *S. 239.*

56 Ebenda, S. 232.

57 *Weissenborn,* Hellmuth Weissenborn, Engraver: With an Autobiographical Introduction by the Artist, *S. XIV.*

58 Peter Midgley, Oral History, MJM, 1988.45.

59 Hinrichsen, Nachruf auf Peter Midgley, TATE TGA 20052/2/20.

60 *So zitiert in Presler und Riedel,* Ludwig Meidner: Catalogue Raisonné of His Sketchbooks, *S. 6.*

61 Für Meidner, dessen Werke in der Ausstellung »Entartete Kunst« der Nazis zu sehen waren, bot die Internierung nicht nur eine Flucht vor der Gewalt des Krieges, sondern auch eine Gemeinschaft, in der er als zum orthodoxen Judentum Konvertierter Unterstützung finden konnte. Manche vermuteten, dass er auch den Abstand zu seiner wesentlich jüngeren Frau und ehemaligen Schülerin Else genoss, mit der Meidner eine turbulente Ehe führte. Im Jahre 1941 beantragte der Künstler die Fortsetzung der Internierung; der Antrag war erfolgreich. Nach einem Aufenthalt im Lager Huyton in Liverpool und dann im Lager Mooragh auf der Insel kam er im Herbst 1941 nach Hutchinson, wo er bis zu seiner endgültigen, widerwilligen Entlassung Anfang Dezember blieb.

62 *So zitiert in Kochan,* Britain's Internees in the Second World War, *S. 125.*

63 AJR Refugee Voices Testimony interview (RV202). Francis Steiner sprach mit Jana Buresova am 10. März 2017.

64 Heute und im weiteren Text genannt als New Statesman.

65 Im Jahre 1940 brachte der aufstrebende Verlag Gollancz, der für die Veröffentlichung von Bestsellern von Daphne du Maurier und John le Carré verantwortlich zeichnete, das erste Buch über die Internierung während des Zweiten Weltkriegs heraus. Es trug den Titel Anderson's Prisoners und stammte von dem Labour-Parteipolitiker Herbert Delauney Hughes, der unter dem Pseudonym »Ajax« schrieb.

66 Es war das zweite Mal, dass der Schriftsteller die Insel besuchte. Im Sommer 1914 hatten Fraenkels Eltern seine guten Prüfungsergebnisse mit einer Reise nach Großbritannien belohnt. Während einer Tour durch die schottischen Berge wurde Fraenkel verhaftet und auf der Isle of Man interniert. Bei seinem zweiten Besuch war er 42 Jahre alt.

67 Fraenkel, Exile, S. 26.

68 Ebenda.

69 Interessanterweise war Fraenkel nicht der einzige Internierte in Hutchinson, den Victor Gollancz unter Vertrag hatte. Für ein Buch über Juden in Deutschland hatte er Dr. Harald Schmidt-Landry einen Vorschuss von 100 Pfund gezahlt. Im Gegensatz zu Fraenkel lieferte Landry sein Manuskript jedoch nie ab.

70 Jonathan Treitel, Gespräch mit dem Autor, Juni 2020.

71 Hinrichsen deutete zwar an, dass diese Altersgrenze offizielle »Club«-Politik war, aber es ist ebenso wahrscheinlich, dass bis zu Peters Ankunft kein Teenager sonderlich große Lust verspürte, seine Zeit mit einer Gruppe ziemlich eigenwilliger und mindestens doppelt so alter Männer zu verbringen, von Hinrichsen einmal abgesehen.

72 Wenzel kam allein nach England. Aus seiner Sicherheitsakte, die im Zuge einer für die Recherche zu diesem Buch gestellten Freedom-of-Information-Anfrage zugänglich gemacht wurde, geht hervor, dass er schnell einflussreiche Unterstützer gewann; auf Drängen von Bertha Bracey schrieb Wilfrid Israel, der Architekt der Kindertransportinitiative, eine lange und glühende Empfehlung für Wenzel, der eine Zeit lang in einem Gästezimmer in seinem Haus gewohnt hatte.

73 Hinrichsen, unveröffentlichter Bericht, S. 58.

74 Ebenda.

75 Peter Midgley, Oral History, MJM, 1988.45.

76 Hinrichsen, unveröffentlichter Bericht, S. 25.

77 In einem Gespräch mit MI5-Agenten behauptete Warschauer wiederholt, die fehlenden Zähne verloren zu haben, als er während des Ersten Weltkriegs als Pilot abgeschossen worden sei. Zu verschiedenen Zeiten behauptete Warschauer, dass er für seine Tapferkeit entweder das Eiserne Kreuz Erster Klasse oder den Orden Pour le Mérite erhalten

habe – die höchste militärische Auszeichnung, die Deutschland während des Ersten Weltkriegs vergab. Keine dieser Behauptungen konnte bestätigt werden.

78 Sir Cecil Hurst, »Ludwig Max Warschauer: Notes of Interview on 12th August 1941«, KV 2/1139 TNA.

79 Hinrichsen, unveröffentlichter Bericht, S. 37.

80 Ebenda, S. 25.

81 Heinrich Arnoldi, Alien Card, Geburtsdatum 15. Juli 1883, TNA, HO 396/245.

82 »Diary of an Internee«, 18. September 1940, Nachlasspapiere von Dr. F. Uhlman, IWM, 6781.

XIV. Erste Abschiede

1 Hansard, 30. Juli 1940, Bd. 363.

2 Hansard, 6. August 1940, Bd. 117.

3 Jewish Chronicle, 10. Mai 1940 und 24. Mai 1940.

4 Jewish Chronicle, 26. Juli 1940 und 2. August 1940.

5 Protokoll des Kriegskabinetts, 1. August 1940, CAB 65/8, TNA.

6 Kochan, Britain's Internees in the Second World War, S. 124.

7 Hansard, 15. August 1940, Bd. 364.

8 Ebenda.

9 »Public Opinion about Aliens Ignored«, V. Ogilvie, »Letter to the Editor«, The Spectator, 23. August 1940, S. 3.

10 »The Aliens Question«, Sebastian Stafford, »Letter to the Editor«, The Spectator, 16. August 1940, S. 12.

11 Eine von Uhlmans Zeichnungen des Cafés zeigt, dass der Raum in Haus 15 auch während der Sitzungen zum Wäschetrocknen genutzt wurde.

12 Brief an George Bell von G. Leibholz, 20. August 1940, LPL.

13 »The Internment Scandal«, The Spectator, 26. Juli 1940, S. 5.

14 Judex, Anderson's Prisoners, S. 100–101.

15 The Times, 22. August 1940.

16 Brief an Sir Granville Bantock von Ralph Vaughan Williams, 21. August 1940, RVM, VWL1430.

17 New Statesman, 10. August 1940.

18 »Art Cannot Live Behind Barbed Wire«, New Statesman und Nation, 28. August 1940.

19 Hinrichsen, unveröffentlichter Bericht, S. 59.

20 »Debating Society«, 1. November 1940, Cultural Department Programme No. 15. »Hutchinson Internment Camp, Cultural Events Programmes and Schedules«, 1940–41, IWM, 5382.

21 »Debating Society«, 13. Oktober 1940, Cultural Department Programme No. 13. »Hutchinson Internment Camp, Cultural Events Programmes and Schedules«, 1940–41, IWM, 5382.

22 »Debating Society«, 3. Januar 1941, Cultural Department Programme No. 24. »Hutchinson Internment Camp, Cultural Events Programmes and Schedules«, 1940–41, IWM, 5382.

23 »Debating Society, 31. Januar 1941, Cultural Department Programme No. 28. »Hutchinson Internment Camp, Cultural Events Programmes and Schedules«, 1940–41, IWM, 5382.

24 Einer der Unterzeichner des Briefes, der Gesellschaftsporträtist Carl Felkel, wurde kurz vor der Veröffentlichung des Briefes entlassen.

25 Peter Midgley, Oral History, MJM, 1988.45.

26 William R. Hughes, »Skeleton Report and Recommendations«, ohne Datum, LSF, YM/MfS/FCRA.

27 Unbetiteltes Gedicht von Walter Heydecker, eingetragen in ein Zeichenbuch von Paul Henning, TGA 20052/2/8/7.

28 Kurt Treitel, unveröffentlichter Brief an die Eltern vom 28. Juli 1940.

29 *Judex*, Anderson's Prisoners, *S. 86.*

30 *So zitiert in Kochan*, Britain's Internees in the Second World War, *S. 157.*

31 Kurt Treitel, Brief an die Eltern vom 2. August 1940.

32 Es scheint keine offiziellen Aufzeichnungen darüber zu geben, ob diese Gruppe von Paaren erfolgreich deportiert wurde und, falls ja, ob ihr Schiff die U-Boot-Bedrohung besser überstand als die Passagiere der Arandora Star.

33 *Judex*, Anderson's Prisoners, *S. 87.*

34 Hans David Siegmund Honigmann, Alien Card, Geburtsdatum 5. Juli 1891, TNA, HO 396/259.

35 Dr. Hans Honigmann, »Hitler's Black Book«, FWR.

36 Unter den Internierten herrschte die weit verbreitete Meinung, dass Honigmann im Lager Hutchinson interniert gewesen sei. Aus den offiziellen Dokumenten geht jedoch nicht hervor, wo der Zoologe während seiner kurzen Internierungszeit festgehalten wurde, und auch seine Familie besitzt keine Dokumente, die einen Hinweis darauf geben könnten. Die oft erzählte Anekdote über die Elefanten war zwar falsch, aber Honigmann hat tatsächlich eng mit diesen Tieren zusammengearbeitet. Sein Sohn erinnert sich an einen Vorfall, bei dem sein Vater eine Autopsie an einem Elefanten – wahrscheinlich im Breslauer Zoo – durchführte, indem er in den Kadaver kroch, um die Organe zu untersuchen. Honigmann kam blutüberströmt wieder heraus – ein unvergessliches Bild.

37 »Life in Aliens' Camps Told by Men Who Have Been Released«, News Chronicle, 6. August 1940, S. 1.

38 *Judex*, Anderson's Prisoners, *S. 78*

39 Benjamin Zander, Gespräch mit dem Autor, Juni 2020.

40 Später im August, als die Regierung die erste Überarbeitung des Weißbuchs herausgab, erlaubte eine neue Kategorie die Freilassung von Internierten, die durch Schriften, Reden oder Amtshandlungen gezeigt hatten, dass sie »wiederholt ... öffentlich und in hervorgehobener Weise gegen das Nazi-System Stellung bezogen« hatten. Bei polizeilichen Ermittlungen gegen Internierte wurden antinationalsozialistische Ansichten nicht als ausreichend betrachtet. So wurde beispielsweise in einer Untersuchung des Special Branch im Fall des Hutchinson-Internierten Alexander von Falkenhausen – die über einen Freedom-of-Information-Antrag für die Recherchen zu diesem Buch zugänglich gemacht wurde – festgestellt, dass Falkenhausen zwar »starke antinationalsozialistische Ansichten vertrat«, aber »keine Schritte unternahm, um diese aktiv zu bekräftigen ... zu seinem Nachteil«.

41 »Report by ex-internee«, HO 215/27.

42 Klaus Hinrichsen, Oral History, Juni 1978, IWM 3789.

43 Tausig, Kasperl, Kummerl, Jud., S. 47.

44 Murray an den Vizekanzler der Universität Oxford, 6. Juli 1940, Gilbert Murray papers, BLO, 88/41.

45 Laut Originaldokumenten wurde Oldens Entlassung am 25. Juli genehmigt, demselben Tag, an dem Oppenheim das Lager verließ, obwohl es wie bei den meisten Entlassungen eine Wartezeit gab, bevor er das Lagergelände verlassen durfte.

46 Tausig, Kasperl, Kummerl, Jud., S. 47.

47 *Judex,* Anderson's Prisoners, *S. 100.*

48 Sitzung des GEC General Committee, 27. August 1940, LSF, YM / MfS/ FCRA, S. 4.

49 Ludwig Warschauer, Memorandum with scheme of training, 19. Oktober 1940, LSF, YM / MfS/FCRA, S. 4.

50 Viele Internierte, sowohl in Hutchinson als auch anderswo, unterbreiteten dem Kriegs- oder Innenministerium Erfindungen, von denen sie behaupteten, sie würden die Kriegsanstrengungen revolutionieren. Im Oktober 1940 etwa reichte Eric Brust aus Haus 4 in Hutchinson ein System zur Wiederaufbereitung alter Autobatterien ein. Theodore Zerkowitz, Haus 38, präsentierte einen wasserdichten Reifen auf Textilbasis. Der mit dem Nobelpreis ausgezeichnete Physiker Leo Neumann, der auf der Pferderennbahn in York interniert war, entwarf ein Infrarotlicht, mit dem man seiner Meinung nach deutsche Flugzeuge während des Blitzkriegs aufspüren konnte. Diese und andere Ideen können in der Akte HO 214/415 der National Archives nachgelesen werden.

51 Kurt Treitel, unveröffentlichter Brief an die Eltern vom 24. August 1940.

52 Treitel erwähnt auch, dass sein Französisch- und Spanischunterricht in der Woche vor der Eröffnung der Technischen Schule wegen der Freistellung des Lehrers beendet wurde.

53 Mit der ungestümen Energie eines Heranwachsenden arbeitete Treitel neben seiner Tätigkeit in der Lagerbibliothek und in der Technischen Schule auch – zusammen mit Michael Corvin – bei der Lagerzeitung und in der Lagerverwaltung, wo er die Entlassungsanträge sortierte, bis er selbst am 29. November 1940 entlassen wurde.

54 Hinrichsen, unveröffentlichter Bericht, S. 23.

55 »Ludwig Max Warschauer«, Dokument vom 28. Oktober 1941, KV 2/1139 TNA, S. 4.

56 Ebenda.

57 »Ludwig Max Warschauer«, KV 2/1139 TNA.

XV. Liebe und Paranoia

1 Diese Bedenken wurden durch die Nachricht verstärkt, dass das Innenministerium im April 1940 die Freilassung von Jürgen Kuczynski genehmigt hatte, eines gut vernetzten Kommunisten, der seinen Lagerkommandanten beeindruckt hatte – »er ist ein durch und durch guter Mensch«. Der MI5 indes glaubte, dass der Kommandant getäuscht worden war und dass Kuczynski »eine sehr gefährliche Person« blieb.

2 Brinson und Dove, A Matter of Intelligence, S. 103 ff.

3 Ebenda, S. 14.

4 Im Juli 1939 verfügte der MI5 über 36 Beamte. Im Januar 1940 war diese Zahl auf 102 angewachsen.

5 Biografische Informationen mit freundlicher Genehmigung von Sir Robert und Lady Georgina Craufurd; nachrichtendienstliche Informationen siehe TNA, KV 2/1139 und andere.

6 J. G. Craufurd erbte später den Titel des 8th Baronet of Kilbirnie. Er hielt sich bis zu seinem Tod im Jahre 1970 an den Official Secrets Act und erzählte seiner Familie nichts von seiner Arbeit während dieser Zeit, von welcher sie erst während der Recherche zu diesem Buch erfuhr.

7 Etwa »Report for Sir Cecil Hurst's Committee«, W. C. Edwards, MI5, 23. September 1941, TNA, KV-2-1139_2.

8 Brinson und Dove, A Matter of Intelligence, S. 157.

9 Henry Wuga, Gespräch mit dem Autor, März 2019.

10 Ebenda.

11 J. G. Craufurd, »Report on Ludwig Max Warschauer«, 24. October 1941, KV 2/1139 TNA, S. 4.

12 J. G. Craufurd, »Report on Ludwig Max Warschauer«, 16. Juli 1940, KV 2/1139 TNA, S. 2.

13 Ernst Bodenheimer, Alien Card, Geburtsdatum 5. Dezember 1905, TNA, HO 396/248.

14 »Internee's Wedding Ceremony in Orderly Room«, Ramsey Courier, 6. September 1940, S. 4.

15 Hinrichsen, unveröffentlichter Bericht, S. 97.

16 Auf Bodenheimers Alien Card ist der Vermerk »Emigriert nach Kuba« durchgestrichen, was darauf hindeutet, dass die Reise zumindest verzögert wurde.

17 Ebenda.

18 Einladung datiert auf den 4. September 1940, Nachlasspapiere von Dr. F. Uhlman, IWM, 6781.

19 »Diary«, Jacobsthal Archive, BL, Special Collections file 1935–57, MS. S. P. S.L. 182/2 Diary: 14–15.

20 Hinrichsen, unveröffentlichter Bericht, S. 79.

21 Peter Midgley, Oral History, MJM, 1988.45.

22 *Midgley,* His Majesty's Most Loyal Internees, *Bewick Films, 1991.*

23 Im März 1941 verurteilte ein Richter eine 36-jährige Frau, Olna Tittinger, zu einer Geldstrafe von drei Pfund, weil sie sich durch den Drahtzaun von Hutchinson Camp mit Internierten unterhalten hatte. Tittinger war auf die Insel gekommen, um ihren Mann Arthur zu besuchen, und behauptete, sie habe lediglich wissen wollen, ob sie das richtige Lager gefunden habe.

24 Hinrichsen, unveröffentlichter Bericht, S. 78.

25 Weissenborns Auswanderung wurde unter anderem durch ein Empfehlungsschreiben des englischen Druckers und Typographen Oliver Simon ermöglicht.

26 *Nyburg,* From Leipzig to London, *S. 100.*

27 Stephan Feuchtwang, Gespräch mit dem Autor, März 2020.

28 Neurath, Recollections, S. 58.

29 Eva arbeitete bei Adprint an Kinderbüchern für Kinder unter fünf Jahren.

30 Hinrichsen, unveröffentlichter Bericht, S. 59–60.

31 Ebenda, S. 73.

32 In seiner Erzählung nennt Hinrichsen Matuschka nur »Graf M., den österreichischen Dichter« und den jungen Mann, den er als einen freundlichen, etwa 30-jährigen Möbeltischler beschreibt, nur mit den Initialen »R. S.«.

33 Klaus Hinrichsen. Oral History, Juni 1978, IWM 3789.

34 Hinrichsen berichtet, dass es während seines Aufenthalts im Lager einen weiteren schweren Fall von versuchter sexueller Nötigung gab. Ein House Captain behauptete, er sei beim Überqueren der Grünfläche angegriffen worden, habe den Angreifer aber abwehren können. Der Täter wurde nie gefunden, und die Internierten verzichteten darauf, die Behörden zu verständigen. »Sie haben das Militär nicht in solche Angelegenheiten einbezogen«, sagte Hinrichsen.

35 *Chappell,* Island of Barbed Wire, *S. 53.*

36 Bertha Bracey, »Isle of Man Internment Camps: The Great Improvements Made in Six Months«, The Manchester Guardian, 21. Februar 1941.

37 Bertha Bracey, »Chairman's Report on the Isle of Man Camps, 28th October 1940–2nd November 1940«, LSF, YM/MfS/FCRA.

38 Einem Bericht von William Hughes zufolge änderte sich diese Politik Ende November, als Briefe direkt zwischen den Lagern auf der Insel verschickt werden durften.

39 Wanda Wehran, Alien Card, Geburtsdatum 23. September 1891, TNA, HO 396/281.

40 *Brinson,* »Totally Un-English«? Britain's Internment of Enemy Aliens in Two World Wars, *S. 101–102.*

41 Am 6. August 1940 brachte Lord Farringdon im Oberhaus den Fall eines 16-jährigen jüdischen Mädchens zur Sprache, das gezwungen war, das Bett mit einer Nazi-Frau zu teilen.

42 »Letter to the Editor«, Rushen Outlook, Ausgabe 1, Dezember 1940, S. 9.

43 Erna Simion, Oral History, Dezember 1978, IWM 4000.

44 Eileen Mylchreest in Jailed by the British, Channel 4, 1982.

45 Frau Kleins Einschätzung, dass Dame Cruickshank für das Amt ungeeignet sei, wurde mit der Zeit auch vom Innenministerium geteilt, das sie Ende Mai 1941 fast zum Rücktritt zwang.

46 *Kochan,* Britain's Internees in the Second World War, *S. 158.*

47 Bertha Bracey, »Chairman's Report on the Isle of Man Camps, 28th October 1940–2nd November 1940«, LSF, YM/MfS/FCRA.

48 Fritz Hallgarten, Oral History, IWM, 3967.

49 Das Jüdischsein allein reichte nicht aus, um eine Person freizusprechen. Manche jüdische Internierte, darunter beispielsweise August Gerick, waren ehemalige Mitglieder der Hitlerjugend, die erst aus der Organisation ausgetreten waren, als Juden die weitere Teilnahme verboten wurde, auch wenn sie dies kaum erwähnten.

50 Rudolph Munster, Alien Card, Geburtsdatum 4. Juni 1891, TNA, HO 396/269.

51 Ein gewisser Roneo oder Gestetner, so Hinrichsen.

52 In einem Artikel in The Camp, der Ende 1941 erschien, lange nachdem die meisten der an den ersten Ausgaben beteiligten Männer befreit worden waren, behauptete Ludwig Warschauer, die Zeitung sei seine Idee gewesen. Dass Warschauer die Zeitung »drei Tage nach der Eröffnung des Lagers« gründete, ist aus mehreren Gründen höchst zweifelhaft.

53 Stephen Feuchtwang, Gespräch mit dem Autor, Mai 2020.

54 In anderen Lagern auf der Insel und auf dem Festland wurden ähnliche Zeitungen herausgegeben, darunter der Sefton Review, die Mooragh Times, das Central Promenade Paper, der Onchan Pioneer, der Rushen

Outlook, Unity (im Lager am York Raceourse) und die drollig betitelte Awful Times.

55 Michael Corvin, »The Shower Bath«, The Camp, Ausgabe 1, 21. September 1940, S. 2.

56 Im Gegensatz dazu stand der Onchan Pioneer, eine Zeitung, die von Internierten eines anderen Lagers auf der Insel herausgegeben wurde und die zwar weniger erfolgreich war als The Camp, dafür aber in ihrer Berichterstattung präziser.

57 Aus Platzmangel konnten die Bildhauer von Hutchinson nur Fotografien der Arbeiten zeigen, die sie bisher im Lager geschaffen hatten.

58 Eine detaillierte Schilderung des Untergangs der City of Benares siehe Parkin, A Game of Birds and Wolves.

59 Fred Uhlman zum Beispiel notiert in seinem Tagebuch, dass er erst am 24. September, drei Tage nach der Veröffentlichung der ersten Ausgabe von The Camp, von Oldens Tod erfuhr.

60 Frederic Burschell, »Rudolf Olden«, The Camp, Ausgabe 1, 21. September 1940, S. 9.

61 H. M. Rahmer, »2,700 Yards«, The Camp, Ausgabe 13, 14. Januar 1941, LBI.

62 Kurt Treitel, unveröffentlichter Brief an die Eltern vom 29. Oktober 1940.

63 »Report on visit to Internment Camps, 5–7 November 1940, by Rabbi Dr S. Schonfeld«, LSF, YM / MfS/FCRA, S. 2.

64 Zum Beispiel am Sonntag, den 18. Mai 1941 um 19.45 Uhr.

65 Nach seiner Entlassung legte Cargher sein Lagerpseudonym ab und wanderte nach Australien aus, wo er zu einem der angesehensten Radiomoderatoren des Landes wurde und sich auf klassische Musik spezialisierte. Cargher wurde später zum Mitglied des Order of Australia ernannt, aber es gibt keine Aufzeichnungen darüber, dass er je über seine Internierung gesprochen hätte.

66 Klaus Hinrichsen, Oral History, Juni 1978, IWM 3789.

67 Ebenda.

68 Captain Jurgensen, »Report on Ludwig Max Warschauer«, 5. August 1941, KV 2/1139 TNA, S. 1–2.

69 »Ludwig Max Warschauer«, Dokument vom 28. Oktober 1941, TNA, KV 2/1139, S. 9.

70 Captain Jurgensen, »Report on Ludwig Max Warschauer«, 5. August 1941, TNA, KV 2/1139, S. 1.

71 Peter Midgley, Oral History. MJM, 1988.45, hier in Dialogform wiedergegeben.

72 Ebenda.

73 »List of articles in kit bag belonging to Warschauer, Ludwig«, TNA, KV 2/1142_2.

XVI. Die Erbin

1 Monica Schubert gegenüber dem Autor, April 2021.

2 Catherine und Hilary Gregory gegenüber dem Autor, Mai 2020.

3 Bosetzky, Kempinsky erobert Berlin, S. 265.

4 Catherine und Hilary Gregory gegenüber dem Autor, Mai 2020.

5 »Memories of my Life«, Julius Kohsens unveröffentlichte Erinnerungen, LBI, ME 1610, S. 83.

6 Echen hatte bereits nach der Geburt der ersten Tochter, Anita, beschlossen, Walter zu verlassen, dann aber entschieden, dass es klüger wäre, Anita erst eine Schwester vom selben Vater zu schenken.

7 Catherine und Hilary Gregory gegenüber dem Autor, Mai 2020.

8 The Memoirs of Monica Schubert, mit freundlicher Genehmigung von Monica Schubert, S. 10.

9 Mitschrift des Interviews mit Mrs. Echen Warschauer, J. G. Craufurd, MI5, 18. Mai 1942, TNA, KV 2/1139.

10 Ebenda.

11 »Ludwig Max Warschauer Curriculum Vitae«, TNA, KV 2/1140.

12 Mitschrift des Interviews mit Mrs. Echen Warschauer, J. G. Craufurd, MI5, 18. Mai 1942, TNA, KV 2/1139.

13 KV 2/1139 TNA, S. 1.

14 »Ludwig Max Warschauer Curriculum Vitae«, TNA, KV 2/1140.

15 Ebenda, S. 8.

16 Shatzkes, Holocaust and Rescue, S. 83. Es war nicht Echens erster London-Besuch: Im Januar 1938 besuchte sie dort bereits einen Freund, Benno Bechhold. Vielleicht in der Annahme, ihr Geld würde sie vor den eskalierenden Grausamkeiten des NS-Regimes schützen, kehrte sie nach Berlin zurück.

17 »Ludwig Max Warschauer«, Dokument vom 28. Oktober 1941, TNA, KV 2/1139.

18 Catherine und Hilary Gregory gegenüber dem Autor, Mai 2020.

19 Hinrichsen, unveröffentlichter Bericht, S. 97.

20 Peter hielt nicht fest, ob er während ihres Besuchs im Lager mit Echen gesprochen hat, was aber höchst unwahrscheinlich ist. Besucher betraten nicht das Hauptgelände des Lagers, sondern trafen ihre Liebsten oder Geschäftspartner im Geheimdienstbüro, das am Nordende des Rasenplatzes hinter einem Stacheldrahtzaun gelegen war.

21 Hansard, Lords Chamber, 5. September 1940, Bd. 117.

22 Geschätzte Zahl laut Kurt Treitel, unveröffentlichter Brief an die Eltern, datiert auf den 30. August 1940.

23 Über diese Care-Pakete erlangte Treitel Expertenkenntnis in der Frage, welche Brotsorten den Versand am besten überstanden. »Dazu wäre zu

sagen«, notierte er, »dass Hovis bread sich nicht als praktisch erweist, da es leicht schimmelt wegen seines hohen Feuchtigkeitsgehalts.« Kurt Treitel, unveröffentlichter Brief an die Eltern, datiert auf den 25. Oktober 1940.

24 Kurt Treitel, verschiedene unveröffentlichte Briefe an die Eltern, datiert auf Juli bis Oktober 1940.

25 Klaus Hinrichsen, Oral History: IWM, 3789.

26 Peter Midgley, Oral History, MJM, 1988.45.

27 Der Kunstsammler Penrose, der ein Original von Schwitters von 1920 besaß, hatte in London die International Surrealist Exhibition 1936 organisiert und vertrat im Committee die Surrealisten.

28 Hauptleistung des Committees vor dem Krieg war die Fluchthilfe für den sogenannten Oskar Kokoschka Bund nach Großbritannien; ihm gehörte auch die Bildhauerin Margarete Kopfleisch an. Dieser tschechische Künstlerbund war nach der deutschen Besetzung Prags in den Untergrund gezwungen worden. Oskar Kokoschka, der Maler, der der Gruppe seinen Namen gab, war bereits unabhängig nach Großbritannien gekommen. Abgesehen von der Bitte, seinen Namen verwenden zu dürfen, hatten diese Künstler keine besondere Verbindung zu ihm.

29 »Release of Interned Artists«, Helen Roeder, Artists' Refugee Committee, 21. August 1940. TATE, 8812.1.4.182.4, S. 1.

30 Ebenda, S. 3.

31 Erstmals begegnete Helen Sir Kenneth, den sie »K« nannte oder im Scherz »His Nibs« (›Seine Hoheit‹), am 1. Januar 1940, als sie für ein Bewerbungsgespräch um die Stelle seiner Sekretärin seine Londoner Wohnung aufsuchte. Sir Kenneth führte Helen zu den diversen Originalkunstwerken, die seine Wände schmückten. Vor einem Degas mit einer Frau in einer Badewanne blieben die beiden stehen. »Das ist großartig«, sagte er, »aber manchmal finde ich es ein bisschen obszön.« Helen entfuhr es: »Nicht das Bild ist obszön; sondern dass es in diesem Raum hier eingesperrt ist. In einem leeren Atelier wäre es wunderbar.« Sie bekam die Stelle nicht, aber später wurden die beiden enge Freunde.

32 Brief an Kenneth Clark von Helen Roeder, Artists' Refugee Committee, undatiert (wahrscheinlich Ende August 1940), TATE, 8812.1.4.182.5.

33 Brief an Kenneth Clark von Helen Roeder, 5. September 1940, TATE, 8812.1.4.182.4.

34 Cooper, Refugee Scholars, S. 134–135.

35 Ebenda, S. 150–151.

36 Karl Weissenberg, ein brillanter österreichischer Physiker, der während seiner Internierung schwer erkrankte, war einer der Ersten, die Tess Simpson zur Befreiung vorschlug. In einem Brief an die SPSL vom Juli 1940 bürgte Albert Einstein für Weissenbergs »hohe Begabung« und seinen »außerordentlich vornehmen Charakter«; mit dieser Empfeh-

lung rückte sein Fall in der Prioritätenliste nach ganz oben. Ohne Weissenberg explizit beim Namen zu nennen, erklärte Hinrichsen in einem Interview, ein »unglaublich hässlicher und lebensuntauglicher Physiker, der sich nicht einmal die Schuhe zubinden konnte«, sei nach Hutchinson gekommen und habe auf Einsteins Betreiben ein Einzelzimmer sowie die Freiheit erhalten, das Lager nach Belieben zu verlassen. Sonst setzte sich Einstein für niemanden ein; Weissenbergs Akte im Innenministerium situiert ihn im Huyton Camp und enthält keinerlei Hinweise auf einen Aufenthalt in Hutchinson.

37 Cooper, Refugee Scholars, S. 157.

38 Brief an Helen Roeder von Kenneth Clark, Artists' Refugee Committee, 3. September 1940, TATE, 8812.1.4.182.17.

39 Brief an Kenneth Clark von Helen Roeder, 6. September 1940, TATE, 8812.1.4.182.19.

40 Ein gut erhaltenes Plakat findet sich in den London Metropolitan Archives, ACC/2793/03/05/02.

41 Hansard, House of Commons, 8. Oktober 1940, Bd. 365.

42 Brief an Kenneth Clark von Helen Roeder, 6. September 1940, TATE, 812.1.4.182.19.1.10.

43 Mindestens weitere 5000 waren außerdem in Kanada, Australien und anderen Dominions interniert.

44 Zwei Jahre später, gegen Ende des Frühjahrs 1943, errichtete man einen Grabstein auf dem Grab eines Mr. Berko Epstein, eines Insassen des Mooragh Camp, der am 15. Mai 1941 gestorben war. In Hutchinson wurde aus diesem Anlass eine Feier abgehalten.

45 »Lists of deaths reported«, TNA, HO 215/420.

46 Ebenda sowie Kurt Treitel, unveröffentlichte Briefe an die Eltern, datiert auf den 6. September 1940.

47 »Correspondence, minutes«, HLS, MS183/228/1.

48 »War Office correspondence; Internment camp lists of names«, HLS, MS183/240/1.

49 »Lists of deaths reported«, TNA, HO 215/420, NB: Erhalten sind nur Todesanzeigen von Internierten bis Dezember 1943.

50 Bartrop und Elsen, The Dunera Affair, S. 401.

51 Oscar Norbert Gugenbichler, Alien Card, Geburtsdatum 20. Januar 1910, TNA, HO 396/256.

52 Z. B. Cultural Department Week 36, »Cercle Français«, 31. März 1941.

53 Nach seiner Freilassung aus Hutchinson wurde Gugen zum Mitbegründer von E. T. Skinner & Co. Ltd, später einem der weltgrößten Händler für Taucherbrillen, Schwimmflossen und Tauchanzüge. 1953 war Gugen Gründungsmitglied des British Sub-Aqua-Club, dem britischen Landesverband für Freizeittauchsport, der auf dem Höhepunkt seiner Beliebtheit über 50 000 Mitglieder zählte. Der Journalist Peter Small

schrieb einmal über Gugens Beitrag für den Sport: »Die Leistungen von Oscar Gugen sind gar nicht zu überschätzen.«

54 Wahrscheinlich Emil Drews (geb. 6. April 1897), das einzige Opfer unbekannter Staatsangehörigkeit, dessen Name mit D beginnt.

55 Darton, »An Account of the Work of the Friends Committee for Refugees and Aliens 1933–50«, unveröffentlichtes Manuskript, LSF, YM / MfS/FCRA, S. 72.

XVII. Kunst und Gerechtigkeit

1 Dank Hollywood sind Fluchtversuche von Briten besser bekannt als die von Deutschen. Letztere waren jedoch häufig genauso einfallsreich. Im Herrenhaus Grizedale Hall im Lake District zum Beispiel vergrub sich eine Gruppe deutscher Kriegsgefangener im Boden des Lager-Gemüsebeets in der Hoffnung, der Überwachung zu entgehen und sich irgendwann davonschleichen zu können.

2 »Cultural Flashlights«, K. E. Hinrichsen, The Camp: Almanac 1940–41.

3 Bezahlt wurde das Gebäude durch einen Teil der staatlichen Mittel von 5000 Pfund, die für »Einrichtungen zur Bildung, Beschäftigung und Erholung« in Internierungslagern zur Verfügung standen; die Arbeiten dauerten über die Herbst- und Wintermonate.

4 »Sports and entertainment«, Michael Corvin, The Camp, Ausgabe 13, 14. Januar 1941.

5 Ebenda.

6 »Entertainment in the Camp«, The Camp, Ausgabe 6, 27. Oktober 1940, LBI.

7 »Art in Hutchinson Camp: A Personal View«, Vortrag im Camden Arts Centre, 17. September 1986, Klaus Hinrichsen, TGA 20052-1-7-12.

8 »On the occasion of Lord Lytton's visit«, The Camp, Ausgabe 7, 3. November 1940.

9 Bereits im Juli räumte der Premierminister im Unterhaus ein: »Es ist völlig klar, dass viele solche Personen diesem Land nicht feindselig gegenüberstehen und dass man sie besser mit einer Umschreibung wie ›Bürger eines feindlichen Staats‹ bezeichnen sollte«; es sei aber nicht immer möglich, die Bezeichnung »feindlicher Ausländer« zu vermeiden. Drei Jahre sollte es dauern, bis die Regierung schließlich im Oktober 1943 eine Unterscheidung zwischen feindlichen Ausländern und Geflüchteten vorschlug, indem in den Richtlinien zur Nationalen Sicherheit der Definition des »feindlichen Ausländers« die Worte »betrifft nicht geflüchtete Ausländer« beigefügt wurden. Das kam für fast alle Betroffenen viel zu spät, um noch von Bedeutung zu sein. Siehe Inter-Governmental Committee Papers LMA ACC/2793/03/05/01–03.

10 Ebenda.

11 Diese Werke waren mit großer Sicherheit Girl with Veil (›Mädchen mit Schleier‹), Lady with Hat (›Dame mit Hut‹) und Lovers (›Liebende‹), wie sie im Katalog der zweiten Kunstausstellung im Lager aufgeführt werden.

12 Müller-Blensdorf war von allen in Hutchinson internierten Künstlern am meisten darauf aus, seine Arbeit aus dem Lager auszustellen und im Gedächtnis zu halten. Zwei Monate später, am 14. Januar 1941, wurde die dritte und letzte Kunstausstellung im Hutchinson Camp eröffnet, diesmal in Haus 37. Das Ereignis war vollständig dem Leben und Werk des Bildhauers gewidmet.

13 Klaus Hinrichsen, Oral History: IWM, 3789.

14 Gerald Midgley gegenüber dem Autor, Mai 2020.

15 Report on Isle of Man Internment Camps, William R. Hughes, 10. September 1940, LSF, YM/MfS/FCRA.

16 Kurt Treitel, unveröffentlichter Brief an die Eltern, datiert auf den 21. September 1940.

17 Kurt Treitel, unveröffentlichter Brief an die Eltern, datiert auf den 5. Oktober 1940.

18 »Commander's Announcements«, The Camp, Ausgabe 3, 6. Oktober 1940.

19 Klaus Hinrichsen, Oral History: IWM, 3789.

20 »It's difficult to keep the balance«, The Camp, Ausgabe 5, 20. Oktober 1940, HO 215/ 437.

21 Kurt Treitel, unveröffentlichter Brief an die Eltern, datiert auf den 25. Oktober 1940.

22 Darton, Friends Committee for Refugees and Aliens, LSF, YM / MfS/ FCRA, S. 85.

23 Hinrichsen erinnert sich an eine tragikomische Anekdote, bei der ein Verwaltungsfehler dazu führte, dass ein Vater in ein Lager verlegt wurde, um mit seinem Sohn vereinigt zu werden, während genau gleichzeitig der Sohn ins Lager seines Vaters gebracht wurde. Womöglich, witzelte Hinrichsen, hatten die beiden einander zugewinkt, als ihre Transporte aneinander vorbeifuhren.

24 Griechisch für ›Brauch, Sitte‹.

25 Private Schriften von Professor P. Jacobsthal, IWM, 4693, S. 31.

26 Interview der AJR Refugee Voices Testimony (RV125). Klaus Hinrichsen wurde am 20. November 2003 von Anthony Grenville interviewt.

27 Zitiert in Crossley, The Triumph of Kurt Schwitters, S. 40.

28 Webster, Kurt Merz Schwitters, S. 312.

29 Eine dieser Blumenzeichnungen befindet sich im Besitz der Familie von Schwitters Mitinterniertem Walter Goldschmidt.

30 Interview der AJR Refugee Voices Testimony (RV125). Klaus Hinrichsen wurde am 20. November 2003 von Anthony Grenville interviewt.

31 Schwitters' Porträt von Rawicz, den er bereits aus der Zeit vor dem Krieg kannte, befindet sich im Sprengel Museum Hannover.

32 Brief an Henriette Schwitters von Kurt Schwitters, datiert auf den 18. August 1940, zitiert nach dem Essay Wilson, »Kurt Schwitters in England«.

33 Eugen Schaltenbrand, Alien Card, Geburtsdatum 17. Februar 1886, TNA, HO 396/274.

34 Klaus Hinrichsen, Oral History: IWM, 3789 (mit Dank an Anna Nyburg, die bei der Identifizierung von ›Schaltenbrand‹ behilflich war).

35 Mein Dank gilt Isabel Schulz, Kuratorin des Kurt Schwitters Archivs am Sprengel Museum Hannover, für ihre Hilfe bei der Identifizierung des auf 1940 datierten Porträts.

36 Trotz Landrys beneidenswerter Beziehungen – kurz vor seiner Verhaftung trank er Tee mit dem Komponisten Ralph Vaughan Williams und dem Romancier E.M. Forster – zeigt seine Geheimdienstakte, für die für die Recherche zu diesem Buch ein Antrag auf Informationszugang gestellt wurde, dass sein Verhalten die Flüchtlingsorganisationen zur Weißglut brachte. Einem Regierungsbericht zufolge schrieb die Society for the Protection of Learning dem Innenministerium, es könne »unter keinen Umständen irgendwelche Verantwortung für Dr. Landry übernehmen«, dessen »Auftreten und Verhalten in Cambridge es anderen deutschen Gelehrten zunehmend schwierig machten, in der Universität Sympathien zu wahren«. Womit genau Dr. Landry die sonst unerschütterliche Tess Simpson aus der Ruhe brachte, ist nicht überliefert.

37 Dieses Porträt wurde im Mai 1993 bei einer Auktion unter dem Titel A Portrait of Douglas Marshall verkauft. ›Douglas‹ bezieht sich dabei sicherlich auf die Ortschaft, in der das Porträt entstand (und in der Robert Marshall lebte), und nicht auf den Namen des Modells.

38 Auf Schwitters' Porträt hält Meyer, der bei Produktionen im Lager Flöte spielte, das Instrument in der Hand.

39 In seinem Testament überließ Eisler seinen Leichnam dem anatomischen Institut der Universität Oxford. Außerdem ordnete er an, Exemplare aller seiner veröffentlichten und unveröffentlichten Bücher zusammen mit relevanten Notizen und Ergänzungen in der kuriosen Londoner Warburg Library zu hinterlegen.

40 Schwitters fertigte auch eine Bleistiftzeichnung von Eisler; eine Kopie dieses zweiten Porträts findet sich im Archiv des Sprengel Museums Hannover.

41 Warschauers Porträt hing bis nach dem Krieg in Echens Wohnung und wurde dann nach Deutschland verbracht. Bis vor kurzem war unbekannt, um wen es sich bei dem Modell handelte. Während der Entstehung dieses Buchs identifizierte Echens Tochter Monica Schubert das Porträt als das ihres Stiefvaters, das einst in der Londoner Wohnung ihrer Mutter hing. Wo das Gemälde sich heute befindet, ist unklar.

42 Was aus dem Eisler-Porträt wurde, das auf von Captain Daniel aufgenommenen Fotos der zweiten Ausstellung zu sehen ist, ist unbekannt. Die Fotos sind der einzige Nachweis dafür, welche von Schwitters' Werken tatsächlich gezeigt wurden; im Katalog sind neben Schwitters' Name nur »Ölgemälde: Porträts« genannt, nicht aber die Dargestellten.

43 Als Schwitters' Collagen später astronomische Preise erzielten, äußerten viele der Internierten ihr Bedauern, dass sie diese Arbeit einst verachtet hatten.

44 »Art in Hutchinson Camp: A Personal View«, Vortrag im Camden Arts Centre, 17. September 1986, Klaus Hinrichsen. TGA 20052-1-7-12.

45 »Life, Art and Future«, Michael Corvin, The Camp, Ausgabe 8, 13. November 1940.

46 Brief von Ralph Vaughan Williams an Adrian Boult, 4. Oktober 1940, RVW, VWL1458.

47 Marjan Rawicz, Alien Card, Geburtsdatum 24. September 1896, TNA, HO 396/272.

48 Es ist plausibel, dass Schwitters Rawicz einen Besuch bei Penrose vorschlug, um dessen Hilfe zu erbitten, und ihm die Zigarettenschachtel als Pfand für eine freundliche Aufnahme mitgab. Das Kunstwerk befindet sich in der Sammlung Penrose.

49 Fritz Hallgarten, Oral History, IWM, 3967.

50 Kulturabteilung Wochenplan Nr. 18, 18.–24. November 1940. »Hutchinson Internment Camp, Cultural Events Programmes and Schedules«, 1940–41, IWM, 5382.

51 Erich Jacob Bruckmann, Alien Card, geb. 9. August 1894, TNA, HO 396/248.

52 Nach Hinrichsens Darstellung der Eröffnungsfeier, von der er vierzig Jahre nach dem Ereignis bei einer Rede im Camden Arts Centre berichtete, wurde die Eröffnungsrede vom ersten Lagervater in Hutchinson gehalten, also von Friedrich Burschell. Dieser war allerdings am 1. November 1940, also 19 Tage vor Eröffnung der Ausstellung, entlassen worden. Damit wurde die Rede mit sehr großer Sicherheit von dem 46-jährigen Anwalt Erich Bruckmann gehalten; der Abdruck in der 10. Ausgabe der Lagerzeitung The Camp ist nur mit »der Lagervater« unterschrieben.

53 »The Campfather's Address to the Commander on Occasion of the Opening of the Second Art Exhibition«, The Camp, Ausgabe 10, 24. November 1940.

54 Interview der AJR Refugee Voices Testimony (RV125). Klaus Hinrichsen wurde am 20. November 2003 von Anthony Grenville interviewt.

55 »Punch and Judy«, The Camp, Ausgabe 9, 17. November 1940, S. 4.

56 »Art in Hutchinson Camp: A Personal View«, Vortrag im Camden Arts Centre, 17. September 1986, Klaus Hinrichsen. TGA 20052-1-7-12.

57 »Diary of an Internee«, Nachlasspapiere von Dr. F. Uhlman, IWM, 6781.

58 Es war nicht das einzige Mal, dass Daniel im Lager die Rolle eines Kunstkritikers übernahm. Einen Monat später bestellte er Hellmuth Weissenborn in sein Büro. Weissenborn hatte einen Linolschnitt geschaffen, der nach seinen Worten »den Geist von Weihnachten im Flug über dem Lager« zeigte. Als Daniel das Bild erstmals sah, sah er darin eine scharfe Kritik am Leben im Hutchinson Camp und den Todesengel als Ausdruck einer »Wolke der Entrüstung«. Weissenborn musste daher seine Arbeit erklären, um die Situation zu entschärfen.

59 Hansard, 7. November 1940, Bd. 365.

60 Brief an Sir John Moylan von Sir Frank Newsam, 19. November 1940, TNA, HO 215/437.

61 Der Glanz der zweiten Kunstausstellung sollte sich im Lager nicht wiederholen, aber am 14. Januar 1941 gab es eine dritte Kunstausstellung in Haus 37, die ausschließlich dem Werk von Ernst Müller-Blensdorf gewidmet war: dem Bildhauer, dem Peter erstmals in Warth Mills begegnet war und von dem alle im Lager wussten, dass er im Vordergarten von Haus 19 an seinen Skulpturen arbeitete.

62 Stefan Paul Pollmann, Alien Card, Geburtsdatum 7. November 1880, TNA, HO 396/271.

63 Hans G. Fürth, Alien Card, Geburtsdatum 2. Dezember 1920, TNA, HO 396/253.

64 Später emigrierte Fürth nach Nordamerika, wo er am Ende kein Profimusiker, sondern Psychologieprofessor an der Catholic University of America in Washington, DC, wurde; sein Spezialgebiet war die Entwicklungspsychologie.

65 Konzertprogramm, 19. November 1940, »Hutchinson Internment Camp, Cultural Events Programmes and Schedules«, 1940–41, IWM 5382.

66 Epilog, von K. E. H. The Camp, Ausgabe 11, 2. Dezember 1940, S. 13.

XVIII. Weihnachten zu Hause?

1 »Allein in den letzten drei Tagen haben wir etwa 350 applications zu verarbeiten gehabt … Wir stecken momentan bis über den Kopf in der Arbeit die Fälle durchzuarbeiten, da ja jeder einzelne Fall genaueste Überprüfung und Beratung erfordert, da ja gewissermaßen die Existenz eines Menschen davon abhängt.« Kurt Treitel, unveröffentlichter Brief an die Eltern, datiert auf den 25. Oktober 1940.

2 Hinrichsen, unveröffentlichter Bericht, S. 52.

3 Brief an R. K. D. Renton, 14. Februar 1941, TNA, KV 2/1139_2.

4 Brief von W. O.-Verbindungsoffizier an R. K. D. Renton, 1. März 1941, TNA, KV 2/1139_2.

5 Stent, A Bespattered Page?, S. 176.

6 Hinrichsen, unveröffentlichter Bericht, S. 51.

7 Ebenda, S. 52.

8 Zwei Jahre später, im Dezember 1942, schickte Warschauer einen Kleidersack mit seinem Besitz aus dem Hutchinson Camp an seine Frau Echen. Der gelistete Inhalt, der zur Prüfung an den MI5 geschickt wurde, umfasste nicht weniger als fünf Krawatten, drei Schals sowie zwei gerahmte Bilder und das von Schwitters in Öl gemalte Porträt.

9 Laut MI5-Dokumenten war die Hauptquelle von Warschauers Vermögen zu dieser Zeit nicht seine Ehefrau, sondern vielmehr das großzügige monatliche Gehalt von 40 Pfund, das ihm die Firma Tefi während seiner Internierung zahlte – nur 20 Pfund weniger als sein volles Direktorengehalt vor seiner Verhaftung.

10 Hinrichsen, unveröffentlichter Bericht, S. 52.

11 Einige Internierte weigerten sich, an diesen Ausflügen teilzunehmen. Sowohl der Grafiker Hellmuth Weissenborn als auch der Weinhändler Fritz Hallgarten wollten nicht mit einer bewaffneten Eskorte in der Öffentlichkeit gesehen werden. »Ich werde [das Lager] nur als freier Mann verlassen«, erklärte Hallgarten.

12 Millicent Faragher bei Jailed by the British, Channel 4, 1982.

13 »Diary of an Internee«, Nachlasspapiere von Dr. F. Uhlman, IWM, 6781.

14 Für diese erste Filmvorführung für die Internierten war das Kino für die Öffentlichkeit komplett unzugänglich. Später konnten sich aus praktischen Gründen die Bewohner von Haus 1–15 im Hutchinson Camp für die erste Vorführung melden, von Haus 16–30 für die spätere, und die übrigen für die Abendvorstellung. Einem Artikel in The Camp, Ausgabe 13 zufolge waren die Kinogänge bis Jahresende ein allwöchentlicher Termin geworden, wobei die Filme doppelt als »Lehrbuch« für die Englischkurse im Lager genutzt wurden.

15 Hinrichsen, unveröffentlichter Bericht, S. 96.

16 Laut Hinrichsen sah Schwitters in Chaplin einen Geistesverwandten und hoffte, mit ihm gemeinsam einen Film zu machen.

17 »Cinema and Variety«, K. E. H., The Camp, Ausgabe 10, S. 9.

18 Hinrichsen, unveröffentlichter Bericht, S. 96.

19 Am 19. Dezember 1941 berichtete der Isle of Man Examiner, der für die Internierungslager zuständige Vertreter des Innenministeriums, Mr. T. Angliss, habe in einer Rede vor dem Douglas Rotary Club erklärt, dass im Sommer des Vorjahres auf der Insel nicht weniger als 750 Internierte bei Bauern, Gemüsegärtnern und in der Landgewinnung gearbeitet hatten.

20 »Our Farmers«, The Camp, Ausgabe 9, 17. November 1940, S. 6.

21 Ebenda.

22 Nachlasspapiere von Professor P. Jacobstahl, IWM, 4693, S. 14; offenbar handelt es sich um eine zeitweilige Unterbrechung. Im November

schrieb ein Internierter über seine Erfahrung bei der Freiwilligen Landarbeit für die Zeitung The Camp; die Praxis war also wieder eingerichtet worden.

23 Hellmuth Weissenborn, Oral History, IWM, 3771.

24 *Nyburg*, From Leipzig to London: The Life and Work of the Émigré Artist Hellmuth Weissenborn, *S. 85*.

25 »Diary of an Internee«, 27. Oktober 1940, Nachlasspapiere von Dr. F. Uhlman, IWM, 6781.

26 Hinrichsen, unveröffentlichter Bericht, S. 86.

27 In seinem Buch A Bespattered Page? berichtet Stent von einem beinahe identischen Zwischenfall, nur dass in seiner Version der fehlende Internierte im Kino einschlief. Auch dieser Mann fuhr dann im Taxi zum Lager zurück. Allerdings scheint Stents Version unwahrscheinlich, da die Bewacher der Kinogänger nach jeder Vorführung sicherlich genauestens die Sitze kontrollierten, um genau diese Situation zu vermeiden. Sowohl das Kino von Douglas als auch das Manx Museum liegen einen kaum zehnminütigen Fußmarsch entfernt vom Hutchinson Camp, was beide Versionen im Detail zusätzlich zweifelhaft erscheinen lässt.

28 Basil war mit der Archäologin Eleanor Megaw verheiratet, der Tochter des berühmten Biologen Sir William Bate Hardy. Hinrichsen behauptete, Eleanors Bruder sei im Hutchinson Camp interniert gewesen; für diese unwahrscheinliche Behauptung liegen keine dokumentierten Nachweise vor.

29 »Diary of an Internee«, Nachlasspapiere von Dr. F. Uhlman, IWM, 6781.

30 Höchstwahrscheinlich war das die Braaid, eine Stätte mit eisenzeitlichen und nordischen Bauresten zwischen dem Weiler Braaid und dem Mount Murray; zu Fuß braucht man dorthin vom Hutchinson Square aus 90 Minuten. Bertha Braceys Germany Emergency Committee spendete 25 Pfund zur Unterstützung dieser archäologischen Arbeit.

31 Hinrichsen, unveröffentlichter Bericht, S. 65.

32 Ebenda.

33 Ebenda.

34 Zitiert nach Hinrichsen, unveröffentlichter Bericht, S. 66.

35 Hinrichsens unveröffentlichter Bericht ist die einzige Quelle für diese Anekdote über den Offizier (nach seiner lebhaften Beschreibung mindestens ein General). Der Dialog ist sicherlich aus zweiter Hand zitiert, denn Hinrichsen behauptet nicht, Teil von Bersus Grabungsteam gewesen zu sein, und lässt sich auch auf keiner der Fotografien von den Gruppenmitgliedern identifizieren. In Hinrichsens Version, die fast schon wie eine Farce wirkt, taucht direkt, nachdem der General weitere Informationen über seinen Kameraden Hutchinson erbeten hat, der Milchmann auf.

36 Bersus archäologische Arbeit entwickelte sich weiter, nachdem er das Hutchinson Camp verlassen und mit seiner Frau in das Lager für Verheiratete gezogen war. Ende 1941 verfügte Bersu laut Protokoll des Central Department for Interned Refugees über sechs in Vollzeit angestellte Assistenten.

37 »Camp Officials' Outing«, Michael Corvin, The Camp, Ausgabe 11, 2. Dezember 1940, S. 7. Es gab zwar mehrere Männer mit dem Familiennamen Nassau, den Corvin als Bersus Assistenten nennt; Ernst war aber der Einzige, der zu diesem Zeitpunkt noch in Großbritannien interniert war. Wenn nicht der Eintrag für einen anderen Träger des Namens Nassau verloren gegangen ist, muss der Berichterstatter daher Ernst sein.

38 Ein Jahr später planten drei Niederländer zwei Monate lang einen Fluchtversuch aus dem nahegelegenen Mooragh Camp. Am 15. Oktober 1941 durchschnitten sie den Drahtzaun und ruderten zu einer vertäuten Yacht, mit der sie tatsächlich auf die stürmische Irische See hinaus segeln konnten. Einen Tag später wurde die Yacht von der RAF gesichtet, die Männer wurden verhaftet und kamen für sechs Monate ins Gefängnis. Kein anderer Internierter kam einer erfolgreichen Flucht von der Insel je näher.

39 Fraenkel, Lebewohl, Deutschland, S. 48.

40 Ebenda, S. 47.

41 Ebenda, S. 50–51.

42 Ebenda, S. 51–52.

43 Ein Ausschnitt – wieder eine Hommage an den geliebten Rudolf Olden – erschien kurz vor der offiziellen Veröffentlichung des Buchs im The Camp Almanac.

44 Peter Midgley, Oral History, MJM, 1988.45, und Hinrichsen, unveröffentlichter Bericht, S. 99.

45 Brief an Sir Kenneth Clark von Helen Roeder, 6. September 1940, TATE, 8812.1.4.182–19.

46 Nach der Erinnerung von Fritz Hallgarten, IWM 3967.

47 Hinrichsen, unveröffentlichter Bericht, S. 68.

48 »Chairman's Report on the Isle of Man Camps, 28th October-2nd November 1940«, Bertha Bracey, LSF, YM / MfS/FCRA.

49 *Kochan,* Britain's Internees in the Second World War, *S. 165.*

50 Ebenda.

51 *Fry,* The King's Most Loyal Enemy Aliens, *S. 1–12.*

52 Hinrichsen, unveröffentlichter Bericht, S. 69.

53 »Left – Right – Left«, The Camp, Ausgabe 6, 6. April 1941.

54 Kurt Treitel, unveröffentlichter Brief an die Eltern, datiert auf den 15. Oktober 1940.

55 Peter Midgley, Oral History, MJM, 1988.45.

56 Maria Sophia Petrie, geborene Zimmern, war eine deutsche Bildhauerin, die drei Jahre lang am Städelschen Kunstinstitut in Frankfurt studierte, bevor sie als Schülerin von Aristide Maillol nach Paris ging. Nach ihrer Heirat mit dem britischen Lehrer und National-Rugbyspieler Francis Steinthal zog sie 1913 nach Großbritannien, wo sie 1926 eine berühmte Büste ihres Freundes, des englischen Schriftstellers G.K. Chesterton fertigte, die heute Teil der National Portrait Gallery Collection ist. Obwohl Petrie in der Kunstgeschichte auf eine kaum lesbare Fußnote reduziert wurde, beschrieb der gefeierte Kriegspoet Wilfred Owen sie als »mächtig kluge deutsche Bildhauerin, die bei modernen Meistern studiert hatte«.

57 Brief an Mrs Maria Petrie, Abbotsholme School, von Mitgliedern des Künstlercafés im Hutchinson Camp, 8. Dezember 1940, mit freundlicher Genehmigung von Gerald Midgley und Wendy Gregory.

58 Lach, Kurt Schwitters, Das literarische Werk, Bd. 1, S. 135.

59 Ebenda, S. 134.

60 Max Kossmann, Alien Card, Geburtsdatum 19. August 1901, TNA, HO 396/263.

61 Sitzungsprotokoll des Central Department for Interned Refugees, 5. Dezember 1940, TNA, HO 294/224.

62 Brief an den Kommandanten des ›P‹ Camp vom Sekretariat des Oberrabbis, 20. November 1941, HLS, MS.240, Bd. 2.

63 Nach der Erinnerung von Leonard Körting, zitiert in Webster, Kurt Merz Schwitters: A Biographical Study, S. 102.

64 »Brief an Helma Schwitters«, 24. Dezember 1940, Nündel, Wir spielen, bis uns der Tod abholt. Briefe aus fünf Jahrzehnten, S. 161.

65 *Webster,* Kurt Merz Schwitters: A Biographical Study, *S. 306.*

66 »Brief an Helma Schwitters«, 24. Dezember 1940, Nündel, Wir spielen, bis uns der Tod abholt. Briefe aus fünf Jahrzehnten, S. 162.

XIX. Die Insel der Vergessenen

1 »Notes on interview with Mrs Elizabeth Warschauer«, J. G. Craufurd, 18. Mai 1942, TNA, KV 2_1140.

2 Monica Schubert gegenüber dem Autor, Februar 2021.

3 Memorandum von John Noble, 31. Oktober 1941, TNA, KV2-1139, S. 1.

4 Brief an Douglas Lowe von W. C. Edwards, 14. August 1941, KV2/1139 TNA, mit der vollständigen Beschreibung der List laut »Interrogation of Ludwig Max Warschauer«, 27. Juli 1942, KV2/1141_2 TNA, S. 1.

5 »Secret Intelligence Report: Hermann Moritz Rahmer«, Captain Jurgensen, 20. Januar 1941, TNA, KV2-1139.

6 Ebenda.

7 »Notes on interview with Mrs Elizabeth Warschauer«, J.G. Craufurd, 18. Mai 1942, KV 2_1140.

8 »Sports and Entertainment«, Michael Corvin, The Camp, Ausgabe 13, 14. Januar 1941.

9 Der Almanac war die erste Produktion des Lagers, die die Internierten bei ihrer Freilassung aus dem Lager mitnehmen durften. Ausgaben der vorausgehenden zwölf Ausgaben sind dementsprechend ausgesprochen selten. Vom Almanac konnten die Internierten drei Versionen kaufen: einen schwarz-weißen Standarddruck, eine handkolorierte und nummerierte Version, oder für 3 Shilling pro Exemplar eine von den beteiligten Künstlern signierte Ausgabe.

10 Brief an Professor R.S.T. Chorley, Home Office, von Dr. Dickenson, L.S.E., 12. Dezember 1940, TNA, HO 215/437.

11 Mirecki, der seine Zeichnungen mit »Dol« signierte, war wie so viele Geflüchtete ein Überlebenskünstler. Als 14-Jähriger war der geborene Ukrainer zu Fuß nach Österreich gewandert, wo er als Auftragskünstler arbeitete; dann zog er nach Hamburg, wo er einen Möbelladen eröffnete. Mirecki behauptete, er habe Deutschland an die Unterseite eines Zugwaggons geklammert verlassen. Im englischen Coventry angekommen, richtete er einen kleinen Betrieb ein, der Töpfe und Pfannen fertigte, wurde aber kurz darauf verhaftet und interniert. Zu Beginn des Frühjahrs 1941 wurde auch Mirecki entlassen.

12 *Kochan,* Britain's Internees in the Second World War, *S. 175.*

13 Corvin war nicht die einzige Führungsfigur im Hutchinson Camp, die ihren Posten verließ. In der letzten Oktoberwoche 1940 hatte Bruno Ahrends seinen Posten als Vorsitzender der Kulturabteilung aufgegeben, um »seine ganze Zeit ... der Stadtplanung und der Umsiedlung nach Übersee zu widmen«. Sein Nachfolger wurde Hinrichsen.

14 *Zitiert nach Kochan,* Britain's Internees in the Second World War, *S. 165.*

15 Das genaue Datum von Daniels Beförderung ließ sich anhand offizieller Belege nicht bestätigen. In der 7. Ausgabe der Zeitung The Camp vom 3. November 1940 lautet eine Notiz auf der Titelseite: »Eine Beförderung außerhalb des Zauns gibt uns die freudig begrüßte Gelegenheit zu einem aufrichtigen Glückwunsch.« Wahrscheinlich bezieht sich das auf Daniels Beförderung.

16 Peter Midgley, Oral History, MJM, 1988.45.

17 Ebenda.

18 So im Cultural Department Programme Nr. 28 (28. Januar-4. Februar 1941), IWM.

19 Hans Barczinski tauchte in den Theaterprogrammen als ›Barry Barczinski‹ auf. Als er 1947 in Großbritannien eingebürgert wurde, änderte er seinen Namen zu John Peter Barry.

20 Herz war außerdem Johann Strauß-Experte, zu dessen Werk er in seiner Zeit im Hutchinson Camp zwei Vorträge hielt. Nach seiner Freilassung

am 8. Januar 1941 gründete Herz in London ein deutschsprachiges Kabarett nach dem Vorbild des Stacheldrahtcabarets. Er nannte das Etablissement »The Blue Danube« nach seinem geliebten Strauß-Walzer An der schönen blauen Donau. In diesem Kabarett arbeitete Herz als künstlerischer Leiter und Veranstalter bis zu seiner Schließung im Jahr 1953.

21 »Entertainment in the Camp«, The Camp, Ausgabe 6, 27. Oktober 1940, LBI.

22 Philo Hauser, »Camp Youth«, The Camp, Ausgabe 3, 6. Oktober 1940, LBI.

23 Cultural Department Programme Nr. 15 (28. Oktober-3. November 1940), IWM, und »Entertainment in the Camp«, The Camp, Ausgabe 6, 27. Oktober 1940, LBI.

24 Cultural Department Programme Nr. 16 (4.–11. November 1940), IWM.

25 In Hašeks Bravem Soldaten Schwejk stellte Tausig sowohl männliche als auch weibliche Figuren dar; er spielte Dr. Bull in einer Bearbeitung von G. K. Chestertons Mann, der Donnerstag war, Daja in Lessings Nathan der Weise, Franz in Schillers Räubern und Mrs. Barthwick in John Galsworthys Zigarettenkasten.

26 Tausig, Kasperl, Kummerl, Jud., S. 46.

27 Ebenda, S. 50.

28 Laut Tausig ging das Porträt noch im Lager verloren. Dazu erzählte er noch, Schwitters habe eine Warze auf der linken Wange gehabt, die er auf die Porträts vieler seiner Modelle übertrug – eine Art künstlerische Signatur für Eingeweihte. »Ich habe aber eine Warze am Kinn«, schrieb Tausig, »und das war nun ein großes psychisches Problem für ihn: Sollte er die malen oder die oder beide?« Ebenda, S. 47.

29 »Entertainment in the Camp«, The Camp, Ausgabe 6, 27. Oktober 1940, LBI.

30 Tausig, Kasperl, Kummerl, Jud., S. 52.

31 Gerry Wolff, »To Produce a Play«, in Camp Hutchinson Youth, zitiert nach Balfour, Theatre and War 1933–45.

32 Bei seiner anfänglichen Internierung in Prees Heath wurde Weiss zur Freilassung aufgerufen. Der Freilassungsschein enthielt zwar Weiss' korrekte Interniertennummer, doch als Vornamen nannte er Felix, nicht Fred. Das war ein offensichtlicher Irrtum – einen Felix Weiss gab es im Lager nicht –, doch dem Filmemacher wurde dennoch die Freilassung verweigert, was sein Elend noch vergrößerte. Wegen des Verbrechens eines Tippfehlers blieb Weiss beinahe drei Jahre lang interniert.

33 Weiss war am Wiener Burgtheater ausgebildet worden und begann seine Karriere als Schauspieler; 1925 trat er erstmals in einem Film auf. Nach einer Teilnahme an mehreren Stummfilmen debütierte er als Regisseur bei Sascha-Film in Wien. 1935 floh Weiss nach England und

arbeitete dort überwiegend an Dokumentarfilmen, bis er verhaftet wurde, obwohl er mit The Vagabond einen Anti-NS-Film gedreht hatte.

34 Einer der Kanada-Rückkehrer gab seine Jacke Peter, der sie trotz des roten Zielkreises auf dem Rücken noch viele Jahre lang trug.

35 Cultural Department Programme Number 29 (3.–9. Februar 1941), »Hutchinson Internment Camp, Cultural Events Programmes and Schedules«, 1940–41, IWM, 5382.

36 Cultural Department Programme Number 34 (17.–23. März 1941), »Hutchinson Internment Camp, Cultural Events Programmes and Schedules«, 1940–41, IWM, 5382.

37 Neben seinen Vorträgen über die Finessen des Schachspiels sprach auch Heinrich Fraenkel in Hutchinson von der Filmindustrie, nämlich in einem Vortrag mit dem einfachen, anziehenden Titel »Hollywood«.

38 Rezension zu »Everything about the production of films« von ›Walter‹, The Camp, Ausgabe 15, 11. August 1941.

39 Laut Hinrichsen übersetzte und rezitierte Schwitters »An Anna Blume« auch auf Französisch.

40 Ebenda.

41 Nachlasspapiere von Professor P. Jacobsthal, IWM 4693, S. 29; in seinem Internierungstagebuch schrieb Professor Jacobsthal, der New Statesman und Picture Post seien vor seiner Freilassung im September aus der Lagerbibliothek verbannt worden. Das kann allenfalls ein zeitweiliger Lieferstopp gewesen sein, da The Camp beide Blätter als im Lager vorrätig listet. Ein Artikel in einer The Camp-Ausgabe vom Mai 1941 schätzt den Bestand der Bibliothek im Hutchinson Camp auf 4000 Titel – sechs pro Person, die damals interniert war.

42 »Reading Room«, The Camp, Ausgabe 10, 24. November 1940, LBI.

43 Protokoll des G. E. C. General Committee, 4. Februar 1941, LSF, YM / MfS/ FCRA, S. 2.

44 Siehe dazu die Papiere von Rabbi Dr. Solomon Schonfeld im Archiv der Hartley Library Special Collections an der University of Southampton, die die Namen Hunderter jüdischer Fälle in Hutchinson enthalten.

45 »War Office Correspondence«, Nachlass von Rabbi Dr. Solomon Schonfeld, Geschäftsführer des Chief Rabbi's Religious Emergency Council, Item 240, Folder 01, HLS.

46 »Welcome Onchanians!«, H. G. Dittmar, The Camp, Ausgabe 14, 28. Juli 1941, LBI.

47 Neunzers Spitzname wird in den Erinnerungen mancher Internierter als »Blick« wiedergegeben. In der The Camp-Ausgabe vom 6. April 1941 unterzeichnete Neunzer aber einen Artikel über Leoparden-Angriffe mit dem Namen ›Hans Brick‹.

48 Nachlasspapiere von Dr. F. Uhlman, IWM, S. 27.

49 Freddy Godshaw (geb. Adolf Gottschalk), »Internment Camp 1940–1«, WW2 People's War, BBC.

50 Ludwig Elster, Alien Card, Geburtsdatum 2. Juli 1912, TNA, HO 396/251.

51 Cultural Department Programme Nr. 42 (12.–19. Mai 1941), »Hutchinson Internment Camp, Cultural Events Programmes and Schedules«, 1940–41, IWM, 5382.

52 »Results of the First Aid Examination held on 23rd June 1941«, The Camp, Ausgabe 14, 28. Juli 1941, LBI.

53 Den ersten Platz im Schachturnier sicherten sich Heinrich Fraenkel und Harald Landry mit gleich vielen Siegen und Niederlagen; beide schrieben damals gerade an Büchern für Victor Gollancz.

54 Interned Enemy Aliens Tribunal: Category 23, Report 845, TNA, KV 21139_1.

55 Brief an L. Warschauer von Esther Simpson, 30. Januar 1941, TNA, KV2-1139-2.

56 Brief ans Innenministerium (Aliens Department) von Stephenson, Harwood und Tatham, 17. September 1941, TNA HO 382/760.

57 Rachel Pistol, »Routes out of internment – a handy reference guide to White Paper categories.« rachelpistol.com

58 Notizen zu diesem Interview vom 12. August 1941 einsehbar in TNA, KV2-1139.

59 »re: Mr L. Warschauer, Hutchinson camp, I. O. M.«, Brief von ›H. E.‹ an M/S, Section B8c, 27. Juni 1941, TNA, KV2-1139.

60 »Interned Enemy Aliens Tribunal Report«, 7. Oktober 1941, TNA, KV2-1139.

61 Notiz zur Akte Ludwig Warschauer, T. F. Turner, TNA, KV2-1139.

62 »Ludwig Max Warschauer«, J. G. Craufurd, 26. Oktober 1941, TNA, KV2-1139.

63 Protokoll des Central Department for Interned Refugees, 2. Oktober 1941, LMA, ACC/2793/03/05/02, S. 2.

64 Protokoll des G. E. C., 25. November 1941, LSF, YM / MfS/FCRA, S. 3.

XX. Ein Spion in der Mangel

1 In Hinrichsens unveröffentlichtem Bericht, S. 99, beschreibt er diese speziellen Entfremdungsgefühle als die Erfahrung einer jungen Waise beim Verlassen von Hutchinson. Entweder gibt Hinrichsen hier Peters Aussage wieder, die er mit ihm geteilt hat, oder er schreibt der Waise seine eigenen Gefühle beim Verlassen des Lagers zu. Hier stehen sie exemplarisch für die Erfahrung eines Internierten.

2 »Bloomsbury House: Directory of Welfare Organisations«, LSF, YM / MfS/FCRA, S. 11.

3 Dieser Umweg ist in Peter Fleischmanns Meldebescheinigung dokumentiert.

4 In einem Interview von 1978 lokalisierte Peter die Wohnung in der Blythe Road, einer Nachbarstraße. Das Original seiner Meldebescheinigung nennt als Aufenthaltsort allerdings die Girdlers Road. Die Volkszählung von 1939 bestätigt, dass Helen Roeder in der 17 Girdlers Road gemeldet war.

5 Siehe Carel Weights Porträt »Helen« von 1938; der Künstler bestätigte in einem Interview von 1991 – »National Life Story Collection: Artists' Lives« (BL C466/07) –, dass es sich um Helen Roeder handelt.

6 Einführung zu Helen's Sketchbook von Carel Weight, unpaginiert.

7 Roeder, Helen's Sketchbook (siehe Kapitel »Leo Pavia«), unpaginiert.

8 Peter Midgley, Oral History, MJM, 1988.45.

9 »National Life Story Collection: Artists' Lives«, 1991 BL, C466/07.

10 Später firmierte sie unter dem Namen Ravensbourne College.

11 *Nyburg,* From Leipzig to London: The Life and Works of Hellmuth Weissenborn, *S. 118.*

12 Ebenda, S. 119.

13 *Weight,* Carel Weight: A Haunted Imagination, *S. 29.*

14 Ebenda.

15 Peter Midgley, Oral History, MJM, 1988.45.

16 Ebenda.

17 »Pacifist in the Honours List«, Manchester Guardian, 3. Januar 1942.

18 Brief an Bertha Bracey von William Hughes, 4. Januar 1942, Bertha Bracey Papers LSF, MSS 930.

19 Aus den Protokollen des Central Department for Interned Refugees geht hervor, dass das Auswahlkomitee für dieses Lager aus einem Vertreter des MI5 sowie Major Daniel und den anderen Lagerkommandanten bestand.

20 Brief an Otto Schiff von Sir Ernest Holderness, 13. März 1941, TNA, WO 208/3527.

21 Sitzungsprotokoll des Central Department for Interned Refugees, 10. Juli 1941, TNA, HO 294/224.

22 Im Juni 1941 schrieb Bracey, das Informationsministerium sei bereit, eine solche Ausstellung zu unterstützen, vielleicht um damit ein Stück weit den Imageschaden wiedergutzumachen, den die Internierungsmaßnahmen bewirkt hatten. Allerdings ist das das letzte erhaltene Schriftstück zu diesem Projekt, das danach wohl im Sande verlief.

23 Brief an Sir Ernest Holderness von Bertha Bracey, 2. April 1941, TNA, WO 208/3527.

24 Sitzungsprotokoll des Central Department for Interned Refugees, 10. Juli 1941, TNA, HO 294/224.

25 Ein weiter gehender Plan für eine Wanderausstellung der Arbeiten durch das britische Festland zerschlug sich offenbar.

26 Brief, zitiert in »Bertha's Work for German Jewish Refugees«, Vortrag von Brenda Bailey beim Warwickshire General Meeting, 8. August 1993, Bertha Bracey Papers LSF, MSS 930.

27 Brief an Bertha Bracey von ›Gerhard‹, 1. Januar 1942, Bertha Bracey Papers LSF, MSS 930.

28 Der österreichische Emigrantenkünstler erhielt 1959 denselben Orden im Rang des Commanders (CBE).

29 Oskar Kokoschka, 9. Januar 1942, Bertha Bracey Papers LSF, MSS 930.

30 Auch Tess erhielt 1956 schließlich den Orden als Officer (OBE).

31 Brief an Bertha Bracey von Esther Simpson, 5. Januar 1942, Bertha Bracey Papers LSF, MSS 930.

32 Brief an Bertha Bracey von Otto Schiff, 3. Februar 1942, Bertha Bracey Papers LSF, MSS 930.

33 Brief von Ludwig Warschauer, 19. Oktober 1940, Camp Reports, LSF, MSS 930.

34 »Extract from Home Office file W.11758«, J. D. Denniston, 19. Oktober 1941, TNA, KV2/1139_1.

35 Einige Gegner griffen Warschauer im Lager an. Aus Dokumenten in Echens Geheimdienstakte geht hervor, dass Johannes Schellenberger, ein Kommunist, der kürzlich aus Onchan ins Hutchinson Camp verlegt worden war, bei einer Sitzung der Lagerführung am 21. September 1941 »einen sehr leidenschaftlichen Angriff auf Mr. Warschauer startete«. Schellenberger warf Warschauer »Nazi-Aktivitäten« vor. Dem Bericht zufolge weigerten sich Schellenberger und zwei seiner Kameraden, ihre »Verleumdungen« zurückzunehmen oder sich brieflich bei Warschauer zu entschuldigen, weshalb sie für zehn Tage in den Lagerzellen isoliert wurden.

36 Geheimdienstakte von Ludwig Max Warschauer, TNA, KV2/1139_1.

37 Josh Reynolds (Urenkel von Hans Kollinsky), gegenüber dem Autor, Dezember 2020, bestätigt durch einen Brief an Douglas Lowe von W. C. Edwards, 30. August 1941, TNA, KV2/1139.

38 »Report on Ludwig Max Warschauer«, Captain Jurgensen, 4. Juni 1941, TNA, KV2/1139_2.

39 »Report on Ludwig Max Warschauer«, Captain Jurgensen, 5. August 1941, TNA, KV2/1139_2.

40 Brief an Herbert Morrison, M. P. von Herbert Williams, M. P., 6. November 1942, TNA HO 382/760.

41 Brief an Echen Warschauer von Major Daniel, 29. Januar 1941, TNA HO 382/760.

42 Nicht betitelter Bericht, B.8.c, Juli 1941, TNA, KV2/1139_2. Bevor er das Hutchinson Camp verließ, versuchte Warschauer auf vielerlei Weise,

seinen Platz in der Lagergeschichte aufzuhübschen. In der letzten Ausgabe der Zeitung The Camp vom Dezember 1941 (deren Erscheinen wurde wegen kriegsbedingten Papiermangels eingestellt) behauptete er, es sei seine Idee gewesen, eine Lagerzeitung zu gründen. Außerdem erstellte er ein aufwändig gebundenes Dokument, das er »History of P Camp« nannte und in dem er die Lagerstruktur und seine Rolle darin darlegte. Dieses Dokument, das Klaus Hinrichsen in einem im TATE Archiv (TGA 20052/1/10/1) aufbewahrten Artikel sorgfältig zerlegt, finden sich zahlreiche kleinere Fehler.

43 Brief an ›Ronald Kenneth Duncan Renton‹ von Claude W. Sykes, 5. Juli 1941, TNA, KV2/1139.

44 Protokoll des Central Department for Interned Refugees, 28. Mai 1942, LMA, ACC/2793/03/05/02, S. 1.

45 Organisation des Internment Camp 001 (Oratory Schools), TNA, KV 4/324.

46 »Report on the films sent to the photographic department«, TNA, KV2 1140_1.

47 »Handwriting expert's opinion about Sauer's writing«, Scientific Section. Appendix C, TNA, KV2 1141_2.

48 Brief an S. L. B. von J. G. Craufurd, 22. April 1942, TNA, KV2/1139_2.

49 »Notes on interrogation of Ludwig Max Warschauer«, 31. März 1942, TNA, KV2/1139_2, S. 37.

50 Geheimdienstakten über Elisabeth Warschauer alias Kohsen. TNA HO 382/760.

51 Zwei Jahre später behauptete Warschauer in einem Brief an das Innenministerium, er habe sich nicht an die Antworten erinnern können, weil er so unter Stress stand; die MI5-Agenten hätten ihm angeblich gedroht, seiner Frau »riesige Schwierigkeiten« zu machen, wenn er nicht kooperierte. Dieser Vorwurf war, wie Craufurd an den Rand des Briefs notierte, »völlig unwahr«.

52 »Interrogation of Ludwig Max Warschauer«, 27. Juli 1942, TNA, KV2/1141_2, S. 1.

53 Ebenda, S. 2.

54 Ebenda.

55 Erwiesenermaßen benutzte Sauer die Decknamen ›Harald Kinberg‹, ›Lowenstejnherz‹ und ›Holm‹.

56 Nicht datierter Brief an ›D. D. G.‹ von John Noble, TNA, KV2/1141_3.

57 »Statement taken from Ludwig Max Warschauer«, 29. Juli 1942, TNA, KV2/1141_2, S. 2.

58 Ebenda, S. 2, hier als Dialog wiedergegeben.

59 »Statement taken from Ludwig Max Warschauer«, 11. August 1942, TNA, KV2/1141_2, S. 2.

60 Ebenda, S. 4.

61 Ebenda.

62 »Statement taken from Ludwig Max Warschauer«, 29. Juli 1942, KV2/1141_2 TNA, S. 2.

63 »Summary of Interrogation of Ludwig Max Warschauer«, John Noble, TNA, KV2/1141_3, S. 2.

64 »Summary of Interrogation of Ludwig Max Warschauer«, TNA, KV2/1141_2, S. 15.

65 »Summary of Interrogation of Ludwig Max Warschauer«, J. G. Craufurd, TNA, KV2/1141_2 TNA, S. 5.

66 »Summary of Interrogation of Ludwig Max Warschauer«, John Noble, TNA, KV2/1141_3, S. 2.

67 Dokumenten in Echens Geheimdienstakte zufolge untersuchte ein Neurologe Warschauer, diagnostizierte ihn als »manisch-depressiv« und bescheinigte ihm eine »Neurose«, »Klaustrophobie« sowie eine »milde zyklische Psychose«.

68 »Statement taken from Ludwig Max Warschauer«, 29. Juli 1942, TNA, KV2/1141_2, S. 10.

69 »Summary of Interrogation of Ludwig Max Warschauer«, J. G. Craufurd, TNA, KV2/1141_2, S. 14–15. Am 21. Februar 1941 erschien im Manchester Guardian ein Artikel von Bertha Bracey, in dem es hieß: »Es gibt nur wenige Bildungseinrichtungen in diesem Land, die nicht stolz wären, Arbeit von derselben Qualität liefern zu können wie in Hutchinson … Die Arbeit der Technischen Schule ist von herausragender Qualität.«

XXI. Rückkehr nach Warth Mills

1 Brief an Helma Schwitters von Kurt Schwitters, Dezember 1940, zitiert in Crossley, The Triumph of Kurt Schwitters, S. 40.

2 Bei seinem Besuch hielt Schwitters, dessen Sehkraft inzwischen nachließ, diese Kopien anfangs für die unbezahlbaren Originale. Marshall war auch im Ersten Weltkrieg Lagerarzt gewesen, und einige dieser Bilder hatten Internierte für wenig Geld restauriert. Marshall, der auch Präsident der Manx Language Society war, starb am 6. November 1943, also vor der Schließung des Hutchinson Camps.

3 Brief an Helma Schwitters von Kurt Schwitters, 23. Juni 1941, SAH.

4 Das Packen vor der Abreise aus dem Hutchinson Camp war, wie Schwitters seiner Frau schrieb, eine »entsetzliche Aufgabe«. Selbst abgesehen von den Bergen an Nippes konnten die Kisten, die er zum Transport seiner Gemälde baute, unmöglich alle Werke fassen, die er geschaffen hatte; Schwitters schätzte sie auf 200 bis 300 Stücke.

5 Unveröffentlichtes Manuskript, zitiert nach Webster, Kurt Merz Schwitters, S. 331.

6 Ebenda, S. 337

7 »On the Bench«, Friedhelm Lach, Kurt Schwitters, Das literarische Werk, Bd. 3, S. 298.

8 Webster, Kurt Merz Schwitters, S. 340.

9 »An Helma«, Friedhelm Lach, Kurt Schwitters, Das literarische Werk, Bd. 1, S. 139.

10 »Copy of permit for Miss Anita Kehsen [sic] to visit Ludwig Warschauer«, 26. März 1942, TNA, KV2 1140_1.

11 »Summary of Interrogation of Ludwig Max Warschauer«, J. G. Craufurd, TNA, KV2/1141_2, S. 15.

12 Undatierter Brief an ›D. D. G.‹ von John Noble, TNA, KV2/1141_3.

13 »Summary of Interrogation of Ludwig Max Warschauer«, J. G. Craufurd, TNA, KV2/1141_2, S. 15.

14 Monica Schubert gegenüber dem Autor, April 2021.

15 Meldebescheinigung von Peter Fleischmann.

16 Midgley, P. G. Army Number 13041735. Mit freundlicher Genehmigung des Army Personnel Centre.

17 Peter Midgley, Oral History, MJM, 1988.45.

18 Vielleicht H. E. Bates.

19 »Minute Sheet: Note to Major Edwards from J. G. Craufurd«, 3. Dezember 1944, TNA, KV2/1142_1.

20 »Summary of Interrogation of Ludwig Max Warschauer«, J. G. Craufurd, TNA, KV2/1141_2, S. 15.

21 Nach Protokollen des Central Department for Interned Refugees vom 7. August waren soeben die ersten Internierten-Rücktransporte aus Australien eingetroffen. Dreizehn Männer wurden nach der Landung entlassen, einer ins Falcon Cliff Hospital auf der Insel verlegt, die übrigen 125 kamen ins Hutchinson Camp. Eine zweite Ladung wurde »in Kürze« erwartet.

22 Brief von G. R. Mitchell, 20. Oktober 1942, TNA, KV2 1141_3.

23 Von denen galten inzwischen 400 als Flüchtlinge vor NS-Verfolgung.

24 Gillman und Gillman, Collar the Lot!, S. 286.

25 Der abstrakte Maler Ben Nicholson, der 1943 eine deutlich Merz-ähnliche Collage aus Busfahrscheinen schuf, verunglimpfte Schwitters als »todlangweilig«.

26 Brief an die Free German League von Kurt Schwitters, 1. September 1945, SAH.

27 See Bohm-Duchen, Insiders Outsiders, S. 180.

28 Brief an Gwendolen Webster von Edith Thomas, 10. Oktober 1990, abgedruckt in Webster, Kurt Merz Schwitters, S. 344.

29 »Report on visit of Camp No. 1 at Grizedale Hall«, TNA, FO 939/82, S. 2.

30 Die Deutschen waren damals per Gesetz verpflichtet, während des Singens dieser Hymne den Hitlergruß zu zeigen.

31 *Sullivan,* Auf der Schwelle zum Frieden: deutsche Kriegsgefangene in Großbritannien 1944–1948, *S. 112.*

32 Ebenda.

33 Peter Midgley, Oral History, MJM, 1988.45.

34 *Sullivan,* Auf der Schwelle zum Frieden: deutsche Kriegsgefangene in Großbritannien 1944–1948, *S. 317.*

35 Siehe in Terence Robertson, Der Wolf im Atlantik, die ausführliche Beschreibung eines solchen geheimen »Ehrengerichts« unter dem Vorsitz von U-Boot-Kommandant Otto Kretschmer.

36 Peter Midgley, Oral History, MJM, 1988.45.

37 Notiz des Innenministeriums in der Akte A. R. P. I/P 5058 re: Ludwig Max Warschauer by D. Mayhew, 17. Juni 1944, TNA, KV2 1142_2.

38 1913 verließ Richthofen Oxford, ohne eine Rechnung bei dem berühmten Schuhhändler Ducker & Son zu begleichen. Erst 1989 wurden diese Schulden getilgt. Im Hauptbuch des Geschäfts, das 2017 von der Bodleian Library erworben wurde, wurde nicht vermerkt, wer die Schulden bezahlt hat.

39 Brief ans Innenministerium von J. G. Craufurd, datiert auf den 3. Juli 1944, TNA, KV2 1142_2.

40 Chappell, Island of Barbed Wire, S. 125 ff.; »Ludwig Max Warschauer Minute sheet«, TNA, KV2 1142_1.

41 Chappell, Island of Barbed Wire, S. 151.

42 Ebenda, S. 156.

43 Notiz an J. G. Craufurd von E. Colledge, ref. PF.49327, Bd. 8, TNA, KV2 1142_1.

44 Notiz an E. Colledge von John Noble, 25. September 1944, ref. PF.49327, Bd. 8, TNA, KV2 1142_1.

45 Brief an Ludwig Warschauer von Echen Warschauer, 19. November 1944, TNA, KV2 1142_2; es handelt sich um eine Rückübersetzung der englischen Übersetzung, die das MI5 hatte anfertigen lassen; das deutsche Original ist verschollen.

46 Brief an Mr. Paterson von J. G. Craufurd, datiert auf den 12. Januar 1945, TNA, KV2 1142_2.

47 Es ist bezeichnend für Echens Charakter, dass sie auch nach dem Scheidungsantrag weiterhin privat an Dr. Barker schrieb und sich nach Warschauers Gesundheit erkundigte.

48 Ein halbes Jahr zuvor hatte der Amtsarzt im Brixton Prison, wo Warschauer vor seiner Rückkehr auf die Insel einsaß, zur Frage seines Gewichts festgehalten, »der Verlust von weiteren zwei Dutzend Pfund könnte nicht schaden«.

49 Petition an das Ausländeramt von Ludwig Warschauer, 18. Dezember 1944, TNA, KV2 1142_2.

50 Gesprächsnotiz, Ludwig Max Warschauer, ref. PF.49327, Bd. 8, TNA, KV2 1142_1.

51 Monica Schubert gegenüber dem Autor, April 2021.

52 Warschauer nahm Echens Scheidungsantrag nicht an. Auch nach dem Krieg, als er in Hamburg ein neues Leben anfing, behauptete er Bekannten gegenüber, seine Frau und die Kinder würden in England auf ihn warten.

53 Dokumenten in Echens Geheimdienstakte zufolge wurde ihre Ehe mit Warschauer schließlich am 28. Nobember 1946 in Hamburg aufgelöst.

54 Das besagte Porträt war jahrzehntelang verschollen, bis es im März 2007 vom Horster Auktionshaus in Deutschland zur Versteigerung angeboten wurde. Damals wurde das Gemälde einem »anonymen Künstler« zugeschrieben, jedoch vom Verkauf zurückgezogen, als das Auktionshaus erfuhr, dass es sich um ein Werk Schwitters' handelte. Während dieses Buch entstand, identifizierte Echens Tochter Monica Schubert den Porträtierten als Warschauer; sie kannte sowohl das Motiv als auch das Gemälde aus ihrer Kindheit.

XXII. Der letzte Prozess

1 «Ramsey«, Isle of Man Examiner, Freitag, 26. Oktober 1945.

2 »Rice Pudding Again!«, Ramsey Courier, 26. Oktober 1945.

3 »Magnificent Concert at Villa Marina«, Mona's Herald, Dienstag, 3. Juli 1945.

4 »A Manx Viking Burial«, The Isle of Man Times, 24. November 1945.

5 »Boarding Houses De-requisitioned«, Ramsey Courier, 23. November 1945.

6 Die Behörden hatten den Eigentümern versprochen, für Schäden aufzukommen, die die Internierung an ihren Häusern verursachen würde, doch erwiesenermaßen war die Bewilligung solcher Erstattungen ein langwieriger Prozess. Viele Pensionsbesitzer konnten sich nicht leisten, ihre Häuser wieder instand zu setzen, und gaben entweder das Geschäft auf oder gingen in Ruhestand.

7 Irgendwie erreichte die Nachricht von dieser Altersbegrenzung die Überlebenden in Theresienstadt. Als der 18-jährige Majer Kochen davon hörte, beantragte er bei den tschechischen Behörden einen Personalausweis mit gefälschtem Geburtsdatum, damit er mit ausgeflogen werden konnte.

8 *London,* Whitehall and the Jews 1933–1948, *S. 267.*

9 Leonard G. Montefiore, Ansprache vor der Cambridge University Jewish Society am 18. Oktober 1946.

10 Archiv der Society of Friends for Refugees from the Hitler Regime in Central Europe, Bertha Bracey, undatiert, File G15, WLC.

11 Montefiore war im Mai 1945 in Paris gewesen und hatte mit eigenen Augen gesehen, wie die ersten KZ-Überlebenden in Frankreich eintrafen – »wie Leichen auf Beinen«.

12 *Gilbert,* The Boys: Triumph Over Adversity, *S. 369.*

13 Michael Honey (Miša Honigwachs), »Bilong Notbilong«, Journal of the '45 Aid Society, Nr. 18, Dezember 1994.

14 Welche Schlüsselrolle Bertha Bracey bei der Rettung der »Kinder von Windermere« spielte, geriet fast vollständig in Vergessenheit; kaum eine spätere Dokumentation des Rettungsplans erwähnt auch nur ihren Namen, geschweige denn die Tatsache, dass ihr Ruf in Whitehall entscheidend dazu beitrug, dass sowohl die Petition an Sir Alexander Maxwell im Innenministerium, 1000 Waisenkinder aufzunehmen, als auch die Petition ans Kriegsministerium für die Bereitstellung der zehn Lancaster Bomber bewilligt wurden.

15 Siehe zum Beispiel »Prisoners in the concentration camp Terezin (Theresienstadt) after the liberation«, Getty Images #503020783.

16 »The Windermere Children«, Magazin BBC History, April 2020.

17 *Gilbert,* The Boys: Triumph Over Adversity, *S. 334.*

18 »Theresienstadt Ghetto«, WHL.

19 Einen Monat zuvor deportierten die Nazis in Vorbereitung des Besuchs vom Roten Kreuz 7503 Gefangene aus Theresienstadt nach Auschwitz, um die Überbelegung des Ghettolagers zu lindern.

20 Die Kinder wurden von der Nothilfe- und Wiederaufbauverwaltung der Vereinten Nationen identifiziert und ausgewählt.

21 *Gilbert,* The Boys: Triumph Over Adversity, *S. 369.*

22 »The Boys«, WJR.

23 Vier Minuten Original-Filmmaterial von Kindern, die eines der Flugzeuge besteigen, gefilmt von einem RAF-Kameramann, der zufällig vor Ort war, befinden sich im Archiv des Imperial War Museum, Ref. ARY 172.

24 »Children from the Camps«, Joan Stiebel, Journal of the '45 Aid Society, Nr. 19, Dezember 1995.

25 »How Holocaust survivors went from hell to heaven«, Robert Philpot, The Times of Israel, 27. Januar 2020.

26 »The Boys«, WJR.

27 »In Memoriam: Oscar Friedmann«, Lola Hahn-Warburg, Association of Jewish Refugees, März 1959.

28 *Gilbert,* The Boys: Triumph Over Adversity, *S. 290.*

29 Oskar Friedmann, Alien Card, Geburtsdatum 23. März 1903, TNA, HO 396/253.

30 Zeitzeugenaussage aus Berlin 1945, Episode One, 2020, BBC.

31 Peter Midgley, Oral History, MJM, 1988.45.

32 »Erinnerungsort Baruch Auerbach'sches Waisenhaus«, Senatskanzlei Kulturelle Angelegenheiten, Kunst im Stadtraum, 2014.

33 Im Juni 2000 fertigten Schülerinnen und Schüler der Kurt-Schwitters-Schule im Prenzlauer Berg Spielzeug aus Ton in Erinnerung an die ermordeten Auerbach-Kinder und befestigten es auf der niedrigen Mauer zum Vorgarten. Die Tonfiguren – und Bruchstücke der später von Rowdys zerstörten Stücke – werden im Museum Pankow aufbewahrt.

34 Peter Midgley, Oral History, MJM, 1988.45.

35 Nigel folgte seinem Mentor an das Royal College of Art und entwarf später die Neugestaltung der Londoner Underground-Station Hammersmith. Er blieb sein Leben lang mit seinem früheren Lehrer befreundet und half Peter einmal, die Wände in Echens Wohnung in Hampstead Heath neu zu streichen.

36 Graham Stewart gegenüber dem Autor, November 2020.

37 Otto Flatter, Oral History, 1980, IWM, 4765.

38 Bis März 1942 wurde Heß dort von Lieutenant Colonel A. M. Scott bewacht. Scott wurde dann auf die Isle of Man versetzt, um das Kommando über die Ausländer-Internierungslager und damit auch über das Hutchinson Camp zu übernehmen.

39 Bloch, Ribbentrop, Kapitel 24.

40 Der bei vielen seiner Mitangeklagten, insbesondere bei Göring, als Narr geltende von Ribbentrop sprach fließend Englisch und glaubte, seine Beziehungen aus seinen England-Besuchen als Weinhändler und Außenminister könnten ihn retten. Er versuchte, als Entlastungszeugen König George VI., den Herzog von Windsor, Lord Rothermere und Premierminister Winston Churchill zu gewinnen. Alle Anträge wurden abgelehnt.

41 *Zitiert nach Schwab,* The Day the Holocaust Began: The Odyssey of Herschel Grynszpan, *S. 183.*

42 Nazi Conspiracy and Aggression, Opinion and Judgment, *S. 113–116.*

43 Midgley, P. G. Army Number 13041735. Mit freundlicher Genehmigung des Army Personnel Centre.

44 »Change of name«, The London Gazette, 14. Mai 1946.

45 Geheimdienstakte Ludwig Max Warschauer, KV2/1142, TNA.

46 »Leo Warschauer – Source: Victoria«, 11. März 1947, B.4.A. KV2/1142, TNA.

47 Webster, Kurt Merz Schwitters, S. 394.

48 »Schwitters in Barnes«, Joyce Kahn, Oasis Magazine, Ausgabe 6, 1972, S. 52–53.

49 »War Prisoner's Art Preserved on Peel Boarding House Walls«, Isle of Man Examiner, 28. Mai 1954.

50 »Important Sale by Public Auction: Boarding Houses and Land«, Isle of Man Examiner, 12. April 1946.

Schlussbetrachtung

1 Weils abwechslungsreiches Leben sollte ihn von den Stränden der Normandie in den britischen Geheimdienst und schließlich ins Diplomatenkorps der BRD bringen, wo er sich mit dem künftigen US-Präsidenten John F. Kennedy anfreundete.

2 Hans Arenstein alias Harry Andrews, Service Number 6436352.

3 Carola Weil gegenüber dem Autor, November 2020.

4 Alison Archenhold gegenüber dem Autor, Oktober 2020.

5 *Vinzent,* Identity and Image: Refugee Artists from Nazi Germany in Britain, *S. 152.*

6 Benjamin Zander gegenüber dem Autor, Juni 2020.

7 Zit. n. Nyburg, From Leipzig to London, S. 77.

8 Diese Praxis war natürlich viel älter als die Internierungspolitik. Esther Simpson etwa wurde als Esther Sinovitch geboren; sie änderte ihren Namen zu etwas britischer Klingendem, kurz nachdem sie 1933 begonnen hatte, Wissenschaftlern bei der Flucht aus Europa zu helfen. Viele Internierte, die dem Pioneer Corps beitraten, wurden angehalten, neue Familiennamen anzunehmen, um im Fall ihrer Gefangennahme ihre Verwandten zu schützen, die noch in Deutschland oder Österreich lebten.

9 Zeitspiegel 40, 6. Dezember 1941, zit. n. Hirschfeld (Hg.), Exile in Great Britain, S. 179.

10 Hinrichsen, unveröffentlichter Bericht, S. 48.

11 Gedicht für Erich Kahn, ohne Nennung der Urheberschaft, Nachlasspapiere von K. Hinrichsen, TATE TGA 20052/2/20.

12 »Art in Hutchinson Camp: A Personal View«, Klaus Hinrichsen, Vortrag im Camden Arts Centre, 17. September 1986, TGA 20052-1-7-12.

13 In der Londoner Wohnung, die Klaus Hinrichsens Gattin beim Entstehen dieses Buchs weiterhin bewohnt, hängen über ein Dutzend Gemälde von Mitinternierten, darunter sein hochgeschätztes Porträt, das Schwitters ihm zum Dank dafür gemalt hatte, dass er das Lagerbüro als Atelier nutzen durfte.

14 *Presler und Riedel,* Ludwig Meidner: Catalogue Raisonné of His Sketchbooks, *S. 23.*

15 Ebenda.

16 Fred Uhlman, Oral History, IWM 4441.

17 Weissenborn, »Mein Leben in London«, in Illustration 63, die Zeitschrift für Buchillustration, Jg. 17, Nr. 2, 1980, S. 44.

18 Hinrichsen, »Peter Midgley and Internment«, Rede in der Woodlands Art Gallery, Blackheath, 17. Juli 1992, TGA 20052/2/20.

19 *Weissenborn,* Hellmuth Weissenborn, engraver: With an autobiographical introduction by the artist, *S. xiv.*

20 Brief von Helmuth Mirauer, 6. Januar 1946.

21 Ebenda.

22 Helmuths jüngerer Bruder Klaus war in einem anderen Lager auf der Isle of Man interniert. Zu Helmuths Unmut lehnte Captain Daniel seinen Antrag ab, den Bruder nach Hutchinson zu verlegen. Nach seiner Freilassung ging Klaus zur 6th Airborne Division, wo er unter dem Pseudonym Lance Corporal W.C. Spencer diente. Er fiel im Kampf am 2. Mai 1945, fünf Tage vor der Kapitulation Deutschlands. Er war 25 Jahre alt.

23 Diese Zahl beinhaltet nicht die Opfer der Tragödie mit der SS Arandora Star.

24 »Lists of deaths reported«, TNA, HO 215/420.

25 Darton, Friends Committee for Refugees and Aliens, LSF, S. 80.

26 Peter Midgley, Oral History, MJM, 1988.45.

27 Hans Jaeger, Rückblick auf's Internment, unveröffentlichtes Manuskript, datiert auf den 17. Juli 1941, IFZ.

28 Paul Jacobstahl, Brief an Dr J.C. Skemp, 16. November 1945, BLO File 1935–57, MS. S.P.S.L., 182/2.

29 Nachlasspapiere von Professor P. Jacobsthal, IWM, 4693, S. 28.

30 Fred Uhlman, Oral History, IWM 4441.

31 Das Trauma, das diese Nachricht auslöste, verstärkte sich noch dadurch, dass Fred in der Annahme, seine Mutter würde seine Ehe stören, seinen Eltern Hilfe bei der Emigration in jedes Land außer England angeboten hatte. England oder gar nichts, hatte Freds Vater schicksalhaft erklärt.

32 Hansard, Debatte im House of Commons, 29. Mai 1940, Bd. 361 cc521–3.

33 Sitzungsprotokoll des Central Department for Interned Refugees, 2. Januar 1941, LMA ACC/ 2793/03/05/02 S. 1.

34 The London Gazette, 21. Februar 1947.

35 The London Gazette, 19. März 1948.

36 H.O. Daniel, Familienunterlagen, mit freundlicher Genehmigung von William Daniel.

37 Ebenda.

38 West Sussex Gazette, 12. Januar 1956.

39 Fotografie von der Liste der mitwirkenden Künstler aus dem Ordner, mit freundlicher Genehmigung von William Daniel. Die Sammlung enthält auch ein Bild von Hugo ›Puck‹ Dachinger, der während der Internierung bekanntermaßen auf Ausgaben der Times malte. Es ist nicht bekannt, dass Dachinger, der im Huyton Camp interniert war, in Hutchinson gewesen ist – wie und warum sein Beitrag in den Ordner aufgenommen wurde, ist daher unklar.

40 Second Lieutenant Merlin Montagu-Douglas-Scott Rifle Brigade, Dienstnummer 113658, Christ Church College, Oxford online obituary.

41 »Italian-Canadians to get formal apology for treatment during Second World War«, The Canadian Press, 14. April 2021.

42 Übrigens befand die US-Regierung den Begriff enemy aliens 2021 für entmenschlichend und strich ihn aus ihrem Wortschatz. »›Aliens‹ No More: Biden Administration Directs Immigration Officials to use ›Inclusive Language‹«, Forbes, 16. Februar 2021.

43 »Home Office labelling child asylum seekers as adults leads to abuse«, Guardian, 29. Mai 2019.

44 Sir Claus Moser in Jailed by the British, Channel 4, 1982.

Literaturverzeichnis

1 Auch Hinrichsen selbst war durchaus prozessfreudig: Er drohte einen ehemaligen Hutchinson-Insassen zu verklagen, Rudolf Stensch alias Ronald Stent, dessen detaillierter Bericht über die Internierung, A Bespattered Page?, 1980 von einem weiteren Hutchinson-Ehemaligen, André Deutsch, publiziert wurde. Hinrichsen warf Stents Schilderung, meist zu Unrecht, vor, sie sei »schlampig« und wimmele von »Sachfehlern, Schreibfehlern und falschen Namen und Titeln«. Hinrichsen war, so schrieb er in einem privaten Brief an den Verleger des Buchs, den der Autor einsehen konnte, »empört«, weil er seine eigenen Erinnerungen von Stent in einem Kapitel mit der Überschrift »Hutchinsons Camp« plagiiert sah. Zwar blieb Hinrichsen dabei, dass er »einen Prozess zweifellos gewinnen würde«, doch da das Buch nie in die zweite Auflage gegangen ist, sah Hinrichsen von einer Klage auf Schadensersatz ab.

2 Einen ähnlichen Ansatz wählte ein weiterer Hutchinson-Internierter, der Autor Richard Friedenthal, in seinem Roman Die Welt in der Nussschale, in der Erinnerungen mit Fiktion ineinanderfließen und so ein Tableau vom Leben im Hutchinson Camp entsteht. Auch in Friedenthals Werk tritt ein vage anonymisierter Warschauer auf.